回忆与思考

A Road Less Traveled
—Reminiscence and Reflection

李智渊　著

图书在版编目（CIP）数据

回忆与思考 / 李智渊著. —成都：天地出版社，2021.9
ISBN 978-7-5455-6525-6

Ⅰ.①回… Ⅱ.①李… Ⅲ.①回忆录－中国－当代 Ⅳ.①I251

中国版本图书馆CIP数据核字（2021）第161402号

HUIYI YU SIKAO
回忆与思考

出 品 人	杨　政
作　者	李智渊
封面照片	李　怡（专业摄影师）
责任编辑	王　荻　薛玉凤
封面设计	阿　林
电脑制作	跨　克
责任印制	白　雪

出版发行	天地出版社 （成都市槐树街2号　邮政编码：610014） （北京市方庄芳群园3区3号　邮政编码：100078）
网　　址	http://www.tiandiph.com
电子邮箱	tianditg@163.com
经　　销	新华文轩出版传媒股份有限公司
印　　刷	成都市金雅迪彩色印刷有限公司
版　　次	2021年9月第1版
印　　次	2021年9月第1次印刷
开　　本	700mm×1000mm　1/16
印　　张	25.25　　彩插　2
字　　数	445千字
印　　数	1—4000册
定　　价	78.00元
书　　号	ISBN 978-7-5455-6525-6

版权所有◆违者必究

咨询电话：（028）87734639（总编室）
购书热线：（010）67693207（营销中心）

如有印装错误，请与本社联系调换

前 言

什么原因促使我写这本回忆录？

1994年或1995年前后，有几个记者和作家与我相识，在相互有些了解之后，他们觉得在我过去的生活中还颇有一些题材可挖，故事比较多，有点"传奇色彩"，想据此写成一本书。其中有两位特别积极。他们提出，希望有机会了解我的种种"故事"。为节省时间，他们表示愿意参加我的一些活动，比如和我一起出差，参加各种会议，以便就近做比较自由、时间比较充裕的交流。他们还许诺为我出一本书，而且特别指出是免费，不要我出一分钱，以解除我可能有的"顾虑"。但采访了几次并一起参加一些活动以后，我改变了想法。我抱歉地对其中的魏某解释说：根据国内的经验，人一出了名，麻烦就多了，何况我现在还在工作；一出书别人必然要说我好，一说好就很可能产生副作用，反而不美。我对他们说，出头鸟不好当，写书的事还是以后再说吧。做了解释工作，再加上我的坚持，总算推掉了。但对他们的一番好意，我一直感到颇为歉然。

实际上，不想让他们写是因为我有另外一层担心：他们写作时，常常把一个人事业的发展与成功作为重点，而我自己则另有想法。在我的心目中，除了大事要写，有些看起来很普通的、平民性的东西，反映生活的现实场景和细事也有它们的价值。

1995年11月，我作为全国信息技术标准化技术委员会多媒体分技术委员会主任委员，代表我国到美国达拉斯（Dallas）参加国际标准化组织（ISO）和国际电工委员会（IEC）SC29的国际会议。SC29分委会是分管多媒体技术国际标准的权威机构。这次会议之后,我国就和这一权威机构正式建立了联系,对后来推动我国多媒体技术的迅速发展起了重要作用。

以前我曾多次参加国际会议。但这次情况特别,我既是代表团团长,又是团员,因为就只有我一人,行动的自由度就大为增加。趁会后去洛杉矶访问有关单位的机会,我就近去了太平洋岸边美丽的小城桑塔巴巴拉(Santa Barbara)。在那里,我访问了与我多年保持联系的老朋友德裔美国人Walter Knapp一家,并住在他们家中。Walter Knapp年龄比我大不少,已经退休了,但精力还很旺盛。在聊天中,女主人Inge拿出一本他们编写的自传性质的书给我看。这本书许多内容涉及他们的家史,书中还有许多发黄的珍贵的黑白照片,涉及几代人,包括他们19世纪在德国的老祖宗。这本书,真皮封面,装帧相当考究。据她说只印刷了27本,仅供有关亲戚阅读保存。印数为27本,不多不少,也不是一个整数,体现了德国人办事精确的风格。这一文化现象给我留下了深刻的印象。

Walter Knapp一家的文化素养颇高,两代人都有获得硕士或博士学位的,每个人都会玩乐器,如弹钢琴、拉小提琴、吹长笛等。多年前Inge就送了一本她写的诗集给我,书中所有的插图都是她自己画的,而且数量不少,水平也很高。他们还曾邀请我去欣赏过一次交响音乐会,其主要曲目是意大利作曲家维瓦尔第(Vivaldi)的小提琴协奏曲《四季》。这次音乐会出现了一个我从来没有经历过的、很有趣的特别场面。当全部曲目演奏完毕时,听众掌声不绝,要求再加演一段。乐队指挥兴致也很高,决定再演奏《冬季》这一段,而且转过身来问观众喜欢节奏"慢一点还是快一点"。在一片热烈的气氛中,大家异口同声地大声回应:"Slow!"(慢一点)

受他们的启发,我打算将来退出一线后写一本回忆录,把前半生的经历简要地加以记录和整理,以平常心来记录一个普通知识分子的日常生活。写作时,准备在叙事的同时根据联想不时加入一些个人的思考,力争在写作风格上有一点自己的特色。我的打算是,所写的内容要尽可能是自己的亲身经历和体验,而产生的联想要尽可能具有一定的社会意义。

既然在社会中生活,就会碰到各种各样的问题,比如说涉及某些政治方面的问题就可能有点难写,一是情况不完全了解,二是观点可能不尽正确,所以遇到这样的情况将尽可能从简，不写或少写，说真话。

写回忆录是需要付出相当精力的脑力劳动，尤其是要准确回忆多年前发生的那些没有文字记录的事情时更是如此，是一件很辛苦的事情。但我觉得这是一项很有意义的工作，而且人的大脑总要经常活动，才能保持良好的状态，不易退化。

我1939年6月出生，在动笔写这本回忆录时差三天满六十二岁。可能因为我对待生活一向持比较乐观的态度，回顾起来，自觉"比较丰富多彩"是我生活中的一大特色。比如：走过许多地方，从小地方到大地方，从四川到改革开放的前沿深圳经济特区，从中国到外国，等等。古人崇尚"读万卷书，行万里路"，依我看，书的确是需要大量阅读的，而"行万里路"也极为重要。有不同性质单位工作的经历，做过各种各样的工作，下过工厂，到过农村，不同时期分别在大学、研究所、高科技企业从事专业工作。有许多社会兼职，在多种社会活动及与各类人士的广泛交往中，既为社会做了一些工作，也向他人学到了不少东西，增加了许多见识。有多种爱好，读书、音乐、美术、历史、地理、体育、旅游、摄影、围棋……生活有滋有味，也利于和各个行业的人们沟通与交流。

此外，新中国成立时我已十岁，一路走来，读者可以通过我所讲的故事，从一个侧面了解和感受一下这七十多年来的社会生活图景。

时间过得很快。我小的时候，一想到清朝，就觉得那是很久以前的"古时候"，其实，从20世纪40年代来看，那也不就是三十多年前的事吗。转眼之间七十多年都过去了，真是光阴似箭啊！几千年的文明史，不就是几十个五六十年吗？历史看起来很长，其实也很短。

我一生从事的是有关计算机和软件方面的专业技术和教学科研工作。我的打算是，这本回忆录不但要在计算机上写，而且最好能自己完成编辑排版，并打印出第一个版本，感受一下成书的全过程。

本书按时间段分为七章，分别是：童年时代、在乐山上中学、大学时光、北京八年、又回成电、美国留学及回国以后、深圳岁月。每个章节都有一定的独立性，如果读者对某些章节不感兴趣，可直接跳过去阅读其他章节。

由于写作的时间持续很长,因此书中提到的时间,如果没有明确指出,则要根据前后文的具体情况来定。正文前的照片,其排列顺序采用了"由近及远"的方式呈现。首先简单介绍本书的作者,然后是选择性地介绍师长,再然后的顺序是:和工作有关的照片,国外留学及参会的相关照片,中学、大学时期的照片,深圳时期的照片,父母及家人的照片。对我来说,时间久远的家庭照片是一种永久的纪念。

借此机会,对关心并大力支持本书出版的我的学生成都任我行软件股份有限公司董事长邝宁先生表示衷心的感谢!

内容简介

本书是电子科技大学（原成都电讯工程学院）计算机学科教授李智渊先生对自己一生的回忆与思考，记录了作者从幼年、入学到研究生毕业，再到美国加州大学伯克利分校留学，以及在大学、研究所、高科技企业的工作与生活，跨度近八十年。

本书字里行间蕴含着作者在一生的各个阶段，刻苦求学、锐意进取、不怕困难、乐观面对生活，以及在高校、研究所、高科技企业求实求真、努力钻研、力求创新的精神。

阅读本书，不仅可以感受老一辈学者身上可贵的精神，还可以从作者近八十年的人生经历中，了解不少我国计算机和软件科学技术和有关产业的发展历程，多年来社会生活变化的种种图景，以及许多真实、生动、有趣的故事。

2017年11月23日，在电子科技大学《成电讲坛》报告大厅前。宣传海报上有关于我的介绍。

讲演结束后和部分听众合影。

和妻子文德倾心交谈。

2019年，文德和我都满80岁了！

2010年12月，在刘锦德老师（左一）八十大寿庆祝会上。

2020年12月，在刘锦德老师九十寿诞纪念会上。

2006年3月,和周锡龄老师(左三)、其大姐(右二)、张尤腊(左一)游深圳仙湖植物园。

2006年9月27日,电子科技大学50周年校庆晚会上,和校长刘盛纲院士及其老师苏联功勋科学家列别捷夫院士。

在我们崇敬的成电首任校长，新中国电子科技教育奠基人吴立人塑像前。

1985年春，和成电微机所成员以及来校讲学的外国专家同游都江堰。

1988年9月,参加新疆石油工业综合信息系统项目的各单位成员去天山下一个疗养所参访途中,夏日白雪皑皑,景色难得一见。

1981年,周锡龄(后排右二)来加州大学伯克利访问,在大校门外侧的行政大楼前。

1981年5月,在加州大学伯克利的几位成电人,从左至右:陈艾、陈新弼、侯露莹、于厥邦、张雨印、李智渊。

2018年7月23日,我家三代人在加州大学伯克利大校门前。

1977年9—10月,赴英国参加分布式计算机国际会议,在伦敦马克思墓前。墓碑上有一行大字:全世界工人团结起来!

1977年10月,访英回国途中,顺访罗马尼亚首都布加勒斯特。

1956年,乐山一中共青团小组成员和班主任郑必先老师(前排中间)合影。

　　1960年,成电计算机专业6319班同学、部分教师及哈工大、西工大等校来进修的年轻教师在主楼前合影。站立后排左数第九位为张志浩老师,站立前排左数第一位是周锡龄老师,第二位是我。

　　1960年夏,计算机专业6319班同学在主楼前合影,后排最右边一位是我。

1960年,计算机专业6319班部分同学在主楼前合影。

1964年,研究生毕业那年的我。

1965年5月20日,成都电讯工程学院1964年度毕业研究生合影,当年全校毕业研究生共8名。后排最右边一位是我。

2018年5月18日，在波兰首都华沙美人鱼广场，我（前右）和一位意大利街头艺术家一起高唱俄文歌《莫斯科郊外的晚上》。

2006年9月27日，庆祝电子科技大学建校50周年，和当年同系同年级老同学在主楼前合影。

2009年5月23—24日，新欣软件20周年大聚会，不少人特地从外地赶回深圳。大家聚集一堂，其乐融融。

2020年1月1—2日，"回望青春，生命向前"——新欣软件30周年联谊会。

1992年4月7日，电子工业部部长胡启立（前排右二）一行来蛇口新欣软件参观指导。

1991年，国务委员张劲夫（原中国科学院常务副院长）一行来新欣软件参观指导。同行的有中国改革开放事业的重要探索者，改革开放试验田"蛇口模式"的探索创立者袁庚（左一）和深圳市市长郑良玉（右一）。

1993年，新欣软件时期的我。

深圳市软件行业协会是我在深圳参加社会活动的一个重要平台，紧靠我右手边的是老朋友邓爱国会长。

2004年4月,和老朋友、原深圳市信息中心主任林勋准夫妇(左一、右一)在广东珠海。

2005年3月,和深圳市部分信息化建设老专家及其家人在一起。前排右一为我。

2005年10月28日，我家兄弟姐妹八人在小弟智勇家的花园合影。左起：智慧、智佳、智渊、智新、智富、智敏、智勇、智炜。

2005年10月29日，我家有关成员，包括从美国回来探亲的女儿小曦，在我父母墓前合影。

2013年6月12日，我家有关成员游峨眉，在报国寺前合影。

2019年11月28日，庆祝文德80岁生日，亲友相聚在乐山智勇家。

2008年5月26日在北京文德大姐家。

2015年1月4日,和女儿小蓓及其丈夫在深圳莲花山邓小平塑像前。

2007年10月1日，文德带年仅10个月的外孙女Mia到离硅谷住处不远的斯坦福大学"见习"。

20世纪30年代，我父母年轻时。

1944年4月4日,在成都拍的一张全家福。

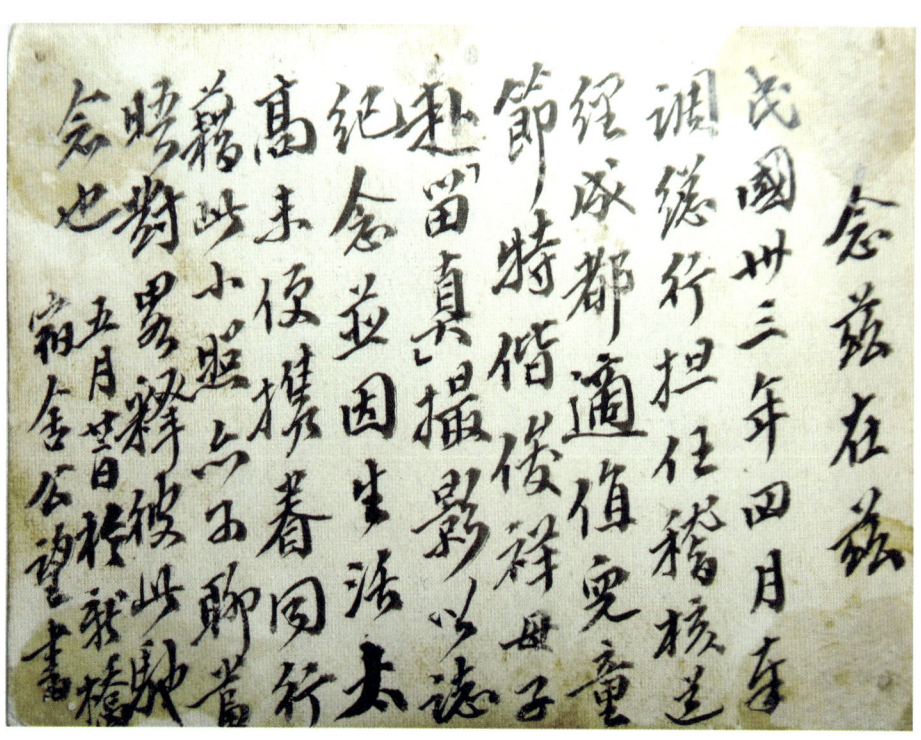

父亲在上面这张"全家福"照片背面信手写下的一段文字。见文如见其人。

1945年,四兄妹。

20世纪70年代初,我的母亲——智慧、豁达、坚强、能干。

1939年,婴孩时的我。

1965年5月,我和文德简朴的结婚照。

1971年初,和两个女儿小曦、小蓓及她们的外婆在成电校园外沙河边。

1971年末,文德来北京探亲前先带小曦到万县(今万州)老家探望家人及已在那里的小蓓。

1974年春，借出差之便，我首次访问万县，看望文德父母及家人。

1973年8月，女儿小曦、小蓓在北京展览馆前。

1974年，女儿小曦、小蓓在成电校园。

目 录

第一章　童年时代 ·················· 001

　　从井研到富顺 ··················· 002

　　中正小学 ······················ 003

　　省银行 ······················· 010

　　日本投降 ······················ 012

　　假期与玩乐 ···················· 015

　　养成一生读书的习惯 ············· 029

　　父母与家庭教育 ················ 035

　　儿时的记忆 ···················· 045

　　金圆券 ······················· 050

　　从富顺到乐山 ·················· 052

　　乐　山 ······················· 054

　　以同等学力考初中 ·············· 063

　　有趣的少年时代生活 ············ 066

第二章　在乐山上中学 ············ 071

　　乐山三中 ····················· 072

　　九龙巷 ······················· 078

　　一段生活特别艰难的日子 ········ 083

　　乐山一中的环境概貌 ············ 086

一中严谨的校风 ………………………… 088
　　文体活动及其他 ………………………… 092
　　知识就是力量 …………………………… 096
　　苏联电影、歌曲和文学作品的影响 …… 100
　　去井研乡下看婆婆 ……………………… 104
　　读报的习惯 ……………………………… 108
　　考上大学 ………………………………… 115

第三章　**大学时光**……………………………… 121

　　初到成电 ………………………………… 122
　　大学生活 ………………………………… 126
　　那两年 …………………………………… 131
　　父亲去世 ………………………………… 134
　　苏联原子能展览及其他 ………………… 137
　　专业与课程 ……………………………… 138
　　外语学习 ………………………………… 140
　　一些业余爱好 …………………………… 147
　　讲究一点方法学 ………………………… 154
　　去太原某厂实习 ………………………… 159
　　顺利度过三年困难时期 ………………… 163
　　研究生 …………………………………… 166
　　几件难忘的事 …………………………… 172
　　结　婚 …………………………………… 173
　　调往北京工作 …………………………… 179

第四章　**北京八年**……………………………… 185

　　十五所 …………………………………… 186
　　探　亲 …………………………………… 196
　　在河北徐水县的乡村生活 ……………… 199

"文化大革命"中十五所一瞥 …… 212
工作调动的烦恼 …… 220
防空洞 …… 223
中美关系的改善 …… 226
两个女儿 …… 228
调回成电 …… 232
对十五所的一些回顾 …… 239

第五章　又回成电 …… 243

软件教研室 …… 244
200系列机操作系统 …… 244
在计算机房做点实事 …… 249
难忘的1976年 …… 251
微型机时代开始了 …… 253
去英国参加"分布式计算机系统会议" …… 255
在英国的一些参访活动与见闻 …… 261
全国科学大会以后 …… 265
出国选拔和外语准备 …… 267

第六章　美国留学及回国以后 …… 273

去美国留学 …… 274
在美国一些地方游览 …… 281
加州大学伯克利(一) …… 287
加州大学伯克利(二) …… 295
自美返国 …… 312
给研究生上课 …… 314
科研与带研究生 …… 316
新疆石油工业信息系统 …… 321

第七章 深圳岁月 ··· 335

到深圳 ··· 336
筹建新欣软件的重要思路 ··· 339
新欣软件发展初期概览 ··· 340
软件开发需要全身心都投入工作的员工 ··· 345
新欣软件有限责任公司被誉为软件界的
　"黄埔军校" ··· 347
证券交易系统与软件定价的思考 ··· 352
争取国家"八五"重点技术改造项目 ··· 358
对来新欣参访者的一些回忆 ··· 361
新欣软件取得的成绩 ··· 367
进入国家"863计划"专家组 ··· 370
组建我国多媒体技术标准化委员会 ··· 374
写书与写文章 ··· 382
新欣软件存在问题的反思 ··· 388
参与深圳市的信息化建设 ··· 393

作者简介 ··· 397

第一章

童年时代

从井研到富顺

春天,田野一片翠绿,和暖的春风吹拂着,空中飘荡着油菜花浓浓的芳香。蚕豆花、豌豆花、油菜花和青青的麦苗铺满大地。一条小路穿过田间,在丘陵中蜿蜒起伏。路上行人稀少,偶尔有手推的"鸡公车"滚过。这种木制独轮车发出嘎吱嘎吱的声音,在田野上传得很远。

这时,有几乘滑竿在田间蜿蜒的小路上保持着一定距离,鱼贯前进着。

这是1945年的2月,春节过了不久。这个由四乘滑竿组成的队伍,正带着我们一家六口离开井研县城南门坳外婆家前往富顺县。刚从重庆归来不久的父亲去富顺上任。他不久前被任命为四川省银行富顺办事处主任。

那时,四川的交通状况非常落后,公路很少,有也多半是碎石黏土路,路况很差。很多地方的交通主要靠相当原始的乡间小路,交通工具也极其落后。当时,滑竿大概是西南地区特有的简易交通工具。其结构简单,一般用两根粗的长竹竿,中间绑上一把竹躺椅似的坐具就成了。而最简单的,仅用宽厚的竹板和绳子绑制而成,乘客可以平躺或半躺在上面,两个抬滑竿的轿夫一前一后抬着,在乡间小路上可行走如飞。滑竿是当时许多穷苦人借以谋生的工具,轿夫抬上一百多斤的人或物,每天走一百多里,完全不在话下。在当时道路很差的情况下,不管爬坡上坎,有路无路,滑竿都可以实现一种低水平的四通八达。

这四乘滑竿中,父亲和三弟智敏一乘,母亲和四妹智慧一乘,我和二弟智炜一乘,另外一乘抬着简单的行李。因为我们年纪都很小,作为老大的我也仅有五岁多,两个人一乘滑竿,负载并不重。四妹当时才几个月大,对轿夫来说其重量也几乎可以忽略不计。滑竿比较窄,乘坐的两个人不能并排,只能叠在一起躺着。这一路经荣县、自贡到富顺,走了三天。一晚住荣县、一晚住自贡,在自贡的那天晚上我们还品尝过当地的特产"灯影牛肉"。当时人们称自贡为"自流井"。

抬滑竿的轿夫一般都在头上包一圈白帕子。实际上那是一块颇长的本色土布,叠成几层宽3~4寸的长条,沿额头在头上缠绕好几圈。这个习惯在劳动人民中很普遍。据说它除了做头巾,还有许多别的用途。后来,在某本书上偶然看到,这个包白帕子的习惯最初竟始于三国时期。蜀国皇帝刘备因其义弟关羽被东吴所杀,不听诸葛亮的劝阻,不计后果,倾全师讨伐东吴,战败后在白帝城(今重庆奉节)托孤后病逝。人们为了悼念刘备,在头上包上一块白布为之吊孝。后来,这块白布竟演变成劳动人民头上的白帕子。不知这一说法是否属实。

井研是我的出生地。井研县城离乐山市中心约30公里,是乐山市下属的一个县。但我在井研生活的时间却很短,大约只有一年。这一走,就基本上没有再回去过了。

中正小学

因为年纪太小,到了富顺后对周围的大环境没有很深的印象。对富顺的了解,是在上学以后,随着年龄增大而逐步深入的。富顺这个地方究竟好不好、如何评价我还不太好说,因为到1949年七八月间我们一家离开富顺时,我才10岁。不过在富顺这四年多的童年时光却给我留下了许多美好的回忆。

1967年夏天,经二弟智炜的介绍,我在北京认识了他的书友,来自四川犍为县的李清于。李清于和我谈到他的家乡犍为县时颇为自豪,说四川有"金犍为,银富顺"的说法。听后,我暗自埋怨自己为什么竟然如此孤陋寡闻,在富顺居住过四年多,竟然连"银富顺"都不知道。

在我的印象中,富顺并不很富。后来,从一本讲四川地方史的书中看到,"银富顺"的"银"还的确有,因为那时盛产食盐的"自流井"是富顺县的一部分,还没有独立出来。由于盐业发达,有盐税可收,富顺就比较富裕了。"金犍为"的由来也与盐有关,当时五通桥一带还是犍为的辖区,盛产食盐。川盐有好长一段时间行销国内很多地方，特别是抗日战争时期，沿海地区都被日本人占据了，海盐进不来，这也促进了四川盐业的发展。盐的运输多靠水路，自贡所产的井盐通过一条很小的釜溪河船运到富顺邓井关，入沱江，再进长江，运往各地。邓井关是自贡井盐外运必经之地，盐税可观。后来，自贡举办的灯会在全国有名，自贡的"盐帮菜"也独具一格，多半与因盐致富，生活水平提高，市场繁荣有关。

富顺被誉为"千年古县""巴蜀才子之乡"，其著名景点富顺文庙是全国重点文物保护单位，也是我见到过的保护得最好的文庙。该文庙是宋代建筑，明成祖永乐年间始称"文庙"。此后，该县文风日盛，教育事业发达，入学中举者逐年增多。明朝时期，富顺的才子们赴京会试，前后中进士者竟达139人，占四川进士总数的十三分之一，因而获得"才子甲西蜀"的美誉。"戊戌六君子"中的刘光第，厚黑学创始人、"怪才"李宗吾就是富顺人。

富顺这个名字确实很好：又富又顺。现实生活中，常常是二者不能兼得，要么是富了不顺，要么是顺了不富。又富又顺，到哪里去找？

有意思的是，后来还发现"富顺"漂洋过海了。1993年11月，国家"863计划"专家组派团去美国芝加哥，参加一个大型国际学术会议AUTOFACT'93，会议结束后我们到加州旧金山附近的硅谷地区访问。我在住处宾馆附近的街边赫然看到了用中文标识的路牌"富顺街"，它的英文名字叫Folsom Street，Folsom的读音与富顺相近。

在富顺住下来以后，父亲就赶快派人安排我去上学。当时上小学不像现在管得那么严，没有什么户口之类的问题，年龄差不多，报名、交费注册就可以了。1945年春天，在我五岁多的时候，我开始在富顺最好的一所小学——富顺县釜江镇中心国民学校上一年级。后来，在所上的学校中，我的年纪在班上总属于比较小的。

当时许多学校都没有正规的校园，我上的小学就是将叫作"川主庙"的一座庙宇改成的，地盘还是比较大。川主庙是为祭祀"川主"修建的庙宇。除了富顺，我不知道其他地方还有没有川主庙。

"川主"，何许人也？今天可能已经没有多少人知道了。从庙里供奉的神像来看，"川主"是指三国时代蜀国的刘备、关羽、张飞。其实这几位都不是土生土长的川人，因为他们建立了三国中的蜀汉政权，就反客为主，成了"川主"。在"川主"中，关公的地位显赫，是主角。关公的神像端坐在要登上几级台阶才能到达的正殿中央，他的两个副将关平、周仓立侍左右。周仓一手握着关公于万军中取下袁绍大将颜良首级的青龙偃月刀，刀的一端撑于地上，威风凛凛。至于刘备和张飞的神像，反而安排在偏殿。

关公地位没有刘备高，却为什么能在四川受到民众更为崇敬的待遇？这件事我倒没有考证过，但多半与他值得称道的重义气、守信用有关。这也可能与那时四川民风或思潮有一致的地方。据说，过去四川的哥老会（哥弟会）就很讲究义气。不过，仔细思之可以发现，他们是在利用关公的威望来为自己服务，有拉大旗作虎皮之嫌。至于特点不那么突出的刘备与张飞，只好靠边站了。四川民间向来对刘备与张飞都直呼其名，而对关公却多了一分尊敬，不但听不见直呼其名"关羽"或"关云长"的，而且还有一个对他更尊敬的称呼"关圣帝"。看来在大家的潜意识中，若直呼其名显然是极大的不敬。

虽然川主庙已经改成学校了，但大部分的菩萨仍然端坐在原位，香火虽不多，但也没有断绝。学生和老师们与这些菩萨"互不侵犯，和平共处"。

上述的"川主"都不是四川本地人。刘备是河北涿县人，关公是山西人，而"燕人张翼德"也应该是河北人。四川为什么出人才，很可能就与多年来的移民活动有关。跋山涉水，千辛万苦来的移民多具有不怕吃苦、敢于开创的品性和精神，各地来的移民都带来了自己的长处，通过交流，互相学习，互相促进，共同提高，出了许多优秀人才。由此可见，不管是主动也好、被动也好，与外地交流人才，是四川自古以来就有的光荣传统。

我们小时候，常听老一辈的人说张献忠"剿四川"的故事，老张这一"剿"，四川的人口急剧减少，引发了后来的"湖广填四川"的大移民。大移民在一定程度上为四川后来的英雄人物辈出奠定了基础。比如，我国"十大元帅"中就有四个（朱德、刘伯承、陈毅、聂荣臻）出生在四川，志愿军的"特级英雄"黄继光、"一级英雄"邱少云出生在四川，一代伟人邓小平也出生在四川……诸如此类的例子可能与此有很大的关系。我进一步联想到小地方出人才的一些原因,他们平时生活在艰苦的环境下,受到的锻炼多,能吃苦耐劳,不怕困难,容易激发出一种奋发向上的精神。进入社会以后,环境一变好,学到了新的东西,开阔了眼界,能上又能下,就容易大有作为。

那时的小学分初小和高小。一到四年级为初小,五到六年级为高小,共六年。在我离开富顺前,已上完了高小五年级第一学期。记得上完了四年级后的那个假期,有一天我们所在的省银行外面忽然敲锣打鼓,人声喧哗,原来是给我送初小毕业的大红喜报来了。可能当时读书的人较少,学校也不多,连初小毕业这样的小事也被看成是一件喜事。顺便提一下,那时已经是20世纪40年代了,当地似乎还没有怎么"开化",还可以看到个别旧时代的私塾。这种私塾多半是以家族祠堂为校址,由一个私塾老师带领一帮小孩读四书五经。多年过去了,近些年来这些被称为"国学"的经典重新走上了前台。

抗日战争胜利后,中国是战胜国,蒋介石的声望提升。蒋介石名中正,大概为了借蒋的声望,釜江镇中心国民学校不久后改名为"中正小学"了。校长范文修,是一位烫了发、表情严肃、略胖的中年女士。

我们的课程有国语、算术、常识、唱游、图画、体育、劳作等,后来到了高小加了历史、地理,还有一个讲社会科学方面知识的公民课。总的说来,我自己在学习上轻松愉快,只是在开始学算术除法时碰到过一点困难,经我母亲点拨过一两次,后来基本上都是自主解决问题,各科学习成绩从来都是名列前茅。

国语的某些课文容易给人留下长久的记忆。当时,初小一个年级分两册,一年级上期为一册班,下期为二册班,以此类推。四年级下期为八册班。一册班国语第一课课文为:"开学了,开学了,学校门口国旗飘飘,见了老师行个礼,见了同学问声好。"第二课课文为:"来来来,来上学,大家来上学。去去去,去游戏,大家去游戏。"随着年级的升高,课文开始复杂起来。记得其中一篇歌颂春天的稍微有点诗意的课文:"可爱啊,和暖的春风,吹得菜花开放,吹得麦苗轻松,顶上桃花含笑,道边杏树微红,枝头小鸟歌唱,池边鸭子游泳……"还记得有一课叫作"阳光、空气、水,锻炼身体三件宝",都在给我们普及保护环境和体育锻炼方面的知识了。

此外,还有一篇武训兴学的课文给人印象很深。当时老师讲解这篇课文时,眼睛红红的,那动情的样子至今还令人难忘。课文标题是"乞丐兴学",其正文是:"武先生,单名叫作训,兄弟早死父母又不存,饥寒交迫难度日,沿门乞讨受苦辛……"

学校有举行"朝会"与"夕会"的习惯。每个班早上上课前开"朝会",下午放学前开"夕会",时间都非常短。除了级任老师(相当于现在的班主任)做简短的讲话,"朝会"主要是背诵孙中山先生的"总理遗嘱":"余致力国民革命凡四十年,其目的在求中国之自由平等,积四十年之经验,深知欲达到此目的,必须唤起民众及联合世界上以平等待我之民族,共同奋斗。现在,革命尚未成功,凡我同志,必须依照余所著《建国方略》《建国大纲》《三民主义》及《第一次全国代表大会宣言》,继续努力,以求贯彻。最近主张开国民会议及废除不平等条约,尤须于最短期间促其实现,是所至嘱!"实际上,当时我们并不很懂这段话的含义,仅仅是能背诵而已。现在还能背诵出来。看来,"填鸭式"的学习方法还是能起一点作用,不然,为什么这么多年后,这些我们当年并不很懂的字句还能牢记在我们的脑海之中。

上了高小,每周还有一次周会,这是高小所有班级一起参加的一个大会。学生们整齐地列队站在操场上。周会上,校长、训育主任一般要站在一个用作升降旗的旗台上讲话,"训导"一番。他们讲些什么,当时我并没有怎么听进去,所以到现在已经没有什么印象了。不过其中有一个体罚却使人难忘。在批评某个犯了比较严重错误的学生时,就把他当场叫出来,宣布打几下屁股。这种情况我仅见到过一次,该学生被要求斜趴在旗台上,由训育主任举起一根大约有两厘米宽的竹板,在众目睽睽之下实施惩戒,打了五下屁股。当时"不打不成人"的教育思想观念很深,你犯了错误,就该挨打,还有什么好说的。不过一般是打手板心,打屁股的情况极少。对挨打的人,打得很疼是一个方面,但当众予以羞辱,使之留下深刻印象,使之"知耻而后勇",可能是其更重要的目的。尽管这种处罚现在看来不大人道,但当时从来没有看到哪个学生或是家长提出过抗议之类的事。

除了日常的学习，学校里的娱乐活动很少。国语书上虽说"我们是20世纪的小主人"，但很可能是缺乏经费之故，学校很少组织学生们搞什么活动。只是有一件事，我印象很深。每年4月4日儿童节（新中国成立后儿童节改成6月1日），学生们到西湖塘外面罗汉洞的一个广场集合，在听了一些"领导"讲话之后，会收到一纸袋糖果饼干之类的节日礼物。这最后一个"节目"才令在广场中站立了很久的"20世纪的小主人"们笑逐颜开，场面活跃起来。

那时我有一个比较要好的同学王子元，就住在我们上学必经之路上的一条小巷子里，每天我都喜欢顺便去叫上他一起上学。他学习好，与我很投合，但家里很穷。我去叫他上学时，经常看见他们家正在吃饭。他们家净吃红薯是常事，而且常常吃的是很小很细的那种最便宜的红薯，就一点咸菜下饭。那时，很多人都处于比较贫困的状态，吃饭时菜很少，只求菜"下饭"，能吃饱肚子就是福，根本谈不上什么营养。另外，一个年级比我们高的朋友邓培芝也常和我们一起玩，他的字写得好，对我有点启发。他家就住在我们住的省银行的斜对面，也比较穷。以练字来说，他们就和我们不一样，一张纸正面写了以后又写反面，两面都利用过了以后，再用一种看起来像红泥巴似的"土红"磨成浆当墨，写土红色的字，这样又可以利用两面，真是做到了物尽其用。1992年底，我和二弟智炜抽时间一起回到富顺探访，想去看看他们。地方是找到了，可是"黄鹤"已不知何处去了。

大概在我读三年级的时候，学校组建了童子军，编号为"中正小学334团"。这时，不知从哪里来的一位童子军教官组织大家学习组建童子军的伟大意义。首先是讲童子军的宗旨。记得宗旨中有这样一些话："童子军的宗旨是培养儿童的能力，养成良好的习惯，使其人格高尚，体格健全，以期成为智、仁、勇兼备的青年。"按要求，人人都要参加童子军。男童军穿全身草绿色的童子军服，戴船形帽。女童军上身穿草绿色的女童子军服，下身穿黑色的短裙，蓄短发。童子军出操时每人发一根木制的童军棍，因为当时没有体育设施，场地也小，跑跑步、出出操，玩玩篮球排球，就已经很不错了。到了后来，我们都不大分得清童子军出操和体育课之间到底有什么区别了。

在富顺那段时间，我们大的三兄弟都相继上学了。二弟智炜上学比较顺当，智敏上学则有点小插曲。1947年家里又添了五妹智富，智敏在家没人带，又没有幼稚园（新中国成立以后改称"幼儿园"，这个改法很好）可上，于是父母准备送他去上学，穿上"牛鼻子"让学校给管起来。父母不求读书的效果，主要是想有人管智敏，大概是1948年（或者是1947年）就报名让智敏去上学。智敏的样子比较乖，又很机灵，省银行的人给他取了一个外号叫"幺毛根"。开学那天，由省银行的一个职员萧和瑞送他去上学，待上课以后萧和瑞就回去了。哪知上课后不久，智敏突然失踪，老师着急了。一查，他一个人已经像我们养的鸽子一样飞回家去了。

唱歌是我的爱好之一。音色较好、发音准、乐感好、比较容易记住旋律和歌词，这些大概是我在音乐方面的优点，也为我以后的音乐爱好打下了基础。音乐课基本上是老师带着大家唱歌，教室里有一台风琴，老师坐在风琴前，一边弹一边带领学生唱。老师并不教学生识谱，只是让学生跟着唱，一直到了初中上音乐课才学习了简谱。

乐谱虽没有学，我倒有机会了解了一点很有趣的工尺谱。有一个省银行的职员会拉一点二胡，他用的就是工尺谱，其音符是用汉字来标注的。他曾经教我哼过一段工尺谱，不知怎的现在还能记得，其曲调是："合上四合，上上四合，上尺工，溜工尺，工尺上合。"如果不考虑音高和音长（主要是这里不好标注），按简谱翻译过来，应该是"5165，1165，123，532，3215"（请原谅这里不能标出音符的高低和长短）。相比之下，18世纪欧洲音乐家巴赫、海顿、莫扎特、贝多芬等，就已经能够用五线谱写出曲谱复杂、流芳百世的交响乐，这不能不说我们在音乐方面的差异。

当时似乎没有多少好的儿童歌曲，我印象中的歌曲基本上都是供大人唱的。其中一首是《四季美人》，部分歌词是："春季里桃花红又红，孟姜女寻夫哭奔长城，行行万里长，走一程哪又走一程，走一程哪又一程，走啊，走啊，走啊……夏季里荷花香又香，有西施醉舞东窗，窗外月又上，不由人哪一阵阵，不由人哪一阵阵，疼啊，疼啊，疼啊……"解放后，才知道《四季歌》是按一首东北民歌的曲调改编来的。还有一首记得比较清楚的歌《花样的年华》。其部分歌词是："花样的年华，月样的精神，冰雪样的聪明，美丽的生活，多情的眷属，圆满的家庭……"这首歌的风格有点像欧洲古典歌剧里的"咏叹调"，如歌如泣，声情并茂，让人印象颇深。

通常，学生会把老师的话当作"圣旨"，受老师的影响很大。现在看来，当时不少老师的思想还颇有一点进步，他们谈论国民党政府的腐败，谈论国民党政府的日子"不长了"的言论，对我们这些小学生产生了很大的影响。记得有位老师就公开在课堂上讲，共产党已经打到南京了。如果说他是在传播新闻，那就太简单化了，关键是他谈论时的那种眉飞色舞、"幸灾乐祸"的样子。有一段时间老师还教过我们唱《古怪歌》。其部分歌词是："半夜三更里呀，老虎闯进了门哪，我问它来干什么，它说保护小绵羊呀，它说保护小绵羊呀；古怪多，古怪多，古怪古怪古怪多，清早走进城呀，看见了狗咬人啦，只许它们汪汪叫，不许人家啊用嘴来讲话，来讲话……"当时老师教这首歌肯定有倾向性，但我们对歌词的寓意并不很懂，后来才知道这是有名的西南联大对特务闯入校园抓捕学生和对国民党政府封杀言论自由的抗议。还有一位老师更轻轻唱过"山那边呀好地方，一片稻田黄又黄，你要吃饭得工作呀，没有人给你做牛羊……"的歌。新中国成立后我们才知道，这就是歌曲《解放区呀好地方》的另一个改头换面的版本，连曲调都一样，歌词也差不多，在那种情况下，这些老师还的确有一点胆量。

省银行

父亲上班的地方，我们都称它为"省银行"，大门外的左斜对面，还有一家县银行。不过，县银行的实力要比省银行弱小很多。

省银行是一座相当大的院子，前面是办公区，后面是宿舍区。双开大门很高大，涂黑色油漆，进门后正面对着的是一个小院，上几级台阶就是办公区，右手边是银行的警卫室。我们居住的地方，在紧靠办公区后面的左边，旁边是餐厅，还有一个养了不少鱼的水池，水很深。不知是什么原因，不少鱼变了色，红、黄、白的都有。

对童年的我们来说，省银行比较有特点的地方是后院有一个很大的花园，这个花园后来成了我们玩乐的一个重要场所。花园里有各种各样的花草，有玫瑰、茉莉、蜡梅、红梅、黄桷兰、鸡冠花、状元红等。此外还有橘子、柚子、樱桃、毛桃、枇杷、葡萄等一些果树，以及一些其他的树。我们可以在花园里捉蟋蟀、捉蚱蜢、捉蝈蝈、捉知了，还捉各种各样的鸟。有一次，我看到靠围墙边的一棵树上有个鸟巢，从下面用棍子一捅，鸟飞了，结果发现里面有几个麻壳的鸟蛋。这是我第一次知道鸟蛋不一定是白色的。偶尔还可以看到黄鼠狼出没，我自己就亲眼见到过几次，其行动十分机警。据大人们说还有一种叫作"花脸獐"的动物，可惜我们没有看到过。后来我们猜测，这"花脸獐"可能是他们仿照《聊斋志异》中的鬼狐故事，虚构出来吓人的。

花园里还有一个防空洞，是用来防备日本鬼子飞机轰炸的。当时，我们小小年纪，已知道了一些防空警报的知识：一种叫"空袭警报"，有预警的意思，意味着敌机还比较远；一种叫"紧急警报"，说明敌机已经飞临本地上空，需要赶快躲进防空洞。到了1945年，日本鬼子已经是秋后的蚂蚱，没有能力再来轰炸了，这个防空洞也就没有机会再发挥它的作用，人们将防空洞的洞口给封上了，它的历史使命到此已经圆满完成。后来我们为了养鸽子，需要建一个鸽子房，想来想去，最后决定建在防空洞的通气口上，防空洞算是最后发挥了一点作用。

我曾经有过一次惊险的经历。省银行内的葡萄架不但很大，而且相当高，有些地方的葡萄很难摘。为了摘到葡萄，有一次我设法爬到了葡萄架上，哪知我竟和年久失修的葡萄架一起跌了下来。幸好葡萄架是慢慢地垮下来的，属于"软着陆"，并没有给我造成任何伤害。

银行的高级职员和家属在餐厅集体吃饭，大人坐一个大圆桌，小孩则用旁边的一个小桌，饭菜基本上是相同的。伙食开得不错，但一点不奢华，只能说比一般人家的要好。

由于省银行的院子很大，常常发现有蛇在偏僻处活动。有一天早上，我们养的一只大约10斤重的大黄猫，竟然在一个角落逗着一条蛇玩。蛇盘成一圈，昂着头，吐着芯子作防守状。猫则守在旁边威严地控制着局面。蛇不动则已，一动，猫就用前脚拨弄它一下，使之不敢贸然逃走。这只猫的战斗力极强，有一次竟然抓住了一只黄鼠狼，咬住其颈部活生生地拖了回来。当大家（我也在现场）看到这只猫咬黄鼠狼的场景时，发出了一阵惊呼，在大家的惊呼声中，猫还以为自己犯了什么错误，扔下黄鼠狼径直跑了。于是，已经吓昏了的黄鼠狼就成了我们的战利品。被抓住的黄鼠狼拒绝吃东西，而且发出一种难闻的臭气，搞得我们不知道如何处理。后来听说是送给了"老胡开文"笔墨庄，让他们做毛笔去了。据说一种叫作"狼毫"的毛笔就是用黄鼠狼的毛做成的，属于毛笔中的上品。

有一段时间，大院子里常有野猫出入。一天，在午休的时候，我发现一只很大的野猫躺在一张藤椅上睡着了。我轻手轻脚地走上前，猛然扑上去抓住了这只正在熟睡的野猫，并把它拴了起来。可是它拒绝吃东西，后来我们只好把它放了。还有一次，我观察到一只喜鹊在花园的葡萄架上做巢，它把一根作为支架水平放置的大楠竹空的一头作为做巢的基地，我便在它钻进去的时候设法悄悄靠近，爬上一个很高的凳子，然后猛地用手将洞口蒙住。这只喜鹊疯狂地啄我的手想突围，但我忍住坚持不放，最后把它捉到了。但它也和野猫一样，拒绝吃东西。看来，动物有它们自己的生活哲学，这只漂亮的喜鹊坚决抱着"不自由，毋宁死"的精神，不惜绝食与我们对抗，我只好把它放归大自然了。

在富顺的后街，当时有个很小的广场，中间立了一座相当高的石碑，上书："抗日阵亡将士纪念碑"，这碑文是爱国将领冯玉祥先生题写的。在碑的正面，跪着两个石雕的人像，一个是汪精卫，一个是他的老婆陈璧君。许多人到了这个地方，都要往他们的脸上吐口水。这件事在我幼小的心灵留下了一个极深的印象：坏人中之最坏者，就是汉奸！

日本投降

我1939年6月出生时，抗日战争已经进入第九个年头，那时国民政府已经迁都到陪都重庆。我年纪很小时就知道日本鬼子常常要来轰炸这件事。本来，两国交兵，轰炸军事目标就罢了，但日本鬼子却特别凶残，经常轰炸民间目标，以轰炸普通老百姓来向中国人示威。不但要炸成都、炸重庆，连四川的一些小城市也要轰炸。我就记得，有时晚上警察来敲门，说有警报，赶快熄灯。

幸运的是，我们住在比较小的城市，运气还好，没有碰到过轰炸的灾难，不过父亲有过一次较为惊险的遭遇。据父亲说，当时他在重庆工作，一次日本飞机来轰炸，他听到警报后赶紧跑进了地下室躲避，待敌机飞走后他从地下室回到所住的房间，竟然发现他的床上有一块炸弹爆炸后飞进来的弹片，而且还是热的。

中国人民抗日战争中做出了很大的牺牲，生活相当艰苦。四川本地的老百姓也是如此，逃难到四川来的外地人可能更多了一层苦难，都对日本鬼子恨之入骨。当时，四川本地人统称长江下游来的人为"下江人"。可能当时入川的主要通道是走长江水路溯江而上之故，也可能是对"外地来的人"的统称。四川"天府之国"虽好，"下江人"还是很想早日打败日本，早一点回到自己的老家去。

1945年8月15日，日本宣布无条件投降的消息使所有人都非常高兴。省银行的一个性格非常开朗、豁达的"下江人"会计雷胖子，为了参加庆祝胜利的大游行，特别制作了一个铁环，尤其是把滚铁环的控制手柄做得又粗又大，在外面用红纸粘贴，上书：打倒日本帝国主义，中华民国万岁。他把脸化成一个非常滑稽的怪相，贴上胡子，戴上眼镜，再加一顶博士帽，竟一人去参加街上的大游行了。街上热闹非凡，还扎了各种各样的牌坊，有的牌坊旁边吊上纸糊的原子弹的模型，上面写上"原子弹"几个字，样子与普通炸弹没有什么区别。因为当时谁也不知道原子弹是什么样子，只能凭主观想象，不写上几个字只怕别人不知道。

另外，还有一件事让我印象很深，即当时的报纸在报道日本投降的消息时，还附上了不少照片，其中一幅是日本天皇骑在一匹白马上的照片。那份报纸叫《新新新闻》。那时我六岁多，报纸我肯定是看不懂的，但不知不觉中却对报纸产生了好感，这为我后来养成读报习惯，而且长期坚持读报起了重要的启蒙作用。

四川是个历朝历代都出大家的地方，人不但有灵气，而且有骨气。四川在抗战中做出了很大的牺牲和贡献，全国抗战十四年，四川一开始就有30万川军出川抗战，后来还为各战区输送兵员近300万；战时政府的钱粮支撑，主要由四川承担；抗战最艰难的时期，一个四川省就大约负担了国家财政总支出的30%以上。川军在抗战时期的伤亡人数约为全国抗日军队伤亡总数的1/5，居全国之首。十几年前，四川民营企业家樊建川先生在社会力量的鼎力支持下，自己出大力在成都市大邑县安仁古镇建了一个规模宏大、占地500亩、公益性的"建川博物馆"。这个博物馆是一个包含各种展出的"群落"，其中有关抗日战争的展览尤具特色，对四川人民和川军在抗日战争中的贡献也有比较详细的展现与介绍。

许多抗战期间到过四川的"下江人"虽然回到家乡，但也常以抗日战争时到过四川大后方而自豪。1980年，我在美国认识了一位台湾赴美留学后留美工作的周博士。他知道我是从成都来的以后，主动提出和我讲四川话，而且他讲的带重庆口音的四川话还相当地道。对此，我颇感奇怪。他解释说，他小的时候是在四川长大的，所以会讲。我就问："你们小时候讲四川话，为什么过了这么多年还没有忘记呢？"他说："因为我们从四川回到上海后，在家里都讲四川话，到了台湾后在家里还是讲四川话，有了说话的环境，就忘不了。"

还有类似讲四川话的故事。还是在美国，有一位相当有名的搞激光基础研究的科学家王博士邀请我去他家做客。王博士抗战期间在重庆待过，也会讲四川话。当天，在座的还有一位陪客，自我介绍他原来是台湾的一名空军中校。这位中校说，因他眼看自己的官升不上去，仕途无望，就主动退役，跑到美国来留学，后来就留在美国做生意了。这位老兄也会说四川话，而且也很流利。他还讲述了一个到当时为止我都没有听到过的故事。他说：在台湾老一辈的空军中，都习惯说四川话，而且很以能在台湾讲四川话为荣。因为他们抗战时在作为大后方的四川待过，或者就是四川本地青年人入伍当了空军，不但习惯讲四川话，而且还借此显示自己是空军军界的老前辈。他们都还记得四川人说话幽默风趣，和"下江人"吵起架来也毫不留情。他说四川人常在斗嘴时奚落"下江人"，说："你们'下江人'有什么了不起？你们喝的还是我们的洗脚水呢！"这种四川人的"精神胜利法"一时逗得我们在场的人哈哈大笑。因为四川的确是在长江上游，人们到河边洗脚是常有的事。说出这样的玩笑话来，也不是完全没有道理的。

假期与玩乐

假期是我们小时候最愉快、欢欣的日子了，特别是暑假，我们可以安排许多活动。一般假期的作业很少，家里安排的学习任务也很有限，基本上是自己安排自己做一些想做的事情，很有点像现在所说的"休闲"。2000年，诺贝尔奖获得者美国经济协会会长罗伯特·福格尔在一次讲演中提出"崇尚休闲"的观点，提倡发展休闲经济。他把工作、休闲、休息说成是："工作是做必须做的事，休闲是做喜欢做的事，休息是什么事都不做。"现在，当我们的生活水平有了较大的提高，在身体还好时，应该尽力把生活安排得丰富多彩，同时做一点自己喜欢做的事，过好自己的"休闲"生活。

我们小时候也有"德、智、体、美全面发展"的说法，与现在报纸上经常讨论的"素质教育"差不多。现在的问题是，以"应考"为目标的智育被当成了重中之重，其他的"素质"就只好做相应的牺牲了。在这种情况下谈素质教育可能不会有多大的效果，但如果这种情况不能迅速加以改变，青少年的培养教育不得不令人担忧。

假期里，家里安排的学习内容基本上就是练字，当然是毛笔字，以练大楷为主。以前，父亲工作忙，只能抽些时间来加以指导。在我们离开富顺前，因父亲等待工作调动，已没有很多事情可做，于是准备比较认真地让我们练一下字。他让人去书店买回他指定的欧阳询字帖（记得叫《九成宫醴泉铭》），作为练字的范本。每天上午，由他在一张方桌旁坐镇，我们三兄弟各坐一方，先在一方大的砚台里磨墨，待浓淡适中后，开始练字。他着重要求我们掌握基本功，对基本笔画，字形的结构、布局等要求甚严，随时指出我们存在的问题，并加以纠正。练字没有要完成多少定额的要求，只要求质量，规定了写多长时间，每天是1.5~2小时的样子。写完后就让我们自由活动。我写毛笔字的基本功就是这样练起来的，后来就没有正规练过了。

1998年，在我们深圳住家所在的南粤山庄，因召开小区业主大会要写大会的横标，一时找不到合适的人来写，业主管委会的朋友们认为我肯定行，就把一切器具纸张准备好了以后，送上门来让我写。我也不便推辞。字是用美工用的排笔来写的，半张纸写一个字。我们过去写的大字一般只有核桃那么大，从来没有写过这么大的字。为了不辜负大家的厚意，写时我很认真，结果我发现50年前的基本功还发挥了一点作用。字写出来挂在墙上，效果还不错，颇受大家的好评，甚至连我自己都有点惊异，这么多年以后还能达到这样的效果！

当时的生活水平要比现在低很多，当然更没有电视、广播、音响、电子游戏等娱乐设备。但是，这并没有影响到我们童年时代的玩乐。现在想起来，那时虽然总体水平较低，但仍然非常愉快、好玩。"一代人有一代人的美"，的确有它的道理。

改革开放后，随着条件的改善，我们的生活逐步进入了比较好的状态，但有时也并没有感到这种富足就那么舒心。比如，有一天，妻子文德就不无幽默地说道："以前穷的时候，什么东西吃起来都很好吃，很有胃口，现在什么好东西吃起来都没有那么好吃，看来穷一点也有它的好处。"

1984年前后，我在"成电"（成都电讯工程学院，1988年改名为"电子科技大学"）时，我常去找一个60多岁的个体户理发师理发。他的小店就在成电幼儿园的后面，实际上是在住宅楼下摆一个摊，离我们的住处很近。这个师傅的技术不错，但最主要的是认真负责，性情温和。每次去，只要你愿意，他都很乐意一边理发，一边同你谈天说地。

一次，他同我谈起他小时候到成都来当学徒时的生活。说那时生活真的很困难，被子都没有，还是按月租的，但仍然"很好耍"。他的说法是："富人有富人的耍法，穷人有穷人的耍法。"他说他们没有钱的人也很好耍，可以到"火烧坝"（因火灾或遭日本飞机轰炸后还未再建的空地）去看不要钱的耍把戏（魔术），到茶馆站着听评书，在街边上看人家做面娃娃，看人家倒"糖巴巴"的倒"关刀"，饿了还可以吃两个煮红苕，吃点很相因（便宜）的牛杂碎汤锅，等等。看来，这个师傅当学徒时的生活还不算太困难，没有穷到极点，还可以自得其乐。如果他真的连饭都吃不起，可能就没有那么"好耍"了。

那时，我们的生活条件算是比较好的，自然各种"好耍"的活动也很多。总的体会和这位理发师傅类似，并不是花钱多的才好耍。

游泳是一项大活动。富顺县城紧靠沱江，因而沱江就成了我们游泳的好基地。夏天河面相当宽。第一次去游泳大概是在1945年的夏天，当时我刚满6岁。我们几个到了离省银行不远的东门口的河边，看到人家游，也就脱了衣服，光着屁股下去学游泳。因为我们胆子小，只在河边上游，所以没有出什么问题。后来穿衣服时发现衣服脏了，我们就在水里洗，然后打算晒干。可晒干衣服需要时间，时间一拖长，我们也有点急了。这时，就有几个"好心人"说愿意送我们回家，我们也就糊里糊涂和他们一起回去了。到了家，这些人却争着说，是他们在河里救了我们。当时我们小，在那种情况下没有人来向我们核实情况。结果这几个人凭一派谎言，向我们家里讹了一些钱，而我们事后则挨了一顿打，心里非常委屈。

这个诈钱的小骗局让我至今仍记忆犹新，幼小的心灵早早就了解到世界上竟有这样无耻的人。父母主要还是怕我们不小心掉到水里淹死，实际上要避免这种事情出现，恰恰需要学会游泳，何况游泳还可以锻炼我们的身体。光靠禁是禁止不了的，我们后来还是偷偷去游。可能是实践出真知吧，在没有任何人指导的情况下，我们相继"无师自通"，而且后来还游得非常好。游泳给我们带来的最大好处是把我们的身体锻炼好了，肩宽，体健，基本上不生病，而且我后来还倚仗游泳的本领拯救过两个濒临生命危险的小孩。

除了下沱江游泳，另一个可去之处就是西湖塘。西湖塘是富顺的一大景区，塘里长满了荷花，长出的莲蓬和莲藕对于许多人，特别是小孩，是很有吸引力的。但是这个地方不准游泳，常有站岗的"岗兵"在周围巡逻，因为若游泳的人多了，显然会危及荷花的生长。小孩们都很怕"岗兵"，但还是喜欢去那里，常以能偷偷在西湖塘游泳，顺便采一点莲蓬和莲藕为乐。

与游泳关系比较密切的另一项活动是钓鱼。在富顺钓鱼比较容易，可能是因为上游有号称出产甘蔗和食糖的"甜城"内江，使得这一带沱江里的有机物比较多，鱼也较多。我们一般都用蚯蚓做钓饵，不需要浮标，只要看到鱼竿尖上一抖，就可以迅速拉起来，成功率很高。最容易钓到的鱼是"黄辣丁"。在西湖塘里钓鱼，就需要浮标，做浮标并非难事，最大的问题是塘里的鱼不太吃饵，可能是这些鱼的生活已很富足，对小小的一段蚯蚓缺乏兴趣。甚至我们可以看到水中的鱼儿在钓钩旁边游来游去，就是不上钩。

特别值得一提的是，在西湖塘还有一个很有趣的捉小鱼的办法。将一个用绳子吊着的预先放了一点饭粒的竹子编的筲箕沉入石拱桥边较深的水底，一会儿，就有许多小鱼进到筲箕里面吃食。这时慢慢把绳子往上拉，比较有警惕性的小鱼会感到不妙，开始往外逃，我们及时地把咬碎的炒胡豆往里面吐，其香味又把不少鱼儿吸引回来，并争相抢食，从而忘掉了已经面临的危险。待筲箕比较接近水面的时候，我们突然加速，轰地往上一提，许多活蹦乱跳的小鱼就成为我们的战利品了。

我们抓鱼纯粹是为了好玩，抓回来后把这些小鱼养到家里花台上的一个小鱼池里。那个鱼池的容量不小，有一两个立方米。到我们离开富顺时，它们已经长大了很多，但我们也只好和它们依依惜别，把它们留给了将要到来的新主人。

钓黄鳝也是我们在西湖塘的一个活动。我们在一根短的竹棍上，用一节较粗的麻绳拴上一个钓鱼钩，穿上蚯蚓，然后放到湖边石缝较多可能有黄鳝的地方。我们一上一下地移动竹根，以引起黄鳝的注意。黄鳝咬住饵后会拼命往洞里退缩，有时力大无比，这时结实的粗麻绳就发挥作用了。抓住的黄鳝我们照例送给别人。偶尔我们在西湖塘会看到一些放生活动。有些可能是笃信佛教的"善人"常有"不伤生"的善举。他们将买来的黄鳝、泥鳅，倒入西湖塘中。估计这些"善人"不是十分富裕，心有余而力不足，因为没有看到他们放生过高档的鱼，放黄鳝、泥鳅既可以达到放生的目的，又破费不多，一举两得。

抓螃蟹也是一趣。富顺当地有个"三月三，盘海爬高山"之说（富顺人称螃蟹为"盘海"）。阴历三月三左右，成群的螃蟹爬到靠近河边的山坡上，藏在大石头下或石头缝里。什么原因不清楚，估计是与其生殖、繁衍活动有关。这时，你搬开一块大的石头，多半就会发现一群螃蟹。惊慌的螃蟹这时会突围般惊慌地四面乱跑，搞得你手忙脚乱，抓都来不及。运气好，一次就可以抓到很多。

另外一种抓螃蟹的办法是"钓"，地点是在沱江边上的关刀堤。这个关刀堤形似关云长所用的大刀，是用来控制江水主流以免冲刷城区的一道相当高大的石头堤坝。钓螃蟹具体的办法是，在涨大水时，用绳子拴着一串鸡肠，置于水中，过一段时间猛然拉起来，正夹住鸡肠咬着吃、来不及逃走的螃蟹就会成为我们的俘获物了。夏天涨大水时，关刀堤下面水深流急，常有些人在那里从高处往下跳水，颇为风光。我们年纪小，游泳的水平不高，不敢贸然去那里造次。

这种抓螃蟹的办法与国外的办法也有类似之处，二者都是用食物来引螃蟹"上钩"的。2018年我们去美国，后来应学生们的邀请去加拿大访问。在温哥华，学生张文彤就特意安排了一次海边捉螃蟹的活动，非常好玩。办法其实很简单，他们把鸡骨架之类的放在一个设计有点巧妙，特别编成的篓子里，螃蟹进去容易，出来就找不到路了。篓子用一条长绳子拴住，一头再拴一个盛牛奶的空桶，作为指示位置的浮标。那天是把篓子放在深度大约30米的海中，然后就开着小艇去玩别的项目了。等了一两个钟头把篓子拉起来，里面已经有不少螃蟹了。我们那天放了两个篓子，抓了一二十个螃蟹。拿我们中国的标准来看，抓住的螃蟹个子都很大，但加拿大有个规定，母螃蟹不能抓，而且公螃蟹也要足够大才能抓，螃蟹壳子两边最宽处小于16.5厘米的不能抓。结果那天我们只带回了一个很大的螃蟹，其余的我们都很自觉地放回海里去了。其实，并没有人来检查你抓的螃蟹是否合乎规定，完全靠自觉。

养鸽子也是我们的一大乐趣。开始我们只买了一对鸽子，后来我们在花园内的防空洞上建了大的鸽子房，数量就日益增多了，多的时候有20多只。如果仅仅靠我们这些小孩，是搞不出这么一个大场面的。父亲不是太支持，他怕影响我们的学习。但是，在那些职员中也不乏养鸽爱好者，他们比较年轻，也有养鸽子的兴趣。他们的最大支持，是帮助我们造了一个鸽子房。

防空洞的通气口是花园中部的一个制高点，建鸽子房比较理想。首先，是请木工在一根原木的顶端制作了一个有上下两层共16个单元的鸽子房，再将原木底端从通气口插进去卡紧，离地面有2.5～3米高的样子，不但稳当，而且鸽子房底部和支撑它的原木是垂直的，还能防蛇、防猫、防鼠、防黄鼠狼等，非常安全。在我的印象中，鸽子房的主体是用一个装香烟的大木箱改造而成的。

这个鸽子房在当时可以说是相当豪华的，若以每个单元栖息一对鸽子计算，可以容纳32只鸽子。两边都有门，朝向相反。为了便于管理，可以在下面拉绳子，把门打开或者关起来。喂的食物大多是碎米，由于那时米里的稗子比较多，用筛子筛出稗子时碎米也就出来了。另外，我们还在鸽子房附近的地上修了一个小小的水池，供它们饮水。有时这些鸽子并不领情，不知好歹地跳到水池里面洗澡，我们也无法阻止，"一切严重后果自行负责"吧。

我们真正买过的鸽子不超过10只，数量的增加，一是靠自身的繁殖，一是吸引其他鸽子到我们这里"定居"。休息时，我们常把鸽子赶上天以锻炼它们的飞翔能力。由于"鸽多势众"，声势浩大，也有单只或者几只鸽子参加进来，或者糊里糊涂被"裹"进来一起飞翔，待它们随大流停下来时，发现我们这里的居住和饮食条件都特别的好，好些鸽子就乐不思蜀、流连忘返，留下不走了。多的时候，鸽群有近30只。

我们的条件也非常宽松，不经意地对鸽子实行着"来去自由"的开放政策，愿来的欢迎，想走也不强留。基本政策是放任不管，无为而治，结果反而使鸽子队伍扩大了，以致后来我们都分不大清楚哪些鸽子是原有的哪些是新来的了。看起来，这和现在吸引人才的道理差不多，一个单位能否得到大的发展，关键在于是否有优秀的人才队伍。单位不能仅仅停留在宣传"事业"的前景多么光明上，更重要的是切切实实为他们的衣食住行创造良好的条件。特别是对那些从国外回来创业的留学生，实行来去自由的政策，使他们无论哪一方面都无后顾之忧，对人才的吸引力就自然而然地有了。

我们还养过两只斑鸠。人们说斑鸠这东西，野性很大，一般不能驯养，可是我们在无意中却驯养成功了。我们买了一对斑鸠，开始把它们关在一个竹子制作的笼子里，挂在一个较小的木制鸽子笼旁边。过了好久，有一天突然出了事故，一只猫把竹笼子扳开，咬死了一只斑鸠，而另一只则乘机逃了出来。这只斑鸠大概对这里的环境已经颇有感情，它并没有飞走，反倒乐于参加鸽子们的集体活动。只是到了晚上，它才回到一棵大洋槐树上栖息。我们常常把这只斑鸠和鸽子一起带出去放飞，但放飞时，它不像鸽子一样在空中盘旋，整理队伍，盘旋飞翔一阵再回家，而是单打独斗，一放出去基本上就径直飞回家了。

城里的后街附近，有一个庙宇改造成的剧场，偶尔放电影或者演话剧。可能是富顺这个地方小，经济基础差，人们没有多少钱来看演出，所以这种演出不是固定的。

　　印象中看的电影基本上都是无声电影，要是现在的人看了，那才真是着急呢。20世纪30年代，我国就已经有如《马路天使》《夜半歌声》之类的有声电影了，可我们当时看的还是无声电影，估计是更早以前制作的，应该是放映了多轮，基本上淘汰了的电影了。不过，这些过时的老电影拿到富顺这种小地方，还有点市场。最差的一种无声电影的字幕不是放在对应画面的下面，而是在放了几个镜头之后，紧接着放一段完全没有画面的白底黑字的对话。非常有趣的是，当放映对话时，整个剧场里的人都很整齐地大声朗读起来，就好像是小学生在课堂里上语文课，生怕不念出来，别人就会认为自己不认识字一样。当然，这样也有一点好处，那些不识字的观众在大家的"帮助"下也可以看得懂一点，因为那时的文盲不少。在那里看的第一部电影是《火里英雄》，后来又看过一些，如：《荒江女侠》《关东大侠》等。也看过一些外国的动画片，估计是迪士尼的，记得其中的一个镜头是用水枪冲打树上的鸭子，估计那鸭子就是现在儿童们熟知的唐老鸭。

　　我看过的话剧很少，记得其中的一出是《西游记》里的故事《盘丝洞》。有一个场景是，有些女演员扮演的蜘蛛精趴在那个用粗绳子编成的蜘蛛网上。还记得另外一出话剧也是很有娱乐性的，其中有一个戴"隐身符"的角色张跛子，他一戴上隐身符别人就看不见他了。他行动不便，但有隐身符的优势，他戏弄别人而别人又无可奈何的表演常常引起观众的笑声。

　　我还在一个茶馆看过皮影戏，也在街边看过背篼戏。背篼戏是一个人表演的木偶戏，通常是在街边围一个圈，表演者只有一人，钻入一个竹子编的"背篼"内，控制木偶在一个很小的"台"上演出，同时把男女角色的对话绘声绘色地模仿出来，特别是惟妙惟肖地模仿出女声，颇不容易。因为只有一个表演者，既要表演动作和模仿对话，还要敲打一些响器营造出热闹的效果，所以同时上场的角色不能太多。

　　街头的"西洋镜"也是一景。为了招徕观众，西洋镜的老板一边敲着联动着的响器，一边哼出唱词。有几句唱词我现在还记得很清楚："一不唱孙二娘（《水浒传》中的'母夜叉'孙二娘）开黑店，二不唱日本鬼子占台湾……"西洋镜的设备是一个箱子，前部是一个由大约四个面组成的弧形，每个面开有一个观察孔，观众一般要猫着腰，通过观察孔里的放大镜看里面的画片，效果还是蛮不错的。你给老板交了钱，老板就把某个观察孔的挡板打开，你就可以看了。一般有十张左右的画片，看完一张，老板就拉起一张，换另外一张。本来是谁交钱谁看的，但孩子们常常希望挤在一起，免费看一下，在熙熙攘攘中又增加了不少乐趣。

1992年，我买了一本《世界漫画大师精品欣赏》，在丰子恺先生的漫画中，我看到了一幅关于西洋镜的漫画。画中许多小孩挤在西洋镜旁，画的旁边配有一句极富深情的说明：现在的孩子是享受不到西洋镜的乐趣了。由此可见，丰子恺先生对这种"乐趣"的体会之深。

我一直十分佩服那些能够耍魔术的人，也许是童心尚存，就连现在看到玩扑克牌之类的简单小魔术时，还想要是我能耍几套就好了。那时，常有机会看到一些街头魔术，在众目睽睽之下，从一块布搭着的小孩头上变出一只碗，一会儿又变出一只鸽子来。因为距离很近，四面都是观众，又是大白天，不像舞台上那么容易做手脚，所以我心里对这些耍魔术的民间艺人十分佩服。

多年后我慢慢认识到，耍魔术远不是知道原理就行，熟练地掌握高超的技巧才是关键，否则就完全耍不出来好的魔术。大概是1996年，全国信息技术标准化技术委员会多媒体分委会在江苏镇江市开年会，会后安排了一天的游览活动。在《白蛇传》中"水漫金山寺"的金山寺里，我们看到一个漂亮的小姑娘正在玩扑克魔术，非常轻松熟练。看后，我们好几个人在她那里各买了两套魔术扑克，想以后有机会时"露一手"。

买回来后一看说明书，我马上就知道如何能够从一副牌中找出观众随意指定的某一张扑克牌了。道理很简单，魔术扑克是做成梯形的，一头大一头小，但差别微小，一般人看不出来。观众挑出一张牌后，表演者在观众不知不觉之中，将那张牌调头反过来插进那副牌里，要找出这张牌来，就比较容易了。但说起来容易做起来难，试过之后发现没有熟练的技巧，只懂"原理"而没有那种"手感"，会显得非常笨拙，完全不像耍魔术的样子，当然更达不到理想的效果。

儿时的一种玩意是弹弓（当地叫"弹枪"）。弹弓是用黑色橡皮筋、皮垫子和一个大小适中的树杈做成的。使用时左手握手柄，右手拉动橡皮筋瞄准，把皮筋中部皮垫里的小鹅卵石弹射出去。由于我经常练习和实践，打得还比较准。夏天，每到傍晚时分，省银行大门外的两棵大梧桐树上有许多麻雀在找地方栖息，叽叽喳喳叫个不停，正是打麻雀的好时候。我们每天都可以打到几只麻雀。由于打的人很多，傍晚时分也不容易看得十分清楚，很可能自己的某个战利品恰恰是别人打下来的。不过从统计学的观点来看，相互抵消，大概也互不吃亏。打雀鸟需要常往郊外跑，这相当于远足，对锻炼身体大有好处。有一次，我和几个小朋友正站在坡上，听到下面的水沟里有一种类似小孩"哇哇"的哭声。下去一看，发现是一只青蛙被一条蛇咬住了。青蛙较大，蛇吞不下去，正在僵持着，青蛙因此发出凄惨的叫声。于是，我们几个小伙伴见义勇为，拔刀相助，几个弹弓数弹齐发，这条蛇很快就死于非命了。

春天我们要放风筝。那时的风筝都是自己动手做的，虽不如现在买的风筝好，但制作的过程也另有一番乐趣。我们制作风筝的手艺很差，常常一放上去就"打栽栽"。我们先削好竹片，把风筝骨架绑好，再将纸糊上去，这样很难做到对称，"打栽栽"自然就难免了。后来到了乐山，才学到了比较先进的方法。其实方法很简单：先把纸折成对称的，再把竹片对准折痕粘好，因为对称，平衡问题就得到彻底解决，次次成功。

另外一个"玩，你也得动脑筋"的例子是粘知了（富顺叫知了为"恩昂儿"）。富顺的办法是先在竹竿的顶上绑上一个竹片做的椭圆形的框子，然后在上面缠绕一些蜘蛛丝，形成一个有黏性的网。粘时，悄悄对着知了罩下去。实践证明这个办法效果极差，非常愚笨。一个缺陷是目标太大，常常还没有碰上知了，它就已经发现，逃之夭夭；另一个缺陷是黏性不够，偶尔盖住了，也粘不住。

到乐山后，就发现乐山小朋友的办法非常高明，概括来讲就是"抓住主要矛盾"。他们只在竹竿的细尖上缠上一点点非常黏的蜘蛛丝（通常这种蜘蛛丝取自较高的房檐屋角，这种丝的黏性很强），从下往上，悄悄逼近知了，只要粘住知了的一点翅膀，它就很难跑掉了。这个办法既简单，效果又好，把以上两个问题都解决了，目标既小，又很黏（用前还可以用衣角把一小团蜘蛛丝包着，在嘴巴里咬几下，以便把蜘蛛丝的黏性调整到最佳状态）。所以说，一方人有一方人的聪明，通过交流可以向别人学到很多东西。

到了冬天，有一种"掷糖罗汉"的玩法。那时流动的摊子上摆满了各种大大小小、高高低低的糖罗汉。糖罗汉是用融化状的白糖注入各种模具，冷却后就制成内部空心的各种大小的罗汉。老板在一个碗里放上几颗"骰子"，和参加者对掷，赢的人可以获得罗汉。我们一般都选择掷三颗骰子的玩法，这种玩法最简单，当掷出的三颗中有两颗的数字相同时，比另一颗数字的大小，大者为胜。参加者交钱后，先从最低的一档开始，取胜后可以拿上赢得的奖品退出，也可以当作本钱再玩下一档。我们一般输的多，因为不会赢了一次就罢手，但次数一多，庄家赢的概率就大了。他只要赢一次，我们就前功尽弃。但有一次我的运气来了，来了一个"六连胜"。观众鼓动我继续"战斗"夺取更大的胜利，他们也想多看一点热闹，老板当然也很希望我再继续"拼"。但我当时觉得再往下可能风险太大，次次都赢的概率很小，于是见好就收，决然拿上战利品，一个白糖浇注的狮子（其他的奖品都是罗汉，仅大小不同而已，只有狮子是唯一例外，而且很厚实），班师回朝。很多年后的今天回忆起此事时，心里还充满了快乐。

还有一种叫作"升官图"的游戏。道具很简单，主要是用木刻版印在一张大方形纸上的"升官图"。只要有了这块木刻版，家庭作坊甚至个人都可以印制"升官图"，成本相当低，便于普及。这个图上印的主要是封建时代一套经过处理后的"组织"系统，和实际情况不完全相符。开始玩时，先是将代表每个游戏者的筹码之类的东西（实际上只要相互间可以区别即可）放在"白丁"这个起点位置，再旋转图中间的木制小方块（与骰子类似，中间插有一根细竹签，捏着竹签旋转，可转出四种结果），每个游戏者轮流旋转，根据旋转得出的四种结果来决定玩者的升迁或降级。开始，是求学取功名阶段，从白丁、童生、秀才、举人，一直到探花、榜眼、状元。图上其他部分，就是各种衙门的组织系统了，如知县衙门、知州衙门、知府衙门、总督衙门、按察司衙门、布政司衙门、翰林院衙门、尚书衙门等，最高可以升到"太师"。当然，是绝对不可以通过"升"成为"皇帝"的。在玩的过程中，游戏者不但可以知道许多官职的名称，而且可以知道官职的品级，如知县为正七品，知府为正四品，总督为正一品等。值得强调的是，这个"骰子"掷出的四种结果，不是通常的一、二、三、四，而是颇有一点意义的"德、才、功、赃"。看来，我们中国的优良传统还是把"德"放在第一位，当然有"才"、有"功"也很好，可以晋升，而代表贪污的"赃"则被认为是最丑恶的事。这种"升官图"我们1949年到了乐山以后还买来玩过，后来就再也没见到过，绝种了。

富顺城里还有一个城隍庙，那里令人既感到阴森恐怖，又觉得有趣好玩。一般我们不大敢单独去，就算是在大白天，也要几个人一起才行。庙里供奉有无常鬼、鸡脚神、判官、阎罗王等，其形象真正是青面獠牙，非常恐怖，而我印象最深的则是传说对干了坏事的人有下油锅、上刀山、走奈何桥（难走的独木桥，桥下全是蛇蝎）等极为严厉的惩罚手段。当然，这肯定是一种迷信，但对那些干坏事的人来说，可算是一种非常直观的"教育"，多少会产生一点威慑力。

每年的端午节，富顺都在沱江举办划龙船的庆祝活动。那时富顺的划龙船，不像现在是在一段距离内比赛划龙船的速度，而是更为有趣的"抢鸭子"。江面上，有若干由商号、机关等租用的花船作为游动的观赏场所，花船上备有一些活鸭子，不时在一阵鞭炮声和船上、岸边人们欢呼声中往江里投放。一发现江中的鸭子，在水上游弋的龙船就拼命划了过来，到了一定的距离，船头上或站或蹲的"抢手"就会纵身跳入江中，往鸭子扑去，并把鸭子抢到手中。但是，因为有诸多因素在同时起作用，抢到鸭子也不是那么简单。例如，花船本身是在不断移动着的，投放鸭子的时机绝不会让你随便就可以抢到。为了抢到一只鸭子，各条龙船之间还有竞争，除了划的速度，还有许多别的技巧，最先划到的不一定就抢得到。鸭子是活的，有些聪明的鸭子除了拼命逃跑，急了还会在水面上飞腾起来，甚至潜入水中让你找不到。我父亲所主持的省银行是当地的一个大单位，有点经济实力，通常都租用一只花船，我们可以在很近的距离欣赏这些令人激动而有趣的场面。印象特别深的有这么一件小事：在鸭子被投入江中之前，人们还常常在它们的脖子上用刀划一个小小的伤口，甚至抹上一点盐,这样鸭子为了洗疼痛的伤口就会经常潜入水中,让大家不容易抢到。不过,其效果是否果真如此很令人怀疑,说不定还损伤了鸭子的体力,适得其反。

打乒乓球也是一乐。当时打乒乓球还没有普及,我们用的是没有贴任何胶皮的光板木拍子。乒乓球在我们心目中是比较贵的,而且以前制作的乒乓球质量较差,"寿命"不长,也可能与我们使用光板木拍子打球有关。乒乓球出现裂口时,还常用医用白胶布粘上,可以勉强多玩一阵子。当时,许多玩球的术语都是从英文翻译过来的。大多数的术语还是好懂的,也有的令人摸不着头脑。多年来,我一直很纳闷,不知道四川话中表示发球时滚网球的术语"乃提"是从哪一个英文单词转过来的。直到2001年,我从一次国际乒乓球比赛的电视实况转播中才知道"乃提"实际上就是"net",即"网"的意思,长达几十年的"疑案"才终于告破。不过,由此也可以知道,那时不少四川人的英文读音有多么离谱。

最简单的玩法就是在省银行后面的花园里面玩。花园比较大,有蚱蜢、蟋蟀等可捉。我们更小的时候,常常把受伤或者死了的蚱蜢等用来喂蚂蚁,欣赏那些成行、成队的黄蚂蚁把比它们自己体重重得多的战利品搬回去的过程。几个小朋友还一边念唱着:"黄丝黄丝蚂蚂,请你爹爹妈妈来吃嘎嘎(肉的意思)。大的不来小的来,请你爹爹妈妈一起来。"小黄蚂蚁最多,它们在个子比较大的"队长"的领导下努力劳动,我们也可以看到它们如何在碰头时"交换信息"。有时故意把一些黑蚂蚁弄来放在黄蚂蚁群中,让它们打架。我们把黑蚂蚁称为"日本蚂蚁"。通常,黄蚂蚁数量较多,"日本蚂蚁"较少,黄蚂蚁常常把"日本蚂蚁"打得大败。看着"日本蚂蚁"被打败,我们心里很高兴,多少可以释放一点在抗日战争中不断积累起来的憎恨日本鬼子的情绪。

小孩当然喜欢有好东西吃。富顺这个地方小,消费水平低,糖果点心基本上都是本地生产的。有一些"香蕉糖"和"凉蛋糕"就很不错了。夏天有一种很普及的民间食品叫"凉糕",实际上是由水磨米粉浆煮熟后,加一点作为凝结剂的澄清了的石灰水调匀,盛在一个约10厘米深的无盖大木盒子里。凉糕凉了之后,就可以用竹片刀把它分成小的方块待售。吃时,把凉糕放在碗里，再加上一些"漏子糖"，好吃极了。据说这漏子糖是制糖时的副产品，比红糖的档次要低，含的杂质较多，但味道非常特别，而且也很甜。特别有意思的是卖家盛漏子糖并不用勺子，而是用一种自制的工具：在筷子方形的一头拴上一个清朝时候用的小钱（中间有一方孔的小铜钱）。小钱平面与筷子垂直，用它可以很方便地把呈半流体状的漏子糖"舀"（实际上是拖带）起来。这既可以形成一种独特的服务"风格"，令人回味，也容易给食客造成漏子糖加得比较多的感觉。

有一次在东门外河滩上买过一次"桐子粑"。桐子粑是用新打下来的小麦磨粉做的（麦粉中的麦麸未经筛除）。用大张的桐子叶包好蒸的桐子粑，极为清香可口，使人难忘。以现在的眼光来看，肯定属于环保型的健康食品。可是我只吃到过一次，以后就没有买到过了，可能与当时新小麦上市有关。

以前四川乡下的田边地角或者山坡上栽有很多桐子树，其果实大概有核桃般大小，可以榨油。桐油那时是中国的特产，产量世界第一，是重要的涂料和出口物资。后来还知道，在抗日战争最困难的时期，由于日寇的封锁，汽油运不进来，桐油也运不出去，人们还设法把桐油加工成汽油的代用品用来做汽车的燃料。当我听到桐油可加工成汽油的代用品时还不大相信，觉得有点神奇，后来通过多方证实才打消了疑虑。中学的地理课上还常常特别提到，四川的桐油产量全国第一，川东的山地丘陵地区桐子树多，产量特大，而长江边上的万县地区（今重庆市万州区），则是最重要的桐油出口集散地。我的岳父骆剑卿先生从年轻时代开始即长期在川东万县地区从事桐油方面的业务，有非常丰富的经验，是这方面的专家。解放后，他仍然在万县油脂公司做这方面的工作，最后在那里退休。可是，后来不知是国外的化学工业开发出已经可以代替桐油的产品，还是什么别的原因，桐油的重要性慢慢降低了。现在，我就是看到桐子树，能不能认得都是一个问题了。

1946年还是1947年，有一天突然运来很多用竹篓装的红糖，堆在省银行内一个比较空的大厅里，几乎堆满了。据大人们说，本地甘蔗丰收，加上产糖的台湾已从日本手中收回，糖的供应过剩。一时间，不但我们不想吃糖，似乎连老鼠都不吃。因为到处都是糖，容易得到，反而就不爱吃了。有一年

（多半是1948年）桂圆大丰收，两分钱一大堆，摆在街上卖，到处都是。那时家里不准我们多吃，怕上火。

抗日战争胜利后，美国货大量涌入中国，见得多的是尼龙牙刷、奶粉、丝袜之类。记得我刚开始使用尼龙牙刷时还闹过笑话。以前的牙刷柄常用骨头制造，用猪鬃做牙刷毛，第一次使用前习惯要用开水烫一下消毒。对新到的美国尼龙牙刷我们也如法炮制，可是开水浇下去尼龙牙刷就变形了，牙刷毛都掉了。

五妹于1947年出生，生下来母奶不够，主要就靠吃美国原装的"KLIM"（克宁）奶粉。精致的铁听包装以橙黄色为底色，上面印满了密密麻麻的很小的字母却很清晰的英文说明，打开时"滋"的一声——是真空包装在起作用。这奶粉的包装和质量都给我们留下了深刻的印象，让我们对美国发达的工业水平有了初步的了解。好多年后我们才知道，"KLIM"实际上是英文牛奶"MILK"一词反过来写的，这的确是一个非常好的商标创意。

那时看病不容易，医院少，水平较差，而且较贵。一般家里都会买一些常用药备用，我们家也如此，常用一个黑色的小木制药箱来装药。有一次，父亲买了一瓶美国生产的"消炎片"，效果很好，一时间好像可以包治百病。有人生病了，知道我们家有一个小药箱，就来求药。一般情况下，父母也不多考虑，不管什么病，就给来者几片"消炎片"。说来也怪，通常把药拿去以后就"立见神效"。现在想来，可能是因为那时中国的细菌还没有见过什么"世面"，没有什么抗药性所致。我们还买有一管盘尼西林药膏，用它治好了儿时朋友严诗弟背上的一个大脓包（痈疽）。这盘尼西林就是现在的青霉素。当时省银行的王出纳，好像也是"下江人"，年轻，头发上常搽凡士林，梳成溜光的"飞机头"。一次他生病，医生到省银行来出诊，就给他打盘尼西林针剂。用过的装盘尼西林针剂的小瓶子，就成了我们非常喜欢的小玩具，装水后用橡皮塞盖上居然可以滴水不漏！所以，玩具不一定要值钱才好，只要喜欢，就可以玩好一阵子。

另外一种很好玩的活动就是听评书。如果听评书仅仅是为了听一些故事，那就值不得多谈了，关键是它激起了我后来强烈的读书欲望。

养成一生读书的习惯

当时似乎没有什么可供小孩看的书,可能是富顺这个地方太小,不容易找到。在我六岁多的时候,一次父亲出差,问我要点什么,我的要求不高,仅提出了一个小的要求,既不是吃的,也不是穿的,而是希望他带一些好看的书回来。他果然带回了几本书,其中的两本给我留下了很深的印象。一本叫《笨人故事》,一本叫《幽默故事》,由于比较浅显,有插图,故事也比较有趣,我甚至把这两本书的文字背得烂熟,更不用说其中的情节了。

后来长大了一点,发现茶馆里有讲评书的,在假期里我们便经常去听。为什么只能假期里去听呢?原因是白天我们要到学校上课,而晚上又不允许外出。最早吸引我的评书是西湖塘边斜坡上的一个茶馆里讲的《济公传》。当时没有先买票再听书的说法,一般讲评书的艺人讲到某个精彩之处就"轧板",告一个段落,下台来向听众收钱,一般都是向泡了茶、坐着听的人收钱。

茶馆里挂的茶牌上通常写有三种茶,一种叫花茶(一般分2~3个等级),一种叫毛尖,另外一种叫"玻璃"。"玻璃"这种叫法,似乎是富顺特有的,在我到过的其他地方都没有见过。"玻璃"是什么茶?泡一碗"玻璃",实际上就是给你倒一碗白开水,属于最低消费,和泡茶一样,喝完了还可以加。泡了茶坐着听的人常常买些花生、瓜子之类的,一边吃一边听。抽烟的也不少,场内烟雾缭绕,但大家聚精会神,并不嘈杂。我们站着听,一般说书人都不来向我们收钱,所以更是一点钱都不要的"最低消费"。

评书每天只能听一段,特别是说书人常常把"轧板"放在精彩之处,故意造成一种悬念,吸引你第二天再来。因此,对我们这些急性子听众来说,听评书就不那么过瘾。于是,催生了我读小说的愿望。我六七岁的时候,一天晚饭后,我们全家上街散步。当我们走到正街的"正中书局"旁,我就大着胆子向父亲提出进书店去买一本《济公传》。当时店员已经在上铺板,准备关门了。听说我们要买书,老板就同意让我们进去看看。当天看到的是四本一套的《济公传》,因为价钱比较贵,考虑了一阵,没有买。

有了读小说的愿望就要有书。幸好,我很快就发现了一个比较便宜的读书渠道，这就是租书。开始是省银行一个做行政杂务工作的职工萧和瑞带我去租书店选书。萧比较年轻，平时和我们的关系比较亲密。如何选书？母亲的"指示"非常简单，不要太神怪、荒诞离奇的即可。当时就有人看了神怪小说走火入魔，离家出走，找什么仙山去修仙练道的。我们还小，没有判别的能力，故要尽量避免。

所选的第一本书是《荒江女侠》。凭我当时掌握的文字，基本可以读懂，后来在实践中通过自学和提问，阅读能力得到了迅速的提高。现在还记得书中的男主角叫李天豪，当时我不认识豪杰的"豪"字，把它当成蒙古的"蒙"字了。读完这本书后和别人谈起，才知道这个"豪"字没有念对，我被"蒙"了好一阵子。

有了书以后，似乎进入了一个广阔的天地。假期里，好长一段时间我都被小说所吸引，别的活动就参加得少了。我多数是在省银行餐厅水池边靠门的一张藤椅上坐着读书的，从早读到晚，几乎到了废寝忘食的地步。因为租书的租金是按时间计算的，要省钱，就必须看得快才行。结果从那时起，我就养成了快速阅读的习惯，甚至可以一边在街上走路一边读书，不受周围环境的干扰。可能一天到晚书看得太多，眼睛的负载过重，结果得了红眼病。但读书并未因此而停止，负载并没有减轻，以至于红眼病很久都没有完全康复。印象中每个假期我都会出现这种情况。

我是十岁时离开富顺的，因为离开前一年基本上没有读过小说，故多数小说都是我七到九岁之间读的。记得看过的书有《荒江女侠》《济公传》《七侠五义》《小五义》《水浒传》《三国演义》《西游记》《封神榜演义》《薛仁贵征东》《薛丁山征西》《薛刚反唐》《小侠万人敌》《施公案》《彭公案》《江湖奇侠传》《七剑十三侠》《火烧红莲寺》等等，以武侠小说为主。

当时外国的小说很少，我记得看过一本叫作《格列佛游记》的书，但因读起来不大顺，就没有继续读下去。后来读过一点《福尔摩斯侦探案》，没有引起我很大的兴趣。这可能是受武侠小说影响太深，自己当时的欣赏水平也太低，不大习惯外国文学作品的写作风格。后来到了乐山还租看过多本还珠楼主的《蜀山剑侠传》，写得不错。再后来，除了《水浒传》《三国演义》《西游记》等少数几本,武侠小说之类的书籍统统被打入"黄色小说"之列,一概加以"扫荡",从此就看不到了。

武侠小说的故事吸引人,把我引进了书的世界。对我个人来讲,它有着很大的"历史功绩"。不过后来不能再看也没有给我带来太大的遗憾,因为随着年龄逐渐增长,我发现可以读的书更多了,而且也发现武侠小说消遣性的东西偏多,比较深刻的东西较少,不少书也写得太粗糙。比如,以前听评书时觉得《七侠五义》的故事很精彩,多年后我想回味一下,去买了一本回来。读了以后就觉得这本书写得很粗糙,漏洞很多。

从读小说开始,我就逐步养成了读书的习惯,而且从未间断,这对增长自己的知识,提高文化修养,提高写作水平,丰富个人生活起到了极大的作用。比如说,我从来就没有感到过人们常说的"没事干""混日子"的滋味,因为对我来说,没有事干时,至少可以读书。读书是一件重要的"事",而可以读的书是无穷无尽的。如果读到一本好的书,由此触发了一些灵感,想写点心得体会,甚至想写点研究文章来发表,那就需要更多的时间,就更不是"没事干"了。

读书多了,不知不觉中就受到各种潜移默化的影响,文字写作水平不断得到提高,加上后来在实际写作中得到的锻炼,首先写作变得不再是一件难事,而更进一步后就变成有趣和愉快的事了。实际上,我们正规的语文学习只到高中为止,但这只是打下了一个初步的基础。后来,不断的读书学习对我的帮助更大,学到了更多的东西。可以说,后来能够写一些东西,不时发表一些新的观点和见解,很大程度上都是因为不断读书学习的结果。我的体会是,读书学习的多少,写作的多少,是否持之以恒,与一个人后来的写作和工作能力的高低都有着相当密切的关系。

每到假期,我都要设法找书看。乐山有个"文化馆",但规模太小,书很少,借阅也不易,去看看一般的报纸杂志还勉强可以。书比较多的地方还是新华书店。虽然当时的书比较便宜,但还是买不起,所以只能常常跑到书店去看书。在书店,只能站着看。如果有时间,一看几个小时是常事。那时按惯例,书店的书是可以随便看的。虽说大力提倡"为人民服务",但我们这样的读者每次去都只读不买,去得多了,店员对我们就不那么欢迎了,冷淡的表情也就时不时会表现出来，有时还会以某种借口来加以干扰。虽然按常理我们有看书的合法权益，但看书的时候心里常常不那么踏实，总有点欠了人家什么似的感觉。

不过，就在这样的情况下我也"成效卓著"。在乐山玉堂街的新华书店内，我站在那里读了不少书，几乎什么书都看，涉猎的范围很广，一般浏览过的书就更多了。印制比较精美的《卓别林传》就是在那里站着看完的，该书中有许多难得见到的插图。我之所以对这本书很感兴趣，是受了父亲的影响。父亲年轻时很爱看卓别林的电影。我们很小的时候，他就给我们讲过卓别林主演的电影《摩登时代》中有许多讽刺资本家、同情劳苦大众的有趣情节。尽管有所批评，但总的说来，父亲对美国重视民主、科学、法治使国家繁荣富强的那一套还是比较欣赏的，从而对我们也产生了一定的影响。

通过《卓别林传》这本书，我知道了美国电影和好莱坞的许多情况。后来，曾有好长一段时间，完全看不到美国的电影，所以这本书提供的信息对我来说还是很有价值的。那时正好在报上读到一篇周恩来总理宴请卓别林的报道。1954年，周恩来总理率中国代表团赴瑞士参加日内瓦会议。一天，周总理宴请居留在日内瓦的电影大师卓别林，卓别林对宴会上的中国名菜"北京烤鸭"赞不绝口。宴会后，他老先生大大方方地向周总理提出：如果可能，他想带两只北京烤鸭回家去吃。周总理慨然允诺了卓别林的要求，马上盼咐现烤两只相送。那时，我们既没有见过北京烤鸭，更没有尝过北京烤鸭，甚至连北京烤鸭的照片都没有看到过。可能正是长身体的时候，经常有一种想吃点好东西的愿望，因此对卓别林能大大方方地提出自己的个人要求的做法大为欣赏，对他能有这样"吃双份"的福气羡慕不已。像他这样地位的人提出要求，是表示对烤鸭烹调技术的认可，而换成普通人，就可能会被看成是又馋又贪、不知好歹了。

站着看书，显然不那么舒服，但我常常把它当成是对自己的一种锻炼，既锻炼身体，也锻炼意志，所以从来就没有站着看书有什么不好的感觉。就是到了现在，这种"光荣传统"仍然得以保持。有时在书店看到某本无太大收藏价值的书，但其中某些内容还比较有用，或者有些我还不知道的信息，我仍可以站着阅读很长的时间，甚至不吃不喝站着一连看它几个小时。连我自己都对这种兴趣和意志力感到惊奇。当有人说我到现在这个年纪，身体还不错，我心中就思忖，这或许就是我找了一些这类机会站着"锻炼"，消耗了许多脂肪和多余能量的结果吧。

除了看书，我还养成了逛书店的习惯。每次上街，只要有可能，都喜欢到书店去浏览一番，常常会发现一些好书。浏览并不一定要买，有时为了决定一本书的取舍，要权衡好一阵子，看似费脑筋，其实乐在其中。很多事情，结果如何或许并不一定重要，而追求的过程常常使人非常愉快。

我每到一个新的地方，包括到国外，都喜欢设法到该地的书店去看看。大概是1987年春节，我和文德一起回万县探望她的双亲。在我母亲1985年突然去世后，我就产生了一种探望文德双亲的紧迫感。有一天，我一个人上街了，到了吃饭的时候我还没有回家，因为我是难得回万县一次的"主客"，家里就想派侄儿光远来找。这么大的一个市区，你到哪里去找？在家的文德就出主意，说可以到书店去看看，果然一去就找到我了。

大概是1990年10月，我参加了在加拿大温哥华召开的世界软件大会，后来到了加拿大东部的多伦多，一个晚上又抽空去逛书店了。在一家书店，发现了一本美国出版的书《艺术史》（*The History of Art*），不但物美而且价廉（打了很大的折扣），书中还有1000多幅比较精美的彩色和黑白插图，这对欣赏艺术作品来讲非常重要。但这本书太大、太重，约有5斤重，我一时间拿不定主意：买吧，下面还有很多地方要去，带着这本书将非常辛苦；不买吧，可能就再也碰不到这样好的机会了，而且在这个书店，也就剩下最后两本了。书店一位白人女店员也给我推荐，说这本书非常"worthy"（值得），书店里就只有两本。犹豫了一番，最后我还是下决心买了，那天晚上带回下榻的宾馆，坐在床上快速浏览了"Impressionism"（印象派）这一章，很有收获。辗转很多地方，这本书最后带回国内后还欣赏了好久，成为我收藏的善本之一。

多年来，我还养成了收藏图书的习惯。在成都的家中，我就已经有一面墙那样大小的书架了。到深圳后，完全是白手起家购了不少书。在1996年9月28日搬入蛇口南粤山庄新居前，我让装修公司按我的要求定做了一个更大的，从地面到天花板，一面墙还要拐弯的"L"形的书架。收藏的书中，中文的、外文的，各种各样的都有：历史、地理、音乐、美术、回忆录、人物传记、工具书、小说……但我专业上的书并不很多，这是因为涉及我们专业的计算机、软件等发展太快，很容易过时。除了少数经典著作，不宜多收藏，这方面我已经有过许多经验教训。

我从不抽烟，也不喝酒，甚至连茶都不大喝，如果不买书，日常的花费不是太少了吗？可是，虽然买书的经费没有问题，但随着书的日益增加，家里没有足够的地方存放，书架总是装得满满的，能放书的地方都放满了书，从而不得不在每次购买前仔细斟酌一番，这自然又增加了我在书店站着看书"锻炼"的机会。

多年前，老同学熊教授转发了周锡龄老师的一封很有意思的电子邮件给我，谈到了一件趣事。周老师原来是我们成电的老师、我后来的同事，而后调到北京高能所工作。一番周折之后，最后任北京信息工程学院的院长，并在那里退休。周老师待人真诚友好、聪慧过人、多才多艺，是值得我们学习的榜样。从他的电子邮件看来，他退休后过得非常有滋有味。

他在一封电子邮件中说：

有一次，我在电子部食堂吃饭时看见墙上一幅书法作品，写的文字很能表现我们这一群人的心境。因此，我想找一幅这样的字挂在墙上，不过名人的书法作品实在不敢问津，价格太贵。

如果自己动手呢，自己写的字实在太差。于是想了一个折中的办法：集字。就是利用计算机扫描仪从自己喜欢的书法家的字帖中抠出相关的字来，再用Photoshop把他们拼到一起。要是在字帖中找不到相应的字，就利用几个别的字的部首来拼。

按他的做法，最后他得到了一幅别开生面的"书法"作品。对这一作品，无论书法（因为本身就是名人的书法，而用"部首"拼出来的几个字也看不出有什么破绽）或者内容我都很欣赏，后来还请小弟智勇设法将其打印成一较大的条幅，装裱后挂了起来，效果还不错。这一条幅的内容很符合我们这个年龄，退了休而爱好多样，又喜欢读书的人的胃口。这几个字是：

无穷岁月增中减，有味诗书苦后甜。

父母与家庭教育

我们家的特点是几代人都是知识分子。

一般说来，一个人的道德品质与其受教育的程度、文化水平关系密切。但也不能绝对化，比如农村里的许多农民，受的教育不多，文化水平不高，却常常能表现出比较高的道德水准。根据我个人的观察和经验体会，一个人的道德品质除了文化程度还与其受到的家庭教育，特别是幼年时代的家庭教育有很大的关系。家庭教育讲究传承，有了多年的优良品性的传承，做人的道理从小就根植在幼小的心灵中，对后来的道德品质的形成有着极大的影响。四川有一句比较重的骂人话"没家教"，也从另一个角度反映了家庭教育的重要性。

祖父李祝三，是清末的秀才。他取得秀才功名后不久，1905年清政府就废除科举开始兴办学堂了，当然就没有在科举的道路上再走下去。我出生时，祖父已经去世了，甚至连他的照片我都没有见到过。据我的六孃李滋陆告诉我，她印象中的祖父个子相当高大。祖父曾经是大学问家廖平进士的高足和得力助手。廖进士是井研名人，是国内著名的经学大师，当过京官。以前我们在家里提到他时，都习惯称呼老先生为"廖井研"。二舅金志忠曾经在一封来信中说，井研的"风水好，出人才，文风特佳"，"廖进士在经学上的造诣与章太炎先生齐名"。20世纪90年代中期，我曾在报上见过有关廖进士的报道，他在国学界有很高的地位。遗憾的是，当时我没有这方面的意识，没有将这篇相当长的文章剪下来保存，颇为后悔。后来我的祖父主要以教书为业，当过当地学校的校长。那时教书是比较清贫的职业，在小地方教书就更为清贫。

我小时候听大人讲，我们这个李家是"湖广填四川"时迁来的。据他们说，李有"江西李"和"湖广李"之分，我们是属于"江西李"的。当时因为年纪比较小，对此没有兴趣，不关心，也不懂得去寻根究底。不过，对于"江西李"这件事,父亲从来就没有对我们提起过,所以我对此也没有把握。如果他提过,凭他的学识和处事的严谨,把握性就比较大了。现在想寻根究底,不但没有文字记载,而且当事人都过世了,十分遗憾。

父亲李公望,生于1911年4月4日(阴历三月六日),四岁丧母。后来祖父再娶,这就是我们后来的祖母(我们叫"婆婆")。婆婆个子不高,小脚,我看到她的时候,她脸上的皱纹已经很多了。当时他们住在井研千佛镇张家湾的老屋。千佛镇俗称千佛寺,原来这里的确有一座寺庙,但后来保护得不好,残破不堪,前些年在重修。

张家湾的老屋靠近公路边,大约在井研县城到千佛镇的中间,离县城约5公里。婆婆后来生下二女,即我们的四孃(李滋宇)和六孃(李滋陆)。家里有一两亩田地,因为家中没有劳力,所以都租给人耕种。解放后,他们被划为"小土地出租"。婆婆虽住在乡下,与我们相距甚远,但父亲很有孝心,婆婆一家得到了父亲的长期供养和照顾。四孃上过师范学校,在新中国成立前夕出嫁。搬到乐山后,我第一次回井研时见到过她,大概是1950年春节之后。

那时所谓的新式学堂很少。父亲小时读的是私塾,学习很好,打下了很好的旧学基础。私塾没有数学课,他考中学时就遇到了困难,但因别的科目成绩很出色,仍然被录取。在中学期间,他各方面的成绩都非常出色,数学也很好,更有意思的是,后来在大学读的还是数学系,是四川大学数学系毕业的。记得他对我们说过,到了假期他就常常应邀住到家庭条件比较好的同学家里,为其他同学补课。

中学毕业后,他就面临下一步如何办的问题。当时高中毕业,特别是在小地方,已经算是很有学识的了,可以找到较好的工作。因为他的成绩出众,想要争取更好的前程,决定去考大学。另一方面,如果成绩比较差的同学都要去考大学,他不去考会觉得不甘心。

要考,就要上成都。要上成都,就得有一些基本的费用。这时,婆婆拿出四块银圆给他作为上成都的盘缠。这四块银圆在他人生的关键时候起了重要的作用,给他创造了一个机会。在他有生之年,他给我们讲过好多次这"四块银圆的故事",很有喝水不忘挖井人之意。上成都,他和同学结伴而行，有钱的同学包括他给补课的同学都坐滑竿，而他为了节省，只好自己步行。这一路大概要走三天。因为以后困难还多，不得不节省。考什么大学呢？最好是不交钱就可以上的，那时上师范大学就可以不交钱。最终，他以优异成绩如愿被录取到师范大学。很快，成都的几所大学又合并组成四川大学，他最后毕业于国立四川大学数学系。家里保存有他川大的毕业证书，上面有一张戴着方形学士帽的照片。

为什么选择上数学系？他曾经对我说过，当时的目标是毕业后当中学教师，数学课的钟点多，收入要高一些，也容易到别的学校去兼课。在川大时为了贴补生活费用，他去中学兼过课，也刻过讲义的蜡纸等以赚取生活费。后来我问过他，为什么大学毕业以后没有去教书而是进了银行。他笑着回答说："如果去教书，可能你们早都饿死了。"这也反映了解放前教师生活还是比较艰难的。

1936年他从四川大学毕业后，井研县中学曾经聘请他回去当过一段时间的校长。没过多久，他就辞职了。后来他回忆说：当校长，人事安排很难办，一会儿这个人给你介绍一个人来，一会儿那个人给你介绍一个人来，又要保证教学质量，很难让大家满意。最好的办法就是辞职不干，敬而远之。

经一位颇有点名气的人士推荐，他去报考四川省银行。他顺利通过考试，主考官对他有"文字兼优"等书面评语。母亲多年后同我们谈起此事时，还显得十分得意。父亲进省银行后由于工作努力，认真负责，很受好评，提升得很快。在总行工作一段时间后，他先后被分派到好几个县上去主持省银行各办事处（分行）的工作。1949年7月或8月他才调到乐山，解放后转到国有公司工作，1958年2月25日因病被迫退职。1959年8月13日病重，因经济困难，又缺乏医疗条件过早去世。

父亲因病退职给家里带来的冲击是非常大的，我和二弟智炜分别去成都和重庆上学以后，国家负担学费虽稍稍减轻了家里的一些经济负担，但家里还有六个弟弟妹妹，吃饭、上学都需要钱，面临极大的困难。但父母面对这样的困难临危不乱，冷静对待，并采取了一些适当的措施。比如，为了能够坚持得久一点，父母决定把手里总共750元左右的现金，以维持简单吃饭为目标（具体地说，就是要首先保证有买米的钱），平均分成若干份，每份约

25元，按定期存入银行，每月只取一份。这样，即使没有其他收入，也至少可以坚持到1960年。再坚持一下，智炜和我就相继从学校毕业，情况就会朝好的方向发展了。幸好，天无绝人之路，母亲设法到父亲原来所在公司的附属工厂找了些零活（加工出口的猪鬃等）来做，假期时还把几个妹妹带去一起干，情况才稍好了一点。这件事情虽小，但反映了父母维系一个家庭长远发展的战略眼光，并通过自己的努力来解决面临的实际困难。同样的困难如果落在有些人家里，破罐破摔，很可能一个家庭早就土崩瓦解了。

退职后的家庭经济困难使父亲没有条件治病，加上营养不良，父亲过早去世。不过后来我也想过，如果他不是1958年因病退职（2002年4月回乐山时见到了他的退职证明书"川乐退职字第031号"），接踵而来的运动很可能给他带来新的磨难。退职这件事或许是一个"塞翁失马，安知非福"的例子。

父亲具有中国传统优秀知识分子关心国家大事的习惯，希望中国能够尽快地强盛起来。从平常的谈论中，可以看出他对国家的荣辱常常铭记在心，对国家因落后而受外国欺侮常常耿耿于怀，对普通老百姓的生活和国际上的情况也很关心。很小的时候，我就听他讲过一些发达国家的情况，比如：美国现代化的大农场规模有多大，效率如何高，福特汽车公司的汽车流水生产线如何先进；德国的地下污水排放系统的规划如何好，管道直径有多么大，多少年后都还不会落后，等等。可能是深受五四运动倡导的"民主与科学"，即德先生和赛先生（Democracy and Science）的影响，他常把一个国家的繁荣富强与民主和科学联系起来。

父亲的朋友多数是知识分子，到家访问或者谈论时，喜欢谈的常常是国内国际上的大事。这种风格很符合现在的改革开放精神，在考虑和处理事情时，常把自己置身于一个开放的大环境中，站在比较高的层面上观察问题，而不是局限在一个小圈子里。这些对我们也产生了潜移默化的影响，以至于后来我们兄弟姐妹们聚在一起时，常常喜欢谈论"大事"，而对鸡毛蒜皮之类的小事和八卦新闻没有兴趣。

严格要求是引导和督促子女不断前进的重要动力。父亲对子女的要求很严，在生活上他对子女很关心但从不溺爱，认为能过一种不愁温饱的简朴生活，子女能够完成学业就应该知足了。即使我们家经济条件比较好的时候，他也提倡过简朴的生活，反对浪费。

父亲见过很多有钱有势的家庭由于没有严格要求而最后落得一贫如洗，乃至家破人亡。他常说，父母照顾得再好都是暂时的，生活上不必有过高或者脱离实际的要求，过得去就行了，重要的是给子女创造良好的学习环境，让他们学到真本事。只有儿女们自己有学识、有本事，能够在社会上立足，自食其力才是永久的、最靠得住的。只要自己能干、肯干，什么好条件都可以通过自己的努力创造出来。

由于家庭中子女多，加上烦人的事情不少，他也有要求过严的时候。当时年龄较小的弟妹们记得的可能是他比较严厉的一面，一时还不容易完全懂得这种严格要求的深远意义。但回顾起来，他教导子女的大方向是完全正确的，有一些不足完全可以理解。

父亲对家人非常爱护，非常顾家。他对家庭的基本建设很重视，我们的住房地址和样式的选择、家具的购置、衣服被褥的添置等，他都很用心。我们家的住房地面全是木地板，有一套完整的楠木家具，被褥和其他生活用具等很齐全，有很好的成套的瓷器餐具，每个人还有一件当时还颇为稀罕的纯毛毛衣。就是在我们家最困难的时候，别人到我们家得到的印象都很不错，总觉得是到了一个大户人家。多年以后，小妹儿和我在电话里谈到她和她小时候的老朋友们最近相聚的情况时，那些老朋友还说起对我们家的印象，觉得我们家"很富"，以为过去是"资本家"呢。听了这些，我们在电话交谈时都不由得笑了起来。在比较困难的情况下，父亲还常常规划为家里、为子女们不时添置点什么东西，反之自己的要求却很低，尽量从简。

记得有一段时间国家需要金属铜，街道的基层干部就采用"说服"的办法到每家每户收购还用得很好的铜制器皿，当成废品处理。但事后，父亲又想方设法弥补。比如说，一个铜制的、中间可以加进木炭烧开水的茶炊被收去了，他就设法买了一个铝制的茶壶回来；皮箱上的铜件被撬下来收去了，他就去五金店买一些铁件来补上。那段时间类似的事情还比较多。后来，我也学他的样，成了一个比较喜欢添置东西的人，在困难的情况下，尽量让家里的东西比较齐，生活上方便一点。这样，家里东西越来越多，现在未经

"批准"我都不敢随便再添置什么东西了。

父亲不善言辞，平时与我们谈话也不是很多，但心情好的时候谈起来兴高采烈，滔滔不绝。同我们谈话不是很多的原因大概是：我们较小的时候，他可能还找不到适当的话题来同我们谈；待我们长大些的时候，他一天面临的事情不断，经济上和心理上的负担很重，没有时间和心情来同我们谈话了。实际上，他一生阅历丰富，积累了很多有益的经验或者教训。为了少走弯路，后人是需要吸取前人的经验教训的，虽不能完全照搬，也可以作为参考。父亲去世以后，我们才感到他在世时我们没有很多机会同他深入交谈，没能从他那里吸取更多的经验是一种很大的遗憾。

对工作非常认真负责，严格要求自己，兢兢业业，是父亲处事的一大特点。他在四川省银行工作时，除了到各地办事处当主任主持工作，在总行和后来调到乐山都是担任责任重大的稽核工作。稽核是稽查和复核的简称，对从业人员的素质要求很高：知识广博（要有企业管理、财务、投资、法律等方面的综合知识和实际经验，通晓企业运营管理和财务管理，精通企业内部控制制度和相关业务流程等），为人要正直，责任心要强，要有较强的领导、沟通和协调能力等。

他是追求理想和完美的典型，做什么事情，要做就要做得尽可能好。这些对我后来的学习、生活与工作也产生了很大的影响。据说A型血的人一般具有"非常认真负责"的特点，我们家的兄弟姐妹全是A型血，在日常的生活与工作中，的确表现出了"非常认真负责"的特点，相信父亲也是A型血。

父亲的文字功夫非常好。行文严谨、流畅，通过书信对我的影响很深。而他的字，也非常好，随手写几个字都相当不错。记得在富顺时，他曾为省银行写过一副很大的春联，贴在银行的大门上，引来了很多人围观。

非常遗憾的是我们手里没有留下他的许多书法真迹，甚至连一封信也没有。那时我们还不大懂得保留一些原始书信的意义，特别是经过各种运动后基本上都找不到了。后来，智炜在1990年前后偶然发现了父亲二十多岁时上大学时的一些书法真迹，虽很少，但很珍贵。这时，智炜已经懂得其"重大意义"了，很细心地收藏起来，而且请智敏设法复印了若干。复印的质量比较好，连毛笔书写时的一些发叉的细微之处也能展现出来。后来，智敏把这些拷贝分别寄送给几个兄弟姐妹。当我1993年4月收到三份不同内容的书法拷贝时，极为满意，总算稍稍弥补了一下心中多年的遗憾。其中有一幅字是这样写的：书到用时方恨少，事非经过不知难，青年学子切勿以有用之光阴虚掷于无用之地，信不诬也。这个"信不诬也"，就是"相信一点都没错"的意思。

母亲金俊祥，生于1913年4月7日（阴历三月一日），中学学历。母亲家是比较富裕的殷实之家，长期在外经营工商业，有少量的田产。外公金炳若个子高大，戴一副圆框眼镜，常穿一身灰色丝绸长衫，面带笑容，一派绅士风度。外婆个子不高，很善良，很富态。后来听远房二舅金志忠说，金家来自湖北的麻城，也是"湖广填四川"时迁入的。他们最先迁到井研附近的一个叫作"河咡坎"的地方，后来才定居到井研县城。所以，我们父母的前辈都是移民来四川的。

根据母亲的亲妹妹金媛六孃说，母亲年轻时，即离家到乐山上中学，在20世纪20年代，是属于比较先进的。那些年女子上学的都很少，大多都不识字。母亲和父亲是如何认识的，我们从来就没有问过，据说母亲家对这门亲事是有些顾虑的，可能是因为父亲家在乡下，家境较贫寒。母亲自愿下嫁到乡下李家。看来母亲很有眼光，拿现在的话来说就是"看重发展前景"，可能当时也有佳人爱才子的因素在起作用，父亲是那个年代很少且品学兼优的大学毕业生。2001年10月，我去看望金媛六孃时，想求证一下情况是否如此，她回答说："你外公还是很喜欢你爸爸的。"

母亲小时候在家是"大小姐"，生活条件比较优裕，以后好长一段时间日子也过得很好。后来因为种种原因，我们家的经济生活掉进了比较困难的境地，母亲从连饭都不会做，到后来要照顾家里这么多小孩，吃饭、穿衣、做鞋子等，几乎一切家务都要自己去做，经受的考验和磨难实在太多了。

母亲有个很大的优点是性格开朗、豁达、宽容，很有一种"有容乃大"的风格。就是碰上不大愉快的事，她也不记在心里，谈过之后就一笑了之。对待困难，她的基本态度是，困难是客观存在的，来都来了，躲也躲不掉，谈多了没有具体的解决办法也于事无补，重要的是尽最大努力去设法解决问题，不必一天到晚都愁眉苦脸，让这些烦恼来困扰自己。在经济困难、家里人口又多的情况下，能够把一大家子的事情处理得井井有条，渡过难关，也真是太不容易了。我们的母亲在困难面前非常坚强，不是一般的能干。

父母从不迷信，无神论的观念很强，经常喜欢以科学的态度来分析、处理事情，不盲从，什么事情都喜欢问一个"为什么"，喜欢独立思考。这种科学的态度，对我们家的人产生了很大的影响，以至于我们都产生了先天性的"免疫"能力，信科学，不迷信。

记得很有趣的一件事是，有一年乐山市宣传改土葬为火葬，许多老年人都很想不开，有的老太婆还说：骨灰盒放在水泥板上"冰浸人的"。母亲对此却不以为然，反而认为火葬很好，很科学，还曾经带着一些老太婆朋友到火葬场去参观，并开导那些想不开的人：你人都死了，烧成灰了，你怎么知道睡在水泥板上是"冰浸人的"呢？

在有困难的时候，她也不愿意对子女提出什么要求，也不向亲友求援，保持着知识分子的清高。父母非常不喜欢那种一有困难就去求人的人，有困难也要尽量自己克服，不愿意"求人"。父母在面对困难的时候常说："要把自己当成君子，就是穷，也要穷得有志气。"不少家庭常为经济问题而争吵，我们家即使在非常困难的情况下，也从来没有过争吵。

母亲自小就上学读书，与同时代的很多人相比，她是一个很有知识的人，不关心鸡毛蒜皮和张家长、李家短之类的事，也不喜欢谈论这些事情。甚至有些令人不那么高兴的事，她也是过了就算了，不愿再提起，大度得很。

十分遗憾的是，1985年1月14日母亲因心脏病突发过早地去世了。她走得太突然，甚至连一句话都没有留下。那时我们家兄弟姐妹的生活已经进入比较好的状态，正是她可以享清福的时候了，可是她竟突然走了。她去世后，好长时间以来，我一直认为这是一件极为遗憾的事。

1972年上半年，我还在北京工作的时候，在家里弟妹们的支持下，母亲到北京玩了几个月。到故宫，到北海，到颐和园，到十三陵，到军事博物馆……每到一个旅游点她都兴致很高，兴趣盎然。平时在家，由于没有多少事做，也没有当地的朋友，她都要我尽量为她找些书来看。那时，正值"文化大革命",书店里除了"红宝书"没有其他的书,基本上没有什么书可看。我设法找回来一些《参考消息》,她都如获至宝似的要从头看到尾。我们住的地方是一排平房中的一大间,分成前后两个小间。前一个小间的光线不好,她就常端一个小木凳坐在门口看书看报。过路的人看到这个老太太在认真地看报,而且看的还是以报道国际时事为主的《参考消息》,都大为惊奇,这事广为传播,一时传为美谈。那个时代,人们的文化水平相对较低,很多像她这样的老太太大字不识一个,能看报纸的更少,更不要说看《参考消息》了。她还把我的《毛泽东选集》翻出来,一本本地看,非常认真。

我们的儿时教育是从讲"熊家婆"这类故事开始的,要点就是提高警惕,注意安全。记得母亲教我们唱过一首歌,歌词说的是一只鸟在小麻雀的妈妈不在家时前来行骗。歌词大意是:"小麻雀呀,你的母亲哪里去了?我的母亲打食去了,还不回头,饿得真难受;你是我的小朋友,我是你的老朋友,你要吃食跟着我出走……"母亲还教我们唱过《木兰辞》。这些曲调我至今都还记得。那时正当抗日战争时期,母亲还教我们唱过《松花江上》和《义勇军进行曲》。

父母对我们的要求很简单。首先,要求我们要做一个好人;其次,要做一个对社会有贡献的人。

父亲和母亲平时对我们的管教甚严。多年的教育和潜移默化对我们后来的生活、学习、工作产生了深远的影响。细化起来主要表现在以下方面:一定不能做坏事;对人要讲诚信;严格要求自己,遵守公德;宁肯自己吃亏也不能去损害别人;要有仁爱之心,助人不图回报;生活勤俭,不和他人攀比;努力学习,要靠自己的努力来实现自我价值;不沾染不良习惯,不贪污,不腐化;讲究礼貌,克己;关心国家与社会进步,对社会要有贡献;行事要低调,少说多做。

由于家庭教育的关系,我们家的人基本上都具有诚恳、老实、直率、讲真话的特点。在社会上一些人追求功利、不讲道德的情况下,老实人常常要吃亏,对此,我们的反应是:"宁肯吃亏也不做亏心事。"我们对那种为了个人利益,弄虚作假、趋炎附势、阿谀奉承的人和事都很看不起,从心里感到厌恶。当然，我们这样做容易给别人"清高"的印象，过于直率，说真话也容易得罪人。

与诚恳、老实相关的是信用。我对"一定要讲信用"这一点非常重视，不随便做承诺，但一旦做了承诺之后，无论如何，宁肯自己困难乃至受苦也一定要兑现，言出必行。就连答应到哪里参加会议这样的"小事"，我也一定要准时或提前赶到。由于多年来一贯如此，我"准时和守信"的特点在朋友圈里已有了一点名气，给大家留下了深刻的印象。

父母常常教导我们在与人交往中总要保持文明谦恭的态度，注意礼仪。在养成良好的日常生活习惯方面，父母也很注意对子女严格要求。比如："坐要有个坐相，站要有个站相"，做什么都要有个样子。又比如：吃饭时碗筷应该如何拿；好的菜应让长辈和其他人先吃、多吃；大家聚餐时，要人到齐都坐下以后才能动筷子，而且要长者优先；自己吃的（特别是好菜）应该比平均下来的那一份要少一些才好；等等。现在不少年轻人，在许多场合中已经不大知道何为礼节、何为自尊，什么都以自己的利益为中心，表现出一种比较无礼的德行，这实在是一种可悲的现象。

按理，过去我们家的经济条件算是很好的，算是比较富裕的人家，在本地也有一定的社会地位，但我们作为学生时毫无特别之处，这也是父母对我们的要求甚严的一种体现。

父亲1959年去世，下葬到乐山新村外山上一个叫作"一碗水"的地方，环境还算不错，但不如母亲后来下葬的墓地好。后来我们决定将父母的墓迁出合葬在一起。可是多年过去了，因年久失修，加之周围因基础建设引起的变迁，要准确找出父亲的遗骨已经有一定的困难了。于是，趁我2002年4月初回乐山的机会，我们兄弟姐妹几个人决定一起到"一碗水"父亲墓地的周围挖一些土，由智炜用原来家中的一个"古董"瓷坛装了，加上父亲生前使用过的文房四宝、书法手迹等遗物，再和母亲的骨灰盒合葬在一起。我们在乐山岷江新大桥对面一公里多的地方选定了一座公墓中的一块墓地。墓选的是"西式"的，比较简朴、大方。2002年4月14日，在乐山的弟妹们一起比较隆重地迁了墓。那里有山有水，视野开阔，大家都非常满意。我们相信父母也会喜欢的。

那天我们去父亲的墓上取土回来，晚上住在小妹儿家。我睡得早一些，中间醒来后就一直睡不着，也不愿意闲着，联想到白天去父亲的墓上取土，我就在黑暗中思考起来。我问自己：能否用最扼要的几句话，说明我们究竟从父母那里继承了哪些好的"遗产"？经过思索，我得到了一些结论，为了怕忘记，我赶快起床，把要点写到了一张纸上。我的初步结论是：一是有较高的IQ（智商，Intelligence Quotient），使得学习、工作、生活能力都比较强；二是遗传了较好的体质，身体比较好，不大生病；三是从小接受了一定要"做好人"的道德品质教育，懂得了做人、处世的基本原则；四是从小得到了"民主与科学"的思想启蒙，不随波逐流，独立思考，有自己的思想；五是做人心胸和眼界要宽，要关心国家大事，一定要对社会做出自己的贡献。

我们家兄弟姐妹共有八人，可以说人人都比较聪明能干。从上小学开始，兄弟姐妹在学习上都表现出良好的素质，成绩优良，后来在各自的工作岗位上也有相当优秀的表现。遗憾的是，那段时间我们家庭的生活极为困难，从而使得几个弟弟妹妹失去了进一步学习深造的机会，少了为社会做更多贡献的机会。

儿时的记忆

我想在这里写下一些儿时的小事，算是记录下那个时代的小孩大概可以记得一些什么样的事情。因为父亲在那段时间，先后担任几个县的省银行办事处的主任，所以我可以很容易地根据不同的地点来确定出比较准确的时间。

仁寿（1941—1942年）：记得一次金媛六孃来，大概是她从当时上学的成都回家乡井研，途经仁寿，母亲因什么事情批评她，她哭了。

荣县（1942—1943年）：智敏是1943年在荣县生的，屁股上有一块青色的胎记。大人们就骗我们说，智敏是从屋外天井里捡回来的，屁股上沾的是天井里的一块青苔。有一天，我一个人在外面玩，身上穿的毛线背心糊里糊涂被一个人骗走了。

灌县（1943—1944年）：四岁，记得的事情就比较多了。我们全家从成都到灌县（今都江堰市），汽车常常抛锚，走了大半天，晚上才到。都江堰、伏龙观这些名字那时就记得了。我们经常去伏龙观旁边的江边公园，那里有许多竹林。一些捕鸟的人先在竹林中张上网，然后把鸟往这个方向赶，慌乱之中，许多鸟就"自投罗网"，扎在网眼里进退不得，成了捕鸟人的猎物。灌县这个地方不大，那时我的年纪也稍大一些了，那里主要地点的位置我都记得很清楚，一种"地图"的印象深深地留在我的脑海中。

1975年春天，学校组织有关人士去灌县的某研究所参观，我和文德都去了。这是31年后第一次到访灌县。去的路上我心里激动得很，不知道四岁多时的记忆是否可靠。在研究所参观后，我们立即去都江堰、伏龙观景区游览。去了后发现，它竟然与我过去的印象完全一致，实在令人高兴。

最有趣也最使人难忘的一件事是看杀牦牛。牦牛是四川西北部气候比较寒冷的地区才有的一种牛。牦牛吃苦、耐劳，能耕地、运输，是人类的好帮手。而且牦牛肉的味道好，做的菜"牛肉味重"，非常可口。

某日，一个银行职员带我去看杀牦牛。杀牛的地方中间是一个天井，天井中堆了一个小山似的牛屎堆，像一个小的金字塔。周围是一圈非常简陋矮小的平房，杀牛就在其中一间房子里进行。看杀牛的人都唯恐看不清楚，使劲往里面挤。因地方小，有些人进不去，就堵在门口。我因为很矮小，只能挤在门口通过人缝往里看。杀牦牛的人先做准备工作，把牦牛拴好，就在要举刀杀牛时，那牦牛大概觉得情况不对，拼命挣扎起来。这时挤在里面的人被吓得直往外退，一时间有"兵败如山倒"的态势。站在门外的我是那么弱小，想顶也顶不住，结果这些如山倒的"败兵"把我挤了一个"仰翻叉"，一下子脸朝天掉进了堆满牛屎的天井。幸好那堆牛屎比较干，我还没有"沉"下去，否则，就太狼狈了。

成都（1944年）：父亲调动工作去重庆总行，我们一家离开灌县经过成都回井研，在成都一个照相馆拍了一张父母加我们三兄弟共五人的"全家福"。这张照片拍得还不错，直到现在还保存着。照片是父亲到了重庆后寄来的，在这张大约五英寸的黑白照片上，有他用毛笔写下的几行字："念兹在兹。民国卅三年四月，奉调总行担任稽核，道经成都，适值儿童节，特偕俊祥母子赴'留真'摄影以志纪念，并因生活太高未便携眷同行，借此小照亦可聊当晤对，略释彼此之驰念也。"

我们还一起去成都少城公园玩过，记得那里摆放了一些大大小小的炸弹样品做展览。这些炸弹样品尾翼朝下，头朝上，竖直放着，给我留下的印象很深。

我还在成都的一个剧院里看过一次"新剧"，其实就是后来的话剧，不过内容我已经没有什么印象了。

井研（1944—1945年2月）：外婆家在井研城里的南门坳。"南门坳"这个地名，是我后来在富顺时从外公来信上知道的，信封上竖写的落款是"井研县南门坳金缄"。那是一所比较大的瓦房，有好几进，由大家庭的好几房人分住。由前往后，地势渐渐升高。当街的第一进就是外婆家的房子，多数的墙是用木板做的。当街进门的一间堆着许多竹耙，大概是赶场的人卖不完，借用它来做堆栈用，这正好给我们提供了一个藏猫猫（捉迷藏）的好场所。我们可以从那一捆捆竹耙堆中穿来穿去。进门的左面是天井、厨房，右面是堂屋、天井，几间睡房。我和母亲住在临街的一间，有窗户朝街。记得有时还有空袭警报（估计是日本飞机飞过井研，并不是把井研当作轰炸目标），其时警察就来拍木板墙，叫赶快吹灯（当时井研还没有电灯）。我们有时候也看到天上飞过的飞机，有大家俗称"三个脑壳的"（即两个发动机加一个机头），有"五个脑壳的"（即四个发动机加一个机头）。后来我们才知道，那就是驻在成都附近空军基地的美国飞机，是叫作"空中堡垒"的B-25、和"超级堡垒"B-29轰炸机。抗日战争胜利前，它们常从成都基地起飞去轰炸日本的军事目标，甚至还远征日本本土。

外婆到了冬天就要做很多泡粑和叶儿粑。不管是泡粑还是叶儿粑，都要在外面用一种特别的"粑叶"包起来。泡粑即是用粑叶包起的米粉发糕，甜味，做起来比较简单。而叶儿粑则是用水磨糯米粉（通常将糯米和少量的饭米泡两天后加水磨成的）做皮，甜的皮磨时还要加一些"白脸蒿"之类的野菜，看起来是深绿色的，并有一种特殊的香味。传统的"心子"（即馅）主要有甜的洗沙和咸的芽菜肉臊子两种。两种都非常好，再加上那种粑叶所具有的清香，真是太好吃了。这种粑冬天做好后，挂在竹竿或绳子上风干，可以保存很久。冬天，我们晚上围着木炭火盆烤火聊天时，取出几个叶儿粑放在火钳做的支架上烤,烤出来的焦香扑鼻而来,吃起来更是美味极了。现在想起来,还令人馋涎欲滴,回味不已。

包叶儿粑的粑叶是野生的,长在田间山坡上,叶子相当大,有两三尺长,呈两头尖的船形,中间宽4~6寸。现在这种叶子已经比较少了。多年来,在成都有时也可以看到卖"叶儿粑"的,但因为缺乏粑叶,这种"叶儿粑"已经有点"歪"(不正宗)了,不是用叶子包住,而是象征性地用一小片叶子垫在下面,是只有"粑",而没有"叶儿"了,当然就失去了传统叶儿粑的清香。

井研出产的水果中,有两种给我的印象很深,一种是梅家湾柑子(柚子),还有一种是"正路李子"。梅家湾柑子还有点来历,据说是清朝井研千佛镇雷姓大家族的雷某去台湾当官,大概做到了"道台",离任返乡时带回来了几株柑子树苗,后经过不断培育,成了当地一种有名的特产。最近听说,由于缺乏科学栽培,品种退化,梅家湾柑子的质量已经大不如前了。

"正路李子"味道很不错,"正路"二字大概是指"正宗"。这种"正路李子",一般都栽种在田边地角,大概在端午节前后上市,绿色偏黄。它在成熟时微软,其顶部有发散状的纹路,剥开时,果肉和果核大部分是脱开的(俗称"脱腹")。我们全家人都比较喜欢这种"正路李子",母亲也非常喜欢吃。她还有一句关于李子的"名言":"好吃不过李子。"过去它是一种物美价廉的水果,现在已经比较少了。它好在哪里呢?我个人的体会,可能就在于其味道比较"复杂"。这"正路李子",回口略带一点涩味,余味悠长,就好像放一点麻味的花椒在川菜里一样,增色不少。人的一生似乎也是如此,如果老是处于"纯甜"状态,就不如酸甜苦辣麻都尝过那样有味道。

1998年11月,我和两个女儿在美国波特兰相会。小女儿小蓓在那里工作。我们谈到记忆力对一个人的重要性。小蓓突然说了一条关于记忆力的妙语,她说:"你不能说我学了许多知识,但都记不得了。"也就是说,一个人学了许多知识,但都记不得了,那算是什么知识?那有什么用处?当然,总有一些东西是记不太牢的,但总不能忘得太多。比如说,你对音乐感兴趣,但反复听过一个曲目之后,你记不得曲名是什么,也记不得曲中的旋律,甚至是主旋律,那你如何欣赏音乐呢?

记忆力强弱是什么决定的,我没有认真研究过,但还是有一些想法。首先,我想遗传可能是决定记忆力强弱的最重要的因素,而遗传又是多少代、多少年进化的结果。综观我们家的人,记忆力都比较好,可这方面没有得到过什么特殊的训练,只能说明是遗传在起主要作用。其次,只有理解了才记得牢,也就是说大脑要经常用,要经常思考问题,多问为什么,不断得到锻炼,从而加深印象。第三,要尽可能使那些零散的知识"结构化",使它们产生某种有序的关联,举一反三,这样便有助于更好地记忆。第四,要有想记住的愿望,如果一开始就不想记,只是草草浏览一下,自然就难以记住。

中学时代,我看过一本《福尔摩斯探案集》,其中有福尔摩斯的一段话,大意是说:人的大脑就像一个阁楼,里面装了许多东西。东西装得太多,要拿出来就不大方便。所以,我只要发现没有用的东西,即使已经记住的,也要设法把它忘掉。当然,福尔摩斯的话实际上是作者柯南·道尔先生的高见。他的见解虽有一定的道理,但我不是很赞同。首先,人的大脑不好和阁楼类比,其"无限性"比阁楼大得多。如果有一定的用处,记起来又不费劲,记住它似乎也没有什么坏处,不可能为了记住一个就把另外一个挤了出去。其次,取出的方便性问题,如果能通过对知识的深入理解,把那些零散的、杂乱无章的知识"结构化",使它们产生某种有序的关联,再通过联想方式把它们取出来不会是太困难的事。同时,我还十分疑惑,福尔摩斯用什么办法可以把他已经记住的东西忘记掉。

记忆力较好给我带来了许多好处。拿上学来说,记忆力好就使学习和考试变成一件不难的事。另外,与朋友谈话时,掌握的知识多,就容易使话题丰富多彩。一个人的幽默感常常与记忆力有关,如果不能随时从记忆里调出各种各样的素材,很难幽默得起来。

是否任何事情都需要记忆呢?完全没有必要!特别是在这信息爆炸的时代,要记的东西实在是太多了,只能重点记住那些最有用、最关键的东西,不然可能费了力还不讨好。比如说,电脑中常用的Windows操作系统,其功能实在是太多了,要把这些功能和使用的细节都记住不是不可能,而是没必要。但是,我们至少要记得一些提纲挈领的关键内容。比如:一本手册里面大概有一些什么章节，出现了什么问题，应该到什么章节里面去查找等。当然，虽不是特意去记，在使用过程中也会逐渐记住许多内容。

金圆券

我们在富顺的后期，国民党政府的败象是越来越明显了。最明显的感觉，是通货膨胀加剧，钱越来越不值钱了。当时为了保值，大家都设法把手中拿到的钱赶快变成商品，最好是变成大家都需要的商品，以便需要时可以再换成别的东西。

人们的生活也更艰难起来。那年旱灾严重，普遍缺粮，有一段时间听说附近有的地方已经开始吃"观音土"了。观音土是一种质地比较细腻的白色泥土，毫无营养，只能在饿极时用来填肚子——实际上是骗肚子，既无营养，大便也解不出，后患无穷。一次，我就看到有农民用野生草药捆扎的一把把蚊香拿到城里来换米。他们用了许多蚊香，只换得很少的一点碎米，但仍然高兴得很。另外，我们养鸽子的碎米逐渐成了问题，后来我们养的那一群鸽子因缺乏吃的，飞走了不少。

1948年下半年，国民党政府决定发行金圆券，原来流通的法币都限期停止使用。为什么记得是"下半年"？那是因为在银行兑换金圆券的时候，刚好是秋天的那个学期开学。开学后，学校组织我们去远足，我们拿去的金圆券因面值较大，商店都无法找零，而无法使用。

法币一下子要全部换成金圆券，工作量极大。省银行是当地唯一的兑换机构。兑换期间，排长队，人山人海，十分混乱。由于省银行除了大门没有旁门，那段时间搞得我们进出都非常困难。记得很清楚，兑换的比例是300万元法币兑金圆券1元，面值小的法币一大堆才能换上1元金圆券。金圆券兑换结束以后，作废的大量法币一大捆一大捆地运到了东门外沱江的河滩上，堆成一座小山，浇上汽油烧毁。我们去了现场看热闹。

金圆券才用了不久，信用又成了问题，人们拒绝使用，于是又开始使用早已经不用的银圆和铜圆。不久国民党政府又生一计：发行银圆券。说起来颇令人好笑，金圆券都行不通，银圆券又有什么用？很快，银圆券也"寿终正寝"。直到解放，市面上使用的都是银圆、铜圆，还有镍币。

铜圆有清朝时候铸造的，也有民国时期铸造的，这些东西不知怎么一下子就冒出来了。铜圆很少有假的，所以使用不成问题。对于我们小孩，更是喜欢，因为"打铜圆"是一个很好玩的游戏。但银圆就不同了，花样很多，有中国的，还有外国的。上面有袁世凯头像的"袁大头"比较多，"袁大头"又分"睁眼的""闭眼的"，印象中是"闭眼的"比较好。也有少数有孙中山头像的。新发行的银圆是"帆船银圆"。记得有一种墨西哥的银圆，叫作"扳桩银圆"。还有各个地方铸造的银圆，如四川和云南铸造的所谓的"川板"和"云板"，等等。关键问题是银圆常有假的，或含银成色不足。一时间，在换钱和用钱的地方，人们敲得银圆叮叮响，用声音的清脆与否来判断银圆的真伪，非常有趣。

"打法院"是当时本地的一个重大事件。起因是附近乡下的一个农妇受侮辱并被乡长吊打致死。死者家属告到法院，法官受贿后判被告无罪，一时民众大哗，自发地去砸法院，把法院砸得一塌糊涂。大热天，民众把法官的皮袍弄出来盖到死人的身上。某天傍晚，我们去大巷子附近的法院看热闹，刚进去一会儿就见许多警察跑步而来，狂吹警笛，把砸法院的人和看热闹的人一律往外驱赶，宣布戒严。混乱场面是控制住了，但事情已经闹大，引起了公愤，不得不又重新验尸，改判。验尸是在东门外的河滩上进行的，由于天气太热，尸体已经发绿变臭，难闻至极。

还有个印象比较深的事是选国大代表。竞选的宣传家们编了一些口号之类的东西，让大家传诵。特别是那些稍微懂一点事、冲劲很大的中学生特别卖劲，到处宣传，力争要做到家喻户晓。记得富顺县竞选国大代表的是龙性特和焦子琴，均为女性，分别是两个中学的校长。那时，经常在街上听见一句顺口溜："龙性特本不差，国大代表就是她！"后来我们才知道，选出的国大代表要去南京参加国民大会，选举总统。那次"国民代表大会"是在1948年3月召开的。蒋介石就是在那次大会上当选为总统的。不知他是怎么想的，当时国内的形势对他已经很不利了，为什么还对开国民大会和选举总统那么积极？结果，他刚当上总统不久，就相继发生了辽沈战役、淮海战役、平津战役、渡江战役。通过这几大战役，国民党军队的主力大都被歼灭，国民党政府很快就垮台了。

从富顺到乐山

父亲在富顺工作了四年多。按省银行的规定，在一个地方工作一段时间后就要进行调动。因他当主任期间，业绩很好，所以省银行总行提出一个方案，调他去任绵阳分行经理。绵阳这个城市比较大，调去那里本来是一种提升，但由于局势不佳，前景难以预测，所以父亲不想前去上任，希望能往自己家乡方向调动，以便进退有据。经过争取，最后确定调往乐山分行任"稽核"，这个职务的地位、待遇和经理差不多。于是，父母决定全家迁往乐山。

1949年7月或8月间，我们包了一辆卡车，约定某天到邓井关来接我们，再开往乐山。富顺到邓井关有十多里的路程，这一段路的路况不太好，关键是邓井关有个桥还不能通汽车，所以我们只好到邓井关去登车。那时我们家增加了五妹智富和六妹智佳，人口更多了。当时六妹智佳才几个月大，又是大热天，要走远路，会有很多麻烦。为了避免送人和运行李过分集中，决定让人提前一天送我和智炜以及部分行李去邓井关，其他的人和行李第二天再来和我们会合。那天，我们下午先乘黄包车去了邓井关，晚上住在一个朋友介绍的地方。那地方比较安全，很不错，但到了晚上问题来了，那地方的臭虫极为猖獗，把我们咬得个不亦乐乎。我们A型血（当然血型是后来才知道的）的人最受蚊子、臭虫的喜爱，加上我对蚊虫叮咬很容易过敏起包，包上加包，很快就红肿成许多大块，惨不忍睹，十分难受。这次悲惨的遭遇让我知道了臭虫集团作战的厉害，终生难忘。

邓井关有一个水闸，把一条不大的釜溪河断开，上游的水位得以抬高，便于那些运盐船航行，往下游进沱江，再入长江。那时公路系统落后，汽车也不多，水运相对来讲就比较重要。对我们来说，最喜欢看的是水闸旁边的一个船闸。此前，我们在远足时已有机会看过该船闸的运作了。比如，下游的船要上去，先进入船闸，在船闸关闭后将上游的水慢慢放入，使船闸内的水平面和上游的水平面相同，就可以将船开进上游了。上游的船要到下游，其过程相反。现在这些东西是比较普及的了，但当时在我们的心目中觉得非常先进。

我只看过两个船闸，一个极小，一个极大。1994年，"863计划"专家组在武汉的华中理工大学召开工作会议，同时举行了一个大型的学术报告会。当时任副校长，后来任教育部部长和中国工程院院长的周济，是我们专家组的成员，请我给他们的师生做过一次大型学术报告。会后，会议组织专家们去三峡、小三峡旅游。当我们乘船通过葛洲坝船闸时，其规模与我多年前看过的"老船闸"相比真是天上地下，但一点也没有使我感到诧异。

在邓井关上车的那天早上，我们去登车处附近的一家小饭馆吃饭。记得很清楚的一件小事是，店家端出来的"桂花饭"（鸡蛋炒米饭）竟然是馊的。于是，赶快叫店家退了重做。那时别说小饭馆，就是较大的饭店也没有冰箱之类的设备，食物馊了是常有的事。防止的办法一是晚上"加餐"，把多余的食物吃掉，以免浪费；二是如果食物过多，则对要存放过夜的食物重新蒸或煮一遍。这种"传统"一直保持了好几十年，我在大学当老师的许多年内也没有冰箱，就经常采用这种老办法。一直到改革开放后的80年代，随着人民生活水平的提高，人们才开始逐渐使用冰箱。

我们全家人和行李在邓井关汇齐后，人和行李都上了一辆我们包租的敞篷卡车，我们分散坐在行李上。天气还算帮忙，一直都是晴天，晒太阳是免不了的了，但比下雨要好。如果下雨，敞篷车坐起来会更为困难。不过，一路上这辆卡车却很不争气，多次抛锚，基本上走一段路就要停下来修理一阵。车费是100个大洋，父亲在自贡交两封共100个"袁大头"给老板时，我也在场。

按理，车是我们包租的，路上就不应该再增加其他乘客了。可是司机要趁机捞一点外快，沿途陆续招揽一些散客上车，搞得车上越来越挤，也搞得我们很不舒服。但我们没有什么办法，因为方向盘在他的手里，如果他要作怪，随便谎称车子哪个地方坏了停下来不走，造成的损失可能就更大了。他这样路上一耽搁，本来计划一天到乐山就变成两天了。那天晚上我们不得不在离乐山不太远的三江镇过夜，那里距乐山只有30～40公里。那时，路上很不安全，生怕有盗匪抢劫，所以那天晚上父母都睡不安稳。我不知道是什么原因，也许受了他们的影响，久久不能入睡。

三江镇是在公路的三岔口上，向北的一条路去井研，向西的一条路则通往乐山。这时离老家井研只有十多公里的路程了，比到乐山还要近。那晚，父亲几乎整个晚上都在苦苦思索："到底是去乐山还是回井研？""就是要到乐山工作，也可以把家眷安顿在井研嘛。井研的住处不成问题，风险也小一些，而且我们也有好几年没有回去过了……"各种想法不断涌上心头。父亲甚至问过才满十岁的我："你说是到乐山好，还是回井研好？"最后父亲果断决定，为了全家将来的发展，原计划不变，还是到乐山！

多年后回想起来，当晚父亲的这个决策非常正确。如果图一时的方便回了井研，可能发展的机会就会少得多，走的弯路也要多得多。由此可见，除非没有选择的余地，当在对一个重大问题做战略决策的时候，一定要深思熟虑，从大局出发，从长远考虑。

上天保佑，那天晚上没有出现什么不安全的事情，到了下半夜我昏昏沉沉地睡过去了。第二天一早，我们的汽车又启动了，径直向乐山前进。

乐山快要到了，车上的人都开始激动起来，睁大了眼睛观察着周围出现的一切。汽车穿过乐山大佛寺旁边的篦子街，一出山口，我的眼睛豁然一亮。那时正值洪水期，在岷江与大渡河宽阔的交汇口，滔滔江水滚滚而来，十分壮观。三江交汇处的乐山江面要比沱江宽阔得多，城市也大得多。后来上高中时，读到了老校友郭沫若先生写的自传《少年时代》，我对他首次看到乐山时的感受深有同感。郭沫若描述他小时候第一次从家乡沙湾镇乘木船沿大渡河顺流而下，在船上看到乐山用红砂石筑成的红色城墙时，心中十分震撼，心情激动，感受"就像哥伦布发现了新大陆一样"。

乐　山

乐山虽常常被人说是三江的交汇处，实际上我们通常能够看到的只有岷江（俗称"府河"，与成都的"府河"叫法一致）和大渡河（俗称"铜河"）。被称为"三江交汇"的另一条青衣江，在城区附近是看不见的，它在离乐山还有几公里的地方就和大渡河汇合了。三江交汇以后仍然叫"岷江",它朝东南方向流去,到宜宾入长江。据说很多年前寻找长江源头时,因为岷江既长,水流量又大,人们曾有一段时间以为岷江是长江的源头。岷江的水资源很丰富。有一次在报上看到,岷江的年平均流量是黄河的4倍,使我很有了一点自豪感。岷江各支流的上游,水的流量和落差很大,有极为丰富的水力资源。在乐山的交汇处,岷江和大渡河的颜色常常是不同的,而且二者的流速和水温差别很大。大渡河的流速快得多,到了夏天,水也要冷得多。

乐山城夹在两江之间,看起来就像一个半岛。由于它地处四川盆地的边缘,土地比较肥沃平整,水利也不错,物产丰富,交通便利,文化生活水平也比较高。两江交汇处,有闻名中外的乐山大佛。往西30公里外有"峨眉天下秀"的峨眉山。那时,环境没有受到什么污染,空气清新。从乐山往西边大渡河上游方向望去,经常可以看到高耸入云、黛绿巍巍的峨眉山,而且我们可以按照山影轮廓把大峨山、二峨山、三峨山分得清清楚楚。

一千多年前,诗人李白在将出蜀时所作的一首七绝《峨眉山月歌》,就以歌咏峨眉山的月亮来表达他对蜀地的依恋。诗云:"峨眉山月半轮秋,影入平羌江水流。夜发清溪向三峡,思君不见下渝州。"这首诗,我们上小学时就读过了,当时只觉好,但感受并不深。随着年龄增大,特别是远在他乡,每当想到家乡的山川和一草一木,更觉其优美,令人难忘。诗中的平羌江即青衣江,又称"若水"。郭沫若的名字"沫若"二字,就分别取自沫水(大渡河)和若水。诗中的"清溪"即清溪驿,乐山下游不远的犍为县是也。好多年后,我觉得离乐山很近的犍为,竟然还从来没有去过,是一个不足。于是弟弟智勇特别安排了一次活动,我们开车去犍为看清水溪。清溪古镇比较一般,但"夜发清溪向三峡"的清水溪的水流非常清澈,水中映射出来的美景令人难忘,其清澈度很可能和李白那个年代差不多。

乐山城周围不远便是丘陵和山区,因此乐山还出产一些平原地区享受不到的土特产。乐山气候也很好,不像成都冬天那么冷,而夏天也不很热,很适合人们在这里繁衍生息。

近年来,乐山以其世界第一高度的大佛(高71米)和附近的峨眉山风景区连成一气,成为国内著名的旅游景点之一,到了夏、秋季节,更是游人如织。现在，随着人们生活水平的不断提高，旅游已经成为一个相当兴旺的产业。水涨船高，原来完全没有出售门票概念的乐山大佛寺、乌尤寺，现在游人除了要支付几十元人民币买门票，在节假日还得排上长队，方能沿着大佛旁边的下山栈道，走到临江的大佛脚下一睹大佛的尊容。

大佛寺所在的山叫"凌云山"。原来，上山的路上有许多石刻的名人碑记，记得在成都被称为"五老七贤"之一的赵进士（赵熙）的题字就不少。他是清朝时的京官，其题字落款常常用"荣县赵熙题"。当过乐山地方官的小军阀"陈八师"（陈洪范。川军第八师师长，据说是军阀中比较有修养、较为重视传统文化的人）也有题词。大佛寺正殿的金匾"大雄宝殿"四个字是由"邑人王方舟"所题。王方舟即王陵基，乐山人，解放前最后一任四川省省长，国民党上将。原来这一类的文字很多，可惜在"文化大革命"中被毁坏不少。大佛寺内有东坡楼，据传是苏东坡先生读过书的地方。原来岷江这一带还出产一种叫作"墨鱼"的深水鱼，个大，颜色偏黑，口朝下，肉头厚，据说这种鱼就是吃了东坡先生当年洗砚台的墨水长成的。这种鱼，20世纪50年代还很多，现在好像已经见不到了。

下游一点，与大佛寺一条小河相隔，有一座更为郁郁葱葱的山——乌尤山。过去，山上的乌尤寺是乐山本地人喜欢去的地方。那里，除了乌尤寺本身比较精致，更为幽静，还有东坡亭、旷怡亭等去处。进乌尤寺山门处不远，悬在紧靠岷江山岩边的旷怡亭内，有苏东坡先生亲笔书写的木刻千古绝唱《念奴娇·赤壁怀古》：大江东去，浪淘尽，千古风流人物。故垒西边，人道是，三国周郎赤壁……冬天，山顶上红梅、蜡梅盛开，芳香扑鼻；夏天，听着乌尤寺周围树上的蝉鸣鸟叫，望着脚下滚滚的岷江和大渡河的滔滔江水，遐想万千。那旷怡亭的圆形木门两边，挂有一副木刻对联："苏和仲山高月小，范希文心旷神怡。"凡读过这副对联的游人，自然而然都会和范希文一样，产生一种"心旷神怡"的感觉。如果从乌尤寺后山登山，沿石级而上，走到半山拐弯处的一个小亭，那里还有赵熙先生手书的石刻佳句："登山有道，徐行则不蹶，与君且住为佳。"它提醒已经有点喘气的游人登山不要着急，且在此休息一刻为佳。

乌尤寺本有一罗汉堂，内有塑造得很好的500尊罗汉（以前乐山人习惯称500"窝"罗汉），20世纪50年代还塑造了一尊惟妙惟肖的济公活佛，可惜后来在"文化大革命"中被毁。后罗汉堂虽又恢复，但罗汉的塑造工艺粗糙，艺术品位已大不如前，特别是被毁的那尊济公塑像非常可惜。

山上，夏天有许多特有的"蠛蚊"（有些地方称之为"小咬"）。它们在空中飞舞，十分机动灵活，叮在人身上，像一些小的黑点，吮吸人血时不顾一切，吸血速度惊人。一巴掌打下去，多个蠛蚊同归于尽，手上和身上其他裸露的皮肤上尽是一些血点。夏天，蠛蚊可算是乌尤山上的一种美中不足。

我们到了乐山，第一个要去的地方是柿子湾。我们的五舅公（外婆的弟弟陈厚坤）住在那里。父亲事先已经和他联系好，到乐山后即到他家落脚。柿子湾在乐山城区东面河对面的任家坝上，隔岷江与乐山城相望。"柿子湾"如何得名不得而知，是否曾经有过许多柿子树？但至少，我们去的时候，已经看不到什么柿子树了。五舅公的家坐落在柿子湾的深处，他在那里建了一座别墅式的两层楼建筑。三面环山，面向岷江，过江就是乐山城。周围山上的林木郁郁葱葱，而且属于自有，环境十分优越。

五舅公在城里开了个"天孙绸厂"，在市中区的玉堂街还有个铺面经营丝绸生意。他喜欢抽叶子烟（类似雪茄烟）。一般有点钱财的人，通常喜欢很好的烟具，而烟嘴是其中最重要的，质量好也能显示一点身份。对此，父亲早有准备，事先花了5担米（有段时间，钞票已经不管用了，要以实物交换，大米常作为结算的主要单位）买了一个很考究的玉石烟嘴作为送给五舅公的见面礼。五舅公虽然说这个礼花费太多，但心里还是对父亲的孝敬之意感到很高兴。

这么大一家人寄住在别人家是不方便的，人多了难免要发生矛盾。那时我们讲一口类似自贡话的富顺话，一听就是外来人。而且我们家的小孩多，五舅公家的小孩除了大的两个比我们大一些，其余的大小都与我们差不多，更容易生出一些小摩擦。此外，他们在辈分上又比我们高，有时很难处理，于是我们希望尽快找到安身之地。刚好就在他们住房下面几十米远的地方，就有一排空置了很久的有六间房子的平房，产权为五舅公所有。这一排平房原来是一个远房亲戚"曾大孃"（姓金，是和我母亲同姓同辈分的亲戚，她的丈夫叫曾贯之）他们住过的。不过因为他们在乐山的生意做得不好，早已迁回井研老家去了。现在要去住，可以，但需要做一定的维修，于是父母亲就出钱请人做了维修，很快就搬了过去。

应该说，这个新住处还是很不错的。它是用"白夹竹儿"（一种比较细且不高的竹子）编的篱笆围起来的院子。背后靠山，前面有一小块地，可以种蔬菜，周围还种有几棵橘子树。那一小块地看起来不很大，但可以种的蔬菜不少，当季的时候，我们吃都吃不完。后来我们搬家离开时，地里还有非常多的菜，都送给别人了。房子后面的岩坡上有一棵板栗树，可能是生长在石头崖坡上养分不足的原因，结的板栗极少。而且这棵树太高，对我们来说真是可望而不可即。不过到了冬天，成熟后的板栗会自然掉下来，味道可真是好极了！

靠竹篱笆边的台地上，还长有一棵香椿树。春天我们可以采摘下一些椿芽做菜吃。到了夏天，直直的一棵树上，只有顶部有一些树叶。我曾经捉了一些知了，把他们的翅膀剪破，使之不能再飞，然后放到香椿树上做实验，吸引其他的知了。这些知了爬到树干的顶部上后，因为不能飞，就老老实实待在那里，但仍然可以大声鸣叫。它们这一叫，对其他知了产生了一定的吸引力。这样"抛砖引玉"以后，果然飞来了好多，一起参加欢乐的大合唱。后来，这个知了乐队就像我们自己家养的一样，每天唱着欢乐的歌，怡然自得。

我们用的水是天然的"矿泉水"。用几根长竹竿，剖开去掉三分之一左右，再把中间的竹节去掉，就成了很好的环保引水管。根据长短需要，用几根竹管接起来，就可以把山泉引到过滤水的沙缸里，过滤之后就成为很好的"自来水"了。因为水源是天然的雨水，又经过了山上植被和原始土壤的过滤，水质比现在一般的矿泉水还要好。

水是很重要的生活要素，我们家对水的处理十分重视，其办法也很简单，就是利用一个沙缸。沙缸除了在靠底部的地方开有一个出水的小孔，与一般的陶器缸子无异，不过缸子里要分层放棕、木炭、河沙等起过滤和吸附作用的材料，再在沙缸底部的小孔上插上一段小竹管作为出水口。"棕"是棕树干上部靠近棕叶的地方剥下来的，布片状，棕不怕水的泡沤，我们可以直接用。而一般用法则把棕分梳成"棕毛",然后搓成很结实的棕绳,或做成棕刷等,相当耐用。木炭用来吸附水中的杂质异味等。河沙则要提前淘洗干净,一段时间后,它就在沙缸的上部形成非常致密的约20厘米的过滤层,过滤性能很好。水源也不用担心,由于青山绿水,植物的贮水能力极强,即使不下雨,一年四季也水流不断,只是流量大小不定而已。我们大多用不完,储水缸满了以后,水就自动溢出了。

我由此深深体会到植树造林的重要。我们一定要提倡多种树。树多了,储的水就多了,水多了又进一步促进树木和其他植物的生长,从而进入生态环境的良性循环。

当时那里的树很多,有许多非常高大的松树和其他优良树种。到了夏天,常常是雨过之后人们就可以到山上去采蘑菇了。这种野生的蘑菇稍加烹调后味道相当鲜美,是现在人工培养的蘑菇完全不能相比的。而且后来我们住的时间久了,也就熟悉了情况。只要一下雨,我们就知道山上哪些地方可以采到蘑菇。当然,这可能也与当时的人口较少有关,那时全国4亿多人口,资源的竞争就不那么严重。上山很容易,从我们院子后面的山坡,就可以爬上去了。起初山上并没有路,但时间长了,我们自己摸索和"开发"出了一些可以勉强走的路来。可惜,这柿子湾周围郁郁葱葱满山高大的树木,在1958年的"大跃进"中被砍伐一空。

那时山林是私有的,只要不砍树,割点柴草之类还是允许的,我们也常常上山去玩。五舅公家养了若干条大狗,常常是山上一有响动,它们就一窝蜂地汪汪大叫起来。但这些狗并不冲上山去,可能它们担心自己的安全,只是远远示威性地叫着,起警告作用。对此我们并不害怕。不过这时五舅公的大小姐陈文道可能是受了这些狗叫的刺激,会条件反射似的惊叫起来,大声叫唤着:"哪——个——?"她这一叫,倒让我们很有一点紧张。她这个人平时一副"病壳壳"林黛玉的样子,在这种关键的时候却能发出那样空谷回响的吼声,的确让人惊奇。

我们在柿子湾住了一年多,与陈文道几个兄弟姐妹之间相处得还不错。他们辈分高,但因我们年龄接近,所以一般不以长辈相称。老二陈文嘉,比我们大几岁,已经在上初中二年级了,经常与我们一起玩。后来我们搬家后就几乎没有见到过他了,到了1957年夏天,我暑假从成都返回乐山,在"河对门"(即岷江东岸)游泳时见到了他。那时,他在昆明医学院上学。多年不见,原来比我高很多的他,这时却比我矮了不少。我们很亲切地站在岷江水中谈了一阵子,这次一别之后就再也没有见到过他了。

父亲这时仍然在乐山的省银行上班,早去晚回。可是,我们的住处柿子湾附近没有高小,那时我应该上"五下",即高小二册,因此只能到乐山城里去上学。很快,父亲就托人联系上了乐嘉小学,办好了手续后,我就开始在那里插班上学。我去的时候已经开学了。乐嘉小学在老霄顶下的月咡塘,离公园的后门不远。当时旁边有一条很小的巷子,通到下面的叮咚街。叮咚街头有一口水井,叮咚街就以这里有井水的叮咚声而得名。井的旁边,放有一些做豆芽的大木桶,里面放了一些黄豆和稻草。做豆芽的人不时从井里提水往大木桶里浇,多余的水又从木桶的底部流出,大概是为了保持正在里面生长的豆芽的水分。我在乐嘉小学只上了一个学期。因为时间短,对老师和同学的印象都不大深,不过历史老师讲的曹植的《七步诗》:"煮豆燃豆萁,豆在釜中泣……"给我留下了比较深的印象。老师教的白居易的一首诗的后半部分"周公恐惧流言日,王莽谦恭未篡时。向使当初身便死,一生真伪复谁知"也有很深的印象。他告诉我们,凡事凡人都只有经过较长时间的考验才能判断其优劣真假。

当时,就我上学而言,最大的问题是学校与家之间有一江阻隔,来往十分不便。我只有十岁多一点,早上天不亮就要起来。我们用的是柴火灶,从生火开始做出早饭来,再简单也要花不少时间。(要是能把现在的微波炉拿到当时用就好了!)草草吃过早餐后上路,要走好长的一段路才能走到岷江边,然后坐渡船到对岸的福泉门或者大码头上岸,还要走好长一段路才能到达学校。如果赶不上渡船,要等更长时间。这种渡船的不定时性,使我必须提前一点到江边,耗时就更多了。那时的渡船都不是机动的,完全是用人工划桨或撑篙竿,速度很慢。下午放学回家也是一个问题,特别是在冬天,白天较短,如果按正常放学时间离校,天已经黑下来了,过河就成了问题。那时,过河的渡船分两种:一种叫"义渡",另一种是收费摆渡的小船。"义渡"是由一些有钱的"绅粮"资助的善事,船比较大,乘船免费。现在凌云山靠岷江边的红砂岩石上,还可以看到刻在岩石上的巨大的"义渡"二字,可能那里曾经做过停靠义渡船的码头。可是,天黑以前,义渡就没有了,只有坐小船。这时如果有几个乘客,大家共同来分担船资还好,如果只一个人,就必然要"挨棒棒"敲你一笔了。

记得一次冬天放学以后,天已经很黑了,而且还下着雨,我就先走到鼓楼街远房舅舅金鼎三的家去。他们说今天这个天气实在不好,路不好走,也不大安全,劝我就留在他们家过夜算了。我在那里犹豫不定,待了好久,实在拿不定主意。那时又没有电话之类的通信工具,父母看到天色已经很晚,家里还有个十岁多的学生没有回来,各种不祥的猜测都继之而来,焦急的心情可想而知。于是他们马上请了一个年轻人过河来找我,一来当然就找到了,然后便一起回家。这次事件虽小,却对做出尽快搬家到乐山城里的决定的父母影响很大,觉得这样下去不行,就开始在城里物色房子了。

在城里上学的好长一段时间,我和父亲一起吃中午饭。我们约定在上土桥街靠近大十字路口的一个书店见面,先到的就在那个书店看看书,见面后一起去一家小饮食店。我们一般是吃两三个包子,吃完以后我又赶快回学校上课。那个书店便成了我喜欢去的地方,后来还营业了好久。在那里,我曾看过中译本的《苏联篮球》,虽然书中主要说的是苏联篮球,但从中我第一次了解到美国和南美洲国家篮球的水平和实力,知道了美国篮球的厉害。

乐山解放前夕,到处是兵荒马乱的样子。一天,我们进城,在东大街川剧院门外的街上,看见一个被击毙的国民党士兵的尸体仰面躺在那里。据说,他前天晚上在戏院里搞恶作剧,放了几个鞭炮吓人。哪知道那天乐山专区的专员正在里面看戏,好心情一下子被这个小丘八搅了。专员一怒之下,就马上派人把他抓出去,在街上枪毙了,并摆在大街上示众。这件事让我第一次见识了什么叫"就地正法"。

许多美国造的军用十轮大卡车在柿子湾前面的公路上奔驰着,它们开到上游一点叫作"沟儿口"的汽车码头过河,然后往成都方向开去,这是国民党的军队在撤退。有消息说,胡宗南的军队已经到达乐山布防,要和解放军决战。我们的确看到一些军队在周围的山里修筑工事,铺设电话线。

一天下午,枪炮声越来越近,越来越密了。大人们紧张起来,生怕有危险，把我们全都集中到五舅公住宅旁边的一个抗战时期挖的防空洞里。那一个晚上，我们在防空洞里点着菜油灯，一边听着外面的枪炮声，一边听着大人们的种种谈论，心里并不紧张，反而觉得很好玩。总的来讲，枪炮声并不如我们期望的那样紧密，我们小孩子希望打个大仗，借机"欣赏"一下的愿望并没有实现。后来才知道，败军之将胡宗南的嫡系335师知道不是解放军的对手，在战略上也处于被包围的态势，虚晃了两招就往成都方向撤退了。

到了第二天中午，枪声停了。出去打探的人回来报告说，已经看到解放军了，于是我们就大着胆子走出防空洞到了马路上。首先看到的是国民党军队溃退时扔在路旁或者挂在路边洋槐树上的武器弹药、电话线、子弹，等等。打败了，要跑得快，武器弹药反而成了累赘，扔在路边空手就可以跑得快一些。大人们叫我们千万别碰那些武器弹药，怕万一引起爆炸不得了。稍后，我们就见到了排成单行、迈着快步鱼贯走向八仙洞附近岷江渡口的解放军。解放军官兵的态度非常友善，有的大概忙于战斗已经很久没有吃饭了，手里拿着个白饭团子，一边吃一边往前疾走，见到我们就微笑着和我们打招呼，并用北方话大声叫我们"老乡"。以前四川是没有"老乡"这种说法的，这是我们第一次听到，感到很亲切。这时，路边房屋的墙上已经贴上了一些安民告示和"三大纪律八项注意"的通告。我们挤上去看，感到十分新鲜，读起来津津有味。

乐山解放的那一天是1949年12月16日。这个日子本来我们是记不得的，只是到了第二年，为了纪念乐山解放一周年，我们中学的音乐老师曾问予（也有同学说音乐老师是郭沫若先生的侄子郭宗缙）谱写了一首歌曲《庆祝乐山解放一周年》，我们才知道。其歌词是："十二月十六，我们乐山解放，我们乐山解放。去年今天，国民党匪帮，携带着钱粮，跑了个精光，到如今刚好一年，全城人民齐欢庆。庆新生、庆幸福、庆欢乐、庆团结。庆祝新乐山，照耀光明！"由此可见，一首歌有时也能起很大的作用。

乐山解放后，解放军曾经在我们家住过一段时间。其时，五舅公的家里大概住进了一个团长，我们家住的大概是一个团部文书，叫徐云洲，此外还有几个小战士。徐是北方人，有点知识分子的味道，待人很和善，和我们关系很好。令我印象最深刻的，是他给我们看了许多解放军的宣传品。特别是其中的一些画报，更是当时难得见到的珍品。通过画报上的许多照片和介绍，才知道辽沈、淮海、平津等几大战役的情况，了解了中华人民共和国成立的情况。照片下都有简短的说明，如："被我击毙之国民党第二兵团司令官邱清泉""被我俘虏之国民党十二兵团司令官黄维"等等。

以同等学力考初中

乐山解放后，我还在乐嘉小学继续上"五下"，直到寒假五年级结束。1950年春节过后，我就该上小学六年级了。到城里上乐嘉小学是没有问题的，但上学往返的老大难问题仍然不能很好地解决。这一年，离柿子湾不远的省乐山师范附小龙安寺分校办有五年级，有人就建议，让我就再委屈一下，再上一次"五下"算了。权衡利弊之后，父母决定让我到省乐山师范附小龙安寺分校再读一次"五下"。

那时，家里的经济情况出现了较大的困难。原因是，乐山解放后父亲工作的省银行合并到土产公司，待遇问题解决不了。当时，有的南下干部还在实行供给制，他们的家属可以享受供给制的待遇。可是，对父亲这种情况，家属不能享受供给制，且开始给的工资也很低，养家就成了问题。于是，他决定暂时离职，准备观察一下再说，但很久都没有找到适当的解决办法。

后来，土产公司确实需要知识分子，派人来请他回去工作，他于是又回到原公司工作。幸好，后来的工资提高了不少，勉强可以维持生活。

本来我们到乐山时还有一定的积蓄，算得上是比较富裕的家庭。到了乐山以后，五舅公等人想方设法动员父母把钱借给他们做生意。那时局势不稳，借钱出去的风险很大，父亲心里很不愿意。但他的心肠比较软，经不起他们软磨硬泡，把不少钱都借出去了。当时借钱人的本意还是想把生意做好，做好了再奉还，结果生意失败，借出去的钱都血本无归。

我记得远房舅舅金鼎三就借了我们不少的钱，开始他还每月交一点利息，有时还交给我带回家。他们家后来生意做垮了，生活无着，连吃饭都有困难，最后悄然返回井研的老家去了。作为亲戚，也没有什么办法，父亲只好认了。

知道了家里的困难处境，我们都自觉地想法减轻家里的负担。当时的教科书已经是新中国成立后出版的新书，虽价钱不贵，但在没有收入的情况下购买也是个问题。于是我自己决定不买书了，借人家的书来抄，那一个学期我就没有使用教科书。

由于我各方面表现不错，学校任命我为本校学生中唯一的校务委员。一天，一个姓王的女老师带着我过河，到城里观斗山的省立乐山师范附属小学总校开校务委员会。开完会后，参加会议的人要在一个会议纪要上签字。对刚好11岁的我来说，这是第一次遇见正规签字的场合，颇感新鲜，很有点受宠若惊的感觉。总校也有一位学生校务委员参加会议，当纪要传到他手中时，我看见他用毛笔流畅地写下"胡济元"三个大字。他是五通桥二中历史教师胡道一先生的儿子，后来读乐山一中时他与我同年级，但不同班。他后来考上了西南政法学院。

我当时就意识到，学校任命我为本校学生中唯一的校务委员，就是对我个人综合素质的一种认可。后来我逐步体会到，无论是学习，还是做别的什么事情，只要一步领先，就有可能步步领先，容易掌握主动。领先得多当然很好，但领先多少倒不是最重要的，只要领先即可，因为人家不知道，也不会在意你到底领先多少。人们关心的是你是否领先。你只要领先，就处于一种比较有利的地位，来找你的人和事就多了。实际上，领先不但给你提供了种种机会，而且施加了一种无形的压力，促使你更加努力地学习和工作。就算你一时还有些不足的地方，至少也要"为荣誉而战"，更加努力。这样一来，你又能学到更多的东西，能做更多的事情，从而进入一种良性循环。这就有点像下围棋，保持先手，就能取得主动。

要做到这一点，做什么事情你都要持之以恒，看好了的事情一定坚持做下去，到时一定能取得成效。就比如写这本回忆录，只要我觉得它有意义，坚持写下去，有空的时候多写，没空的时候少写，就一定能写出来。当然，这种"争先手"的意识当时还处于比较初步的阶段，但后来逐渐成为推动我不断前进的一个重要指导思想。

在柿子湾，我们逐渐认识了周围的一些朋友。其中一位就是我的游泳朋友叶春泉。他家的住处离八仙洞不远，在靠公路边山腰上的一排灰黑色的平房里。他的老家在安徽，属于抗战期间内迁到四川来的"下江人"。

叶春泉的妈妈个子颇高，她讲的安徽话我们还听不大懂。他的父亲因病瘫痪躺在床上。他父亲喜欢吃面食，因为四川基本上都吃米饭，吃面食的人很少，卖面食的地方也不多。我们放学时，叶春泉常去公园旁的"北味春"或者是中土桥街的"卫生食堂"买馒头和花卷，带回去给他生病的父亲吃。因为我们放学经常一道回家，所以印象深刻。

我认识叶春泉的时候，他的个子已经相当高了，又瘦又高，同学们给他起了一个外号叫"叶灯杆"，当时没人想到他后来竟成了我国优秀的篮球运动员。我们同一年考大学，他刚考上大学就被重庆市篮球队邀请去当运动员了。1959年，四川篮球队在我国第一届全运会上表现神勇，分别险胜强劲的对手北京队和八一队等，勇夺全国冠军。作为主力的他后来被评为国家级运动健将，再后来又当过四川篮球队的队长、领队。

1950年上半年，叶春泉在上小学六年级，马上就要考中学了。一天，他对我说："你的学习成绩这么好，何必一定要再读一年，为何不以'同等学力'的资格去考中学？"我虽毫无思想准备，但一想也有道理，除了小学六年级的课我没有上过，凭我的实力应该没有什么大的问题。征得家里的同意后，问题的焦点成了如何抓紧时间补一补小学六年级的功课。

经过了解，看了一下教材，知道六年级学的课并不太难，大概看看六年级的书就可以对付了。但算术的有些内容比较难一点。其中之一就是"鸡兔同笼"问题。问题如：一个笼子里混装了一些鸡和兔，经点数，其中有8个头，有26只脚，问笼子里有多少只鸡，多少只兔？这种问题用代数的方法比较简单，用很简单的二元一次联立方程就可以很快解出来，然而用算术的方法就要麻烦一点。经叶春泉的指点，这个问题很快就得以解决。值得一提的是，我们进行的这些算术演算从来没有用过纸和笔，完全是在马路上或者沙土地上完成的。大地当纸，树枝当笔。

报名的地点是在高北门旁边的乐山县女中。因为我是以"同等学力"的资格报考的，负责报名的老师还特别问了我一下，说要认真考虑自己行不行，不要浪费自己的时间。

那时乐山县城区统一招生，考生比较多，考场的地点是在较场坝小学。

考试后不久发榜，地点仍然在县女中。榜是用毛笔在一种手工造的夹江"长连纸"上正楷书写的，名字照过去的老规矩按名次自右至左横向排列，名字竖写。因考生多，这个榜用了许多张长连纸拼在一起，张贴在县女中进门左手边的一面黑灰色的大砖墙上。因我少上了一年学，虽考试后的自我感觉还好，但相对水平如何却没有把握。于是，我去看榜时只好低调一点，从榜的后面开始看起。当时想只要能看到我的名字，就算成功，万事大吉。然而，我从榜的后面往前倒着找，在那密密麻麻的榜上找了半天，竟然一时没有找到我的名字。正纳闷，突然间，"李智渊"三个字跳进了我的眼帘！啊，考上了！不但榜上有名，而且还排在前面，全县第六名！

有趣的少年时代生活

在小学和初中阶段，我们经历过许多好玩的事情，到了高中就少多了。

在岷江河滩上打泥巴仗是一种很有趣的游戏。玩时，先根据大小强弱分成两组，攻守随时转换。河滩比较广阔，有各种地形可以利用，还有许多野生的茅秆林可以作为"掩体"。武器就是地上比较松散的泥沙土块。打中身体也不是很痛。这种战斗没有绝对的胜利者，也没有绝对的失败者。一场战斗下来，大家都相当兴奋和愉快。这种游戏对锻炼身体非常有益。有时还可以在河边的沙土地里找到一些农民收获时没有拔完的胡萝卜，大大小小都有，用河水洗一下，或者干脆用胡萝卜缨随便擦一下就大口吃起来，其口感不亚于现在吃的水果。

玩蟋蟀也是一件很有趣的事。乐山斗蟋蟀，是用的"棺材头"。这是一种雄蟋蟀，头形如棺材的头，是平的。后来知道，北方是把一种圆头的蟋蟀放在陶制的罐子里面斗。而我们这边，只有"棺材头"才行，而且是放在一个竹筒刻制的笼子里打斗。

对小时候的我们来说，刻制蟋蟀笼是一个颇大的工程。首先，得选一段老一点的结实的竹子，直径3～4厘米，长20～30厘米，然后分成几个格，用雕刀刻制。笼子每个格之间要有一个门，用挡板隔开，每格在顺纤维方向刻出若干条缝，大小要适中，既不能让蟋蟀逃出，又要便于人们观看。刻制是一项比较精细的工作，搞得不好，质量差，难看，主人没有面子；严重的，快完工时刻坏了，前功尽弃。不小心割伤手也是常事。

蟋蟀笼每一格最多放入一只蟋蟀，再放入辣椒、豆角之类的食物。放入辣椒，是希望蟋蟀吃了之后，能够培养出火爆的性格，增强战斗力，不过是否真有这样的效果还要打个问号。笼子至少有一格空着以作为战场。双方的蟋蟀笼对接后，笼门打开，用一根细签签一拨，蟋蟀就进入战斗区了。在两只蟋蟀相互靠近的过程中，一般会振翅向对方示威，发出清脆响亮的声音。然后双方棺材头部的平顶相接，拼命顶之，间或咬之。遇到双方势均力敌，战斗可以持续很久，一直到一方不支，掉头逃走，胜者发出欢快响亮的叫声，才宣布鸣金收兵。

乐山还有一种奇特的玩法，那就是斗蜘蛛，这是我在其他地方没有看到过的。这种用来打斗的蜘蛛，屋边墙角就可以找到。个子不大，腿较长。人们用一根细竹子，在上面垂直绑上一个直径几厘米的竹片圆圈，再网一些蜘蛛丝作为战斗平台。竹片最好插入水中，以增加一点观赏性。当两只交战的蜘蛛被放上平台后，它们互相咬打，战败的逃跑，有时其腹中可以吐出一根丝来，一头粘在平台上，顺着往下逃跑，但一碰到水，又只好回头再战。最有趣的是，胜者常常非常聪明，迅速跑过去把败者的丝掐断，让败者掉进下面的水中。实力相差悬殊的，胜者甚至可以用自己吐出的蜘蛛丝把败者捆裹起来，然后吃掉。

还有一次精彩的活动。在1950年的四五月间的一天，我们几个小朋友计划去偷摘路边农民地里的嫩胡豆（蚕豆），准备在岷江的河滩上办一次"姑姑宴"，吃顿野餐。因参加的人比较多，所以事先做了一点组织工作，每个人都有具体的分工，承担一些任务。那天，分配给我的任务是要从家里舀出一些猪油来（当然不能让家里知道），并去偷摘嫩胡豆。为了不被发现，我们去偷摘地里的嫩胡豆时，采用的是现在计算机行道里常用的"分布式"方法：一个人从胡豆地边走过，一次摘几个豆角，稍后另一个人如法炮制，又摘几个。即使发现了，因数量很少问题也不太大。我们使用蚂蚁搬家的方法，很快就摘到了足够的数量。

我们在河边用石头架起了一个灶，铜锅是一个也住在柿子湾、名叫戴志锐的小朋友从家里拿出来的。他父母在老家乡下，他一个人在乐山念书，没人管，所以比较自由。河边有水，也容易找到柴火。胡豆剥成豆瓣后就放到锅里煮了起来，大家一会儿找柴火烧火，一会儿又脱光了衣服跳到水里去游泳，烟熏得大家直流眼泪，大家却很开心。胡豆瓣煮好了，加了油盐，有人尝了一下，味道很不错。可是问题来了，到了吃的时候才发现"计划"不周，既无碗，也无筷子和勺子，就只有这么一个煮蚕豆的锅。怎么办呢？有人就提议，轮流喝，一人喝一两口，再传给后面的人喝。本来这是一个比较好的解决办法，哪知大家都是全身赤裸的"光祍祍"，围在灶边的众人看着一个光祍祍的人端起锅来喝本身就很好笑，喝的人看着大家"光祍祍"围观的样子也很好笑。一笑，加上汤还很烫，喝进去又吐出来，而且有的还吐回了锅里。这下引起了连锁反应，大家一想，口水都吐进去了，这个汤还怎么喝？这后面的结局，没有参加的人是绝对想不到的：大家竟然像预先就商量好了似的，在一阵欢笑声中你一口、我一口地往锅里吐口水。大家辛辛苦苦搞了半天得来的劳动果实，就在一片欢笑声中全部报废了。幸好，当时大家的兴趣主要是玩，是玩乐过程本身。虽然最终没有吃到胡豆瓣汤，但玩的目的达到了，多年后想起来都还觉得很好笑。

1950年的夏天，我11岁，游泳的能力和水平越来越高了。夏天岷江的河面很宽，水流很急，我们还没有"游对河"（河对岸）的胆量。一天，由我带头，我们几个人往河的中心游去。突然间，踩到了河中心的沙底。这一发现使我们非常激动，既然我们可以在河中间"着陆"，游回去或者往前游就差不多是同一回事了。这就鼓起了我们"游对河"的勇气，马上就决定游过去。这第一次只有三个人，即叶春泉、智炜和我。我们顺利游到了乐山城的岸边，大概皇华台那个位置，心里十分高兴，算是在游泳生涯中有了一个新的突破。有了第一次，以后横渡岷江就变成一件比较容易的事情了。

那时，游泳是我的强项，速度既快，姿势也好，经常有人要我介绍经验。实际上，那时无人指导，更没有正规训练，完全是自我摸索，无师自通，"自学成才"，在矮子里面充霸王，根本谈不上什么水平，差得很远。不过通过这些年的实践，我锻炼出了良好的水性，为上大学时正规学习蛙泳、自由泳、蝶泳等打下了良好的基础。后来，我体会到正规训练的重要性，有高明的教练指导，可少走很多弯路，你五年达到的水平，人家可能一年甚至半年就达到了。

就在20世纪50年代，我凭着水性好，分别在不同的场合救起过两个濒临溺亡的小孩。一次没有费很大的劲，但另一次却冒了相当大的风险。1955年的暑假期间，我们几个同学在乐山一中校内打完篮球，走到岷江边上乐山一中建的抽水站旁边，想在那里洗一洗。突然，一个八九岁的小孩掉进水中。那天水很清，看得见他像仰泳那样向河中的水深处一划一划地沉了下去。那里水深，流速快，稍慢一点就来不及了。这时，我来不及考虑什么，更没有想过什么危险，没脱衣服就一下跃入水中，迅速潜到相当深的水底把这个小孩救了起来。听人说，救人最怕的是溺水的人为了活命，无意识地死死抱住你，在这种情况下，再好的水性都难以施展，相当危险，幸好那天没有出现这种情况。救起小孩后，全身湿透的我只好又回到学校，找班主任郑必先老师借了衣服，穿上回家。

古语说："救人一命，胜造七级浮屠。"我救人两命，应该说是"胜造十四级浮屠"了。浮屠者，佛塔也。有这"十四级浮屠"在旁边镇着，我或许会碰到一些好运气。

第二章

在乐山上中学

乐山三中

中学生活就这样开始了。我初中就读的学校是乐山县男子中学，简称县男中。县男中不收女生。大概是1952年，乐山的中学统一编号，乐山县男子中学改名为乐山第三中学。与之相应的是乐山县女子中学，不收男生，后改名为乐山第二中学。女中校园在上土桥街北头，靠近高北门。

乐山三中利用以前的文庙做校园，正对着月咡塘，学校的大门开在月咡塘左边。我们上学时，大门右边立有一块大石碑，上书"文武官员军民人等至此下马"，表现出对孔夫子的崇敬。学校的"大礼堂"就是供奉"至圣先师孔子之神位"的大成殿。学校由前往后走，地势渐高，一路上有若干用红砂石建造的台阶和牌坊，给人一种庄严肃穆的感觉。后门可通到乐山城区的制高点老霄顶。

抗日战争时，武汉大学迁到乐山，该校的本部就设在这座孔庙里。武汉大学迁来乐山后，为乐山培养了不少人才，促进了乐山文化水平的提高。除了不少武汉大学的教师到各中学兼课，武汉大学的毕业生也有不少成了乐山的中学教师。这些，都直接促进了乐山中学教学水平的提高。

大成殿相当高，十分雄伟。支撑它的是许多要两三个人才能合抱的楠木柱，又粗，又直，又高，几乎可以和北京故宫太和殿的大柱媲美。十多年后的1964年，我去参观北京故宫时才知道，故宫里的许多大柱其实就是当年从四川、云南这些地方，通过千辛万苦运到北京的楠木制成的。那时，学校内也有许多树形很好的大楠木树，是文庙留下来的遗产，后来不知不觉就消失了，非常可惜。这种古树的文化价值是难以用金钱来衡量的。

乐山三中的大门外面，是一个面积不大的广场，学生们上体育课就在这里。朝下走，就可以走到乐山公园的后门。公园的面积实际上很小，里面有一个可以用来演戏或放电影的礼堂（乐山京剧团很长一段时间都在这里演出），还有一个很小的荷花池，此外还有文化馆、茶园以及两个篮球场，若干年后又在公园后部建了两个篮球场。

篮球是大众都喜欢的运动项目，乐山经常有小型的比赛。乐山每年还有一个规模较大的篮球比赛，参加的有学联、教联、工商联等十多支球队。那时的篮球队员都比较业余，谈不上什么基本功，投篮不准，疏于防守，不讲究整体配合，运动员的体力较差，个子也比较矮小。有一个来自五通桥的球队比较厉害，该队至少得过两次冠军。碰上五通桥这样配合比较默契的球队，乐山城区的球队立即相形见绌。实际上，五通桥队只有一老一少两个队员基本功比较好，配合比较默契，在他们的带领下该队打出了较高的战术水平。

公园门口有许多卖小食品的小摊，有瓜子、花生、水果、甘蔗、糖果等。常常见到一地的果皮、甘蔗皮、瓜子壳、花生壳，脏乱差达到了极点。有一种小吃叫"油炸豆腐干"，在一小块油炸豆腐里塞进一些"半头红"的萝卜丝，再放一点黄色芥末和其他调料，最后在一个糖醋碗里一浸，顺手递到顾客的手中，一口塞进嘴里，简直美味极了。

有时，还能见到一些难得见到的稀奇。有一次，我看到有个农妇提着一只竹篮子，里面装了几只小豹子，在公园门口卖，每只的要价是5角钱（老币5000元，那时还未进行币值改革，老币1万元等于后来的新币1元）。小豹子很小，不咬人，非常可爱，就像小狗一样可以随便被人抱起来。我在那里看了一阵，并未见有人问津。可能一是养不起，二是不敢养。因为小还好，长大了怎么办？总之，这说明那时乐山附近的生态环境还比较好，这类动物比较多，后来就越来越少，甚至见不到了。

因为只能在城里上中学，仍然住在岷江对岸的柿子湾的我，上学的困难仍然没有得到解决。特别是冬天，因为要起早过河赶路，天还黑蒙蒙的时候母亲就要起来生火做饭，天寒地冻，从生火开始，相当困难。每想至此，我就想要是当年有微波炉就太好了！现在使用微波炉时，我也常常想起当年天还未亮，寒风刺骨，一早起来生火给我做早饭的母亲。

上学过河的困难仍然存在，到了下午，就要分心想着如何过河回家，心理上的不安给学习带来了很大的影响。由于我经常不得不请假早走，加上路途上用的时间太多，回到家中就比较累了。有效的学习时间大大减少，而最重要的是不能安心学习。

初中一年级上学期，我们家还没有搬到城里，我中午是到福泉门附近街边的一家很小的饭摊上去吃包饭。母亲预先就把钱交给老板了，定额是每顿4分钱。我们（叶春泉、沈渝林也在这个饭摊吃包饭）去时老板就给我们每人打一碗饭——帽儿头，然后用一个极小的碟子盛一点炒黄豆芽、萝卜丝之类的素菜，实际上就是用点有盐味的小菜来下饭。如果你提出要一点泡菜，老板一般会发一点善心，从一个透明的玻璃泡菜坛里夹出两块萝卜皮之类的泡菜来。这种小饭摊实际上是摆在街边的，就是搭一个棚子，没有什么铺面的概念，连烧柴的炉子都是可以搬动的。这种小饭摊的主菜就是一锅豆花。那时，对我们来讲，豆花已经属于比较奢侈的东西了。"帽儿头"是这样的，老板拿一个较深的类似泡盖碗茶的茶碗，从一个大的甑子里舀一些饭在里面，然后反扣到一个饭碗里，看起来表面光光鲜鲜，分量也差不多。实际上饭瓢是掌握在老板手里的，老板会根据食客所付钱的多少来决定舀饭时压的松紧程度，饭的分量自然就不一样了。

刚一进学校，学校就给我们每个学生发了一个马扎。马扎是一种小型的坐具，木制的腿交叉，可以合拢，上面绷帆布带或皮带，便于随身携带，到哪里开会或参加聚会活动都比较方便，继承了延安老八路的传统。我们用的马扎上绷的基本上是没有处理过的生牛皮带。

那时各种"运动"比较多，虽然与我们没有直接的关系，但间接地对我们在学校的学习和生活产生了较大的影响。

就在我们上中学前不久，1950年6月25日朝鲜战争爆发了。10月25日，中国人民志愿军正式入朝作战后，很快就取得了几个战役的胜利，把已经推进到鸭绿江的美国主导的"联合国军"又打回到三八线附近。一会儿"平壤光复"，一会儿又"汉城光复"，美帝国主义被我们打败，学生们激动不已。一唱起"雄赳赳，气昂昂，跨过鸭绿江，保和平，卫祖国，就是保家乡……"的《志愿军战歌》，一唱起"嘿啦啦啦啦嘿啦啦，啦——"，大家就热血沸腾，充满了自豪感。

从课堂学习来看，基本上还算正常，但总的印象是比较平淡。受到最大影响的是英语教学。一时间不但英语学习受到了影响，似乎连英语教师的地位也降低了。另外，没有正规的英语教材也是个大问题。结果那几年没有条件好好学英语，浪费了很宝贵的时间。

老师贺宗明，既教英语，又教音乐，很有才华。因为他比较年轻，经常和学生打成一片，所以很受学生的欢迎。在课堂上，他教过我们英文版的歌曲《在那遥远的地方》，唱起来非常优美动人：In a place faraway. There lived a good lovely maid...后来才知道这首歌是由"西部歌王"王洛宾先生编词作曲的。

当时教学不很正规，不少老师喜欢在讲完书本上的内容之后，讲一些与课堂教学无关的东西。印象比较深的是教代数的老师阮文钦，他常常大讲自己小时候的苦难史。因为他的故事讲得非常吸引人，很有一种鼓励大家，特别是在逆境下奋发上进的意思，同学们听得津津有味。有时，他也讲一些闲话故事。记得其中一个故事是讽刺肚子里没有一点文墨的假文人。故事是这样的：一次，在一个乡间旅馆，一位假文人见到清澈的泉水，就想吟诗一首，但又吟不出来，结果遭到了住在同一旅馆、天井对面房间的另一文人的戏弄。一开始，假文人在客房里摇头晃脑，拖长了声音抑扬顿挫地念道："泉——泉——泉——泉——泉——泉——泉"，但是只吐出了一个字就"泉"不下去了。此时，只听得对面客房高声传来："好似飞龙下九泉。"假文人蓦然一惊，不假思索冒出一句："对面莫非是苏学士（苏东坡）？"天井那边的文人以其"泉"的韵律回答道："然——然——然——然——然——然——然。"

语文老师万星从也喜欢讲一些故事，不过其内容多半是抗日和其他一些爱国故事。他讲过他的一个学生在抗日战争中开飞机去撞击日本军舰而牺牲的故事，言谈中充满了自豪感。后来一位姓周的语文老师对严格使用汉字、遣词造句很重视，经常评讲学生练习中的文字错误，使我受益不少。

初中一年级共两个班。我分到甲班，叶春泉分到了乙班。我家搬到城里以后，我们在一起玩的时候很少了，联系也就逐渐少了。后来又认识了一批常在一起玩的同学。那时玩的项目还是以游泳、钓鱼、打球、下军棋等为主。开始打球不是真正打篮球,而是打一种橡皮制作的白色小皮球,三个人一组打半场,或者五个人一组打全场。还有一种玩法叫"逗瓜",一般是"三逗二",即三个人一组,持球互相传递,另两个抢球,球掉地或者被对方碰到了即算输。这是一种下课十分钟就可以玩的游戏,在冬天特别受欢迎。

在那段时间,比较熟悉的同学经常一起玩,特别是夏天一起去游泳。其中一个是邓家银。他身体比较瘦弱,待人诚恳,学习不错。他们家开了一家餐厅,在公园附近的湖北所,外面是一个菜市场。那时,乐山的餐厅里"江团"是最有名的菜。江团是一种深水鱼,看起来像大的鲢鱼,头较尖,无鳞,黄褐色,是乐山附近岷江和大渡河流域的特产,肉质细嫩、鲜美,无细刺。外地人到乐山,如果因经济上太紧而没有吃江团,那就算了,否则就多少会有点遗憾的。后来这种鱼越来越少,以至于很难见到了,除了过度的捕杀,江水的污染可能是一个很重要原因。

江团做菜,要现做味道才鲜美,因此一般餐厅都把江团放在竹篓中,养在河边的活水里,客人点这道菜的时候先派人去取回来,给客人看过以后再烹调。邓家银家开的那家餐厅离大渡河很近,算是一个比较理想的地点。乐山供应活江团的餐厅,常常在餐厅门口的一个黑板上用白色的水粉笔写上"活江团"三个大字,其中"活"字特大,以利于招徕食客。他们家"活江团"的三字招牌,就是邓家银写的,字写得不错,同学们也友好地给他取了一个外号"邓江团"。

他因后来去南京上炮兵学校,中途转业回来耽误了两年学业,重新考上乐山一中就读,后来还考上了成电。他毕业后到石家庄某所工作,后又转回四川省青神县某单位工作。20世纪70年代末还到成电我家来看过我,可惜后来失去联系了。

另一位同学叫易善芝,他们家开了一个福铨旅馆,就在大码头附近,离我们家很近,翻过拱城门就到了。因为顺路,他常来叫我一起去上学。后来他考上了重庆大学动力系,毕业后在一个煤矿工作(后来听说当了厂里的领导,还当过党委书记),我在做研究生时他还到学校来看过我。后来失去联系好长时间，多年后又重新联系上了。

  黄庆昌（后改名黄华）、段正中、包宗泽、毛明祥也是和我经常一起玩的同学，前三位也是我在乐山一中上高中时的同班同学。黄华后来是我成电的同学，他太太徐明媛也是文德从中学到成电上大学时的同学，后来连我们的小孩也是同学。这种两家主要成员都是同学关系的情况实在不多。

  段正中从西安交大毕业后到北京一家研究所工作，我在北京十五所工作时还见过他一面。后来，他内迁到四川安县工作。大概是1985年，他们单位成立20周年，我作为代表和刘盛纲校长（那时还是副校长）一道前往祝贺，在那里见过他一次。在庆祝宴席上，我和该单位的领导谈到段正中，说可否请他过来见一面。领导满口答应，很快就让他乘一辆车从很远的地方赶过来了。可是，我后来和他又失去了联系。

  初中时期，我对科技很感兴趣，对各类科学家充满崇拜之情，对爱迪生发明那么多东西也佩服得很。印象中课堂上数理化教的内容都比较简单，内容也偏少。初中二年级时，化学老师教我们背元素周期表，就像教小学生上语文课一样带领我们朗读，读过几遍以后居然就记住了，到现在基本上都还背得出来，终身受益。

  一次，在学校的图书室借了一本书《废物利用》，是很薄的一本，书已经很旧了，大概还是新中国成立前出版的。这本书告诉我们，很多看起来没有多大价值的东西，只要动脑筋就能很好地加以利用。后来我认识到，这不单是废物利用的问题，还可以激发人们的想象力，培养人们的创造力。该书对我颇有影响。后来在做各种各样的事情时，我都特别注意追求一定的创造性，注重科学性、最佳化和一种"成就感"。

  初中三年级的时候，我已经很喜欢读报和关心国内外大事了。那时报纸很少，学校里做了几个很简易的木制报架，挂上报纸让大家看。当时，我们的教室在学校新建的一幢砖木结构的二层教学楼的楼上，几个报架就立放在底层楼梯旁，读报非常方便。有一天，我站在一个报架前看报，发现报上刊登了毛泽东主席写的一篇长文《矛盾论》。什么是矛盾呢？有些什么矛盾呢？什么是矛盾的普遍性？什么是矛盾的特殊性？如何解决矛盾呢？……我怀着好奇的心情看下去，越看越有兴趣。虽然很多事情那时还不是很懂，但从此对哲学的重要性有了一点初步的认识，开始关心世界观这类比较大的、全局性的问题了。

九龙巷

我们家选择到乐山居住是很正确的，但居住在岷江对岸的柿子湾却很不方便，主要是进城必须过江，要靠渡船。那时虽然只有我一个人上学不方便，但是将来弟弟妹妹们上学会碰上同样的问题，何况父亲也需要进城上班，于是我们下决心，一定要搬进乐山城里。

在做了许多准备之后，1951年的那个春节后不久，我们就实现了搬家的愿望，从岷江对岸的柿子湾搬到了城里，住进了九龙巷12号（后来曾经改为8号）。

九龙巷是与乐山主要的大街土桥街平行的一条小巷，两边都围着深宅大院的高墙，一头连接学道街，另一头通向靠近高北门的城墙。从城墙走下去，到上土桥街和顺城街、上河街、大码头都非常方便。所以，九龙巷有闹中取静的优点，住户不少是比较殷实的人家。巷内的路面是用大石板铺的，由于年代久远，少数已经开裂或松动了。平时问题不大，但下过雨后，人们走过时，石板下的泥水会猛然溅到行人的裤腿上，让人常常避之不及。巷口还有一个"官茅厕"，就是后来人们称的"公共厕所"。紧靠"官茅厕"有一个相当大的消防储水池，里面曾经养过一些乌鱼，有的个头还相当大。

近年来，作为旅游城市的乐山不断对环境进行改造，面貌一新。九龙巷也要被打造成一个景点，说是它包含了许多历史人文因素。除了对外观加以改造，还要打造出八个名称颇为高雅的特色小院。作为九龙巷的老住户，我们当然很欢迎。

与城墙等高的位置，还有一个面积不小的龙神祠。这龙神祠是纪念隋代治水有功的嘉州太守赵昱的，始建于唐代，清代乾隆时期曾经在里面建九龙书院。我们搬去的时候，该处是一些单位在使用，我们不敢随便进去。1951年，奉命进军西藏的解放军十八军，就有一个单位驻扎在这里。我记得在斜坡旁边灰黑色的砖墙上，用白灰书写了一条不大的标语："庆祝西藏和平解放！十八军宣"。前些年回乐山，看到龙神祠的门口还挂了一块牌子，被冷落多年后的它成了乐山的一个市级文物保护单位。不幸，这座乐山城里最后的古遗迹竟然在2014年1月23日被部分烧毁了。

那时城墙边上生长着一棵很大的黄葛树（亦称"黄桷树"），相当粗，要好几个人才能合抱得过来。树冠也非常大，是一些鸟的栖身之处。黄葛树上常有一些很大的鸟窝，由于离地面很高，相当安全。记得那时乐山的好些地方都有这种大的黄葛树，后来不知什么原因都消失了。对我来讲这一直是一个没有解开的谜。其实这种难得的大树是应该加以保护的。

20世纪50年代初的乐山，树木相当多，而且不乏楠木（我们那时都叫"桢楠"，也有人叫"金丝楠"）之类的优良树种，有的可能有几百年树龄。这一类树，又高，又大，又直，有好几十米高，既是优良的木材，也是鸟类良好的栖息之所。记得在进德小学和仁济医院所在地白塔街和老宵顶周围，这类高大的树木甚多，引来成千上万的鸟栖息。特别是一些大型鸟类，比如一种类似长颈白鹤的鸟就相当多，俗名"老鸹"（一种较大的黑鸟）和"老鹳"的鸟也不少，一群有几百上千，它们在大树顶上筑巢而居，十分安全。每天一早一晚，这些大鸟外出觅食或归来夜宿，漫天飞舞，叫声不绝，是那时的一大风景。

我们在九龙巷的住家靠城墙最近，也是地势最高的一座院子。爬上二三十级石台阶，就可以登上用红砂石建成的城墙，城墙上相当宽。我们家当街的一面是颇有一点造型的灰砖高墙，两边呈弧形，中间有两扇很高很厚的双开大木门。进了大门即是一个小过厅。小过厅正面还有一道双开的二门，但这道二门平时并不打开，在正式场合才打开二门迎宾。小过厅旁边还开有两个侧门，通常人们从右边的侧门进出。大门正中上方的砖墙上，嵌入了一块镌刻有两个篆字"×庐"的石板，这个"×"代表的字我没有下过功夫去搞清楚，印象中有点像繁体的"優"（优）字。从门的结构，就可以看出这是一个比较大的院子。

我们搬去后和老房东汪家共同住在这个院子里。我们住在靠左手的一排，面积比较大的那一部分。除了房屋，前面还有很大一块场院，一个花台，旁边还生长着一笼高大的芭蕉树。房子原来是汪家的，他们家的成分是地主，因经济上比较困难就急于把房子卖掉。房子是木结构的瓦房，层高较高，上面还有面积不小的阁楼。除了房顶上的瓦和下面的地基，所有的柱子、墙壁、地板、门窗都是木质的。

靠近大门和厕所的地方有一棵相当高大的柿子树，品种不算好，果实小而且有籽。可能因为紧靠厕所，尽管我们平时并没有管，但是它每年还是要结很多柿子，让我们享受好长一段时间，平时还可以爬上树去玩。

柿子这种水果，即使长红了也要经过处理才能吃，要"沃"一下，不然涩口得很。后来我们很快就掌握了"沃"柿子的技术，简单得很。柿子涩口却起了一点保护的作用。有些小孩跑来偷摘我们的柿子，看到是红红的，可是一咬之后才发现涩口得很，而且舌苔上似乎马上就长出了厚厚的一层涩口的东西，要难过好一阵子才能缓解。

据说汪家的主人汪炳炎是父亲在四川大学时的校友，中文系的。我见过他几次，瘦高的个子，穿一身灰布长衫，一副知识分子的样子。他们的田产在井研千佛镇。我们搬去后不久，他和太太就被当地农民协会的人叫回去参加土改，汪炳炎就没有回来过。

我们刚搬去的时候，院子里已养了两条大狗，一黄一黑。这两条狗都非常厉害，一听见大门外有人走过，就大声叫起来，有时还要追出去，相当吓人。那时兴起了一个"打狗运动"，不成文的规定是：凡是狗都得消灭。一天，许多人拿上棍棒，闹闹哄哄，打上门来了。这两条狗开始并没有认清形势，保持着进攻的姿态，但很快付出了惨痛的代价，其中一条就被迅速击倒在地。另一条发现势头不对，气势全消，拼命到处乱躲，企图藏到床下或其他什么地方。但地方不大，藏是藏不住的，在众人的追击下最后躲到了房子和城墙之间的一条小巷里。那小巷极窄，大家只能挤在巷口。这时，有一个人拔出一把盒子枪，近距离朝这条毫无反抗能力的大狗开了两枪。可能这条狗命大，在这关键的时候那人竟然毫无准头，近距离开两枪都没有打中。当然，人多势众，这条大狗最后也没能逃过一死。

搬到九龙巷后，上学就比较容易了。可以走两条路线，一条出九龙巷口走学道街、府街、叮咚街、月咡塘，一条上城墙通过高北门走黄家山到月咡塘。后一条路虽要爬坡上坎比较难走，但好处是比较近。中午可以回家吃饭了，晚上甚至可以去学校上自习，学习的有效时间大为增加，比起以前方便多了。

住到乐山城里以后，游泳仍是我们夏天最喜爱的一项运动。之所以如此，主要在于乐山城区就像一个半岛，被岷江、大渡河、青衣江三条江包围着，到处都是水，游泳最容易普及，几乎不需要成本。我们家里那时的洗澡条件不好，房子虽大，但因为经济拮据，没有能力分隔出一个洗澡间。对我们几兄弟来说，夏天最需要洗澡的时候，游泳就间接起到了洗澡的作用。那时，我们游泳就不仅仅限于岷江了，也常到大渡河去游。

乐山的水资源非常丰富，在水流湍急的大渡河上，现在已经修建了许多大大小小的梯级水电站。在离乐山城区十来公里的小镇安谷附近的大渡河上就建了一座安谷水电站，装机容量77.2万千瓦，再往上游大概20公里，在郭沫若的家乡沙湾区，也建有一个装机容量48万千瓦的沙湾水电站。回想我们上高中时，曾经步行去五通桥的岷江电厂参观，那时火力发电的岷江电厂的容量是多少呢？只有可怜的2000千瓦！供居民照明用的电灯用都相当勉强。现在各方面建设的发展速度太快，真是不可同日而语了！

说到乐山丰富的水资源，一位朋友还对我谈到一件令人十分感动的事。他有一位朋友从常年缺水的甘肃来，站在乐山城岷江与大渡河汇合的"半岛"顶端肖公嘴，看到滚滚向南流去的滔滔江水，联想到家乡降雨量稀少、一年四季连饮水都很困难，竟然放声大哭起来，抱怨老天对他们家乡太不公平了。

由于我们长大一些了，再加上靠城里的江边来往的行人较多，于是我们就想办法制作了自己的"游泳裤"。穷则思变，办法也很简单，就是把我们穿得很破的长裤子剪短，自己再缝补一下就可以对付了。有了游泳裤就方便了，我们可以在家里穿好了，光着上身出去，沿岷江边往上游走，在半边街或者适当的地方下水，游到大码头上岸，然后回家。这样解除了在岸边换下来的衣服被人拿走的心理负担，自由多了。游泳过后的湿裤子，就晾在厨房外的一根小竹竿上。母亲大概知道我们的游泳水平不差，不再干涉我们游泳的事，默许了。

我们去大渡河游泳的地方通常是斑竹湾和西门口。大渡河这边的码头较少，游泳的人受到的干扰不多，而在岷江边上游泳常常受到干涉乃至驱赶。斑竹湾常常停靠有一些用大楠竹并排做成的竹筏子。我们常站在竹筏上跳水，只要注意不要卷到竹筏底下去就是了。大渡河的水流很急，最危险的是有许多漩涡，有些地段非常不安全。还有一个特点就是夏天河水也很冷，据说它是上游高山上的积雪融化成的"雪水"之故。这种水冷到"浸人"的程度，多游一会儿上岸来，就冷得全身打抖。

每到春天，大渡河水还没有涨起来的时候，西门口下面的虾蟆口有一片很清澈的静水，里面有一种"金钱鱼"。实际上它是一种淡水水母，有小钱或者小铜圆那么大，在水中像伞一样地一张一合，加上有各种不同的颜色，捉来放在瓶子里养着，十分好看。在我的一生中，还从来没有在别的地方看到过这样的淡水水母，非常稀罕。多年后，我去土耳其旅游，在达达尼尔海峡旁边等待轮渡，准备从土耳其的欧洲部分乘轮渡到其对岸的亚洲部分时，在海边忽然看到了许多很大的水母，但无鲜艳的色彩，也不大动，一点儿也不好看，倒让我联想起家乡乐山美丽的"金钱鱼"来。

后来回乐山，再没有听人说起过"金钱鱼"的事，多半早已绝种了，非常可惜！最近见到一则报道说，水母是一种对环境污染非常敏感的动物，国内有些地方现在还有。如果有，就说明当地的环境还相当不错。

在大渡河游泳时也搞点其他活动，摸鱼即是其中之一。可能那时的污染小，鱼要多一些，只要肯动手，总可以摸到一些。一种很小，类似黄辣丁的叫作"刺胡子"的鱼，很滑溜，而且身上有刺，即使摸到了也很难抓住。道高一尺，魔高一丈，我们也想出了高招，当在石头下摸到刺胡子时，就把它紧紧压在石头上，连鱼带石头一起抱到岸上，这样它就没有办法逃跑了。和过去一样，捉到的鱼我们都没有派过什么用场，主要享受的还是捉鱼过程带来的欣喜。当你在一块石头下面摸到一条鱼时，心里的激动和愉快是难以形容的。

和富顺相比，乐山的鱼少一些，比较难钓。不过，我们中学的一些同学一起去钓过多次，有时成果也不错。曾经有一次令人难忘的遭遇。那是一个暑假，我在靠近张公桥的祝公溪钓鱼。我先是站在岸边钓，时间久了，见旁边有一棵相当粗的麻柳树，就靠了上去，半靠半站在那里钓鱼。哪知过了一会儿，靠上去的左半部产生了奇痒，回头一看，连头皮都发麻了，极为粗糙的灰黑色的麻柳树上，竟然爬满了那种叫作"蠚辣子"的毛毛虫！因为颜色与树皮极为相近，所以没有发现。结果左半边身体很快就肿了起来，由于缺钱，没有想过要去医院治疗，也没有什么别的好办法，仅能采用"时间疗法"，熬了好多天，才慢慢恢复过来。

一段生活特别艰难的日子

上初中时，家庭的经济情况出现了空前困难的局面。

一方面是收入太少，那时父亲的工资不到50元，虽然物价比较低（学生伙食标准是4元5角一个月，市场上的牛肉才1角多钱一斤），但我们家人口多（到1952年又增加了小妹智新），又没有别的收入来源，困难实在不小。值得庆幸的是，虽然收入少，但家底还算比较厚实，有自己的房产，家里的家具和一应配套设施比较齐全，收入虽然有限，但用在最关键的地方，吃饭还不成问题。

另一个原因是，当时"运动"不断，父亲既是从旧社会过来的工作人员，还是高级知识分子，常常被作为"关照"的对象。父亲对这一点倒是不怕，他常说"身正不怕影子歪"。

在旧社会，他就是知识分子中那种"洁身自好"的"清高"的典型，对丑恶的东西从来就非常厌恶。他说："自己最了解自己，从来就不是别人要求我不做什么，而是我自己事事严格要求自己。""三反"时，他就对我说过："我在旧社会都不贪污，在新社会我怎么会贪污？"果然，什么问题都没有。

最恼火的是，有一段时间，父亲被集中起来"学习"，有好几个月没给他发工资。虽然后来证明父亲没有问题，工资补发了。但当时父亲一连几个月没工资，一大家子人的生活就成了问题。

在那种情况下，一种办法是变卖东西，家里的衣物是可以卖一些钱，但东西已经不多了，而且类似我们这种情况不发工资的人也不少，即使能卖，也卖不出好价钱。更令人为难的是，我们家的人从来就没有卖过东西，卖自己的东西也会觉得很不好意思。另外一种办法是把家里的一些金首饰卖了。那时人民银行以现金收购黄金制品，政策宽松。母亲曾让我去银行卖过两次金戒指，其中一枚还是父母结婚时用的纪念戒指，那时实在困难，只好把它变卖了。记得我去卖第一枚戒指时，只有12岁，戒指的重量是"3钱2分3"。我到了中土桥街的人民银行，站在高高的收金柜台前，从窗口将戒指递进去。收金的银行职员，一句话也不说，拿起戒指就在一块黑色的试金石上划两下，确定金的成色，然后在天平上称好重量，算好价钱，一点都不啰唆。其时，一两（31.25克，一斤为16两）黄金的收购价是人民币80元，一枚戒指也卖不了多少钱，不过对急需钱解决吃饭问题的人来说是很重要的。

还有一个办法是尽量节约。饭总是要吃的，米一定要买。没有钱买菜怎么办？我向母亲建议，就不吃菜了，买点辣椒和豆瓣来下饭吃，能够吃饱就行。那时豆瓣这些东西便宜，而且也吃不了多少。后来发现这样做的问题很大。营养不足姑且不说，吃了几天以后我们就开始流鼻血，于是只好又买些便宜的蔬菜来吃。

那时，我已经进入"吃长饭"的年纪，胃口特别好，可能是缺乏油水之故，肚子经常有没有吃饱的感觉。那时家里缺钱，我们没有过什么奢望。由于有过苦日子的经历，现在我对这些普通的食品还保留着一种特殊的感情。我后来发现，吃的东西并不在于它的"身价"高不高，只要你真正喜欢，而且它又有一定的营养，便宜的东西也很好。在某种程度上完全可以和燕窝、鱼翅、鲍鱼等媲美。

我一直搞不大清楚，燕窝、鱼翅这些东西到底有什么好。多年后，也多次和这些食物打交道，但是没有把它们的高贵、精妙之处体会出来。首先，它们并没有什么特别鲜美的味道。其次，说它们的蛋白质含量高吧，一克燕窝或者鱼翅只有那么一点点，就是蛋白质含量百分之百，又能好到哪里去。"鱼与熊掌不可兼得"的鲍鱼味道虽鲜美，但价格却太昂贵了。

在面临巨大经济困难的时候，最可怜的还是小妹儿，她一生下来就遇上从来没有过的苦日子。父亲不在家，母亲生了她以后要操心的事情本来就已经很多了，还要承担巨大的物质和精神压力，实在太不容易了。现在的年轻人有一个小孩，当妈妈的就会叫苦不迭。那时我们家里有大小七个人，一时没有收入，又没有人能帮上忙，日子难过就可想而知了。在小妹的吃食上，没有牛奶不说，连奶粉也没有。一天仅能吃几次加了一点糖的米粉羹，蛋都很少吃，基本上没有什么营养。小妹瘦极了，两岁左右才能走路。

后来听母亲讲过，我在乐山一中住校的时候（那时智炜上初中，在岷江对面的四中住校），有一天晚上，小妹生病发高烧，情况严重，都开始抽风了。家里人虽多，但都太小，帮不上忙，又没有钱，又是深更半夜，邻居都说可能不行了。母亲最后下了决心，抱着小妹去了一个与父亲单位挂钩看病的诊疗所，打了一针，吃了一些药。后来还算上天保佑，小妹竟然好了。

有些人家里的孩子多了，有时大人也记不清孩子的生日。可是，我们的生日母亲却记得很清楚，她不但把每个孩子的生日记得很清楚，而且连每个孩子的出生时辰也记得很清楚，到了老年仍然如此。就算在我们家很困难的时候，每到生日她还是尽量做到有所表示。六妹智佳说，她小时候，记得母亲在一个早上，从米锅里拿出一个煮好的鸡蛋，说："六六，今天你过生日，这个蛋给你吃。"那时实在太困难了，吃一个鸡蛋都不容易，仅仅为过生日的人煮了一个，其他人只好免了。

以前我们家用水都请人挑，一挑水是2～3分钱，现在这个钱我们也要节约。因为力气小，我和智炜抬一桶水，去福泉门岷江边取水。后来经过锻炼，我们觉得抬水的效率太低，就开始挑半桶水，很快就进步到能挑大半桶水、一桶水。去福泉门挑水，路好走，但较远。等到我们的劲大些了，就走拱城门、大码头这一路，路较近，但要爬上城墙，爬坡上坎很多。最危险的是夏天，特别是下过雨后，那上下坡的红砂石台阶经过多年的风化、磨损，已经是不规则的斜面，再加上青苔，路面相当滑。如果摔了跤，从很高的坡上和一挑水一起滚下来，后果真是不堪设想。所以越是危险，挑水时我们就越是小心。我挑水好几年，从来就没有摔过跤。直到离开乐山去成都上大学的前一天，为了把家里的水缸装满，还去挑了最后几挑水。

大概因为水资源丰富，取水方便，乐山好多年都没有自来水供应。20世纪60年代后期乐山才开始在一些街道、路口装上公用的水龙头为居民供水。后来，自来水又逐步进了居民大院。九龙巷第一个水龙头是安装在离我们家几十米远的陈大娘家的门口的,虽还是要拿水桶去接水,后把水挑回来,但与去江里取水相比就轻松多了。

乐山一中的环境概貌

我是1953年从乐山三中考入乐山一中的。我进高中体检时的高度是1.56米,三年后高中毕业时长到1.68米,上大学后长到1.72米。

乐山一中是乐山最好的中学,其前身是嘉定府中学堂。郭沫若先生早年就读于此。我们上一中时,可以在围墙上的一些灰黑色砖块上看到模具压出来的"嘉定府中学堂"的印记。砖块不值钱,但这个印记却很有价值,可以算作一种文物,不知后来改建时保存下来没有。乐山一中曾更名为"省立乐山中学",简称"省乐中"。1952年,乐山所有的中学进行了全面调整,统一编号,学校才改名为"乐山一中"。

1953年,乐山一中有了较大的发展,高中一年级(高56级,按毕业年份算)就有4个班。后来又扩招了一个班,收那些比我们低一个学期,即春季招生的学生,于是高56级就有了五个班。从那以后就改为秋季招生,春秋两季都要招生的问题就不复存在了。这几个班中,一班大概是以初中就上一中的学生为主。我入读的是二班,班上的所有同学都是其他学校考来的,还有不少五通桥一中、二中考来的学生,二班的成绩在全年级最好。班主任为郑必先老师,教我们物理。

乐山一中在城外的徐家碥,开始一段时间我读通学,走路要半个钟头。后来发现每天来回走路要浪费很多时间,早晚自习都不能上,就改为住校。住校不需要交什么钱,先向学校提出申请,经同意后搬到学校去住就行了。

男生宿舍位于教学区的后面,在操场左右两边的两排平房里。每间宿舍安放6张用实木做的、没有油漆过的双层木床,一间宿舍住12个人。宿舍里除了双层床什么家具都没有。我去住校时带去一床被盖和一领草席,下面垫一床花了2角钱买的稻草编织的"草帘子"。我搬去的时候,开学好些日子了,不知什么原因或者是运气好,是班主任郑必先老师亲自带我去的宿舍,而且给我安排了一个下铺。从他的表情来看,他显然认为下铺很好,给我安排下铺是对我的一种照顾。可我当时从未有过住集体宿舍的经验，还以为上铺好，有点隐私权呢。那时的学生大多比较穷，没有多少东西，一些简单的衣物就放在自己的床上，可以把它们塞成一包用来做枕头。脸盆和漱口盅等放在床下，屋子中间拉了一条长绳子，用来晾毛巾。乐山一中的管理很严格，准时起床，准时关灯睡觉。

环境方面唯一感到不好的是宿舍旁边有一个嘉乐纸厂，它一天到晚要放出蒸纸浆的难闻气味，蒸汽的排放也要发出"霍霍"的噪声，一天还要拉两三次汽笛，声音更是震耳欲聋。乐山人把嘉乐纸厂的拉放汽笛叫作"放哨"，全城都能听见。由于基本上是定时拉响，所以起到了对公众报时的作用。该厂早年是乐山一个颇有名气的企业，对本地的经济发展有过相当的贡献。它采用四川到处都有的稻草做原料，生产的纸就叫"嘉乐纸"。有一天我们上晚自习的时候，该厂突然失火，一个巨大的作为原料的稻草堆燃了起来。我们一中的学生紧急集合前往协助救火。最糟糕的是，这个工厂所产生的废水直接往岷江里排放，江面上常常漂浮着一些令人不安的黄色泡沫，污染很厉害。而且由于它地处上游，居民们还不得不饮用已被污染过的水。后来乐山建了自来水厂，情况才得以改善。

现在，乐山地区因自然环境优越，并有唐代海通和尚主持修建的乐山大佛，而成为国内外都很有名气的旅游城市，环境和各方面的条件相当好了。可能由于历史原因和条件所限，城市建设的全面规划还有待提升，人们的文明程度也还有进一步提高的空间。作为乐山人，我们期待着。

乐山一中的条件，实际上简朴得很，但与乐山的其他学校相比仍然算是先进的了。回忆起来，当时"一中人"颇为得意的地方大致有三：

其一是有"自来水"。那时学校在大门外的岷江边上建了一个抽水站，一条水管接到厨房，一开即得，当然比较先进。但是，以现在的观点来看，这哪里是什么自来水：第一，只有厨房附近才有若干个水龙头，别的地方连水管都没有接过去，哪能"自来"？第二，根本就没有做过滤处理，最多是放了一点消毒用的漂白粉而已。每当夏季岷江发洪水期间，我们洗碗的水常常是泥红色的"原"水。不过和大多数从河里挑水用的人相比，的确先进不少。

其二是"不淋雨"。一中的教学楼是两层楼的青砖木结构瓦房，楼板、楼梯都是木板铺的，上下课时脚步声叽叽嘎嘎，颇为震耳，但好处是楼上楼下的走廊已处处连成一片，四通八达，下雨时师生们可以不淋雨。

其三是"有热水"。靠近厨房有两个大的瓮子锅（在我的印象中，锅大到小孩都可以在里面游泳），早晚供应热水。这对于穿着单薄，特别是冬天下了晚自习脚已冰凉的读书郎来说，无疑是一大福音。可是从现在来看，大家都用自己的盆去锅里舀水（主要是为了快，本来也有一些瓜瓢可用），必然会造成污染。

我进校的时间是1953年9月，此时朝鲜战争已经停战（7月27日签订了停战协定），到处一片朝气蓬勃的景象。不过，物质条件仍然比较差，除了伙食很一般，不少同学连衣被都不大整齐，学生穿打补丁的衣服是常事，住校生的行李也极为简单。就拿伙食来说，早上是吃一种比较干的稀饭，加一点泡咸菜和花生米下饭。当时四川还不大兴吃馒头。后来"发明"了馒头，学生们就很有一点生在福中的感觉了。因为馒头口感好一些，不需要吃菜，干啃即可吃下去。中午和晚上两餐是吃米饭，有两三样菜，但数量较少，用一个小搪瓷盆放在方桌中间，一桌八人分吃。食堂里只有桌子，大家都站着吃饭。比较好的是每隔一天有一点肉吃，但还算不上真正的"牙祭"。在不少人的心目中，菜是用来下饭的，只要能吃饱肚子就很不错了，没有条件去考虑什么蛋白质、维生素之类的营养问题。

虽然条件如此，但在我的印象中同学们学习都相当努力，班上的学习气氛极浓，人人都想学好本领将来为国家的繁荣富强做贡献。同学们在学习上你追我赶的劲头，现在想起来都让人觉得很受鼓舞。

一中严谨的校风

说到校风，首先要说到班主任郑必先老师。他当时三十多岁，风华正茂，常穿一套不打领带的简便西装，除了给我们上物理课，还要抽出许多时间做学生的思想工作。郑老师常常拿一些谈论思想方法、品德修养等方面的文章或小册子，结合班上工作的实际"讲演"一番，教育同学们要树立正确的人生观，严格要求自己，等等。

郑老师的物理理论知识还不错，但缺乏实践经验。例如，一次学校组织去五通桥远足旅行，我指着路边电线杆上的一串高压绝缘子问他那是做什么用的，他就答不上来（当时我也不清楚，是后来才知道的）。有一次，我们班负责布置学校的一个晚会，要在花园里拉电线安装电灯，他竟然被电击倒。我刚好在旁边，狠命一拉，才把他拉开，使他脱离了生命危险。原因是，他不是先布线再"接火"（接通电源），而是反过来操作，电线又是旧的，绝缘层破损芯线裸露，当然就危险了。考虑到当时的种种局限，这些不足我们完全可以理解。

其他任课教师的教学水平都很高，而且在待人处事，乃至在个人形象上都给人一种"高档"的感觉。同时，尊师爱生的风气也蔚然成风，自然得很。此外，教师的社会地位也比较高，很受人尊敬。老师们的物质待遇也比较好，颇令人羡慕。

我在乐山一中虽仅读了三年，但老师们留给我的印象很深，以至于几十年过去了，许多老师的名字都还记得：童颜鹤发、面色红润的杜峻生老先生（三角）、陈名声（语文。名声老师当时在课堂上大声朗诵苏东坡的"大江东去，浪淘尽，千古风流人物……"的情景仍然历历在目）、毕承泽（语文）、高鸿章（化学）、陈肇毅（代数）、林丕经（历史）、谢济民（立体几何）、王明忠（几何）、宋道根（制图学）、龚建国、陈立中（体育）、曾问予（音乐）、陈任侠（达尔文主义基础）、校长赵九如、教导主任冯有道……冯有道主任，穿一身西装，不打领带，一副学者的样子，讲起话来头头是道，很有魅力。高鸿章老师在讲化学课时，常常用到他的口头禅"这就是高中与初中不同的地方"，在拿着试管往酒精灯上加热时，一边晃动一边说"你们不要以为我是在发鸡爪疯"，引得同学们悄悄地发笑。还有一位管总务的老师陈谏封，性格开朗，文体活动时常来和学生一起打乒乓球，大家一起笑逐颜开，融洽得很。他有一个很有趣的动作，打几下乒乓球，就往上提一下裤子，好像裤子就要掉下来似的。

可惜有一位教世界经济地理的老师的名字记不起来了。他教过我们许多世界知识，现在还记得不少。其中一些小的细节，如：捷克的机关枪和啤酒、斯洛伐克布拉迪斯拉发的"亮光皮鞋厂的皮鞋"……多年后,我们去东欧旅游到了这些地方,就想起了他,很怀念这位老师。一次我们到了捷克的百威小镇,这里就是闻名世界的"百威啤酒"(Budweiser)的发源地。傍晚在小城散步,有点迷路了,我就走到一个啤酒馆问路。喝啤酒的男士们不大会讲英语,就去请了一位会讲英语的年轻女郎过来。这位美女热情地给我们介绍,并带领我们走了一段路。我们走到面积很大但几乎无人的百威广场,在那里流连了很久。

大概是1955年,学校曾为杜峻生(又名"杜高崇")老先生举办过从教40周年的纪念会。杜老先生是郭沫若的同班同学。我们当时才十几岁,一想到他已教学40年,就有一种很遥远的感觉。

高素质教师队伍的言传身教是使一中优良传统形成、保持和不断发扬的关键因素。学生们一进到这种环境中,就大致知道什么是对的,什么是错的,应该做什么,进而还能举一反三地不断提高和完善自己。

当然,我们那时还太年轻,对高素质教师队伍的重要性还看不那么清楚,上了大学就更明白了一些。特别是后来我去美国加州大学伯克利留学时,又有了进一步的体会。教师的任务是教书育人,有高水平的教师来指导,年轻的学生才容易知道什么是高水平,一代代地传下去,素质水平就会越来越高了。另外,还需要有学识渊博、德高望重的权威人士来当校长。高水平的校长能够识别、招聘、团结高水平的教师队伍,并组织他们把学校和学生都带向高水平。

乐山一中的一天是从广播声中开始的。大概早上6点,一听到校广播站播送音乐或歌曲,大家就迅速起床,一个个迅速跑向后操场,先跑几圈步。洗漱之后,依年级次序每个班排成一长列,随着校广播站播送的音乐做广播体操。然后是早读、早餐、正式上课。

中午的午睡规定是要绝对遵守的,就是大考时也不例外。每当考试期间的中午,就会有老师在外面巡查,把那些想在考前再抱一下佛脚的同学们一一请回。下午的最后功课是体育锻炼,所有的同学都要参加。

晚饭后,上晚自习前有一段时间自由活动,不少同学喜欢到校外散散步(校规很严,平时是不许外出的)。如果有老师参加,师生之间还可以进行一些愉快交流。睡觉的时间是有严格规定的，先关一次灯算是预告，几分钟之后全校的学生宿舍统一关灯。如果哪位同学还想高谈阔论，不但同学有意见，门外还有巡查管纪律的老师敲门提醒。于是，一切就很快归于寂静。

后来我想，这种良好的作息制度对培养集体观念很有好处，对形成一中良好的作风与学风也大有帮助。严格的作息制度养成了我后来十分注意遵守作息时间，养成了在做较大的事之前制订出全面计划的习惯，而且还要写下来备忘，甚至旅行中带什么东西这类"小事"后来也如法炮制。初看起来，这样要多花一点时间，但记录下来的东西更精确，不用因为怕遗忘而总在大脑中去维护这些信息，从而能节省更多的时间与精力。

每学期结束，都要召开一次全校师生大会，举行隆重的颁奖仪式。如果操行甲等且各科平均成绩在90分以上发特等奖状，85分以上发甲等奖状，80分以上发乙等奖状。除了奖状，什么物质奖励也没有。那时评分标准很严，而且门门功课（不仅仅是某些主课）都要好。每学期全校各年级能获得特等奖状的总共只有几个人。我第一学期操行甲等，平均分数八十九点几，离获得特等奖状差零点几分，仅获得甲等奖状。

那时表现好的学生都要逐步被吸收加入共青团。我是1955年4月8日入团的，按理还可以早一点入团。但我特别不喜欢汇报思想，有些团的干部对此不以为然，于是我就多了一个缺点，叫作"有骄傲自满情绪"和"不够靠拢组织"，从而为入团增加了一些障碍。

到了高中，我们的外语课由英语改为俄语。年轻的俄语老师陈万松，刚从川大毕业，估计他也是先学英语再改学俄语的，教得还比较好，英文的功底也不错。

那时，很多人读外语，听起来就好像是在说中国话，甚至四川话一样。不过，我的俄语学得比较好，可能是喜欢唱歌的原因，发音也比较准确，语感好，读起来比较流利，颇得陈万松先生的好感。他建议我毕业考大学时去报考外语学院，但我没有接受他的建议。对学外语，我的确有兴趣，但我不愿意把它作为我的专业，我只想把它作为今后学习工作时的一种工具。在我心里，我觉得自己各门学科都很好，以外语为专业就太可惜了。

陈万松老师比较年轻，容易与学生打成一片。晚饭后我们常约几个同学到校外散步，出校门往左边走不远就是郊外了。散步时我们经常碰见他，他很喜欢加入我们的队伍，和我们一起天南海北谈得很融洽。他有时给我们讲一点人生经验。我记得他说，如果你要说别人的缺点，一定要说别人可以改的，比如他的某个发音不好，某个说法或者做法不对，但绝不可以说人家"不能改"的，比如说人家是麻子就十分犯忌，即使那是一个事实。他还在课堂外教我们唱俄文歌，像《红莓花开》《春天里花园的花儿多美丽》《莫斯科——北京》这些百唱不厌的俄文歌曲就是从他那里学来的，我也因此喜欢上唱俄文歌。

大概是1997年，乐山一中校庆给我发来一封征集纪念文稿的信，我一下就想到了班主任郑必先老师。这么些年没联系了，不知道他的情况怎样，于是我就请在乐山的小妹儿智新去帮我打听。结果小妹儿正在一中上学的儿子王桦帮我打听到了：郑必先老师身体健康，住在学校内的宿舍里。于是我就给他写了一封信，他很快就给我回了信，而且附有一张照片，身体看上去很健康。后来，他还给我寄来他为我画的一幅很大的国画，配上了两个条幅。事先，他并没有通知我，当我有一天收到一个很大的包装得很好的圆筒状的包裹时，我还很纳闷：谁会给我寄来这样的东西。但打开一看，我真是感动极了。已经装裱好了的国画上是一幅荷花，画中的题词是"花中君子，一身清白"。我感到，这么多年后老师对学生还没有忘记，心里非常高兴。

文体活动及其他

学习虽然很紧张，但一中的文体活动开展得很好。班级间的歌咏比赛每学期都有，比赛时竞争激烈，准备过程更是紧张。校级比赛也经常夺奖而归，有时还准备一些小节目下乡演出，但最出色的还是在体育运动方面取得的成绩。

当时，乐山每年都要在春季（在五一劳动节前后）举办中等学校的联合运动会。最常用的场地是乐山一中后面牛咡桥运动场。那时，乐山的蚕丝业还比较发达，牛咡桥运动场周围有繁茂的桑树林，紫黑色的桑葚非常可口。每次开运动会，乐山一中基本上都是大胜，令人兴奋不已。究其原因，是一中的体育运动开展得比其他学校要好，兵强马壮，再加上运动场就在学校后面，场地比较熟悉，有一点占所谓的主场之利。

是不是离开了"主场"就不行，非也！大概是1955年，比赛场地移到了离乐山师范校不远的西湖塘。可是一中各个级别的同学们表现更为神勇，似乎要特别证明一下一中的体育运动实力的确名不虚传。最终，一中几乎囊括了大会准备的十几面锦旗，仅有一面锦旗"漏网"。

乐山一中的乒乓球水平也较高。每次中学校际比赛，几乎包揽各项比赛的冠军，这与一中普及乒乓球运动有很大的关系。

到了星期日，为了锻炼身体，我们几个同学常常组织打乒乓球。为了确保领到一副球拍和一个乒乓球，星期日一早趁大家都还没有起床时就去窗口排队（因属免费，能获得批准的名额有限，球台也有限，晚了就不行了）。在窗口等很久以后，体育老师陈力中才来值班，签字批准，然后再去保管室领取。乒乓球一打就是一个上午，打得手指头都要起泡了。夏天我们一般只穿短裤，赤膊上阵，这也是避免磨损衣服节省买衣服的钱的好办法。为了少吃家里一顿饭，为家里节约一点粮食，也舍不得"浪费"食堂里的一顿饭，我们一般都要在学校里吃过午饭才回家，步行半小时回家看看父母和弟弟妹妹。那时我们回家，不但没有生活方面的享受，还要抓紧时间主动帮家里做点事情，至少要去岷江挑水，把家里的水缸灌满。

值得一提的是，班上掀起了拉二胡的活动。带头人汪耀昌是我们班上年纪最大的同学，比我们大11岁左右，人很好。我们都亲切地叫他"汪大爷"。他原本从事商业工作，属于工人，而且所处的地位也比较好。不知怎么，他认为还是要多读一点书才好，就毅然放弃了原有的工作，考入了乐山一中，想成为知识分子中的一员。

他那时已经有较好的二胡演奏基础，上一中不久就用自己剥的蛇皮和竹筒制作了一把二胡。在他的带领下，一个可以拉二胡的队伍很快就成长了起来，甚至可以上台表演。在学二胡的基础上，我们又学会了吹笛子。大概是1955年，民间艺术家阿炳的二胡独奏曲《二泉映月》风靡一时。有一段时间，学校的广播站每天早上一开机就播送一次《二泉映月》。"汪大爷"和几个极热心的同学，每天早上都拿着纸和笔，跑到广播喇叭下记录《二泉映月》的曲谱。因记录的速度跟不上播放的速度，每天能够精确记录下来的只有一小段，所以要记录好多次才能完成，精神可嘉。"汪大爷"的成绩比较一般，后来考上了成都师专。

高中阶段学校还组织了几次徒步旅行。不论内容如何，组织得好不好，我都觉得是一种很好的锻炼，收获很大。后来，对于类似的活动我都乐意参与，觉得是一个体力、脑力结合，学习、锻炼和增长见识兼而有之的好机会。其中印象比较深的一次是去离乐山大约30公里的甑子场看拖拉机耕种。那里有一个较大的农场，有比较齐全的大型农机具，机械化的程度比较高。

我申请了助学金。那时，助学金分为若干个等级，满额是甲等，即伙食费的全额，一个月6元。我申请的大概是戊等，一个月有助学金3元多。甲乙丙丁戊，可见级差之小，钱之管用。这3元多钱对于我们家来说是一个很大的帮助，因为我只需要交2元多就可以在学校里每天吃三餐饭了。我们家当时算困难了，但后来知道，比我们穷的家庭还很多。我了解到，有的家基本上就没有什么收入，困难到极点。但是评助学金并不只考虑家里经济是否困难这一个因素，学习成绩的好坏也要加以考虑，对学习成绩优秀的有一定的照顾。

以前大家是没有粮食定量的概念的。到了1954年或1955年，有一段时间粮食供应突然紧张起来。学校食堂是用若干个很大的木桶装饭的。为了充分利用空间，天晴的时候这些大木桶都放在露天的空地上。原来，吃饭是不定量的，学生可在木桶里随便舀，现在就常常不够了。如果不够，又得等到新做好的饭拿出来。大家拿着碗筷站着闲谈等着，有些比较性急的同学还轻轻用碗筷敲打出一种旋律，表达心中的不满。这么一等，本来不那么饿的人饥饿感就更强了。一时间，添饭变成了抢饭。煮好的饭一上来，在来自众人不同方向的合力作用之下，盛饭的大木桶在地上团团转，像天文学中常见的行星一样，"自转"和"公转"相结合，又是平移，又是转动，从一个地方转到另一个地方。大家也围绕着饭桶，一窝蜂地挤来拥去，搞得人人苦笑不已。没有亲眼看过这一壮观场面的人，真是很难想象当时的情形了。

很快，就实行粮食定量了，一搞就是好长时间。

高中时期，还有一件事情值得一记。大概是1954年，暑假期间，上游猛降暴雨，河水猛涨。水已经涨到九龙巷外面的学道街了。大渡河上，简直像大海一样波涛汹涌。河中心那个后来被称为大佛坝的地方，已经快淹没房顶了。我们远远看到一些人爬上了房顶，挥舞着被单、衣服之类的东西求救。那是我见到过的最大的一次水灾。那年，长江流域也发生特大水灾。这时，谁也没有办法去救人。除了波涛汹涌、水流湍急，大渡河上漂满了大木头。乐山那时基本上没有机动船，一般的木船根本划不过去。就是有机动船，水流太急，受到木头撞击的危险太大，也没有办法渡过去。大佛坝上的人，只好听天由命了。

那时，有一个大渡河森林工业局，他们的任务就是砍伐大渡河上游那些原始森林中的木头，然后运出来。因交通不便，砍下来的木头很少用车来运输，一般都就近堆在大小河边，遇见发大水，他们就把这些木头往水里一推，让木头借水势顺流而下。有一幅国画，就描绘了这一壮观的场景，画名就叫作"大渡河上万木流"。

大渡河下游设有一些木头收集站。乐山的乌尤坝就设有一个收集站，离弟弟智炜工作过的轮船公司机械加工车间不远。据说，这种运输方法虽简单，但损失较大，现在已经明令不准砍伐了，还制定了"退耕还林"的政策。原来以漂运木材为主的四川省大渡河木材水运局改了名，叫作"四川省大渡河造林局"，体现了对保护自然环境的重视。

1955年肃反。作为中学生，只知道是在搞什么"学习"，直到很久以后才知道"审干"是其中的一个重要内容。这段时间父亲又去参加审干"学习"了。开始的一段时间管得比较紧，不让回家。后来允许隔一段时间后回家一次。幸好，这次"审干"在执行政策上有所改进，人虽在里面"学习"，但工资仍然照发，我们家的吃饭问题还算是没有受到太大的影响。这次"学习"的时间比较久，直到我和智炜考上大学离开乐山，父亲也没有能够出来和我们见上一面，给他作的结论是：历史清白，没有问题。

值得一提的是，尽管受了许多委屈，父亲最后表现得仍然相当大度，他说既然事情已经过了，可以把它当成是一种政治上的锻炼和考验。他甚至还颇为高兴地对我说过："这次做了审查结论，没有任何问题，以后就可以放心工作，不会再有什么问题了。"

知识就是力量

可能是平时读的书多了，受了一些潜移默化的影响，进了高中后，很快我就觉得高中教材的内容偏少，许多课程一个学年才学一本书（如物理等），满足不了自己的求知欲。另外，我还突然感到在如何学习的问题上有了某种"升华"的感觉，悟出了一点道理，觉得学习的目的应该是要掌握更多、更深入的知识，不应该为分数而学习。作为学生学习成绩好是应该的，但如果没有真正学到东西，仅仅成绩好也是没有意义的。对我来说，不但要学习课堂里的知识，也要学习课外的知识。后来我逐渐认识到，只掌握知识是不够的，还要勤学多思，什么问题都要多问它一个为什么，把知识学活，把它变为自己的思想，形成自己的智慧，这样才有创新的可能。

从此以后，虽然我的成绩仍然很好，但我并不刻意去追求高的分数，最关心的是是否真正学到了东西。那时有一本苏联的俄文杂志叫作《知识就是力量》（Знание-Сила），后来出版了中文版，比较生动地介绍各种科学（主要是自然科学）知识。我非常喜欢这本杂志，几乎图书馆每到一期，我都要争取尽早去把它读完。上大学时，在成电才第一次看到这本期刊的俄文原版，开本比中文版大，用的纸张也好多了。

"知识就是力量"是英国大哲学家培根的一句经典名言"Knowledge is power"，它强化了我心目中已经有了的想法：一个人要有力量，就必须掌握更多的知识，并用好这些知识。当然，课堂上教的知识不学好也不行，这是基础，如果成绩不好，就是空谈。幸好，那时不管是理科还是文科，我每门功课的成绩都很好，不需要为分数而发愁，但我也不愿为了增加一点点分数而去死记硬背，专门为考试争取高分而下太多的功夫。此外，更为重要的是，我在平时和同学的交流中发现，学到的其他知识已经能体现出很大的价值，开阔了解决问题的思路，对课堂学习也起了促进作用。因此，我在完成规定的学习任务之余，就开始尽量设法挤出更多的时间来学习其他的知识，到图书馆阅览室阅读更多的图书、期刊、报纸和其他读物。由于没有在争取高分上特意下功夫，我高中前三个学期的总平均分没有多大的变化，都在89分左右，没有上90分，当然也就没有得到特等奖状，每学期拿到的仍然是甲等奖状。不过对此我泰然处之，并不觉得有什么遗憾，因为我自己心里很清楚，我的时间没有浪费，而是真正用来学了其他有用的知识。

自己想要学到知识，完全靠自己去下苦功夫，别人是帮不上忙的。联想到现在学生考试中的作弊现象，真是有点令人痛心，我们那时哪里会有这样的事发生呢？

当然，如果不刻意追求分数，而成绩能再好一些也不错。高中二年级下学期，没有经过任何特别的努力，我的总平均分上到了91分多。我们几个班干部（我是学习委员）对班上工作有些意见，此事不知被谁告了"密"，总之，到了学期末，我们几个班上最优秀同学的操行成绩都被降为乙等。最令人迷惑和遗憾之处在于，从来就没有人指出我们到底有什么问题，或者犯了什么错误，我的期末通知书上也没有任何特别的评语。这一下，那一学期本来可以获得的特等奖状就没有了。很多年之后，我乐山一中同班同学罗耀华（他的学习成绩非常好，那时任一中学生会的秘书长）才在一次同学聚会中提到，那次几个同学议论班上的问题被参加讨论的另一位刘同学"告密"（罗说他有相应的证据），那学期的通知书上就给罗耀华加了一段负面的评语。本来，有点意见是正常的，如果觉得提的意见不对，完全可以提出来批评，但后来的处理方法却有点过分了。

上中学时，很多同学在学习中都有不同程度的偏科现象。有的同学偏科数理化，其他科目不行；有的同学偏科文史地，数理化不行；如此等等。我则很注意全面发展，不管是数理化，还是文史地，各科的成绩都很好。原因是我从来没有偏科的思想，对每一门功课我都很有兴趣。并不是我有什么高明的地方，那时我只有一个很朴素的信念：既然要上学，你学也要花这么多时间，你不学也同样要花这么多时间，为什么不尽量把门门功课都学好？当然，后来才进一步认识到，中学这些课程，对每个人的知识结构来讲都是最基础的东西，是绝对应该学好的常识，而且就是这样也远远不够，还要在今后继续拓宽、加深。有了较宽的知识面，才能有更多的分析和解决问题的思路和能力。

另外，我还想，一个能干的人，只要有良好的素质，就什么课程都能够学好。如果脑子聪明，就应该在什么地方都能起作用。数理化可以学好，文史地为什么就不能学好呢？有人说，这两类课程的性质是不同的，一种是偏重于理解和逻辑推理，一种是偏重于记忆。诚然如此，为什么一个人就不能学习两种性质不同的课程呢？难道较强的理解与逻辑推理能力和较强的记忆力就不能体现在一个人身上吗？我认为不但可以，而且是相辅相成的，把自己局限在一个狭窄的知识的圈子里完全没有好处。我自己的体会是，知识的作用是相辅相成的，知识面广了，思路就会比较广阔，办法就多了，对做事情就会有好处。

前面已经提到，上高中后，阅读各种杂志的兴趣大大提高了。学会了凡事都要多问一个为什么，希望尽力做到不但要知其然，而且还要知其所以然。那时看的课外书已不完全局限于文学作品了，除了比较多地阅读普通的各种图书、报纸、杂志，在学校的阅览室还可以看到苏联和其他东欧社会主义国家的俄文版杂志和画报，从中学到了不少知识，增加了对世界的了解。

知识的海洋浩大无边，学无止境，而一个人的能力总是有限的，因此还是存在如何学习最优化的问题。因为，学习总是要付出代价的，如果学了没有什么用处，那这一部分精力和投入就可能浪费了。

因此，对要想学习的东西应当有个大致规划，要有侧重。比如，我喜欢在业余时间研究历史，但历史一说就几千年，内容太多了。怎么办？对此我就有一种"厚今薄古"的考虑。对于中国历史，我主要关心的是近代和现代史，尤其关心1840年鸦片战争以来的历史；对外国的历史也是这样，关心近现代的。对于中外的古代历史也要通读一些书，做到大致的了解。对于古代中国史中朝代更替、搞权术争权夺利、对文明和社会进步没有多大意义的内容我兴趣不大。对于北宋司马光主编的巨著《资治通鉴》，我只做一般的了解，对他老先生总结出来供历代统治者借鉴的经验教训我也没有什么兴趣。

好长一段时间，我把想学的知识大致分为几类：一是常识类，如果能知道种种多一些的"天南海北"又不很费力则是多多益善；二是丰富和提高生活品质类，如体育、音乐、美术、哲学、历史、地理、文学等，如有时间和条件，也是多多益善；三是想往某个方向发展的专业类，当时想到的是无线电、电子技术、通讯、计算机、自动控制等，要尽量学好；四是专业支持类，如基础理论、数理化、外语等，也要尽量学好。但是，如何判断"有用"还是"无用"有难处，而且年纪轻的时候容易产生片面性。不过总的说来，有个大致的规划还是要比完全没有规划的要好，如果可能，多学一些知识总有它的好处。

高中时期，读过不少课外书，其中有两个作家的作品对我有较大的影响，一位是郭沫若，另一位是邹韬奋。

郭沫若上过嘉定府中学堂，算起来还是我在乐山一中的校友。

邹韬奋的书我也读了很多，他的《经历》《患难余生记》《萍踪寄语》《萍踪忆语》等都很引人入胜。特别是他站在民众的立场上，不计利害，不怕艰险，他的那种忧国忧民的高尚情操，决心为大众谋福利的伟大抱负，那种贫贱不能移、威武不能屈、勇于牺牲自己的品格，实在令人钦佩。在我当时的心目中，他是我们这代知识分子的楷模，是值得学习的榜样。

说来也巧，1980年初我第一次去美国时，因属于新中国成立后国家公费派往美国学习的第一批，国家很重视。那时中美之间还没有直通航线，我乘飞机从北京出发，经过巴基斯坦的伊斯兰堡、卡拉奇到法国的巴黎转机，到了美国纽约后再转机去美国首都华盛顿。到了纽约，有我国驻联合国代表团的人员到肯尼迪机场来接机。到华盛顿，又有我国驻美大使馆的人来杜勒斯机场接机。这种礼遇，可能只有当年的公派出国人员才有机会享受得到了。那时，赴美的人一般都要先去中国大使馆报到，我报到后还在大使馆内住了几天。

一天，我在大使馆内偶然碰见了一位熟人，电子工业部对外司的副司长杨某，他说他这次是作为翻译陪同国防科工委副主任邹家华来美国访问的。我过去不认识邹，但我知道他是邹韬奋先生的长子，于是就产生了争取找个机会同他谈谈的想法。通过这位翻译的介绍，我认识了他，而且在周末和他们一起乘驻美大使馆安排的车去参观了美国国会大厦、白宫和其他一些地方。参观的过程中，为了不致唐突，我请杨某向邹家华转达，如果他有空，回到大使馆后可否和他谈谈有关他父亲邹韬奋先生的往事。当他知道我上中学时就是邹韬奋先生的崇拜者，而且在和他的交谈中还能谈到很多人不容易知道的细节之后，就很爽快地表示很乐意和我一起谈谈。于是，参观结束回到大使馆吃过晚餐后，我去他住的房间，和他进行了一次非常愉快的谈话。

以前，我们见到权位较高的领导时总会有一点拘束，后来见到的各级领导多了，感到他们平易近人，就比较能以平常心相处了。尤其是后来，近距离接触、观察领导的机会多了，反而觉得和他们打交道更容易，甚至交谈中还能谈笑风生。

苏联电影、歌曲和文学作品的影响

那时常在苏联的电影里看到集体农庄的大规模耕作，特别是一部叫作《幸福的生活》的彩色影片可作为这类电影的典型。当我们在欢乐的音乐声中，看到银幕上大型拖拉机带着一台叫作"康拜因"的联合收割机在一片金色的田野里收割小麦，收割下来的小麦立即被打成麦粒，通过传送带传送到储藏车斗中的情景时真是羡慕得很。收割之余，那些衣着五彩缤纷的集体农庄庄员又会聚集在麦场上，载歌载舞，高唱《丰收之歌》："库班河上风光好，清清流水起浪潮，流水起浪潮，黄金色麦浪起伏不停，库班草原在叫啸……"好多年后，我才知道，这部电影也属于"拔高"类的作品。后来我查了一下原文，其实，这部电影的俄文原名是《库班的哥萨克人》（КУБАНСКИЕ КАЗАКИ），我国把它翻译成《幸福的生活》。

中学时代，我们受苏联的电影、歌曲和文学作品的影响很大，回想起来几乎没有给我们带来消极的影响，总的来讲是催人奋发向上，不谋私利，努力学习、工作，为国家、为人民做出自己的贡献。而且这种影响一直延伸到了大学时代，乃至以后的生活与工作。

2012年，乐山一中高1973级毕业的同学为纪念毕业40周年，计划出一本纪念文集，一定要我这个资深校友给他们的文集题几个字。出面来请我的是潘金强同学，他是一个非常能干的企业老总，而且还是一个热心公益事业的社会活动家。我和他认识多年，也曾经对他们有过一些帮助，他出面请我，我就不好不答应了。一般，给人题词写几句正面的话就可以了，但我又想，这些同学毕业40年了，算是"老革命"了，如果随便写几句正面的话，以老资格的学长勉励一番，就大有落俗套之嫌。我想来想去，把我们年轻时喜欢唱的一首苏联歌曲《列宁山》（莫斯科大学就建在列宁山）的歌词用上了，我给他们的题词是:"当我们想起年轻的时光,当年的歌声又在荡漾!"

20世纪50年代初,乐山还没有固定的电影院。大概是1952年,才在比较繁华的中土桥街修建了一家"乐山人民电影院",专门用来放映电影。放映设备是从苏联进口的,为此还有两个苏联专家来乐山帮助安装电影放映机。由于是"苏联老大哥"第一次来乐山,还安排少先队员献花。

电影院还没有开张,门外和进门大厅里张贴的海报就吸引着过往的人们。海报都是苏联的原版翻译过来的,设计新颖、色彩鲜艳,给人的印象深刻。记得贴出的首批海报有《勇敢的人》《攻克柏林》《伟大的公民》《难忘的一九一九年》《在和平的日子里》等。海报上常常注有"五彩巨片,华语对白"等字样,因为以前彩色影片是不多的。最先引起轰动的,是1952年底或1953年初放映的苏联电影《幸福的生活》。我们的班主任在班上讲话时都说这部片子好,看过好几遍了,还想再看。我们看的是8分钱一场的学生场(当时的电影票1角5分一张,学生减半),因为缺钱只看了一遍也觉得够了。

当时经常讲"苏联的今天就是我们的明天",电影中表现的苏联人民的生活十分令人向往。与那时的中国电影相比,苏联电影的场面恢宏、结构紧凑、语言精练、幽默含蓄、艺术性强。看过之后,有许多镜头和对话感染力强,常常值得人们长久回味。而有些国产电影似乎怕观众看不懂,画面和对话都不厌其烦,搞得非常冗长,漏洞也多,语言也常常是一些大白话,缺乏幽默感,看过之后值得回味的东西比较少。

伴随着苏联电影而来的是电影歌曲,其他的苏联歌曲逐渐多了起来。苏联歌曲的旋律优美,很多歌词都像诗一样的优美。比如说,诗人伊萨科夫斯基作词的《红莓花开》随着电影《幸福的生活》走向了世界。在《幸福的生活》这部电影早已经退出历史舞台的情况下,《红莓花开》却能长盛不衰。除了它的旋律优美,它的歌词深沉、含蓄、意境优美是很主要的原因。同样是说爱情,"田野红莓花儿已经凋谢了……让我的心上人自己去猜想。"这样的歌词就意味深长,而对于现在不断重复"我爱你"之类直白的歌词的流行歌曲,大家一时可以接受,可过不了多久,不但歌词记不住,甚至连歌曲的名字也都忘光了。

伊萨科夫斯基作词的《灯光》把年轻的战士和他的恋人通过"灯光"这个载体联系了起来。歌中唱道："远方心爱的姑娘，寄来珍贵的信，说那少女的爱情，永不会消逝，胜利时他将会得到，他期待的一切，和那永远明亮的，金黄色的灯光。"这种含蓄的风格的确回味悠长。

《你从前是这样》《小路》《春天里花园的花儿多美丽》《祖国进行曲》《喀秋莎》《莫斯科郊外的晚上》《孤独的手风琴》《山楂树》《田野静悄悄》《三套车》《故乡》《纺织姑娘》《在那遥远的地方》《列宁山》《夜莺》《窗前有棵稠李树在摇晃》《第聂伯尔河》等也给人留下难忘的印象。

与我最有一点缘分的是《莫斯科郊外的晚上》。1957年夏天，在莫斯科举办世界青年联欢节后不久，在成电主楼西边四楼的图书馆期刊阅览室，我翻阅一本新到的俄文版《世界青年》（Молодёжъ Мира，这个俄文杂志名称可能记得不十分准确）时，在该刊的封三上发现了这首歌，一看就觉得很好。记忆中，这首歌只获得了联欢节的银质奖章，而不是金质奖章。《莫斯科郊外的晚上》后来在全世界几代青年中传唱，家喻户晓。

《莫斯科郊外的晚上》这首歌，还给我带来了一个有趣的故事。2018年春天，我们去东欧几个国家旅游。一天，我们到了波兰的首都华沙，在参观了音乐家肖邦和天文学家哥白尼的纪念馆后，我们又到华沙大学、波兰总统府、复建的波兰皇宫等景点浏览了一番。最后，来到了华沙的美人鱼广场。这时，一位三十多岁的男性街头艺术家正坐在广场的一张长椅上拉着手风琴。出国旅游时，我都尽可能找机会和当地的人交谈，了解一些当地人民生活的情况和民俗风情。我走过去，靠近他的身旁坐了下来以便有机会和他交谈。他看到我坐到他的旁边，兴致更高了。在一连拉了好几首乐曲之后，他突然拉起了《莫斯科郊外的晚上》，并用俄文唱了起来。我喜欢唱这首俄文歌，而且四段歌词全都会唱，我也就大大方方和他一起唱了起来。四段歌词都唱完后，我猜想他是俄国人，就用俄语问他："Здравствуйте! Вы Русский?"（您好！您是俄国人吗？）他用英语回答说："No, I am Italian."（不，我是意大利人）我用英语问他："那你怎么会唱俄文歌呢？"他没有直接回答这个问题，而给了我一个更为精彩的回答："因为我走了世界许多地方，学到了很多东西！"真是精彩啊！

在此之前，我从来没有想到过，作为一个中国人，竟然有一天会来到波兰首都华沙的美人鱼广场，和一个意大利人一起用俄语唱了一首苏联歌曲《莫斯科郊外的晚上》。这种一生难得一次的偶遇，真是太有意思了！

后来，在加拿大的一个年轻学生朋友"王白石"（微信名，是"碧"这个字拆开来的）知道这个小故事以后大为赞赏，写了很长一段文字发到网上，把我表扬了一番，说这"已经不仅仅是太有意思了"，而是"达到了旅游的最高境界"。看了她写的这段文字，我仿佛又回到了华沙美人鱼广场，心里十分愉快。

这首歌的译词配歌是薛范。他对俄文歌曲在我国的传播贡献很大，后来成了名家。我对他颇感兴趣，但当时只知道他译配的苏联歌曲很多，没有更多的信息。后来中苏关系交恶，再加上"文化大革命"的影响，就再没见不到他的名字了。

到了20世纪90年代，一天突然在报上看到俄罗斯总统叶利钦颁发勋章，奖励对中俄文化交流有着特别贡献的几位中国人，其中，薛范的名字就赫然在列。从该文知道，他本人是20世纪50年代（大概是1953年，与我们是同代人）的高中毕业生，对翻译苏联歌曲情有独钟，曾克服各种困难，先后收集、翻译过苏联和其他国家的歌曲2000多首。更特别的是，他连大学也没有上过，完全是靠自己的努力自学成才，真是很不简单！最近在一次电视节目上，还看到他坐着轮椅在一个苏联歌曲爱好者的联欢会上露面，一时与会者都激动万分，同声高唱歌曲《莫斯科郊外的晚上》。

我想，大家激动的主要原因不仅仅是因为见到了著名歌曲翻译名家薛范，而是因为想起了这首歌，大家都不约而同地回忆起了自己那一代人值得留恋、永不消逝的年轻时代的美好时光。作为同龄人的我，也深有同感。

20世纪80年代以后，家里有了音响，我就开始注意收集各种苏联歌曲的录音版本，开始是磁带，后来是CD。中文的不同版本有好些，难得收集到的俄文版本也不少，我们过去熟悉的主要苏联歌曲基本上都收集到了。

《钢铁是怎样炼成的》《古丽雅的道路》《远离莫斯科的地方》等小说也催人奋进。爱尔兰女作家伏尼契的《牛虻》在我们那一代人中也很有影响。

由于年轻时留下的美好印象，我很想有一天能够前往苏联旅游或访问。在这一想法的驱动下，我就到书店去买了一些俄语会话方面的书籍和录音资料来"复习"，希望能把常用的一些俄语口语恢复起来。2006年，我们终于实现了到俄罗斯旅游的愿望。我们去的主要地方是莫斯科和圣彼得堡。克里姆林宫、红场、列宁墓、阿芙乐尔巡洋舰、冬宫、彼得大帝铜像、普希金故居、彼得堡夏宫、涅瓦河上的游船、莫斯科大学……去俄罗斯的这趟旅游内容丰富多彩，我非常满意。

回国后刚好遇上成电隆重纪念校庆50周年。20世纪50年代对我们学校帮助很大的苏联专家，苏联功勋科学家列别杰夫院士也作为学校的特别嘉宾出席了。庆祝仪式上，刘盛纲校长把我介绍给年纪已经很大，但精神颇好的列别杰夫院士。因我刚从俄罗斯回来，见到他特别高兴。我用俄语同他做了简短的交谈以后，我发现用俄语表达更多的内容还有些困难，因为许多词都忘了，于是就用俄语问他："您说英语吗？"他说："能，但说不太好，能听，请你就用英语讲吧。"于是我与他进行了一段简短愉快的交谈，称赞并感谢他对我校做出的重大贡献。

去井研乡下看婆婆

1954年暑假，父亲让我们去井研乡下探望婆婆，可能也想让我们有一个出去旅行锻炼的机会，并实地了解一下农村的生活。到井研有公路，但缺钱，我们只能步行前往。我们选择走路程比较近的小路。就这样，总的里程也有100里左右。在这之前，我在1950年春节后和到乐山来看我们的婆婆走路回去过一次，所以，走这条路我算是有了一点经验。那次回来时，还请人挑了父亲存放在乡下的不少书籍回来，记得其中就有一些质量很好的英文原版书。

一路走的是我们三兄弟，那时我刚满15岁，智炜13岁多，智敏才11岁。那天，我们带着一点干粮一早就上路了。我们脚下穿的是草鞋，走了不远，因智敏穿的是新草鞋，脚很快就打起了泡。考虑到路程才刚刚开始，还要走很远的路，我们就准备让他回去算了，但智敏很有信心和决心，坚持要去，不愿意错过这次机会。的确，那是我们三兄弟第一次，也是唯一一次一起回井研旅行。

生活中常常是这样，有些看起来很容易的事，错过了某个机会以后就常常再难碰上。所以该做的事，能做的事，就不要拖，最好马上就做，不要想以后有时间了再做，因为以后可能就更没有时间了。

我们走的是连接各个场镇的小路，有的是石板铺的，有的完全是土路，高高低低，只能供路人行走。好多地方，连只有一个轮子的鸡公车通行都有困难。我们出发前就记住了一路要经过哪些场镇，走一路问一路，还很顺当。路上，一般是智炜在前面走，智敏殿后，我居中联络，特别留心照顾着年龄较小的智敏。有时智炜一马当先，与我们拉得很远，我也不放心。

那天正值盛夏，烈日当空，晒得很厉害。我们缺乏经验，事前毫无遮阳的准备，家里也没有那么多草帽。但碰到的最大问题还是没水喝。出发前，我想过最好有个军用水壶一类的东西，可我们不但没有，也没有见过别的同学有。有一个姓陈的同学的父亲在仁济医院（即后来的乐山专区医院）当医生，我见过他有一个装注射用的生理盐水的瓶子，橡皮塞子盖上后可以不漏水，心里甚为羡慕。如果能带上这么一瓶水，那就太好了！可是一时又找不到他借，只好作罢。另一个解决办法是父母提出的，路上总有茶馆，渴了在茶馆里坐下来喝点水，吃点干粮，休息一下也不是坏事。哪晓得我们一走起来，就只想赶路，简直不想停步。另外，要我们三个人坐下来，在大热天等一碗滚烫的茶水冷下来再喝，也不大实际。要喝水，就只有路边田里或者水沟里的水，智炜和智敏多次提出要喝田里或者水沟里的水，但我是老大，责任也大，我怕喝了不干净的水得病问题更大，坚决不同意。我自己带头不喝，他们也只好作罢。后来考虑到不喝水万一中暑，昏倒在路上也是个大问题。走了一半多路程，当我们走到了一个流水极为清澈的小溪旁边时，一下子再也忍不住了，三个人一起冲进了水淹到腿肚子那么深的小溪流里，双手捧起水来痛饮了一番。

那时缺乏长途步行的经验，如果带一些大蒜或者带一点黄连素在身上，就没有那么紧张了。天气太热，带在路上的干粮我们基本上没有吃，在没有水喝的情况下完全没有吃东西的欲望，而且父母还没有把发面的手艺学到家，做的干粮完全没有发起来，咬起来很费劲。那天我们到了婆婆家所在的张家湾时，天还未黑，估计是下午6点的光景。

张家湾在千佛寺与县城之间，似乎离井研县城还要稍近一点。张家湾是由一些小山组成的丘陵，因为张姓住户的人多而得名。往张家湾里面走，地势渐高，能种地的地方都开辟成了梯田，有旱田也有水田，树木很少。婆婆家所在的李家大院在张家湾的口子上，从面向大门的方向看，婆婆家在李家大院的左面，外面有几笼慈竹。四川的农家常在住宅的周围种一些竹子，既美观，又实用。

由于有父亲多年来在经济上的支持，婆婆家的条件，按农家的标准来说还是比较不错的，有几间砖瓦盖的住房，比较宽敞，楼下还有养猪和养牛的地方。唯一使我们感到讨厌的是那里的跳蚤比较多，我们A型血（当然是后来才知道的）比较怕咬，一咬就起很多包，肿起一大片。他们在土改时分了一些田地，后来就基本上靠自己耕种田地过活。婆婆的脚还是小脚，行走不是很方便，但在她的带领下一家人都勤快得很，一天都忙个不停，几乎看不到他们停下来。由于原来有一定的经济基础，又能勤俭持家，他们过的日子比一般农家都要好。记得他们还有一个用豌豆加工豆粉的小粉房，算是一点小手工业。六孃李滋陆已经结婚了，仍然住在李家大院里，姑爷张文钦是上门女婿。

我们到后，婆婆他们非常高兴，在有限的条件下想方设法弄一些好东西给我们吃。休息了一个晚上，第二天精神就恢复过来了，但腿脚却有了反应，痛得不能走路，过了两三天才缓过劲来。

那时正赶上收苞谷（玉米）。苞谷粑、苞谷汤粑就成了我们主要的食物。我们的胃口很好，新鲜的苞谷吃起来很香。婆婆又把舍不得吃的腊肉之类的存货拿出来，再加上换了一种口味，什么东西我们吃起来都可口得很。以前在乐山，我们家里有一个石磨子，做苞谷粑都是我们自己磨苞谷，但用的是嫩苞谷，效果自然要好一些。到了农村，才知道嫩苞谷他们是舍不得吃的，作为粮食，就是要长老了收获才多，才能细水长流。不过对我们，还是有一些特别的照顾，他们尽量找一些嫩的苞谷给我们吃。

有一个和我们同辈的亲戚小名叫元娃咡（大名李志端），他对我们很好。他每天很早就上山，待我们吃早饭时，他大概就回来了。他的收获常常是从山上捡回来的几朵野生的、长开了像一把伞那样的菌子，捉回来几只笋子虫，一起送给我们。对他来讲，这是轻而易举的事，但对我们来说却很有新鲜感。将捡回来的野菌加上一点猪油、几根红辣椒丝，放在碗里在饭甑子里蒸了，十分鲜美可口。多年以后，元娃咡在农村日子难过，到乐山找工作，智勇帮了他的大忙，给他做了很好的安排。他自己也比较能吃苦耐劳，工作认真负责，很得好评，后来日子过得不错。

在乡下，人们除了劳动，其他活动很少。没有什么文化设施，有线广播也没有，也没有报纸。

张家湾外有一条连接井研和千佛镇的公路，穿过公路稍往下就是一条小河。天气很热，又没有其他地方可走，下这条小河游泳就成了我们的主要活动。在游泳中我们发现河里的螃蟹很多，我们就抓起螃蟹来。螃蟹抓得多了，我们也总结出了一些经验。一是一只手如何抓得更多。螃蟹多了，如果还是用老办法，一只手就只能抓一只。经过分析和实践，我们发现一把抓的办法很好。一般人看到螃蟹都很害怕，实际上你一把把它抓住，把它可以夹人的大脚压在手里，它对人就毫无威胁了。另一个发现是螃蟹也有一点聪明，于是我们还和它斗智。这方面最典型的例子是，有的螃蟹钻进很深的洞里，由于洞很小，很难把它掏出来。于是我们想到了一种计策，在掏了一阵之后，假装撤离了的样子，屏声静气，实际上埋伏在洞旁等待时机。一会儿，螃蟹以为平安无事了，但它知道自己的洞穴已经被发现，应该"三十六计，走为上"，常常在爬到洞口左右窥视一下之后，突围般猛地冲将出来。它还不知道人类更聪明，一出来就被我们逮个正着！

从与螃蟹打交道，我们可以看出，分析对手的特点，能够利用它的短处，抑制它的长处，就容易取得胜利。那时，我们每天最多可以抓一百多只螃蟹，晚上在大铁锅里煎了，吃都吃不完。不过，话说回来，四川这种土螃蟹，个头很小，没有什么肉，味道也很一般，完全不能和江浙一带的大闸蟹相提并论。

我们在乡下玩了半个多月，身心彻底放松，身体也得到了很好的锻炼。

我们还去过一次井研县城，还试图找到外婆的老家南门坳，但因变化太大，没有成功。

这次离开井研后，我们就没有再见过婆婆，很遗憾的是我们连她的照片也没有（同样遗憾的是，祖父也没有留下一张照片）。那时拍一张照片不大容易，一是要花钱，二是城里才有照相馆。因六孃李滋陆结婚后婆婆就和他们一起过，那几年农村的日子还可以，加之我们后来经济上处于比较艰难的状态，对他们就没有多少实际的帮助了。后来听六孃李滋陆说，婆婆在1958年因病不幸去世。六孃李滋陆知道我们很困难，也没有及时通知我们，婆婆去世后很久我们才知道。因通信不便，1959年父亲去世后，我们也没有及时通知他们。

多年后回忆起来，婆婆去世前我们未能对她有所帮助，总感到非常遗憾。在三年自然灾害时期（1959~1961年），因没有粮食吃，六孃他们一家被迫逃荒去了东北。到黑龙江的某个林场附近去开荒种地，几年以后待情况稍好了才回到井研。

可喜的是，六孃他们一家后来经过艰苦奋斗，勤俭持家，经济条件变得相当不错。尤其是，她的几个子女虽然因当时条件所限没有上过多少学，但都通过自己的努力创造出了比较好的生活与工作条件。没有上过多少学而又表现得相当聪明能干，真是很不简单。她的女儿张学萍一家表现得更为出色。

读报的习惯

我从小就对报纸有兴趣。前面已经谈到，日本投降时，我就从一份叫作《新新新闻》的报纸上注意到有关的消息。那时，我肯定是看不懂报纸的，但不知不觉中却对报纸产生了好感。这对我后来养成读报习惯，而且长期坚持读报起了重要作用。

看报的爱好早就有了，不过看报是断断续续的，一个很重要的原因，就是不能很方便地看到报纸。到了1952年，学校建了一座两层的砖木结构楼房，二楼的中间部分供教职员办公之用。我们初中三年级甲乙两个班的教室也在这座楼，分别安排在二楼东西两侧，我们班在西侧。下面一楼的楼梯旁边，摆了两个木制的报架，上面放有报纸供大家阅读。看报的条件就有所改善。

那时的报纸主要是《四川日报》和《人民日报》，一天一换。《四川日报》是每天一大张四版，《人民日报》也如此。这样，每天经过那里，我都要读报。那时，我总觉得课堂上学的知识不够，有的课堂学习的内容太简单，很渴望多学、多读一些东西。但学校条件还很差，连个阅览室也没有，图书室也很小，没有几本书。因此，可以比较方便读到的报纸就成了我的一个很重要的课外读物。

我读报与一般的读者有些不同，不是一般性地浏览和阅读，而是凡是有字的地方都要认真地全部看完，可能也是托了我小时候租小说阅读时练出来的快速阅读能力之福。幸好那时的报纸版面不多，要是像现在有些报纸这样一天十几二十版，那是受不了的。这样的日积月累，知道了国内外的很多东西，学到了很多知识。我对看报越来越有兴趣，逐渐养成了每天读报的习惯。除非有某种特别的原因，基本上从未间断。

读报是一天天地逐步积累，掌握这些东西也不难，更确切一点，应该说是在一种无形的吸引力下，相当轻松就学习掌握了各种各样的知识，尤其是它们之间还有一定的关联，就有助于记忆。这就像你手里有一本很好的百科全书，你不能期望在短时间内从头到尾读一遍就能完全看懂，就能记住，但是如果一天读一点，特别是带着问题一天认真学一点，你就容易掌握、容易记住了。养成了读报的习惯以后，我对几十年来哪一年发生什么大事一般都记得比较清楚，不知不觉间形成了一套有用的、系统性的知识。

前面已经提到，毛泽东的《矛盾论》就是我在读初中三年级时在报架子上看的。我当时年纪还比较小，按道理还不够资格阅读这样的大文章。可是对什么文章都喜欢读的我，还是硬着头皮读了一遍。对这篇文章的理解肯定是不深的，但当时的感觉是学到了许多东西，对思考问题大有帮助。更重要的是初步认识到了学习哲学的重要性，并对此有了兴趣。

到了高中，可以看到的报纸更多了。报架也不是立在路边的可移动的木报架，而是用木框钉在墙上的了。主要的报纸都挂在一楼初中部教室外墙的报架上，来往的人多，读者也会多一点。

1955年，报纸上开始连载苏联的惊险小说。记得有一部叫《一个人的路》的苏联惊险小说，报纸上每天刊登一段，我每天都去报架上看这么一小段，因一段太短，感到很不过瘾。那段时间还看过《匪巢覆灭记》等苏联的惊险小说，其水平比我国那时的类似作品高不少。

上大学以后，可以见到的报刊就更多了。在中学时，我们主要看的是地方报纸《四川日报》和中央的《人民日报》，基本上看不到其他的报纸。1957年是苏联十月革命40周年，我们学校是苏联援建的国家重点大学，学校里还有一些苏联专家，与苏联的关系比较密切。学校很早就决定要为此大大庆祝一番，提前组织一些活动。我们班负责收集关于"苏联第一"的活动，其目标是把苏联在世界上处于"第一"的信息都尽量收集起来。为此，班上找了几个同学，组成了收集资料的班子，我因为知识面比较广，也被选进了这个班子。同班同学张惠廉是团支部的宣传委员，他是这次活动的召集人。

好多年之后，在一个偶然的情况下，文德向我提到，她也参加了这次活动，不知怎么搞的，在我记忆里竟然没有她参加的印象。我们的收集活动就是想方设法从各种资料中收集这些"第一"。不过后来我发现，苏联的很多"第一"大有水分。

除了在校内图书馆收集，我们还决定去四川省图书馆。那次去查找，是我第一次去省图书馆，感觉很不错，特别是那里有一些平时我们看不到的报刊。在那里，我第一次看到了《新民报晚刊》（就是后来的《新民晚报》）。我最高兴的是《新民报晚刊》上有许多体育消息，国内国外的都有，而其他报纸是很少刊登体育消息的，特别是国外的体育消息更是少之又少。

回到学校后，同寝室的几个同学一商量，我们就集体订了一份《新民报晚刊》，再加上一份以知识分子读者为主要对象的报纸《文汇报》。

1958年，全国掀起了"大跃进"。我们电子自动化系的学生和老师们在刘锦德老师的带领下，研制一台电子管的模拟计算机向北京献礼。由于时间太紧，有时一天工作二十几个小时。系党总支书记崔泽峰经常到现场督战，以鼓舞士气。一天晚上，我偶然从他那里看到一张《参考消息》，那是我第一次看到。那时，新华社编印内部发行的《参考消息》还相当"内部"，大概只有处长以上级别的人士才能看到，我们甚至还不知道有这份报纸。《参考消息》提供了许多国外通讯社发的消息，很有参考价值，后来扩大发行后成为知识分子们比较喜欢读的一份报纸。有了互联网以后，《参考消息》的吸引力有所减小。

在《参考消息》上看到过不少好的文章。记得在我国1971年恢复联合国席位之前，《纽约时报》副总编赖斯顿先生访问周恩来总理的文章就非常精彩。问得精彩，答得更精彩。另外有一位20世纪70年代经常在国外华文报刊上发表评论文章的梁厚甫先生，他的文章也很精彩。他的评论文章有三个突出的特点：一是能站在较高的层面，综合各有关因素进行更为深入的调研与分析；二是有独到观点；三是文字通顺，娓娓道来，可读性强。这些特点很符合我的口味，对我后来写文章也有一定的启发。

以前看的报纸基本上都是公家订的。1973年，我从北京调回了成电，才开始自己订一些报纸。一份是《参考消息》，一份是四川日报社出版的《文摘周报》，花钱不多（一份才3分钱），可起到读大报的辅助作用。有一段时间，全家对《文摘周报》特别感兴趣，我把报纸一拿回家，大家都抢着看。特别是两个女儿，一拿到手就"独霸"起来，连我听到她们说报上有什么精彩的文章后，想站在旁边看一下都不许可。她们一边推，一边还说"走喂，走喂"，想起来觉得非常可爱。

到了深圳，报纸的版面越来越多了，在向国际水平靠近。也难怪，在市场经济条件下，各种需要日益增加，版面多是可以理解的。何况，报纸要产生经济效益，主要靠广告，版面不多，广告登在何处？一年几个亿的收入何处去拿？当然，广告太多也不行，各种文章也相应增多了。多年前，我有一次在深圳特区报社开会，报社的一位负责人曾带领我们参观了一番。从参观中了解到，排版、印刷的有关设备都相当先进，印出来的彩色报纸也的确很好。同时也了解到，一份《深圳特区报》的成本就要2元7角（现在一定会大大增加了），而零售每份才1元，只能靠广告来弥补。据介绍，广告60%以上的客户是房地产公司，这或许就可以证明做房地产生意的利润空间有多么大了。不过，话又说回来，每份报纸的分量太大，没有时间读的部分相当多，总还是一种浪费。

长期看报，会发现报上常有一些精品。这类文章虽不多，但扔掉了觉得可惜。于是，有时我也把一些好的文章剪下来保存，其中的少数也可以作为以后写文章的参考资料。之所以说是少数，是因为我写的主要是计算机、软件、网络、多媒体等与信息技术方面有关的文章，一般性的文章写得较少。

有时，我还喜欢把一些有趣的漫画从报纸上剪下来后慢慢欣赏。有些漫画意味深长，让人看了很轻松、愉快。

读报时，我养成了一个习惯，即在多数情况下，我是一遇到问题就尽快查找答案。为了方便，我在客厅沙发前的茶几里，放有中英文的地图、字典等工具书，还有记录本、各种颜色的笔和放大镜等，甚至还有一本《世界历史地图集》。我在读书、看报纸、看电视发现有什么问题时，立即就查。比如，如果一个地名不清楚，就赶快查中文或英文的地图；如果一个英文单词意思不清楚，或者一个汉字不认识或不知道如何读音，就赶快查相关的词典等。因为是带着问题学，就比较容易记住。有值得记录的信息，就马上在记录本上记下。这样一来，长期的日积月累，就把业余的读报和读书学习有机地结合了起来。由于长期的坚持，学习、积累了大量的信息和各种知识。

长期养成的看报习惯，使我一天不看报心里就不大舒服，到了国外也是如此。我刚去美国的时候，一开始没有一定的"目标"，抓到什么报纸就看什么。后来阅读英文报纸的能力比较强了，发现有几种报纸比较好，如果有可能，就专找这些报纸看看。比较有影响的报纸如《纽约时报》（The New York Times）《华尔街日报》（Wall Street Journal）《华盛顿邮报》（Washington Post）《洛杉矶时报》（Los Angeles Times）《旧金山记事报》（San Francisco Chronicle）等的内容就比较丰富。但它们分量太大，每天都好大一叠。我们在国内看惯了每天只有几个版面报纸的人，还不大习惯，看时只能选一些要闻或者特别有兴趣的内容。一天，一个美国人和我谈起此事，说《基督教科学箴言报》（Christian Science Monitor）的版面较少，乱七八糟的东西少，建议我找来一读。的确，这份报纸的版面较小，与《参考消息》的版面大小差不多，我读过之后觉得不错。该报的文章也比较严谨，关于中国的报道和评论也比较客观友好。但使我大为不解的是，这个《基督教科学箴言报》并没有多少谈"科学"的内容。

美国的售报机比较多，街边路角常有，投入规定的钱币，就可以把一个玻璃的小门打开，自行取出一份报纸。实际上，打开门后，就可以随便取，但人们不会这样做，不然这种销售形式肯定长不了。因我有看报的习惯，常常在经过这些售报机时停下来几分钟，通过它的玻璃门浏览一下报纸的第一版。记得1980年9月伊拉克进攻伊朗之战、1982年4月英国和阿根廷打马尔维纳斯群岛之战的情况，我就是通过这些玻璃门看到的。因事先毫不知情，看了之后颇为震惊，所以印象很深。

在美国订报，按月或季订阅比零买便宜很多。但因版面太多，我不大愿意长期订阅，也不大敢问津。后来我到了加州大学伯克利，因阅读的能力强些了，曾试着订了一段时间的《旧金山记事报》，价格很便宜。可是，报纸份量太大，实在看不了，不太划算。到期我不想再订的时候，大概是为了促销，送报的还是送来，看来是希望我继续订阅下去。这样我没有交钱又"不得不"阅读了一段时间的免费报纸，大约20天后他们才停止送报。

与中国的情况不同，在美国，除了一些有影响的大报，国际消息比较少，当然也很少有中国的消息，即使有，也是一些比较重大的消息。一般而言，美国人似乎对与他们没有直接关系的国际事务并不是那么关心，许多人关心的是本地新闻、娱乐、体育、购物、生活等方面的消息。可能他们觉得美国太大，已经管不过来了。更有甚者，有极少数美国人的国际知识不是少得可怜，而是少得可怕。比如说，有人会很认真地问我亚洲在什么地方，中国有多大，在什么位置，有多少人口，等等。我们这些从小就喜欢关心国内外大事的人，听了以后真正是哭笑不得。

在美国时，除了希望了解国内外大事，对我们这些思乡情切的人，还希望看一些更为具体生动的消息，故美国的报纸看起来还是很不过瘾。但是没有中文报纸可看，也没有什么办法。这样，我有一年多的时间没看过中文报纸。1981年在桑塔巴巴拉时，一个周末我和几个朋友约好去加州大学桑塔巴巴拉分校看电影《矿工的女儿》。因为去得早，我就想起去该校的图书馆看看。在那里，有一个令人惊喜的发现，他们的图书馆里竟然有一些中文报纸，甚至还有一份不那么齐的《四川日报》。我拿起报纸就一口气狂读一番，相当愉快。

后来在加州大学伯克利，我还发现那里有一个"东亚问题研究所"，地点在商学院大楼的地下室一层，那里有一些中文报刊和图书。

在那里，我曾经在书架上看到何应钦写的一本书，书名叫作《抗战八年》，扉页上面有他的题词："包瑞德上校惠存，何应钦敬赠"。何应钦曾经是黄埔军校的首席军事教官，一级上将，任过国民政府的陆军总司令、国防部长、行政院院长等职。那本书应该说有一定的可读性，可是那时我太忙，没有时间来读它。这个包瑞德上校就是1944年左右美国派驻延安的美军观察组的组长。

在加州大学伯克利期间，每过十天半月，我基本上都要顺路去东亚问题研究所浏览一次，主要是想看看国内来的中文报纸。

在那里，我见过美国著名的"中国通"谢伟思先生。他当时在东亚问题研究所做研究工作，已经72岁了，瘦高的个子，气色很好。谢伟思是一位美国传教士的儿子，出生在四川成都。抗日战争时期（1944—1945年），作为外交官的他曾以美军驻延安观察组（又称"迪克西使团"，包瑞德上校任组长）成员的身份常驻延安。在交谈中，他给我谈了许多有趣的事。我见到他时，他已经不会讲中国话了，他只对我说过"文庙后街"这几个汉字，他说他小时候住在成都的文庙后街。

1971年，在美国总统尼克松访问中国前夕，周恩来总理通过在北京的一位美国客人发出邀请，欢迎四位在美国有很大影响的专家谢伟思、费正清、文森特和拉铁摩尔来中国访问。

谢伟思的英文名字叫"John Service"（约翰·谢伟思），Service是他的姓，英文意思是"服务"。他的姓就是服务，连当时中国第一夫人宋美龄在1945年5月的一个招待会上第一次见到谢伟思时也惊叹："谢伟思，多好的名字呀！"进而又说，"我希望你能为中国服务，Service。"谢伟思对我谈到，1971年秋天他到中国访问了六个多星期，在中国期间周恩来总理接见过他，与他就发展中美关系的有关问题做了内容广泛、长时间的谈话。

考上大学

高中的三年过得很快，转眼考大学的事就提上了日程。自朝鲜战争签订停战协定后，那几年比较注意经济建设，1956年提出了"向科学进军"的口号，对人才的需求大增，对人才的培养也非常重视。在我们高中毕业的1956年，全国的招生人数十几万人，比上一年有很大的增加。因为乐山一中是乐山最好的中学，我们又属于优秀学生之列，所以对考上大学的事一点也不担心。需要我们考虑的主要是选什么地方，选什么学校，选什么专业。

对我来说，考什么样的大学和专业几乎没有人可以咨询。如果父亲在，他倒可以起很大的作用，可是他那时还在审干"学习"中，连家都不能回。母亲在这个问题上没有什么经验，而且1955年又添了小弟智勇，家里生活还是十分困难，对我们考学校的事更是难以兼顾。不过，智勇出生的时候家里的生活虽很困难，但比小妹儿智新出生的时候要好，主要原因是父亲虽在"学习"，但工资仍然按时发。另外，金媛六孃知道我们的困难后，偶尔寄一点钱给母亲，作为一点补贴。

当时"向科学进军"的号角已经吹响。在人们的心目中，"科学"实际上指的是自然科学。大多数成绩好的学生都以考理工科为主要目标，如果一个学生不考理工科，容易给人造成一种"学习不怎么行"的印象。

后来，我在某些环境下曾想过：如果换一个专业会是什么样子。比如，当我有时在某个医院等候就诊时，我就想，如果我当时考医学院，以我的能力和一贯的认真负责的精神，一定可以成为一个很好的医生。

虽然各科成绩都很好，但我更喜欢自然科学技术，所以把考理工科作为主要目标。此外，在理工科中我还希望选那些最有发展前途的新兴专业。这时，列宁的一句话"共产主义就是苏维埃政权加全国电气化"，对我选专业起了一定的作用。

我自己思索，就是要学电，这个"电"不应该是传统的"电气"，而应该是无线电这一类现代科技成分比较多的专业。至于学校的地点，应该尽可能近一点：一是考虑到家里比较困难，万一有什么情况可以就近照顾；二是如果地方太远，可能连路费也没有办法解决。另一方面，那时整个四川都还比较闭塞,连宝成铁路都还没有修通,出四川主要通过"两岸猿声啼不住"的长江水路,消息也很闭塞。总的来说,成都、重庆这样的大城市还好一点,乐山这个小地方和成都相比又还差了一大截,对外省的学校了解很少,当时还没有听说过外省学校特地到乐山来招生的,所以小地方的学生一般机会要少一些。

这时传来一个大好消息,1956年国家决定新建"成都电讯工程学院"(后来简称"成电")。具体地说,国务院决定把上海交通大学电讯系、南京工学院无线电系、华南工学院无线电系的全部人马(教师、学生、图书、仪器等)全部内迁,组建成都电讯工程学院。由于1952年全国大学"院系调整"时已经将东南、中南各省各大学的有关专业都集中到了这几所学校,所以实力极为雄厚。再加上有苏联的直接援助,前景非常光明。所以,班上的不少成绩较好的同学都决定报考成电。那时,通过高考进入大学后,不但不交学费,连伙食费也包了,经济上较困难的学生还可以申请生活补助费。所以,只要考上了大学,一切问题都会迎刃而解。

现在的学生从高中一入学就在做大学应试的准备,到了最后一个学期连课都不上,完全做高考前的临战准备,时间非常充裕。而我们那时的情况不同,高三下学期的课仍然继续在上,没有多少时间做高考的准备,复习功课的时间也很少。只有少部分同学在此前的假期里抓得较紧,做了一些系统的复习。不过,不少成绩比较好的同学认为,不一定要为高考费那么大的劲,成绩好的学生都考不上,不可能。那时我也有这样的想法。后来反思,这样做并不好,因为在压力下复习,对系统掌握高中所学的知识还是很有好处的,如果考得好一点,对学校和专业的选择也会有利。

现在的家长,望子成龙心切,生活上对参加高考的子女照顾有加,可以说是无微不至。有的家长到了孩子考试时,不但要陪送孩子到考场,还要在场外陪同到底。这种现象我们那时连听都没有听说过,我对这类现象很不以为然。一个人在社会上能够自立,要很好地发展,能对社会有所贡献,需要有一定的综合素质。没有较好的综合素质,即使学习再好,也是不够的。说得严重一点,依赖太多,人的素质就会退化。长此下去,一个民族的素质都可能会退化。现在的年轻人被照顾得太好了,很需要为他们提供一些在艰苦条件下的锻炼机会，多一点自力更生，这对他们今后的发展一定会有好处。

那年高考的考场设在乐山高级中学。我们提前背着被盖、草席前去报到。吃的是和平时完全一样的伙食，早上还是馒头稀饭加咸菜，中午的菜稍好一点。那一年的问题不是买不到东西，而是大家都很贫困。有些经济条件稍好的同学，也只是早上加一两个鸡蛋而已。生活条件虽差，但并没有在我们心理上产生什么负面的影响。高考考试这一关顺利地过了，然后我们就在家里等候录取的消息。

那一年，二弟智炜初中毕业，在我们家经济困难的情况下，他只能去考中专。因为中专的学费和伙食费都是全免的，还可能会得到一点额外的补助。有几个学校可供选择，智炜报考的重庆航务工程学校就是其中很好的学校之一。

智炜的初中是在岷江对面的四中上的，毕业后他们这批考生还留校集中复习了好几天。最后一次我去四中接他回家，取了行李过江后，我决定顺便到岷江游泳。智炜因身体不适不能游，又觉得自己独自回家没有什么问题，就自己先拿着一些东西回家了。他回到家后不久，竟然发现在昏昏沉沉中把东西丢了，幸好也没有什么特别重要的东西。实际上他当时在发高烧，回家后，一会儿感到发冷，一会儿又感到发热（后来才知道可能是得了疟疾之类的疾病），昏昏沉沉地躺在一张竹制躺椅上休息，完全谈不上复习功课了。

那时家里的经济状况极其困难，父亲还在参加审干"学习"不能回家，母亲带着这么一大群小孩，还要操心大家的吃饭问题。智炜病了没有钱去看病，只是到药店去买了点药来吃。由于药不对症，没有一点效果。

我在家里陪着他，也没有什么办法，心里很不是滋味，着急得很。我想，如果他不参加考试就要错过这次机会，那至少就要耽误一年。以后再考又不知会是什么样子，不确定性因素很多。如果要考呢，身体状况太差，还没钱看病，怎么办？突然，我想起学校有校医室，考场上说不定也有，反正已经报了名，何不去走一趟碰碰运气。如果能得到一点治疗，能考则考，考上了不仅对自己发展有利，也能减轻家里的经济压力。我和智炜商量了一下就决定前往。

那是考试的前一天下午，大太阳晒着，天气炎热得很。我扶着他并拿着极为简单的行李，步行到城外相当远的高级中学考场。一到，我们不是先去看考场，也不是去找住处，而是马上去找医务室。一位医生看了看，大声说："怎么病得这么厉害才来看？"我不好意思说我们没钱看病，实在不好开口。幸好，那医生、护士非常具有救死扶伤的人道主义精神，责任心很强，简单检查后就决定先给智炜打一针，还给了一些口服药。关键是，看完病后根本没有提到要收医药费的事。否则，还真的很难办。

看过病后，我就陪他去找同学的住处，很快就找到了。同学们见他能来参加考试也很高兴。住处是一个放了若干张双层床的一个大房间，原来是一间教室。因打了一针，又吃了一些药，安顿好住处后，他感觉好多了。当然，已经来不及做任何复习。我对智炜说，当天晚上就安心休息，第二天再尽量发挥，只要头脑清醒就有办法。

考了两天，第三天下午我去考场接他回来，他的身体状况已大为好转。说到考试，他只是说考到第一门课的后面部分时，头有点发昏，没有完全答完，但其他的科目考得还可以。对此，我还是不怎么放心，担心他在大病之中难以做出准确的判断。令人高兴的是，经过在考前的简单治疗，他的病竟然基本痊愈。不久后，通知下来，他如愿考上了重庆航务工程学校。事后回想起来，他大病缠身多天，在毫无准备的情况下能够考上实在不易，应该说是超常发挥，也得益于平时较好的基础和积累。

智炜离开乐山去重庆上学的那一天，我扛着他的被盖卷和草席送他到福泉门码头上渡船，过河到篦子街集合。我们在岷江边匆匆告别，结果一别就是五年，1961年夏天才再次见面。他离开乐山时未能和父亲见一面，上学期间因没有路费回家，父亲去世时也没有能回来见上一面，想起来真是十分难过。

很快，我的录取通知书也送来了，我如愿地考上了成都电讯工程学院。我们一个班就有八位同学考上了这所学校，而且这八个人中后来就有五位留校工作。

从乐山到成都上学，坐汽车就可以了。那时每天大概有两班汽车开往成都，车费是5.39元。按当时人们的收入来说，这个价相当高。母亲给了我10元，不是她不愿多给，而是家里实在是没有钱了。我的行李很简单，除了一个被盖卷，什么都没有。只是要带一个很大的黑色牛皮箱子给金媛六孃。她事前提出，希望我带一个给他们，我们家里有多的。原来我们家的东西比较多，并没有多余的箱子，只是东西慢慢用了以后，有些箱子就空出来了。

1956年9月4日，我们上成电的几位同学约好一起走。大家都很熟悉，又刚考上大学，一路上兴高采烈，谈笑风生。我小时候还走过一些地方，多少还有些"见识"，而有的同学基本上就没有出过远门，更是兴奋不已。那时的公路是用碎石、黏土再加泥浆铺成的，一路上车子相当颠簸，还要经过一段上下都相当难走的山路"三倒拐"。到了思蒙这个地方，汽车停下来让旅客休息、吃饭。那个地方的物价便宜，我们在餐厅按店方的建议，八个人共同包了一桌，每人仅付3角钱。这一餐饭，我们吃得非常满意，八个菜，一个汤，甑子饭随便舀。这八个菜都非常实在，分量很足，花样多，味道也好。对于我们这些很久都没有尽情吃过一顿好饭的穷学生来说，真正是大快朵颐。以至于多年以后，我们的生活已经很好了，几个同学谈起思蒙的这顿饭来，都还交口称赞，说起当时的情景来大家都还记忆犹新。以后，我又乘汽车经过思蒙多次，但每次经过时联想到的都是1956年9月4日中午那一餐每人出3角钱的一桌好饭！

到了成都，车停到武侯祠附近的南门汽车站。因为有一个黑色的大牛皮箱子，而且不识路，只好叫了一辆三轮车，把我拉到金媛六孃他们住处任家巷59号。到他们家时，金媛六孃不在，外婆刚好在家。我放下箱子就独自去找学校，很顺利就找到了。这三轮车一趟，让我付出了5角钱，这样我余下的钱就只有3元多了。从数量上看，这比父亲当年到成都上大学时手里的4块银圆还少得多，但实际情况则要好一些，因为从此吃饭的问题就解决了，也不用考虑学费的问题，而其他方面也得到了虽低水平、但却是较好的保障，没有什么太大问题要我操心了。

到了学校，我很快就找到了先到的其他同学。稍稍休息之后，我就去食堂吃饭。食堂是用稻草临时盖起来的一座较高大的草房，位于正在修建的教学主楼东边不远，靠近后来校医院那一带。我去时晚饭已经开过了，但那时的人做事认真，对人也热情，马上就有炊事员出来招呼，给我打菜。每人可取一份菜，几样菜打在一个中号的搪瓷盘子里，分量很足。记得第一次在成电吃饭的主菜是魔芋烧鸭子，米饭则自取，并不限量，也不要钱。那时成都的物价和乐山相差不多，乐山一中的伙食费标准一个月只有6元，而到了成电以后，伙食费一下子提高到一个月10.5元，伙食标准大大提高了，有一个质的飞跃。和乐山一中的伙食相比，成电的伙食简直是太好了！我高中毕业进入成电时17岁多，身高只有1.68米，后来长到1.72米，这不能不说与进大学后伙食的大为改善有很大的关系。

　　从此，我就开始了在成电的大学生活。从后来的生活实践来看，这仅仅算是万里长征走出的第一步。那时本科是五年制，我本科上了五年，1961年毕业后，又被遴选为全校仅有的八个研究生之一，接着又攻读研究生近4年，一共在成电度过了约9年的大学时光。

第三章

大学时光

初到成电

按照周恩来总理的部署,1956年建立了成都电讯工程学院(简称"成电",现电子科技大学)。成电是在上海交通大学、南京工学院(现东南大学)、华南工学院(现华南理工大学)等三所院校的电讯、无线电技术等专业的基础之上合并创建的,1960年被列为全国重点大学,也是我国最早的七所重点国防工业院校之一。

学校完全是在一片稻田里建起来的。我们刚到校的时候,周围还是大片的稻田,田间还有一些小的沟渠穿过。除了成电,周围基本上没有什么其他建筑。当时学校的规划面积要大得多,靠城区的边界是在一号桥附近。后来由于受到各种"运动"的影响,学校的发展受到诸多制约,周围的土地未能及时加以利用。

我们到学校报到的时候,教学主楼正建到四层,这座建筑面积两万多平方米的大楼无论在高度还是在面积上,在当时的成都都首屈一指。主楼是一座苏式的教学大楼,据说完全是按照当时莫斯科莫洛托夫动力学院主楼的图纸建造的。莫洛托夫动力学院后来被称作苏联的MIT(美国麻省理工学院)。在我们当时的心目中,大家对电讯的兴趣不如对无线电的兴趣大,连学校的俄文名称也突出了这一点。学校的俄文名称为"Чендуский Радиотехнический Институт"(成都无线电技术工程学院)。

一条刚整治过的沙河从校园后面绕过。沙河河面不宽,有二三十米。两旁的河岸上种了那时还不多见的法国梧桐,多年之后已经长得十分高大,郁郁葱葱地形成一道风景。后来常刊登在学校刊物上的一幅优秀摄影作品《晨读》,就是在沙河旁边拍摄的。沙河的水流量不算小,最重要的是那时还没有多少污染，我们可以经常到沙河游泳。河里生长着不少鱼类，有的个头还不小。常有不少小渔船载着黑色的鱼鹰（鸬鹚的通称，俗称"鱼老鸹"）前来捕鱼。我曾亲眼见过鱼鹰捕鱼，场面极为壮观。由于鱼比较大，有一两尺长，每次总是由几只鱼鹰合力围攻，把一条条的大鱼"抬"上来的。此时，渔夫迅速把小渔船划过去，将这些挣扎着的大鱼舀入一个兜网（俗称"舀子"）中，然后给每只参与战斗的鱼鹰口中塞入一条小鱼作为奖励。后来，由于沿岸工厂和居民增多，污水大都直接排入河里，污染越来越严重，这些美景就不复见了，当然也不再适合游泳，十分可惜。

高年级学生是从上海交通大学和华南工学院来的。他们还是按原来的四年制，而我们新生则开始实行五年制。由于国家的重视，我们这一年级招的新生很多，有四十几个班，按每班30人的标准计算，大概有1350人。

除教学主楼外，各个楼的编号是这样的：住眷属的在编号前加"眷"，住单身的加"单"。开始我们被安排到眷一的一套房暂时住了几天。编班后，我就被分到单一2楼221居住，楼下面就是主楼前的那条还没有铺柏油的碎石黏土大道。车来车往，偶尔还有嘎吱嘎吱的鸡公车推过。

同住的有严世杰、周良杰、吴强、钱寿怡、成传国，加上我，共六人。大家相处得很好，多年后还有一些联系。其中，严世杰成了我一生中联系比较多的好朋友。

室内安放有六张单人床，还紧紧地挤放了六张双抽桌，空间相当拥挤。但因为每个人都有自己的空间，与中学相比，条件是好多了。正值秋季，蚊子较多，学校很快就免费给每人发了一顶新蚊帐。那时的民风相当淳朴，社会秩序好，尽管学校没有围墙，大楼似乎也没有专人守卫，甚至连校外的人都可以在主楼内随便出入，但安全状况仍然很好。好一段时间，我们的寝室都无须锁门。

开学后那一个秋季雨水过多，几乎是天天下雨，而最大的问题是搞基建的人还缺乏经验，缺乏建房前先要把路修通的意识，基本上只注意建房，而不注意修路。加之到处有挖埋管道用的纵横交错的深沟，那些从地下翻出来的黄泥土，经雨水一泡，滑溜极了！在学校内走动，必须要跨过不少挖出来的深沟，怎么办呢？通常是在沟的上面搭上两三块木板做成"桥"，这种粘上了雨水和泥土的木板又溜又滑，在上面行走随时都有摔到深沟里去的危险，以至于写到这里都还有当时那种提心吊胆"过独木桥"的感觉。

上海交通大学来的高年级女生给人的印象最深了，她们穿着颇为讲究，大多数都有一头大概离开上海前才烫的发型，可以算是那时成电的一道风景。她们常常几个人一起行动，碰上打滑的地段则互相手拉着手，遇到摔跤的危险时，上海话娇声的尖叫就冒了出来。课后，广东来的很多同学习惯穿他们的高跟木屐，给所到之处带来一片嘀嗒嘀嗒的声音，也可以算是一道风景。广东来的同学和我们交谈，只能讲不大流利的广式普通话，但他们老乡之间则总讲他们最熟悉的家乡话。后来我们才知道这些话里面还有广东的白话、客家话、潮州话之分。广东话难懂，只有客家话与普通话稍微接近一些。时间久了，当他们在一起讲客家话的时候，我也能听出一个大概来。

主楼东西两头各有四个可以容纳200多人的阶梯教室，总共8个。由于在上海定做的铁架胶合板座椅还没有运到，阶梯教室里什么都没有，只有光溜溜的水泥台阶，空荡荡的。怎么办？学校为此给每个同学发了一个小木板，在阶梯教室上大课时记笔记用，大家就坐在水泥的台阶上，很有一点"延安抗大精神"。

在主楼东边，搭建起了两个很大的草棚作为学生食堂。开始两个食堂供应一样的饭菜，后来由于同学们来自天南海北，众口难调，就根据大家的意见分成南、北二灶。南、北二灶最主要的区别在于，南灶的菜是放辣椒的，比较适合四川等地的同学。南灶开伙的第一天，其中一个菜就是四川的名菜麻婆豆腐，味道不错。

我们上高中时伙食费是每月6元，而到了成电每月的伙食费一下子升到10.5元。成都虽是大城市，但物价并不比乐山高，而且各种食材比乐山还要多，非常丰富，所以那时的伙食非常好。更为方便的是，食堂还沿用了上海交大的老规矩，人们不需要自带餐具，更不需要带什么票证，径直去就餐就行。最早，菜都由食堂的师傅打在一个个搪瓷盘子里，每盘一般配有两三个菜。我们到食堂就餐，一般先去取一盘放在台子上的菜，然后再取一个小碗盛饭。大众化的菜汤用大木桶盛着，可随便取，有时内容还非常丰富，肉、菜都有。吃完之后，我们也不用洗碗，放在桌子上就可以走了。过了一段时间，大家反映这样的方法不够卫生，才改为餐具各人用各人的，自己洗碗。

首任院长吴立人的个子不高，皮肤偏黑，是一位十分能干、很有魄力和魅力的领导。来学校时，他已经是比较高级的7级干部。既是院长又兼党委书记的他，在正式讲话时常常不带讲稿，手里只拿着一个比手掌还要小的本子。这个小本子最多只能写上几个关键字，但他一讲起来，就很能吸引大家的注意力，极具感染力和鼓动性，很受师生们的欢迎。

他平易近人，一点架子都没有，很受学生们的爱戴。有时他路过食堂，还常常停下来和正在吃饭的学生们亲切地谈话，谈笑风生，甚至还能接过学生正在吃饭的筷子，从碗中夹一点菜尝尝。我就亲眼见过这一镜头，他一边尝，一边笑着说："味道不错嘛！"可惜，他当院长的时间太短了，1958年就淡出了学校生活。多年以后，许多当年的教师和学生都非常怀念他，而且不少人认为，他是成电历任院长中最好的一位，要是他能多干上几年，成电肯定会登上一个更高的台阶。后来成电在高新区建了清水河新校区，面积比老校区大了五倍。通过各方面多年的努力，新校区终于建成了一座吴立人院长的塑像。不久前我和文德去新校区，还特地走到他的塑像前拍了一张照片，作为对他的怀念。前些年，为了纪念吴立人院长，学校还特别组建了由优秀学生组成的"立人班"，每届都有。2018年学校还请我去给立人班的同学们讲演过一次，来听讲的有200人左右。听众情绪高昂，反应热烈。60多年过去了，像我们这样亲眼见过吴立人院长，感受过他的风采的人已经越来越少了。

那时主楼东边建了一座实习工厂，厂房内安装有许多机床设备。我们学金属工艺学时曾在这里实习，虽然主要是学电子、计算机等，但金属加工的车、钳、铣、刨、磨、锻、焊、钣金工等工艺知识对我的帮助也很大，对我后来思考其他问题有不少帮助。

建设路（也是后来命名的）往北，通过沙河桥走到一个丁字路口，正对建设路修建了一个大草棚——泥土地面的"圣灯寺百货公司"，好长一段时间都是周围最大的商店。我们的需要简单，去得很少。圣灯寺，在成电人的心目中是很有名气的。以前可能是有这么一个寺，可我们去时已经见不到了。

离学校不远，靠近圣灯寺的沙河桥边，还建了一所极为简陋的草棚电影院"沙河电影院"，这是我见到过的最简陋的电影院。真是简陋啊！屋顶是一个人字形的稻草盖的顶棚，地面铺的是粗糙的三合土（石灰、炭渣、碎石等混合而成），中间还有许多会挡住观众视线的木头柱子。如果你运气不好，坐在一个比较差的座位上，看到的画面就会被一根柱子分裂为两半，只有左右来回地观看，或者通过联想来还原整个画面。现在的人再也没有机会欣赏这种奇特的电影画面了。我第一次看的电影是学校买的集体票，免费发给大家，影片是苏联拍的《牛虻》，这是一部由同名小说改编成的电影。这部小说，我在高中二年级就看过了；电影，我在高中三年级快毕业时看过，再看一次，仍然感觉不错。

看完电影回校的路上，路边电线杆上悬挂的高音喇叭正放着一首由贵州民歌改编的女声独唱歌曲《桂花开放幸福来》：桂花儿生在桂石崖，桂花儿要等贵人来，桂花儿要等贵客到，贵客来到花才开……

大学生活

我们住在单一，窗外就是马路。这条马路是完全开放的，有时还有鸡公车嘎吱嘎吱地推过。路边的木头电线杆上，挂着现在已经很难见到的金属外壳的高音喇叭。学校广播站早上6点就开始播放我们称之为"起床曲"的曲子，其中印象比较深的一首是中国乐曲《托儿所的早晨》，到现在我都还记得其旋律。如果不是在这里记录乐谱不大方便，我很愿意记下来让大家欣赏。学校广播站晚上总要在停播前播送一首结束曲，记得最清楚的一首，是俄国著名作曲家里姆斯基·科萨科夫的名曲《印度之歌》。晚饭结束时，广播站也总要播放结束曲，其中，我印象比较深的是一首欧洲古典圆舞曲《被出嫁的新娘》。

那时的大学生是自己管自己，没有班主任、辅导员一说。同学们一般都能严格要求自己，自尊、自律，颇有一点君子之风。

上大学与上中学是不同的，区别很大。如何入门？学校开过一些报告会，请过有一定权威的老教授来讲话，给同学们提供指导性的意见。在这些报告中，对我影响比较深的指导意见是要特别重视基础课和外语，这一意见对我后来的发展助益不小。记得龚绍雄教授曾经在一次讲话中说，我们搞电子技术的，就一定要与国外交流，看国外的资料，"如果你们没有学好外语，就不要上来！"他的讲话给我留下很深的印象。

一年级上的几门课是高等数学、物理、化学、画法几何、俄文、马列主义基础、体育。物理上大班课，老师叫林文忠。他清瘦的个子，有时穿西装，有时穿一身灰布长衫，讲一口略带广东味的普通话，细声细气。数学老师许鹏翔，稍胖，也讲一口广东普通话，但广东味较浓。以上两位先生都是从华南工学院调过来的。画法几何是一位年轻的冯老师讲课，水平一般，但因为我高中时已经学过"制图学"，所以被大多数同学视为畏途的"头疼几何"，我学起来却比较轻松，应付裕如。教俄文的是一位姓王的年轻老师，刚从一个"俄专"毕业，水平一般，凭感觉，与我们中学的俄文老师陈万松还有相当的差距。

教马列主义基础的老师叫辛文，是一个戴眼镜的中年老师，经验丰富，印象中他到过延安。在大班课上，他讲课的声音洪亮，头头是道。课程的内容主要是讲联共（布）党史，教材是油印的讲义。还在上初中时，我就看到过苏联出版的布面精装的《联共（布）党史简明教程》了。当时的封面上还特别印有"干部必读"几个字。"联共"指的是苏联共产党，而"布"指的是布尔什维克。俄国社会民主工党里的多数派，几经周折，后来改名为苏联共产党。我对这门课很有兴趣，通过这门"马列主义基础"课，不但学到了不少马列主义的基本原理，也学到很多用马列主义的基本原理观察、分析和处理问题的方法。对我来说，可以算是一种学习方法学的入门，收获很大。

除了物理有统编的教科书，其他都是讲义。书讲得快，比较合我的口味。上大学与中学最不一样的地方，大概就是要比较详细地记笔记了。上中学时，我们是基本上不记笔记的，而大学老师讲的内容常与教材不一样，常常有自己的发挥，不可不记。记笔记有一个很大的好处，让学生必须专心听讲，否则记不下来，同学之间下来还常常互相对笔记，相互补充。我刚进校时在经济上很困难，连买笔记本都要好好盘算一下。以我的经济能力，我只能买一些质量比较差而且很薄的笔记本，连用纸都要非常节省。现在想起来实在有点可怜，但还是一路走过来了。

进学校不久，国庆节就要到了，为了参加成都市的国庆大游行，学校特别准备了一番，这也是新建的成电在成都首次亮相的一个好机会。当时在成都，成电是属于面向全国招生的"全国重点高等学校"。

在游行的准备工作中，成电的一个亮点就是新组建了一支颇为庞大的铜管乐队。那些天，课余时间常常听到他们在练习。要组建一支有相当多的西洋乐器组成的乐队是相当不容易的。首先，这些西洋乐器价格很贵，有些是进口的，需要很大一笔经费；其次，还要有相当数量的合格的演奏人员。成电那时经费充足，而且前三届的老同学都是从上海、广州这些大地方来的，人才济济，不乏这方面的人才，有足够的带头人。

国庆节那一天，成电所有的学生都集合去参加游行。我们很早就起床，集合出发。到了市里，先是在大会场人民南路广场东边的东御街集合等候。当轮到成电的游行队伍通过人民南路广场时，正在主席台下吹奏的大会军乐队在乐队指挥发出的信号下戛然停止了吹奏，而让成电的管乐队引领了大会广场的主旋律。一时成电管乐队吹奏的一首旋律比较简单的进行曲响彻广场上空，成电因此在成都的广大人民群众中首次"亮相"，出了一点风头，大显了一阵威风。由于这一乐队在成都的大学中是绝无仅有的，在游行队伍中的我们也感到颇为自豪。

庆祝大会的主席台设在成都"皇城"正南面的"小天安门"之上。所谓"皇城"是始建于1385年的藩王的府邸，据称是明代蜀王府中最富丽堂皇的一座。其外观有点像北京的天安门，成都老百姓都习惯称之为"小天安门"。可惜后来在"文化大革命"中被拆毁了，其后面的古建筑也被"扫荡"一空，非常可惜。在拆毁后的那块地上，开始是建了一个"毛泽东思想胜利万岁展览馆"，简称"万岁馆"。前面的巨大的毛泽东塑像现在还在，而"万岁馆"后来改成了"四川科技馆"。

1956年秋天，就在我们开学不久，中共召开第八次全国代表大会。大会上特别提出要继承优良传统，反对主观主义、宗派主义和官僚主义。另外给人印象很深的一个亮点，是提出了我国的主要矛盾是"先进的生产关系与落后生产力的矛盾"。这就是说，今后更要在发展生产力上下功夫。在"向科学进军"的口号下，那年国家提出了《十二年科学规划》。

那一段时间大家的感觉特别好，国内是一派欣欣向荣的景象。大家学习努力，时间抓得很紧。因为全身心地投入，所以每天学习下来都感到很累。一件小事让我印象很深。一次我午觉睡过了头，醒来时感到久已疲惫的身心得到了一次很好的休息，非常舒服。但一看寝室内其他同学都不见了，一下子感到自己怎么多睡了这么久，有一种浪费了时间、"损失很大"的感觉。那时的大学生没有班主任、辅导员之类的人士来管，完全可以自行其是，可是大家都非常自觉，严于律己，学习努力。

成电建校的首届开学典礼是在上课了好久以后才举行的。没有合适的场地，就临时用一些木材在主楼东面的运动场地上搭了一个台子。经过精心布置，场面还是相当可以，只是因为会场是露天的，最担心的是怕到时下雨。幸好开学典礼那天下午秋高气爽，气候宜人。典礼隆重热烈，省里派了一位民主人士、时任四川省副省长的钟体乾前来致辞祝贺。钟副省长讲一口地道的四川话，院长吴立人讲普通话，而院长顾问、苏联专家弗·尤·罗金斯基则完全是讲俄语。

因为成电是走苏联的路子，学校一开办就有院长顾问弗·尤·罗金斯基等一批苏联专家到校。不久后，还从苏联的大学图书馆运了一些俄文的图书过来，上面还盖有这些大学图书馆的印章。有一位超高频方面的专家依·弗·列别捷夫，圆圆的光头，前额宽大，他充满智慧的样子给我们留下很深的印象。后来成了校长的刘盛纲院士那时是他的研究生兼专业翻译。依·弗·列别捷夫学术水平很高，听说后来是苏联科学院院士、功勋科学家，成电建校四十周年和五十周年都先后请他作为嘉宾来成都参加了校庆纪念大会。

院长顾问的夫人罗金斯卡娅在俄文教研室当顾问。有一次下课，我经过主楼门口，她和几个苏联专家正和一些人在主楼门前的台阶上照相，拍完后，她邀请围观的同学们一起照相，我也参加了。后来，我甚至还拿到了这张没有放大过的135胶卷相机拍的黑白照片。因为拍照的人很多，有几十上百人，密密麻麻一大片。特别值得一提的是，和苏联专家一起照相的大学生中竟然有好几位光着脚板。连大学生都没有鞋穿，足可以反映那时中国的经济发展和生活水平还很低下。这张照片现在已经是一种比较珍贵的"文物"了。

　　我去成都时，带了两双布鞋，是母亲辛辛苦苦用旧布打布壳、纳鞋底、做鞋帮、绱鞋，一针一线亲自给我做的。由于那年秋天雨水多，几乎天天下雨，到处泥泞，没有防水能力的布鞋就没法对付了。最为可恨的是，一次我把洗过的一双布鞋放在主楼西面的一堆红砖上面晒，竟然被人偷走了，真让我有了雪上加霜的感觉。立时，穿鞋的问题就捉襟见肘，应付不过来了。因为下雨天穿鞋总是要打湿的，但湿了的布鞋不能老穿在脚上，又没有办法把它们烤干。而且由于雨水太多，布鞋很快就坏了。怎么办呢，一时又没有钱，只好打光脚板。这时，我想无论如何也要买一双鞋，并把它当成是"重中之重"的首要急务。真可怜啊，买一双鞋都这么困难！买什么鞋好呢？首先是价钱要比较便宜，而且要能防雨的鞋。几经"调研"，最后花了四元整（这个数目我一直记得很清楚）买了一双胶鞋。穿鞋这个问题暂时算是解决了，可是新的问题出来了。因为就只有这么一双鞋，没有别的鞋可换，不久就发现脚趾有些发痒，最后才知道由于老穿不透气的胶鞋，得了脚气。脚气虽不算什么大病，但有时天热潮湿时发作起来却很有点讨厌，这个由于经济困难而得的小病从此就伴随了我大半辈子。

　　进入成电后，吃饭是没有问题了，但需要钱才能办成的事也还不少。比如，要添置文具、笔记本和一些消耗性的东西，购买最必要的书籍等，这些都是经常性的需要，所以仍然感到很大的经济压力。由于没有钱，大多数的教科书和参考书都是在图书馆借用的，用起来相当不便，不可以在书上标出重点，更不用说在书上写一些注释和评论了。

　　在上电工基础课时，碰上了一件必须购买的文具，那就是计算尺。那些对数、复数、矢量、三角函数等的复合计算没有计算尺就根本不行。计算尺很贵，关键是大家平常都用得多，也不好向有计算尺的人借用，特别是考试时大家都同时要用。于是只好想法买一把。高级的计算尺一般是国外生产的，如德国的产品，一两百元人民币一把，对我们来讲几乎是天文数字。国产的质量差一些,也要二十元左右。最后花了八九元买了一把质量最差但勉强可用的。其外观和一般大的计算尺差不多,但尺面是用拍照相纸粘上去的,滑动不那么灵,不过勉强可用。

此外,生活中还有许多其他问题需要解决,比如,裤子破了怎么办?袜子破了怎么办?学习比较紧,像袜子破了之类的小事还好对付一点,最多可以不穿。我那时最担心的一件事就是怕裤子破了,裤子破了是穿不出去的,太多的补丁穿起来也使人难堪。

那时还没有比较结实的化纤布料,而且因为缺钱,只能买最一般的,也就是最不结实的普通蓝色平布做的裤子。这种裤子最容易破。破了就补,我也因此锻炼出了一套补衣服的手艺,而且手艺还相当不错。当然,这是环境所迫,不学不行。实际上,只要你肯学,什么都是可以学会的。如果你把它当成一种休息的方式,那就更不会是一件难事了。何况变换着做不同事情,就是一种休息。

更重要的是,因为经济困难和随之而来的这些不得不做的"小事",我得到了许多锻炼,并形成了应付各种困难的办法和意识。我认为,思想意识这一点特别重要,思想上过了关,就是已经把问题"想通透了",以后遇到什么困难都不怕,而且有足够的信心去克服一切困难。

总而言之,每当某种困难出现的时候,绝对不要惊慌。即使骤然临之也要做到"不惊",尽量泰然处之。当遇到困难时,可以这样考虑:"这种事情可能就应当是这样的",然后尽快想出一种当时认为最好的解决办法,并付诸行动。

那两年

那时,各方面的条件都令人满意,人人心情舒畅。正当我们平平静静在校园里"为祖国而努力学习"的时候,世界上相继发生了许多事情。1956年10月发生了"匈牙利事件",在这之前还有波兰的"波兹南事件"。这些事件在社会主义阵营里产生了很大的影响。多年后,我们去东欧旅游时,去了发生过"匈牙利事件"的匈牙利首都布达佩斯,到过发生过"波兹南事件的"波兰西部城市波兹南，还到过发生过"布拉格之春"的捷克首都布拉格。这些事件过去多年，真相基本上已经清楚了。

1957年2月27日，毛泽东在最高国务会议上，发表《如何正确处理人民内部矛盾的问题》讲话，号召大家给党提意见，帮助整党风。

我们那时一心放在学习上，而更重要的是，我觉得我们正生活在一个幸福的时代，家庭经济情况这么困难还能够安安心心在大学读书学习，完全没有什么不满意的地方，没有什么意见。那时，党风也很正，大多数干部都是处处带头的。所以，对于帮助整党风一事，我们都觉得主要是改进工作方法之类的问题，要提意见，也主要是民主党派或者某些资深人士的事，与我们关系不大。

1957年4月至5月，在一再号召之下，学校开始贴出了一些大字报。在我的印象中，大多数是提出一些改进工作的具体意见，如：克服官僚主义的工作方法、提高行政工作效率、改善讲义的印刷质量、改善老教授的生活工作条件等。也有一些没有多大意义的大字报，比如，给某个同学提些学习生活上的意见。

在成电闹得比较大一点的问题是"马路问题"。主楼前的马路，把教学和生活区分成了两半，不安全、不方便不说，一天到晚来来往往的车辆造成的噪声就令师生们感到难受。有一张大字报就附了一首打油诗，原文记不得了，只记得最末一句是"人言交通大学在里头"。这个"交通大学"是一语双关，暗含成电是由交通大学搬来的，要点则是讽刺这条马路的交通太发达，以至于人们都把成电看成是可随便出入的"交通大学"了。

正好学校在召开学生代表大会，我被选为学生代表参加大会。那时主管国防工业的二机部（那时的二机部极大，后来又分为多个机部）部长赵尔陆上将正好来成都视察，也来成电参加了学生代表大会并发表了讲话。他穿一身浅灰色的毛料中山服，讲话非常随便、实在，很有水平。他从汽车上下来虽然只走了不多几步路，皮鞋就在泥泞的道路上粘上了许多稀泥，但他并不在意，态度亲切、友善。

不知是因为我们学校学生的政治素质较好，还是因为是理工科大学的关系，与报纸上报道的社会上的情况相比，成电内的风浪不算很大。对我们学生来讲，记得只是开过一些小型的批判会。大家都忙于学习，很怕浪费自己的时间。

1957年下半年，我们就进入了大学二年级，这一年增加了一些新课程，其中有一门对我们后来专业学习有着重大影响的课程，这门课就是"电工基础"。实践证明，学好了这门课，以后凡是与"电"有关的课程学起来就比较好办了。这门课完全采用苏联的教材，分上、中、下三册，一共学三个学期。上册讲交直流电路，中册讲过渡过程，下册讲电磁场理论，每一册的内容都非常丰富。

1957年11月7日是苏联十月革命40周年纪念日。那时中苏的关系很好，又是苏联40周年的大庆，所以准备在全国隆重庆祝。因为我们学校与苏联有更为密切的关系，所以学校举办了特别隆重的庆祝大会，在主楼后的广场搭了一个舞台，师生表演了许多精心准备的节目。舞台表演结束后，还分班级围成圆圈，在手风琴的伴奏下跳起苏联式的集体舞，热闹非凡。

进入了1958年，毛泽东提出"破除迷信，解放思想"。接着一些体现豪情壮志的口号就逐渐被提出来了。其中一个重要的口号就是"15年赶上英国"，主要是要在某些主要工业产品如煤、钢等的产量上赶上英国。钢产量则要比上年翻一番。

后来的报道说，1958年这一年是风调雨顺的，但由于管理不善，丰产不丰收，大家都去搞大炼钢铁运动，很多粮食都烂在地里浪费掉了，土法炼钢也很不成功，浪费很大。

在这段时间中，我们还是为"大跃进"做了一点实际的贡献。那年国家准备在北京搞一个全国技术革新和技术革命方面的展览会。我们成电也准备了一些项目参展。我们系的项目是研制出一台电子管的模拟计算机，我也被选中参加，做一些辅助性质的工作。最后，我们成功研制了一台电子模拟计算机，后来该机被送往北京参展，展出也很成功。而且据报道，该计算机是参展的电子模拟计算机中唯一能够真正稳定工作的，在展会上出了一点风头。

父亲去世

进入1959年，从家里的来信知道，父亲的身体已经非常不好，但病情有多严重并不清楚。这时我就产生了暑假里回家探望的念头。更重要的是，由于自己在众多兄弟姐妹中是老大，所以在父亲病情比较严重的时候，自然有一种责任感，不管怎样也要回家了解情况，为家里下一步的安排出一些主意，想一些办法。而且，我有一种预感，可能父亲不久就会离开人世了。

乐山离成都虽然不远，但没有路费是最大的困难。与现在大不一样，那时要想找个打工的机会挣点路费，完全没有可能。幸好，在暑假之前，学校突然宣布对执行了一年的伙食费"政策"做了修改。享受助学金的人假期回家可以退给伙食费。因为暑假时间比较长，退回的伙食费用作路费就基本上够了。

和1957年暑假看到的情况相比，父亲的身体状况很不好，脸色苍白，瘦弱不堪，体重只有七八十斤，大部分时间都只能在床上躺着，经常咳嗽、喘气。

父亲得的病主要是肺结核。大概是1951年，还到卫生院去住过院。用的药也不错，注射了若干当时需要进口、价格也很昂贵的链霉素后，很快就好了起来。可是，在后来的工作中，物质、精神压力都很大，精神状态不好，身体也差了。1958年上半年被病退，给父亲带来了很大的打击。经济上的困难，使得家里连吃饭都成问题，就更谈不上看病了。

我回到乐山，他非常高兴。在他精神比较好的时候，他就抓紧时间和我谈他的想法和家里的事情。尽管我多方安慰他，他还是说根据他现在的身体状况，要面对现实，可能活不长了。他说我们家里的人都比较聪明，学习努力，每个人的学习成绩都很好，也没有什么不良习惯，只要坚持，把这个家庭维系下去，最终一定会好起来。今后你们几个兄弟姐妹之间要互相帮助，共同提高。他又说，本来还想等着看你们几个兄弟姐妹"唱一台好戏"的，现在看来是看不到了，话语中充满了遗憾与悲凉。

在最后的时日，他每天都咳嗽不止，把痰咳出来很不容易，有痰的阻碍，话也说不怎么清楚了，行动也比较困难。记得他去学道街下面的一家卫生院看病，走路都困难，只能由六妹智佳（有时是五妹智富）搀扶着走去。可能医生知道他已经不行了，给他开的药也就是甘草片、止疼片一类的安慰性的药。这时，因为他的喉咙里常常有痰封住，说话非常困难，而且吃东西都很困难了。没有能量补充，他的身体虚弱得更厉害。九龙巷下面的邻居陈大爷有些经验，他在路上见到我就说，可能你爸爸是不行了，要我们准备后事。

1959年8月13日的早上，父亲躺在床上，咳嗽得非常厉害。痰封住了喉咙，咳痰极其困难，话也不大说得出来，看样子是不行了。我同母亲商量后，决定由我马上跑去把智敏叫回来。我通过高北门上的城墙迅速跑到智敏上班的跃进报印刷厂。这时他正在车间上班。待我们一起跑回家里不久，父亲就与世长辞了。

幸好，那时我早有一些准备。事先我已经去肖公嘴附近的棺材铺看过，也与抬丧出殡的工人联系过，心里并不慌张。那时我刚好20岁，智敏才16岁，我们就要出面来张罗选购棺材、找人掩埋这等大事，关键是我们还非常缺钱，困难重重。当我现在看到一些不大懂事的年轻人，不但自己不能对家庭、对社会做点什么贡献，反而还要人家处处照顾自己，真感到差距太大了。有什么改进的办法呢？我想，如果能够给现在的青年人创造一些机会，尽早让他们在艰难的环境中锻炼一下，对他们今后的发展一定会大有好处。

那时是相当炎热的夏天，我担心父亲的病可能会引起传染，于是就和母亲商量，也不要再搞什么仪式了。况且，那时我们家庭经济状况极其困难，但如果通知一些亲友，客观上多半会产生一种向人求助之意，这也是我们很不愿看到的。父母过去常说："穷也要穷得有志气。"自己的问题还是要自己来解决，尽量不要求助于人。所以，我和母亲商量决定，尽早安葬父亲为好，尽可能不通知其他亲友。

那时还没有火葬的说法，母亲同意后，我就让母亲在家里处理有关事务，我和智敏一起去肖公嘴选购棺木。我们买的棺木还是比较像样的，是一头大、一头小的那种，本色，未上漆，木料相当厚实，60元整。那时在乐山，工资能上四五十元的就是比较高的了，多数人的工资就是二三十元，所以60元一口的棺材还是相当昂贵的。本来我也想过，由于经济困难，可以买便宜一点的棺木，九龙巷的一位邻居也好心地建议过。但如果档次降低，就只有用比较薄的木板做的所谓"火匣子"，价格虽然便宜不少，但就觉得很对不起为我们辛苦了一生的父亲。如果以后我们感到遗憾，就再也无法弥补，所以还是下决心买了一口好一点的棺木。

棺木买好后，我和智敏又去公园附近的一个茶馆联系抬丧出殡的工人，一是要有人抬，二是要知道墓地大致选在什么地方，另外还要有人先去山上挖坟墓。这些很快就联系好了。

回到家里，母亲已经从箱子里选好了一套衣服，给父亲穿好了。那是一件全新的灰色丝绸长衫，是以前做的，一直没有机会穿。抬棺出殡的四个人很快就来了，装殓好后，我们就准备出发。按母亲的意思，她是希望全家大大小小都去墓地送葬，而且要六妹拿着一个花圈走在前面。六妹一听，就哭了起来。我就向母亲提出，小的几个就不用去了。母亲采纳了我的意见。结果，母亲、我、智敏，可能还有四妹，一同送父亲的灵柩上山。

我们事先对墓地的环境没有什么印象，但我们去后感觉墓地的地点还选得不错。这个地点在乐山城区西北面的山上，当地人称为"一碗水"的地方，山清水秀，比较令人满意。棺木入土，坟墓建好以后，我们按老习惯烧了一些香和纸钱，还围着坟墓坐了一会儿。走前，还按人家的建议，去向山地附近的农户打了一个招呼，请他们按惯例代为照应。

很多年后五妹智富跟我说，父亲去世几个月以后，母亲带着几个小的弟妹，准备了一些香蜡供品去祭奠父亲。在坟墓旁边站定之后，母亲让几个弟妹跪下给父亲坟墓磕头，但他们年纪小，不懂事，都不愿意。结果母亲一个人跪下磕头，并伤心地大哭起来。当时她才46岁，带着这么多儿女且又没有什么收入，困难可想而知。

人的忍受能力还是相当强的，常常是在遇到严重困难似乎坚持不下去的时候再坚持一下，也就挺过来了；反之，不能咬紧牙关坚持挺下去，自乱阵脚，就可能出现崩溃的局面。我母亲是一个十分坚强的人，不是一般的强。

的确，吃过苦的人才会特别理解和珍惜得来的幸福。现在回想起来，深感那些吃苦的经历和磨炼是非常宝贵、有价值的财富。

苏联原子能展览及其他

从乐山回到学校后，正好碰上1959年9月在成都举办的"苏联和平利用原子能科学技术展览会"。为此，承办单位还在靠近人民南路南段的东边，建造了一座外形颇为独特、坐东朝西的"原子能展览馆"。对这类展览，我是很有兴趣的，何况当年在成都举办的外国展览是少之又少呢！

那时在成都，我们即使到很远的地方基本上都是步行，那一天去人民南路参观"苏联和平利用原子能科学技术展览会"也不例外。当年成都市区并不太大，有"穿城九里三"之说。

同行的有同班的吴朝邦等几位同学。吴朝邦是一位待人宽厚、实在、学习刻苦的人，来自资中县的农村。他在批评某些现象的时候常常有个口头禅，只有很简单的几个字"做事不踏实"，意思是说学习或工作不切实、浮躁。可是不久后他就被转到有线通讯系。他对在有线通讯系的学习很满意，认为该系不少资深的老师讲课讲得好，对给他们上课的张煦教授更是佩服得五体投地。他毕业后先被分配到西安市邮电器材厂，后来成了西安市邮电局的总工程师。

在这次苏联和平利用原子能展览期间，有一天我突然接到通知，让我们系这个年级的所有同学都去参加一个重要会议。会议的地点是在靠近春熙路的总府路和四川省人民政府交界处，我们到后即在会场正门外通道的两边站列，等待欢迎贵宾，起到了既是政治可靠的迎宾队伍，又是大会听众的作用。不久，嘉宾来了，一看，是时任国务院副总理兼外交部长的陈毅元帅在苏联驻华大使契尔沃年科等人的陪同下前来。

那时，我国与苏联的关系已经有一点微妙，所以，虽然会议主题是庆祝苏联和平利用原子能展览会开幕，但陈毅元帅除开头讲了一小段与此有关的话外，性格爽朗的陈毅元帅很快就偏离当天的主题，用四川话说："我既然是外交部长，今天也要趁这次机会来谈谈我的本行。"至此，下面他的讲话都是纵谈天下大势，相当精彩，不但很合我的口味，也让我很长了一些见识。

开学不久后的一天，我发现报纸的下方有一个很小的电影广告是春熙路的大华新闻电影院正在放映一部纪录片《赫鲁晓夫访问美国》。成都市就只有这一家影院放映，而且只放映很少的场次。我抽出一个下午没有课的时间一个人跑去看了。

新中国成立以来，我们没有看过反映美国生活的电影，也不知道美国人生活的具体情况。这部影片的信息量很大，我间接了解了许多我们很久以来都不知道的美国的情况。从影片中我们看到了美国的城市、乡村、工厂的概貌。当赫鲁晓夫的车队经过时，衣着光鲜、笑容满面的欢迎人群中，许多人包括一些小孩都拿着照相机在拍照，其生活水平一看可知。而且因为是彩色影片，其图像信息更增强了直观的立体感受。

从1956年进入成电开始，对大学生粮食就一直敞开供应不定量，但从1959年10月1日开始又实行粮食定量供应了。

专业与课程

成电最见长的是与电子有关的各种专业，而自成完备系统的"齐套性"更是国内其他大学无法相比的。上到各种大的系统，如计算机、雷达、通信、广播、电视等，下到电阻、电容、磁性材料、半导体、电真空器件、激光器件等，再加上与之配套的各种基础学科，成电建立了一个相当完整的电子学科体系，又是最早的一批全国重点大学。

一进学校，我们就分了班，但没有分系，如何分系不知道，当然是什么专业也不知道。到了二年级才分了系，我分在电子自动化系，按编号我们是4系。4系到底有什么专业，一时也颇为神秘。到了高年级，已经涉及具体的专业有保密的必要。后来才慢慢知道，我们系主要有计算机和遥测遥控两个专业。据说我们这样的专业学的课程多，如果是在苏联，学习的时间是六年。从某些迹象看，4系那时可能还打算开办一些有关的专业，后来因条件不具备而作罢。

虽然分了系，但大多数基础课都是电和电子方面的课程，基本上与其他系学的相同。我们最喜欢上的是电和电子方面的课程，这类课程是成电的强项。

我们最终定在计算机专业，仍然是以电和电子方面的课程为主，但中间出现过一些反复。其原因，大概是组织上对培养学生的需求有些变化，表现得最为显著的是加了各种各样的课程。

首先，表现在机械方面的课程就比别的专业多，除了机械制图、金属工艺学、材料力学，还增加了机械零件和机械原理这样的课程。我们还非常认真地学了一门电机学。这门课程还相当有用。电工基础、电子电路、无线电基础、脉冲技术等课程的学习给我们打下了相当好的基础。自动控制方面的课程也学了不少，除了自动控制原理，还学了自动控制元器件如微型电机之类。还学过一门飞行器的课程，讲火箭、导弹之类的内容。

在我国《十二年科学规划》中，电子计算机是发展的重点之一。我们学校的计算机专业也是全国少数几个大学里首批建立的计算机专业之一。后来我们知道，在筹建成电时，已经选派了江明德老师去苏联攻读计算机博士，学习计算机技术。

我们学的计算机课程分数字计算机和模拟计算机两种。那时计算机还在发展的初期阶段，模拟计算机有相当高的地位，我们成电在模拟计算机的某些方面处于国内领先地位，而且研制出了一台自己的电子模拟计算机。只是后来因为数字技术发展很快，逐步体现出数字化的优越性，模拟计算机才在竞争中地位下降，逐步淡出。

数字计算机课程的教材以苏联的计算机教材为基础。主要有两台，一台是电子管的大型计算机БЭСМ（俄文Быстрая Электроная Счётная Машина首字母的缩写，即快速电子计算机），另外一台是小型的计算机M-3。

当时有一台计算机，那可是了不得的事，我校都还没有一台计算机。由于缺乏实验条件，我们学的内容显得比较空。特别是学习小型计算机M-3的程序设计时，由于使用的是最原始的机器语言，又没有实习的条件，简直把我们搞得头昏脑涨。到了1960年下半年，刚从苏联科学院进修回来的江明德老师，给我们讲了一些他在苏联计算技术研究所参加研制的M-20计算机方面的知识。这是苏联正在研制的一台技术最先进的计算机，有许多新的设计思想。

江明德先生是一位学者型的人物，因为当时中苏关系恶化，后来听说就在他的博士论文答辩即将进行之际，突然接到通知有任务需临时回国，连行李都不要多带。从我与他接触中，了解到他是一位高水平的、兢兢业业、潜心治学的学者。没有很好发挥他的作用，是我们成电的一大损失，甚为可惜。

外语学习

我对学外语从小就很有兴趣。后来文德还说我们"姓李的"唱歌的基本素质比较好，发音比较准确，是学习外语的一个先天性的有利条件。我想，"姓李的"记忆力比较好算是另一个有利的因素。

我最早学的外语是英语。由于我上初中时正是抗美援朝时期，整个学校对学习英语都不重视，也没有很好的教材，教学效果很差，让我们失去了在年龄较小时就打下良好英语基础的机会，令人十分惋惜。记得，到了初中三年级上学期还在学习一些比较浅显的英文课文。没有正规的教科书，采用的是手刻油印的讲义，第一课是一篇关于熊的故事，开头是这样的：There were three bears in the wood. One was the father bear. Father bear was big. One was the mother bear. Mother bear was middle.（森林里有三只熊。一只是熊爸爸，熊爸爸是个大个子。一只是熊妈妈，熊妈妈个子中等。）

到了高中，乐山一中从高中一年级开始全部改学俄语。开始用的一本可能是在华俄国人编的俄文教材《俄文津梁》。大概过了两个学期，才改用国内统编的教材。因为当时中苏关系很好，学俄文颇为时髦，我们心里也比较高兴。最大的好处还在于1953年进入高中后，学习秩序比较正规了，加上我对外语比较喜欢，学习的效果就比较好。

高中时期，学校图书馆有一些俄文版的苏联和东欧社会主义国家的画报，我有时间时常去翻看。有些东欧社会主义国家的中学生，可能主要是出于学俄语的需要，也写一些信到中国来，和中国学生交友，彼此介绍各自国家和自己的学习、生活情况。我就记得读过一位捷克斯洛伐克的女中学生写来的信，大致可以看懂。但那时我们的见识不多，没有任何经验，如果外语老师不出面组织，没有多少人愿意或者"敢"去和这些外国学生通信。

后来，教俄语的陈万松老师认为我的俄语学得比较好，他建议我高中毕业后去报考外语学院。对学外语，我的确比较喜欢，学起来也比较轻松，但我却不想把它作为我的专业，只想把它作为掌握其他知识的一种工具来使用。因为我觉得自己门门功课都很好，专门去学外语有点"太可惜了"。

上了成电以后，知识的殿堂似乎一下就打开了，要学习的东西没有什么限制，一切都可以自己做主，自学的内容就多了。除了多读一些俄语读物，每天还要抓紧时间记大量的新单词，这时我记忆力较好的优点就体现出来了。而最重大的一个变化是，我开始了阅读原版的俄文书籍。那时原版的俄文书籍相当多，学校的图书馆俄文书也不少，春熙路的外文书店卖的也大多为俄文书籍，书的质量比较好，一般是硬面精装，而且价钱便宜，可能比同样质量的中国书籍还要便宜。最先读的是数学和物理方面的俄文书，如苏联斯米尔诺夫的《高等数学教程》等。到了1957年的暑假，我带回乐山的书中就有一本俄文的原版书，读起来已经比较流利了。

到了大学二年级，我已经可以相当流利地阅读俄语专业书籍了。不过，也存在许多不足，如一般的生活单词掌握得比较少，而最大的不足则是缺乏口语方面的训练。以前的外语课都偏重于语法的学习、单词的掌握、阅读能力的提高等方面，对口语的学习基本上没有什么要求。此外，我们没有任何可以练习口语的实践机会。在口语方面，我还算是好的了，因为我很喜欢唱俄语歌，而要唱歌就对读音有比较高的要求。

1957年秋天，我就在新到的俄文版《世界青年》的封三发现了那年夏天在莫斯科举办的"世界青年联欢节"上的得奖歌曲《莫斯科郊外的晚上》。当时一看就觉得非常好，应该说，我是国内有幸最早知道该歌曲的一批爱好者之一了。过了一段时间，这首歌曲才在我国流传开来。

歌词如诗一样的语言，很难翻译，这首歌的翻译让我对诗歌的翻译稍稍有了一点体会。例如，开始看到薛范翻译的第一段歌词前两句：深夜花园里四处静悄悄，只有风儿在轻轻唱。我马上就发现与按俄文直译相比，差别不小，原文中哪里找得到"只有风儿在轻轻唱"这样的词呢。如果直译，前两句歌词应为：深夜花园里什么也听不见，甚至连一点沙沙声也没有，黎明前，这里的一切都是静悄悄的。不过细思之，薛范翻译的歌词很顺口，具有歌唱性，也不失原有的意境。可能诗歌就是要这样翻译吧。

到了大学三年级，主楼前的布告牌上贴了一个通知，说是要在三年级开外语选修课，由于名额有限，需要对报名者的第一外语进行考试，择优录取。对我来讲，通过考试是一定不成问题的。可是，不知是不是名额有限，或者考虑到我们系课程比较多的原因，通知中竟然不许我们系的学生报名参加。

当时，我是绞尽脑汁想去参加。为了有资格报名，报名时我把我当时的班号6319班改为了6139班，其中"6"代表1956年进校的，"1"代表某一个系别，而"61"代表的系是可以参加第二外语学习的。虽然代表班序号的"39"会有些问题，但大致说得过去，至少可以说成是填写时的笔误。考试以后，我当然榜上有名，顺利地通过了，尽管有人提到过：好像没有6139这个班嘛。

第二外语我选的是德语。为什么没有选学最有用的英语呢？当时我的想法是，东德（即德意志民主共和国）属于社会主义阵营，以后交流的机会可能会多一些，更重要的是，我自认为初中已经稍稍有一点英文基础，而且以后要学英语，创造条件较容易，问题不大。后来，我发现在我们学德语的班上，也有几个具有相似的"雄心壮志"且"所见略同"的同学。教德语的老师是从川大请来的。他是以德语为第一外语的上海同济大学德语专业的毕业生，水平很不错。我们每周某个晚上在成电子弟校的一个教室里上一次课。可惜他身体欠佳，致使计划上一年的德语课竟因为他生病，而又没有别的老师可以代课而提前结束。

德语的语法有不少与俄语相近似的地方，如性、数、格等就大体类似，对我来讲有其容易学的一面。其结构也和俄语一样比较"死"，所以出现多义性的可能性较小。除了读课堂上的讲义，我还买了一本纸质很差的《科技德语读本》来阅读。德语的语法比较复杂，我们也不大习惯在句子中把谓语分成前后两半的"框型结构"。我学德语的时间不长，基础不够扎实，可以读的德语图书资料也很少，以后也很少有机会用过。

后来我们到太原某厂实习时，我才有机会为他们翻译过一点德文的技术资料——一本测试仪器的使用说明，那是作为一个一定要完成的任务交给我的。该仪器是从德国进口的，因为说明书是德文的，大家都不会，所以仪器从来没有使用过。当时上面要派人来检查，如果从来没有用过，连中文的说明书也没有，该仪器就要被调走。翻译时，涉及一些新的技术，搞得不大清楚，周围的工程师对有关的技术也完全不了解，厂里也没有懂德文的翻译可以讨论，所以我费了很大劲才勉强完成此任务。

1960年冬季，在下厂实习以前，就知道这次下去的时间比较久，我认为应该利用这段时间抓一下英语学习了。当时根据我学习外语的经验，感觉最迫切需要解决的是读音的准确性，虽然初中上了三年英语课，但已经过去多年了，如果发音不好，以后的读音就可能失之"荒谬"，遗患无穷。于是，我们抓紧时间在课余找英语老师重新校正读音，这些老师见我们这些学生有如此的学习热情，也尽他们的最大努力来帮助我们。记得他们常站在主楼前的大路旁解答我的问题。

在下厂实习期间，有一天我们到了太原的外文书店，发现了一本俄文书《寄生耦合和寄生感应》，觉得很好，与我们那时做的工作也很有关系。更重要的是，那时我们想尽量多学习一点东西，想尽量充实自己，热情极高，而且我也觉得我的能力已经可以翻译这本书了。一方面是可以在一种压力之下比较深入地学习该书的内容，另一方面也是想借此机会提高自己的俄文水平。

但是，像我们这样还没有毕业的毛头小伙子大学生，想翻译一本书出版还是很不容易的。考虑之后，我决定联系给我们上过课的刘锦德老师，请他对译稿进行审校。于是，我把序言和该书简介翻译成中文，并将原文目录手抄了一份一起寄给刘老师。刘老师很热情地给我回了信，他希望我暂时不要翻译这本书，而是把主要的精力放在工作上，我接受了他的意见。我读了这本书，但翻译工作就没有再继续进行下去。

实习结束后不久我们就毕业了，后来进入了研究生阶段。研究生阶段读的书和其他文献已经基本上没有中文的了，不是英文，就是俄文，主要还是英文。幸好，由于下厂实习那段时间和后来的努力学习，读英文专业书刊基本上没有什么问题了。读研究生以后，我继续抓紧英语学习，而且也安排时间去听了一些英语课。我选的旁听课的老师是从上海交大调来的葛允怡老师。她那时是外语教研室主任，水平很高，教学效果好。可是，因葛老师上课的进度比较慢，不大符合我的愿望，就没有再继续听她的课。这位女老师有四十多岁，个子相当高，戴一副金丝眼镜，很有风度。后来我在美国加州大学伯克利时，曾有幸在男教师俱乐部的一次聚会上认识了同系的著名教授葛守仁先生。葛先生是新中国成立前就去美国留学了的，那时他在美国已经是所从事领域的权威，后来当过加州大学伯克利电机、电子、计算机（EECS）系主任，工学院院长，美国工程院院士，后又当选为中国科学院的外籍院士。后来有人告诉我，他就是早年成电教英语的葛允怡老师的弟弟。那天在加州大学伯克利男教师俱乐部，我第一次见到葛守仁先生，因不认识，不知他的情况，开始还用英语和他交谈。他非常友好、谦逊，谈了一阵，才知道他就是大名鼎鼎的Ernest S. Kun。

经过一段时间的努力，再加上每天都和英文的书籍或文章打交道，我的英语阅读能力基本上相当于我的俄语水平了。从阅读专业书刊的角度来说，已经没有什么障碍，相当轻松了。

但问题也不少，因为主要是靠自学，所以基础仍然比较差。主要表现在：缺乏基本的英语生活方面的词汇，口语也没有机会实践。此外，由于我们主要是阅读英文书刊，很少用英文来书写，所以英文单词的拼写容易出错，写作的能力也比较差。所以后来我对中学时代学校对英语教学太不重视一事感到非常遗憾。那三年没有打下很好的基础，浪费了十分宝贵的光阴。我想，这与学习中文差不多。学中文时，如果没有从小学一个字一个字地学起，一笔一画地反复加以练习，就不容易在脑海里留下深刻的印象，所掌握的汉字就不太牢靠。很多字看到都认识，可一写起来，就像四川俗话所说的那样"搬不了家"，有点茫然。

读研究生后不久，我认为有必要利用在学校学习的有利条件，抓紧时间学习一下日语。大学的条件，对学习各种知识都很有利了，所以必须抓紧。

那时，研究生在学校里极少，在不少人眼中多多少少有点特殊。如果和某个讲课老师说希望听他的课，老师不但不会拒绝，而且相当高兴，十分欢迎。所以，在这种有利条件下，我安排了时间去听日语课，打下了一点基础。后来，我又买了一本陈信德先生编写的《科技日语自修读本》来阅读。通过一段时间的努力，勉勉强强可以读一些专业方面的日语书了。为了把学习的内容掌握得更牢靠一点，后来我又下了决心，选了一本日语晶体管电路方面的书，坚持从序言开始，一字不漏地把它读完。

从我自己学习外语的实践体会到，要想基础好，从小就开始抓起很重要。后来，我的女儿小曦、小蓓，她们基本上从上小学就开始学英语了。成电的子弟校要小学五年级才开始学习英语，而小曦她们则早就开始学了。起因是，我们成电的一位英语老师想给自己的孩子教英语，但如果在自己家里教，就没有学习的环境和气氛，估计教学效果不会很好。于是，她就想办法组一个班大家一起来学。我们知道后，就去报了名，每人象征性地交了2元钱，作为"学费"。其实该老师只想当义工，但家长们也想稍微有所表示。开始我们还不太想让小蓓去，担心她刚上小学一年级，还太小。但她看到姐姐要去，也坚持要去报名，结果还是让她去了。这个班晚上上课，大大小小的孩子都有，英语水平参差不齐。当时找不到合适的教材，就用《英语900句》作为教材。学习中，小曦一直在班上处于领先地位，而小蓓较小，开始困难比较多，不过后来很快就学得很好了。由于从小就打下了比较好的基础，她们在中学学习英语时，就感到相当轻松，考大学时甚至还希望英语考试的题难一点，以便拉开差距。由于英语从小就学得比较好，基础比较牢固，所以她们姐妹俩分别从电子科技大学和复旦大学毕业后，就到美国去留学攻读研究生。这也为她们留在美国工作打下了良好的基础。

对于成人来说，学习一门外语虽然可以通过自学的方式，但最好是通过正规的基础语音训练，否则很容易失之荒谬。恰如沿着一条错误的道路走了很远才发现问题，很难纠正，损失就大了。

值得一提的是，要学好外语，首先要学好我们自己的母语汉语。如果汉语水平低，就很难把外语学好，或者根本学不好。一般，"词不达意""文不达意"或者"文理不通"是最常见到的现象。现在有不少年轻人，包括学文科的大学生都常有这一类通病。究其原因，可能是不少学生较为浮躁，学习时一知半解，老师也没有严格要求所致。翻译讲究"信、达、雅"，是多年前严复先生定下来的。"信"即是译文准确，"达"是不拘泥于原文的形式，译文要通顺。如果汉语不好，前面这两个最基本的要求你都达不到，就更谈不上遣词造句的简明优雅了。

我从初中开始，学习外语的次序是英语、俄语、德语、日语。在这个过程中，付出了许多努力，但也享受了学习不同语言的过程，以及由此所带来的愉悦，好处也很多。如果没有学习这些外语的亲身体验，对同样一件事情的理解有时还可能大不一样。

后来到过许多国家旅游。一次，去西班牙和葡萄牙旅游，又引起了我学习西班牙语的兴趣。我觉得西班牙语除了在西班牙用，也是拉丁美洲很多国家的国语，很有价值，我也很想以后去拉丁美洲旅游。于是，我去书店选购了几本学习西班牙语的书和教学录音光盘，学了两个多月。到了西班牙的巴塞罗那，还在海关，我就大起胆子说起西班牙语来。海关人员听了，竖起大拇指说："你的西班牙语说得好！"其实，我只能说一些基础会话而已，可能因为是跟着录音学的，而"老师"就是西班牙人，所以发音比较准确。后来我和西班牙的一位女导游交流，西班牙语说多了我也不行，我就用西班牙语问她："¿Hablas Engles?"（你说英语吗？注意，西班牙语问句前面要加一个倒着写的问号）然后我们用英语进行交谈。一次去土耳其旅游，我还"斗胆"如法炮制，去书店找学习土耳其语的书和磁带，虽然很难找，但最终还是找到了。土耳其语是突厥语的一种，原来一直使用阿拉伯语的字母拼写，从右到左横着写。1923年在凯末尔领导的民主革命成功以后，文字改为拉丁字母拼写。对我来说，土耳其语比较特别、难学，而且用处不大，学了一些简单的语句之后，就没有继续学下去了。

学习外语是需要付出一定代价的，而要在自己的头脑中"维护"好一种外语也是需要代价的。不经常使用，记住的东西也会逐渐忘掉。从实用的角度，只要学习一种外语就可以了，而把英文学好是最重要的。

学过的外语即使忘了不少，万一有急用时下点功夫，恢复起来还是要比重新学起快得多。2003年10月，我参加了中国软件行业协会组织的代表团，去日本访问。考虑到能够直接说一些日语交流起来会方便，对日方也更显友好和尊重。我就去书店买了一些学习口语的书籍和录音材料复习了起来，效果显然比新学要好很多。

我最后一次比较正规地使用俄语是1977年夏天。就在我第一次被派遣出国，赴英国去参加"分布式计算机国际会议"前不久，成电围棋协会的主席——我同年级的同学解世果，介绍我与一位叫余鹏的年轻朋友相识。余鹏当时是成都市业余围棋冠军，在人民银行工作，负责研究如何使用一台相当笨重、从苏联进口的大型银行业务卡片分类机。这台机器颇有一点计算机的"味道"，所以当余鹏向解世果求助时，解世果就想到要请我帮忙。那时，他们的机器已经大致可以运转了，但在许多关键问题上过不了关，结果总是出不来，着急得要命。一天下午，余鹏请我和解世果去他们的机房现场观看。很快我发现，他们的主要问题是读不懂该设备的俄文说明书，在那里反复瞎琢磨，走了不少冤枉路。

为急人之所急，我就提出把俄文说明书带回家去看看，搞清楚后再给他们讲一讲。那时，我阅读俄文资料仍然十分轻松，技术上也没有任何问题，一看就十分清楚了。这一资料内容比较多，如果跟他们讲，他们不清楚还是要来问我。我想，不如帮人帮到底，索性把它翻译出来，即使他们一时搞不懂，还可阅读说明书自己消化，这样反而可以节省我的时间。于是，我抓紧时间很快把这本说明书翻译出来了，又去现场给他们讲了一次。余鹏听我讲解后，再看了翻译出来的说明书，就连声称赞："好多问题经你这么一说就清楚了！完全清楚了！"关键的地方总算是过了"坳"。余鹏上过中学，但并没有正规读过多少书。他非常聪明，一点就通了。

一些业余爱好

除了学习自己专业的知识，我的业余爱好也很多，读书、游泳、唱歌、音乐、体育、围棋、摄影、旅游……因为有多方面的爱好，我任何时候都感到生活很充实、很有趣味，从来没有什么感到无聊的时候，就是有，也能很快化解。就算什么事情都没有的时候，至少可以找一些书报杂志来阅读。只要静下心看起书来，一切烦恼都烟消云散了。

我最喜欢读的是文史哲、美术、音乐等方面的书籍，对中外各种人物的传记和回忆录也非常喜欢，同时也喜欢通读中国和外国的历史。

游泳是我从小就喜欢的运动。中学时代虽然大家认为我游泳的技术不错，但严格来说那是没有"章法"的无师自通，上不了台面的。进了大学才逐步有了一些比较正规的训练，游泳技术不断提高。首先是蛙泳技术得到了改善，其次是学会了正规的爬泳（自由泳），最后学会了一般人很难学会的蝶泳（海豚式）。在北京十五所工作时，两千多人的大研究所搞游泳活动，只有我一个人可以游蝶泳，令其他人羡慕不已。游泳，是我长期坚持的一项运动。1999年夏天的一个周末，华强智能公司包租了《深圳特区报》后楼顶层的游泳池，举办了一场游泳比赛。满了60岁的我和年轻人一起，参加了比赛。尽管体力大不如前了，但因受过一点正规训练，姿势比较正确，在短距离比赛的速度上仍然不差，甚至超过了绝大多数年轻人。

出国旅游时，只要有游泳的条件和可能，我都要尽量去游一下。其中有几次很有意思，印象比较深。一次是到了美国东南边佛罗里达州的著名旅游城市迈阿密，由于时间安排得很紧，只有早上的时间，我仍然觉得机会难得，在早上几乎没有人游泳的情况下，也下到大西洋的海水里游了起来。另一次是在埃及的旅游城市红海边的赫尔格达（Hurgada），所住宾馆就在海边，我也抓紧时间去游了一下。由于红海与印度洋相通，算是与印度洋挂上钩了。再一次是去北欧四国和东欧三国旅游，在立陶宛住在一个地处森林中的宾馆里，突然发现住房的窗外有一条小河，不少游客在游泳。虽然已经是晚上10点多了，幸好该地纬度高，正是"白夜"期间，我也抓紧时间去体验了一下在白夜下游泳的感觉。还有一次在澳大利亚，乘船去大堡礁的一个小岛时，我也抓紧在这个周围布满珊瑚礁的太平洋热带海水中游了一次。由于这些地方的环境都有其特别之处，所以很有趣味。遗憾也有，一次在以色列旅游，到了世界上海拔最低的死海（湖面海拔－430.5米）。死海的海水含盐浓度高，入水的人想沉都沉不下去。我早就做好去体验一下的准备了，可是那天不但天冷刮大风，而且还下着大雨（如果不下雨就太好了），不得不放弃了这次极为难得的机会。

我从小学开始就很喜欢唱歌，而且容易记住歌曲和乐曲的旋律，这对我欣赏音乐很有帮助。我上大学后更喜欢外国歌曲了。那时中苏友好，好的苏联歌曲很多，所以唱苏联歌曲是首选，其次是东欧和其他社会主义国家的歌曲。

一本我保存了多年的《外国名歌200首》，就是那个时期歌曲集中的上品。这是一本收集了现代、近代和古典的优秀歌曲的好歌本，受到了人们，特别是大学生和年轻知识分子们的普遍欢迎。后来，又出版了一本续集《外国名歌200首续编》，这本小书也成了我的收藏品。在古典抒情歌曲中，我最早喜欢的是舒伯特的《小夜曲》《鸽子》《桑塔露齐亚》等歌曲，其旋律和歌词都非常优美。

成电学生会在1957年5月编印了一本《歌选》创刊号，其中选收了不少中外优秀歌曲，内部出版，只印了2000册。编者在前言中提出"今后还准备编印"，同时希望大家对《歌选》的永久性名称提出建议。可是，这本《歌选》没有继续编印下去不说，我在成电读书的9年中就没有任何新的《歌选》出现，"创刊号"竟然成为"绝唱"。值得一提的是，这本纸张和印刷质量都不算好的《歌选》创刊号我保留了下来，60多年来一直保存着，现在已经算是很难找得到的古董级的东西了，可考虑以后捐献给成电博物馆。

学院广播站常在周末举办唱片欣赏会，参加者可以点播自己喜欢的唱片，但所选的唱片多是比较高雅的古典音乐。成电因为与国外的联系比较多，收藏了不少国外出版的唱片。后来听上海交大迁过来比我们高一两届的同学说，他们来成都前，学校曾经安排他们去上海的市场上淘唱片，新旧不论，关键是内容要好，品种齐全。应该说，安排淘唱片的人就很有眼光，参加淘唱片的也是此间的高手，学长陈艾教授即是其中之一。从学生时代开始，他多年来担任我校合唱团的指挥，具有较高的音乐素养。令人高兴的是，他与我都有古典音乐的爱好。有一次，他对我说，在学校里像我们这样爱好古典音乐的知音可能只有几个了。

好的音乐唱片，通过当时的音响放出来，给人一种非常美好的享受。反之，同样的音乐唱片如果从电线杆上的高音喇叭里播放出来，效果就差多了。当然，那时使用的音响的性能与现在好的音响相比，又差得太远了。

那时四川的交通不怎么方便，所以到成都来的高水平演出很少。对于高水平的演出，我是很有兴趣的。我的想法是，能够亲自去现场观看演出的机会是非常有限的，如果多看一些高水平的演出，就可以提高自身的欣赏水平。可是，有一些很想看的演出却都因为功课太忙而没有机会去看。记得其中一个是北京中央歌剧院来成都演出的歌剧《茶花女》，参加演出的有方晓天、李光羲等著名歌唱家。另外一个是1958年春天，中央音乐学院院长马思聪先生的小提琴独奏音乐会。记得马思聪先生的小提琴独奏音乐会的钢琴伴奏是他的夫人王慕理。那时，这些演出在成都的普通票价是6角一张，算是比较贵的。虽然我这个穷学生很想破费一下，但因学习任务重，安排不出时间只好作罢。不过我还是看过一些好的演出，如中央戏剧学院演出的莫里哀的喜剧《伪君子》、四川人民艺术剧院演出的曹禺的话剧《雷雨》和著名演员刘莲池饰演列宁的《克里姆林宫的钟声》等。

在初中时代，我就听过音乐兼英文老师贺宗明介绍过"3B"，即巴哈、贝多芬、布拉姆斯，受过一些古典音乐的启蒙。我最朴素的想法是：古典音乐是几百年来经过千锤百炼优选的音乐作品，只有大家都觉得好，才能流传下来。

古典音乐中，我最喜欢的是18、19世纪的音乐作品，喜欢的曲目范围也很广，而其中最喜欢的是莫扎特的音乐作品。莫扎特的音乐典雅秀丽，如同珍珠一样玲珑剔透，又似阳光一般热情温暖，洋溢着青春的活力。由于他的音乐语言平易近人，作品结构清晰严谨，他作品中容易使人误解的"简朴"是真正隐藏了艺术的艺术。有"神童"之称的音乐天才莫扎特在35年多的生涯中创作了600余部（首）不同体裁与形式的音乐作品，包括歌剧、交响曲、协奏曲、奏鸣曲、四重奏和其他重奏、重唱作品，大量的器乐小品、独奏曲等，几乎涵盖了所有的音乐体裁。他作曲的钢琴协奏曲就有27首，而且大多数的钢琴协奏曲的首演都是莫扎特自己担任钢琴独奏，因此每当欣赏我喜欢的第20、21、23等钢琴协奏曲时，常常产生好像是正在聆听莫扎特本人演奏的感觉。

一次我们到奥地利维也纳旅游，在参观著名的美泉宫时，在14展厅，语音导游盒介绍说1762年1月12日年仅6岁的莫扎特曾应邀在这里为女王玛丽亚·特蕾西亚表演。表演包括指定曲目、随机出题的即兴表演、用布蒙住键盘弹奏等多项内容。表演结束时，天真可爱的小莫扎特冷不防跳到了女王的怀里，抱住女王的脖子在女王的脸上狠狠地亲了几口。

这类十分健康的业余爱好，在那些年仍然受到各种制约。例如，1973年，美国费城交响乐团曾来我国演出，只在北京和上海各演出两场，曲目主要是古典音乐。演出的门票是严格控制发放的，不对公众出售，而且连广播电台、电视台也没进行转播，只在事后选播了个别演出片段。

多年后，在加州大学伯克利，我在伯克利的市图书馆办了一个借书证。在那里，一次可以借10本书，也可以借唱片、磁带等音像资料。有一天，我在唱片堆里发现了一张密纹唱片，标题用英文标着《难忘的中国之行》。借回去一听，简直太好了，这正是当年美国费城交响乐团来我国演出的录音！其中有中国芭蕾舞《白毛女》的一段选曲《工农进行曲》。令人印象深刻的还有进行曲《星条旗永不落》。一般，这首进行曲都由铜管乐队演奏，这次换了一个100多人的大型交响乐团，其气势恢宏，无与伦比，细节表现得非常清楚，是我听到过的最好的一个版本。

改革开放以后，这方面才逐渐开放了。20世纪70年代末期，我买到了一台很难买到的电唱机，然后开始收集一些唱片，包括一些质量比较差的红色软塑料唱片，如芭蕾舞曲《天鹅湖》之类。1980年初到了美国，因为条件改善，购买了磁带录放机，才开始有意识地收集一些古典音乐磁带。后来有了质量比较高的音响，收集的音乐素材就更多了，包括一些很好的古典音乐密纹唱片。电子技术的发展真是太快了，很快进入了质量更高的CD光碟时代，又进入了DSD（直接比特流数字）时代。技术是进步了，许多音响设备和器材面临被淘汰的命运，但经过多年考验留下来的古典音乐，仍然焕发出她美妙的青春。

在伯克利期间，学校的音乐学院每个星期都要举办一次一个小时的免费音乐会，而且总是定在星期四中午12点到下午1点。对于音乐学院的教师和学生而言，这一演出给他们提供了舞台演出的机会，而对于我们这些听众来讲，则增加了欣赏音乐表演的机会。演出的节目大多是古典音乐，水平也相当高。中午刚好是大家的休息时间，除非有事，我都要尽量安排去听，也算是一种积极的休息。和国外其他剧场的规矩一样，开演后在演出过程中不能入场，所以我一般总是提前几分钟到。在门口，可以从工作人员那里拿到一张印好的节目单，然后进场欣赏。

在美国时，我还欣赏过一些有名的交响乐团的演出，如费城、芝加哥、旧金山交响乐团等。其中，亲临费城、芝加哥交响乐团的现场并观看他们的演出还伴有一些有趣的故事，容我以后再叙。

在体育方面，我也有许多爱好，游泳、篮球、乒乓球等是比较喜欢的项目。但除了游泳还算比较强，其余项目都谈不上什么水平。大学阶段，可能因为脑力劳动的强度比较大，深切感到每天参加体育锻炼的必要性，否则，晚上自习的效率就明显降低。在二年级，体育教研室的中年老师唐仕斌有拳击这项特长，组织了一个拳击队，我同班、同寝室的同学严世杰、吴强都去报名参加了。因拳击手套由他们自己保存，所以我们也有机会学习一下拳击。就我个人的体会，拳击可能是一种最需要集中精力，要求反应最快的运动了。几分钟的比赛就可以使你上气不接下气。从中，我学到了一种方法：要打击有力，就要迅速将拳头收回。这种方法对我以后做工作也很有帮助。

在欣赏体育比赛方面，我倒是长期有浓厚的兴趣。我对多数体育项目都比较喜欢，而且能够谈出有关的种种故事，对一些特别喜欢的项目还能够记住许多运动员的名字。比如乒乓球，就能从20世纪50年代初期开始谈论它的发展史和有关的人物，能够从傅其芳、姜永宁、王传耀等老一辈的运动员谈到现在年轻的优秀选手。

成电的体育活动水平在成都还是比较拔尖的，其中男子篮球、排球、中长跑等项目的表现最为出色。后来接替吴立人院长任党委书记兼院长的蒋崇璟也很平易近人。有时，我们进行体育活动，他也来参加。有一次，他在篮球场边上和我们聊起，他年轻时也喜欢体育运动。他说，他年轻时在中学搞罢课运动的时候，就出面组织同学们打篮球。

对围棋的爱好也值得提几句。我学习围棋起步很晚，实际上是在读研究生时开始的，以前周围没有人下围棋，所以没有机会接触。不过，一下过围棋之后，很快就喜欢上了，而且兴趣颇大。围棋的盘面宽广，特别讲究战略、战术的平衡。下围棋的思维方式与自然科学的思维方式很接近，贯穿了一种系统工程的思想，对于我们思考如何解决面临的各种问题实在是大有助益的。这是我之所以喜欢它的一个重要原因。面对多年不见起色的中国国家足球队，围棋高手聂卫平就建议他们的队员学学围棋，增强全局观念，处理好战略、战术的平衡。这可能是一个很好的主意。围棋的唯一"缺点"可能是下一盘棋花的时间太长。

20世纪80年代初在美国时，我在一本计算机杂志上看到一篇英文文章，题为《围棋：程序设计的最后挑战》，说明计算机界对围棋的复杂性和难度已有极高的评价。

1997年，当IBM公司的一台名为"深蓝（Dark Blue）"的计算机战胜了国际象棋的世界冠军卡斯帕罗夫时，全球因此而惊呼：机器战胜了人类！深蓝计划的成功，的确标志着人工智能研究的巨大进步。2000年11月，IBM在深圳阳光酒店召开了华南地区专家研讨会，我也被邀请参加了。会上恰好就见到了深蓝计划负责人谭崇仁博士。我对谭博士的深蓝计划很感兴趣，借此机会，与他进行了一次比较深入的交流。从谈话中得知，谭博士出生在陪都重庆，幼年时正值抗日战争，在重庆上学，后来去了台湾，然后去美国留学。在IBM工作多年，成为IBM的资深科学家和深蓝计划的负责人。我对他说："如果你们能再搞出一个下围棋的软件，能够打败围棋世界冠军那就太好了。"他听了后摇了摇头，表示不大可能，说："围棋太复杂了！"

既然谭博士都这么说，我就认为，大概我们这辈子是不容易看到电脑在围棋上战胜人类了。哪知到了2016年3月，Google（谷歌）应用了人工智能技术的AlphaGo（阿尔法围棋）竟然以4∶1的比分，战胜了曾经称霸世界棋坛多年的韩国棋手李世石。后来，当时排名世界第一的我国棋手柯洁不服气，认为他可以战胜AlphaGo，哪知在2017年5月的比赛中，竟以0∶3惨败给AlphaGo。后来AlphaGo又在网上用注册名Master和几十位顶尖围棋高手对弈，竟无一败绩，连胜60盘！

退休以后，我们有时间了，趁身体还好，旅游又成了我们的一大爱好。我们走过了亚洲、欧洲、美洲、大洋洲、非洲这五大洲的好几十个国家，就只有南美洲没有去过了。如果有时间和精力，单是去这几十个国家的旅游经历，就可以写出一本有趣的书了。争取近年还可以安排一些旅游项目，能再多走一些地方。旅游过程中少不了摄影。这些年，我拍了许多不错的照片，制作了不少旅游图册，电子版和纸质版的都有。

爱好多了，很多事都愿意自己动手做，不愿意请人代劳。实际上，多做一些事并不一定是负担,也是调节身心和锻炼体力与脑力的一种方法。比如做饭、买菜、简单修理家里的水电设备等,虽然是一些家务事,但如果你把它们看成是一种业余活动,也可看成是一种实现休息和自我调节的办法,这样一想,你就不会把它们当成是一种不得不做的苦差事了。

我生性乐观,爱好也不少,因篇幅所限,从略。

讲究一点方法学

前面已经说过,在学马列主义基础的时候,我就学到了不少系统考虑问题的方法,后来又选读了一些唯物辩证法、逻辑学方面的书籍。

很多人把学习哲学看成是一件枯燥的事情,觉得没有多大的意思。开始时我只模糊地知道哲学的重要,但并不是很重视,而后来我却产生了浓厚的兴趣。哲学是关于世界观的学说,是自然知识和社会知识的高度概括和总结,可以帮助我们站在比较高的角度来观察、处理问题。哲学让我知道无论处理什么事情首先都要有战略思想,先从大的方面来考虑问题,是"自顶向下",而不是一开始就掉入细枝末节之中。此外,只讲战略也不行,战略和战术还要相互匹配,没有适当的战术,再好的战略也实现不了。比如对个人将来如何发展,你可以有一个长远的规划和设计,有一个大的目标,但只有围绕这个目标,一步一步做了许多踏踏实实的事,才有实现"战略"的可能。

这里,我只想谈谈有关方法学或者方法论(Methodology)方面的一些体会。

大家常常遇到这么一个问题:同样的学习和工作,在外部条件差不多相同的情况下,为什么效果大不一样,有的人很好,而有的人却很差呢?通过观察,可以发现造成这种差别的原因:除了个人是否有好的记忆力,是否聪明、勤奋,另外一个很重要的原因就是学习和工作方法是否正确。你不能认为你的记忆力好,学习就必然好,因为记忆力好的人也多,但如果比较一下,他们的学习效果仍然有很大的差别。

这就是说,做什么事都要讲究方法。我们面临的事情可以千差万别,但做事的方法却可以总结出一些规律性的东西，有一套学问。"方法学"或者"方法论"是认识和改造世界的根本方法的学说。有了合适的方法，处理事情就比较好办了。

比如说，你可以做好第一件事，但我们怎么知道第二件事或者第N件事你就一定能做好呢。也可能你能把某件事情做好，是因为各种条件刚好合适，或者是碰上了好运气。也就是说，你能做好这一件事情，并不能保证其他事情你也一定能做好。能不能做好事情的关键，在于你有没有一套系统的方法来加以保障。所以，我们做事不能只看结果，还要看这件事情是怎样做的，即还要关心做这件事的过程。方法不对，就很难保证把事情做好。就如开发软件一样，我不能因为你做好了一个软件，就相信以后的软件你都能做好。一定要有一种明确的方法来加以保障。没有恰当的方法，就很难高质量、高速度、低成本地完成开发任务。

在这方面，我想先谈一下讲究方法最简单的例子。有一次，教我们机械零件课的周老师拿来一本开本很大的《机械零件手册》。书很好，很多同学拿到书就一阵乱翻，结果很久都找不到自己需要的内容。周老师就对大家说：要在这么一本书中找自己需要的参考资料，最好的办法就是先看目录！

拿泡茶来说，包含准备茶叶、清洗茶杯、清洗茶壶以及烧开水等多个环节，你就不能在什么都准备好了之后才发现需要最多时间的烧开水这个环节被忽略了。因此，你最好先把开水烧起后，再去做其他准备工作。

我小的时候，父亲教过我一些简单而实用的方法。例如，做什么事情之前最好能订一个哪怕是简单的计划。他教我的一个最简单的方法就是，无论什么事情做完的时候，你都要花一点时间做一下回顾和检查。一检查，就常常可以发现一些本来不应该遗漏的事情被遗漏了。他说，如果你要离开一个地方出远门，甚至小到"从现在坐的地方站起来要离开"的事情，你都最好"回头再看一下"。可是，在现实生活中人们为了"节省"一点时间，常常不愿意花那么一两分钟检查一下，结果丢三落四，从而浪费了更多的时间，有时甚至还会造成难以弥补的损失。

父亲还教过我一个"量入为出"的方法。从经济上来讲，你的支出要根据你的收入来定，不要随便乱开销，更不能欠一屁股账不管，让别人去帮你收拾。那是非常令人讨厌的事情。

从更广义的角度讲，做什么事情都有一个限度，总会受到某些因素的制约，因此，做事要做到"心中有数"，不要随便去做超越自己能力的事情，更不要随便许诺。如果不能兑现，对别人是不负责，对自己的信誉也是一种很大的损害。现在有些不负责任的人，常常是"满招呼，全不管"，对什么事情（可能他自己都还没有听清楚）一开始就表现出一种很讲"义气"的样子，随便答你一个"没问题"，可事后又不去好好落实，不了了之。

我生活中写备忘录的例子也可以说明方法的重要。我多年来做事有写备忘录的习惯，它给我带来了许多好处。通常，要做的事情常常涉及很多方面，比如有十条，尽管当时记得很清楚，我还是愿意把它们写下来。虽然要费一点时间，但却可以节省为了在大脑中"维护"这些信息所需要的时间，实际上节省了更多的时间和精力，而且还避免了时间久了忘记的可能。

如果是要请别人做的事情，就更要以书面形式写下来为好。在工作中我就常常碰到这样的情况，比如给下面的部门经理安排了十件事，过了一段时间，他很可能只记得七八件事了，再过一段时间甚至只记得四五件事了，而且其内容还可能不完全准确。为了避免出现这样的情况，还不如一开始就写下来。写下来以后，我还习惯通过电子邮件发出去，实现一种"文件化"的管理办法。你我手里都有一份副本，有根有据，内容清楚，责任明确，万一有问题也方便检查。

当然，以上的一些方法虽然有用，但仅仅是一些孤立的方法，还谈不上方法论。方法论应该是一套比较完整的系统性的东西。我在上大学的过程中，随着知识和经验的增加，慢慢在方法学的问题上有了一些体会。但这方面开始受到的最大启发来自法国大哲学家、数学家笛卡尔。

那时，西方社会科学方面的书籍还不大容易找到，一是发行量很少，二是不大提倡读这方面的书。然而，大学还是要开放一些，图书馆还是有一些社会上不容易找到的读物。一次，有幸读到笛卡尔的《方法论》（1637年发表）一书，一下子豁然开朗，大受启发，打开了眼界。平时许多思索过但模模糊糊的东西，似乎一下子就变得清晰了。对笛卡尔的敬佩之情油然而生，那毕竟是几百年前的事哪，是我们中国明朝末期的事啊，而且那时他只有23

岁。他在那个时代就能有这样的思考，真是不简单！

在《方法论》中，笛卡尔提出了很多很有价值的方法论原则和行为守则。他提出了四个方法论原则，分别是：1. 我所接受的东西是我认为十分明显而又清楚，绝对不可怀疑的东西。2. 对有疑难的问题应尽量加以划分，而且怎样能得到更好的解决办法便怎样划分，直到可以而且适宜于加以圆满解决为止。3. 有秩序地进行思维，从最简单、最容易认识的对象开始，逐步上升到对复杂对象的认识，最后达到最复杂的问题。即使对于那些完全没有先后次序的对象，也要假定出一个顺序来。4. 观察必须广泛，收罗必须齐全，直到自己相信没有遗漏为止。他说，他根据这些思维方法，在两三个月之内，就找到了解决过去许多解析几何和代数难题的办法。

笛卡尔的这四个方法论原则分别概括了分析的方法、综合的方法、完全列举或归纳的方法以及方法论中的怀疑。方法论中的怀疑并不是什么都怀疑的怀疑论，而是为了发现真理，得到确实的知识。

在这个基础上，笛卡尔又提出了指导生活的四条准则，其中的第二条留给我的印象很深。这一条说：当你没有找到完全正确的意见的时候，不肯定的意见也应当坚决遵循。就好像一个人在森林里迷了路，如果朝着一个方向坚定地走下去，虽然不一定能到达原来预定的目的地，但总可以走出森林。

笛卡尔总结的这些方法是否就好，人们可能会有不同的看法。但关键是他总结出了一套处理问题的方法，在实践中产生了很好的效果，这就值得我们学习。

笛卡尔的方法论对我的启发是：做一件事有一套完善的方法最好，但方法完善与否还不是最重要的，最重要的是要根据方法学的一般原则，尽快确定解决这一问题的一套方法。有了这种认识以后，无论是学习或者工作，我都更喜欢在"方法"上下功夫，力争把碰到的每一件事情做得更好。而且在做一件事的方法确定以后，就不要犹豫，而是要坚持做到底，除非找到了更好的方法为止。

不妨回想一下，围棋是我们中国的国粹，可是近几百年来，日本人却后来居上。究其原因，是因为他们的重视，有专人进行认真的研究，虽然后来我们经过努力也赶上并超越了他们。不少下围棋的人都有这样的体会：低水平的棋手之间乱下一气是没有用的,提高水平的效率也是比较低的,虽然实践多了也会有所提高,但却难于达到很高的水平。要提高得快一些,就需要找到合适的方法。

方法从哪里来?可能的途径是:认真读书学习,从前人的经验和当前的实践中汲取经验,再有高手予以具体指导,最后根据自己的实际情况多加思考,认真总结出一套适合自己的方法。

在围棋中,如布局、定式等的确总结了许多成熟的经验(当然也包含了不少方法),但对局却是千变万化的,要在这些千变万化的局面中取胜,就不仅需要有一套方法,而且还要灵活使用已有的方法。我想,高手之所以成为高手,并不只是下棋的时间长、经验多,而是他们都间接或者直接总结和掌握了一套方法,做得比一般棋手好。

近代科学之所以能得到迅速的发展,很重要的原因也在于方法对头。当然方法不是唯一的,不同的方法可以导致不同的结果。比如说,在工业革命时代,以英国为代表的科研方法和以法国为代表的科研方法就各有其特点,结果导致了法国有许多原创的科学理论,而英国却有比较多的工业发明。

拿我们熟悉的软件开发来说,方法也十分重要。本书后面将要谈到,我在深圳新欣软件时,就特别讲究总结并实施一套比较系统并适合自己的方法,因此在软件开发的进度、质量、成本、人才培养、市场开拓等方面都取得了比较显著的成绩。根据我自己的体会,别人或别的单位(哪怕他们非常成功)的一套方法再好,都不要完全照搬,最好能在吸收消化的基础上总结出适合自己的一套方法。

笛卡尔认为要"十分明显而又清楚,绝对不可怀疑的东西"才能接受的想法对我也很有启发,它大大加强了我自己遇事"要有自己的见解,不随便附和"的想法。事物总是向前发展的,认识总是不断提高的,如果不加分析,就盲目接受某些人甚至某些权威的说法,事物的发展就难免停滞。"对和错"有时是相对的,有些东西有唯一的答案,有些则不一定,甚至可能有多种选择。所以在学习中,应该以一种批判性的态度来进行学习,要有质疑的精神,多问一个"为什么"。德国哲学家康德说过的一句话很有参考价值。他说,遇到一件事情的时候,愚昧的人常常就全盘接受,而聪明的人则有更多的质疑。

去太原某厂实习

1960年12月，算是我第一次出远门，到山西太原某厂实习。那时，火车行驶速度很慢，加上我们乘坐的是慢车，途中还要在西安、石家庄转两次车，用了三天多的时间，才穿过寒风凛冽的北方大地，到达了山西省的省会太原。

厂里把我们新来的一批学生（包括几个男年轻教师）安排住在离厂区不远的一排长条形的平房里。同一个平房里还住有其他一些大学，如北京航空学院、北京工业学院、南京航空学院、哈尔滨工业大学等院校来的同学。平房相当长，用木板铺了两排通铺，我们分了铺位，一个挨着一个住了下来。

正是数九寒天，晚上的气温在零下十几摄氏度，甚至零下二十几摄氏度。我们这些南方来的人，从来没有到过北方，在外面走路，都感到非常不习惯。特别是寒风迎面刮来，真有面如刀割的感觉。幸好，山西的煤非常多，质量又好，暖气烧得很足。我们的住房里虽无暖气，但有三个很大的铸铁火炉，门口又堆了一大堆油光黑亮的优质原煤可以随意使用，每天火炉的煤都加得很足，室内一点也不冷。刚到不久，我甚至吃过室内温度太高的苦头。那一次是厂里的领导召集我们开会，我穿着许多衣服去了。在南方都没有进屋脱掉外衣的习惯，我进去以后被安排坐在一个靠近暖气片的位置。开始还好，坐了一会儿就感到热得太难受，参加会议的又多是生人，一时又不好意思脱掉衣服，简直有种活受罪的感觉。

那时，全国已经进入了"三年困难时期"。生活相当困难，主要是缺乏食物。由于长时间缺乏营养，很多人得了浮肿病。很幸运，我没有得过浮肿病。作为大学生，我们的粮食定量是三十一斤，算是比较高的了。但严格地说，也很可怜，除了粮食定量能够基本保证，副食很少，就只有一点贮存过冬的大白菜、萝卜，谈不上什么营养。山西这个地方，雨水较少，粮食多为比较耐旱的玉米、高粱。面粉虽也占一定的比例，但供应很少，我们喜欢并习惯吃的大米基本上没有。因此，每天到食堂，吃的就是棒子面熬的粥、蒸的棒子面窝头再加一点水煮大白菜、萝卜。玉米窝头这种食品，我开始是不得不吃，后来逐渐习惯了。

最难下咽的是高粱，刚开始看到高粱做的窝头，视觉上颇有点像成都以前卖的巧克力水果蛋糕。可是一吃到口中，才发现没有任何蛋糕的美味，恰恰是什么味道都没有的"白味道"（这是我女儿小曦、小蓓小时候发明的词语）。不管怎么说，高粱总还是粮食，有一些营养，没有味道还是硬着头皮往下咽。可问题来了，高粱的"输入"不容易，而"输出"则更困难。加上缺乏油水，也没有新鲜的蔬菜，造成解大便十分困难，拉出来的大便，形状就像一坨坨的马粪。当时没有抽水马桶，也不能不慌不忙地慢慢来。我们住的是平房，附近的陡坡上悬空建了一个上下都非常透风，用木板和芦苇搭成的土厕所，蹲厕的木板离下方的大土坑有两三米高，中间也无遮拦。在那数九寒天，北风吹得呼呼响。往下一望，全是奇形怪状冰山似的大小便。到了这个份上，什么臭气都不重要了，食用高粱形成的大便解不出来，而北风却一个劲地吹着，原本在凛冽寒风中面如刀割就已经很难受了，因为高粱引起的"输出"困难，也不得不坚持忍受下去。

该厂是一个生产防空指挥仪的大型工厂，人数众多，设备相当精良。这个厂完全是苏联帮助建设的，生产的大宗产品是高炮指挥仪，虽然可用，但已经相当落后了。那时正在准备生产比较先进的指挥仪。该厂的生产线、机器设备等都是苏联提供的，所有的文件、图纸也全是用俄文编写和标注的苏联原版。1959年，中苏关系开始恶化了。1960年的下半年，中苏关系急剧恶化，苏联专家一下子全部撤走了，这些苏联援助建设的项目一下子就运转不灵了。我们这些还没有毕业的大学生就权且被用来填补这个空白。

分配工作时，我先分到了车间，因为没有什么事情可做，很快就被调到了厂里的设计研究所。这里是搞技术工作的核心部门，所做的工作与我所学的专业比较接近。

设计研究所是一个保卫得比较严格的部门，不久我们就了解到正在搞的是一种比较先进的指挥仪。以前的指挥仪都是机电指挥仪，而这次研制指挥仪改用了比较先进的电子技术，以电子管电路作为核心的技术。在电子技术方面，与其他院校来的同学相比，成电学生有一定的优势，因为我们学的课程都是以电子方面的课程为主的，于是我们很快就成为这方面工作的重要技术力量。

多年过去了，许多技术细节都记不大清楚了。不过在我的印象中，苏联人的设计还是非常巧妙、很下了一番功夫的。比如说，实现多种情况下的逻辑控制功能在数字计算机上实现起来就非常容易，只需要在软件上设定各种条件转移就可以了，而原来只能用硬件的办法，即只能用电子电路来实现。特别麻烦的是，电路一复杂，就要多用电子管，除了成本增加，体积也增大不少，还要发热，降低了系统的可靠性。所以那时精心设计，挖掘潜力就非常重要。在消化技术资料和调试的过程中，我们碰到了各种各样的具体问题，在解决这些问题的过程中，学到了不少东西，收获很大。从当学生开始，这段走出学校接触社会实践最长的生活经历，让我增长了许多见识。

因为工作的内容比较充实，所以我感到很满意。那时虽然生活非常困难，但是我们这些学生并不多想这些问题，基本上都在考虑怎么能多学习掌握更多的东西，提高自己。每天到了晚上，都要坚持去办公室，虽然路相当远，但我们仍顶着寒风前往。晚上在办公室除了可以喝一点白开水，没有任何可以吃的东西，但我们学习非常认真，一直要到很晚才返回宿舍。我甚至想在业余时间翻译俄文书《寄生耦合和寄生感应》。

有一天，厂里召集我们开会，会上宣读了一份国防工办发来的文件，这份文件中说决定将我们这些实习学生全部留在厂里工作。去太原实习的同学普遍不习惯北方的生活，基本上都不愿留在太原。

那时，我们到太原已有半年多了，厂里考虑到大家的意见，让大家回学校去"换季"。走之前，大家反映到太原很久了，还没有到什么地方看过，于是厂里决定安排我们参观几个地方。一个印象比较深的项目是参观太钢（太原钢铁厂）。我们每次乘坐公共汽车经过汾河大桥时，就可以看到北面远远冒着黑烟、黄烟的建筑群，人们告诉我们那就是太钢。黄烟给我们一种有严重化学污染的印象。到了现场，我们却为炼钢厂的一片繁忙气氛所感染，开了一些眼界，学到了许多知识。特别是让我们从一座高楼似的炼焦炉顶上走过时，看着附近冒着火焰的许多火孔，想着脚下面就是熊熊燃烧着的炼焦煤，真有点胆战心惊。

厂里还安排我们去离太原不远的晋祠游玩过一次。纪念古代晋国开国国君的晋祠是山西的一大名胜，给我的印象很好。最特别的是，那里的泉水非常清澈，水流量很大，水也很深，有三米以上。最令人奇怪的是，在那潺潺流动的泉水中，游动着的鱼看得非常清楚，大、中、小体型的鱼分成三个组，大的在下层，中的在中层，小的在上层，互不干扰，怡然自得。中国有一句老话叫"物以类聚，人以群分"，在这里"鱼也群分"了。多年来，我到过不少地方，看到过不少泉水，可晋祠的泉水算是我看到的最清澈的。

太原市有一条东西向的迎泽大街，相当宽。大街南面的迎泽公园也相当秀丽。那年，在迎泽公园举行全国举重锦标赛，我国最早打破世界纪录的陈镜开、赵庆奎等优秀选手悉数到场，我们也抽空跑去看了。可能大家肚子都没有怎么吃饱，虽然免费，但去看的人仍然很少。

我们在太原的时候，太原城里的大街旁还能看到一些很结实的碉堡。记得在迎泽大街的一个街口，就有一个非常大的方形碉堡，估计一个营的部队在里面防守也没有什么问题。这些碉堡都是山西"土皇帝"阎锡山在解放战争时搞"太原保卫战"遗留下来的工事。另外，还可以远远看到双塔寺。据说，解放战争时双塔寺被用作阎锡山守城部队的炮兵观测所，其中一座塔被解放军的炮火轰掉了一部分，那时还未修好。

由于生活相当困难，很多人都在想方设法找到一些所谓的"代食品"。有一天，食堂做了一些加入"代食品"的窝头，还是凭饭票购买，不过这窝头的个头比平时的大得多。我买了自己的一份，吃时才发现不但粗糙，而且味道苦不堪言。可能我受到的艰苦锻炼还不够，感到简直难以下咽。不过，有人却看上了我的那一份，我刚一表示太难吃了，一个姓王的中专毕业的技术员马上就说很不错嘛。我稍一客气，他就拿了过去几下就吃了个精光。结果，那天"代食品"带来的好处我没有享受到，连玉米面窝头的那一个"正份"也因为和"代食品"混在一起而放弃了。放弃了就意味着当天晚上没有吃的，就要饿肚子，因为手里仅有的少量"机动粮票"那天也只能买这种代食品，没有别的解决办法。那时，每一顿饭都有对应的饭票，日期印得清清楚楚，还盖了食堂的专用章，对号使用，更不能提前。如果自己不控制放开来吃，让自己掌握，那些长期没有吃过饱饭的，对自己就会没有"责任感"，寅吃卯粮，提前完成"任务"。到了月末他便会躺在床上起不来，带来不少麻烦。

不管怎么样，因为缺吃的，大家怨言比较多，吃不饱成了主要矛盾，"弦"也就没有以前绷得那么紧了。一天，从我们集体宿舍的那台破收音机里，突然收听到中央人民广播电台播放的意大利作曲家威尔第的古典歌剧《茶花女》选曲。当我们听到热情奔放的《饮酒歌》"让我们高举起欢乐的酒杯，杯中的美酒使人心醉……"时，同班后来分配到中国科学院计算所工作的同学李玉新突然冒出了这么一句：这嘛，才叫作音乐！

我们回到学校以后就毕业了，我被遴选为成电那年的8个研究生之一。我们学校下厂的同学中，只有陈新铎一人留在太原了。陈新铎是我们最后一届的班长，比较稳重，也很有智慧。总之，他一个人最后被分到该厂。后来我们还见过几次，20世纪80年代我们在成都见面时，他还在该厂勤勤恳恳地工作，改进那台老的指挥仪。

顺利度过三年困难时期

从太原回成都我们仍然乘坐慢车，在路上颠簸了好几天才回到了成都。闯荡了一番的我们似乎也多了一点经验。火车上拥挤不堪，没有座位，实在太累了，我和同学就商量多向劳动人民学习，也来它一点革命化，钻到座椅下面窄小的空间里躺了下来。事后，大家觉得躺在座椅的地板上的感觉还出奇地好，似乎就像现在疲倦至极之后，在席梦思上美美地睡了一个好觉。钻到座椅下面当然不是我们的发明，只是以前看到人家往下面钻，我们这些大学生开始觉得比较脏，放不下架子。

坐车回成都的途中还有一个小插曲。到了某个地方，有一位乘客突然惊叫了起来，说他放在座椅下面的一布袋干粮没有了。他可能认为东西放在自己座椅下面比较保险。哪晓得那时也有人饿极生智，胆子大了起来。一位农民似的老兄竟然一声不吭地躺在座椅下把他的那一袋干粮吃了个精光。这偷吃东西的人可能就是逃荒的农民，要赔偿无从谈起，要命倒有一条。你骂，他也不吭声，惨兮兮的样子，也没有办法叫他吐出来还原，结果干粮的主人只好自认倒霉了事。

那时，正值暑假，回到学校报到后，我就准备返回乐山。那年我们班的同学都分头下厂去实习了，返校的时间很不一致，从而失去了我们全班同学拍一张集体毕业照的机会。这是同学们都觉得遗憾而又无法挽回的事。

早就从家里的来信知道，乐山每月只供应少得可怜的三钱油。那个打油的小容器"铛铛"，就像专门为童话中的小人国所特制的一样，看起来有一点可爱。而油的吃法不是现在的人们可以想象的，一般是在锅上擦上一点油，或者用油来炒一些"油盐巴"，每次做菜时放一点，以便"细水长流"，也使菜有一点油的味道和气味，吃起来更可口。

在这种情况下，我想如果能带一点菜油回家作为礼物，母亲见了一定会非常高兴。于是，我就打算先用我平时节省的一点粮票在成都换些油票，然后买一点菜油带回去。我打听了一下，找到了一个可以换油票的地方，即成都市中心盐市口拐弯西北面，紧靠人民商场的那个很大的糖果店。以前没有过换油票之类的经验，觉得这不该是我们做的事情，所以去换时很不好意思。不过，油票最终还是换成了，大概换了一斤二两油票。

那时，什么东西都很缺，连找个装油的瓶子都很困难。还好，总算找到一个。买了菜油之后，考虑到瓶子在路途中万一被打破，不但有物质损失，精神上的损失也十分巨大。那时没有塑料袋这样的东西，于是设法用毛巾把瓶子包扎了一番，再把瓶子放在一个大的搪瓷缸里，作为重点保护对象，就像对待一个需要特别照顾的婴儿一样。总之，这一大瓶油平安地带回了乐山。母亲见到这么一大瓶油感到非常高兴，说："好几年没有看到过这么多油了！"到现在我都还记得她当时高兴的神情，但听到我说是用不少宝贵的粮票换来的时候，她又感到太可惜了。鱼与熊掌不可兼得，有什么办法呢？

我们乐山家的院子里有一小块比较肥沃的土地，这时发挥了一点作用。母亲和弟妹们充分利用了这块地，种了不少瓜菜，而且长得非常好。暑假回去的时候，我们几乎天天可以吃到自产的丝瓜等蔬菜，在缺少粮食的情况下，这些瓜菜实在是一种很好的补充。

那时，除了少量的积蓄，家里没有什么收入。母亲就带领几个妹妹去畜产公司劳动（如整理出口的猪鬃等），挣取一点收入。她们还尽量设法寻找一些别的途径（如粘制工厂用的纸袋等），争取多劳动多挣一点钱，以维持生计。我听六妹讲过，在秋天柿子成熟的时候，她们还把我们家柿子树上结的柿子摘下来，加工好了拿出去卖，以增加一点收入。因为我们家的人从来没有卖过东西，虽说是自己的东西，要拿出去卖，心里还是有一点虚，胆子大不起来。六妹说，她和五妹一起去卖柿子，很不好意思，生怕被同学看见了。她们喜欢晚上到乐山电影院门口去卖，价钱定得很便宜，容易卖；晚上街边的光线不好，别人也不容易看清楚卖的人是谁。电影散场了，很多人拥出来，一篮柿子很快就卖光了。

1961年的夏天，我们全家在乐山团聚了。过去，我们很难得全家拍一次照片。考虑到我的工作分配还是个未知数，很有可能远走他乡，于是，就趁这次团聚的机会，拍了一张全家福。尽管照相机的镜头不是那么好，不是很清晰，但仍然是一张非常有意义的照片。这张照片给人印象最深的是，大家都消瘦得很。

长期饥饿的滋味是很难受的，现在的年轻人已经很难有机会体会这种滋味了。那时许多人好像有再多的东西都能够吃下去似的。国家也号召大家"瓜菜代"，就是用瓜菜来代替一点粮食。我所在的401教研室（计算机教研室）的老师们也种了一些厚皮菜。有一次收获了，大家集合在一起用清水煮了放了一点盐，吃得非常满意。那天我没有参加，但听在教研室工作的同班同学曾贤麟说，就连我们的刘锦德老师也评价说："出乎意料的好吃。"

那时虽然经济困难，但大家的思想面貌都很不错，领导们比较严格地要求自己，不搞贪污腐化之类的事情，而且能够起带头作用。面对困难，国家也想了不少办法。我们过去没有见到过的加拿大面粉、伊拉克蜜枣、棕黄色的古巴糖等就进口了不少。一时间，出现了许多以"高级"冠名的东西，如高级点心、高级糖等等。

学校里，上级领导也提出要大家少运动，少消耗能量，提倡养生之道。冬天的时候还要大家穿得厚实一点，同样是为了减少能量的消耗。实际上大家都通过各种不同的形式在减少消耗。

和大家一样，饥饿的感觉我当然还是有，不过总的来说不那么严重。虽然我的研究生助学金较低，但粮食定量仍维持31斤没有变，相比之下还是比较好的。此外，我也想到孟子"天将降大任于斯人也，必先苦其心志，劳其筋骨，饿其体肤，空乏其身……"这样一些话语，知道一个人要想干点大事，吃一点苦是很正常的事，对自己的身体和意志是一种锻炼，何况整个国家都面临巨大的困难，我们为国家分一点忧是应该的。另一方面，我正集中精力于研究生的学习与研究，很想搞出一点成绩来，不愿意花时间去考虑这些事情。思想上一解决问题，这方面的事对我的影响就很小了。

研究生

"文化大革命"以前，我国的研究生是很少的。多年以后，有时要我们填履历表之类的东西，在学历一栏，我总是填上"研究生毕业"几个字。现在不少年轻人不大了解过去大学的历史，总爱向我提出这样的问题：到底是硕士还是博士？回答是"既不是硕士，也不是博士，而是研究生毕业"。

为什么要这样回答？本来，在20世纪50年代，因为向苏联老大哥学习，大学的研究生培养基本上受苏联体制的影响，学位是副博士、博士，大体上与现在的硕士、博士相当。后来随着"革命化"的深入，这些说法就再也不提了。所以我们研究生毕业时，既不是博士，也不是硕士，只能是"研究生毕业"。加上"毕业"二字，有时可与没有完成研究生学业的人相区别，因为毕业和没有毕业的差别很大。

不过，那时入选研究生的条件，就比后来高多了，真正可以说是百里挑一，可能比现在的录取博士也要难得多。比如，当时我们这个年级各个专业有本科学生1000多人，而全校的研究生总数只有8个。后来听说我们那一届全国的研究生仅有400人，可见入选之难。当时，国内很多大学还没有培养研究生的资格。现在研究生的招生数量简直突飞猛进。前些年成电每年招收的研究生就已达4500人左右，与招收的本科生数量相当。作为研究型的大学，以后我们学校研究生招生的数量还要超过本科生。据说，2020年招收的研究生已经有5000多人了。

那些年讲究走"又红又专"的道路，只要业务学习抓得比较紧，就很容易被列入走"白专道路"的行列。可是要选研究生,业务学习不好又不行,因此,如何评价一个人,与领导者的素质和政策水平就有相当大的关系。我的学习比较好,为人正派,但要真正拿"革命化"的高标准来要求,还是有相当的差距。后来听刘锦德老师说,我入选研究生还是系党总支崔泽峰书记点名推荐的。这说明我各方面的实际表现在他的印象中还不错。

为什么要这样说呢?当时,追求进步就要经常汇报思想,但这恰恰是我的一个弱项。我不但不喜欢,而且基本上就没有汇报过。我这样想:我们都是同学,每天朝夕相处,一个人的实际表现大家都看得到的,而"思想"是看不见的,一个人的思想到底好不好也是不好检查的。为什么喜欢听思想汇报,而不喜欢看实际表现呢?

我在研究生学习期间的表现完全没有辜负崔泽峰书记的希望,取得了比较好的成绩。这多少说明崔书记作为一个政工领导干部看人还比较全面,没有受当时"左"的思潮的影响。

崔书记是河北石家庄附近的人,年纪很小时就参加革命,在聂荣臻元帅领导下的晋察冀北方分局社会部搞机要工作。我好几次在不同的场合听他讲,中共在华北敌人内部有一支很强的"地下尖兵",对敌人的动向了解得一清二楚。1947年10月,通过无线电发来的情报中得知敌人一支部队从石家庄往保定调动的情况后,各部队强行军,在保定以南、定县以北的清风店包围歼灭国民党第三军。该战役经过数天的激战,我军取得完胜,除打死打伤敌军2400多人,缴获甚丰之外,还生俘军长罗历戎及以下敌军官兵12000多人。他一讲起这个故事来,表现出一种很强烈的革命自豪感。我业余时间是比较喜欢读历史的,对这事也大致知道,但因为他亲身经历此事,知道许多细节,讲出来的故事就格外生动、精彩。所以,每当他讲这一段故事的时候,我们都洗耳恭听。新中国成立以后,根据这些战斗在敌人心脏的地下工作者的斗争故事,还拍了一部故事片,电影的名字就叫作《地下尖兵》。

2001年9月下旬举行45周年校庆时,崔泽峰书记回成都参加校庆。我和他在学校见过面,还一起去参观了广汉市附近的三星堆博物馆,了解了与中原文化大不相同的古蜀文化。后来,我们(包括刘锦德老师夫妇、高年级的同学唐纯彩夫妇以及老同学杨国纬、曾贤麟)还一起去雅安市参观游览。我们在一起玩了两天，彼此交流甚多，相当愉快。

当时，因为研究生人数很少，而且因专业各不相同，所以我们被安排和同专业留校的年轻教师住在一起，这样业务交流比较方便。具体来说，我和大学同班同学杨国纬、曾贤麟一起，三人共住在24栋的一间寝室，一直到研究生毕业。我们相处得很好，互相关心，互相帮助，还有许多共同的业余爱好，友谊难得，难忘。

研究生的学习安排是先学一些课程，以自学为主，学习后要进行考试。课程学习完之后，是对选定的研究题目进行研究，然后撰写论文。

这些课程之中有些是规定全校研究生都要学的，如哲学、数学、外语等；而多数课程是根据专业，由指导教师选定的。参考书都是英文或者俄文的，以英文的居多。

我的指导老师是刘锦德老师。他是1952年上海交通大学的优秀毕业生，毕业后留校作为张煦教授的助教。张煦先生是成电建校时就从上海交通大学调过来的一位很有名望的二级教授，哈佛大学的博士。我做研究生时，常常在图书馆外文期刊室阅读期刊，经常见到他在那里认真地翻阅资料、做文摘卡片等。我也曾向他请教过一些问题。作为老前辈，他对我们这些年轻人非常客气，给我留下了良好的印象。张煦教授来成电后不久就被打成"右派"。长期受不到重用不说，各方面都倍受压抑。改革开放以后，他要求调走，最后调回了上海交通大学，不久后被选为中国科学院院士。他是我国激光通信领域的先驱者。

刘锦德老师1956年成电建校从上海调来成都时，已经是讲师了。他学的专业是通讯，因为要建立若干新专业，他就听从上级的安排改行搞计算机。

我第一次近距离和刘锦德老师打交道，是1958年参加刘老师主导的电子模拟计算机的研制工作，做一些辅助性质的工作。在会战的那些关键的日子里，我第一次体会到刘老师对科技创新的积极热情和严谨踏实的工作作风。当时国内这方面的水平比较低，也没有实际经验，甚至没有人看到过电子模拟计算机。能不能把系统设计好，能否把关键部件运算放大器调试出来，能否制造出整机，完全是一个未知数。但刘锦德老师和在现场督战的系总支书记崔泽峰都提出，我们搞科研不能只图轰轰烈烈搞"大跃进"，切勿浮夸，一定要搞出实际的成果。我们好些天都日以继夜地工作。在大家的努力下，这台模拟计算机研制成功了，而且效果很好。当我们首次在长余辉示波器上看到解出微分方程的结果与我们的理想符合时，大家高兴极了。后来这台模拟机送到北京参加全国的科技展览，据报道还是参展的模拟机中唯一能够稳定工作的电子模拟计算机，在展会上颇出了一点风头。

刘老师那时比较年轻，也是第一次带研究生，他对我很客气。他非常谦虚而且坦诚地对我说："你作为研究生是一种学习，我第一次当指导教师也是一种学习，让我们共同来把这件工作做好。"他这样一说，大大拉近了我们之间的距离，也成为我们多年"亦师亦友"关系的良好开端。

研究生和导师的交流并不是很多的，学习主要靠自己，但有导师指点非常重要，在前人的基础上前进，可以少走许多弯路。"指导"主要是大的方面，如学习课程、研究方向的选定，学习效果和研究工作的检查，学习和研究方法的指导，等等。而他的这些经验，可能是他在前辈的基础上消化、吸收、提高的结果。传到我们这里，也有一个消化、吸收并提高的过程。这样的优良传统就会一代一代不断地传递下去，进而得到进一步的发展和提高。

有些具体的经验对我的影响很大。比如，他告诉我要经常去外文阅览室看资料，最好一个星期定下一些固定的时间，有事没事都要去。由于经常去，我养成了喜欢翻阅国外期刊的良好习惯。那时的政策不够开放，我们很难与国外的同行进行直接的交流。因此，这样做实际上尽可能保持了与国外同行的经常性接触（虽然是间接的），在了解别人所做的工作的同时，掌握有关的信息和知识，得到一些灵感，形成一些自己的思想，使研究工作的学术水平能够尽量与国际上的发展趋势同步。

当然，阅读外文期刊，能够快速找到自己需要的资料也有一些方法，不能坐下来就拿起期刊乱翻。那时，一个比较好的办法就是首先查找国外出版的各种科技文摘或索引方面的刊物。现在，通过互联网查起来就方便多了。

对于文章，刘老师的建议是最好读三遍：第一遍粗读，先掌握文章的梗概；第二遍细读，把难点和要点弄清楚；第三遍写读书笔记，把文章中的思路和要点归纳出来，变成自己容易掌握的东西。但实际上，我常常是读两遍。

与他多年的接触与交流，使我体会到刘老师治学严谨，做任何工作都非常认真。他善于发现和抓住专业发展方向上的新趋势，认真学习掌握，并带领一个梯队付诸实践。在我的记忆中，凡是他下过功夫的领域，都取得了比较出色的成绩。

他善于学习的本事可以从一些"小的"方面表现出来。比如，听一个报告，无论讲演人是什么水平，你总可以看到他坐在那里认真做笔记。而我自己，当觉得讲演人的水平不是那么高的时候，就不大爱做笔记。时间久了，我慢慢体会到他这样做的道理：每个人都有自己的长处，只要别人有一点长处，我们就应当认真学习，何况你已经坐在会场上了，能够多向别人多学一点东西总是好的；即使人家讲的不完全正确，记录下来也利于下一步的研究。总之，一定不要让宝贵的时间白白浪费了。

在那个时代，老一辈的先生们比较偏重于理论方面的研究，而对实践与理论相结合则关心得少一些。我则希望在理论和实践结合方面有所加强，在这些方面能够有一些创新。

因为刘老师在模拟计算机的核心部件运算放大器方面做了许多研究工作，他的意见是我的研究方向最好与他的研究工作保持一致，最好是继承和发展，所以我的研究方向最后定在这个方面。当时，运算放大器有两个大的热点问题需要解决：一是解决与静态误差直接有关的漂移问题；二是解决与动态误差有关的带宽问题。我的题目一开始就定在比较有挑战性的"带宽问题"，最后论文的题目是"运算放大器频带的研究"。

阅读的外文参考资料大多是英文的，但苏联权威期刊《自动学与运动学》（Автоматика и Телемеханика）上的一些文章对我的研究工作产生了不小的影响，特别是其中的一篇文章对我的研究影响颇大。这篇文章提出了一些好的思路，也有一些数学推导，很有道理。我花了不少时间研究这篇文章。

因为运算放大器是一个完全电子的闭环的自动控制系统，为了做好这一工作，我在自动控制理论的研究上下了一番功夫，对其中的"根轨迹"法有比较深入的研究。在这方面，我主要阅读了两本相当厚的大部头英文书。它们都是这个方面的权威著作，其中一本是系主任许德纪教授推荐的。此外，我还读了一些有关的论文。

在做理论研究的同时，我还天天跑实验室。好长一段时间，寝室、实验室、图书馆成了我的"三点一线"。每天的工作很紧张，为了保证身体的健康，也让大脑能够得到休息，每天下午晚些时候，我总要抽一点时间去运动场参加活动。一般是和学生一起打篮球。那时我已经有比较深刻的体会，如果不参加一点运动量比较大的体育活动，脑袋就不灵活，晚上工作的效率就低得多，而晚上的时间对我们来说是最宝贵的。

在相当长的一段时间内，我成了到实验室最多的常客。去得多了，我反而成了主人。首先，我设计制作了一个电子管的运算放大器，作为实验工作的平台。然后，一心一意地做频率特性的研究。经过相当长时间的努力，对形成运算放大器频率特性的机理和它的作用做了相当深入的研究。

许德纪教授对此项研究工作非常感兴趣。他主要在研究自动控制理论，但他没有一个自动控制系统可以作为自己工作的平台。在当时的条件下，要构建一个传统的自动控制系统的确很不容易，需要很多设备和资金。所以，他也很想通过这个研究题目来检验一下相关的自动控制理论。值得注意的是，我这个运算放大器，从理论上来讲完全是一个闭环的自动控制系统，但它不是传统的机电结合的系统，而是一个完全电子的自动控制系统。在运算放大器频带这方面的研究工作，国内基本上没有，属于具有一定开创性的研究工作。

我的论文《运算放大器频带的研究》在答辩时得到了很高的评价。需要答辩的问题不多，而且由于我在理论和实践上都下了很多功夫，对提出来的问题我都能够给予很好的回答。印象很深的一个问题是许德纪教授指出的，是我通过实际测量绘制的频率特性曲线数据上的某个问题。后来，我根据他提出的意见做了复查，发现了一个我在处理时不应当有的粗心。答辩下来，我心底里十分佩服许先生，他这么大的年纪了，还对这么具体的问题如此细心，真是值得我辈学习。

后来，我根据这篇论文中的丰富内容和实验数据撰写了三篇学术论文。其中两篇为《成都电讯工程学院学报》选用，而且发表在哪一期都已经通知我了。十分不巧，当时已经处在"文化大革命"的前夕，学报停办，这些学术论文当然就被束之高阁了。

我在写研究生论文的时候,得到了刘锦德老师的很多指导。从论文的结构、提要的编写,到遣词造句各个方面,我都得益不少。他要我特别注意论文立题时必须站在一定的高度,论述要尽量严谨,内容要实在并有独到的闪光之处。

论文要在大量收集信息、数据并在做了实验的基础上以"论"为主,即什么都要道出一个"为什么",要有自己的观点、方法和结论,提出一些独特或者创新的东西。比如:如果研究的内容相同,我的研究方法就要不一样;如果研究的方法相同,我研究的内容就要不一样;等等。

我发表过很多文章,也有自己的种种体会和心得,逐步形成了自己的风格,也指导过不少研究生撰写论文。优良的传统一代一代往下传,现在回忆起来,最初受到刘老师的这些教导非常有价值,终身有益。

多年来,我和刘锦德老师都保持着比较密切的联系,我们在各个方面互相支持,互相帮助,开始是师生关系,后来成了同事和终身的朋友。我和刘锦德老师"亦师亦友"六十年。我们的朋友关系非常纯洁,而且处在一种比较高的境界。拿文德的话来说,我和刘老师是真正的"君子之交"。更难能可贵的是,刘老师常常乐于听取我的批评性的意见。可惜刘老师不幸于2018年9月突然中风去世,离我们远去了。我将永远怀念这位值得崇敬的老师和朋友。

几件难忘的事

研究生期间,还有几件事令人难忘。

1964年10月16日下午3时,我国第一颗原子弹爆炸成功。当天晚上,中央人民广播电台进行了广播,这一消息让所有的人都激动不已。当时,苏联、美国与我国的关系都很紧张,按报上的提法是"美帝、苏修亡我之心不死"。原子弹的爆炸成功使中国掌握了一种在受到威胁或攻击时起到威慑作用的反击手段。

在"美帝、苏修"全面封锁、物质极端困难的情况下,研制出原子弹的确是大长了中国人的志气。除了有人自发举行了一些小规模的庆祝游行，新闻单位还印发了特大红字标题的号外。当时我保存了一张号外，可惜没能保留下来。

第一颗原子弹爆炸后，我国仅仅用了两年零八个月的时间，赶在法国的前面，实现了可以装在导弹上的氢弹试验。成为世界从原子弹到氢弹所用时间最短、水平提高最快、试验次数最少的国家。事后一位负责人回忆说，如果不是1964年原子弹爆炸成功，1965年又突破了氢弹原理，并进一步实施，随着"文化大革命"到来，就不知道要推迟多久了。

在读研究生期间，还有一件大事是中共和苏共关于国际共产主义运动路线和策略等问题的大论战。

直到20世纪80年代末，中苏之间才打破坚冰，关系恢复正常。不过，中苏双方都为多年的争论付出了沉重的代价。恰好这一段时间，世界经济蓬勃发展，而中苏都错过了历史性的发展机会。

1989年，邓小平在会见来访的苏共领导人戈尔巴乔夫时，就对过去那些意识形态的争论说过："经过20多年的实践，回过头来看，双方都讲了许多空话。""从60年代中期起，我们的关系恶化了，基本上隔断了。这不是指意识形态争论的那些问题，这方面现在我们也不认为自己当时说的都是对的。真正的实质问题是不平等，中国人感到受屈辱。"邓小平进一步说，历史帐就不讲了，这些问题一风吹。

结　婚

刚进大学时，文德和我是同班同学，而且是我们班的班长。当时的班干部主要有三个人：班长、班主席、团支书，简称"班三角"。因为同学们从不同的地方来，相互间缺乏了解，所以几个干部都是由学校任命的，估计是以中学档案中介绍的情况为依据。猜想之，一是学习要好，二是有当过干部的经验。

一个人学习好，并不就一定能当好班干部。学生时代的我就比较腼腆，每遇做抛头露面的事，胆子不大。当然，后来经过学习、生活、工作中的锻炼，这一情况有了很大的改变。我想，这些特性与先天性的遗传因素有很大的关系。比如，我两个女儿小的时候就有些不一样，大女儿小曦有点像我小时候，比较腼腆一些，而小女儿小蓓则像她妈妈文德，几岁时就能组织一些小朋友在楼梯的拐角"学习"，上学以后又当班长。

文德在班上虽然是班长，日常也有其女性柔弱的一面。她在万县上中学时是女子中学，和她一起考到成电来的同学，自然都是女同学。她后来告诉我，到成电后的第一个中秋节，她们几个万县的老同学一起聚会，叙谈思乡之情，受某种因素触发，大家竟然一起哭了起来。后来发现第二天才是中秋节，哭错了时间，自己都觉得很好笑。

我们班有30个人，女生只有七八个，不到三分之一。可能是我们那个时代，重男轻女的影响比较大的缘故。总之，理工科大学的女生都比较少。

在我们系，我们这个年级一开始有4个班，我们班的编号是22班。22班学生的学习比较好，但是政治学习不大积极。在我的印象中，讨论什么问题大家都不大爱发言，主持人常常不得不唱独角戏。这可能为22班后来被拆散埋下了伏笔。

到了二年级，严格的考试刷掉了一些人，又调了一些同学到别的系，人数减少了，于是学校对班级进行重新"整编"。整编之后，我们系保留了三个班，编号为：18、19、20。我们原来的22班被拆散了，好几个同学被分到19班，文德分到18班。后来，我们班为计算机专业，而另外两个班为遥测和遥控专业。

实际上，我和文德在一个班时，只是和一般的同学一样，仅仅"认识"而已，没有什么联系。因此，那时完全谈不上别的，更没有想到我们后来还要一起生活一辈子。1957年秋天，我们一起参加收集"苏联的世界第一"活动后，我甚至记不得她也一起参加过这个活动，简直有点"目中无人"。那时，不主张在校的大学生谈恋爱，要求大家都专心致志搞好学习。对此，绝大多数同学都照办，很少有人考虑这方面的问题，甚至对这方面有些"迹象"的同学还多少有些不以为然。

我们22班搞过的活动不多，但有一次在全校的墙报比赛中出了一点风头，得了奖。墙报的版面是按我提出的思路设计的，而稿子则由班上的同学们分头撰写。那时办墙报，一般总是先收集文章，编辑好了后分头抄写，然后贴在一张做了一定美术处理的大纸上。而我这个版面设计的独特之处是，稿子不是粘贴上去的，而是费大功夫将有关文章按版面设计直接抄在一整张大纸上，然后做最后的美术加工。这样做，难度显然就大得多。比如，因为工作面有限，大量的抄写工作就不能"并行"；如果抄错了，也不好改，如果要改，版面就难以保持整洁；文字的多少要与版面大小精确匹配；如果内容要调整、修改，那就更难了。

总之，从内容的编写到制作的完成，都要非常精细，还要防止无意间引发的事故。比如，如果不小心在抄写时掉下一滴墨水，就会带来许多麻烦；如果把墨水瓶打翻了，就会前功尽弃。但是，由于这个做法独树一帜，让人耳目一新，一开始就创造了获奖的机会。后来我们果然得了奖，奖品是一面缎面的锦旗。这面锦旗发下来后由我保存，一直到现在，六十多年了，还完好无损。锦旗上面的题词是："百花齐放，百家争鸣"。

文德后来说，她为这次墙报比赛写了一两篇文章。她的文笔流畅，中学时就打下了很好的基础，到了成电，她还做了好长时间学校广播站的编辑。在那一次墙报比赛中，我有一篇文章是谈一场排球赛。文章记录了我院男子排球队和成都体育学院代表队的一场比赛。我院队以业余队的身份战胜了准专业的成都体育学院代表队，令大家高兴异常。我院的男子排球从此逐渐步入较高的水平，好长时间都是成都市的冠军。后来，男子篮球队的水平更高，前些年竟然获得过全国大学生篮球赛（CUBA）的冠军。

文章发表后，问题来了。有一个班的排球水平较高，他们看了我那篇写排球比赛的文章，认为我们这个班必然有排球高手，因此和我们联系，希望和我们班进行一次排球友谊赛。其实我这个写文章的人只是看球的"高手"，球技则很一般，我们班也没有什么排球高手，但既然人家来热情邀请，不好驳人家的面子，只好答应了。结果我们完全不是他们的对手，令他们有些失望。

文德是真正的"三好"学生：学习好、工作好、身体好。她曾是体操二级运动员。她还没有毕业，就因为成电要开设新专业，教师缺乏，而提前毕业派往北京航空学院进修；她对人好，平易近人，比较善于做思想工作，不少人都愿意来找她倾诉、谈心。她教课，备课很下功夫，记忆力也很好，完全不要讲稿，而且连那些数据（包括小数点后面几位数）、表格之类也背得清清楚楚，讲课十分流畅，效果好。她说，完全不要讲稿可以让听课者更有信心。

1963年初，我和文德谈恋爱了。不少人谈恋爱，都有一套一套的浪漫史。相比之下，我的恋爱史就实在太简单了。文德是我追求的第一个，也是唯一的爱人。她能够接受我，说明我各方面的条件还可以，比较符合她的要求。

我们那时谈恋爱，不但不像现在的年轻人那么浪漫，而且连见面的时候都很少。我们也从周围看到的一些"前车之鉴"考虑，如果在一起相聚的时间太多，必然会对工作和学习带来一定的影响。因此我们有一个约定，只有周末才见面一起谈谈。其实我们的住处相距很近，她住在单身女教工宿舍的23栋，我则住在单身男教工宿舍的24栋。

一般星期六吃过晚饭我去找她，我们一起到沙河边散步，或者去沙河电影院看一场电影。我们常常在晚上有点饿的时候去附近的面馆吃一碗素面，那时国家处于比较困难的时期，人们的购买力不强，物资缺乏，也没有什么好东西可卖。我记得很清楚，素面是一角二分一碗（还要收粮票二两），起锅时常常会加上几根豌豆尖，吃起来非常清香可口。

星期日如果没有很多事，我们有时也一起活动，到远一点的地方走走。记得一个星期日的下午，我们一起去盐市口附近的人民电影院看英国的芭蕾舞电影《红菱艳》。看完后，我们一起走到不远的市中心体育场。那里人很少，也没有比赛，我们在看台上坐着谈了很久。一个星期日，我们沿着沙河边步行春游，一直走到沙河堡。途中，偶然发现了一个水獭饲养场，见到许多水獭，我们颇为惊奇。有一次，北京的中央乐团来成都访问演出，我们一起听过韩中杰指挥的中央乐团综合音乐会，那是一次比较高水平的演出和愉悦的享受。

1964年的那个寒假，文德和我决定一起回乐山看望家人。那是文德第一次同我一起回乐山。回去前，文德特意去给弟弟妹妹们买了一些小的礼物，如文具盒、小手绢等。母亲见到我们回去，心里非常高兴。不过，那时我们的经济情况仍然相当困难，其他条件也不大好，而且天公也不作美，经常下毛毛雨，十多天不见晴。但文德和弟弟妹妹们一起相处得很好，大家都非常愉快。困难中，也有一些难忘而有趣的事情。那时，我们住的院子里只有一个年久失修的老厕所，不但相当简陋，而且不分男女，因此只能轮流上厕所，相当不便。那时院子里住的人比较多了，上厕所就容易"撞车"。文德上厕所时，常常是小妹智新主动在外面替她"站岗放哨"，或者干脆一起踏着那些石板路到九龙巷口甚至到电影院，去上公共厕所。那时智勇还很小，文德说，智勇那时很可爱，喜欢帮她把皮鞋擦得铮亮铮亮的。

到了1965年，我研究生快毕业了，有消息表明我将被调往北京。我和文德商定，决定在我走之前把婚事办了。准备工作很简单，我们想到的是每人准备一套可以穿得出来的新衣服。我们花了一些时间，上街去选了一些布料，各做了一套衣服。由于是夏天，上身做的是短袖衫，下身是灰色的薄料裤子。其他准备工作就没有什么了。最大的困难是缺钱，我们的收入很少，而文德和我的家庭负担又都很重。

由于结婚后就要去北京，我决定先回乐山看看。母亲对我们结婚这件事十分重视，她把保存了多年的一点老家底拿了出来。她给了我一床缎子的手工绣花被面和一顶双人床夏布帐子。这些正是我们需要的东西。

那时到北京是出远门，多久回来一次就很难说了，所以打算和在乐山的母亲和弟弟妹妹们一起多待几天。一天，在乐山突然接到文德从成都发来的电报，说是学校临时决定提前下乡去搞"四清"，大多数教师、学生都要去，包括她在内。

时间一下子变得紧张起来。我赶快发了一个电报，电文大概是"我周六回，请速准备好"。我说"我周六回"，没有周六当天举行婚礼的意思，可是在一定的程度上也可以这样理解，平时大家都忙，周六晚上大家都比较空闲，正是举办婚礼的好时间。可是，由于理解上的不同，差点出了大错。

星期六那天，1965年5月29日，我早上在乐山乘坐长途汽车，中午过了才到达成都的武侯祠汽车站。因为我没有意识到当天就要举行婚礼，所以乘公共汽车到了梁家巷以后，还走路到了40信箱我四妹的宿舍，还在那里稍坐了一会儿。然后，我们一起走回成电。

到了我的宿舍，同寝室的人告诉我，文德正在急着找我，叫我赶快去她那里。见到她以后，我才知道她对电报内容的理解有些误会，最重要的是当天晚上举行婚礼的通知都已经发出去了，可结婚证还没有办，需要赶快去领取结婚证。

当时时间很紧，只有赶快去办。幸好，学校的结婚证明是早就开好了的。我们一起步行到建设路靠沙河桥那边的一个居民委员会，办证的人很热情地接待了我们，很快就领到了结婚证。这个结婚证是一式两份，印在一张纸上，两份连在一起的，纸很差，颇厚实，字体、颜色等都很有一点当时才有的土气，现在如果想仿造，可能还做不出来，所以很有一点古董的味道。按原来的设计，这两份连在一起的结婚证应由夫妇二人每人各保留一份，不过，我们没有把它分开，两份一直连在一起，保留到现在。我们一起共同生活，已经五十多年了。2015年，学校按惯例还为我们一批人举办了集体的"金婚"庆典。

事后想起来，这个婚礼办得实在有点惊险，如果因为种种可能的原因，领不到结婚证怎么办？幸好，那时办事手续简便，我们很快就领到了结婚证。

我们的婚礼当天晚上在学院主楼西边的一个大教室举行。准备工作虽非常仓促，但在大家的帮助下，婚礼办得非常热闹。大量的准备工作都由我们热心的同学和同事们包了下来，我们没有操什么心，也的确没有时间。

我们这个婚礼应该算是最简单的了，只花了仅有的40元买糖果招待客人。大家也给我们送了一些礼物，如搪瓷脸盆、玻璃杯、花瓶、日记本之类。当时大家崇尚简朴，也缺乏经济实力，送的礼物基本上都如此。现在看来，简朴还是一个好的传统，婚礼简朴并不意味着结果不好。婚礼只是结合的开始，而相亲相爱能够长久相守的结合才是最美满的。

在婚礼上，崔泽峰书记等领导同志还讲了话，刘锦德老师宣读了十五所发来的函。该函对我在十五所那段实习工作期间的工作做了高度评价。后来才知道，这就是我调往北京的主要原因。

婚礼之后，我们的"新房"在单一后面的招待所一楼靠东北角头上的一个房间，里面已有一张大床和一些简单的桌椅板凳。床上用品都是我们自己用着的东西搬过去的。这时，正是栀子花盛开的季节，房子外面的路边开着许多白色的栀子花，我们有时也顺便摘几朵回来放在房间里，房间里充满了清香味。

我们在那个招待所住了十多天，文德就跟着学校的队伍去泸州参加"四清"了。

调往北京工作

为什么会调往北京？这得从1964年去北京实习说起。那年，为了了解国内有关技术的发展情况，我决定外出调研一次，同时到北京十五所实习。

我们学的是计算机专业，既学数字计算机，也学模拟计算机。那时，十五所主要研究电子计算机，模拟、数字的都有，所以我去那里实习是很对口的。特别是，因我的研究课题是模拟计算机方面的内容，而十五所在这方面的条件相对较好，花了大价钱从苏联引进了一台国内还没有的大型电子管模拟计算机МПТ-9。

到北京是坐火车，对研究生来讲，因为没有参加工作，没有坐卧铺的权利，只能坐最普通的硬座。车虽是"特快"，但还是坐了两天多，方才到了北京。

因为对北京不熟悉，所以最先去的地方是文德的姐姐骆文仪家的住处，而且我还准备向他们借一些卧具。姐夫王首山，东北辽宁铁岭人，新中国成立前，大概是1948年在东北上中学时就参军了。后来从解放军测绘学院毕业，留校工作。学校在北太平庄附近的花园路口。和许多人一样，他们的家就在学校内，住在学校后面一座红砖三层楼房中，有自己的一间住房，也有大家公用的厨房和厕所。文仪姐在北京工业学院毕业后留校当教师，教物理化学。她给我留下的一个印象是她的短跑不错，据说她保持着学院80米低栏的记录，因为后来80米低栏取消，改成100米低栏，所以没有人能打破她的记录了。

首山哥是那种自我要求比较严格的干部，给我一种工作能力很强而又积极努力的印象。在他们家，我记得的一件"文物"是一个搪瓷脸盆，盆的内壁烧制有"中国人民解放军第四野战军后勤部"等字样。用了十几年，底子已经重新换过，是用火烙铁焊上的一个马口铁的底子，但"中国人民解放军第四野战军后勤部"几个字仍然保留完好，给人一种既保持艰苦朴素又有光荣革命传统的印象。后来这个脸盆又用了好多年。

我到北京的时候是5月初，天气已经比较暖和，大路两旁高大的白杨树长出一种棉花似的绒毛，随着和暖的春风漫天飞舞。路边开着许多黄色的迎春花，春意盎然。

第一次到北京，感觉是很好的。北京是首都，有一种大都市的气派，绿化比成都好很多。人们穿着也比成都要好一些，但仍很朴素。大家有礼貌、客气。如果你在街上问路，且一时搞不清楚，就常常会有人热心地说："我带你去！"在公共汽车上，大家也很遵守秩序，让座是非常普遍的事情，不需要任何人提醒。售票员带着浓重北京口音的提醒"劳驾，前门上车，后门下车，中间同志往前走……"等，至今想起来仍使人感到十分亲切。

十五所在北郊的苇子坑，从首山哥他们的测绘学院到塔院只有两站多路，很近。

所里对我很客气，把我安排在研究模拟计算机的第五研究室实习。那时所里的科研人员都是军队编制，工人等则是普通编制。大部分科研人员都是大学毕业，转正后即授中尉军衔，除了工资较高，其他待遇也很好。他们的伙食开得很好。开饭时，八人一桌，桌上摆满了丰盛的饭菜，生活上大家无忧无虑。大家做起工作来井井有条，专心致志，几乎天天晚上都自觉到研究室加班。

由于发展很快，人员增多，住宿条件有些紧张。我被安排在一个准备作为机房的相当大的厅里暂住。这个厅里整齐地摆了许多双层床，住的基本上是从各个大学优选分配来的青年科研人员。与大家住在一起虽嘈杂一点，但经常听到许多消息，了解许多事情，相当有趣。可是也出现了一个美中不足的问题，我住进去的时候，床上发现了臭虫，让我难受了好几天。后来经过及时消杀，才算解决了。另一个感到极不适应的问题是天气十分干燥，特别是午觉起来，真有一种干燥得"要死"的感觉。

在十五所，我首先需要做的工作是了解苏联制造的一台大型电子模拟计算机МΠТ-9，看图纸资料，掌握它的使用方法等。它是一个比较成熟的产品，因我的俄文熟练，掌握起来并不很难。环顾我周围的研究人员，他们主要还停留在熟悉使用现有设备的阶段，独立研究的能力还差一点，也没有水平比较高的科技带头人，真正意义上的研究工作还不太多。

当我需要了解的东西已经了解得差不多的时候，我就想最好能帮助他们做点实事，解决一点问题。我想，入手的地方就是我研究过的问题，即模拟计算机关键部件运算放大器的带宽问题。这关系到模拟计算机的动态误差，但他们还不大了解，也没有研究过。这是一个需要填补的空白。所以，在我向他们做了介绍，让他们知道了带宽的重大意义以后，他们表现出了浓厚的兴趣。

于是，我下一步的工作就变成在实验室帮助他们解决带宽问题，这也是检验我前一段研究工作效果的一个新平台。运算放大器是一个电子的闭环自动控制系统，而要把自动控制系统的性能调到最佳，需要对系统进行很好的校正。经过努力，我除了使他们认识到带宽的意义和重要性，还在没有花什么代价的情况下，把放大器的带宽提高了至少一个数量级。

我这次实习，开始是准备在他们那里学习一些东西，结果却给他们提供了一些帮助，解决了一点问题，而且效果出乎意料的好，给他们留下了很好的印象。他们对我在那边两三个月的工作给了很高的评价。这个评价我本来是不知道的，但是在我的婚礼上，刘锦德老师可能由于对学生的表现比较满意和高兴，把这个评价从档案室借了出来，而且在婚礼上当众宣读了。那是一个非常好的评语，后来刘老师给了我一份副本，我把它抄在了日记本上作为纪念，可惜后来在销毁日记时一起烧掉了。

十五所点名要我去北京，而且连文德调往北京的问题都同意解决，的确很不容易。这就是这次去北京实习出现的完全没有想到的结果。原来，我想研究生毕业以后，多半会留在成电。当时学校每年总是要从毕业生中选一些比较优秀的学生留校，而毕业生留校工作一般被认为是很光荣的事。况且，我属于比较稀少的研究生，更有留校的条件，完全未曾想过会调往北京工作。

对我个人来说，调到北京工作，为我一生的工作与生活带来了许多丰富多彩的变化。有了这些变化，故事就多了。用别人的话来说，是很增添了一些传奇色彩，为我写这本回忆录提供了许多素材。

在北京实习期间，我去过中国科学院自动化研究所和一些相关工厂，还去过天津无线电厂参观，了解他们所做的工作，和有关科学技术人员讨论过专业方面的问题。虽然我还只是一个没有毕业的研究生，但因为在某些方面已经有一些研究成果和心得，在技术问题上也有一些自己的见解，对国外的发展现状和同行的研究也有一定的了解，所以走到哪里都还能受到比较客气的对待。这些使我感到高兴。此外，成电在这方面有一些研究成果，并且在国内有一定的名气，这些因素对我到各处参观访问也有一定的帮助。不过，即使人家热情接待，如果你只是带着耳朵去听，只能当"收音机"，自己没有一定的见解，不能让人家也从你这里得到一点有用的信息，那情况也就会不一样了。

我是第一次到北京，加之我有多种爱好，所以我在京期间的每个周末，还是抓紧时间去参观了不少名胜古迹，看过一些高水平的比赛。特别是想看一些在成都看不到的东西。

我刚去的第一个周末，就碰上巴西马杜雷拉足球队访问中国。当时我国退出了国际足联，也退出了国际奥委会等一系列国际体育组织，和外国的交流极少。就算能邀请外国队来，比赛都不能算是正式比赛，而只能是非正式的民间友谊赛。当时，消息相当闭塞，而在"蜀道难，难于上青天"的成都，要想看高水平的国际比赛简直想都不要想。到那时为止，我从来没有机会观看过国际体育比赛。

可能是首山哥有一些有利条件，那个周末他可以搞到两种票，一种是郭兰英的独唱音乐会，另一种则是巴西马杜雷拉足球队访问中国的首场比赛。他让我选，我毫不犹豫就选择了后者。我们出场的是国家队，但打出来的招牌却是北京队，人还是那些人。相比之下，巴西马杜雷拉足球队的水平高得多，特别是传接球、控球的技术十分高超，轻轻松松就把我们打败了。在工人体育场观看那场比赛，简直是一种艺术享受，这也是我第一次观看有黑人运动员参加的比赛。

后来我又在工人体育馆看过一次印度尼西亚羽毛球队的访华比赛。来访的是取得汤姆斯杯冠军的印尼队，其中有陈友福等华裔选手。因为是世界最高水平的比赛，我也想法搞到票去观看了。结果，汤仙虎、侯加昌等我国年轻选手出人意料地大获全胜。

这是我国羽毛球初露头角的一次重要比赛。可惜我国不是国际羽毛球协会的会员，我国选手还没有资格参加高水平的正式的国际比赛。后来，我国的羽毛球实力逐渐被公认为国际一流，可参加国际羽毛球协会的问题仍未解决，于是就和几个世界羽毛球强国（印尼、马来西亚等）组织了"世界羽毛球协会"。后来国际羽毛球协会与世界羽毛球协会合并成新的国际羽毛球协会。

我还抽空参观了故宫、颐和园、天坛等名胜，都留下了美好的印象。在这些名胜古迹的某些大殿里，我们常常能够看到一些很粗大很直的巨型楠木柱。而通过看介绍，知道这些木材都是多少年以前，经过千辛万苦，在没有机械和大型运输设备的情况下，通过水路、陆路，克服了难以想象的困难，才从四川、云南等地运来的。因为这些巨柱与我在乐山上初中时作为校园的文庙大成殿内的楠木巨柱"如出一辙"，这使我油然产生了许多亲切感。

在北京实习的两个多月过得非常丰富多彩。在十五所的任务完成后，我乘火车返回成都。

北京之行产生了一个调往北京工作的结果。在很多人的心目中，调往北京是一件可望而不可即的事，而对于我这种由上级指名调去北京的情况，更是多少有点荣誉的成分。我对于到底在北京还是在成都工作没有一定的想法，似乎都差不多。因为自己已经通过研究生阶段的学习并掌握了一些东西，自觉只要努力，在哪里都可以干出成绩，不一定非要到北京去不可。何况，我和文德刚刚结婚，马上就要分离，心里还是有些恋恋不舍。但是，不去北京吧，也说不出多大的理由。那时的主流是讲究服从组织分配，崔泽峰书记也对我说："你就放心去北京吧，骆文德的调动问题我们会尽快帮你解决的。"

我们结婚十多天后，文德就下泸州参加"四清"去了。我有些"趁热打铁"的工作要做。具体地说,是把我很厚的一大本研究生论文加工成三篇专题论文准备发表,担心以后到了北京,工作一忙,就再也没有时间来做这件事了。

完成三篇论文之后,我开始收拾我简单的行李,准备离开成都到北京去报到。在差不多上了九年的大学以后,我的行李仍然非常简单,除了一些必要的书籍,衣物很少。一年之后,我再次乘火车坐硬座到了北京。到北京的那天,正是一个周末的下午。行李不多,既不想麻烦单位领导,也不想麻烦友人,事先也没有发电报请人来接。我提着很少的行李,独自一人出了北京站,在附近叫了一辆人力三轮车。

拉三轮车的车夫中等个子,黑红的皮肤,健壮得像一头牛,待人却彬彬有礼,工作认真负责。他给我的印象很好,以至于多年后我还朦胧记得这个车夫。他让我先坐上车去,然后再摆放我的行李。行李虽不多,但三轮车很小,这一放,车上的空间就差不多挤满了。那时的人都很忠厚老实,不找什么借口向你多要钱。从偌大北京城东南边的北京火车站到北面城墙边的德胜门,路程已经够远了,从德胜门到苇子坑又是一段相当远的路程,算下来车钱才一元四角多钱。他骑上去后就不停地踩动三轮,在夏日的阳光下流淌着汗水,穿过了一街又一街。我们先到了德胜门,然后走上正北方向去十三陵的大道,又走了好久,才到了地处苇子坑的十五所,好远的路程哪!

我这一去,就在北京待了八年多。

第四章

北京八年

十五所

我首次参加工作的单位是十五所，1965年6月到所报到，到1973年10月调动工作离开回成电，历时8年零4个月。

十五所地处北京北郊的苇子坑。从德胜门乘44路公共汽车，往昌平和十三陵方向走，北行不远即可到达苇子坑车站。下车过马路往西，过一座横跨小溪的小桥，走200米左右，就到十五所的大门了。在人们的心目中，这个地方算是比较远的郊区，后来随着经济的迅速发展，市区不断膨胀，在四环路边上的十五所，已经算是离市中区很近的地方了。

所区是用铁丝网围起来的一个独立的大院，周围是长满了庄稼的田野，除了零星的几家原有的农民住房，没有其他建筑。

正对大门的是一座科研大楼，坐北朝南，外墙呈暗红的暖色调，六层，建筑质量很好，外观也很漂亮，为当时少见。大楼后面有机房等建筑。大楼西北面还有一座规模不小的机械加工车间，内有不少机床设备，老师傅中有不少上海人，是上海支援北京调来的，手艺高超。所区内靠北面还有几座单元房的家属楼，能住上家属楼，哪怕两家共享一个两居室的单元房算是不错的待遇了。另有公共食堂两个，分别称为南食堂和北食堂。靠西南边，还有一座相当大的L形5层集体宿舍楼，我们这些单身职工就住在那里。女职工较少，住最上面的一层。建筑物之间的空地上还建有两个篮球场。到了冬天气温很低的时候，就有热心人在空地上浇水结冰，可以作为滑冰场。总的说，所区内环境相当不错。

大门由战士警卫着。对外人来说，这座大院颇有一点神秘之感。科研大楼的东西两端有出入口，设有门岗，进入大楼要出示工作证。这些警卫训练有素，表情严肃，少言寡语，不管寒冬酷暑，一天24小时轮班值勤，十分认真。

所区之外，还有两个家属区。一个叫甲乙楼，一个叫路东。到甲乙楼需要走一段田间的土路，步行要十来分钟。甲乙楼是两座黄色的家属楼，分别称为甲楼、乙楼。甲乙楼所在的地方叫塔院，是一个小区域的名称，在所区的西南面，穿过田间小路，步行十几分钟可到。那时，塔院周围基本上都是农家的土地，附近有许多和墓葬相配套的白色小佛塔，这可能就是叫作"塔院"的原因。过去北京是京城，达官贵人多，坟墓的质量相当好，高度约有一两人高，上面刻有碑文和相当精美的浮雕，石碑由一个汉白玉雕刻的十分巨大的乌龟驮着。离塔院不远，步行几分钟的路程还有一个很小的叫作小关的商业服务区，供应百货、蔬菜、肉之类的生活物资。步行往西几分钟，可到塔院公共汽车站，从城内平安里到中关村的31路公共汽车经过这里。

路东家属区在所区的东面，即从所区往东，穿过大路不远即是。那里有两座宿舍楼，离所区步行也只有十多分钟的路程。往昌平和十三陵方向走的这条大路，是一条少有的高等级水泥路面的公路，又直又宽。

改革开放以后，十五所对外叫作"华北计算技术研究所"。客观地讲，十五所是国内最大、实力最强的计算机技术研究所，对我国计算机事业的发展和国防尖端项目都做出了突出的贡献。十五所研制的计算机性能优良，且稳定可靠。我1965年6月去报到的时候，刚好十五所由军队编制改为普通编制，所有的人都一起脱下军装转业，由军转民了。

脱了军装以后，上级单位就从国防科委变成第四机械工业部（即后来的电子工业部），但还是叫十院十五所，工作任务没有发生什么变化。

我是第一个到十五所报到参加工作的研究生，后来在"文化大革命"期间又来了一个北京大学的研究生方家麒（后来当过十五所的总工程师），使十五所的研究生人数增加到两个。由于"文化大革命"中一切都乱了套，连大学本科教育都基本停顿，培养研究生就更谈不上了，所以继我们之后，长达十多年之久，十五所都没有新来的研究生。

与一年前相比，所里对研究方向做了一些调整，最大的变化是把搞模拟计算机研究的第五研究室拆了，合并到三室。调我到北京，是准备让我去五室的，所以我去报到时，因为情况已经大变，所里干部科都不知道应该安排我到哪一个科室工作。刚好两位主要所领导，所长徐震和副所长兼总工程师陈力为都去英国考察了，干部科就不好决定。干部科个子高大且颇为富态的女科长刘苏凯操着一口京腔很客气地对我说，最好等总工程师陈力为从英国回来和我谈话后再定。

一时无工作可做，无地方可去。大家上班以后我就只好待在宿舍里看英文的专业技术书籍。左等右等，好多天过去了，人家都忙着上班，我一个人在寂静的宿舍里等得难受。去找干部科，他们就建议我找副总工程师莫根生谈一谈。

莫根生是美国留学回来的老专家，党外人士，40多岁，分管工艺、质量之类的工作。皮肤白皙、戴着一副金丝眼镜的莫总相当儒雅，说话很客气，一副很有修养的老一代知识分子的样子。结果，我同意了他的建议，快刀斩乱麻，决定到三室去工作。他说，如果以后觉得专业不太合适，还可以调整。

后来我才知道，一般定了岗位以后，再调整就很困难了。在当时的体制下，分配工作是一件大事，工作一定就意味着专业定了，以后就很难再调整。因为工作安排都是由上级决定的，难免有不太合适的地方，总有一些人有调整工作的愿望。一个人调整事小，如引起连锁反应就麻烦了。所以上级一般很难同意调动工作的请求。回想起来，我当时缺乏经验，决定做得太快了一点。我本来可以有更多的选择，完全可以多了解一些情况后再做决定，用不着这样仓促。何况，领导也同意让我考虑，即使晚一点决定，也没有什么问题。很久以后才认识到，当时应该争取去更有挑战意义的总体室搞系统设计或者去搞软件。

三室的主任王昌茂对我相当客气，到了以后即找我谈话，听取我的意见，很快就安排了工作。转业前，他的军衔是大尉，在研究室内，他的资格算是老的了。后来他在闲谈中告诉我，上海解放时他高中还没有毕业，就参加工作随军一起进军西南了，后来以调干的身份上了大学。王昌茂的工作能力很强，颇有一点魄力。他后来在电子工业部计算机总局当过外部设备处处长。20世纪80年代初,他和计算机总局郭平欣局长一起访问美国时,我在加州大学伯克利接待过他,还开车送他到离伯克利不远的奥克兰地铁站。

指导员刘学安,是一个从部队来的干部,转业前是个少校,人看起来挺忠厚老实的,有一定的工作能力,说话直率且颇为诙谐,给大家的印象也不错。

张佳昆是三室的副主任,上海人,大概是1958年或1959年交大毕业的,工作能力是不错的。后来我们从三室分出来成立了九室,张佳昆为主任。他还比较看好我的工作能力,与我个人的关系也不错,平时有些交流。"文化大革命"还没有结束,他就调走了。

研究室下面分专业组。我们专用外部设备专业组的组长是哈军工毕业的刘彦明,北京工业学院毕业的李伯英任副组长。他们早两年毕业,已经受过一些工作上的锻炼,工作经验比较丰富。刚去的时候,还有焦玉奇(哈军工毕业)、张振国(清华毕业)、郑世德(北工毕业)、何树筠(成电毕业)、邹峰伟(南京无线电工业学校毕业)、黎贵珍(军校毕业)等人。不久后,1964年毕业分配工作后下部队去锻炼的人回来了,增加了谢紫东(哈工大毕业)、陶家佑、钟太昇(清华毕业)、毕素杰、刘淑莲(北工毕业)、刘慎敏(北航毕业)、王俊孝(西工大毕业)等多人,后来又增加了龙启万(成电毕业)、宋百增(军校毕业)、李筠、徐淑贤(北京无线电工业学校毕业)。这些人大多来自重点的国防科技院校,素质一般都比较好,中专毕业的人很少。

大学本科毕业的人员转正以后都任技术员,按过去的老规矩,两三年之后可升工程师。可是,我去了还不到一年,"文化大革命"就开始了,而且一搞就是十年,一切正常秩序都打乱了,单位根本不考虑提升之类的事情。一直到我离开十五所,历时8年多,我虽研究生毕业,职称仍然是技术员。工资待遇和刚去的时候完全一样,还是研究生转正时的工资,62元。

每个研究人员都配有一个特制的大实验桌,兼作办公桌用,桌面相当宽大。桌面上铺了一块厚度和硬度均比较适中的黑色橡胶皮,有电绝缘的作用,而且仪器设备在上面搬动,不致损伤木制的桌面。桌子正面的远端竖有一块垂直的挡板,上面设置有若干电源插头、指示电压、电流表头等,做实验很方便。这些条件,比成电的实验室要好不少。

可能有优良传统的关系,纪律比较严格,工作秩序是非常好的,连走廊上也安安静静。上级要求"文明科研",走路说话都要轻,在楼道上要求大家做到"三步不闻声",在实验室(也是办公室)里大家就更是专心致志、鸦雀无声了。

清洁工作也做得很好,走廊、大厅等公共部分由清洁工负责,实验室内部则由室内的工作人员自己打扫。每天下午下班之前提前几分钟,大家一起动手,拿起拖把、抹布做清洁,三下五除二打扫得干干净净,然后下班。

开始工作不久,我们开会讨论一个模拟数字转换器的系统设计,由参加工作比较早的李伯英、焦玉奇介绍初步方案。他们已经做过一些实际工作,提出的方案也大致说得通。我一边听,一边也在思考,发现系统设计存在一个比较大的问题:他们介绍的控制逻辑竟然是一点一点"凑"出来的,完全没有使用布尔代数的方法对整个系统进行综合(设计)。由于没有使用比较严谨的数学方法,漏洞就多了,一会儿这里冒出一个冗余的问题,一会儿那里又冒出一个漏掉的东西。这反映研究工作的水平还不大高,仍处于摸索阶段。我刚去不久,情况不够了解,为了尊重别人,也不便提出更多的意见,可是来所"进修"的一个客座研究人员、脸膛黝黑的北方人张大尉可就没有那么客气了。"张大尉"是我们对他的称呼,他的军衔也的确是大尉,他的思路和表达都相当清晰,讨论方案时一连串提出了许多意见。不过还好,完全是就事论事,在技术层面上讨论问题,没有掺杂任何其他的因素。

十五所的工作安排是要你"专",分工很细。好处是,再细小的工作都有人分工负责。每个人的主要任务是保证把分配给自己的事情做好。我猜想,十五所这种做法可能是向苏联学习的结果。

按这样的做法,不看重一个人如何能更好发挥自己的聪明才智和潜力,必然会造成人才资源的浪费。另外,只专注局部,缺乏全局观,也难以把局部的工作做得比较理想。由于分工太细,不少人把自己的工作可以做得很好,但对相关的事情知道不多,甚至完全不清楚。至于如何学习更多的东西,扩展知识面,进一步做更多的工作就成了问题。例如,我的四川老乡何志高,他是川大数学系毕业的,聪明能干,可因为分配在电源室工作,他就只能搞他的电源,而且是搞某些类型的电源。他虽然很想做一点其他方面的工作发挥自己的才能,但完全没有机会,直到改革开放以后情况才有所改变。

我很快就发现,同事中不少人的外语都不大好,基本上连借助字典阅读专业书刊都成问题。比如,考虑某些技术方案时,建议他参考一下某某英文资料,他说他学的是俄文。其实,他的俄文仅仅是"学过"而已,并不能真正解决阅读问题。问题可能在于,建所的时间比较短,成员都比较年轻,有一定资格和权威的带头人比较少,长远的考虑还不够。加上完成当前任务的压力大,所以不大鼓励,更不用说提倡大家提高外语水平。因此,在研究室里形成了一种不是那么好的"气候",一般人如果在办公室看一下外文书,哪怕是与专业相关的,也不大容许,认为是与工作无关的事,属于在工作时间学外语。外语是一门开阔眼界与思路,及时了解世界最新科技发展现状的重要工具,对搞好科研帮助很大。对十五所内没有很好重视外语这一点,我感到颇为遗憾。

幸好,我还不大受影响,因为大家认为我阅读外文资料的能力没有问题,不属于那种工作时间学外语的人员之列,甚至连我经常到图书馆阅览室去查看外文资料都没有受到什么影响。

从缺乏高水平的带头人,进而联想到去国外留学的重要性,特别是去那些著名的大学留学,就能够培养出许多人才的道理。很重要的原因是,由于多年的积累,人家已经培养出了一代又一代的高手或大师,形成了优良的传统,在高手或者大师这样的"带头人"的潜移默化的影响或者直接指导下,就可以少走不少弯路,避免或缩短摸索的过程,同时又培养出新的高手,形成良性循环。如果没有高手指导,大家的水平都差不多,不管怎么提倡"互帮互学",水平都难以得到很快的提高。

到了晚上,大家基本上都到实验室加班。对此,上级虽没有要求,但表现出一种比较鼓励的态度。实际上,除了宿舍,周围完全是一片"田野静悄悄"(借用一首苏联歌曲的名字),除了听虫鸣蛙叫,大家没有什么地方可去。而且大家都到办公室加班,领导也就可以更放心了。

领导给我们的总印象还不错，一般都能严格要求自己。这可能与当时整个社会风气好，保持着朴素的革命精神有关；也可能是管理制度比较严格的缘故。

开始，我们还保持军队的传统，早上要起来出操跑步，后来才慢慢取消了。可是，早上起床，晚上就寝，还是以高音喇叭放出来的军号声作为信号，以后才逐步有些变化。

十五所的周围，比较近一点的商业区是八大学院附近的四道口、五道口，可是去的路程仍然比较远，步行要20～30分钟。如果要乘车，先还要朝相反的方向走到塔院去乘31路。这一段路本身就比较远，而且上车后只能坐两三站，好处不大，所以大家很少走这个路线。一般，我们要去，也基本上选择天气比较好的星期日，常常以散步的方式相约而行，通过田间小道前往。

四道口周围是钢铁、石油、地质、矿业、北航、北医等几大学院，稍远一点，还有林业学院、清华、北大和中关村的中国科学院等。四道口有一个很小的百货商场，百货商场外面有卖水果、蔬菜、杂货等的小商店和一个小饭馆，还有一个很小的新华书店。稍远一点的五道口，离清华大学比较近，那里的百货商场要大一些，卖其他东西的商店也要多一些，还有一些小饭馆。对我来讲，最大的好处是那里有一个稍大一点的新华书店，后面不远处还有一个外文书店。外文书店还有一些原版的俄文书，不过多数俄文书对我们的帮助已经不太大了。可看一看的，多是一些影印的英文专业书。当时影印在国内习以为常。

开始工作的那段时间，还是相当忙的，几乎天天晚上都要去实验室加班。不过由于年纪轻，并不觉得有什么苦和累，过了几个月就完全习惯了。晚上加班晚了，也没有什么东西可以加餐，时间一久就习惯了，也没有想到过饿的问题。

加班是没有任何补贴的，完全是义务劳动。那时大家的思想都很单纯，都很想为国家做点自己的贡献，可能也没有人想过加班还要报酬之类的事。此外，从自己这方面看，自己从小牢牢记住的"家教"，除了要做好人，做诚实的人，乐于帮助他人的人，还有这么一条：一个人一定要为社会做出自己的贡献！这一家教，无形之中形成了自己的一种简朴生活"哲学"：只要能为国家做些实事，通过实践能学得到新东西，再苦再累也是应该的、值得的。

工作日食堂每天开三顿饭，星期日则只开两顿饭。下午下班，家住北京的和所里有家的人都回家去了，食堂吃饭的人少，提供的晚饭就特别简单。印象很深的是，有时就是推出铝制大桶装的手擀面条，面汤里加了一些酱油，再抓一把葱花，是一种既无蔬菜，也没有肉类和油气的"光面条"，完全谈不上有什么营养。最"精彩"的是食堂师傅的操作。比如说要买3两面条吧，如何从一个很大的桶里拿出来又能控制重量呢？食堂师傅卷起袖子，伸一只手到面汤里抓一把面条，同时用另一只手捏一捏以控制重量，然后顺手放进你的搪瓷小盆里。

与学校不同，十五所的体育设施很少，大的设施就是两个篮球场，我常去打篮球。三室有个老魏（魏同生），北工毕业的，身体特别粗壮结实，有点像一头熊。和他打球时要小心，撞在他身上就像撞到了一堵墙上。同事成都人小熊（熊瑞祥）一次笑着拿着一把老魏的纸折扇给我看，他们学着古时的文人，在老魏的纸扇上题了字："扇子手中摇，风吹魏同生。热死众爷们，冻死大狗熊。"我特别欣赏最后一句，很有点幽默，用扇子扇凉风竟然可以把人"冻死"。

北京医学院离十五所很近，就几百米。夏天，我们十五所的人喜欢到那里去游泳。北医有一个不太标准却很大的游泳池，仅对内开放。但十五所是"邻居"，人去了，不得不网开一面。在那里，我的游泳技术大显威风，特别是技术最复杂的蝶泳，除了我，没有一个人会游。看了我的蝶泳表演，不少有点基础的游泳爱好者都来向我讨教。我也很热心，颇费了一点功夫来教他们，而且做了多次示范，可是没有一个人学会，有点遗憾。记得我们三室人高马大、性格开朗的专业组长周继中，他就特别想学，可是怎么也掌握不了要领，游不出类似波浪的姿势，跳入水中时简直像一颗重型的深水炸弹。我的同学，后来的十五所所长朱新甫也很喜欢游泳，是我的粉丝。多年后谈起我在北医游泳池游蝶泳的情形，他还赞誉有加。

经过了三年困难时期之后，国民经济得到迅速的恢复，市场供应一改过去几年的状况，到了1964年，已经大为好转。到了1965年，除了粮食还要定量，物品供应已经非常丰富了。秋天，北京上市的水果品种非常多而且便宜，水果飘香。北京那种秋高气爽、令人心情愉快的感觉在成都是很难体会得到的，这正是人们可以享受生活的季节。许多人都想，像这样的日子继续发展下去还"差不多"。

到北京几个月后，迎来了1965年9月在北京举行的第二届全国运动会。全运会期间，比赛项目很多，对于爱好体育运动的我来说，机会难得。每到周末，我都要尽量抽空选看一些全运会的比赛项目。作为四川篮球队主力的初中老同学叶春泉也来北京参加全运会了。我不知道如何联系上他，很想找机会和他见面叙叙旧，可一时没有办法。一天晚上，我在东长安街南，靠近王府井大街的比赛场地观看一场四川女篮的比赛时，突然产生了"灵感"，何不请四川女篮的队员带个信？半场休息时，我从看台上走下去，下到场边，找到一个四川女篮的队员，留下一个写有名字和电话号码的纸条请她转交，这才与叶春泉联系上了。叶春泉是我儿时的好朋友，夏天经常一起在乐山的岷江里游泳，打泥巴仗，一起度过了一段美好的儿时时光。叶春泉后来成了四川男子篮球队的队长，运动健将，成了我们初中同学里的一位明星。

作为参赛队员，他们可以享受一点免费的赠票以赠亲友，因此能够给我提供一些比赛票，有时不同比赛项目的票还相当多，可供选择，对我来说相当有利。当时，票价极为便宜，两三角钱的样子。观众喜欢的项目票价稍贵一些，有些人们不大感兴趣的项目，观众寥寥，门票才一角钱。可是对我来说，地处郊区，交通不便，更没有时间出去购票。于是，他的赠票就解决了我的大问题。他一有票，就给我打电话。那时，绝大多数人家里都没有电话，打电话的人也很少，但我们研究室的走廊上安装了一部公用电话，联系还算方便。

我们平时太忙，晚上也不大空，甚至有个晚上是最热门的男篮冠军决赛——北京对四川，他都给我搞到票了，打电话来通知我去。我也十分愿意到现场为四川队助威，可是因为那天晚上所里有要事，实在走不了，这种"一票难求"的机会只好放弃了。那天晚上，第一届全运会的全国冠军四川男子篮球队输给了北京队，未能卫冕，十分遗憾。

全运会闭幕式的表演节目是开幕式大型团体操"革命赞歌"的重演,场面恢宏,非常壮观、精彩,震撼人心。以前没有看过团体操表演,当时的实地感受是:没有想到团体操竟然这么精彩!这次参加演出的人员就有16000多人,为此他们辛辛苦苦排练了半年以上。出席闭幕式的中央领导人很多,除了毛泽东没有出席,刘少奇、周恩来、朱德、邓小平等都来了。记得出席的外宾还有柬埔寨的西哈努克亲王等。因为叶春泉给我的不是一般的门票,座位离主席台很近,所以这些领导人我都看得相当清楚。

当时人们的心情相当舒畅,北京工人体育场里洋溢着国家繁荣富强、欣欣向荣的气氛。

全运会结束不久,国庆节就到了。节前我到前门外四川男子篮球队的驻地远东饭店去看叶春泉。他对我说,冠军赛那天他们太紧张,头天晚上大家都没有休息好,连全国第一的高个队员2.18米的石那威站在篮下也投不进,犯规球也投不进篮,十分罕见。幸好北京队也很紧张,双方得分都很低,才输得不多。那天四川队和北京队比赛时,作为球迷的邓小平也在电视上观看了这场比赛。怎么知道的呢?叶春泉告诉我,赛后时任西南局第一书记的李井泉来看望四川运动员,对他们讲道:"总书记对这场比赛很不满意!"听后的感觉是,邓小平和老百姓一样,有自己的业余爱好,还喜欢看球,无形中对他产生了一种好感。

那年冬天,叶春泉又来北京了。他们主要是来观看苏联国家二队和中国男篮队的比赛。他给我搞到了票。我去北京工人体育馆见他时,在人山人海的走廊上巧遇了来北京出差的乐山三中老同学闵绍权,实在难得。闵绍权毕业于重庆大学电机系,那时在广州工作。后来他调回了乐山,退休后成了乐山同学会的召集人,热心为同学服务,任劳任怨,深受老同学们的拥戴。

苏联国家二队到北京后改以"苏联军队俱乐部队"的名义出战,我们国家队的原班人马也改以"八一队"的名义出战。那天陈毅副总理来看球了,可惜中国队不是苏军队的对手,相当被动。

探　亲

　　一般地说，探亲是指没有结婚的职工可以探望在外地的父母，结了婚的既可探望父母，也可探望配偶。探亲，那时是一个牵涉到很多人的大问题。现在，把探亲当成一件大事来说，可能人们还不大容易理解。

　　那时号召人们一切都要服从国家安排，工作分配这样的问题也不例外。最重要的是，它不是停留在一般的号召上，而是采取了一套具体措施来加以保障。首先，一个人的工作是由上级领导或者组织人事部门来分配，分配定了以后，工作关系就定了，档案也由这个单位的人事部门保管。要调动也不是完全不可以，但相当困难。

　　如果你不服从这种安排，可以说就几乎找不到其他正式的工作。因为，原单位如果不同意，就拿不到档案。如果见不到档案，就是别的单位想要，也没有胆量接受，否则就有犯"组织错误"的危险。此外，粮食、户口等关系也是和工作关系挂钩的。没有按组织安排进行工作调动，粮食关系就转不走，就领不到粮票。没有粮食供应，吃饭这样最基本的需求就成了问题。此外，没有户口，不说派出所的民警要来找你，就是居民委员会的居民小组长也经常来走访，够你烦恼的了。改革开放之后，吸取过去的经验教训，提出了"以人为本"的原则，算是一个很大的进步。

　　关于调动，我们的情况是比较好的。文德除了专业接近，适合安排工作，还与多数情况有所不同，因为人事部门在我调到北京之前，就已经答应把文德也调到北京。她调到北京只需假以时日而已。可是，谁也想不到，在这期间恰好遇上了"文化大革命"，所有的干部调动工作一概停止，一拖就拖了好多年。

　　我们这种夫妻两地分居的人，按探亲假制度的规定，一年可以探亲一次。探亲假能够给个人带来多大的好处呢？一是可以给两三个星期的探亲假，再根据路途远近加上几天；另外，可以报销来回的硬座火车车票。在我的印象中，我的探亲假时间连路途每次加起来有二十几天。如果去请探亲假时，劳动工资科的某位干部心情好，能够格外开恩，找点例外的理由，多算两天"路途"，请假的人就会感恩不尽了。

那时的工作比较忙，纪律也比较严，除了探亲假，也没有什么别的假期可用。对于我们这种夫妻相隔距离很远的情况，路途来回就要好几天，就是有钱也没有时间。

第一次探亲是文德从成都来北京，那是在1966年1月成电放了寒假的时候。在学校工作有它的好处，寒暑假就可以探亲了。可是那时我们经济拮据，不能不考虑路费问题。

对十五所这样的单位，最大的实际问题是担心亲人来了没有房子可住。我的运气还算好的，文德来的那一次，住房问题解决得很顺利，在路东的家属区借到了一间房子。刚好几个月前，所里搞了一次"社会主义教育"，让大家向领导提意见，其中反映得最多的一个实际问题是，许多人的家属从外地来北京探亲，常常没有房子给人家住，极大地伤害了职工和家属的感情。记得有的人在会上谈起此事来，情绪激动，声色俱厉。之后搞整改，我们刚好"赶上"这一趟车，领导一重视，没有费多大的力气就解决了住房问题，沾了一点光。

文德到的那一天，我到北京火车站去接她。接到以后，如果直接回到所里，估计赶不上食堂开晚饭的时间，所区附近也找不到可以解决吃饭的地方，自己又没有做饭的条件，于是我们就先到前门外的一家四川饭店"力力餐厅"去吃四川担担面。这家川味餐厅与我还有一点"缘"，我后来喜欢做而且还做得比较拿手的粉蒸牛肉，就是看了挂在这家餐厅墙上一块木匾上刻的菜谱受到的启发而后逐步改进出来的。回来的途中，在换车的地方德胜门外的一个百货商店买了铺床用的垫棉絮。时值寒冷的冬天，被盖单薄，增加一点保暖的东西十分必要。然后，在寒风怒号中回到了我们在苇子坑路东分配到的那间临时宿舍。回到住处，邻居告知，有好几位同事来看过我们，而且还借给我们一床洗干净了的被子。

尽管是寒冷的冬天，到北京一趟不容易，还是要尽量安排一些活动，把日子过好。在文德来北京以前，我就预定了春节期间两场演出的票。首先，我们一起去北京音乐厅欣赏了中央民族乐团的演出，后来又到天桥剧场观看了中央歌剧舞剧院的精彩表演。那时的文艺演出比较强调政治因素，记得在中央民族乐团演出的节目中就有《老两口学毛选》等政治性较强的节目。

不过，总的来讲演出的艺术水平还是比较高。的确，演员的水平到了某个高度，演出的节目都不会差到哪里去。多年以后，文德还记得那次中央歌剧舞剧院演出的一些舞蹈节目，其中，特别是若干人民公社女社员赶着一辆"马车"庆贺丰收的热情奔放的舞蹈。文德具有能够较好地欣赏和评价舞蹈演出的水平，与她中学时代就对舞蹈感兴趣有关。中学时代，她不仅能跳，还能提出一些构思，编出相应的舞蹈节目来，并在文艺竞赛中得奖。

我们结婚以后，很快就分开了，她去泸州参加"四清"，我也很快就到北京十五所报到参加工作，所以我们家庭生活基本上没有什么"基本建设"。文德这是第一次探亲，我们什么家什也没有。自己不能做饭，生活上总感到不舒服。到食堂去吃，从路东到所里的食堂，路程比较远，可以买回来吃，但在路上饭菜就冷了，也没有自己加热的条件。总之，不能自己做饭，似乎就缺了一点家庭的温暖。有了这次经验，在后来探亲时才逐渐有所改善。

因为文德难得到北京，尽管天气很冷，春节假期中我还是尽量陪她到市里走一走，看看北京的风貌，或者逛逛商场之类。一个令人难忘的小插曲是，一天早上我们去得比较早，站在西单商场外面等商场开门，文德一不小心在部分结了冰的路边滑了一跤，一屁股坐到地上，尽管穿的裤子还比较厚实，文德仍然疼得比较厉害，眼泪都快流出来了。

还有一个小插曲。文德走时，我向领导请假送她去火车站，当时我心想送亲人去火车站是理所当然的事，所费时间不多，一年也难得一次，而领导还要问"行李多不多？如果不多，有这个必要吗"这种问题，想起来真是"莫名其妙"。在这位领导的心目中，送人就是帮忙提行李，完全没有亲情这样的概念，可气。

后来在"文化大革命"期间，文德几次来北京探亲，当时最担心的还是找不到住房，幸而每次都解决了。一想到解决住房的事，我就想要特别感谢我的同事谢紫东。每次文德来北京之前，他都很热心地去帮我找房子。"文化大革命"中所里正常工作秩序被破坏了，有困难你都不知道去找什么人，也不知道哪里有房源。幸好谢紫东各方面的关系都比较好，善于与人打交道，他总是非常热心地想法帮我。他的办法多，而最重要的是他热心助人，我常常称他为热心助人的"社会活动家"。大概是1967年夏天，成都秩序不好，文德和四妹乘火车"逃"到了北京。在实在找不到房子的情况下，谢紫东还设法找到了管物资的工人师傅帮忙，找到了一间作为库房的小平房给我们凑合着住，尽管里面还堆放了不少乱七八糟的东西。

在河北徐水县的乡村生活

春节过了不久，所里就搞动员，说上级要求，所里要派很大一部分人去农村参加"四清"。那时刚从学校分配到所里的毕业生一般都要先安排到部队去锻炼，当一年兵。像我这样有点特殊情况的研究生，来了就直接参加工作的情况还没有过。现在转业了，不需要下连队当兵锻炼了。这次搞"四清"，我当然就成了一个比较适合去参加锻炼的候选人。我也很愿意去体验一下真实的农村生活，锻炼自己。

为了对"四清"有所了解，出发以前，所里还安排大家去参观在故宫的午门举办的"华北'四清'展览"。午门是一般人很难有机会去到的地方，就是那次看展览，我们才有幸上去过一次。午门上面的面积相当宽大，不到上面是完全看不出来的。可能是因为它的雄伟、高大、厚重，所以被称为是一座"重城"。

我们去"四清"的地方是河北徐水县。河北邢台大地震之后几天，1966年3月13日的一大早，我们带着被盖卷，登上敞篷卡车从所里出发，到永定门火车站乘火车。到徐水路程并不很远，但我们乘坐的慢车沿途要停的小站很多，走走停停，到徐水时已经是下午了。然后大家根据分配的地点，转乘不同的解放牌敞篷卡车前往要去的公社。我们每个人提着一个被盖卷，全都站在车上，人太多了，挤得站都不大站得稳。记得站在我旁边的是清华毕业的同事老曹，大概突然想到了物理学的原理，他向我提议互相交换一下脚站的位置。交换后，我们占的空间还是一样多，但由于脚的移动，个人的"支面"增大了，重心落在支面内，稳定度就随之增加了。当时，我心中就暗想，大家就连像沙丁鱼一样地挤站在敞篷卡车上的时候，他还在想着他的"科学"。

徐水县在河北平原上，土地相当平坦。远处，可以清楚地看到很像"狼牙"的狼牙山，那里即是抗日战争时期"狼牙山五壮士"跳崖的地方。很想去看看，可是没有机会。

敞篷卡车在农村的土路上颠簸着，空气十分干燥，车尾后面，卷起来的黄色尘土漫天飞舞，就像不断在放黄土色烟幕弹一样，搞得每一个人都灰头土脸，狼狈不堪。

我们这一部分人首先来到大王店公社所在地大王店。在那里，公社的干部前来招呼。稍事休息后，我们三个、两个地被分配到农民家里吃晚饭。在一个头扎白色"白肚毛巾"的农村干部的引领下，我和同事杨金斗去了一户农家。我们盘腿坐在一个炕桌边，吃了下乡的第一顿饭（玉米窝窝头、玉米面粥，再加一点咸菜萝卜丝）。以前，我们很少有机会下农村，更没有机会和北方的农村干部打交道。和这位村干部短时间的接触，使我想起了电影《平原游击队》里的那些人物。路上体验的漫天尘土，也使我初步了解了"白肚毛巾"对北方农民的重要作用。晚饭后，大家重新集合，在昏暗的灯光下宣布已经定好的名单，把每个人都分配下去。我和几个同事被分配到"河北省徐水县大王店公社智武营大队"，这也是此后将近半年的时间中，我和文德常用的通信地址。

到了智武营，天色已经很晚了。我和另外一个同事陈某马上被安排到一个叫"常浩"的农民家里居住。我们去时，他们已经把平时空置的、靠大门的一间破旧小南房打扫了一下，在里面的一张土炕下用柴火烧了起来。房间很久没有人住过了，那张炕也年久失修，缝隙很多，火烧不大起来，而窜出来的浓烟倒不少。可能是生产队的干部早已经打了招呼，对客人要特别关照，故柴草加得很足。开始我们觉得还可以接受，到了半夜炕面上简直热得烤人。我是第一次睡炕，不知道该怎么办，人生地不熟，半夜三更又"无处可逃"，急中生智，只好把盖的被子垫在下面，起到不是通常的保暖，而是相反的隔热作用。我们和衣躺在被子上面，迷迷糊糊睡着等待天明。除了"火烤"，还有烟熏，满屋子的浓烟经久不散。在熏和烤的煎熬中，我联想到了四川农村过年㸆（四川方言，即烟熏）腊肉的情景。

智武营大队实际上就是一个聚居的村子，住有1000多人。房子基本上是在土坯墙的基础上建造的平房，砖房很少，而且房子也比较矮小。每一户之间，都用土坯墙隔成一个个的院落。其间，自然形成了一些土路。路灯当然是没有的，到了晚上，到处一片黑暗。村里人晚上很少出门，一般都待在家里，要串门，也不怕走夜路，因总是在比较黑暗的地方走，已经习惯了。后来我联想：为什么红军、八路军、解放军擅长夜战？可能就与战士中的大多数来自农村有很大的关系。由于晚上缺少灯光，他们没有参军之前，早就习惯当夜猫子夜间行走了。恶劣的条件，反而锻炼出了一种优势，这也可以算是辩证法"坏事变好事"的一个例子。

该大队经济差的情况一看便知。整个村子，不但没有一个商店，甚至连一个供应日常生活用品的小卖部也没有。这充分说明村里的农民基本上没有什么购买力，或者说基本上不买什么东西，过着一种经济水平十分低下的"自给"但不"自足"的生活。此外，这里连一个可以寄信的地方也没有。要寄信，要托人到10里以外的大王店公社去寄。

开始，我被分配到工作队大队总部当秘书，整理编写各种文件资料，统计数据等。过了一段时间，我觉得这坐办公室的工作过分清闲，不能广泛接触农民群众，得不到什么锻炼，意义不大。经我一再要求，后来就被调去负责一个生产队的工作了。这里的组织结构是这样的：大王店是公社，智武营这个村是大队，大队下又分成10多个生产队。生产队又称"小队"。

大队工作队队长老周，农村干部，有丰富的农村工作经验，可惜那时已经变得有点"油条"了。副队长老曹，是解放军某团的副参谋长。为了便于管理，几个小队划分为一个"片"。我们那一个片的片长范立起，是解放军的坦克营营长，在朝鲜战场上当过侦察兵。老范虽没有什么文化，但却相当聪明，我们相处得很好。结束"四清"返回北京时，他还特意赠送我一本他写了几句临别赠言的日记本。他这个人很爱说笑话。记得他说在解放天津的战役中，一次他冲进一个国民党广西部队的阵地，大喊"缴枪不杀"时，一个广西俘虏兵举起双手说："我没有枪，只有'鸡蛋'（广西人'子弹'的发音与'鸡蛋'类似）。"

工作队员按规矩都是吃"派饭"，一般是轮流在自己负责的生产队的农户家里吃。通过吃饭可以了解到不少情况，对开展工作有利。我们在社员家里吃一天，向他们交1斤4两粮票（我们在北京的粮食定量是31斤，不够此数，上级就给我们加有额外的补助）和4角钱。一般吃的都是玉米面窝窝头、玉米面粥加咸菜。后来才知道，这样的伙食算相当好的了。可能由于长期粮食不足，又想要有吃饱的感觉，农民不得不多吃很稀的玉米面粥，结果把肚子撑大了，胃部明显凸起。

这个地区属于贫困地区，人民生活相当困难。困难的程度到底怎样？可以用一个例子来简单说一下。下去前，上级就曾经向我们宣布了一些"纪律"，其中特别强调的一条就是工作队员下去吃派饭时"不可以吃的东西"。这些东西包括面粉、鸡蛋、粉条等。对我们来讲，这些是很一般的东西，但要如此郑重其事来宣布一番，说明在该地区这些东西就算是宝贝了。所以，我们去社员家吃饭，要先向他们说明这一规定，并且声明，如果做了以上那些"不可以吃的东西"，我们一定不吃，请予体谅。实际上，这一担心并没有成为问题，因为除了少数人家，大多数社员已经处于缺粮的困难境地。后来我们了解到，全村多数小队平均每天口粮只有原粮7两，比较多的小队也只有八九两，连吃饱都成问题，哪里还有上述那些食物。

文德他们下去搞"四清"时，是在泸州附近的一个水库（也是一个渔场），不但粮食供应不成问题，还经常有"近水楼台"的鱼可吃。有一些同批下乡搞"四清"的同事有时还特意找一些理由绕到他们那里去吃"福喜"，借机改善生活。相比之下，他们的生活条件好多了。这可能与四川的自然环境和生活条件较好有些关系。

刚下去的时候，邢台地震的余波还未断。邢台离徐水不远，如果再发生强度较大的余震，对质量相当差的普通农民的住房的确是一个威胁。特别是晚上，人们在睡梦中更加危险。因此，每天晚上，我们工作队员要一一到各户农民的住处，检查他们的防震情况。可是，多数农民都存有侥幸心理，怕麻烦，时间长了也的确疲了，很难不折不扣地执行。幸好后来还算平安无事，没有出现大的地震。

很快我就知道北方的"春荒"是怎么回事了。我们刚下去的时候，麦苗还没有返青，死瘪瘪地躺在地里，树木也没有发芽，大地上连一点发绿的草芽也没有。能吃的东西，基本上就是上年收获的粮食，和不知是多久腌的咸菜。如果不会计划用粮，家里没有粮食，日子就非常难过了。

我们吃派饭，如果农家有玉米面窝窝头、玉米面粥，再加一点盐腌的萝卜之类就算是比较好的了。差一点的，连玉米面也没有，只能吃上年晒干的红薯片磨粉做的窝头，质量和味道就差了。更严重的是，有的社员家已经处于完全没有粮食的边缘，就要断顿了。一天清早，下地的时候，我忽然发现一个姓李的小队长没有来出工。一问，他的儿子才嗫嗫嚅嚅告诉我，家里没有粮食吃，他已经躺在床上起不来了。听到这一消息，我马上放下锄头，到他家里了解情况。这位李建国队长，据说过去当过八路军的班长，现在家里只有他和他儿子两个人，没有女人，不会安排生活，粮食本来就不够吃，加上寅吃卯粮，搞得家里已经断炊，不好意思见人了。一时也找不到什么好的解决办法，我只好把自己的粮票送了10斤给他。光给粮票还不行，他家里一点钱都没有，我只好又给了两块钱，叫他的儿子赶快到大王店公社去买点粮食回来。

没有粮食难办，有点粮食的社员家情况也好不了多少，也就是多有一点玉米、红薯片等而已。玉米这样的粮食，他们一般存放在用木板做的板柜里，可以防止老鼠偷盗。需要用粮时，就舀一些出来在石头碾子上碾成玉米粉和玉米渣子。以前我们在电影里常看见北方农村用毛驴推碾子的镜头，可到了那个时候，村子里的牲口已经比较少了。虽然村里是通电的，也有一台电动的打磨机，可打磨一斤要付一分钱，这里许多农民太穷，几乎没有什么收入，连这一分钱的打磨费也付不起。常常见到的，还是用人力来推碾子。

家里有点玉米的还是好的，有的人家连玉米这样的粮食也没有了，只有一些红薯干。现在的人说起红薯干，可能就会想到超市里那种橙黄色的薯干条或者薯干片，不但干净，而且好看、刺激食欲，是许多人都喜欢的环保零食。可是，我们这里所说的红薯干却完全是另一回事，只要了解一下它的"生产"过程你就明白了。秋天，从地里把红薯挖出来后，不用搬回家，也不需要任何清洗，就在地里将带泥的红薯切成片，散在地里，让它自然风干。幸好北方的天气干燥，风干不难。从生产队分回家里以后，存放在哪里呢？玉米要"高级"一些，而且体积不是很大，还有木头制作的板柜可放。红薯干没地方可放，农民就像对待其他杂物一样，堆在屋角。我住的那一家的屋角就有那么一堆，经常见到老鼠在里面穿来穿去，真正是"出入如无人之境"。所以，用这种红薯片磨的粉吃起来不但常有发霉、发苦的味道，而且绝无什么卫生可言。

我们这些下去搞"四清"的知识分子，吃得差点没有关系，早有思想准备，但对是否干净还是比较在意的，虽然嘴里不怎么说，也不便说。可是这里实在太穷了，人们几乎没有什么卫生意识，仅仅把糊口当成第一要务，能吃饱肚子就行了。一天，我正在一姓常的社员家里吃饭，他家一个两三岁的小孩正在炕上玩，一不小心把一只肮脏的鞋掉到旁边灶台的锅里了。锅里正煮着玉米面粥，对此，主人一点都不在乎，一边责骂小孩一边不慌不忙地从玉米面粥里把那一只鞋捞起来，然后照样从锅里把玉米面粥盛起来吃，好像什么都没有发生一样。那时在河北农村，为了充分利用灶台烧火产生的热量，灶台都紧靠着炕。不过在灶台和炕之间，一般是有一面隔墙的。可那家人实在太穷了，不但灶台和炕都在一间屋里，连炕和灶台之间很容易加上的一段隔墙也没有。

吃派饭，没有肉食，没有油荤，我们都不怕，但一点蔬菜都没有，肠胃就有点不适应，心理上也有些不安的感觉，总是联想到不吃蔬菜就无法摄取维生素之类的问题。但是，反过来又想，这些农民长年累月就是这样生活过来的，他们的苦，可能是一辈子的事。我们只来农村几个月，这点苦算啥，无论如何也得不折不扣"向贫下中农学习"，严格要求自己，克服一切困难。可以说，我们下去搞"四清"的这帮同事大都做得很好。

不久之后植物开始返青了，本来应该是好事，可是那里的农民并不种菜，所以不能解决吃蔬菜的问题。在四川农村，农民如果自己不种菜，那是难以想象的事。一般总在住房周围种上一些菜，除了留一些自食，其余部分还可以拿到自由市场上变卖补贴家用。可在河北徐水的农村，不种菜却是一种普遍现象。为什么这样？一问才知，他们很少自己种菜，历来如此，真有点令人不可思议。一种原因可能是长期"左"的宣传，在自留地上种菜就是"走资本主义道路"，农民已经被搞怕了；另一方面，与水资源丰富的四川，特别是成都平原相比，当地缺水，种蔬菜有一定的困难。

一天，我去一家吃派饭，他们做了很大的包子，而且馅非常多。一般，人们想到吃包子，总有一种品尝美味点心的感觉。如果吃成都传统的名小吃"韩包子"，包子的馅自然是越多越好。可是那天我们吃的包子却大不一样：包子的皮是用红薯面做的，黑灰色，而包子馅则是新长出来的嫩杨树叶切碎煮一下，再放了一点盐而已，味道苦极了。如果平时，我是肯定不吃这顿饭了，宁肯饿一顿。可这时，我看见农民吃起来胃口不错，我不吃，就太不好了。于是，我也吃了几个，一边吃，一边还要说一点赞扬的话，说这个包子做得好。此外，我也从积极的方面去想："这杨树叶包子里面肯定有不少维生素，说不定还有些中药价值呢。"

做包子的皮是需要有一定的韧性的，不然皮要破包不牢，而红薯干粉却没有足够的韧性。他们解决的办法是在红薯干粉里加进一些磨成细粉的榆树皮。除了增加了食材，还解决了韧性的问题。榆树皮有个好处，除了有一定的营养，它没有什么难吃的味道。后来我才发现，田间地头好多榆树的皮都被剥光了，可以看到许多白花花的树干。可是，榆树被剥了皮，要活下去就困难了。

以前我不知道什么样的树是榆树，只是在读过的小说之类的作品中，看到过古代农民起义常常和吃草根树皮日子过不下去联系在一起。有了这次经验，榆树给我留下了十分深刻的印象。我曾经怀疑过四川是否也有榆树，如果有，怎么没有听说过吃榆树皮的事呢？后来，我回到四川，稍加留意，发现四川还是有榆树，可是没有见到也没有听说有人吃榆树皮，这说明四川的生存条件还是要好一些。

之后才发现许多农民当时都在找野菜，挖野菜，吃野菜，农民能找到的野菜我都吃过了。其中，我最喜欢吃的一种野菜叫作"刺儿菜"。这种野菜，叶面上有一种很细微的小刺，吃起来有点豁舌头，但味道较好。此外我还吃过榆树皮加红薯面做的饸饹（和好的面浆放在一个多孔的漏瓢里，压入烧开的锅中煮熟，有点像我们四川很粗的那种甜水面），口感还是比较好的。

后来知道，极为困难的人家还不少，有少数人家里无粮，实在活不下去了，就外出要饭。因为全靠步行，就不能走得太远。幸好这类人还比较少。人都有羞耻之心，因为怕人家知道，出去要饭的人一般天还没有亮就要出村以免人家看到，同样的道理，晚上回来也要等天黑才进村。有社员偷偷告诉我，某某家有人出去要饭了，但最好不要去过问这件事，出去要饭的人自己也知道要饭是不体面的事，没脸见人，所以不要"点穿"让人家难堪。想到我们下去搞"四清"的人民公社社员不得不出去要饭，心里非常难过。很多年过去了，改革开放以后，相信他们早已经脱贫了。

有一天，我看到一个卖油的小贩挑着一担油挑子到村子里来卖油。一路走，一路吆喝着，可没有见到一个人买他的油。刚好旁边有一位叫"李洛北"的老农民，我就问他。

"你们平时吃什么油呢？"我问。

"黑油。"

后来才知道，黑油即棉籽油。

"那你们一年吃多少油呢？"我接着问。

"我们平常不吃油，没有钱买油，只有过年才吃一点。"

他的问答使我非常震惊，竟然只有过年才能吃上一点油！多么贫穷啊！至今他的这句话仿佛还在我耳边回响。

根据上级安排，对工作队员的要求是与社员"同吃、同住、同劳动"。我们每天晚上都要召集社员开会搞运动，睡得很晚。一大早天刚亮，大概5点钟，就得起来和社员一起下地去劳动，劳动一阵再回到村里吃早饭。

从劳动中可以看出，农民的劳动积极性并不高，尽管我们参加，或多或少有了一种监督的意味，看到的仍然是一幅磨洋工的景象。只是等到多年吃够了苦头，邓小平倡导"实践是检验真理的唯一标准"的改革开放以后，农业生产情况才有了很大的变化，粮食一下子就多了起来。

一般性的动员学习之后，开始以"清经济"为突破口。我负责的第四生产队的会计常铎，二十几岁，算是一个稍有一点文化的人。因为生产力水平十分低下（那年麦收，该队小麦平均亩产仅有70多斤），总的收成就很少，账也很简单。群众大会上让他"交代"，他没有交代出什么，于是让他回家闭门思过写检查。后来交代出"贪污"，也就是"某月某日，几个干部晚上一起开会，会上某某说太晚了，提议搞一些面粉，炸'果子'（油条）加餐"等等。

工作队需要在年轻人中发展一些积极分子和助手来帮助记录整理材料，顺便培养一些当地的年轻人。可是我们很快就发现，这里的文化底子差，连上过初中的年轻人都极少。上过初中的少数几个人也没有毕业，文化水平相当低，能写会算的真可以说是凤毛麟角。与我了解的四川农村的情况相比，简直差远了。

多年以后，一次我和一位老朋友成都电子研究所的杨总闲谈。他说到他抗战时期刚从北方来到四川时，就感到四川人的文化水平较高，读书的风气较浓，连农民也如此。他曾经提到一个农民与他闲谈中的一句话，这个农民说："我近来不思饮食。"那时，他就为这个四川普通农民能够随便说出这么一句文绉绉的话而大为惊异，多年后仍记忆犹新。

我们这些下去搞"四清"的知识分子，进入状态一般比那些农村干部稍晚，但水平总的来讲还是要稍高一些。首先，我们这些人文化水平要高一些，总是力求按中央文件和政策办事，不随心所欲地搞自己的一套。同时严格要求自己，这一点做得比较好，能尽量做到与社员同吃、同住、同劳动。

我是属于很关心时事和国家大事的那一类人，可是如果要自己站到台上去给别人宣讲却信心不足，很不在行。以前，在单位开会时，政治指导员常常在台上滔滔不绝地讲上一两个钟头，我虽然对那种信息量很少的讲话不大感兴趣，不那么专心，但对那种能够一口气讲上一两个钟头的本领还是相当佩服的。我常常一边听，一边思忖：他是从哪里找到这么多话来讲的？

后来我才发现，我们过去之所以缺乏面对公众的讲话能力，主要是没有锻炼的机会，缺少熟练使用政治经济方面的词汇和表达的套路，加上信心不足，胆子就小，要做到滔滔不绝就更困难了。在徐水县经过一段时间的锻炼，我们也可以讲演得头头是道，可以"咋呼"一气而不存在任何困难，而且内容的丰富程度和讲话的逻辑也略胜一筹。

既然是搞社会主义教育，上级要求把村子里的文化活动开展起来，搞出一点声势，办黑板报、教唱歌就成了我的另外一个任务。有一段时间，每天晚上开完会后，我就组织一批青年人集中在一起，教他们唱革命歌曲，如《社会主义好》《打靶归来》等。一首歌词为"公社是棵常青藤，社员都是藤上的瓜……"的歌，社员就很喜欢唱。因为我平时对音乐就很爱好，也喜欢唱歌，唱出来的歌竟然在这些年轻人中产生了轰动的效果，在工作队里也有了一点小名气。社员们说我唱的歌与匣子里唱的一个样，所谓"匣子"，就是收音机。结果搞得连全村唱歌、开大会之类的事都要请我去教唱或指挥。

在我们下农村搞"四清"不久，"文化大革命"的浪潮开始掀起来了。不过，在农村，消息相当闭塞，就连以工作队长老周为代表的一帮人，对这些基本上都搞不懂，也不感兴趣。对他们来讲，这些事情都好像是天外之事。

上级指示，要采取一个与搞"四清"相配合的"破四旧"行动。具体来讲，就是收集销毁与"四旧"有关的东西。所谓"破四旧"，即是破除旧思想、旧文化、旧风俗、旧习惯。

有一天，我到工作队的队部办事，见到一张炕上堆放了一些旧书。一翻，竟然发现一套线装石印绣像本的中国古典文学作品《聊斋志异》。该书分若干本，纸质很细薄，每本的前面都有相当多的插图，正文中还夹有评论，相当精美，可以说是难得的"善本"。除了我们这些从北京来的，那些从农村来的，甚至部队来的工作队员，根本看不懂这些用文言文写的东西，更体会不到它的价值，大都抱着一种无所谓的态度，准备收集得差不多了，就堆在院坝中间一把火烧掉。而这些"四旧"却引起了我的兴趣。我在那里翻阅了一会儿，想到它们即将遭到焚毁的命运，感到真可惜。要向他们解释这是中国的古典文学作品吧，肯定得不到理解，而且搞不好还会"引火烧身"。可是，要把它拿走吧，目标太大，搞得不好，被人扣一顶什么帽子，落一个反对"破四旧"的罪名也不好。但是看到它们即将遭到毁灭也不太甘心。于是趁别人不注意，用报纸卷了薄薄的一本（内含卷五、卷六），走了出来。取走时，还颇有一点胆战心惊，生怕被别人发现。幸运的是，没有引起任何人的注意。这本书后来带回了北京，而且经过十年"文化大革命"的"洗礼"之后保存了下来，至今还在。至于其他的古书和字画等"四旧"，稍后都在工作队办公的那个场院中堆起来付之一炬。

工作中，上级还要求工作队"运动、生产两不误"。具体来讲，就是要求工作队种一些试验田。在队长老周的策划下，充分发挥了他可能早已经习以为常的权力，选了村里一块最好的土地，让农民深挖几尺，运去大量的肥料做底肥，而且严格按照某种要求密植玉米。那时的肥料是非常宝贵的，那块地用了比平常多10倍以上的肥料，这已经让农民很有一些怨言了。而提出的密植指标，大大超过了大家的预料，有经验的农民都站出来反对，说这样不行。可是老周坚持说这是"科学种田"，只有密植才能高产，非这样干不可。农民们也很无奈，没有什么办法。那块有10来亩的试验田，全种的玉米，其长势倒是一直见好，后来长得非常高且密不透风，光看长势还相当可人。可是到了后期，问题暴露出来了，光长秆不结玉米，而且说也奇怪，几乎没有结出一个玉米棒子，最后只好作为青饲料割来喂牲口，这可能也是上天对瞎指挥的一种惩罚吧。

那时基本上不用化肥（可能缺少资金也是一个重要原因），主要是用农民积攒的各种有机肥料。此外，农民还想方设法挖河泥，把旧炕拆了用炕土做肥料等。

和肥料相比，水在这里似乎更为重要。在成电上本科的时候，我们参加过短时间的下乡支农，我主动学了一点农业知识。知道当时提出的"农业八字宪法"是"水、肥、土、种、密、保、工、管"。水是放在第一位的。这里的土地还是十分平整的，土壤也比较厚实，可是除了雨季，平时相当干旱。只有解决了水的问题，收成才有基本的保障。那时，采取的办法是相隔一定的距离打一口机井，用电动水泵抽地下水浇地，其效果还是比较好。可是那时农民自己的自留地就不好用机井的水来灌溉了。

有一天晚上，我发现一个年纪较大的农民常福没有来开会，一问，不知到哪里去了。会后已经很晚了，在我回住处的路上，看见一个人在黑暗中扛了一些从井里提水的工具从村外回来，正往家走。走近一看，正是常福。为此，他挨了我的一顿批评。后来我仔细一想，应该说是我们的工作做得不好，为什么呢？社员白天只能在集体的地里干活，好长时间以来几乎每天晚上都要开长会，他们没空照料自留地，而庄稼缺水是"水火不留情"。如果庄稼都旱死了，再浇水有什么用？实际上，应该减少会议时间，不搞疲劳战术，让大家都能抽一些时间去照料一下自留地，关心农民的实际利益。

由于卫生条件差，那里的跳蚤很多，我这个A型血的人不但怕蚊子，也怕跳蚤，一被咬就过敏，身上经常被咬出很多包包。白天还好，晚上就难办了，许多跳蚤钻进被子里，咬得简直睡不好。我们一天工作的时间很长，还要经常下地参加劳动，睡眠的时间本就非常宝贵。如果起来仔细抓跳蚤，灯光太暗不说，还要浪费很多时间。想来想去，我想出了一个最优的方案，就是被咬得比较难受的时候，小心地钻出被子，把被子卷起，迅速往炕下抖，被子中的跳蚤多半就会掉地上了。然后继续睡，这一土办法还是产生了一定的效果。

在生活上，我们都很快习惯了和农民社员一起"同吃、同住、同劳动"，但还有一点困难不大好办，这就是没法洗澡。经了解，那里的农民一般大半年都不洗一次澡。水是有的，可一般家里都没有洗澡的设备和场所。另一方面，可能因农民吃得很差，油腻很少，问题要小一点。脏了，农民一般都用湿毛巾擦擦身子。可是我们却不大习惯，但一时也没有什么办法可以解决。如果我们想方设法，也不是办不到，但那种情况下，似乎容易产生脱离群众，搞特殊化的印象，怕影响不好。我们去的时候是3月份，天气比较凉，还好办。可天气渐渐热了，我心里就琢磨着，一定要想办法解决洗澡问题。很快，五一劳动节到了。那天，队员们都去另外一个村开大会了，留下我一人在大队部值班，难得的"机会"来了。那时，我已经可以很顺当地用一条很长的粗绳子吊着铁桶在很深的井里打水，于是我去打了两大桶水，在队部的煤炉子上烧热，再提到旁边的一个用玉米秆围起来的土厕所里，神不知鬼不觉、痛痛快快地洗了一个澡。洗完澡之后，觉得洗个澡简直是一种极大的享受，以至于现在写到这里都还能感受当时愉悦的心情。

后来，到了夏天，尤其是下过大雨以后，一些大坑里积满了雨水，大的长达好几十米，有的相当深。而且因为周围没有什么污染源，水相当清，这样我就可以去游泳兼洗澡了。当我第一次带着几个年轻的社员去游泳兼洗澡时，给这些自认为游泳有两下的年轻社员带来了相当大的震惊。我从小就喜欢游泳，大学时还受过一些训练。他们平时都是游的"狗爬式"，从来没有看见过蝶泳和爬泳，当我表演给他们看时，他们真是佩服得不得了。

那时我还不幸生过一次病,得了痢疾。可能是夏天吃的东西不干净,也可能是经常和农民一起喝生水所引起的。开始还想坚持在村里吃点药就地解决,但后来拉得太厉害,脱水,拉带脓血的大便,情况相当严重,以至于不得不住进徐水县医院。这是我平生第一次住院,也是我第一次到徐水县城里去。在那里,经过服药、打针、输液,病情很快就控制住了。好了一点之后,我到县城里散步走走,结果发现这个县城完全没有一点"城"的样子。城里不但缺乏四川县城那种正规的街道和商业环境,而且街道和建筑都是破破烂烂的,城里的很多住户都是农民,这使我感到十分意外。

我们1966年3月13日下去,9月10日从徐水返回北京,历时半年。

9月10日那天,我们早上4点就起床,被我发展成为党员的生产队队长吴洪林坚持要请我们吃一顿送别早餐,表达他的一番心意。实际上吃的东西很简单。他妈妈一早起来给我们准备,擀面煮面条(麦收后分了些小麦,有自己磨的面粉了),再加一些红薯叶进去,干粮是几个烙的玉米饼。这是我第一次在他家吃饭,也是在智武营大队吃的最后一顿饭。而且第一次破例,吃了规定不许吃的白面面条。饭后,许多男女社员都赶来向我们道别,路边挤满了人,有的还过来拉着我的手依依不舍,哭了起来。有些人抢着帮我们提行李,还一直陪着我们步行了好几里路。我们走到附近的一个村子马亮营,集合上车返京。

半年来,我们工作非常努力,取得了一定的成绩,验收时对我们的评价也很高。我自己也觉得对得起这个评价,因为在这半年中,我们各方面都做到了严格要求自己,另外工作中也严格按照政策办事,和社员群众的关系也搞得非常好,群众喜欢我们。对我个人而言,半年的时间,增加了对农村的了解,丰富了自己的社会知识,提高了处理社会问题的能力。虽然碰到的困难不少,但在克服困难的过程中也得到了很多锻炼,收获很大。另外,由于能在实际工作中不断取得一些进步和成效,尽管物质生活相当艰苦,但总的来说精神上十分愉快。当时一个比较深刻的体会是,在生活和工作中困难总是少不了的,但无论遇到什么困难,都要知难而进,往好的方面去想,往积极的方面去努力。

"文化大革命"中十五所一瞥

还在徐水农村的时候，我们就从报纸上看到毛主席在天安门接见红卫兵的消息。红卫兵运动很快在全国蓬勃发展起来。9月10日一到徐水火车站，我们就已经感受到"文化大革命"的冲击了，到处都是标语、传单。

一到北京，来车站接我们的敞篷大卡车就把我们接回所内。在十五所的大门口，已经有不少人站在那里等着欢迎我们了。和别的地方一样，所里的红卫兵也分成两派，两派对立得很厉害。据周围的朋友介绍，他们欢迎我们，也是想施加影响，是"做工作"的一部分，目的是希望我们这些从外地回来的加入他们的队伍。情况不明，再加上我已经有了一些社会经验，经过仔细考虑，决定哪一派都不参加，先听听，先看看，以后再说。

第二天，我就赶去首山哥他们那里，一是看看他们，二是想尽快了解一些情况。我从他们那里知道了很多情况。

以后几天，所里对我们没有什么工作上的安排，让我们自由活动了解一些情况。于是，我和一些同事相约去各处看大字报。记得我和同事，也是参加"四清"回来的老张（振国）一起先后去了中宣部、团中央、文化部、清华、北大、中国科学院、地质学院等。在看大字报和与别人交谈中，也了解到许多情况，知道了许多过去难以知道的信息。

所里的两派，一派党员干部多，一派群众多。双方都在大力宣传，招兵买马。开始，我对"文化大革命"的有关情况还是很关心的，但是，对所里两派无休止的争斗则感到颇为失望。同时我也想，双方都是在一起做业务工作的同事，大家最好还是齐心合力做点对国家有益的事，何必一定要天天争论不休、怒目相视呢。

过去，北京是很有文化气氛的，北京人也是很讲究礼貌的。刚到北京时，如果要问路，人们特别是那些戴红领巾的少先队员，都会热情帮助，而且很可能怕你走错了，还亲自带着你走上好一段路。公共汽车上为老人、小孩、孕妇让座更是十分普遍的现象。

可是"文化大革命"一开始，让座之风就消失了，过多因素一下子让一些人的基本的伦理道德观念都消失了，爱心成了问题，受到质疑了。这让人十分迷惑。

　　刚开始，我觉得我们因为参加"四清"回来晚了，没有一开始就参加运动，落后于形势，还颇有一点遗憾。过了一段时间之后，我反而还有点暗自庆幸了。没有一开始就卷入"文化大革命"中，反而给我提供了一个独立观察、思考的机会，对我们应该如何参与这场"文化大革命"逐步有了一些自己的想法。

　　好长一段时间，业务工作基本上都停了，时间一长我就烦恼起来，认为这样搞太浪费时间，还不如花更多的时间和精力来搞科研。回所后不久，那年10月，因为我们一个工程的需要，所里派我一个人到石家庄的十三所出差，帮十三所搞集成电路的设计。这一安排，我感到很高兴。十三所主要搞集成电路制造工艺方面的研究，缺乏设计电路方面的研究人员。

　　和北京的喧闹相比，到石家庄后有一点远离尘世、如释重负的感觉。在十三所的招待所，出乎意料的安静，每天可以专心思考一些技术问题，做一些实验。而且"将在外，君命有所不受"，时间安排完全可以由自己做主。因为距离遥远，所里也没有人想来管我，实际上也没有什么人能管得到。这次，在十三所的工作算是开了一个好头，为以后十三所主动来十五所邀请我与他们合作打下了良好的基础。于是，后来我一有机会就"躲"到石家庄十三所去。在那里，我看了许多国外的资料，抓紧时间学习了当时最新的集成电路的制造工艺和线性集成电路的设计方法，结合国外的发展情况和我自己搞电路的经验，成功地研制出了国内第一个高增益的集成电路运算放大器，其型号编入了后来正式出版的《集成电路手册》。其间，还翻译了一篇长文《线性集成电路设计技术提要》，并在内部刊物《计算机技术参考资料》上发表了。

　　那年秋天，全国红卫兵"革命大串联"，五妹、六妹、文媛相继来京。能在北京见到她们，我非常高兴，"文化大革命"中她们有朝气、有闯劲，进步很快。不久，文德他们也被组织起来进行"长征"，经过重庆、贵阳、长沙、上海，最后在冬天来到了北京。

　　没想到，1967年初根据中央发下来的新文件，允许上一届的毕业生回校进行"革命大串联"。按这个文件精神，我也是上一届的毕业生，与一般本科生的区别只是我是研究生而已。因此，我得到一个回成都"串联"的机会。对我来说，这次革命大串联和探亲"两不误"，而且因为是文件上规定的"革命大串联"，时间的长短就不像探亲假那样受到非常严格的限制。于是我先回成都参加了学校的一些活动，然后和文德一起回了一趟乐山，了解了一些乐山当地开展"文化大革命"的情况。

和十三所建立了协作关系之后，我到石家庄去的机会就多了。最长的一次，竟然在那里住了两三个月。在一片闹的气氛中，石家庄对我来说简直成了世外桃源。我不参加当地的运动，也没有什么人来管我，我一天到晚就在那里抓紧时间看国外的资料，搞集成电路设计，做实验。和北京相比，那里生活条件很差，主食大部分都是玉米面窝窝头，连馒头都很少，就更不要说大米饭了。而且有一段时间所吃的窝窝头还有很不好的味道。问其原因，说是做窝窝头的玉米面是用石家庄当地"华北制药厂"提取过制药原料的玉米磨出来的。长期吃得不好，我有时也感到有点㾑（音同"曹"，四川方言。因荤腥吃得少，身体需要油荤的感觉）了。一次去到石家庄火车站附近的一个小饭馆改善了一下。先在一个小窗口排队购票，要了一只扒鸡，再加了一碗小米粥。那时石家庄周围的情况要好一些，还有扒鸡供应。当地的扒鸡很有名（味道与四川的相比，还是有些差距），而且便宜，七角一分钱一斤。北方的鸡很小，一只还不到一元钱，小米粥仅两分钱一碗，印象很深。总的说来，十三所的生活条件虽比北京艰苦不少，但因为我做了一些有益的工作，没有白白浪费时间，自我感觉比较充实，心情愉快。

我住在十三所的招待所，因为是外来人，所以没有人来管我。我没有资格去参加活动。1966年10月底，一天晚上，突然听见了街上大游行，鸣放鞭炮，口号声不断。第二天早上才知道，那是在"热烈欢呼我国第一次导弹核武器试验成功"！

好一段时间，所里的科研秩序几乎完全被破坏了，虽然上级仍然在号召"抓革命、促生产"，但很难办了，班还是在上，但效率明显降低，有的甚至停下来了。

这时，我就想到了一个利用时间的办法，经常到图书馆阅览室看外文资料。到阅览室看外文资料的人很少，通常只有两三个人，相当清静，没有什么干扰。尽管从"文化大革命"开始，除了毛主席的著作，国内的书刊基本上都不再出版了，在新华书店里，基本上什么书都没有，连字典、地图都买不到。但十分幸运的是，阅览室的外国期刊还是照常摆放出来的。虽然"文化大革命"并不影响外国刊物的出版，但要在国内继续引进原版，出影印版多少还是要有一点胆量的。因为搞不好就会被扣上一顶"崇洋媚外"或破坏"文化大革命"的帽子。

多年以后回想起来，我们真应该给在"文化大革命"中决定继续在国内引进和发行外国期刊的有关人士颁发"促进科技进步"的特别勋章。如果我们在大约10年的时间内没有引进这些期刊，对国外科技发展情况全然不知，与国外科技水平的差距会拉得更大，我国的科学技术比国外落后的时间还要多好多年。20世纪六七十年代正是世界上电子技术、集成电路、微型计算机、计算机技术、计算机软件、激光等科学技术发展最快的年代，我国因为"文化大革命"而错失了一次难得的发展机遇。

那段时间，因为时间非常充裕，我在阅览室进行了相当广泛的阅读和研究。一个最大的收获是发现计算机研究的重点已经从过去的硬件转移到软件，国外软件的从业人员数量已经大大超过硬件人员。软件是一个新的发展方向，Software（软件）这个词也开始在计算机界成为一个非常时髦的词语。这一发展趋势给了我很大的启发，从那时（1967—1968年）起我就暗自下定决心，今后一有机会就要转去搞软件。这也是我后来调回成电，完全转到软件领域的起因。这或许可以看成是我个人在"文化大革命"中的一个重大收获。

其实，我还是十分缺乏软件的基础的。为什么呢？因为我们学习时是不分硬件和软件的，学的是以硬件为主，明确的软件概念还没有提出来，而且不论是在成电上本科，或是在当研究生的时候，学校里还没有真正的计算机可用。直到我到北京后，大概1965年下半年，学校才有一台晶体管计算机441-B可以使用。我们上与软件有点关系的程序设计课时，虽然编过一点简单的程序，但仅仅是纸上谈兵，没有上过机，缺乏实践经验，用的是最原始的机器语言。

幸好，我决定转搞软件的时候还很年轻，有胆量，有信心。我想，既然高中毕业生都可以进入大学后学习软件专业，我多年来从本科到研究生学了这么多计算机知识，还有相当的实际工作经验，应该没有问题。说不定还有一些有利的因素和优势，只是开始走出这一步可能要困难一些而已。

在科研大楼西面一楼的期刊阅览室里，通常静静的没有几个人。读者中，一个相貌有点奇特的人经常坐在那里翻阅各种外文期刊。这个人皮肤白皙，头发较长，举止完全是一副外国人的样子，应该说还颇有一点绅士风度。后来知道，此人叫张芝明，1965年从苏联回来的。后来进一步了解到他是参加1927年末广州起义的领袖张太雷的儿子。张太雷在广州起义中牺牲后，张芝明就被当作革命烈士的遗孤送到苏联去了。可以说，他从小就在苏联长大和受教育。后来，我在网上偶然看到一篇文章《在苏联长大的红色后代》，了解到他的一些情况：张芝明，1927年4月20日生于上海，1947年进入莫斯科大学原子能专业学习，1952年毕业，后做研究生，1965年回国。这位有苏联博士头衔的张芝明有一副学者的模样和派头，什么都爱问一个为什么。他在苏联待的时间久了，中文说得不大好，深度交流都有些困难。回国后受到不公正的待遇，生活上也存在许多困难。

受"文化大革命"的干扰，大家已经不大专心于科研业务，效率就更谈不上了。白天上班搞科研，晚上还要进行政治学习。一般是专业组的人集合在一个房间学习文件（如果有文件的话），但多数时间是读报纸。我的普通话水平一般，但大家还经常要我来给大家读报，喜欢我读报时随时插入的一些评论和解释。我从小就喜欢读报，多年来的不断积累，对国内外的情况了解得比较多，除了做些解释，还可以即兴插入一些补充材料。

我长期养成了每天读报、读书的习惯，那时实在没有什么书可看，为了每天有书可读，我就总是放一本英文技术方面的书在我的床头，每天看一点。集体宿舍里来往人多，有人喜欢无事乱翻，我放的英文书一般人兴趣不大。

那时，没有书看是很多人的烦恼，特别是事情不多闲下来的时候。幸好，在"破四旧"的浪潮中，也还是有一些胆大的人，他们想办法保存了一些书，其中不乏一些经典著作，后来这些书就在一些熟人中暗暗流传起来。当时只要能借到书，就是一件非常令人高兴的事，但不少书与"文化大革命"的精神不符，就只能悄悄看。"文化大革命"中我还是设法读了不少这样的书。其中对我帮助很大的一本就是《西方名著提要》，是讲西方古典社会科学的一本难得的好书。这本书涉及从公元前古希腊到19世纪的许多古典社会科学名著，如《逻辑学》《理想国》《政治学》《君王论》《国富论》《方法论》《乌托邦》《人口论》《社会契约论》《论人权》《民主与自由》《崇高与美》《伦理学》《国际法》等等。

我读过另外一本内部出版的新书《阿波罗载人登月计划》。这是由1969年7月美国阿波罗11号载人飞船成功登月后面世的一本新书翻译过来的，在这次登月成功后不久，就内部出版了。出得如此之快，表明即使在"文化大革命"期间，我国有关方面对此计划仍相当关注。该书包含了阿波罗计划从1961年5月25日美国总统肯尼迪宣布美国将实施"阿波罗登月计划"开始，一步步执行，到登月成功的许多资料性质的内容，相当详细，很有参考价值。"阿波罗计划"是一个极为巨大的系统工程。通过仔细研读这本书，我学到了许多系统工程学方面的知识，对我以后的工作很有帮助，终身受用。

这本书是我通过翻译该书的有关朋友拿到的，这本书的内容相当精彩，可印刷的数量很少，一般人看不到。该书印制精美，而且有很多难得的彩色照片。在这本书里，我第一次看到地球的全景彩色照片和很多在月球上拍的照片。1969年7月16日，在肯尼迪航天中心，重量达3000吨的巨大的土星5号火箭带着以尼尔·阿姆斯特朗为指令长的3名宇航员发射升空飞向月球，历时两天半，飞行38万公里后进入绕月轨道。两位宇航员阿姆斯特朗和奥尔德林乘登月舱在月球表面软着陆。7月20日，指令长阿姆斯特朗首先踏上了月球表面，成为人类踏上月球表面的第一人。他踏上月球的一小步，成了"人类的一大步"。据了解，"阿波罗计划"共进行了6次载人登月，先后有12名宇航员登陆月球并成功返回（13号因故障中途返回）。

后来我发现了另外一个借书的渠道。大学的同班同学杨大健毕业后，分配到中国科学院原子能研究所工作，结婚后没有房子。其时正值"文化大革命"，我国核物理学界元老赵忠尧先生就让出了一间房给他们居住。一次杨大健请我去他家商讨一些技术问题。休息时，我发现他那里有不少全国政协组织内部出版的《文史资料选辑》和一些其他的书。这些书都是他从赵忠尧先生那里借来的。我后来通过他也借阅过不少书。其中让我最感兴趣的一本书是《比一千个太阳还要亮》。这是内部翻译出版的一本讲原子能科学发展史的好书，书里提到各国的许多原子科学家以及国际原子能科学家大家庭中的友好交流与情谊。此外，书里还花了很大的篇幅介绍了研制原子弹的"曼哈顿工程"。赵忠尧先生所住的地方是中关村一座非常不起眼的两层或三层的灰色小楼，他和原子能研究所所长钱三强先生两家都住在这座楼里。小楼虽不起眼，但有警卫。在那里，我曾有幸见到为"两弹一星"做出了重大贡献、神采奕奕的钱三强先生，那时他才50多岁。

那段时间，我除了经常一个人去实验室读书看资料，也翻译一些技术资料，整理一些可能有用的资料作为技术积累，想着哪一天可能会有用。有时，特别是星期日，大楼里安静得不得了，一个人都看不到，除了门口的警卫，好像整个大楼里就只有我一个人的感觉。

时间一长，人们的心逐渐疲敝了，厌倦了，对"文化大革命"的各种活动已经不大热心。除了上班表面上还在正常进行，下班时间，所里出现全面的逍遥活动。于是装收音机、做台灯、做家具、养热带鱼等各种活动大行其道。

在大家"逍遥"期间，我自己花了一点时间装了一台有8个晶体管的两波段收音机，是完全按照北京牡丹8402这个型号的电路装的。其好处是，在外面可以买到牡丹8402的外壳，装出来的收音机基本上与市场上卖的一样。虽然收音机电路基本一样，但许多零部件都是自己做的，如印制板要自己绘图腐蚀，中频变压器、输出变压器要自己绕，许多小零件也要自己做。有的东西在市场上买不到，有的则是为了尽量降低成本。印象最深的是自己还手工缝制了一个牛皮的收音机皮套，相当精致，看起来和市场上卖的没有什么区别。做皮套的牛皮是在前门外的一个皮具修理店买的小块牛皮，还买了钻孔的锥针，冲孔的冲头则是一个上海来的师傅用一小点合金钢制作的，还进行过很好的热处理，效果相当好。在缝制皮套的过程中，连我自己都感到快成一个皮匠了，因有"三个臭皮匠，顶个诸葛亮"之说，所以大家都戏称我快成诸葛亮了。

因为我是多年的无线电爱好者，对电路、收音机都比较熟悉，组装出来的收音机的效果自然就比较好。另外，我还使用了一下实验室里的信号发生器、示波器等来进行调试，几近专业水平。为了避免产生不良影响，我都选择很晚或者周末只有我一个人的时候才去用仪器来调试。在组装收音机的高潮时期，不少人前来求助，因为有些人完全没有基础。组装收音机虽然浪费了一些时间，但多少还算与电子技术有点关系，比做台灯、做家具、养热带鱼等似乎稍好一点。

在办公室里，把四张办公桌拼起来打乒乓球也一时成风。因我的球技相对较高，大家都喜欢和我对打。同事郑胖子（世德），常常一见到我就对我说来一个Game！

还有一个活动就是下围棋。四室的马如山是个高手，我们住在集体宿舍同一层，他有一副围棋，在宿舍里下过不少次。马如山清华毕业，在业务上属于十五所顶尖的一类，我们也是比较谈得来的朋友，见面时总要多聊上几句。

不过，总的说来，这类"不得已"的活动浪费了大家许多时间，是国家也是个人的损失，可惜。

是不是科研工作就完全停止了呢？也不是，不少重点项目还是在进行。所里不想混日子、想做点实事的人还是不少，不过受到"文化大革命"的冲击，进度放慢了，效率打折扣了。

这里，有个趣事值得一提。我的同学朱新甫（改革开放后任十五所的所长）告诉我，一天，他在科研楼上忽然看到了总工程师陈力为。陈力为这时已经被勒令在所里干粗活进行劳动改造了。一天，他正在搬东西清空房间，为进所的工宣队在研究大楼里准备住处。看到周围无人，他突然靠近，低声问朱新甫："某某工程现在搞得怎么样了？"听了朱新甫的讲述，我大为感动，朱新甫也一起感叹起来。已经在劳动改造了，陈力为这个"反动学术权威"还在念念不忘他曾经主管过的工程！

陈力为是抗战期间的西南联大的毕业生，后派去英国实习。我在深圳负责新欣软件时，他已经是工程院院士。大概1991年，他带了几个人从北京来蛇口新欣软件参观访问。因为我曾经是他的部下，相见甚欢，畅所欲言。他说："不久前，我们曾经组团去印度有名的软件中心班加罗尔考察过，看了你们新欣软件的情况,我觉得你们和印度的情况差不多嘛。"最后他还语重心长地对我说:"老李呀,你好好干!你现在做的事情,就是我们国家想做的事情!"

工作调动的烦恼

在所里,大部分都是年轻人,其中有相当部分是结了婚的,有的还已经有了孩子,夫妻长期不在一起出现了各种各样的困难。因此,所谓工作调动问题,实际上就是解决夫妻两地分居的问题。由于地处首都北京,家属调来固然不易,就是自己调走也很困难。

那时的人们都是受的"奉公守法"教育,一般都服从工作的需要,安排什么就做什么,个人基本上没有还要选择什么工作的想法,说实在的,也没有这种权利。因为,没有组织的安排,自己是找不到任何工作的,而且户口、粮食关系等又直接与工作单位挂钩,没有按组织安排进行工作调动,不但拿不到工资,没有粮票,连吃饭都成问题。

我的调动问题还算是好的了。大概是在1966年6月,从徐水回所里"换季"时,我就问过干部科的干事小冯(冯振田)。他说,你爱人骆文德的档案已经从成电调来我们所里了,而且十分肯定地说"只是时间问题,说不定最近几个月就可实现"。如果一切正常,那年就实现调动了。可是,谁也想不到,命运就是捉弄人,就是在那几个月,"文化大革命"开始了,一切调动工作都停止,一拖就是好多年。

对其他许多要求调动的人来讲就更困难了。因为以前并没有给你关于调来或是调走的任何许诺,到了"文化大革命"以后,干部科刘苏凯科长和平时与我们打交道最多的干事冯振田就不管事了。如果要想问调动方面的问题,也找不到人和地方。调动遥遥无期,见不到希望。加上所里两派对立,科研工作秩序受到严重破坏,科研的事情少了,事情少了调动问题就显得更为突出了。

许多要求调动的都是科研工作的骨干,他们的工作积极性不大就对周围的其他人产生了影响,形成了一种负反馈效应的连锁反应。特别是长期不解决，人们"串通一气"之后，许多人一见面就在谈论调动方面的问题。

除了我们研究室里的几个人，和我交流得最多的就是在其他研究室工作的朱新甫和华兆麟。他们除了与我有许多共同语言，在调动工作的问题上，他们的情况也与我类似，都是家属两地分居长期得不到解决，有点同病相怜的感觉。朱新甫是成电和我同一个系但比我低一年级的同学，即1957年入学的，多年之后任十五所所长，工作能力很强，也很有威望。华兆麟是上海交通大学的毕业生，因出身之类问题受到排挤，辗转回到母校上海交大考研究生，后获得博士学位，最后成了上海交大自动化系的系主任。那段时间，我们经常在一起交流有关的信息，研究调动工作的"战略战术"。研究之后，还要马上把"思路整理出来"。在交流中，我得到的一个重大启发是"一遇到困难就立即想办法解决，哪里有困难就到哪里去解决"。

以前，从我们受的教育来看，对于调动这样的问题，我总有一种调动是属于个人的事的感觉，不大好意思去找领导谈。后来通过交流，及时做了调整，于是只要想到什么地方、找什么人有困难，就尽快到什么地方、找什么人去解决。这一处理问题的思想和方法，对我的工作很有帮助。

如前所述，原来文德是准备调往北京的，而且手续都基本上办好了，后来因为"文化大革命"不能调动，而成电又来人和我联系，希望我调回成电。于是我就开始往调回成电的方向努力了。那时，"文化大革命"已经有几年了，学校也在考虑以后如何办学的问题，希望调进一些经过了一定实际工作锻炼的年轻教师。"文化大革命"中，学校的教学科研工作几乎全都停了，而十五所不管怎么样，科研工作基本上还是在进行的，只是受到了一些干扰而已。相比之下，我们还是在工作中受到了较多的实际锻炼，比较符合这个条件。

然而，要调走也不容易。所里又拿出另外一个理由，说我是技术骨干，不能调走。以前我的工作调动问题都向所里反映，后来知道所里以"技术骨干"这一条来卡我，我就不能不另想他法了。通过文德在成电做工作，成电军宣队刘队长，写了一封信让我去找第十研究院政治部张主任（他们曾经是战友），请他帮助。后来能够从北京调回成都，就与张主任的帮助分不开。他不支持，所里就不松这个口。何况一直到我调走以前，所里的确也是诚心诚意地想尽快把文德调来北京的。

  其实，那几年在解决调动问题上，曾经有过其他机会，不过因种种原因都未能实现。那时，所里每天闹哄哄的，让人心烦，想调动工作的人只要有地方可去都愿意去。对我来说，近于实现的机会是去广州的某研究所。当时广州的那个研究所来北京招人，已经和所里联系好了。记得1971年初，我请探亲假回成都，当时革委会管人事的负责人邵大勋在我出发前就很认真地通知我：春节探亲回来后就可以到广州去报到了。可是回来之后情况有变，上面又有了文件和"新精神"，主要还是"技术骨干"的原因而不让我调走。

  邵大勋，四川人，1962年川大数学系毕业，工作能力和人缘都很好，在十五所我们成了很好的朋友。后来他成为北京中国计算机公司的总经理。我在新欣软件时，大概是1991年，他还到深圳来看过我，专门在阳光酒店宴请了我一次。那天我是主客，却到得晚了，因为严重堵车，一大桌人等着我到了才开席，搞得我很不好意思。那时还没有手机可用，他也不知道我出了什么情况，我的车到了哪里，其他人又不认得我，害得他这个中国计算机公司总经理一个人站在阳光酒店大门口等了好久。后来，大概是1994年上半年，北京邀请我去做一个多媒体技术方面的报告。我在报告的前一天抵达北京，住在中关村的中国科学院宾馆。第二天早上从宾馆出来，准备叫一辆出租车去举行报告会的五洲宾馆。可在宾馆门口等了好久，就是打不上车。想到五洲宾馆报告厅有几百个听众在等我，真是着急死了。怎么办？正在这时，救命恩人出现了。一辆车忽然停在了我的面前，车上的人下来和我打招呼。一看，太有缘分了！这个人就是邵大勋。他是偶然路过那里，一问，马上就说："让我的司机送你去吧！"一下子就救我于困境。那次，也是我和他的最后一次见面。不幸的是，大概在1995年，他就因病过早去世了。非常可惜！

  "文化大革命"的那些年，知识分子的工作调动问题在全国都成了一个大问题。"文化大革命"后《人民日报》上曾经发表过一个中篇纪实作品《盼》，就生动地描述了以科学院为背景的那些两地分居的知识分子盼望调动解决长期分居问题的生活百态。我们这批人中的许多人都看过这篇文章，而且互相传阅，因有切身体会，引起了强烈的共鸣，很受感动。

防空洞

  1969年秋天根据"深挖洞、广积粮、不称霸"的指示，全国许多地方都开始挖防空洞，十五所也不例外。

  防空洞就挖在我们所区和宿舍周围的空地里。调去挖防空洞的多数人都是技术人员，常常派一些车间的工人来当头。和我比较谈得来的朋友朱新甫、华兆麟，这时都被调去挖防空洞了。我们同住一幢集体宿舍楼，经常见面，交谈中他们说挖防空洞谈不上很苦，反而是一件很好的差事。他们特别津津乐道的是他们到几十公里外的十三陵挖沙的故事。好长一段时间，他们每天跟车去十三陵附近的沙场运沙。据他们说，经过一段时间的锻炼，已经能够做到4个人12分钟就可以装满一车沙。每次华兆麟和我说到这一点时，都表现出很有一点"成就感"的样子。他们每天完成运送两车沙的定额，时间自己掌握。这些知识分子一盘算，就想出了一个两全其美的主意。他们空车去时，就先把几辆自行车放到卡车上，大家装好沙后，仅少数人跟车返回、卸车。留在十三陵的其他人在运沙车往返的时间内，就可以骑上带去的自行车前往十三陵的某个陵墓玩一阵子，相当惬意。

  明十三陵是明朝十三个皇帝的陵寝，虽陵墓都分布在一个区域，但区域大，如果步行，距离也相当远，有自行车可用，问题就解决了。这十三个陵墓中，只是在20世纪50年代末发掘了"定陵"。一般人去参观时，除定陵外，还可以到附近不远的另外一个尚未发掘的"长陵"参观。可是朱新甫、华兆麟他们这一批快乐的挖沙者用蚂蚁啃骨头的办法，合理安排，充分发挥了运筹学的方法，在"挖沙"的过程中，竟然探访了十三个陵墓中的十二个。这是一般的旅游者很难做到的。我在和他们的交谈中受到他们乐观态度的感染，看着他们经过劳动锻炼的黝黑健康的身体，心里多少有几分羡慕，产生了去挖防空洞的想法。

  每天在实验室里埋头苦干，我也有些烦了。另外，如果继续这样干下去，我老是当课题负责人，作为"技术骨干"更脱不了身，工作调动的问题更难解决。于是我就想申请去挖防空洞，如果成功，就可以脱身了。我的这个申请，一直拖到1971年春天才得以实现。

我参加挖的防空洞在甲乙楼旁边（所区篮球场边还挖了一个）。根据可用的空地的形状，先挖一个好几米深的L形的大坑。然后用混凝土铺底，周围用砖砌墙，顶上用预制的混凝土拱件加盖，留门和气孔，然后在内外抹上几层不同比例的混凝土，最后再在上面填土压实。说起来很简单，但做起来很不容易。材料都是用的好材料。

我们被分到挖防空洞的劳动队时，每人都发了一套相当旧的、洗得发白的土黄色军工工作服，不怎么合身。穿上之后，大家都颇有一副劳动人民的样子，相视而笑。

开始，把我分去搞电工，主要是管照明、抽水机、电动机之类设备的安装维修。和我一起搞电工的，还有一位原来从上海支援北京时调来的八级电工马师傅。八级工是工人中的最高级别，这位师傅的确有比较丰富的操作和维修经验。但时间一长，我发现他也有一些不足，主要是他不大懂更深一层的道理。比如，烧坏了抽水泵，他就不大喜欢去分析烧坏的原因，而是费了好大的劲把坏的抬上来，再换上一个新的，结果又烧坏了，一连烧坏了三个。后来，我就帮他分析原因：当时抽的并不是清水，很多情况下是泥浆，有时泥浆太稠，有时还混有一些石块等杂物，这就使电动机有时负载过重，电机就烧了。他因为老烧电机，一时没有办法，很乐意听我的分析。原因一清楚，稍加注意，这个问题马上解决了，他很高兴。这位老师傅在上海学手艺的那个时代，一般都从学徒开始，没有真正上过学，手艺虽高，但缺乏必要的基础理论知识，我们完全理解。

因为修防空洞的场面还是比较大，平时的工作也不少，但都比较简单。我当电工时所做的工作中，只有一件小事或许还可以算是一项有点技术性的工作。

修防空洞的大坑挖得很深以后，地下水渗透得很厉害，为了防止因水位高而使正在施工的防空洞底部泡在水里，就在旁边挖了几个集水的大坑，需要经常抽水，不使水漫上来。白天，只要有人值班，事情就比较简单，看到水位高了，就去扳动开关抽水，可是到了晚上，值班的人困了稍不注意水就漫上来了。如果能够实现抽水自动控制就好了！但要搞复杂的自动控制系统，没有条件，而且需要经费，不现实。于是，我就想起了学自动控制原理时最简单的用"浮子"检测水位进行自动控制的模型。经过一番实验，这个简单的自动控制系统调试成功，解决了实际问题。这位老师傅大为高兴，值班人员晚上也可以放心睡觉了。

电工这个工作对多数人来说是一个"美差"，比较干净，轻松不费力，而且还是一种技术活。可是对我来说，却觉得没有什么意义，因为我搞电子电路的经验比较丰富，对电有比较深的理解。对我来说，一般的电工工作在技术上太简单了。而且和劳动队的其他人相距较远，过分清闲，工作中也就没有太大的乐趣，也达不到参加体力劳动锻炼的效果。电工干了不到两个月，我向上级提出换工作，去做泥工，很快得到了批准。这下，我就真的参加修防空洞了。

修防空洞的工作基本上就是干泥水匠的工作。一开始，我们还只能做小工，为大工做辅助性的工作。我们最常做的工作是在一两块大的钢板上按一定的比例配上沙和水泥，再加适当的水，通过不断地翻动来制作水泥砂浆，用来抹防空洞的内外墙面。有时也加上一些碎石来制作混凝土铺地面。根据不同的需要来调整混合的比例，其中的技术我很快就掌握了。搞了一段时间，我开始学习做一些如抹墙之类的大工工作，慢慢也行了。

我改行当泥工后，也到过往十三陵方向的一条小河边的沙场去运沙。不过这个沙场离十三陵较远了，而且与以前相比，管理抓得比较紧，我们没有机会像华兆麟他们一样运作，当然也没有机会抽空去十三陵游览了。

当泥工时，我碰到过一些困难。印象特别深的是，开始我用铁锹铲一堆堆碎石时，简直就铲不动。看到别人铲起来比较轻松，我心里真着急。这时，搞过一期劳动队的华兆麟看了我的动作以后，马上就指出我存在的问题，是没有用上腰劲。只是用手臂，力量不足，铁锹碰到碎石堆的表面就停住了，当然效果不好。经过他的指点和示范，我很快掌握了用腰劲的要领，以后就比较轻松了。

我参加修建防空洞的时间持续了半年。这段时间，除了每天参加劳动，其他方面没有什么变化。我们仍然住在宿舍里，一日三餐都在食堂吃，基本上无忧无虑，相当愉快。

修建防空洞期间学到的泥工技术对我有过一些帮助，调回成都后，因为条件不断改善我们搬过几次家。开始经济条件还比较差，一般不会请人来装修，每次我都有些泥工活要做。1977年，我们搬到17栋住套间时，我就在小阳台上自己做了一个炉台，上面放天然气炉子，下面放锅具之类。关键是首先要做两块预制板，而这就难不倒我这个"老泥工"了。一天中午，我带着小曦和小蓓去校内一个工地上，捡了一些人家用过的废铁丝，拿回家来锤直了，代替钢筋使用。我根据挖防空洞时积累的经验，先用木条按一定尺寸做好模板，铺好自己制作的"钢筋"，再按一定的比例配好沙和水泥，然后搅拌制作混凝土，成功制作了两块质量不错的预制板。

挖防空洞那段时间大家相处得很好，是一段非常愉快的日子。相处一段时间，大家都喜欢称别人为"大工"。以至于当我们回到研究室以后，见到这些参加劳动队修建防空洞的同事，在科研大楼里仍然以"大工"相称，非常亲切。本来在建筑工地上一般只有"小工"和"师傅"的区别，没有什么"大工"之说，"大工"完全是我们这批知识分子创造发明出来的词。称呼别人为"大工"有点"敬称"的意味，也有一点幽默感。

参加劳动的另外一个收获是不知不觉锻炼了身体。那些日子，我每天的精神都很好，劳动下来，虽有时也到实验室看看书，但因不再需要考虑那些复杂的技术问题，睡眠也很好，身体显然好多了。一天，我在劳动队修防空洞的时候，接到通知要我去参加研究室之间的篮球比赛。因我已经好几年没有打过篮球了，便婉言谢绝，可因队员人数不够，还是硬把我拖了去。结果，与预想的情况相反，上场之后才发现我是同队中表现得最好的。这并不是说我的篮球技术有多好，而是因为通过劳动锻炼了身体，体力增强了，跑得也快，技术发挥起来就比较自如，而那些经常坐办公室的同事，跑都跑不动，再好的技术也难以发挥了。

中美关系的改善

1971年3月，第31届世界乒乓球锦标赛在日本的名古屋举行，一向爱好乒乓球的我当然对比赛比较关心。自"文化大革命"以来，在世界上称雄的我国乒乓队已经多年没有参加国际比赛了。赛会上，我国乒乓球三届世界男子单打冠军庄则栋与美国运动员的邂逅和友好交往更是称得上一次乒乓球外交。之后，美国乒乓球队应邀来中国访问。自朝鲜战争以来，中美之间多年的敌对状况似乎有了一点改善的迹象。

大约那段时间，大家喜欢读的《参考消息》上发表了周恩来总理和《纽约时报》副社长赖斯顿的谈话。这篇谈话十分精彩，是我这一生中印象最深的谈话之一。其中，让大家最关心的是许多关于中国与外部世界的关系，特别是与美苏两个超级大国关系的一些看法。我们劳动队里的人员来自不同的单位，讨论起这些问题来更是无拘无束。

1972年春节前，文德带着大女儿小曦来北京探亲。在解决住房问题上，我们又有了一点运气。先是在甲乙楼旁边刚刚为外地来京探亲的人员建的两排平房中找到了一间房子，后来还在所里集体宿舍楼下的一排新修的平房里搞到了一间隔成前后两个小间的更大的房子，条件比过去都好，而且因为可以自己做饭，日子过得比以前都要好。

当我从报纸上得到美国总统尼克松将于1972年2月21日到达北京访问的消息后，就暗自想能否碰碰运气，找到一个能够看到这些美国来访者的机会，见证这一历史时刻。2月21日那天，我就骑着自行车出去了。我的目标是天安门广场。我相信，尼克松总统的车队肯定会经过那里，至于能否碰上，就要看运气了。

到天安门时，已经接近中午。一看周围的情况，警卫森严，广场上冷冷清清，行人非常稀少，比平常少得多。为了尽可能在天安门延宕时间，不被赶走，增加一点机会，我推着自行车走向人民大会堂东北面紧靠长安街一角的一辆从美国运来的电视转播车（也是那里唯一的一辆），停在周围观看他们操作那些设备。实际上我对这类新设备很感兴趣，只不过那天是想借此在那里多消磨一点时间，增加一些机会而已。我早就从报上知道，为了用卫星彩色电视转播尼克松总统访华的实况，美国方面特地空运来了一大批专用的卫星电视广播设备。那时这种设备在全世界都很稀有，在中国甚至连黑白电视都很少。说来也真巧，背向天安门的我，突然发现卫星电视转播车上的美方人员紧张地操作起车上的设备来，摄影师各就各位，长镜头对着天安门和长安街东面车来的方向。我猛然回头一看，乖乖！一列车队正安安静静地带着微细的沙沙声从长安街自东向西急驶而来。进入天门广场时，车队并没有减速，但许多车窗突然打开，车内的许多人手持照相机对着天安门和我站的人民大会堂方向，噼噼啪啪照个不停。街上的行人都毫无表情地看着疾驶而过的车队，出奇的安静。在我的印象中，车队由黑色的轿车组成，有30多辆。而我，则有幸成了美国总统尼克松访华的第一批见证人之一。

后来中美两国互相设立"联络处"，一直到卡特任总统期间的1979年两国才正式建交。

两个女儿

我和文德有两个可爱的女儿，大的一个叫李曦，小的一个叫李蓓。

文德在怀小曦时，四川的社会秩序混乱，物资供应缺乏，生活困难。记得1968年春节过后，我从成都返回北京，文德本来很想送我去火车站。但想到从成电到火车站的路程还比较远，在路上往返的时间一长，就多了一分危险。送到校门口，我就坚持让她回去了。

文德回到了她的老家万县待了一段时间。万县的情况虽不怎么好，但有她妈妈照顾，日子还是要好一些。记得有这么一个真实的笑话，一天居民委员会的人气势汹汹来查户口，问她从哪里来，文德说是成都来的，其中一个中年妇女干部就诘问说："什么成都？与我们都不是一个省的。"连成都是四川的省会都不知道，这样的街道干部是不是有点令人好笑。

生小曦之前，五妹智富到成都接文德回乐山。在成都火车站，文德想进母子候车室以保证先进站坐上一个位子。因为肚子"不显"，守门的竟然怀疑她冒充孕妇不让进，费了好一番口舌才解决了问题。分娩是在乐山红十字会医院的妇产科。那时医院的秩序很混乱，产房交由一些从乐山卫生学校来实习的学生管理。那些学生既没有经验，又缺乏责任心，使得文德分娩时出血很多，身体亏损很大。

在那个年代，爱人生小孩也不能请假回家照顾，现在的人可能难以想象。不过那时都是这样，大家就习以为常了。

春节前我探亲回家。为什么我们都喜欢选春节探亲呢？其理由，一是春节是中国传统的家庭团聚的日子；二是我们一年只有十几天探亲假，几天春节假和探亲假连在一起，假期就可以增加好几天，价值很大。

小曦是1968年11月在乐山出生的。生下来时，重量是6.4斤。待我回到乐山的时候，小曦已经两个多月大了。亲亲小曦充满奶气的胖乎乎的脸，真实地有了当上了爸爸的感觉，非常愉快。大家都喜气洋洋。不过，文德的胃口欠佳，加上分娩时身体亏损，奶水很少。不久后小曦就开始吃订的鲜牛奶（幸好那时婴儿还可以订到一瓶鲜牛奶，约半斤），再补充一些我从北京带回的"糕干粉"之类的食品，长得还是很好的。有一天，天气比较好，我们带小曦去东大街离乐山川剧院不远的一家照相馆照相。可是，到了那里，熟睡的小曦无论如何也弄不醒，甚至把她的鼻子捏住很久她也不醒，眼睛不睁开，就不好照相。后来我们只好放弃，悻悻返回。

很快，我的探亲假就要到期了。和小曦的奶奶商量好，奶奶就和我们一起带着小曦回到了成都。那时经济上相当困难，如果请人带小孩，负担加重很多，就会影响家里弟妹的生活。由奶奶来带是一个较好的办法。不过，奶奶离开乐山，也会给乐山家里的生活带来一定的困难。一时也没有更好的办法，只好如此。

很快，我又回到了北京。那时我和文德差不多每个星期要通一次信，小曦的成长情况是主要内容。文德曾经有一份专门记录小曦成长情况的日记，是用一种很薄的打字纸写的，写得相当仔细：多久会做什么手势了，会滚了，会怎么爬了，爬得有多快，会坐起来了，会说什么话了……一一记录无遗，然后再"摘要"写信寄给我，让我们共享女儿不断成长的愉悦和欢乐。特别有趣的是小曦"席子挖洞"的故事。有一段时间，因月份小，小曦还主要在床上活动，她就天天"一有空"就抠床上的草席，就像愚公移山一样"天天挖山不止"，后来竟然把一床完好的草席抠出了几个很大的洞。可惜那时没有照相机，不能把这些有趣的镜头记录下来。

小曦长得大一点比较好带的时候，奶奶就把她带回乐山了。小曦长得比较结实，11个月就能走了。待我一年后1970年春节前探亲回到乐山时，一岁多的小曦走路已经非常稳当了。不但能够说不少话，而且能准确地听懂大人表达的某些意思，对什么是"摸、掐、揪"搞得很清楚。比如说，你叫她去摸幺爸一下，她就会跑到幺爸那里，轻轻摸他一下再跑回来；如果是说去掐一下，"待遇"可就不同了。那一年春节大年初一，我们包汤圆，在大铁锅里煮，刚下锅的汤圆是沉在锅底的，待一揭开锅，汤圆都浮起来了。小曦乍一看，大叫了一声："蛋蛋！"——这是她第一次看见煮汤圆，把汤圆当成鸡蛋了。

不知怎么，她从小就有一点音乐和舞蹈的天赋，一听到收音机里放的音乐，她就把小手从一个包住她的小被子里伸出来，做舞蹈的动作，而且手腕的动作还很柔和。有一次，我们带她去乌尤坝智炜那里，晚上看露天电影，天气很冷，我们用一个小棉被把她包住。电影开始了，她总要试图把手伸出来，开始还不知道是什么原因，后来才搞清楚，电影里的音乐一响，她就要把小手伸出来"跳舞"。更有趣的是，有时她右手拿着奶瓶喝奶，一听音乐，她就马上换手，用最灵巧的右手"跳起舞来"。有时抱着她在街上走，她也会突然"跳起舞来"，使你摸不着头脑，过了一会儿才知道，原来是她听到了街上某个收音机里放出的音乐。她有时候正在跳舞，突然就停下来不跳了，然后叫妈妈或爸爸，原来是她发现你没有注意看她的表演，待你注意看后她又开始跳了。别人教的动作，她并不马上做，而是"心中有数"，过了一段时间才做别人教的动作。

小曦和其他小孩一样，很喜欢上街玩，只要一听到"街街"，她就马上一连翻过几道高门槛往外跑。记得，她还可以非常灵巧地使用筷子。才一岁多，已经可以熟练地用筷子夹起又圆又小的豌豆了。另外，她还特别喜欢走那种凹凸不平的路，走路的能力很强。大约5岁的时候，她就跟着她下乡当知青的五孃步行到乡下去，徒步走了二三十里。

小蓓是1970年10月在成都出生的，刚生下来时的重量是5.6斤。文德的妈妈特地来成都帮忙。文德怀小蓓时的反应和怀小曦时有点不一样，脸上增加了一些不很明显的深色斑纹，当时，有人就很肯定地说："一定是个男孩。"和生小曦时的情况一样，我仍然不能请假回家，只能在北京等待消息，并做一点"力所能及的工作"。取什么名字很费脑筋，我想了许多方案，但总觉得不够满意。后来我又找了一本字典参考，最后取了两个名字，一男一女，不管生男生女，名字就都有了。生下小蓓的消息是从老同学彭毅发来的一封最简短的电报中得知的:"女五斤六两母女均安"。

我和文德的思想都很开放,生女或生男都一个样,从来没有女孩不如男孩的想法,关键是对孩子从小要严格要求,把孩子教育好、培养好,为以后的发展打下良好的基础。

我春节回家探亲,抱起小蓓来亲亲,闻到的仍然是和小曦一样的奶香气。抱婴儿有一定的难度,我抱她的时候,很担心不小心把她抱"断了"。

那时,成都的物资供应相当困难,基本上什么东西都缺,很多东西都要凭票证定量供应。幸好,我在首都北京工作,物资供应相对比外地好得多。能带的东西我都尽量从北京带回去,奶粉、蛋黄粉、白糖、糕干粉、肥皂、猪油、腊肉、酱肉等,大都是吃的用的东西。为了准备这些东西得花费时间出去跑,也很费精力。家在四川的同事不少,大家都希望有人回川时给家里捎带一些东西,四川也经常有人来信请带这样那样的。我们每次回家,一般上车前就有大大小小若干包行李,必须要好几个人用自行车载着送到火车站,并设法放到车厢的行李架上以保证安全。因旅客带的东西很多,车厢的行李架一般都非常挤,稍去晚了一点,空间就没有了。如果没人帮忙或人家不让,就很难把东西放上去。可送我的人都穿着军服,身强体壮,在他们一阵"劳驾"声中,三下两下就能挤出一些空间来,把所有的行李都放上去。到了成都,自然也要有不少人来火车站接我。

小蓓大概半岁时,她外婆把她带回了万县。一直到小蓓的二舅文梵的腿在成都做手术时的1972年10月,外婆才带着她回到成都。那时,小蓓已经快两岁了。因此,小蓓两岁以前,大部分时间都是在万县度过的。尽管不在我们的身边,没有亲睹,但她小时候在万县的生活细节仍然不断有书信传来。总的情况是表现甚佳,极受家里男女老少和邻居们的喜爱,留下了许多她"很聪明"的趣闻。比如,那时生活比较困难,小孩看见人家吃东西时都喜欢望嘴(看着别人吃)。外公每天都要喝一点酒,外婆跟她说:"外公喝酒,吃花生下酒,你不要望嘴哟。"从此她再也不到外公喝酒的桌子旁边去望一下。外公后来说过多次:"她这么小就能做到这一点,真是难得。"关于她的趣闻还很多,更令人惊讶的是,一次,她的二舅文梵从屋梁上吊下一根绳子,用胶布粘上一个乒乓球,让她练习打乒乓球。一天,她正在认真练习，五姨文彦问她："小蓓，你长大了要做啥子啊？"不知怎么，小蓓突然冒出了一个回答："我要当外国人。"在场的人听了都惊讶得面面相觑。好久以后，大家还在纳闷，她这么小，才两三岁，这个想法是怎么冒出来的？后来，小蓓果然当了"外国人"，这是后话。

我调回成电后，因我和文德都要出差，又将小蓓送回了万县。一直到1975年夏天，我去南京出差，返程特意绕道走水路，从长江逆流而上，先从南京坐船到武汉，再转船到万县，把她带回了成都。此后，小曦、小蓓就一直和我们生活在一起。

可能受我们所在的大学环境和家庭的影响，小曦和小蓓学习努力，从小学、中学到大学一路顺利，分别从电子科技大学和复旦大学毕业，又到美国留学，后来都留在美国工作了。

调回成电

那时北京的各种条件的确远非成都可比，很多好心的朋友都劝我，既然所里始终都在为你们一家调来北京努力，而且你又是能够调来北京的职工里条件最好的，还是就留在北京吧。当时，由于知青下乡，人们普遍对子女以后学习、就业的前景感到担忧。有人就对我说，留在北京，以后即使子女找不到工作，就是顶替父母的工作名额也要比外地好得多。道理的确是有，不过我想，虽然还看不清楚，但以后一定不会总是这样下去的，一定会改变，一定会好起来的。

为了避免三心二意什么事情都办不成，既然已经决定往成都方面调动，就下定决心以后不再考虑文德调来北京了，一切都要朝着我调往成都的方向努力。

1972年春节前，文德带着小曦到北京探亲。这一趟很辛苦，文德先带着小曦从成都坐火车到重庆，然后乘船到万县，探望父母弟妹和小蓓。在万县待了几天，然后又带着小曦坐船到武汉，再在武汉转乘火车到北京。一个年轻的妈妈，33岁，带着行李和一个小孩上路，一路上转车、转船，非常辛苦。据文德说，船到了某个地方，不知什么原因所有旅客都被要求一定要换船，全都要下船到岸边等待。在寒冷的河风吹拂下，文德用一个小棉被包着小曦，母女俩依偎坐在岸边，等了很久才换乘了另外一艘船。

我到北京火车站接她们。在接客的大厅里，很顺利地见到了她们。小曦见到我还很认生，直往文德的后面躲。文德教她："快过去叫爸爸。"迟疑了好一阵，她才慢慢走过来抬头望着我，叫了一声爸爸。车站外冰天雪地，我安排她们先坐11路电车到平安里，再转31路公共汽车到塔院。我骑自行车带着她们的行李，飞快往回赶，比她们还先到，回头又去塔院车站接她们。这次，我们的临时住房是甲乙楼下面新建不久的一排平房中的一间，门外有一段矮矮的短墙隔出的一个小空间，可以放一个做饭用的蜂窝煤炉子，条件比以前好多了。

刚三岁多的小曦，能够在床上跳芭蕾舞《白毛女》，表演《红灯记》中李铁梅的唱段《都有一颗红亮的心》。她表演时颇为认真，动作比较到位，很受前来看望我们的"来宾"的喜爱。小曦的记忆力非常好，记得我四妹曾对我说过一个小故事。有一次，她的一个朋友在她面前夸耀自己小孩的记忆力如何好，她心里就不以为然，心里想：你这算什么啊，我大哥家的小曦，两三岁就可以把"天上布满星，月亮亮晶晶，生产队里开大会，诉苦把冤申……"这首《不忘阶级苦》的三段歌词一点不差地唱出来了。

为了她们来北京后比较方便出行，我在她们到北京之前特地去买了一辆自行车。当时物资供应紧缺，买新车很难，难以搞到购车票。结果只好买了一辆"永久牌"的二手车，有八九成新，质量还不错。就算是这辆二手车，也是到前门外的一个二手车市场排长队买来的。当时新车的价格是150多元，买这辆二手车花了120元，并不便宜。在当时经济负担很重的情况下，也算是家里买的一个大件了。

过了不久，所内集体宿舍楼下面新建的平房中的一间临时家属住房空出来了，一时没有人接下去住。我们就从甲乙楼的平房搬到了所里。这间平房因在所里，有警卫看守，是一个封闭区，除了比较方便，更重要的是安全。此外，房子还比较大，且分隔成了里外两小间，加上门外有一个放炉子的空间，基本功能就有了。这也给后来我母亲来北京探亲创造了条件。

住在所里的方便性很快就体现出来了。一个相当寒冷的晚上，半夜，我们突然发现小曦生病了，发起高烧来，而且烧得很厉害。可能因为小曦自己在发抖的关系，她还对抱着她的文德连连说："妈妈你不要抖嘛。"我和文德急了，我赶快穿上棉衣，跑到所里的医务室，想请值夜班的医生赶快过来出诊检查一下。可是，值班的一位女医生隔着门上的一扇玻璃对我说，她不能出诊，要我们把孩子抱过去。我估计，一是天气太冷，二是半夜三更了，作为医生的她也要考虑自己的安全。我只好又跑回去，和文德用棉被包住小曦，把她裹得严严实实的，然后送了过去。医生看过之后，认为还不是什么大病，只打了一针，取了一点药，我们就又回去了。这一晚上，我一直在考虑如果小曦的病不能好转，第二天我们该怎么办。幸好，第二天早上，小曦的烧就完全退了，一切都恢复正常，真是太好了！后来，我回忆起来都有点后怕，如果当时不是住在所里，半夜三更又没有电话，又没有车，到哪里去看病？如果延误了时间，很可能出大事，后果难以预料。如果抱着出去，路上走的时间一长，孩子一冻，很可能小病还未治，就又闹出大病来了。

小曦和小蓓的身体素质还是很不错的，从小就没有生过什么大病，这也是很值得庆幸的一件事。我想，身体素质主要与父母的遗传因素有关。另外，在日常生活中还要有良好的生活习惯，较好的营养，适当的体育锻炼，并要注意避免外来感染。

小孩一般都很怕打针，可是小曦却一点不怕。有一天，她在墙上看见打预防针的招贴画，就主动向我提出："爸爸，带我去打针！"后来，我真的带她去了，她表现极好，还扭过头看着针头刺进手臂的肌肉里，一点都不怕。

考虑到我正在准备调离北京，以后就难以找到更好的机会，而且这次的住房条件也比较好，我就想到最好安排让小曦的奶奶来北京玩一次，错过了这个村，就没有这个店了。在弟弟妹妹们的赞同与支持下，母亲很快到了北京。母亲来北京前，我担心她吃不惯北京的馒头、玉米面窝窝头，特意让他们准备了一袋大米带来。她60岁了，因当时经济困难，还是买的硬座票。

在北京，虽然我们的生活条件较差，但仍然抓紧时间玩了很多地方，活动内容比较充实，母亲也觉得非常满意。后来回想起来，如果当时没有抓紧时间做这次到北京的安排，以后就很难再安排了，将会留下一个极大的遗憾，真正是机不可失。

春节后过了一段时间，文德要回成电上班，只好让她回成都了，不过把小曦留在了北京。当时我的考虑是：首先可以减轻文德的负担；其次促进人事部门落实工作调动；再次也想让小曦在北京生活一段时间，学一点东西，开开眼界。我从小时候开始，就有这样的体会，小孩多走一些地方，就可以在不知不觉中增长许多见识，对今后发展有利。

文德走后，小曦晚上就挨着我睡。过了几天，小曦就习惯了，为我一个人带着小曦过日子打好了基础。小曦晚上睡觉的时候常常把肉嘟嘟的小脚板蹬在我身上，似乎担心睡着了以后我会突然走了似的，非常可爱。

母亲在北京待了好几个月，到了夏天，家里来信说有事，母亲就只好回去了。

小曦那时3岁多，离不得人，我要经常带着她，承担既是爸爸又是妈妈的角色。但我还想给她一点独立生活能力的锻炼，有机会就让她出去和周围邻居的小孩一起玩。小孩自有小孩的乐趣。这样，我也可以稍微自由一些。住在所里最大的好处是非常安全，大院有警卫看守，其他的人进不来，里面全是所里的人和家属，出问题的可能性很小，让人比较放心。在和周围小孩玩的过程中，她自然而然地学到了一口很流利的北京话。后来回到成都和乐山，她都还讲一口北京话，让人听了舒服，大家都很喜欢。

母亲走了以后，一下子事情多了，我要经常给小曦洗衣服、洗澡、倒痰盂（因她还太小，自己上女厕所还不方便），但我觉得为女儿做一点事，能够减轻文德的负担，也很有一点成就感，仍然觉得苦中有乐，非常愉快。

我有空就骑着自行车带小曦出去玩，后来又考虑到冬天如何过的问题。到了冬天，露天很冷，小曦就不好在外面玩了。如果我要外出带着她，又怕把她冻坏了。在这种情况下，不好让小曦到别人家里去玩，于是我就跟她说，我出去时你一个人在家里玩，在家等着我。一次，我就想先给她一点锻炼，让她开始慢慢习惯，不要等到天气真的冷了再来锻炼。那天我去买菜，让她一人在家里，其实我很快就回来了。我还没有开门，就看到小曦已经站在室内较高的地方，趴在玻璃窗上眼巴巴地向外望着了。虽然什么事情都没有发生，但我看了心里仍然很不平静，久久不能忘怀。

我刚工作不久,"文化大革命"就开始了,每年发的布票非常少,当时布的价格并不贵,只是没有布票很难买到。在我的工作环境里,大多数的人都有原来发的成套军服,从里到外都有,而且很结实。而我刚毕业,衣服很少,而且还特别破旧。记得当时想换一件十分必要的棉衣(在北方,棉衣要加厚才行),可因为没有布票而作罢。最后只好拿着我在成都穿了多年的一件旧棉衣,到四道口的一家洗染店,将面子补了一下,重新染色,再加了一些棉花进去,整体还勉强看得过去。此后又用它对付了好几年。但小孩的衣服不能穿得太简单,总要美观一些才好。文德还在北京时,一到星期日,我们都喜欢去附近的五道口商场,主要看有没有处理的布料和衣服,以便给小曦、小蓓增加一点花色衣服。如果能够碰上一些减收布票的花布,我们就非常高兴了。后来文德回成都以后,我看小曦也应该加一件外衣了,自己不大懂,就去咨询女同事黄美霞该买什么样的布,要买多少。最后花了4尺5寸布票,买了一段玫瑰红的比较结实的线呢,给小曦做了一件外套。开始做得稍大一点,后来这件衣服她还穿了好久。

调动工作是我经常挂在心上的事。这时,我觉得必须按成电军宣队刘队长介绍的路子,到十院去找政治部主任张恒落实我的调动问题了。一天,我去十院很快就找到了张恒主任,他一点架子都没有,办事有魄力,马上就答应办,说:"你放心就是了!"这样,我就只等着调动工作了。

十五所在北郊,而十院在西南郊的鲁谷,距离相当远。那天我骑自行车去十院,单程就要大约2个小时,来回四五个小时。不过要想解决问题就不能说辛苦二字。路程太远,不能带着小曦去办事,只好把她托放在同事张振国家。老张的爱人这时来北京探亲,住在甲乙楼的小平房内。他们的小孩和小曦差不多大,可以在一起玩。小孩似乎都有这么一个特点,白天在外面玩还可以,天黑下来就很想家里的人了。那天因路程太远,又要办事,我回来晚了。据老张说,白天孩子们玩得高兴,一点事都没有,可是到了天黑,小曦就想爸爸了,叫着要找爸爸。老张没有办法,只好抱着侥幸心理带她到所里去找我,看我是不是已经直接回到所里了。可是没有找到我,只好又带小曦回到他家。真是辛苦他了!当我骑自行车带着小曦回家时,她非常高兴,一路哼唱着"大茄子呀,小茄子呀……"。从甲乙楼到所里,是一条弯曲的土路，路边全是种着庄稼的田野，路灯是没有的，光线很暗。一不小心，我俩连车带人一起掉到一个玉米秆掩盖着的大坑里了。幸好坑不太深，又有许多玉米秆覆盖着，虽吃了一惊，但掉下去是软着陆，没有出什么问题，一点也没有受伤。此事，发生在1972年的七八月份，那时小曦都3岁半多了，说不定她现在还有些印象。

我本来已经做好准备，就这样带着小曦在北京生活下去，一直到工作调动解决为止。可是，这时又出现了一个特殊情况，文德的弟弟文梵因小时患有小儿麻痹症，行动不便要到成都做腿部手术。文德一个人照顾不过来，来信要我赶快回去帮忙。幸好那时上面已经同意我调动的请求，处于待命状态，不再安排我的工作，请假就很容易了。

我从上大学开始就有写日记的习惯。如果那些日记还在，这次写回忆录，多半还可以增添一些细节。那时写日记，主要是记录自己日常的学习、生活和思想活动，也记录一些比较宝贵的文字资料、重要事件等。而最重要的，是经常做自我检讨，哪些地方还达不到上级的要求，哪些地方还做得不够好，下一步应该如何用高标准来严格要求自己，如何改进，等等。可以说这些日记对我个人的成长和进步起了十分积极的作用。就是从严格要求自己的角度来看，那些日记的内容也是很好的，完全没有什么问题。一直到"文化大革命"开始后不久，在乱糟糟的环境中才不得不中止了写日记。

对于多年来写下的那些日记，就是在"文化大革命"中，我都舍不得毁掉，一直保存了好多年。在这次准备离开十五所回成都前，我担心离开北京的时间长了，我的若干本日记放在那里不保险。一天，我决定不再保存它们了，我用几张大的报纸把许多本日记本包在一起，趁大家正在上班的时候，独自带着这一大包日记本走到南食堂后面的煤灶，把这些日记本投入了熊熊燃烧的火焰之中。回想起来，真是太可惜了！

文梵的腿病是小时候引起的，开始并不严重，由于那时家里人口多生活困难，没有引起足够的重视，未能进行及时治疗，后来就恶化了，成了残疾。我带着小曦回到成都的时候，文梵的腿已经做完手术，躺在医院的病床上。因为整条腿都打了石膏，只能躺在床上。待术后情况稍好，文梵就回到成电家中居住。文梵是一个非常忠厚老实的人，在身体不佳的情况下还很有进取心，做事兢兢业业，而且生活态度非常乐观。一直在床上躺了半年左右，才去工人医院拆了线，伤口愈合的情况还不错。在成都休养了一段时间，大概到了1973年5月，万县有人来成都出差，有人陪同他才回万县去了。

在成都等待调令期间，我当然不愿闲着，一有空我就去成电的图书馆阅读资料，充分利用了这段时间，学了不少新东西，为下一步的工作打下了一定的基础。此外，我还参考一些日本的期刊，根据已有器材的情况，设计并制作了一个全晶体管的直流音频功率放大器。当时家里除了一个万用表，什么仪器都没有，我想了各种办法把放大器制作、调试好以后，拿到老同学王安炫家里，用替换的办法，将他的电子管功率放大器换成我的放大器。一试，完全成功，效果很好。由于以前的音频功率放大器都需要输出变压器，非常笨重，性能（尤其是低频）有先天性的不足，所以全晶体管的直流音频功率放大器算是一个很大的改进。由于当时国内没有见到过这方面的报道，所以我有把总结出来的一套设计经验写成文章发表的想法，后来因为调动工作的事情很快成功，这件事就放下了。

1973年七八月，接到所里的通知，我调回成都的请求已经得到批准，可以办理调动手续了。考虑到以后到北京就没有那么方便了，决定全家到京一游，也丰富一下两个孩子的生活并让她们增长一些见识。于是，我们带着小曦、小蓓乘火车到了北京。

我们在北京玩得很好，差不多去了北京的各个著名的景点。那张后来被人们认为比较洋气的两姐妹的合影，就是那次去北京时在苏联展览馆（后改为北京展览馆）拍摄的。那时有照相机的人很少，我有个同事李筠家里条件较好，有一台120相机。平时我们还不大好意思借她的照相机，遇到家属来北京这样的特殊情况才好开口借来用几天。

对于不是太远的地方，我们想方设法骑自行车去，以尽量减小开销。有一次我们去北京动物园，文德带着两个女儿坐公共汽车，我则骑自行车去，待天黑下来，回程我们就可以一起骑自行车了。我在自行车的中间杠子上固定了一个小木板，小曦、小蓓坐在前面就没有问题，我们四个人共用一辆自行车。那天，我们来到动物园附近的紫竹院公园，在一张长条椅上坐着一边玩一边等天黑。有趣的是,一对情侣很想占用我们坐的那一张椅子,也许考虑到我们会先走,他们在周围转来转去,可我们要等天色暗下来才能走,不能按他们的愿望尽早离开,让他们颇为失望。

那天也真巧,在回所的路上,很好的天气竟然下起很大的冰雹来,而落到路面上的冰雹又很快融化成冰水,相当冷。小曦、小蓓她们穿的都是塑料凉鞋,踩在冰水里的确很冷。小曦连连叫着说:"妈妈,好冷哟!"文德就不断鼓励她说:"小曦要坚强一点!"路上我们见到附近路边的一栋房子里有灯光,就过去躲避冰雹。那里是一所小学,值班老师对我们很热情,让我们赶快进去,坐下来以后还拿出一些小人书给小曦她们看。

我们要收拾东西打包,也准备在北京买一些东西带回去,忙了好些日子。两姐妹在一起,就更好玩了。小曦这次来,已经算是老住户了,环境比较熟悉,又有一些老朋友,北京话也讲得很好,平时就由小曦领着小蓓在我们住的那间小平房外面玩。记得那时刚放映过朝鲜电影《卖花姑娘》,小蓓就模仿电影中卖花姑娘的动作,手里捧着一个竹制的筲箕当作花篮,一边唱一边表演朝鲜电影《卖花姑娘》中的动作,甚是可爱。

还有一件好笑的事情。有一次我们去天安门玩,在那里照相。出门时,小蓓穿的是一条长裤子,后来文德想把准备好的裙子给小蓓换上照相,可换的时候才发现里面没有穿内裤。文德就说,小娃儿没关系,小蓓很小,还不到3岁,也没有任何意见,就把长裤脱下将裙子换上了。可是天安门广场上的阵风有时也很大,一股强风吹来,小屁股都有露出来的危险,因此不得不在拍照时提心吊胆地拉着裙子。

我们在北京玩了两个月,一直到10月中旬才一起乘火车返回成都。

对十五所的一些回顾

我在十五所工作8年多,在实际工作中得到了锻炼,学到了很多东西,也发现了存在的一些问题。最可惜的是,这段时间基本上不是"四清"就是"文化大革命",浪费了我们为国家做贡献的许多大好时光。

我刚去十五所的时候,所里正在搞108乙机。这是一台全晶体管的通用计算机，也是我国第一代晶体管计算机，采用的是典型的与非门电路。当时，这些与非门电路都采用锗晶体管，若干个标准与非门电路装在一个个插件上。由于锗晶体管受温度的影响比较大，性能还不是那么稳定。可是和计算机441-B相比，由于设计思想比较先进，性能还是要好多了。

和过去的电子管计算机相比，这台计算机虽然体积小很多，但仍然是一个庞然大物。在偌大的一个机房里，就放了那么一台计算机。这台计算机由许多立式的机柜组成。在每个机柜里根据需要插满了各种插件，再由机柜背面密密麻麻的双绞线实现种种逻辑连接。这些密密麻麻的双绞线，就是用一般的导线人工扭制成的，扭制时为了满足一定的波阻抗要求，要求一米有多少个组，人工记数，质量就比较差了。但不管怎么说，设备还是搞出来了，性能也不错，稳定可靠，取得了很好的成绩。

大部分科研人员都是刚从大学毕业不久参加工作的年轻人，朝气蓬勃。加上所里的管理相当严格，应该说是一个非常有战斗力的科研队伍。

每个项目都是一个大的工程，因要和外单位的设备配套，不能拖了整体工程的后腿，故要求有很强的工程观念，一定要保质保量，按时完成研制任务。因此，整个所都非常重视具体的工艺，把许多工艺上的具体要求落实到各个方面，并取得了良好的效果。某单位也搞了一台类似的计算机，他们的技术水平也相当高，但因工艺质量较差，效果还不太理想。时间一长，十五所搞的计算机在某些项目中的地位就比其他同行高多了。

与之相伴的，也存在一些不足。

因为是一个新所，所里缺乏学识渊博、经验丰富、有大局意识且数量足够的科技带头人。年轻科研人员缺乏高手的指导，缺乏方法学方面的训练，许多情况下完全凭自己摸索，不可避免地要走许多弯路。不过，一个新研究机构从建立到成长总会经历这么一个过程。

重实践、轻理论也是一个问题。许多人一天都在忙着做具体的工作，对深入一点的理论学习较少，对研究所和个人将来进一步的发展都很不利。

外语差也是存在的一个重要问题。其实，差一点问题不大，只要抓紧学习，成绩总可以上去。但最主要是为了怕影响任务的完成，管科研的一些领导对学外语就不大重视，不提倡，以至于一般人要看一点外文书或资料，或者到图书馆看资料都好像是不务正业。

工作分工过细也是一个问题。当然,工作分工细一些对保证完成任务比较有利。但一个人的潜力是很大的,十五所的工作分工过细让许多人长期只能做某一些很具体的工作,又没有能够适当调整工作的机制,从而让不少人失去了工作的兴趣和进一步发展的机会。比如,搞电源的就让你总搞电源,搞得有些能干的人失去了兴趣,干脆不想再干了。

后来我们在十五所搞"系列机"研制工作时,和我们一起工作的周锡龄老师就发现了这方面的问题。他一针见血地指出:十五所只能培养工程师,不能培养科学家。

几十年过去了,相信现在的十五所已经上升到了一个很高的台阶,一定是今非昔比了。衷心祝愿十五所越来越好!

第五章

又回成电

软件教研室

我回到成电以后，先被分到一系102教研室。这是一个很大的教研室，人员结构复杂。过了一段时间，教研室进行了调整，成立了专门搞计算机的八系，我被分配到八系搞软件的804教研室工作。

其时，学校教学秩序还不正常。学生也很少，都是工农兵学员。给学生开设的软件课实际上只有一门程序设计课，其内容是计算机441-B机器语言的程序设计，是一门入门级的课程，讲义是打字油印的。

原来大学都是从参加高考合格的高中毕业生中录取，质量是比较有保证的。工农兵学员是"文化大革命"期间从工农兵中推荐的，文化水平参差不齐。其中有成绩比较好的学生，但为数不多；特别好的也有，就更少了。差的不少，有的学生甚至只有小学文化水平，连基本常识都缺乏。

学生数量少，课程也不多，我没有多少事情可做。既没有给学生上课的机会，也没有什么科研的项目可做。对于我这个喜欢做点实际工作的人来说，觉得这样下去怎么行，太浪费时间了！于是就报名去参加"外协"的200系列机攻关项目。

200系列机操作系统

1974年，在四机部，即后来的电子工业部的领导下，国内计算机界搞了一个所谓"DJS-200系列计算机"大会战。这件事大概1973年就开始筹划了。目标是搞出几台不同档次的计算机：小型机220、中型机240、大型机260。瞄准的目标是IBM公司的IBM360计算机，希望开发出类似的产品。

IBM当年是世界首屈一指的计算机企业，在业界影响极大。多年后我在美国硅谷参观"计算机历史博物馆"，特意在展出的IBM360计算机旁边流连许久，颇有一点亲切感。因为此前，我们虽说是要以IBM360作为参照的对象，但从来没有看见过实体的IBM360计算机是什么样子。

之所以叫"大会战"，是想集中全国各方面的力量一起来搞，想做点实际工作的知识分子们也希望有报国的机会。1974年上半年，来自全国若干大学、研究所、工厂单位的许多人员集中到了北京的十五所。据后来看到的资料，全国共有57个单位参加这次大会战，成电即是其中之一。

成电参加了其中的一些项目，我参加的260大型计算机的操作系统就是其中之一。操作系统这个系统软件是要对整个计算机的软硬件资源全面进行管理，我想，像我这样有一定硬件基础的人来搞，或许还有一些有利的条件。另外，参加这个项目的周锡龄老师在这方面已经做了一些前期工作，对我们参加这个工作也比较有利。

周老师曾经在一次聊天中告诉我，他前两年在凉山彝族自治州米易县湾丘省"五七干校"参加劳动锻炼时，是负责放牛的，每天赶着一群牛上山放牧。当牛在山坡上悠闲吃草时，他就可以坐下来休息。他是一位喜欢充分利用时间的人。这时，他就看带去的一本英国出版的《计算机操作系统引论》。后来越看越有兴趣，觉得操作系统的意义重大，他就想何不把它翻译出来，让更多的业界同人参考。应该说，他在这方面很有先见之明。虽然当时他也处在学习阶段，但仍是国内研究操作系统的先驱。这本书翻译出来后在十五所出的一本内部刊物《电子计算机参考资料》上分三期全文刊载了。刚好那段时间我也翻译过几篇文章并在该刊上发表，其中一篇还是颇有一点影响的长文《线性集成电路设计技术提要》。那时我就注意到周老师的这篇文章。实际上我当时对操作系统还不大了解，但出于对周老师的才智和业务水平的信任，我当时的直觉是：他关心的应该是比较重要的东西。

周锡龄老师1955年毕业于华南工学院，后分配到成电工作，1956年在北京参加我国第一期计算机培训班，后又在中国科学院计算技术研究所参加了我国第一台大型数字计算机DJS-104的研制工作，是开创我国计算机事业的先驱。周老师1958年回成电，从事计算机教学与科研工作。1978年，调至北京中科院高能所工作，几经辗转，后来任北京信息工程学院院长，并在那里退休。他做过的工作很多，贡献很大，经历充满了传奇色彩。

在这之前，我稍微有点印象的是计算机管理程序。1970年左右，十五所进口了一台英国国际计算机有限公司（ICL）的计算机。当时我国的外汇很少，进口一台计算机很不容易。一天，在十五所的大机房里，我的朋友清华毕业的老曹站在该机的控制台前颇为得意地向我介绍这台机器，并做了一些演示。给我印象最深的就是该机的管理程序，实际上就是早期的操作系统。当我看到我们和计算机的"对话"，在打印机上用英文一行行地打印出来时，感到颇为新奇并觉得非常先进。那时，还没有带键盘的显示终端可用。

之前，虽然我们研制的计算机是可用的，但运行速度比较慢，关键是没有任何管理程序的"光机器"，使用非常不便，计算机资源的利用率很低。从那时候开始，我们认识到一定要有"操作系统"这样一个系统软件来把计算机的一切资源管起来，既要方便使用，也要充分利用计算机的一切资源。直到很多年以后，更多的人才认识到操作系统的重要性。

去十五所参加这个操作系统项目的共3位，除周老师和我外，还有我的大学同班同学杨国纬。对口的是十五所十一室的老同事（张学孝、邵大勋等）。这些人对我们都很好，我们过段时间就和他们一起讨论有关问题。他们中的不少人是学数学相关专业的，在十五所搞算法，编程序的经验非常丰富。但他们以前都是在108乙这种计算机上，用机器语言编应用程序，对系统软件还是知之甚少，面对操作系统这个新的课题，还是要从头开始学起。

在计算机操作系统这个领域，当时国内没有搞过，一点经验都没有，完全是空白，我们要从头开始。最初碰到的问题是没有资料可以参考，于是首先是要查找国外的有关资料。在查找阅读资料的过程中，周老师就提出，我们不妨把它们翻译出来，供参加这个工作的有关人员参考。翻译工作是由周老师、杨国纬和我三个人完成的。虽然翻译工作要多费些功夫，但有利于我们深入消化这些资料。文章基本上先由周老师从国外的专业期刊上选定，然后我们分头翻译，最后由周老师审定文稿。此前我也翻译过不少资料，那些专业上比较熟悉的资料翻译起来都很容易，但翻译这些操作系统方面的文章却碰到了不少困难。一是这方面对我们来讲全是新的知识，不少技术问题较难理解；二是这些文章讲理论性和概念性的内容比较多，有时还有点像在讲高深"哲学"的味道，不大好懂。不过困难虽大，在翻译的过程中也学到了不少东西，特别是资料中介绍的"层次式结构"等概念对我的影响很大，对我以后的工作也很有帮助。

我们先后以"成都电讯工程学院八系"的名义内部印发了3册《操作系统参考资料》。这三本资料出来后很受大家（包括北大、南大等参加搞240、220操作系统的）欢迎。我的体会是，把资料翻译出来虽然重要，但最重要的还是从浩瀚的资料海洋中选出了一些比较好的具有权威性的资料，这样就可帮助大家少走弯路。这方面周锡龄老师功不可没。

因为"软件"这个术语才提出不久，操作系统更是新东西。很多术语都没有中文译名。于是，在翻译资料的过程中，经周老师发起，我们在这几本资料中专门设置了一个栏目《操作系统名词术语讨论》，以周锡龄老师为主提出了我们对英文文献中操作系统常用的词语译名，并进行简单扼要的讨论。我们提出的大多数译名都得到了同行们的认可，后来为业界所采用。不久以后在四机部的主持下编写一本关于英汉计算技术术语的词典时，我们成电就被推荐承担提出操作系统的所有词条及其中文译名的任务。词条很多，其中有一些是我们首次提出译名并得到推广的术语，如："口令"（password，以前直译为"通行字"）、"进程"（process）、"调度算法"（scheduling algorithm，以前有人译为"时间表算法"，较难理解）等。

1974年夏天，我和杨国纬一起到南京去参加这一词典的词条审订工作。我们住在南京新开路的江苏饭店，每天讨论、审稿，历时大概半个月。记得南大的孙钟秀老师也来和我们一起审稿。这个工作完成后，暑假也到了。我们在南京乘船逆流而上，经武汉转船，杨国纬回他的老家重庆探亲，我则在万县下船待了几天，看望文德父母一家，并带着在万县的小女儿小蓓经重庆回到成都。

由于在操作系统方面做了一些工作，在国内产生了一定的影响，1978年有关方面就指定由我们成电负责编写一本《计算机操作系统原理》，作为大学的教材。那时因为周锡龄老师很快要调去北京高能所工作，我也在准备出国留学，我们第一次商量时，准备不承担，打算推掉这一任务。后来我一想，上面请我们负责编写，就表明有关方面对我们成电很重视，承认我们在这方面所做的工作，不能辜负人家一番好意，而且出版一本书，对成电也有好处。后来大家一商量，决定由汤子瀛、杨成忠、杨国纬和我4个人共同来编写这本书，而且对每人负责的章节也分了工。因我可能不久就要出国，参加的工作不能太多。此外，在1977年去英国参加"分布式计算机系统"国际会议后，我对网络的兴趣大增，只参与编写了其中"网络操作系统"这一章，并在1979年末，参加了在重庆大学召开的该书的审稿会。这一章大概与该书主要讲原理的要求不大匹配，也不够成熟，后来没有编入该书。这本书后来由汤子瀛老师和杨成忠老师合作编写完成，不知什么原因杨国纬后来也没有参加这本书的编写。1980年初，我就去美国了。这些都是我从美国回到学校后才知道的事情。

在十五所搞操作系统期间，因为来自全国的相关专业人才聚集在一起，从而结识了业界的很多人，资历老一点的有北大的杨芙清、南大的孙钟秀、哈工大的张绵、西军电的苏东庄等。四机部派了一个协调员陈正清，此人待人友善，我们相处很好，见到我们经常都是笑眯眯的。我给他取了一个外号叫"总督"，因为他从四机部派过来协调各方面的工作，有"总督"的资格。很多年后，我们再次相见，他还提到"总督"这个外号是我给他取的，大家相视而笑。

1975年上半年我们又来到北京，继续前面的操作系统的工作。那一两年，国内的政治形势变化莫测。十五所这个系列研制基地也乱哄哄的，大家都静不下心来做事，工作进展缓慢。

期间还在苏州召开过一次200系列机软件工作会议。我们都去了苏州，大家住在苏州阊门饭店，每天开会，讨论了好些天。

在苏州，当地的会议主办方还安排我们去观看过一次苏州人引以为豪的艺术——评弹。唱词都是当地方言苏州话，我们听不懂，不过舞台边上加有字幕。演唱的内容不再是才子佳人，已经革命化了，记得唱的是《蝶恋花·答李淑一》《红色娘子军》中的《常青指路》等等，不过旋律还是相当委婉动听。当地有名的园林留园、拙政园、网师园等我们也抽空去看了，小巧精致，的确不错。记得一次我陪同哈工大颇具幽默感的张绵教授（老资历的副教授，多年没有调过职称）一起去游览网师园，看过之后他请我去一个路边小店吃小笼包子。他笑着对我说："我们这些当教授的没有几个钱，日子过得紧巴巴的，但请吃几个小笼包子还是负担得起。"参加这项工作的人都来自不同单位，大家关系很好，记得北大的杨芙清老师周末回了一趟她无锡的老家，回来时带来了一些家乡有名的无锡"肉骨头"让大家品尝，味道的确不错。苏州是个水城，河网密布，号称"东方的威尼斯"，但当时河道的污染相当严重，洗衣服洗马桶都在那些小河沟里，弥漫在空气里的气味也不太佳。改革开放以后，苏州得到了很大的发展，现在已经大为改观，成为著名的旅游地和高新技术开发基地。我们还集体去游览过一次洞庭东山，记得是乘船去的，在一个寺庙里，参观了保存得很好的几座艺术水平很高的宋代泥塑菩萨。在那里，第一次看到杨梅树，那时正是产杨梅的季节。

因为局势的原因，工作开展不起来，深入不下去，我们就回成电了。周老师后来待在北京的时间多一些。记得1976年7月唐山大地震期间，他还在北京，地震那几天他也紧张，经常要想怎么躲避地震。那年我国3位领袖相继去世，后来又打倒"四人帮"。那段时间，虽然做了一些工作，学到了不少东西，但因没有做出实际的成果，有点遗憾。

在计算机房做点实事

我们系有一台晶体管计算机，基本上就是哈军工441-B计算机的仿制品。"文化大革命"还没有开始之前的1965年计算机就仿制好了，1966年初还被送到重庆参加了全国新仪器仪表展览会展出，后因"文化大革命"开始而被叫停。这是西南地区第一台全晶体管的通用数字计算机，可是它刚搞出来不久"文化大革命"就开始了。虽然曾经为学校和西南地区高校、研究生的教学、科研提供了一些计算服务，但没有机会充分发挥作用，后来逐渐受到冷落。

在学校，那时的情况有点奇怪，好像很多人都没有什么事，似乎没有什么人来管，也没有人来下达任务。对我来说，既没有给我安排教学任务，也没有安排科研任务。除了读一些业务书籍，看一些英文资料，可做的事情很少。为了不浪费时间，我就主动到机房去找点事情做。因处在"文化大革命"中，机房几乎没有人去上机，管理很松。我就去要了一把机房钥匙，有好长一段时间，我甚至成了最常去的一位，好像成了机房的主人。回想起来，我都记不起是谁在负责机房的管理了。

这台计算机那时勉强可用，因为我有在十五所和集成电路计算机打交道的经历，这台晶体管的441-B计算机，在我的眼中就很有一点落后了。但不管怎样，它总是一台真正的计算机，而且当时成电只有这么一台计算机，没有别的选择，用它总可以提供一个实际的学习和工作环境。这台机器体积不小，占了一间很大的教室。这台机器有若干个机柜，一个面板上有若干个按钮、扳键和指示灯的操作控制台，一台纸带输入机，一台电灼式的宽行打印机，内存是由磁芯存储器构成，只有区区的8192个"字"（16位），没有外存。现在看来，这哪里是什么计算机？与微型机相比，简直一个地下，一个天上。不过，这就是我们应该尊重的历史，我们就是这样一步一步走过来的。

我首先要熟悉它的操作和使用，编一点简单的程序，然后进一步了解它的设计思想。一段时间之后，就基本上熟悉了。不过，编了程序后要在纸带穿孔机上穿孔，稍不注意就会穿错，检查起来相当麻烦。

在使用过程中，我发现这台机器存在一些问题。运行不稳定是其中最大的问题之一，原因可能是机器造好后至今已经过了好几年，疏于维护是一个方面，元器件老化、接插件接触不良也是一个重要因素，而所用的基本部件所谓的"推拉式触发器"也有先天性的缺陷。因为十五所基本上采用小规模的与非门集成电路，而且实践证明相当稳定可靠，这种晶体管的推拉式触发器自然已入淘汰之列了。还有一个问题是那台电灼式打印机经常出问题，但如果没有打印机，运算结果无法输出，就没有什么意义。于是我经常要调试修理这台打印机。那时还没有显示器可用，要看到结果，还非要用打印机不可。

后来知道，在成电当年很困难的条件下，那台打印机是教研室章鉴汀老师独自研制出来的，非常不容易。章老师为人很好，身体欠佳而经常忘我工作，谦虚而又充满智慧。我与他交流不少，对他非常敬佩。后来他调去支援杭州电子工程学院的建设。大概1994年，我们"863计划"专家组在浙江大学开会时，我还抽了一个晚上去杭电看望他和钱老师。

总之，这台441-B计算机问题不断，解决了一个问题，又出现了另外的问题。

有一段时间，我总想把这些问题解决好。除了白天去机房，晚上也去。那时文德带着小女儿小蓓去我校在崇庆县办的"五七干校"劳动锻炼，大女儿小曦已经在成电子弟校上小学一年级，有好长一段时间，每天吃过晚饭后，我就带着小曦去机房。我在那里搞计算机，小曦除了看小人书之类，自己想些办法来玩。后来她发现了纸带穿孔机穿孔掉下来的小圆纸片有点像芝麻，就把这些黑白小圆片当成"黑芝麻""白芝麻"来玩。

在这台计算机上，我还做过一点小小的实际工作，带过几个工农兵学员做毕业设计。其中一位，就是后来留校工作的李国华。他多年来勤勤恳恳在微机所做了大量的行政事务，对老师们帮助不少，在省市的计算机学会也做了许多工作。

难忘的1976年

1976年发生的大事实在是太多了。

1976年1月8日，周恩来总理去世。这一年"文化大革命"已经进入第十年，人民生活相当困苦，国内经济已经到了"崩溃的边缘"。当时许多人都把希望寄托在周总理的身上，希望他的病情能够好转，中国就多一些希望。周总理去世后，学校里充满了悲伤的气氛，许多人听到这个消息都在流泪，包括我自己。

灵车送周总理的遗体到八宝山，沿途百万北京市民自发伫立在长安街两旁，顶着寒风送行，人们悲痛万分。

北京的追悼会开了，我们都担心时任第一副总理的邓小平，能否出席并在追悼会上念悼词。1973年邓小平复出，搞整顿，成效显著，给人们带来一线希望。可是没搞多久，1975年"反击右倾翻案风"的号角又吹起来了。不过，这次周总理的追悼会邓小平还是出席并致了悼词，大家又有了一点希望。

这时正值春天,由于粮食歉收,农村普遍缺粮。附近的许多农民都涌向成都这样的大城市,希望能找到一口饭吃。一天,我骑着自行车带着大女儿小曦去城里看看,心中也想让小曦看看这些受苦的人。在市中心菜市场门外,我看见许多农民样子的人坐在地上排队,秩序非常好,看来已经排了很久了。我推着自行车上前,问:"你们排队干什么?"一个五六十岁的面有菜色的老太太和我搭话。我问她是从哪里来的,她回答说从川北某地扒火车来的,家里大人小孩都没有吃的了。来成都后,听说成都的中心菜市场每天要卖一些米凉粉,他们就排上队,希望能买到一点。最后还补充说了一句:"我们已经排了好几个钟头的队了,还不知道多久开始卖,买不买得到。"看到这些景象我的心里非常难过。

就是在我们学校周围的建设路附近,那段时间也可以看到很多前来逃荒的农民,我还同一些从江津地区逃荒来的农民交谈过。他们都说如果有吃的,就不会出来,实在没有粮食了,才扒火车来的,火车顶上都站满了人。一次,我同教研室的同事陈老师谈起这些事情,他说他也知道许多这样的事情,但是当时的报上仍然在写"形势一派大好""到处莺歌燕舞"。

1976年4月5日,北京发生了"天安门事件"。后来评价"天安门事件"时,说"天安门事件"实际上是一次思想解放运动,唤起了民族的觉醒。持续十年的"文化大革命"给中国带来了深重的灾难,人们本来把恢复社会秩序和执行正确方针政策的希望寄托在周恩来、邓小平等老一辈革命家的身上,而他们又受到不公正的对待,这就更加激起了人民群众对"四人帮"的憎恨。"天安门事件"就是这种爱憎情感的集中爆发,这场波及全国的群众革命运动为以后粉碎"四人帮"奠定了广泛的群众基础。

周恩来总理去世不久,就在当年7月6日朱德委员长也去世了。紧接着7月28日唐山发生了7.8级大地震。地震将唐山市夷为平地,造成近25万人死亡,重伤16.4万多人,轻伤54.4万多人,是20世纪世界地震史上死亡人数第二多的。

差不多同时,四川地区发生地震的迹象也不少,经常有可能发生大地震的消息，搞得人心惶惶。有时我们都不敢住在三楼上的家里，搬到比较安全的平房过夜。

我的一位邻居李铁锤是附近773厂的厂长，大概厂里的生产也不正常，他经常待在家里，自己制作了一些测地震的仪器，在家里研究地震。有时还让我去参观他的土制地震仪器，并经常给我通报信息。

因为经常传地震消息，什么事情也干不了。一天，乐山有个朋友开了一辆卡车来成都运东西，问我们想不想回乐山。如果想回，就可搭他们这辆卡车，只是卡车上的东西多，可能不那么舒服。我们商量了一下，就由我带着小曦、小蓓返回乐山，文德仍在成都留守。

在乐山家里，我们每天都要考虑万一发生地震怎么办，经常教小曦、小蓓万一地震来了怎样躲。一天，我们正在乐山家里坐着闲聊，突然朋友杨仁甫来我们家，一进门就说：“报告大家一个消息，成都的医生出发了！”大家听了，开始一怔，还不太明白他的意思，稍后才回过神来，毛主席的病情恶化了。

过了一会儿，突然听到街上的高音喇叭大声广播，说是下午4点中央人民广播电台有重要消息广播。我们提前打开收音机，讣告传来，毛泽东主席逝世了。那天是1976年9月9日。

10月6日，"四人帮"4人被捕。过了几天，消息才逐步传出，一时，万众欢腾，全国各地都举行盛大的庆祝游行。多年后见到过周锡龄老师发的一段微信，他说：我这一生总共看到过两次真正欢欣鼓舞的庆祝大游行，一次是日本投降抗日战争胜利，另一次则是打倒"四人帮"。"四人帮"的垮台，标志着历时十年的"文化大革命"结束。

微型机时代开始了

微处理器的出现给计算机带来革命性的变化。从1947年发明晶体管以来，半导体技术发展极快。到出现集成电路以后，集成度越来越高。1971年美国英特尔公司制造出了4位的微处理器Intel 4004（仅集成了2300个晶体管），1972年又推出了8位的微处理器Intel 8008，它把计算机最重要的核心部分，即运算控制部分的所谓中央处理器CPU（Central Processing Unit）集中制作在一块芯片上。有了它，就可以与存储器和外围电路芯片组成微型计算机了。

不久，Zilog公司推出Z80，摩托罗拉公司推出8位的微处理器的M6800等。

1981年IBM公司将Intel 8088用于其研制的IBM PC机中，从而开创了全新的个人计算机时代。那时我正在加州大学伯克利，在一个旧金山举办的"西部电子展"上看到了首次推出的这台IBM PC机，价格很贵。记得很清楚的是，当时该机器配的外存是10M的硬盘，而这个10M的硬盘价格就要1000美元。

微处理器的出现马上就引起计算机界的注意，上级领导部门四机部也非常重视。四机部组织了050和060两个微机的攻关项目。050瞄准的是英特尔的8080，060瞄准的是摩托罗拉的M6800。

我从1966年到十三所与集成电路打交道，就对集成电路有比较多的了解，深信微处理器的出现将为计算机的普及创造无限广阔的前景。1975年我已经参与微处理器的项目，看好微型机的发展前景。一天，我在乐山和二弟智炜谈起微处理器的出现将彻底改变计算机的应用前景时，他可能受"文化大革命"以来消极因素的影响，觉得这个前景完全不会实现，而且提出要和我打赌。我说："好嘛，你说怎么打赌嘛？"他斩钉截铁地说："我相信30年之内乐山不会有一台计算机！"我说："30年？那就是2005年喔？"他的估计太悲观了。实际上，微型机出现以后，发展的速度极快，还没有到约定的2005年，他家里都早已用上个人计算机了。

我们学校参与的是060微机攻关项目。最先分配我搞的是微机的监控程序。除了看一些外文资料，我手里什么资源都没有，既没有微处理器，也没有一点监控程序的资料，我们学校连一台单板机也没有。后来费了好大的劲，才从北京复印了一份单板机的监控程序的英文资料。仅此一份复印资料，完全没有实验环境，只好不断摸索。幸好，这份监控程序是用汇编语言写的，容易读懂。后来某所派了小陈来参加项目，进度就更快些了。

去英国参加"分布式计算机系统会议"

打倒"四人帮"之后的1977年,邓小平复出,开始进行拨乱反正的改革。在邓小平力主之下,本来不可能在那年实现的高考招生,也在那年晚些时候实现了。1977年和1978两年的高考招生,解决了许多"老三届"学生的上学问题,许多优秀人才有了脱颖而出的机会。上山下乡在农村锻炼了八年的五妹也参加高考成功,生活前景为之大变。我的小弟智勇在"文化大革命"初期开始上初中,然后下乡当知青多年,后来也考上了学校。稍后,那些之前响应伟大领袖"农村是一个广阔的天地,在那里是可以大有作为的"号召,上山下乡的知识青年也都兴高采烈地纷纷离开"广阔的天地"回到了城里。这包括文德的妹妹文彦和文敏。

改革开放的步子迈得很大。在国家非常缺乏外汇的情况下,1977年仍然向国外派出了少数代表团。邓小平说:我们多年来都不了解国外的情况了,一定要派一些人出去看看。

十分有幸的是,1977年,我就有机会参加中国计算机代表团去英国访问,并参加在伯明翰召开的分布式计算机系统会议。后来有知情人告诉我,我是成电建校以来向西方发达国家派出的第一位出国人员。成为第一位,实在有幸!

大概8月份,学校里就传出要派我出国的消息,但并没有人通知过我。我也没有把它当真。我想,系里的人员这么多,我上面还有一些资格更老、经验更丰富的老师。

有一天,系主任请我去他办公室。坐下来后,他就表情认真地通知我:"现在给你一个出差任务,派你到英国去参加一个计算机国际会议。"我顿了一下,回答说:"比我强的老师还多,比如说周老师、刘老师等就更好。"他的回答也很简单:"这件事已经定了,就不说了,你马上去办手续吧。"

在学校办好有关手续后,我就去订飞机票。那时很少有人乘飞机,也不是什么人都可以坐飞机的。坐飞机要凭单位证明,要有一定的理由。去北京的机票票价是78元。那时78元不算少,因为学校里大多数教师的月工资都只有50几元,就是说一个月不吃饭还买不到一张从成都到北京的机票。大概9月初,我就乘飞机去北京。机型是苏联的飞机伊尔-18,是一架有四个螺旋桨的飞机,可乘坐七八十位乘客。

到了北京,我即到四机部对外司报到。对外司的工作人员简单介绍情况之后,他们就安排我住到东郊离北京工人体育场不远的三里屯的外国留学生招待所。

外国留学生招待所住了许多朝鲜来的年轻人,他们多半是到北京什么单位实习的,每个人都佩戴了一个有金日成头像的像章,表情严肃。由于朝鲜时间比我们早1个小时,大概6点钟,他们就要一起收听朝鲜电台的广播。这可能是他们政治学习的一个部分。音量开得极大,虽他们的住处和我们不在一个楼层,但每天一早广播里的朝鲜话,让我们觉得十分震耳。

到了以后才知道,我们代表团共4人,还有一个翻译张轩刚在英国完成了上一个任务,留在伦敦等我们。代表团除我之外,另外3个成员是:

李铁映,任团长,他在四机部某所工作。给我们印的名片上,他的职称是某研究所工程师。顺便说一下,这些职称都是为了出国的需要临时加上的,因为"文化大革命"十年,没有提职称一说。后来,他当过电子工业部部长、国家教委主任、政治局委员、国务委员等。他在电子工业部部长任上时,我们还见过一次面。

沈绪榜,在西安附近的临潼某研究单位工作,属北京中科院。印象中他那时在搞Z80之类的微处理器。名片上给他加的头衔是西安交通大学讲师,后来他成了中国科学院院士。多年后我和他都作为专家在一个科技成果鉴定会上一起开过一次会。

林勋准,在安徽合肥电子研究所工作,在开发050微机系统上有突出贡献。他名片上的头衔是安徽无线电厂工程师,后来他调到深圳工作,当过深圳市信息中心主任。自1977年我们相识以来,多年联系不断,成为可以深入交谈的好朋友。

因为多年没有调过职称,我虽然大学本科5年,研究生差不多4年,总共差不多上了9年大学,而且研究生毕业后又参加工作多年,但都没有提过职称。如果一定要说,我的正式职称仍然是助教。不过这次名片上给我的头衔是成都电讯工程学院讲师。

我们几位的英文都是可以比较流利阅读专业书刊的水平，但口语都不行。这种情况下，翻译张轩的作用就比较大。

那时出国，"置装"是一件大事，因为我们平时穿的是多年一贯制的干部服，而且面料的质量一般较差，皱皱巴巴的，根本就没有什么可以穿出去的像样的衣服。因此，首先我们必须要搞一套西装。那时大家都很穷，自己还买不起西装，何况出去的时间也短，买了回来没有机会穿也不划算。幸好可以在四机部借。部里可供选的西装还有一些，我们每个人都选了一套比较合身的西装。另外还花了120元买了一套很好的毛料华达呢精制的中山服备用。实际上这套中山服出国没有机会穿，回国后只收我们半价60元，归自己个人所有。但回国后这套毛料中山服仍然没有机会穿，这种衣服出席正式场合还勉强可以，但如果平时穿，就有过分之嫌，因此我从来没有穿过。

另外就是还要买一些礼品，以便在英国访问时有些小礼品送给接待单位。

还有一件大事就是准备钱。因为大家都说我在代表团中最年轻，让我兼任"会计"，于是我和李铁映一起去西交民巷东头靠前门的中国银行办理经费的事。那时国家对出国人员的经费预算比较宽松，记得我们开了一张八千多英镑的信用证，到英国后去伦敦的中国银行兑现。另外还准备了一些路上用的美元零钞。当时英镑比较"值钱"，8000多英镑是一笔很大的款项。出去公用的钱虽可实报实销，但我们非常节约，回来结账时总共只用了2000多英镑。

预定出发前几天，对外司李司长约我们谈话，主要讲出国注意事项。因为没有出国的经验，感到还是很有帮助的。

一切基本就绪，就等待英国大使馆的签证下来了。一天、两天过去了，总不见签证下来。会议召开的时间是定了的，机票也是订好了的，如果签证不能准时下来，错过了航班，错过了会期，那就难办了。到了最后一天，我们完全准备就绪，在住处紧张地等待着。航班是晚上的，过了中午仍然没有消息。李铁映一早就去有关方面催取签证了，到了下午，他终于回来了，可以说是在"最后一分钟"拿到了签证。

1977年9月23日（星期五）晚上，我们乘坐巴基斯坦国际航空公司的一架波音707飞机飞到巴基斯坦最大的城市卡拉奇。那里有中国领事馆的人来接机，安排我们在机场宾馆住了一个晚上，第二天转乘一架英国航空公司（British Airlines）的班机飞往伦敦。

途中，飞机要在沙特阿拉伯位于红海边上的城市吉达停下来加油（这里离圣地麦加很近）。出发前对外司就给我们交代过，因为沙特阿拉伯还没有和我们建交，如果到外面去可能不大安全，建议我们到了吉达就待在飞机里不要出去。我们也没有经验，便忠实地按这个建议做了（后来我的国际旅行的经验多了，认为完全没有这样做的必要）。飞机上的其他乘客都下去了，只有我们四个人留在机舱里，也没有人来问。问题来了，飞机一停，机上的空调系统就停止工作了，加上沙特地处沙漠地区，阳光强烈，时间一长，真热得要死，但又没有其他解决办法。幸好停机的时间还不算太长，一个多小时后乘客又开始登机了。

多年后，我到非洲的埃及旅游，就住在红海边上旅游城市赫尔格达（Hurgada）的一个度假宾馆。在那里，狭窄的红海对岸就是沙特阿拉伯的吉达，于是我联想起了多年前在吉达机舱里热得要死的情景。这次在埃及旅游，住处阳台外面就是海，我很高兴下到红海游泳。因为周围没有什么污染，海水非常清澈，可以清楚看到许多游鱼。看到水底的珊瑚，我就想潜水下去近距离观察一下，结果我这个游泳技术颇为高超的人无论如何也潜不下去。原来红海周围都是沙漠，蒸发率高，海水含盐率高，海水的密度较大。

飞过地中海，天气晴朗，可以下望蓝色的地中海。偶尔可以看到天上飞过的其他飞机，说明这一带民航是比较发达的了。

到了伦敦希思罗机场，我国驻英大使馆商务参赞处的一位秘书来接我们。希思罗机场在伦敦的西郊，离伦敦市区还相当远。我们乘坐这位秘书开的车穿过市区，去伦敦东面我们将要下榻的中国驻英国大使馆商务参赞处。因为是第一次看到伦敦这样的西方现代化大都市，一路上从车窗望出去，所见的确有"五光十色"的感觉。

住下来后，这位负责接待我们的秘书就跟我们介绍情况。从他的介绍知道，世界闻名的格林尼治天文台（Royal Greenwich Observatory）就在附近，可以步行过去。这座1675年建立的天文台,是为了解决航海的需要而建立的,当时已经不用了,只作为一个历史遗迹供参观之用。经度为零度的本初子午线就穿过这里。天文台虽然搬了家,但子午线是搬不走的,这是它吸引游人的一个亮点。对于这座我们小时候就知道的天文台,心里有种很神奇的感觉。后来我们抽时间步行过去参观,还站在本初子午线上拍照。这座天文台建在格林尼治公园的山丘上,可看到泰晤士河(River Thames)。后来知道,因为污染和受到城市灯光的影响,真正的天文台早在1948年就迁至伦敦东南面的东苏塞克斯郡。

第二天休息,我和李铁映等人抓紧时间带着信用证去伦敦的中国银行换取英镑现金,当在伦敦市中心看到我的乐山老乡郭沫若先生题的"中国银行"几个字时,颇感亲切。

我们周日出发乘火车去召开会议的地点伯明翰。在火车上,初步感受到了英国的绅士风度,不少人在座位上正襟危坐,很少讲话,车厢内安静得很。

可能多年已经没有中国人去了,一路上,当地的人看到我们的亚洲面孔,跟我们打招呼,都问:"Japanese?"(是日本人吗?)到了伯明翰,一出火车站,因为是周日,大街上几乎无人,商店也不开门,费了一点劲才叫到了出租车,把我们载到了开会的地点阿斯顿大学(Aston University)。到会议接待处报名登记之后,正准备去住处,突然发现,报名单上我们的"国家"一栏,少打了一个"People's"(人民)。这不行!少了人民,就是"Republic of China",意为"中华民国"。于是马上又回去,让他们改过来。幸好他们不是故意的,他们确实搞不大清楚有"人民"和没有"人民"到底有什么区别。对我们而言这却是严重的政治问题。

我们住的地方,是阿斯顿大学的学生宿舍。两人一间,室内铺有地毯,设施齐备简朴,就像一般酒店的标准间,条件相当不错。其时该学校还没有开学,只有我们参加开会的几百人。

会议的名称是"Distributed Computer System Conference"(分布式计算机系统会议)。会议开了两天,会议的文集中有不少内容和观点都很新颖的文章,他们做报告、讨论问题的方式与风格也和我们差别很大。以前,计算机是比较稀缺的资源，考虑问题都是在单机的基础上进行，现在谈"分布式"，就要转向多机联网协同工作的问题，而近些年微处理器的出现为分布式系统的建设提供了极好的条件。我很快就认识到，要解决这些问题，软件的重要性和复杂性都大大增加了，这向我们提出了新的挑战。

总之，参加这次国际学术会议的收获很大，知道国际上正在考虑什么问题，他们是怎么做的。因为增加了对国际这一领域的了解，见了一点世面，以前在我们心中一直存在的"模糊性"就减少了很多，我的信心大大增强。相信在国内条件逐步得到改善以后，我国一定会在这方面赶上，甚至可能超越。

会议结束后，我们还去伯明翰的一家中国餐厅吃了一顿饭。因张轩不懂技术，听不懂，我们不需要他翻译，他参会也没有什么意义，就让他提前去那家餐馆订座。我们去时，接待的服务员很客气地把我们带到一张桌子前坐下，台布上早已放上了一块写有"Reserved"的牌子，表示这个餐桌是已预订的了。想到我们当时在北京去餐馆还要先排队，付款交粮票买了餐票后，还要等座位，有时甚至还要站在吃饭人座位的旁边排队，眼巴巴地看着人家吃饭，等座位空出来，这差别实在是太大了。因为一连吃了好几天的西餐，大家都很想吃顿中餐，那天我们吃得非常满意。这顿广东菜，不但味道好，海鲜的品种多，质量也很好。老板是当地的侨领，还特意过来和我们说了一会儿话。

我们拍了一些照片，可惜拍照比较失败。原因是当时大家经济都比较困难，没有一个人有相机。出发前，李铁映去借了一台135相机，再买了两卷黑白胶卷。可能对该相机的使用还不那么熟悉，装胶卷时没有把胶卷卡在卷片的轴里，拍照时胶片没有卷动，自然就拍不出照片。结果我们在伯明翰会议期间的照片一张也没有，颇为遗憾。后来有次胶卷的正反面又装反了，拿去洗印时，相馆还是按老法办，印出来的照片都是反的（后来加印时特别说明请相馆工作人员反过来），只有一卷拍得还算好。

9月30日，中国驻英国大使馆在商务参赞处举办国庆招待会。可能因为英国人讲究传统礼仪，大使馆请了几个负责礼宾接待的英国人来帮忙。我特别记得，一位穿猩红色礼服高大的接待人员，有五六十岁。他站在大门口，来一位客人，就要大声唱报一下。特别是对英方来的大人物，他不但要报出姓名，而且要响亮地报出客人的职衔，如"某某某大臣到""某某某勋爵到"，等等，我在旁边看了觉得非常有趣。招待会的客人大概有600人。招待会最开始由我国驻英大使宋之光讲话，也安排有客人讲话祝贺中国国庆。招待会以酒会的形式举办，提供的菜品非常丰富，而且品质很好。据大使馆的工作人员说，中国的国庆招待会在伦敦是最受欢迎的了。客人们最欣赏中国的食物，又多又好，包括那些华侨，他们也喜欢来吃一餐家乡美食，见见老朋友。客人多，人手不够，领事馆的同志就来问我们是否可以临时帮帮忙。我们这几位虽然都是学者和专家的身份，但多年的改造已经使我们早就"革命化"了，于是毫不犹豫，拔刀相助，脱下西装穿上工作服就去帮忙。那天客人们的胃口太好，居然把菜品一扫而光。待我们干完工作吃晚饭时，竟然没有什么吃的了。

在英国的一些参访活动与见闻

在我国驻英使馆商务参赞处的帮助下，我们被安排去一些主要搞计算机和半导体的大学、研究所、工厂等机构参观访问，在不同的地方看了许多东西。从他们的介绍中知道了许多新的东西，特别是受到了很多启发，收获很大。

最远的地方是到西海岸的曼彻斯特，我们去参观了国际计算机公司（ICL），十五所1970年进口的一台有管理程序的计算机就是从这家公司进口的。到了英国，我就建议去这家公司参观访问。此外，我很想去曼彻斯特看看的另外一个原因是，我中学时代就知道那里是200多年前工业革命的发祥地，是世界上第一个工业化城市。特别是那里诞生了世界上最早的近代棉纺织工业，而且恩格斯在那里开过工厂。在我的心目中，我是想去那里顺便看看大英帝国的老工业中心是什么样子。我们一早从伦敦坐火车去，但是参观完国际计算机公司以后，时间已经不多了，只晃了一眼，就乘火车匆匆返回。

空余时间，我们尽可能安排了一些活动。我们几位都不喜欢逛商店，不买也不看，而且按规定我们每个人只可以换20元人民币的外汇，只有几英镑，实在少得可怜，自然也没有钱买什么东西。不过，我们还是到伦敦牛津街这样的商业中心去参观感受了一下。在那里，除了一张伦敦市的地图，什么东西都没有买。

因为我从小就对历史很有兴趣，到了伦敦，我就提议如果有时间我们去马克思的墓前瞻仰。一天，我们一起去了海格特公墓（Highgate Cemetery）。这个公墓不大，我们去时那里几乎没有什么人。马克思墓上的一个巨大的马克思头像十分引人注目。我们在马克思墓前拍了一些照片。

我们每天从商务参赞处到伦敦市，都要经过泰晤士河上的一座桥。桥边有英国议会大厦、议会大厦附属的伊丽莎白钟塔（大本钟）、威斯敏斯特教堂，附近还有首相府唐宁街10号、英国皇宫白金汉宫等很多景点。一次我们还去看了卫兵换岗交接仪式。带熊皮帽、穿红色制服的卫兵换岗，非常严肃认真，很有仪式感。周围的路边，可以看到不少雕像。一天，我走到议会大厦附近，突然发现了一座深黑色的巨大铜像，一看，这不是丘吉尔吗？我们上小学时，书中就有他老先生的内容。

1946年3月5日，丘吉尔在美国总统杜鲁门的陪同下前往美国密苏里州的富尔顿，在杜鲁门的母校威斯敏斯特学院做了公开攻击苏联题为"和平砥柱"的讲演，提出了"铁幕"一词，揭开了40多年"冷战"（Cold War）的序幕。

我比较感兴趣的一个地方是特拉法尔加广场，因为我小时候就喜欢历史，知道英国海军名将纳尔逊中将，而特拉法尔加广场（Trafalgar Square）上就建有一座他的纪念碑。广场上有许多鸽子，游人也非常多。纳尔逊是英国风帆战列舰时代最出色的海军将领。1805年10月21日，他率领的英国舰队在西班牙西部特拉法尔加海角的外海和法国西班牙联合舰队相遇，发生激烈海战，战斗持续5个小时。法国西班牙联合舰队遭到毁灭性的打击，主帅和18艘战舰被俘，而英国的27艘战舰却无一损失。这是英国海军史上最大的一次胜利。此后，拿破仑被迫放弃进攻英国本土的计划，英国的海上霸主地位得以巩固。可纳尔逊却在这次海战中阵亡。

另一个非常好的去处是维多利亚博物馆（全名叫"维多利亚和阿尔伯特

博物馆"，阿尔伯特是维多利亚女王的丈夫）。那天，我们先参观了一个画廊，到那里的时候已经很累了。进去之前，老林已经有点走不动了，就放弃了参观，在博物馆外面找了个地方坐下休息等我们。这个博物馆建于1852年，有145个展厅，收藏有5000多年来的各种历史文物和艺术品，藏品超过450万件，号称是世界上最大的博物馆。开始我想尽可能都浏览一下，看了一会儿一估算，时间不够用，而且看的展厅多了也太累，就决定把重点放在中国展品部分。李铁映和我的精力充沛，都想尽量多看一些东西。当时我想：参观这个博物馆是第一次，也可能是最后一次，以后就不会再来了。

在这里我们看到了许多在我国国内从来没有看到过的珍品，而且数量极多，都足以组建一个很大的博物馆。参观博物馆是既费脑力也费体力的一件"苦活"，但每次都感到收获很大。后来我去过世界许多地方，每到一个地方，如果可能都要尽力争取去参观各种博物馆。这种世界级的大博物馆展品很丰富，浓缩了各个历史时期的文物精品，看了以后收获很大。看一次根本不够，如果要仔细看，花几天时间都不算多。那天我们一直参观到差不多要闭馆了才往外走，出馆时，我都感觉有点走不动了。

结束英国的访问后，我们乘坐英国航班到罗马尼亚的首都布加勒斯特。飞机上的人出奇的少，只有12名乘客。到了布加勒斯特机场，有中国驻罗马尼亚大使馆的人来接我们，也住在大使馆。那时中罗两国的关系很好。到了罗马尼亚海关，海关官员既不看我们的签证，也不看我们的护照，看我们是中国人，就把我们放行了。

在布加勒斯特，中国大使馆离市中心很近，我们有时间到街上去看看。一看，简直出乎我们的意料。作为首都的布加勒斯特，街上非常冷清，商店里几乎没有什么商品，一副穷困萧条的景象。我看见一个男人买了一个很长的法式长面包"法长包"，既没有用纸包，也没有用塑料袋，穿着西装的他就顺手把法长包夹在腋下走了。一看这个情景，就知道他们的生活质量是比较差的了。

在伦敦我们住在大使馆商务参赞处时，除了伙食很好，还供应水果。而在我国驻罗马尼亚大使馆，伙食还可以，但就没有水果了。我们出去找了半天，好不容易找到一个水果店，但那些水果外观看起来很糟糕，让人怀疑是否还能吃。

多年后我们去东欧旅游时，有机会和这些过去是苏联集团国家的普通市民交谈。给我们的印象普遍都是他们国家过去物资都非常短缺，大家非常不满。一次，我同一个给我们开旅游大巴车的捷克司机交谈，他说："在过去的苏联时代，商店缺少东西，这也没有，那也没有，连衣服也没有……"而那个时候，捷克和东德已经是苏联集团中经济最好的国家了，其他的可见一斑。在立陶宛，当地人告诉我，他们过去作为苏联的加盟共和国时，苏联还给他们一些补贴的，但当时有钱买不到东西，现在东西有了，钱又不大够用了。

我们在布加勒斯特的一条大街上，看到一个展出抽象画的店铺，自画自售的画家见我们似有兴趣，就上来和我们搭话。那天我才发现，被斯拉夫语系国家包围的罗马尼亚属于拉丁语系的范畴，过来和我们搭话的人既不会说俄语，也不会说英语，后来知道他们可能懂些法语。临别，画家送了几幅他们画的抽象派画作的复印件给我。

后来回到学校，我想领导总会安排我给大家做一个汇报，介绍一下国外的有关情况。因为不管怎么说，我是成电派到西方发达国家去的第一个人，总可以带给大家一些有用的信息吧。为此我也做了一些准备，还写了一个详细的汇报提纲，但后来竟毫无"动静"，我也不便问。我后来想，领导不安排也完全可以理解，因为"文化大革命"刚过去才一年，如果安排我做一个汇报，我怎么也要说一些实话吧，如果说得不好，怕引起麻烦。

那时国内对国外的情况缺乏了解。文德有个表姐文惠，他们夫妇都在北京工作多年，已经是水平很高的"老革命"了。听到我介绍的一些英国的真实情况，他们还半信半疑。

不到一年后的1978年11月6日到17日，时任副总理、主管工业的王震出访英国。访问期间，王震被英国高度发达的经济和社会发展水平所震惊。在出访之前，王震对于英国资本主义制度的认识大部分还来自马克思19世纪的著作。王震一度以为自己会在伦敦看到贫民窟以及贫穷与剥削，然而出乎意料的是，他发现自己的工资，竟然只是英国一个垃圾收集工人工资的六分之一。访问结束时，他还说："我看英国搞得不错，物质财富极大丰富，三大差别基本消灭，社会公正、社会福利也受到重视。如果加上共产党执政，英国就是理想中的共产主义社会。"

贫穷不是社会主义。正视现实，承认客观事实，找差距，找原因，从而采取切切实实的办法，才能使中国走上富强之路。历史经验告诉我们，千万不能吹，不能靠吹！出去实地考察后，知道天外有天，看到了差距，进步很大。王震回国以后成为邓小平创办深圳特区和改革开放政策的坚定支持者。

全国科学大会以后

1978年3月18日至31日，全国科学大会在北京召开，这是我国科学史上一次空前的大会。邓小平在开幕式上发表了"科学技术是第一生产力"的著名论断，指出中国的知识分子是工人阶级的一部分，摘掉了长期扣在知识分子头上的"资产阶级知识分子"的帽子，为我国科技事业的发展扫除了前进路上的一个重要障碍。会议的圆满成功，标志着我国的科技工作者迎来了"科学的春天"。

就在这年春天，安徽合肥召开了微型机专业会议。参加的人不少，成电去了3个人，我是其中之一。记得那次去合肥，火车票很难买，我不得不晚上去成都市内东御街的售票处排队，在售票处的门外等了一晚，一直等到早上售票处开门售票。会议开得还算不错，会后，我的同事也是好朋友陈国富，因为是安徽祁门人，顺便回家探亲。他家乡出产的祁门红茶非常有名。我经过南京转乘火车回成都，继续搞微处理器的监控程序，写一些文章。

夏天，在江西庐山召开全国第一次操作系统工作会议。会议的规格比较高，基本上国内搞操作系统的人士都出席了。时间也比较长，会期一个星期。据会议主持人说这次开会的规格提高了，是全国科学大会以后提高知识分子待遇的一种体现。庐山是避暑胜地，安排我们到这里来，一边开会，一边避暑，的确是过去知识分子们难以享受到的待遇。多年来，知识分子长期受到打压，在"文化大革命"中还被称为"臭老九"，基本上被打到了最底层。

去时，我先从武汉乘船到九江。长江边上的九江简直热得不得了，待我们乘汽车沿着盘山公路到了山上后，气温明显下降，非常舒服。

会议以做专题报告和分组讨论的方式进行，会下的自由交流也很多，因为会期较长，大家觉得比较轻松，交流比较深入。

庐山上有许多地方可去。每天下午会议结束后，我们几个朋友就相约到处"考察"。

一次是去了以前蒋介石在庐山常住的别墅美庐。院子很小，就在路边，是一座两层的小楼。我们也去了毛泽东在庐山上住的别墅。

毛泽东的诗《题庐山仙人洞照》相当有名，诗中提到的"天生一个仙人洞"，我们很想去看看，但因时间不够，我们没有找到这个地方，也没有看见"无限风光在险峰"。

李白的诗句"飞流直下三千尺，疑是银河落九天"提到的场景我们也没有看到。当然李白的诗多含浪漫主义的成分，我们就不深究了。李白这首诗把后来的诗人们都"镇"住了，似乎没人敢再来写庐山，一直到了宋朝，我们的四川老乡苏东坡另辟蹊径，写了另外一首流传千古的名诗《题西林壁》："横看成岭侧成峰，远近高低各不同。不识庐山真面目，只缘身在此山中。"

那些天，老朋友们在庐山上交流甚多，十分融洽，充满愉快的气氛。我们的老朋友哈军工的老孟就联想到苏东坡的另一名句"但愿人长久，千里共婵娟"，而且不时还要吟诵这两句，说朋友间长久的友情是最宝贵的。

多年来，我认识到，对一个人来讲，首先要做一个好人，其次要做一个对社会有贡献的人，但是只有这些还不够，还应该做一个有情有义的有趣味的人，要让生活过得丰富多彩。

在庐山召开的全国第一次操作系统工作会议结束后，我又到长沙、北京调研，了解微型机方面的情况。实际上，国内这些单位都还处在起步的阶段。当时，如果从国外哪怕引进一台单板微型机，就有了实验的平台，通过阅读说明书，实际应用操作，就可以打下继续深入的良好基础。

我们学校这方面的物质条件还比较差，但对微处理器研究十分重视，投入了很大的力量。特别是刘锦德老师带领的团队到永川的研究所，解剖M6800芯片十分成功，得到了四机部的重视。在四机部领导的关怀和大力支持下，争取到了联合国工业发展组织50万美元的援助。在当时这是一个不小的数字，其目标是建立一个微型机开发研究中心。后来我们在此基础上建立了微型机研究所，在科研和人才培养方面都取得了很大的成绩。

在北京调研时，就听说国家准备通过考试选拔派遣出国的留学生。

出国选拔和外语准备

回到学校以后，很快就听说要选拔公派出国人员。不久学校就通知，让大家报名参加选拔。选拔要通过考试，首先要通过学校内的预选。预选的考试科目是外语、专业知识、专业基础。考试都以笔试的方式进行。

考外语时有两份卷子，一份英语卷子，一份俄语卷子。一开始，我就请监考老师把两份卷子都发给我，让我看了以后，再临时决定考英语还是考俄语。论基础的话，我俄语的基础要扎实一些，因为我高中学了三年俄语，大学一二年级又学了两年。但是，如果考俄语，即使考得好，以后多半就只能到苏联去留学，似乎意义不大。而考英语呢，因为只在初中马马虎虎学了三年，基础比较差。不过后来通过自学，特别是做研究生时阅读的多数是英文资料，英语就比较熟悉了。两份卷子我都浏览了一下，稍加考虑之后，最后选定还是做英语卷子。

我的外语、专业知识和专业基础考试都顺利通过。下来就是要进一步学习英语，特别是英语口语，准备参加不久以后举行的全国选拔考试。

因为以前大多不重视口语，那时找合适的口语教师很难，试了几次，都不大满意。学校就派了外语教研室的杨朴老师给我们补习英语。杨老师是一位非常热心、认真负责的人，不过以前教英语多是"哑巴英语"，所以他的发音也不怎么好。选的教材也是一般性的东西。后来才发现另外一个不足，就是没有为全国的英语选拔考试做些准备。因为多年没有参加过考试，大家都不知道英语是怎样的考法，可能杨老师自己也不太清楚。如果知道当时英语考试的模式，比如笔试是什么样子，口试又是什么样子，而且让我们有一些思想准备，有一两次模拟考试的机会，肯定会考得好得多。

这时意外来临，选拔考试之前突然发生了一件影响我身体健康的大事。由于那些日子要做的事情非常多，特别忙，可以说是超负荷工作，好长一段时间身体很不舒服，但只能坚持，每天工作的时间都很长，常常熬到深夜。有一天晚上，我突然感觉非常难受，心里慌乱，但又不知道是什么原因，怎么都感到不对劲。半夜两三点了，还难受得不得了，我就起床，从所住的三楼到楼下去走了一会儿。这是从来没有过的事情，待稍微好一点了，我又回去躺了一会儿。

那天，我很早就起床，早饭稍微吃了几口，就到专门分给我们补习外语的教室去了。这个小教室在主楼东边的三楼。我一个人去得早，扶着楼梯有点费力地爬到三楼，刚进入教室，我就觉得天翻地覆似的难受，很想呕吐。教室内只有我一个人，来不及上洗手间去呕吐了，就赶紧走到窗前，对着窗外的花园张口呕吐。啊！糟了！吐出来的竟然是大口大口的鲜血并夹杂一些血块，不是一点，而是很多。此时，头发晕，但我想不能慌，要镇静。我镇定了一下，用手绢擦了擦嘴上的血迹，以免吓到别人。周围无人，没有任何人可以帮助，我就走出教室，扶着楼梯的扶手一步一步慢慢走下楼，一步一步拖着脚向校医院走去。一路走，一路对自己讲："一定要坚持走到校医院，一定不能倒下！"幸好校医院离主楼东边不远。到了急诊室，医生一看我的样子就吓坏了，赶紧让我躺在一个检查床上量血压。这时，我听见一个医生着急地大叫起来："血压都量不出来了，赶快送医院！"此后我就昏迷过去了。待我醒来，救护车已把我送到医院，躺在工人医院的病床上。

后来，我体会到一个人意志力的坚强在关键时候是很重要的。如果当时自己不坚强一点，不稳住，可能就倒下了。这个难得的经验后来还发挥了极大的作用，若干年后我生大病住进了医院，最长的一次住院前后竟长达半年之久。住院期间受过各种磨难，我都靠着坚强的意志力忍受着痛苦，熬过了许多难关，常常在别人以为不可能的情况下，起死回生，至今仍然健在。看来，人的生命力还是很顽强的！这里，我要借此机会向华西医院李志平教授表示衷心的感谢。他和他的团队在我住院期间对我进行了精心治疗，出院后多年来还一直给予我无私的关心和帮助，使我重获健康。

经检查是严重的胃溃疡，大出血，医院马上就给我输血、输液、用药。记得当时胃部的检查方式还是用的比较老的一套，用"钡餐"的办法。检查时要吞下一大碗由钡盐细粉调和的泥浆状的东西，很不舒服。出血及时止住了，因我身体的基本素质还好，没有其他方面的次生病症，身体虽流血过多感到虚弱，但慢慢有所恢复。后来我看到一些资料介绍，临床研究表明，人的情绪、精神压力等都与发生胃溃疡有关。好长一段时间以来，我的事情太多，特别忙，长时间超负荷工作，可能就是这次发病的主要原因。

当时面临的一个大问题是，出国选拔的外语考试的准考证早已在手，考期已近，就是几天后的事情。怎么办呢？如果不考吧，为此准备了这么长时间，最后功亏一篑的确有点可惜；考吧，又怕身体承受不了。反复考虑了好久，最后毅然决定：一定要坚强一点，一定不轻言放弃！世界上的事，常常是挑战与机会并存，机不可失，说不定胜利就在最后一下的努力之中。在医院住了五六天，在我的要求下，医生同意我出院。医生本来希望我多住几天再出院，这样对病情控制来讲比较稳妥。但我一想不行，出院后至少还需要做两三天的准备。出院后的第三天，我就带病去参加全国出国英语选拔考试了。

选拔考试是在川大进行的。开始还没有什么问题，但考试时间一长，出现了从来没有出现过的头疼，头昏脑涨的，思维就完全不灵了，头脑似乎一片空白。后来回想，多半就是一个星期前因胃大出血失血过多，再加长时间紧张思考之后大脑供氧不足之故。

对我来说，最拿手的翻译是考题中比较容易的，记得英译汉是一篇讲人造卫星的短文。但在语法题目，如介词的选用、虚拟式的表达等问题上则产生了一些困惑，加上身体状况不佳，思索很费劲，心率明显加快，就没有足够的时间来仔细思考了。这是我当学生参加考试以来从没有出现过的现象。以前对我来说什么考试基本上都是轻松愉快的。

另外，缺乏考试的技巧也是一个原因。比如有不少选择题，如果对于拿不定主意的选择，从考试技巧上来说，怎么都得选填自己认为最佳的一个。我当时在头昏脑涨的情况下太"老实"了，竟然在一时拿不定主意的情况下就没有填写答案。

笔试下来，总的感觉也还可以。中午回到家里吃饭，由于一个上午的紧张，体力消耗很大，没有胃口。这都还没有什么，关键是下午还要去川大参加口试，路途又远，我们平时都习惯睡午觉，这一天当然就没有时间休息了。一时，我心里又平静不下来，怎么办？怎么可以很快把心绪平静下来呢？我想起家里有几片安眠药，想先镇静一下吧，到了川大那边再休息一下或许就好了。哪里知道这一草率的决定就犯了大错！后来十分后悔。平时吃安眠药，大多是吃半片，最多一片，当天我想尽快镇定下来，竟然鬼使神差般地一下子就吃了两片。吃完安眠药，我就集合乘车去川大。

到了川大，考试的时间已经快到了。因为口试要一个个地进行，有人就安排考生到旁边一个教室坐下来等候。我还没有进到等候的教室，就听见叫我的名字。我完全没有想到，第一个进行口试的竟然就是我！后来想起来，又有点鬼使神差的感觉，如果排到后面，因为人多，口试安排一个下午，多休息一两个小时都是有可能的，可能安眠药产生的副作用就没有那么大了。

口试的主考官是一男一女两位老师。先给我一份印有一篇英文短文的卷子，让我浏览一下，然后朗读给他们听。我朗读的问题不大，也没有不熟悉的单词，内容都是懂的。但这时可能安眠药的药性起作用了，考官根据短文的内容变着花样提问题，而我却不大清楚记得短文中的内容了。如果事前有一点口试的技巧，或者我口试的次序排在后面一点，我还可以向前面完成了口试的人了解一下口试的模式。如是，我一定会注意在浏览文字时尽可能把内容记住，把各个部分的逻辑联系起来，或许就好多了。

总之，这次考试考得不好，身体状况不佳的确影响很大，但这种理由是不能说出来的，如果说出来就好像是自己在为没有考好找借口，只能闷在自己的心里。总之，不能怪别的，只能怪自己水平不够，要自己总结经验教训。

总的来说，这次考得好的人极少，可以说基本上都考得不好，就是过去学英语的也考得不理想。所以在准备出国人员中，我仍然在第一梯队里，全校一共就10来个人。

下一步的重点，是要解决口语问题，提高听说能力。这时，学校请来了一位从菲律宾来的年轻的华人小姐（似姓陈）。她是一位值得尊敬的志愿者，自愿来中国教英语。因为菲律宾通用英语，所以她的英语讲得很流利（虽然带一些菲律宾的特殊口音）。她不会讲中文，只会讲英语。经她在课堂上带了一段时间，我们的听说能力增强不少，信心就大大增强了。

生活中，真是一波未平一波又起。不久之后，我们的生活中又出现了一个大问题，文德在这个时候突然生病了。之前有一段时间，她常出现便秘，非常烦恼。后来决定到华西医院看一下。经一位女主治医生检查，判定是妇科方面的问题，需要做手术。医生说这个手术简单，不用担心。做手术那天我们都不大紧张，文德被推进手术室，我就在手术室外面等着。过了一段时间，手术室的门开了，一位医生走过来对我说，本来以为是妇科方面的问题，但打开腹腔以后发现不是，疑似结肠癌，经活检，确定是早期的结肠癌，需要动手术切除，问我的意见。我说既然最好的办法就是切除，那就切除，为了更保险，希望在病灶附近多切除一些。决定后，继续进行手术，且很快就做完了。医生把切下来的一块病灶拿来给我看了，并且说发现得早是好事，没有发现癌细胞有转移，只要好好治疗，不会有问题，让我放心。本来认为是妇科方面的病症，做手术才发现是早期的结肠癌，并及时加以切除，是有一点运气的"歪打正着"。在某种意义上，完全是一种"坏事变好事"。如果拖久了才发现，癌细胞就可能转移，反而麻烦了。后来我又问过医生，医生认为结肠癌是癌病里治愈率最高的一种，而且对于她这种早期发现，又没有转移的情况更是容易治愈，让我不要太担心。后来果然康复得很好。

文德开始还是有一些紧张，时间一长慢慢好了起来，病情也没有出现什么反复。这与她心态非常好并长期坚持锻炼有很大关系，与早期发现并及时做手术切除的关系也很大。为了照顾她和我们的两个小孩，我妈妈来成都了。后来我去美国以后，她爸爸妈妈也来到我们家，一起生活了很久。直到我从美国回来，她妈妈才返回万县的老家。

第六章

美国留学及回国以后

去美国留学

这本回忆录的前面几章是从2001年开始写的,开始写的进度很快,初稿基本完成后进度就慢下来了。后来因为我生病住院身体欠佳,不得不停了好长时间,甚至还想过这本回忆录可能就到此为止了。

2020年初新冠肺炎疫情的突然来袭,严重影响了大家的生活。长时间宅在家里,而且这种日子还不知道要持续到多久才能结束。怎么办呢?一时没有什么事情好做。为了让这段时间过得有意义,我重新开始静下心来,继续撰写这本回忆录。因为写回忆录,除了查找阅读过去保存下来的一些资料,不需要其他的资源,比较好办。

就我们这个年龄来说,现在的身体状况还算不错。近些年来经常长途跋涉去国外旅游,长途旅行乘飞机一连十几个小时没有什么问题。迄今已经走过五大洲好几十个国家,但南美洲还没有去过。本来计划2020年初趁南半球的夏季去一次南美洲,甚至还想过乘游轮到阿根廷的南端去看看南极,如果能实现,世界五大洲的各个大区域就全都去过了,就算了却了一桩心愿,圆满完成预定的旅游计划。但受疫情的影响,不得不改变原来的计划,颇为遗憾。

我去美国留学分两个阶段,前一阶段在当时美国第二大的计算机公司Burroughs(宝来公司),第二阶段在加州大学伯克利做访问学者。时间总共三年。经全国考试选拔,出国人员名单定下来以后,要做的就是联系国外的接收单位了。由于当时完全没有经验,出国的渠道不通,上至部里(当时我们学校受四机部即后来的电子工业部领导),下至学校和我们,一时都没有很好的解决办法。直到我们去美国待了一段时间,了解了具体情况,打开局面以后，才觉得在联系接收单位这个问题上无所作为一事非常好笑。实际上像我们这种公派的情况应该是比较好联系的。首先，国外的大学一般都提倡人员交流，认为交流对双方都有益；其次，公派不需要用他们的经费，也不需要他们的资助；再者，到了那边，如果参加他们的科研工作，还可以一边研修一边免费帮他们做工作。何况，公派的人员都是从国内大学、研究所这样的单位优选出来的，素质都比较高，更能受到接收单位的欢迎。实际上，联系的方法有很多，其中直接写信与选定的教授联系就是一个很好的渠道。

在没有很好渠道的情况下，有了一点机会就要抓住。正是在这个时候，当时号称美国第二大计算机公司Burroughs，向中国电子学会发出邀请（1979年4月30日发出），希望学会派出两人到他们公司研修计算机技术。中国电子学会实际上就挂靠在四机部，有公司邀请，真是求之不得。部里通知我们学校派一人去。当时我校选拔合适的出国人员之中，搞计算机的就只有我一人，于是就让我去北京落实这个任务。

后来了解到，Burroughs之所以主动发起邀请，是因为他们已经有中国的用户，想进一步打开中国的市场，希望中国方面对他们公司的情况和技术水平有更多的了解。而我们则是想通过他们提供的这个平台，了解和掌握国外先进的计算机技术。

中国电子学会决定派两个人，一位是我，另一位是老严。行前，对外司李司长跟我们谈话，我当时做了记录。其要点是：抱科学的态度，虚心学习，善于学习，充分利用时间把技术学回来；任务方面以我为主，认真研究研修计划，提出意见，不要客随主便，要总结经验并记录下来，为以后出国的人创造条件。

因为是Burroughs邀请我们去的，基本的食宿费用就由他们负责。出去时，部里还让我带了10000美元的信用证。按当时我国去美国留学每月400美元的标准，这笔经费可以支持2年以上了，所以后来去加州大学伯克利，经费也就有了保证。

本来准备1979年就去美国的，后来因为签证方面的原因，稍微推迟了一点，拖到了1980年初。因为1979年我们国家才开始派人去美国留学，所以我基本上也算是新中国成立后首批公派赴美国留学的了。

当时中国和美国之间还没有直通航线,所以不得不绕道欧洲去美国。此次一行两人,具体的路线是:北京—伊斯兰堡—卡拉奇—巴黎—纽约—华盛顿。那时所乘的飞机是波音707,其航程还不够远,又因有些航站中途要上下客,不得不增加一些站点。我记得机票是人民币2301元,按当年的月工资60元算,一年工资为720元,三年才2160元。就是说,我们即使不吃不喝,三年的工资还不够买这张单程机票。

因为当时我国派出去的人非常少,上级领导都把这些人当成宝贝,比较看重。我们到达巴黎的戴高乐机场,就有我国驻法国大使馆的工作人员来接机,并帮助我们办手续转机去纽约,从巴黎去纽约是乘坐环球航空(TWA)的航班。多年后的2001年,TWA因营运困难,被美国航空公司收购合并,就退出了历史舞台。到了纽约的肯尼迪机场,由我国驻联合国代表处的工作人员来接机,然后我们再换乘飞往美国首都华盛顿。到了华盛顿,我国大使馆的人来接机,我们入住中国大使馆。这一路的几个大站都安排有人接送,说明国家当时对我们这些公派出国留学人员是多么关心、多么重视。听大使馆的人讲,当时公派去美国留学的只有一百多个人,这可能也是"物以稀为贵"被看成宝贝的另外一个原因。后来去美国留学的人就越来越多了,没有想到,这些年在美国留学的人达到好几十万人,而且大多数是自费留学,也就享受不到我们当年的那种待遇了。

其实,如果讲求实际的话,这一路不安排接送也是完全可以的,到华盛顿我们也只是到我国驻美大使馆去报个到,表示"登记在册",并没有什么一定要做的事。不过在大使馆这些天也让我增加了不少见闻,长了不少见识,值得一去。

1979年1月1日,我国和美国正式建交。我国驻美大使馆是在买入的五月花酒店基础上改建的。大门口站有一个美国警察,很少见到别的什么人。刚进到大使馆,我就看到墙上贴了一些重要电话号码,其中之一就是FBI,也就是联邦调查局。我顺便就问:"怎么这里要贴一个FBI的电话呢?"大使馆的工作人员回答也很简单:"如果出了大的安全问题,你不找联邦调查局,你找谁?"

美国首都华盛顿当时并不大,只有几十万人,既没有工厂,也不是繁华的商业区，环境十分优美。我们所住的中国大使馆离市中心的白宫、国会大厦、杰弗逊纪念堂、林肯纪念堂和许多大的博物馆都不远，乘地铁坐几个站就可以到。这次最使我感到满意的是参观了好几个非常好的博物馆：美国自然历史博物馆、科学博物馆、美国国家航空航天博物馆、美术博物馆、工业博物馆等。几天时间几乎都用来参观这些博物馆了。不久后在费城，有一次机会到华盛顿，我又特意去参观了几天。多年来又去过好几次华盛顿，每次都要去参观博物馆，其展出的内容实在是太丰富了。参观博物馆是获取各种知识非常有效的途径之一。和阅读图书资料不同，博物馆里的展品大多为多年来收藏的精粹实物，有一种实际体验感，看后印象深刻，久久难忘。此外，在博物馆里常常会发现许多你想都不曾想到的展品，让人大开眼界。

几天过后，我们就乘机飞往Burroughs的总部底特律。在纽约转机时，我国驻联合国代表团的工作人员建议我们把行李直接从纽约发到底特律。我到了华盛顿后还有些担心，因为要过好多天才能去取行李，时间间隔有点长，会不会弄丢了。结果到了底特律机场一查，很快就取到了，没有任何问题。Burroughs派了一工作人员Steve来接机，先送我们到一家旅馆住下。离开时说晚上来接我们去餐厅，为我们接风。

晚上，可能是为了增加一点新鲜感，Steve说准备带我们去底特律对岸的加拿大城市温莎吃晚餐，那边的中餐馆较好。我说，我们没有加拿大的签证，可能不行啊。Steve就说试一下看看。我们开车通过湖水下的隧道到了温莎的加拿大海关。一位海关官员翻看了一下我的护照问："你来加拿大有什么事呢？"我说："听说温莎的中餐馆很好，我们特意过来吃晚饭。"他回答说："你没有签证，吃晚饭这个理由不大充分啊。"于是，我们只好返回底特律，到当时最漂亮而且新建不久的地标性建筑Renaissance Center（复兴中心）的一家中餐馆吃晚餐。记得那家中餐馆墙上挂有不少反映清朝民俗的发黄的老照片。

底特律原来是世界第一的汽车工业大城市。美国的三家大汽车公司的总部都在这里。这三大汽车公司是：通用、福特、克莱斯勒。不过到我们去时，他们的黄金时代已经过去了，底特律呈现出萧条的景象，特别是市里有些区域几乎无人居住，处于破败的境地。但是，Burroughs的总部还是很气派，公司总裁是美国原来的财政部部长布鲁门撒尔。与我们对接的是该公司国际部的负责人，荷兰人Fan West Felix。一开始，我们要办的第一件事就是写信向家里报平安，但一时没有固定的通信地址，收信就只能请他代转。他的地址是：Burroughs Place, Detroit Michigan 48232, International Group。这个人瘦高个子，仪表堂堂，很有风度，非常友善，办事认真而且细心。他除了讲母语荷兰语，还可以讲英、德、法三国的语言。我觉得他谈话时表达问题总是很清楚、简要，就问他有什么经验，他说这是由于他经常同国际人士打交道的缘故。

开始，公司还请了一位美国女士Susan每天花费一两个小时来辅导我们的口语。过了不久，我的听说能力均有很大提高，完全可以自由交流了。后来我转到加州大学伯克利时，口语已经相当流利，连学校举办的一些活动，都常单独发通知邀请我作为中国访问学者的代表参加。可是，语言要经常讲才行，回国的时间长了，没有机会讲，就会慢慢退化，有些词语和习惯用法就慢慢淡忘了，特别是年纪大了以后。

在底特律，安排过一些有趣的活动：去福特汽车公司参观过他们的汽车生产流水线；参观过平时只有4个人耕作的一个80000多亩地的大农场；去两个大学参观访问；曾约过一个印第安人来我的住处谈话两小时，谈印第安人的历史；应一位有名的律师朋友之邀去现场看法庭审案，观看了法庭如何在众多的候选人中挑选出12名陪审员；还到加拿大在底特律的领事馆去办签证；在一个周末，由Susan开车，和她的家人一起到加拿大的尼亚加拉瀑布游览。

根据安排，我们首先要熟悉Burroughs公司的计算机系统、网络、编程语言、数据库等。我们先是参加他们举办的一些培训课程，并在计算机上实践。然后集中时间到他们生产工厂的研发部门工作一段时间，参加一些实际的工作。

在底特律时，我还有机会使用过老的IBM计算机，用BASIC语言编好程序之后自己打穿孔卡片，然后把一叠卡片拿到卡片输入机上将程序输入，体验了一下美国"古老"计算机的使用方法。后来用的机器就都是带多个显示终端的主机系统了。

实际上，我认为我们这些搞计算机的人，应该了解机器，熟悉机器的使用，对计算机要有"亲近"感。这些，对了解计算机的发展史，加深对计算机硬软件系统的理解都有很大的帮助。通过这一段时间的学习实践，补上了我们应该补的一课。我去美国以前，国内的条件还很差，我们仅仅用过只有机器语言的光机器。什么高级程序设计语言，包括最简单的BASIC语言都没有使用过，当然编译程序、操作系统、数据库等也没有使用过。在国内虽然也谈这些内容，但基本上都还是纸上谈兵，缺乏与计算机打交道的实际经验。

在亚特兰大用COBOL语言编写一些程序时，在一个10～12个人的学习班中，我编程的速度是最快的了。但问题来了，我通过键盘输入程序的速度很慢，比那些美国人差远了。他们从小就有用键盘打字的基础，而我们却没有。对键盘不熟，需要在键盘上一个一个地找字母，当然就慢了。这一现实对我的刺激很大，让我认识到，今后键盘输入是非常重要的技能，一定要掌握好才行。从那天开始，我就虚心向美国朋友学习。打字其实很简单，主要靠实践熟练指法。通过一段时间，我打英文字可以不看键盘盲打，速度也就快了。这对我以后的中文打字也极有帮助，后来我写文章或者写书，基本上都是自己动手在键盘上打出来的，打字的速度也相当快。

同时我也想到，我的两个女儿以后也一定要学打字，我就买了传统的机械打字机。回到国内以后，我就让她们在打字机上学打字，实际上只教了她们大概半个小时，主要教打字的指法，她们很快就掌握了，后来多加练习，她们在计算机键盘上打字如飞。

进一步，我想我们的计算机资源有限，如果学生在显示终端的键盘上打字的时间太长，既浪费学生的宝贵时间，也浪费计算机资源。后来回到国内，在刘锦德老师当系主任时，我就建议购买一些打字机让学生学打字。他对此也很赞同，马上购买了30台机械打字机，还特别开设了一门一个学分的打字课。这多半是全国大学里最先让学生学打字的课程。结果，效果极好，掌握打字技术后，学生的信心增强了，达到了一劳永逸的效果。一次我在国内参加一个学术会议时，西电的一位老师，特意跟我提道："你们成电的学生编程、打字好厉害啊！"他指的就是我们学校分配到他们那里工作的研究生吉鸿宾。这个学生各方面都很全面，是一个很有发展潜力的人才。本来我很想将他留在学校工作，还专门去人事处谈过，设法把他留下来，可惜由于种种原因没有成功。

后来一段时间我被安排到加州太平洋边上的一个小城桑塔巴巴拉参加一个工厂研发部门的工作，和一个叫Peterson的美国人在一个办公室，历时几个月。因为这个办公室只有我们两个人，交流十分方便。办公室里每人都有一台和主机相连的带键盘的显示终端，工作条件相当好。在那里我了解学习他们搞的各种软件，自己编了一些软件。对他们这种专业的软件开发过程有了较好的了解，对我以后的工作很有帮助。

加州太平洋边上的桑塔巴巴拉是个非常美丽的小城，气候非常好，是一个富人们喜欢居住的地方。伊朗国王巴列维，就有一座非常豪华巨大的白色别墅坐落在可以看到太平洋的一座小山顶上，周围用围墙围起来。我曾经和朋友一起去看过几次，那里戒备森严。里根总统也有一座别墅在这座小城。

我住在一个叫作Sandpiper的旅馆里，房间很宽敞，还有一个小的餐厅加厨房，有冰箱等设施，可以自己做饭。美国的食品很丰富，品质好，而且价格非常便宜，如果自己做饭的话，伙食的开销非常小。我一个人吃饭，对于做饭就没有多大的积极性，也想节省时间。一般要做也只是做些简单的饭菜，保证有足够的营养就是了。记得当时几十美分就可以买一打（12个）很大的鸡蛋，一美元就可以买到一加仑（约4升）新鲜牛奶……买一加仑牛奶，我一个人简直有来不及喝完的感觉，时间一长，担心牛奶品质下降，有时就只好倒掉了。一天，是我们的农历新年，我突然想为何不包一点饺子来庆祝一下，肉馅、菜、面粉、调料等都是有的。待我把面揉好时，突然发现还缺一个关键的工具，那就是擀面棒。怎么办呢？我想来想去，最后找到了一个最接近的替代工具——一个圆筒状的玻璃啤酒杯，勉强解决了问题。

每天一早，我简单吃完早餐后，就去喝一杯旅馆供应的免费咖啡，然后按时间表去乘坐公交车。这里的公交车比较准时，一般仅和时间表上的时间有一两分钟的误差。能够做到这一点，与乘公交车的乘客很少及交通不拥堵有关系。到了车上，由于乘公交车的人很少，乘客下车前必须提前按一下座位旁的按钮提醒司机，否则，如果下一个到达站上没人候车，车就不停了。公司的地点在城郊的小镇Goleta，离太平洋岸边很近。附近还有加州大学桑塔巴巴拉分校，我有时下班后也去他们的图书馆阅读。在那里我还很意外地看到了几份中文报纸，而且是到美国后第一次看到国内的中文报纸，其中竟然还有一份日期不很完整的《四川日报》。

可能是由于比较富裕的原因，这个小城的文化事业相当发达。这里有一个由几十个人组成的交响乐团，我曾经在朋友德裔美国人Walter Knapp夫妇的陪同下去看过他们的演出，水平相当高。更令人惊奇的是，这里还有一个业余的芭蕾舞团，我也去观看过一次他们的表演，节目是芭蕾舞剧《吉赛尔》，水平也相当高。我曾经和Walter一起唱歌，记得是唱意大利名歌《桑塔露琪亚》。他认为我唱得不错，还向我发出邀请，请我去参加他们的业余合唱团。但我想把主要精力集中在学习工作上，怕耽误太多时间，婉言谢绝了。

Walter和他太太是我多年的朋友，我回国后还一直和他们保持联系。1995年我去美国达拉斯参加一个多媒体标准化的国际会议时，还专程去看望过他们，并住在他们家里。他们比我大10多岁，估计由于身体原因，联系慢慢就少了，后来失去了联系。

在美国一些地方游览

课程与上机实践安排在不同的城市，所以除了底特律，我还先后去了亚特兰大、费城、洛杉矶、桑塔巴巴拉、旧金山等地，期间还抽空去了一趟纽约和华盛顿。

我在美国有影响的历史名城费城待了较长的时间。费城是美国最具有历史意义的城市之一，1790~1800年曾经是美国的首都。在这里有一种身临古老城市的感觉，这在美国是很少有的。1774~1775年两次大陆会议在此召开，并通过了闻名于世的《独立宣言》。1787年在此举行了制宪会议，诞生了美国第一部联邦宪法。费城是美国第五大城市，现在仍然是美国主要的经济、交通和文化中心。费城在纽约和华盛顿之间，北上去纽约很近（开车约两小时），南下去华盛顿也不远（开车约三小时）。周末的两天我们都尽量安排一些活动。

我住的富兰克林酒店在费城的市中心。一个周末的早晨，我外出走走，可能因为时间比较早，街上几乎空无一人。我按照酒店提供的城市简图，信步走到一条河边，河边停着一艘潜水艇。因为我小时候下过的海陆空军棋中就有潜水艇，但我从来没有看到过真正的潜水艇，所以潜水艇给我一种很神秘的感觉。这次看到机会难得，我就走过去站在旁边仔细观看。这时，一位美国老先生也走了过来，打过招呼之后，我们就攀谈起来。我夸他身体好，他让我猜他多少岁了，我说有60岁吧，他听了很高兴，说他已经70岁了。这老先生很热情、健谈。他说："我是本地人，如果你愿意，我很乐意给你当导游，带你到费城的各个历史景点看看。"有这种"高级导游"，我当然求之不得。于是我在他的带领下，去参观费城的各个景点，一路上他就给我一一讲解。我们完全步行，一个上午几乎走遍了费城著名的几个景点。

最后他对我说，他是个古典音乐爱好者，中午要赶回家，听电台播送他最喜欢的某个古典音乐作品。但是在告别之前，他说："我还要带你去一个地方。"结果，他把我带到了著名的费城交响乐团演出的音乐厅。在音乐厅的大门前，他指着一块镶嵌在墙上的铜牌，念镌刻在上面的文字给我听，主要的意思是：此大厅是费城交响乐团的永久财产，永远不能用作其他用途。到了费城交响乐团的演出大厅，又激发我产生了一些联想。于是我就想能否搞到一张票观看一场演出。老人告诉我，演出是有季节性的，不是经常都有，一般在演出前半年甚至前一年就开始订票了，基本上不可能临时买到票。

在费城交响乐团的演出大厅前，我们互道珍重告别。对这位善良、友好的老人，我多年来都有着深深的怀念之情。

在和老人道别之后，我想我能否试试运气。我就走到一个窗口去问，工作人员回答说，今天晚上（刚好也是周末）是有演出，但票早就预售完了。我说我是从中国来的，我有点特殊情况，很想同你们负责的经理谈一谈。这位女士很友善，可能也见我言辞恳切，她就请来了剧场经理。我对经理说："我来自中国，1973年9月你们费城交响乐团在音乐总监、指挥尤金·奥曼迪带领下首次赴中国巡演时，我也在北京，但是没有机会看到你们的演出（当时，费城交响乐团到中国巡演，可以说是尼克松总统访华后的一种外交需要，音乐会的票内部分发，不对外售票），既然我今天来到费城了，机会难得，你看可否帮我买一张票？"他听后说："对此我也非常同情，很感谢你对我们乐团的厚爱，但确实没有票了，如果你愿意，你可以下午4点到我们的售票窗口来试试运气。如果已订票的人没有按时来取，或者临时退票了，我们将把这些票售出。"因机会难得，下午4点以前，我又去了，还没有走到，我就远远看见窗口外已经排了一个长队。我想糟了，埋怨自己为什么不早一点来呢。不过我运气不错，有惊无险，顺利地买到了当天晚上的一张演出票。这一辈子再也难重演这一幕了！

还有一件事值得一提，我在排队购票的时候，突然开来了一辆白色的小面包车，车门一打开，就急匆匆地下来了几个西装笔挺的年轻人。他们分头快速跑向我们这些排队购票的人，给每人发了一张什么票。其中一人走到我的面前，也给我发了一张，是一张邀请参加会议的票（这张票我无意之间夹到了一本书里，后来发现了，至今还保留着）。票上面写着：明天晚上7点，在希尔顿酒店会见卡特总统和爱德华·肯尼迪参议员。原来那时正是1980年美国总统大选的最后阶段，时任总统卡特和共和党候选人里根竞选。这个见面会就是为总统竞选最后造势。不过，结果是里根胜选。如果那天我有时间，我一定会去看看这个场面，就近看看卡特总统和肯尼迪参议员，了解一下美国总统怎么为自己的竞选造势。这应当说也是一种难得的机会。可惜我的机票已经订好，不得不离开，第二天上午乘飞机从美国东海岸的费城横穿美国大陆飞往西海岸的洛杉矶。离开费城那天是10月30号，费城的天气已经很冷了，我穿的是冬装，可到了洛杉矶机场，哎呀！天气太热了，在机场一时难以更换衣服，热得颇为狼狈。

一个周末，我随朋友开车去了纽约。这次是第一次去，纽约给我留下大都市的印象很深。朋友按我提出的要求，在周末的两天之内安排去了一些地方。首先是去联合国总部，那时去参观很容易，还有工作人员带着参观、讲解。除了发一些介绍联合国的简单资料，还赠送给我们每人一枚参观联合国总部的小纪念章。联合国大会会场和安理会会场是一定要去的地方，我拍了一些照片。联合国总部大楼外面周围的花园里，有许多会员国赠送的雕塑。苏联赠送的一个题为"铸剑为犁"的雕塑给我印象很深，一个高大的壮汉右手高高举起一个大锤，准备把一柄已经打弯了的长剑打断后打造为耕地的犁头。

若干年后，由于去美国参加会议等原因，我还多次去过联合国总部。不过后来的参观就卡得紧了。有一次很幸运，我们以中国信息协会代表团的身份，得到联合国一位官员的帮助，带领我们去了一些不容易去的地方。比如，看了一下我国赠送的非常美丽的巨型壁毯《长城》，还走到了联合国大会主席台上站在讲台边模拟讲演。

世界贸易中心也是要去的地方，1980年的观光门票为2美元，乘电梯1分钟即可以登上104层的观光层眺望整个纽约。我很喜欢世界贸易中心这两座漂亮的大楼，后来还在不同的年代去过好几次。1991年，我们中国信息协会代表团还特意安排去世界贸易中心总部考察，了解他们如何运作。那次会见结束后，世界贸易中心一位爱尔兰裔的穿粉红色套装的女律师还陪同我们到北楼的楼顶上参观，并拍下了一些绝版的照片。当我和她拍照时，她开玩笑说："和律师拍照是要付费的哟！" 2001年9月11日的911事件，这两座大楼被彻底摧毁了，十分可惜！希望这位女律师幸免于难。

那次我们还去参观了纽约大都会博物馆。该馆是世界上最大的艺术博物馆之一。博物馆占地13万平方米，馆藏超过200万件艺术品。后来到纽约我又去过几次，记得第一次去时在一个巨大的埃及青铜人像前拍了一张照片，这座青铜人像制作精美，身上有许多几千年以前刻上的象形文字。多年后再去，那个铜像仍然在那里。馆中还有一座小的埃及神庙，埃及修建阿斯旺水坝时，因为水库建成后这座神庙将被淹没，所以被博物馆方面购买，一砖一瓦拆了下来，对号入座恢复原状，令人印象深刻。馆内的中国展品部分也非常丰富多彩，中国精美的瓷器和青铜器令人印象深刻。我还在一个玻璃的陈列柜里，看到了我国大画家徐悲鸿先生写给林语堂的几封亲笔信，大概是林语堂生前捐献给大都会博物馆的。这些信不但内容看起来颇有味道，而且徐悲鸿先生的书法也非常好，出乎我的意料。馆内展品太丰富，不管你有多少时间，总是有时间不够的感觉。

参观之后，我们去了离大都会博物馆不远的中央公园看了看。在纽约这样寸土寸金的地方建起这样巨型的大公园的确让人惊叹。中央公园坐落在高楼林立的曼哈顿中心，是纽约这座繁华都市中一片静谧的休闲之地。中央公园南起第59街，北抵第110街，东西两侧被著名的第五大道和中央公园西大道所围合。该公园面积达340万平方米，是世界上最大的人造自然景观之一，被称为纽约的后花园。

还有个周末，我参加了宾夕法尼亚大学组织的活动，去著名的西点军校参观。一进门就看到一座铜像，我差点就叫出声来："这不是麦克阿瑟吗？"20世纪50年代初，我上初中时，就从反映抗美援朝的漫画中熟悉了这个人物。当时他是"联合国军"的总司令，曾经当过西点军校的校长。西点军校创建于1802年3月16日。学院位于纽约市北郊的哈德逊河边，是美国的第一所军事学校。西点军校的校训是"责任、荣誉、国家"。该校是美国历史最悠久的军事学院之一，与英国桑赫斯特皇家军事学院、俄罗斯伏龙芝军事学院以及法国圣西尔军事专科学校并称世界"四大军校"。

后来因为项目安排中间有一些衔接问题而空出了一段时间，我从住的地方费城出发又去了一次华盛顿，想再仔细参观一些博物馆以及上次没有看到过的名胜和其他有趣的地方。在我的潜意识中，总有一种"可能以后再没有机会来了"的感觉，所以有机会就要抓紧时间去看看。

这次我选择坐火车去，想体验一下在美国坐火车的感受，这是第一次，也是唯一一次在美国坐火车。当我在站台上看见火车进站时，就按过去中国乘火车的习惯哪节车厢空就往哪节车厢跑。上车以后，一位黑人男服务员过来和我打招呼，还非常客气地帮我把外套脱下来挂在衣钩上，使我有一种享受贵宾待遇的感觉。因为整个车厢乘客极少，我坐下后就和他交谈起来。我最想做的事是想通过他了解一下到了华盛顿以后住在哪个旅店最好。这时，来了一个车长，他要求每个旅客出示一下车票。待走到我旁边，查看我的车票时，他很客气地说："您坐错了，这里是头等车厢。"这时，我才知道有普通车厢和头等车厢的区别。我当即就向车长表示歉意："实在对不起，那我就换一个车厢吧。"我正准备收拾行李换一个车厢时，那个起先和我谈话的黑人服务员就过来低声对车长说："他是我的朋友。"车长一听，稍顿了一下，对我说："你就坐在这里吧。"

到了华盛顿，我按黑人列车员的建议，住在一个离国会山很近的旅馆。那里离打算参观的主要景点都比较近，相当方便。这次抓紧四天的时间参观了许多地方，除了"复习"又比较仔细地参观了好几个国家博物馆，又再去参观了白宫、国会大厦。此外，还去参观了林肯纪念堂、华盛顿纪念碑和杰弗逊纪念堂。那时我已经在美国待了很长一段时间，经验比较丰富了。我打听到国防部的五角大楼和联邦调查局可以参观，本着"你只要允许我就要大胆去看看"，也就安排时间去了。

记得参观五角大楼是乘地铁去的。五角大楼在波托马克河西岸边上，离杰弗逊纪念堂不远。开始担心是否能进去参观，去了发现并没有什么问题，而且还有导游解说。我特意走到有关朝鲜战争的展室看了看，看他们是怎么说的。后来在走廊上行走时经过一个办公室，导游指着门上的一块标志牌说，国防部副部长正在这个办公室里面办公。五角大楼建筑面积约60万平方米，据说是世界上最大的单体行政大楼，大概有26000人在里面办公。

那次参观联邦调查局实际上是参观该局的一个博物馆，里面介绍了许多破案的案例。印象特别深的是破获一个在美国长期潜伏的著名苏联克格勃间谍阿贝尔的故事。这个故事我以前在一本书上读到过。这个苏联间谍通过一个用精巧技术掏空的美国硬币来传送微缩胶卷。其时那枚硬币就放在玻璃柜里展览，外观和一般硬币一模一样，看不出什么破绽来。

我非常喜欢杰弗逊纪念堂，它是一座为纪念美国开国元勋之一的第三任美国总统托马斯·杰弗逊而建的纪念堂。纪念堂是一座古希腊神殿式的圆顶白色大理石建筑，开放式，周围巨柱环立，约6米高的杰弗逊雕像矗立其中。除了简朴雄伟的建筑给人以美感，镌刻在大厅周围墙壁上杰弗逊起草的《独立宣言》的名句，深刻的内容也让我感受很深。杰弗逊纪念堂是令人难忘的景点之一。

航空航天博物馆我也非常喜欢。展出的多为实物，从美国莱特兄弟发明的飞机一直到现代最先进的宇航技术，样样都有。多年来，我只要去华盛顿都要去这个博物馆参观，每次去都会在登月舱的实物面前观察很久。在一个回收的早期载人飞船面前，你可以用手去触摸飞船进入大气层时，在高速飞行的飞船与空气剧烈摩擦所产生的高温下熔蚀了的飞船的金属表面。想到这个小小的飞船就像一个火球一样进入大气层，而宇航员就在薄薄的舱壁里面的情景，真是有点胆战心惊。在那里还看到过与抗日战争时来华助战的美国志愿人员所组成的飞虎队有关的一件实物，那是一块印了文字的白布，以备万一飞机在中国境内被击落时作为飞行员护身之用。白布上面印的几个大字是"来华助战洋人，军民一体保护"。

在自然历史博物馆，那些五光十色的地下宝藏真是美不胜收。看了以后不得不赞叹，自然界还有这么多千奇百怪的宝物。当然那些巨大的钻石、祖母绿等让我大开眼界。

历史博物馆、美术博物馆、科技博物馆等好多博物馆也都非常好，难以尽述。

1998年，我去美国参加在Las Vegas举办的"美国计算机大展"后，又去了华盛顿，还和代表团的几位代表一起去访问了美国的商务部。在华盛顿我第一次观看了1982年11月13日对公众开放的越战纪念碑，以及1995年7月27日对公众开放的韩战纪念碑。这两座纪念碑都在林肯纪念堂附近。

加州大学伯克利（一）

到美国后我就开始注意联系美国的大学，为下一步做准备。其中联系的第一个是密苏里大学。为什么呢？经他人介绍，我和该校一位华人何教授认识。他路过底特律时曾特意来看过我，交谈一个多小时。他对我印象很好，就推荐我去他所在的密苏里大学，而且答应一切手续由他替我办理。后来他把办好的所有文件寄到我手里，我直接前往该校就可以了。不过后来因为又联系上了加州大学伯克利分校，而伯克利是美国顶尖的大学，条件要好得多，水平也高得多，我就没有到他们那里去。对他的一番好意和付出，就只好表示衷心的感谢了。

我校虞厥邦老师为联系我去伯克利的事助力不小。那时他在搞电路与系统方面的研究，伯克利EECS系有一个电路分析设计方面的软件很好，因为成电去伯克利的人没有搞计算机的，他很希望我去帮助搞一下这方面的研究。

我去时先暂住在刚去美国不久的陈艾租住的公寓里。几天后，我就租到了一间暑假临时空出来的房子，是一个教会的资产，比较便宜，但只能租住一个月。不过我的运气好，租期还未到，又碰巧有一间房子空出来，就搬了过去，和陈艾合租一个两房两厅的公寓房，地址是：2172 Blake Street, Berkeley, CA 94704。在那里我一直住到1983年初离开美国为止。后来我又去过美国多次，每次基本上都要去我那个"故居"看看。多年来那里没有搞什么建设，周围的环境基本上没有什么变化，但每次故地重游都可以勾起我许多美好的回忆。我和陈艾相处很好，经常在一起交流，成了多年的好朋友。我们还有共同的音乐爱好，在成电我们同住在东院28栋这座教授楼里，是好邻居。

加州大学伯克利是加利福尼亚大学9个分校中历史最悠久、教育质量最好的分校，也是加州大学系统最杰出的代表，建于1868年。

下面是2020年我从网上摘录的一段有关伯克利的介绍材料：

加州大学伯克利分校（University of California, Berkeley），简称"伯克利"，位于美国旧金山湾区伯克利市，是世界著名公立研究型大学。在学术界享有盛誉，是世界最顶尖公立大学之一，位列2019~2020年U.S. News世界大学排名第四、世界大学学术排名第五。

伯克利是加州大学的创始校区，以自由、包容的校风著称，其学生于1964年发起的"言论自由运动"在美国社会产生了深远影响，改变了几代人对政治和道德的看法。伯克利是世界上最重要的研究及教学中心之一，其物理、化学、计算机、工程学、经济学等诸多领域均位列世界前十，与旧金山南湾的斯坦福大学共同构成美国西部的学术中心。

截至2019年10月，伯克利的校友、教授及研究人员中共有107位诺贝尔奖得主（世界第三）、14位菲尔兹奖得主（世界第四）和25位图灵奖得主（世界第三）。

我在加州大学伯克利时，在校学生有30000多人，其中有研究生（攻读博士和硕士学位者）约10000人，外国留学生几千人。另外，伯克利设有许多重要的研究机构，其中有美国能源部的3个闻名世界的大型研究中心：劳伦斯伯克利国家实验室、劳伦斯利弗莫尔国家实验室和洛斯·阿拉莫斯国家实验室。

就我个人体会而言，高素质、高水平的教师队伍更为重要。通俗地说，庙子好不好，光是庙子修得高大还不行，还要有许多能够显灵、神通广大的菩萨。当时，在校的教授中诺贝尔奖获得者即有11人之多，另还有98名美国科学院院士（仅次于哈佛大学）、60名美国工程院院士（仅次于麻省理工学院）。学校还拥有比美国任何一所大学都多的古根海姆会员和美国国家科学基金颁发的"美国青年科学家和工程师总统奖"获得者。他们的所作所为都体现着一种高水平，在他们的带领下，一批又一批的人向着更高的水平迈进，从而实现了一种良性循环。

走在校园内的路上就可能不经意地碰上某位诺贝尔奖获得者。他们看起来和一般人没有什么区别，甚至很不起眼。有一次开车路过校园附近，我们看到一位老先生正拿着大剪刀在修整房前的花草。同车一位攻读博士的美国朋友Pat告诉我，这就是他的指导教师，大名鼎鼎的诺贝尔化学奖得主西博格教授。

在伯克利，得了诺贝尔奖的一个待遇是可以在校园里得到一个固定的专用停车位，而且会在旁边立一个标志牌，上有"NBL"几个标志性的字母再加上编号。NBL代表为诺贝尔奖获得者保留的专用停车位。车位就是空着，别人也不好意思去停车。这或许对其他人也是一种无声的提示：你要想有专用停车位，就争取去得个诺贝尔奖！

伯克利的校训是：让这里光芒闪耀！在这种环境潜移默化的影响下，你怎么能不严格要求自己多学一点东西，多做一点事情，多做一点贡献呢？教师的任务是教书育人，一定要有高水平的带头人来指导、点拨年轻的学生，让学生知道什么是高水平。优良的传统一代一代传下去，就会不断达到更高的水平。

我的指导老师是J. R. Singer教授。我去了以后他跟我介绍了一些情况，并给了我一把实验室的钥匙。接着就讨论了一下要搞的项目，目标是搞一个多处理机的控制系统。为这个项目，我们还开过一次规模较大的研讨会，参会的大多是他的助手或门下攻读博士的学生。我也在会上介绍了自己的一些情况和希望做的工作。因为他有一个重要的项目是NMR（核磁共振系统），估计这个控制系统要用到新系统上面去。此后我就开始收集资料，拟方案。搞了一段时间之后，Singer教授告诉我，由于经费预算没有落实，这个项目就只好暂时停了下来。

这段时间我对UNIX操作系统很感兴趣，希望做些分析和研究，最好是与上面这个项目结合起来搞。我向Singer教授提出，希望得到与I/O有关的UNIX源代码，这样才好编写控制方面的软件。这确实是一个很正当而合理的要求，他认为问题不大。为什么只提出要一部分源代码呢，主要是考虑到如果提出要所有的源代码，因为他们也有保密问题，怕要不到。后来可能有关部门还不是那么放心，最终没有要到。

这时国内很想搞到一些有代表性的微机系统来作为国内开发参考的模板。我们研究了美国当时的情况，认为可以把Apple-Ⅱ和Dual-68000这两台不同档次的机器作为考虑的对象。于是经我的手，先后各购买了一台。那时国家的外汇很紧缺，能很快下决心买下来是很不容易的。当时在国内要购买新推出的美国计算机还是很困难，缺乏可以购买的渠道。

Dual-68000是在当时比较先进的16位微处理器M68000基础上开发出来的机器，运行UNIX操作系统，可以带好几个终端。机器买到后就放在我住的地方，这样我就有条件在UNIX系统上面做一些工作，不愁没有条件了。后来这两台机器先后运回国内了。

那时IBM的PC（个人计算机）还没有推出。到了1981年下半年，在旧金山的"西部电子展"上，我们在现场看到首次推出的个人计算机IBM PC。这款机器推出之后，个人计算机开始有了突飞猛进的发展。

顺便提一下，IBM的PC的推出并没有给IBM公司带来太大的利益，反而成就了微软的成功。因为IBM当时对个人计算机操作系统没有给予足够的重视。反而把个人计算机的操作系统让给微软去开发了。没有想到微软从最简单的DOS操作系统开始，一步一步发展起来，先后推出了各种Windows操作系统版本，最后成了普及全世界个人计算机操作系统的霸主。微软也从当年的一个很小的公司，变成世界上最有影响力的软件企业之一，而当年世界最大的计算机公司IBM却逐步退居到比较次要的地位。

后来我回到国内给研究生上C语言课时，恰好就在我带回的那一台Dual-68000上机，偶然间还发现存储器里还保存有一段我在美国时编写的程序。当时忘了删掉，就保存下来了。另外，前几年（2017年）在清水河校区参加价值3亿元人民币的"宣邦楼"捐赠签字仪式后，校领导特意安排我到"电子科技博物馆"参观。在那里见到了大约40年前我从美国购回的那台Apple-Ⅱ在那里展出，颇感亲切。

搞UNIX操作系统，引起了我对C语言的兴趣和重视。

C语言诞生于美国贝尔实验室，由丹尼斯·里奇以肯·汤普森设计的B语言为基础发展而来。1973年初，C语言的主体完成后，汤普森和里奇迫不及待地开始用它完全重写了UNIX，且随着UNIX的发展，C语言也得到了不断的完善。

C语言是一门面向过程的、抽象化的通用程序设计语言，广泛应用于底层开发。C语言是仅产生少量的机器语言以及不需要任何运行环境支持便能运行的高效率程序设计语言。尽管C语言提供了许多低层处理功能，但仍然保持着跨平台的特性，以标准规格写出的C语言程序可在从嵌入式处理器到超级计算机等许多平台上进行编译。

C语言描述问题比汇编语言迅速，编程工作量小，可读性好，易于调试、修改和移植，而代码质量与汇编语言相当。C语言一般只比汇编语言代码生成的目标程序效率低10%~20%。因此，C语言很适宜编写系统软件。

就是到了现在，在编程领域C语言的运用仍然非常广泛，它兼顾了高级语言和汇编语言的优点，较其他编程语言有较大优势。计算机系统软件以及应用程序编写是C语言应用的两大领域。同时，C语言的普适性较强，在许多计算机操作系统中都能够适用，且效率高。

随着UNIX的发展，C语言自身也在不断地完善。直到2020年，各种版本的UNIX内核和周边工具仍然使用C语言作为最主要的开发语言，其中还有不少继承了汤普森和里奇所写的代码。

知道了C语言的重要性以后，我就利用在美国的有利条件进行学习，并且用它编写一些程序来实践，进而想到回国以后一定要把它介绍给大家。1983年初我回到国内以后，曾经向系里的一些同事简单介绍过C语言，但他们那时知道的或教课用的多是BASIC、ALGOL、FORTRAN等程序设计语言，一般以学习编程技术和科学计算为主。初见到C语言，一时难以接受。有的人还有点怀疑："这算是什么计算机语言啊？又不像低级语言，又不像高级语言，有什么用啊？"不过，不久以后大家就认识到，能否使用C语言是职业程序员和业余程序员的分水岭。

1983年，我编译的《C语言》成为国内正式出版的第一本介绍C语言的书。以前国内有人提到C语言，都按照英文直译过来，称之为"C程序设计语言"，而我觉得加上这"程序设计"几个字太啰嗦，不加这几个字，别人也能理解它是程序设计语言。在编译该书时，我就大刀阔斧地把"程序设计"几个字砍掉了。自此以后，大家都慢慢开始叫"C语言"了。

编译这本书为C语言在国内的推广起了一定的作用（后来又出了几次修订版）。但最重要的还是因为我当年有在加州大学伯克利的实际体会，比较早地认识到了C语言在软件开发中的重要性，努力把它介绍到国内来并加以推广。在国内我算是引进C语言的一个先行者，做了一点小小的贡献。

考虑到今后回到国内要给研究生上课。我就规划了一下，要选一些可能回到国内要给研究生上的课程。除了教材，还要研究一下这里的教学方法上有什么值得学习之处。伯克利的教授们水平很高，对教材的理解很深，而且有丰富的实践经验。他们讲起课来得心应手，比较随便，和学生的交流也多，有时还谈笑风生。但对学生的要求很严，要求学生课下阅读有关书籍，阅读量很大，课外作业也比较难，着重锻炼学生的独立思考和解决问题的能力。那时他们可用的计算机资源比我们好得太多了，学生的理论学习和实践结合紧密，培养出来的高端人才就多了。培养出来的许多人才，对离伯克利不远的硅谷地区的发展做了很大的贡献。

我选修的课程不少，主要有编译程序、操作系统、计算机网络、数据库、软件工程、计算机体系结构等等。回国以后，我给研究生开的不少课程就与我在伯克利选学的课程有关，如C语言、高级微型机系统的体系结构、计算机局域网络、软件工程等。教材都选用的英文原版教材。

伯克利和斯坦福大学的联系比较多，相距也不太远，几十公里，每天都有免费的班车对开。在伯克利的图书馆借不到的书，可以到斯坦福去借，两校的图书馆是可以互借的。因为当时图书馆已经用计算机管理了，所以非常方便。

在我们所在的EECS，经常要举办学术研讨会，主讲人校内校外的都有，印象中校外来的还多一些。这种交流非常有好处。研讨会的报告题目早就发有通告，如果对内容有兴趣，就可去参加听讲并参与讨论。

在伯克利，我学到了许多东西，增长了见识，提高了在科学上辨别真伪的能力。回到国内后有一次在校园内的路上同老朋友、多才多艺的张钜教授聊天，他问起我在伯克利的收获和体会。我说说来话长，一言难尽。他聪明得很，就换了一个问法，说如果要用最简单的语言来表达会怎么说。我说这真有点不好说呢。稍顿了一下，我也改用他平时喜欢用的一种幽默、调侃的语言来回答："如果以后有人胡说八道，搞什么东西来麻我们就不那么容易了。"他听后和我相视而笑。我这里用的这个"麻"，是四川话"糊弄"或者"骗"的意思。

一天，我通过一个朋友的关系搞到一份最新的Ethernet（以太网）资料，相当厚的一大本。Ethernet是1980年由Xerox创建，由Xerox、Intel和DEC三家联合开发成功的基带局域网规范。以太网的出现，取代了其他局域网标准，如令牌环、FDDI和ARCNET等，后来形成了有名的IEEE 802.3标准，这也是到现在还应用得最广泛的局域网技术。当时搞到的这份资料就是这个规范的源文件，很宝贵。我就考虑最好能够尽快拷贝一份副本带到国内，让它对国内的局域网络技术的发展发挥作用。带给谁好呢？我考虑了一阵，最先考虑是带回成电，但在我们学校一时考虑不出适当的人选来。我离开成电去美国以前，还没有人给我留下很关心网络技术的印象。辛辛苦苦带回，就要让它对国内这方面的发展有所帮助才好，如果不能发挥作用压在那里耽误了时间，就实在太可惜了。我最后决定，把它带给1977年和我一起去英国参加"分布式计算机系统会议"的老朋友林勋准。因为他的技术水平高，又喜欢实干。他曾经在20世纪70年代成功主持开发了050系列的微处理器，对计算机技术的发展有相当的洞察力，相信他可以让这份资料发挥作用。刚好有一位在伯克利做了一年访问学者的年轻朋友小杨要回国，请我开车送他去旧金山国际机场。我就把资料给他，请他带到北京后寄给林勋准。我回国以后，知道林勋准组织翻译了这份资料并刊印出来，而且在国内组织了一个研讨班，让这份资料发挥了作用。

这位帮我带回资料的小杨是谁呢？他的名字叫杨建海，那次到旧金山机场送走他以后，我们就没有再见过面了。哪知多年以后的2012年，也就是30年之后，从一则新闻报道里得知，他当上了世界两大金融机构之一国际货币基金组织的秘书长。当年怎么认识他的呢？一次，复旦大学的章开和打电话给我，希望我周末和他一起开车去约塞米蒂国家公园。我说我已经去过一次，不想再去了。他说这次因为路程远，想请我帮忙开车，带3个年轻人一起去一趟。一听说是帮忙，我就只好答应了。这3个人都是从北京外贸学院来的，一个是陆志芳，一个是阎爱杰，一个就是杨建海。到了约塞米蒂，我们去租了园区内的一个小木屋，为了节省开支，我们挤住了一晚。我和老章睡在唯一一张大床上，3个年轻人就在地毯上打地铺。第二天我们登山游览，一路观看了许多梯级瀑布。约塞米蒂瀑布是北美洲落差最大的瀑布，瀑布高度为739米。其中落差最大的一段叫上约塞米蒂瀑布，高436米。五六月间水流量最大，相当壮观。记得途中遇上了两个从法国来旅游的背包女大学生，我们和这两个女孩谈得很高兴，还一起拍了几张合影。

后来小杨与我的联系多一些。记得一次我和小杨坐在伯克利校门外行政大楼前面的台阶上休息聊天，聊到他在美国银行实习的情况。他谈到在一次会议上有一个美国人以不屑的口吻谈到了中国人，他听了大为不快，马上就顶了一句回去："What do you mean? Chinese?"（你说中国人？什么意思？）对方一时很尴尬，哑口无言。

之前提到过，出国之前因联系国外的渠道不顺畅，给我们带来了很大的困难，经常联系一个接收单位一年半载都得不到确切的答复。到美国的时间一长，待我熟悉情况以后就觉得有办法了。这时，我知道联合国工业发展组织援助我校50万美元建立微型机开发研究中心，其中一项就是可以派一些人员到国外参加培训，学习微机操作技术。我想，如果让刘锦德老师这样资历和身份的人到一个一般的小微型机公司去参加培训真是太可惜了。我又想，既然我现在已经在伯克利，何不在伯克利帮他找一个合适的位置。一天我去系主任那里谈这个事。他说只要有教授同意接收，他这里不会有什么问题。然后我就去向Singer教授请教，他听了我的介绍以后，建议去找搞计算机的印度裔教授Ramamoorthy，我就请他帮忙预约。一天，我按约到Ramamoorthy教授的办公室，他的办公室乱糟糟，桌子上和地上都堆满了各种资料。他热情地接待了我，我就把刘锦德老师的情况简要向他做介绍，几乎我每介绍一小段，他都要回应："Excellent（好极了）！"一连说了好几次。他刚同意接收，我马上趁热打铁去EECS系办公室找系里的主任秘书——一位个子高大且很有气质的女士Doreen。她听了我介绍的情况之后说"没问题"。根据我的经验，已经同意办理就肯定没有问题了，但她这么忙，多久能办成则很难说。于是我就采用帮人帮到底的办法，马上对她说："我知道你很忙，我来帮你做这件事，好吗？"她回答说："很好啊。"随后我就"不把自己当外人"马上代表系里填表，写邀请函之类。那时我英文打字已经相当快了，很快就在一台老式的机械打字机上起草了邀请函。经她审查完全合格后，马上以加州大学伯克利EECS系的名义正式将邀请函和配套的表格等一起寄出。刘锦德老师收到后立刻给我来信，表示："太好了，真是喜出望外！"因为他完全不知道我要帮他找接收单位这件事，而且还联系好了一个非常理想的顶尖大学。他很快在国内办好了各项手续，大概两个月后就来到了伯克利。他来之前，我已经帮他把住房租好了。

加州大学伯克利（二）

1982年6月暑假，"全美计算机会议"在得克萨斯州的休斯敦举行。这是一次非常大型的计算机专业会议，也是了解美国计算机当前发展状况和今后发展方向很好的机会。我决定去参加，刘锦德老师也愿意去。我这次去准备乘灰狗公司（Greyhound）的长途汽车，刘老师年纪较大，他准备坐飞机。为什么我要选择坐长途汽车呢？因为此前我虽然在美国走了许多地方，但多是乘飞机，看不到什么。这次我准备坐长途汽车，把美国的大地"扫描"一遍，力图多了解一些美国各地的风土人情，增加一些真实感。因为假期有足够的时间，而且我想可能以后再也没有这么好的机会了。

我先购买了灰狗公司的半月票，这是一小本多张的叠票，半月内有效，在任何地方只要是该公司的车，只要有座位都可以乘车。买半月票比买单张的票便宜很多，如果买月票更合算。他们提供了一张行程表，只要好好规划，车次可以衔接得很好。如果行程超过了规定的时间，加钱就是了。车是昼夜行驶的。为了安全，过若干个小时就要换一个司机。车内有空调，座位宽敞，车座靠背可调整角度，晚上在车上可半躺着休息。不但节省时间，也节省钱。车窗采用特制玻璃，车外是看不到里面的，而从车内看外面却清清楚楚。特别方便的是车尾部还设有厕所，可解决乘客如厕之忧。在某些站点，车停下来加油，司机也稍事休息，乘客可在站点的快餐店就餐。车在高速公路上行驶得非常快。我们在美国高速公路上开车一般车速都控制在每小时60公里左右或稍快一点，而这种大巴车竟可以开到每小时140公里左右。我提前两天从旧金山出发，经过洛杉矶、菲尼克斯，再往南沿着墨西哥的边境往东前进，目的地是休斯敦。靠近墨西哥边境的路途很长，过一段时间，就有一些警察之类的人上车检查，盘问一些人，但从来没有盘问过我。后来我才知道，警察主要是要盘查那些可能从墨西哥来的偷渡客，我这个亚洲人的面孔显然不像墨西哥来的偷渡客，所以没有受到过打扰。后来，到很靠近墨西哥边境的一个城市埃尔帕索已经是晚上了。又有一个警察上车检查，这次审查了我。

警察先问我是否为美国公民，我说不是。待知道我是中国人之后，他请我出示护照，我说没有带护照，主要是担心万一护照丢了不好办，但带有美国的驾驶执照。我说平时出外都只带驾驶执照，从来没有碰到过什么问题。他一下严肃起来，说："You break the law of the United States."（你违反了美国法律。）我心想：糟了！如果他把我扣下，岂不耽误了我的会期吗？如果过了会期，赶到休斯敦去的意义就不大了。于是，我赶快介绍了一下自己，并说可以打电话到加州大学伯克利去问，而且马上提供了早就准备好的加州大学伯克利负责国际交流项目的I-House的电话。他说："请你跟我走！"我只好带着小手提箱和他一起下车接受审查。快走到车门口时，不知怎么他突然网开一面说："算了，你回去吧！"于是，我有惊无险回到座位，继续上路。在会议召开前一天的下午，我顺利到达休斯敦，住在得克萨斯大学。

"全美计算机会议"是在得克萨斯大学召开的，会期三天，其间我参加了选定的一些专业会议，还填了一张表，加入美国计算机学会。会后，我还特意去参观了休斯敦的航天博物馆。那里展出的各种大小的火箭实物展品极多，印象最深的是人类第一次登月的巨型火箭土星5号的备份件原件。这枚长110米，底部直径10米，发射重量3000多吨的巨型火箭平躺在露天的展场上，极为壮观。周围还展出了许多竖直摆放的其他类型的火箭，还有一架航天飞机哥伦比亚号的模型。1969年7月16日，巨大的土星5号火箭载着"阿波罗11号"飞船从肯尼迪航天中心发射场点火升空，开始人类首次的登月任务。指令长尼尔·阿姆斯特朗于1969年7月21日踏上了月球表面，实现了"我的一小步，人类一大步"的伟大跨越。

休斯敦的会议结束后，我仍然带着小手提箱和一台带28～85毫米镜头的尼康照相机、一本旅行支票继续旅行。先是一路往南，跨过密西西比河入海口的城市新奥尔良，到达南部大西洋边的海岸城市杰克逊维尔，又路经卡纳维拉尔角的肯尼迪宇航中心南下，最后到达美国东南部佛罗里达州的著名旅游城市迈阿密，离古巴也不远了。在那里，早上的海边几乎无人，因时间有限，我抓紧在大西洋的海水里游了一次泳，意在表示：大西洋，我来了！大西洋岸边建有许多外墙是白色或浅色的旅游度假宾馆，那里的沙滩非常漂亮，白色的细沙非常绵软。在迈阿密看了看掉头北上，经过我曾经去过的亚特兰大继续北行，目的地是诺克斯维尔，那里正在举办"世界博览会"。对世界博览会我很好奇，很想知道它是什么样子，也想到以后也不容易碰到这样的机会。

在前进的路上，我同邻座一位男士交谈起来，想了解一下诺克斯维尔，以便到了之后方便找到博览会的所在。一谈，这位男士说他也要去诺克斯维尔，并且说："诺克斯维尔这个地方很漂亮，我的家乡就在这里。"我接着问："为什么你现在不居住在这里呢？"他的回答很直率，但令我吃惊，他说："因为我杀过一个人。"谈到这里，我心里担心，就不愿多谈下去了，既不想问他为什么要杀人，也不想问他为什么不在监狱而仍然是自由之身。

总之,不敢继续请他帮忙了。到了诺克斯维尔,我借上厕所之机和他分手,自己找路到世界博览会去。到了一看,参观的人最多的竟然是中国馆,因为中国馆外排的队最长。除了看其他国家的展馆,我也想看看中国拿到国外展出的究竟是些什么东西,便也去参加排队。排了很久,进去一看,方知道这些外国人喜欢看的是中国的一些古董、工艺美术品等,如长城的几块古砖、秦始皇兵马俑及精美的玉器、象牙雕刻品等。我想,也可能是"文化大革命"才过去,因中国多年不参加这类博览会,引起人家好奇之故。

之后,继续北进到了芝加哥。本来想再去底特律看看,可是没有联系上我的朋友周博士,只好作罢。芝加哥一派大都市的景象,其场面和纽约差不多。在那里我先好好地吃了一餐饭,然后登上了有110层、442米高的西尔斯大厦的103层观光台观光。该大厦当时是世界第一高楼。之后又到紧靠密歇根大道的湖边浏览了一番,看到了像大海一样广阔的蓝色湖面。因为我喜欢音乐,而由乔治·索尔蒂指挥的芝加哥交响乐团是美国顶级的交响乐团,所以我还特意去享有盛名的芝加哥交响乐团的音乐厅看了看。然后南下前往圣路易斯。

此前,经常在电视节目里看到一座不锈钢制造的巨大拱形建筑在阳光的照耀下闪闪发光,但不知它在哪里,后来知道在圣路易斯,这次决定绕过去看一看。这个巨大拱形建筑的名字叫圣路易斯拱门,被称为"通往西部之门"。拱门的高度和底部宽度都是192米,1963年2月开建,1965年8月建成,1967年7月24日对公众开放。这座巨型拱门矗立在密西西比河边,外立面全部都用很厚的不锈钢板焊接而成,在阳光下闪闪发光。拱门内有坐斗式升降的电梯,4分钟可以登顶。顶上比较平坦的部分大概可以容纳50个观光客。我在顶部一边观光,一边和一位黑人保安交谈起来。他听了我对这一纪念建筑的赞美,就用非常自豪的口气对我说:"No Comparison!"意思是"无与伦比"。不过,在这里我也留下了一个小小的遗憾,上中学时就看过马克·吐温的小说《密西西比河上的生活》,对密西西比河颇为神往。那天我离开后才想起,为什么当时没有再走几十米,去到河边用河水洗洗手,亲手触摸一下密西西比河的河水!

离开圣路易斯后,大巴在平坦的美国农业州密苏里州、堪萨斯州向西开行,然后往西穿越洛基山脉,经过夏延、盐湖城、萨克拉门托平安返回伯克利。这次旅行,我一个人全程乘大巴在美国大陆上绕行了一圈,走了一个闭环,行程一万几千公里。一路饱览了美国各种风光,接触了各种不同的人群,感受良多,收获巨大。令人高兴的是,原本曾经考虑路程这么长,总会遇到一些麻烦,但结果一路顺利,也没有任何病痛,圆满返回。其实旅途中有趣的事还很多,但限于篇幅,只好从略。

我刚到伯克利不久,陈艾对我说,他的美国朋友华莱士先生想邀请他和他的一位朋友一起去他们的夏季别墅玩两天。陈艾就邀请我同他一起去。我想,我们空手去不好,也做点贡献。我就去一个叫作Safeway的超市买了一些食物,如鱼、肉、蔬菜之类,准备到了那边做一点中式的饭菜让他们也尝尝。当时他们已经超过70岁了,特别是华莱士先生行动还略显迟缓,但两夫妇开车的技术却都非常好。那天车行一路往东,路程相当远,大概开了5个小时。他们的这座夏季别墅坐落在有名的塔荷湖边的森林之中。塔荷湖在加州和内华达州的边界上,大约有40公里长,十几公里宽,相当大,而且湖水也很深。这座两层楼的小别墅平时是没有人看管的,他们已经很久没有去过了,但安全得很。打开门稍做一下清洁就可以入住了。里面的各种设备都比较齐全,而且立即可以使用,水、电、气都供应正常。因为地处森林之中,空气非常好,塔荷湖的水也极好,在里面游泳极为舒服。冬天,这里也是优良的滑雪场所。

这次活动以后,华莱士夫妇对我们的帮助还有很多。记得一个平安夜,美国人家人团圆,他们把我和陈艾一起请到家里,待我们像亲人一样。在那里我见到一位陌生人,经介绍是华莱士的弟弟。此人身材高大,高2米。他弟弟告诉我,"二战"时曾参加美军去过中国云南。我问他当时在中国过得怎么样,他说过得很好。我问他能说点中国话吗,他说不会。不过他说,还记得当地的人都叫他们"洋鬼子",说完哈哈大笑。他并不知道在中国话里这是一种含贬义的称呼。谈到他们过去的生活,因好奇我就问华莱士先生一些问题。记得我问他多久学的开车,华莱士夫人接过去就说她9岁就开始学开车了,不过是在农村,没有驾驶执照也能开。我问他们多久开始使用冰箱的呢,华莱士先生说1920年就开始使用冰箱了。我问他这个问题是在20世纪

80年代初，离他们开始使用冰箱已经过去60年了。那时在中国绝大多数人家里都还没有冰箱，更不用说有汽车了。改革开放这些年来，我国经济发展的速度很快，不知不觉，这些问题都解决了。冰箱之类的普及就不用说了，汽车之多，连停车都已经成为一个大问题了。不过我们应该记住邓小平的话："发展才是硬道理。"一定要避免取得一点成绩就沾沾自喜。这就像一个画家，你不能说自己的画画得有多么好，总是沉浸在自我欣赏中，画得好不好，要别人说了才算数。我们应尽量少说空话、大话，长期坚持踏踏实实干下去，必然会水到渠成。

华莱士夫人在基督教妇女青年会做义工，还是其中一个活跃的负责人，对中国去留学的人帮助也不少。他们以善良之心，热心助人，态度和蔼，不求回报的精神非常值得我们学习。十年以后，我回到伯克利，怀着感恩的心情找到华莱士夫人当义工工作的地方，想或许还能打听到他们的一些情况，然而后来工作的年轻人没人知道她，可能他们已经去世了。

在美国，除了年龄不够的人，几乎人人都会开车。我也想学开车，体会一下驾车的乐趣。美国的驾照考试与中国有很大的不同，并不一定要上驾校学习以后才有资格参加考试。所以，一般请朋友教会后再去参加考试就可以了。但因我不想耽误别人的时间，也想了解一下美国驾校是怎么运作的，当然所收费用比较少也是一个重要原因。反之，如果在我们国内，驾校收费动辄就要几千元，已成为一种赚钱的生意，那我也付不起。美国驾校收费多少呢？仅60美元，而且驾校还提供练习驾驶的车，基本上是一种公益性质的服务。我和陈新弼老师（后来的中国科学院院士，在大功率半导体理论和技术上有重大贡献）商量，他也有兴趣，我们就一起去报了名。驾校每周某个晚上上一节课，开始上一些理论课，除了讲驾驶技术方面的内容，更重视讲驾驶的安全知识。后期就是实际学驾驶，我、陈新弼和一个韩国年轻女孩分在一个组。开车出去以后，轮流驾驶，各开一段路，驾校的教练坐在旁边指导。这种车是专门为学车设计的，教练的座位上有些控制功能，如果出现异常情况，他可以直接刹车。

陈新弼老师比我大不到10岁，熟悉以后，知道他爱好很多，是一个多才多艺的人。后来我们就比较熟了，也比较谈得来。知道他也喜欢音乐，有机会就和他讨论音乐方面的问题。他对我说，好些有名交响乐的主旋律他都能记得。他还说很欣赏舒伯特的《未完成》交响乐，在听的过程中联想到往事甚至会哭起来。听他说喜欢下围棋，恰好我去美国时，带去了多年以前在南京出差时用纸板剪成的小圆片做的适宜在旅途中消遣的简易围棋。有时周末我们就一起下，我基本上每盘都赢他。多少年以后，一次我和校长刘盛纲院士聊天。我问刘校长"文化大革命"中没事的时候有什么玩的吗，他提到下过围棋。我接着问和谁下呢，他说："和陈新弼下，我们都下不过他。"我说我也同陈新弼老师下过围棋，我基本上每盘都能赢他。刘校长听了颇为吃惊，说："你还能够下过他？"其实我的围棋水平很一般，后来在QQ围棋上最高也才达到"业余二段"，仅是一个围棋爱好者，当时比陈新弼老师的水平稍高一点而已。2017年春天，陈新弼老师召集我们几个曾在伯克利的"老人"在侯露莹家所在小区的会所聚会。那里有一套卡拉OK设备，我们一起唱俄文歌、英文歌，无拘无束地聊天、聚餐，其乐融融。那天，我还问他："我们要不要再来下一盘围棋？"他回答说："老了，不行了。"遗憾的是，他突然于2019年去世了。

我还想起与他有关的一件趣事。有一次，我们在Mrs. Chen（陈太太，对我们很好，她先生早年也是加州大学伯克利的教授，早已去世了）家聚会，我买好了原料，去那里做了一大盆我比较拿手的四川粉蒸牛肉。可能我的技术发挥得不错，做出来后，真是色香味美。那天陈太太要外出应酬，平常习惯吃素不吃肉的她，菜还没有上席，闻到我做的粉蒸牛肉实在太香，出门前都走过来尝了几口。粉蒸牛肉大受欢迎，被大家一扫而空。大概，陈新弼对我做的粉蒸牛肉的印象很深。他是喜欢发明创造的。有一天他对我说："我准备请你吃我做的粉蒸牛肉。"我说那好，我来领教领教。那天我去了他家（离我在伯克利的住处不远，走过去就行），客人就我一人。上菜时，一看他的粉蒸牛肉实在是没有卖相，好像是一个烂糟糟的软面饼，不好看也不好吃。特别差的一点是，他竟用了面粉来当米粉。虽然都是"粉"，面粉和米粉的差别可太大了。做粉蒸牛肉，用米粉是关键。大米要先炒，炒得差不多时加山柰、八角、花椒等香料续炒，然后再用打磨机打成比较粗的米粉，再加郫县豆瓣、盐、豆腐乳、酱油、糖、葱、姜、蒜、植物油等混合，比例要控制得比较好，水也要加得比较合适，蒸出来才比较"干爽"。他这次以为用面粉就可以与米粉"等效"的科学试验完全失败。看到这个结果，他自己都觉得有点好笑，幸好客人就只有我一人。他喜欢"科学"的事例还不少，印象比较深的一次是，我和他在伯克利校园里步行时，因为校园内有些地方起伏不平，到一个地方可走的路线有多种选择。他一边走一边对我说："我们不要随便损失高度！"大有随时都在考虑物理学，节省能量的意味。

陈新弼老师为人正直，直言不讳。但我觉得他也有一个不足，那就是有时说话比较直，不留情面。记得有一天他先打来电话，后来就走到我的住处来，说："我和美国房东吵架了，我要搬家，准备先到你这里来住几天，再找房子。"我说好嘛，完全没有问题，就住在我这里。了解情况之后，我又陪他回去，本来是想取点衣物就回来，但见了他的房东以后，关系又缓和了，就没有搬家。他的房东是一个年纪比较大的单身男士，和他共享那一套公寓房。

在驾校学开车很快就结业，可以去考试了。考试要交很少的报名费，我记得是4美元。这4美元可以考3次，如果一次未能通过可以再考。考前，一个热心朋友方一苍向我传授了一些经验，我也练了一下车。我拿到学习执照以后开了不少里程，但主要是在高速公路上，在市区还开得较少。

一天傍晚，老方对我说，国内有朋友来了住在旧金山市区，我们一起去看看如何？我说好啊。于是我们开车先到伯克利一个加油站，加油后老方就让我来开，我于是就大起胆子开到旧金山。开始一路上都很平顺，到了旧金山市区才发现问题。旧金山是个山城，有些地方坡度很大，以至于到了某些路口，我自己可以看到红绿灯，但因车头翘得太高，看不到前面路口的情况，只好慢慢开上去，幸好一切顺利。待我们返回时，时间已经快晚上12点了。从旧金山出来，跨过长约11公里的奥克兰海湾大桥，往伯克利方向前进。这时，我突然发现后面有辆警车追了上来，只听警车上的喇叭大声叫着，让我在路边停车。我只好开到路边停下，老方下车后以敢于承担责任的心态回头大步向警车走去。警车上下来两个警察，其中一个伸出手指示意，对他说："不是你，是他！"警察说的"他"就是指我。可见美国警察的眼睛还是雪亮的，知道是我在开车。警察过来先看我的驾驶执照，那时我拿的是学习执照，只要旁边有正式驾照的人陪着开车就没有问题，然后又问我是否喝了酒，我回答说没有，他看了看确实没有问题，就说我的车还开得不够稳，以后要多注意。

驾照考试时，我的笔试是100分，但前两次路考却都没有通过。一次是，前面斑马线上有行人，我虽然未到斑马线就停下来了。但考官说："你虽然停下来了，但行进的速度太快，给行人造成了心理上的威胁。"另一次是，考官让我下一个街口右转，其时车在靠近街中间的道上行驶，没有提前换到右边的道上，快到路口才换道。考官认为这样做是不安全的。

我觉得美国这种考试方法是很正确的，主要强调一开始就要养成良好的安全习惯，至于开车的技术，时间一长，自然就会越来越熟练。后来我在美国开车都非常注意安全，没有出现过任何行车事故。所以，一开始就养成良好的习惯很重要。

我在美国碰到的"好人好事"还很多，而且还不断找到我的头上。一天一位资格比我们老的朋友对我说，一位教授想送我一辆汽车，问我想不想要。我说那好啊。那天，我按照约定去那位教授的办公室。他很客气，简单介绍了一下车的情况，说他有新车了，老车就准备送人。他又说，为了说明车已经换了车主，以明确以后可能发生的责任，建议我开一张支票给他，付1美元"买下"。我当然照办，马上开了一张1美元整的支票给他。然后他就带我去停车的地方。我一看，是一辆很好的日本丰田车啊！于是我向他表示感谢并告别，把车开走了。稍后我就发现，在把车交给我以前，这位教授还给油箱加满了整整一箱油，按当年的价格估计要25美元，真是好事做到家了。这辆车后来一直很好，到我回国之前才给了别的朋友了。至于送车的教授，我就只见过一面，他真是做到了"好事不留名"，后来连他的名字我也忘了。

在车的问题上我也碰到过一次倒霉的事情，不过"霉"倒得不大，反而增加了一些见识。一次，我开车带几个朋友去奥克兰附近的一个跳蚤市场逛逛。去的时候比较晚了，离开的时候市场基本上已经散场，没有什么人了。我们走出来的时候也没有发现什么异样，待大家上车坐定后，才发现发动机不能点火，下车检查才发现蓄电池被人偷走了。这下可急坏人了，因为跳蚤市场是摆摊卖杂货，在离市区比较远的一块空地上，如果当天不把车开走，第二天可能那些偷电池的人把车也偷走了。

这时有个从菲律宾来的善良的人，主动走过来帮忙。他说他可以拉一条电缆过来用他车上的蓄电池把我的车发动起来。一试，果然成功了。但打向左或向右的指示灯，车上发的电带不起负载，发动机马上又停了。怎么办呢？这个菲律宾男士真的不错，他提议用他的车把我们的车拉回去。这当然可行，但考虑到路程太远，太麻烦人家不好。我想，一路我们就不开灯，小心一点开车应该可行。我请菲律宾人用他的蓄电池把我的发动机启动，在那里试开了一下，还可以开动。于是我们大家上车坐好，开车上路。我牢记一路不再加电负载，如果转弯，我们车上的人就把手从窗口伸出去给后面跟的车指示，一路真是万分小心。途中大家都很紧张，生怕出事，但结果不错，顺利回到了伯克利。最紧张的是要从一段海底隧道下通过，上下坡度较陡，如果汽车在隧道里熄火，没人可来帮忙，车就只能停在隧道里，那就惨了。警察一来，不但罚款，可能人和驾照都要被扣起来，那就麻烦了。后来想起来都有点后怕，回忆起来觉得这个不一般的经历也很有意思，令人称奇、好笑。汽车在没有蓄电池的情况下平安开了20多公里，可能在全世界都很难找到一例。

第二天是周日，听一位老兄的建议，本来就是一辆旧车，花大价钱去配一个新电池不划算。刚好周末伯克利Ashbi的一个很小的跳蚤市场要开，我就去看有没有二手蓄电池卖。去了一看，果然有，于是从一个摆摊的黑人手里买了一个二手蓄电池。这个黑人很热心，拿着电池走到我的住地，熟练地帮我安装好（很可能是老手！），启动后发现比原来的电池还好，仅花了10美元（比新的便宜许多）。大家估计，很可能买的这个二手电池是他们偷来的。

写到这里，我想起了另外一个黑人。一天，我开车带几个朋友到奥克兰附近的一个摩门教堂参观。当我在给朋友们拍照时，有个在附近扫地的黑人走过来想帮我们拍一个合影。我表示感谢，说不需要。他可能觉得我不大信任他，就走过来压低声音对我说："I am your Comrade."（我是你的同志啊。）我感到很惊奇：我怎么会成了这个黑人兄弟的同志了？我通常有一点好奇心，就和他攀谈起来。我说："你怎么说我是你的同志呢？"他说他来自非洲某国，以前曾到中国北京附近某地受过训练。我怕他随口乱说，就追问道："真的是北京附近吗？"他说："肯定！"

我们租住的公寓是二楼的两房两厅，为了节省开支，客厅里也住一个人，晚上睡在一张长沙发上。这一套月租是300美元（后来又有调整，略有提高）。我们商定住睡房的各付110美元，住大厅睡沙发的付80美元。房东叫Mr.Noyes。这个姓有点奇怪，平时我们不容易见到他。每月初我都开一张支票，塞到他的邮箱里，把三个人的月租一起付了。只有当房子的设施，如水电出了什么毛病，才打电话给他，这种情况他就尽快赶来修好。我问过他，他是一位参加过二战的老兵。美国的水电价格都比较便宜，记得当时的电每度是4美分。我们楼下有若干本公寓的停车位，并有投币使用的公用洗衣机和烘干机。

伯克利是一个自然环境和气候都非常好的地方，冬天不冷，夏天不热，适宜居住。从我们住处所在的街Blake Street往西边望去，隔着旧金山海湾可以看到远处的金门大桥，再往外就是浩瀚的太平洋了。我到过加州的许多地方，情况都不错，大体差不多。加州不但天气好阳光充足，而且经济发展也非常好，真正是工业、农业、科技、文化各方面全面发展。全世界闻名的硅谷就在这里，好莱坞也在这里，航空航天工业很发达，农产品和水果十分丰富。记得一次遇到一个来美国访问的中国农业部代表团，我和其中的一位代表说到四川的柑橘，他给我提供的一个数据让我很吃惊。他对我说：当时四川的橙子年产量是60万吨，占全国产量的一半，而美国加州的橙子年产量就达1200万吨，为我国产量的十倍。怪不得全世界都在吃"金山橙"，名牌新奇士（Sunkist）橙行销全世界100多个国家和地区，并可终年供货。

美国有50个州，而加州这一个州的GDP就占全国的十分之一以上。由于各方面条件不错，吸引了大量国内国外的人才到这里发展。我们的两个女儿在国内大学毕业后到美国留学，后来就留在美国工作定居了。大女儿小曦的家安在硅谷南部的美丽城市洛斯加托斯（Los Gatos），小女儿小蓓的家安在紧靠伯克利的美丽小镇肯辛顿（Kensington）。

前面提到过对中国留学人员帮助很多的陈太太，她的家就住在

Kensington。2018年去美国住在小蓓家时,我根据记忆找到了陈太太原来的住家,在这座房屋周围流连很久。可惜因为换了房东,房子外面的院子没有怎么收拾,杂草丛生,一棵不大的橙子树结了不少橙子,成熟了的橙子不少掉到地上没人清理,乱糟糟的。

这里也想到另一位对我们帮助很多的蔡少棠(Leon M. Chua)教授,他被称为"非线性电路理论及细胞式神经网络"之父。他们一家也住在Kensington。蔡教授当时是EECS系的副系主任。他祖籍福建,前几代就移民到菲律宾了,后来到美国留学,在麻省理工学院获得博士学位。因为虞厥邦老师与他关系密切,他对我们成电去的几位访问学者也很好,还请过我们到他家里吃饭。记得他收藏了一件微雕作品,在一粒大米上雕刻了诗词之类的文字。这粒大米放在一个玻璃厨里,还特意安装了一个高倍率放大镜,让大家观看欣赏。这个微雕作品上雕刻的文字相当多,而且书法也相当好,的确是很难得的一件艺术珍品。蔡太太是一位很热情友善的女主人,我们去的那天她正在忙着给她女儿蔡美儿(Amy Chua)做一件出席毕业典礼的礼服。女儿高中毕业了,因为表现出色,要在毕业典礼上代表学生致辞。后来,她女儿上了哈佛大学。又过了很久,大概是暑假她女儿回来了。我听蔡太太说,她女儿回来后立即出去打工,而且是自己找上门去,看人家有没有可以提供的工作。我当时对他们教育子女的这个方法感受很深。他们家庭的经济条件是不错的,让读哈佛大学的女儿这样出去锻炼,不仅当家长的有这样的认识,而且在潜移默化的影响之下女儿也有这样的认识。就是要经过多种特别是困难情况下的锻炼,才能更好地培养出高素质的优秀人才。

很多年前,就听到过美国有个教育孩子非常有名的"虎妈",但那时我们已过了教育孩子的年代,也就没有特别的关心,真是孤陋寡闻。就在最近这两年,我才偶然发现,这位全世界鼎鼎大名的"虎妈",就是我当年(1981年)看到的那位中学毕业生蔡美儿。现在蔡美儿和她的犹太裔丈夫均是耶鲁大学法学院的教授。她写的书《虎妈战歌》在美国引起轰动。该书介绍了她如何以中国式教育方法管教两个女儿,蔡美儿揭示了亚裔儿童为何如此出类拔萃的深层原因:因为他们拥有一个中国母亲。她继承了长期以来被认为是育儿成功经验的一贯法则:严厉、传统、不向孩子妥协的价值观。

"虎妈"的教育方法轰动了教育界,并引起关于中美教育方法的大讨论。"虎妈"的故事还登上了《时代周刊》的封面。

在我们租住的公寓里,开始住在客厅里的朋友名叫方一苍,本来是北京航空学院的教师,不知怎么搞了一个自费留学去了美国,实际上主要是在打工。老方给我的印象很好,他乐于助人,我见过他帮助过许多人,特别是帮助刚去美国不久的那些没有打开局面、困难较多的人,颇有一点行侠仗义的古风。他身体很健壮,晚上还要去餐馆打工,很辛苦,他还经常从餐馆带一些食材回来给我们。其实他带回来的都是品质很好很新鲜的食材,只是对餐馆来讲属于边角料不大好用来做像样的菜而已,如带肉的猪骨、带骨头的鸡肉、鱿鱼蛋、鱿鱼头,等等。东西多了我们也吃不了,又赠送一些给别人。因他来自北航,他对学习开飞机很有兴趣,还去一个飞行俱乐部学习开飞机,教他的教官是从美国空军退役下来的。那位教官曾跟我说,他开过美国的巨型战略军用运输机C-5A("银河")到过苏联的莫斯科。一天,老方请我去坐他开的小飞机,希望我去给他拍照。对于坐这种小飞机,特别是他还在学开飞机,我还是有点担心。不过他说有那位教练坐在他旁边保驾,我就同意了。最终我们在湾区包括旧金山、伯克利等地的上空飞了一个小时,我给他拍了一个胶卷的照片。1992年我去美国波士顿开会还在旧金山见过他,他特地开车带我去他买的新房子看了看。后来就失去联系了。

通过老方,我又认识了一个年轻人郭行。郭行的父母本来在美国留学,新中国成立后支援国家建设,带着在美国出生不久的他回国了。他长大以后在东北,日子过得并不好。改革开放以后,有人提醒郭行:"你出生在美国,应该是美国公民呢。"他通过各种渠道查到他在美国的出生证,确实是美国公民,于是就设法到美国来了。到美国后他英语不行,没有收入,生活无着,老方请我帮他申请有关的救济补贴。于是我就开着车带他去有关单位询问,并办理各种手续。结果还不错,跑了几个部门都办成了。记得主要的成果是,一是办好了失业救济申领手续,二是报名参加免费英语培训。对于他这种情况,美国的失业救济总金额是每月400多美元(比中国公派留学生每月的400美元标准都高)。其中有100多美元是以食品券的形式发放。食品券可以到超级市场购买食品之类,但不能购买其他的东西。食品券提供了个人的生活饮食保障，不会挨饿了。这期间申领人也要承担一定的义务，记得一个或两个星期就有电话通知他去参加半天义务劳动，如打扫公园卫生之类。郭行比较努力，多年后听说他上了大学，后来当了医生。

通过老方这个渠道，我了解了一些自费来美国留学人员的情况，各种情况都有，难以尽述。这里回忆起一件趣事，有一天，老方请我帮助接待刚从国内来的一个朋友。此人来了之后，才知道他是著名演员赵丹和前妻叶露茜的儿子，叫赵矛。此人我原来一点都不了解，但他的亲姐姐赵青却相当出名，是个舞蹈家，独舞的红绸舞是她的拿手表演。赵矛与我们的年纪相仿，他说他父亲赵丹1980年去世了，自己就想到美国来闯荡一下。我一问，他英语可以说是完全不行。他说他去北京的美国驻华大使馆办签证时，就背了一篇别人用英文帮他写的自我介绍。美领馆的官员问他，你英语不行，怎么能去美国。他回答说："就是我英语不行，才去美国学英语，那里的条件好。"最后美领馆还是给他办了签证。我饶有兴趣地问他可否把他去美领馆办签证的自我介绍背给我听一下，他说好，马上像录音机似的背了出来。他背的这段自我介绍还相当长，发音和文字都还比较准确。最有趣的是，他只知道整段文字是什么意思，但如果分开来，他就不知道哪一段英文是对应的哪一段意思了。后来，他去了纽约。

来伯克利的中国人逐渐增多了。有些交往但不多，因为大家都忙于自己的学习与工作，而且各有各的专业。我的住房在二楼，旁边一个单元住了两个希腊来伯克利留学的人，顶上三楼的那个套间也住了3个中国人。其中一个是重庆人牟绪臣。他是清华来的，是一个资深的音乐爱好者，有空我们就一起谈谈音乐。后来我发现我们这批人中有不少人爱好音乐。牟绪臣颇有幽默感，他经常逗得大家笑，自己却不笑。

中国去的访问学者也有一些规模较大的聚会。有时是旧金山的中国总领事馆通知我们去开会，通报一些国内的情况，会后一般在领事馆看一部国内拍的电影，印象中大概半年有那么一次。

有一次中国女排来美国访问比赛，我们还举行过一次欢迎会，和郎平、孙晋芳、张蓉芳、梁艳等全体运动员见面。那时郎平表情比较严肃，在大家一片欢笑声中她也不怎么说话。中国女排那时已经得过世界冠军了，她们来美比赛比较引人注目。和美国女排的一场比赛就安排在加州大学伯克利的室内体育场举行。为此，我还多买了两张票请我的一对美国夫妇朋友一起去看，想让他们看看世界冠军中国女排的精彩表现，哪知，那天中国女排竟然输了，而且是输得很惨，比分是0∶3。

后来，中国青年女排也来美国访问过，我开车带其中的一些队员到旧金山金门大桥等景点参观。我们还到她们住宿的宾馆去看过，那时出国的经费很有限，过得相当简朴。她们的比赛服也不多，比赛下来都是自己手洗，洗后晾在洗手间里。

在加州大学伯克利的华人不少，亚洲其他国家来留学的也很多，但几乎没有什么交流。华人中台湾来的也不少，但彼此间都没有什么联系。

不过，我还是经历过一次华人的大聚会，因为1981年9月18日是"九一八事变"五十周年纪念日，大家都觉得华人们应该团结起来纪念一下。不知是谁在组织这个活动，反正有人通知我们周末去伯克利校内某个大阶梯教室开会。

那天到场的人不少，在主持人的开场白之后，与会各位自由发言讨论纪念的办法。记得大家提出的一个办法是编写一些宣传资料，另一个办法是9月18日前后到日本驻旧金山领事馆门前去摆摊，以照片为主，宣传日本侵略中国的罪行。印象最深的是曾经任过台湾大学教授的陈鼓应的发言，他说我们是不是可以组织一批人游行到日本驻旧金山领事馆，然后甩几块砖头……大家一听都哄然大笑，不以为然，说这样不行啊。当然就没有按他的意见办。陈鼓应在台湾是一位公认的有识见、能站在百姓立场上发言的学者。我后来和他一起交谈过，他反对"台独"，印象中他的态度还比较激烈。

伯克利的一帮音乐爱好者还在1981年新年除夕举办过一次音乐聚餐会，侯露莹约了陈艾和我共3个成电人去参加。到会的基本上都是加州大学伯克利的中国访问学者，有10多个人。我们各带了一个自己做的菜去，聚餐之后，大家就一起高唱能想得起来的各种中外歌曲，真正是无拘无束，尽情高歌，气氛热烈。由于手里没有歌本，大家就凭记忆把各种老歌翻出来唱。这个人想起了一首歌，那个人又想起了另一首歌，人多声音大。接近午夜，美国邻居来提意见了，我们只好停了下来，尽欢而散。结束之前，大家还坐在一起拍了一张集体照。多年后来看这张照片，浮想联翩，那天我刚好坐在前排正中，紧靠我右手边的是陈艾在上海交大时的同学朱英富，朱后来成了院士，是我国第一艘航母辽宁号的总设计师。那个年代我们这些出国留学的人，绝大多数都如期回国工作，觉得为国效力是应尽的责任，责无旁贷。

去了伯克利很久以后，我才知道在商学院附近有一个属于学校的东亚问题研究所。那里像一个小图书馆，陈列了不少书籍报刊，多数是英文的，还订了一些中文报纸。有国内的几种大报，也有少量的中文书籍，我一般过一段时间就去浏览一下中文报纸，了解一下国内的情况。在那里，我有过机会和对中美建交有过贡献的谢伟思先生交谈。谢伟思先生是美国人，但小时候生长在四川成都。抗日战争后期，他作为美国国务院的官员参加"美军观察组"派驻延安。

有一次，侯露莹打电话给我，叫我开车带几个人去参加他们系一个希腊裔教授安基拉科斯太太的葬礼，表达几位中国访问学者的敬意。在一个有舞台的大厅举行过仪式之后，来参加葬礼的人排成一列，走上摆有灵柩的舞台，向死者告别。上去的人都按基督教（也可能是东正教）的规矩画十字。我在台下看了心里有点着急，画十字不符合我们的习惯，还怕搞不好不合人家的规矩出洋相，时间紧促也没有办法再想，我走到灵柩前就鞠了三鞠躬。仪式后又开车送往墓地，大概有警车开道，车队虽很长但一路顺利。到了墓地，墓坑已事先挖好了。人到齐之后稍待了一会儿，主人家就说大家可以离开了，近亲再留下来待一会儿。这是我第一次参加外国人的葬礼，大概也是最后一次。

在伯克利，我还碰到过一个签证方面的问题。一次，我去负责国际交流项目的I-House谈医疗保险的事，常管我们事务的Barbara Chen（一位出生在美国的华人）拿我的护照看了一下就说："你的签证过期了啊！"当时，美国是管得比较松的一个国家，进入美国以后，随便你走到哪里，他们也不怎么查，也没有户口、居民委员会、街道办事处之类的概念。我后来想，可能他们甚至都不知道我在哪里，就是提醒我办签证也没有联系的途径。既然没有人管，我也没有注意。当时签证过了期，从法律层面上讲，我就属于非法居留。这种事我们不能干。我打听好了之后，就到旧金山移民局去办理续签手续。移民局在旧金山市区，离旧金山那个像金字塔的标志性建筑泛美金字塔不远。我去了以后稍等了一会儿，待轮到我的时候递上护照，签证官看了后，问了一下我的情况。他说我虽然违反了规定，但仍属于合理的范畴，既没有要我提供任何证明文件，也没有打电话去加州大学伯克利核实，更没有把护照留在移民局让他们"研究研究"再答复，马上就在我的护照上盖了签证章。费用也很少，只交了5美元，办这件大事就这么简单！

在加州大学伯克利时，我还有机会去参观了一次美国的航空母舰。美国的舰队之类的都有所谓的开放日。开放日开放参观，算是政府向纳税人汇报工作，告诉纳税人："你们纳的税我们没有白花！"在此之前，我已经错过一次开放日，这次知道以后就特别关注。那天我们约了几个人，由我开车到阿拉米达海军基地去参观。这个基地的位置非常好，在旧金山湾以内。旧金山湾非常大，从南到北有一两百公里长，但海湾到太平洋的出入口则仅有1000多米宽，所以非常安全，有名的金门大桥就架设在这个出入口。我们到达时，这个基地还没有开放（记得规定是下午1:30开放），不让进，于是我们又开车到海边转了一圈。那天可供参观的航空母舰有两艘，一艘是常规动力航母珊瑚海号（Coral Sea），属于中途岛级航母的三号舰，该舰常规排水量4.5万吨，满载排水量6万吨，全长295米，功率21.2万马力，曾参加越南战争和海湾战争。另一艘是核动力航母企业号（Enterprise），该舰为世界上第一艘使用核反应堆作为动力来源的航母。飞行甲板331.6米×76.8米，28万马力，排水量8.56万吨，续航能力为40万海里，载机84架，舰员3215人，1961年开始服役。登上核动力航母企业号的参观人员被分成一个个小组，我们小组大概有10个人。除我们之外，其他几位听口音好像是东欧人，由航母上的一个水兵带领，依次参观了航母的各个部分。我问可不可以拍照，"水兵组长"回答说："除了控制室，其他地方你都可以拍照。"在甲板上，我邀请这位"水兵组长"和我们小组拍了一个集体照。以前去加州大学圣地亚哥分校访问时，我去参观过美国第三舰队在圣地亚哥的基地，也看到了航母，但因距离很远，没有留下很深的印象。这次就不同了，留下了许多具体深刻的印象，相当震撼。飞行甲板有3个足球场那么大，4个直径大于6米的螺旋桨，锚链的每个小节有75磅重，舰艉飘扬着一面我从来没有见到过的巨大的美国国旗。

美国开放日的活动还不少。多年后，有一次我们还在旧金山海湾边上坐下来观看过美国空军蓝箭飞行表演队的特技飞行表演，也是非常精彩。印象很深的是，一架战斗机偷偷从山背后冲出来，以极低的高度高速从我们的头上掠过，由于突然，发出的轰鸣声令人非常震撼。当时我就想，这仅仅是表演，如果是真正的战争，飞机还会投炸弹或者发射导弹，那可真是不得了。

还有一件事也值得一提。一次有机会参观美国空军的战斗机，能够站在飞机的旁边近距离观看的我，就有了一点受宠若惊的感觉。不知怎的，那时我突然胆子大了起来，走上前去问站在飞机旁边的一位空军军官："我可不可以进到机舱里体验一下？"我想，如果他说不同意就算了，也没有什么关系。没想到这位美国空军军官竟然回答说："你可以坐进去看看啊！"于是我就大着胆子，登上扶梯爬进了窄小的机舱，从而有了第一次也可能是最后一次进到高级战斗机机舱仔细观察的机会。

离开美国回中国之前，我的美国老师Singer教授通知我，他想请我吃饭，为我饯行。我去了餐厅以后，才发现他搞得还比较隆重，因为除了他本人，他的太太和两个儿子都来了，全家出动为我饯行，是一种表示重视且颇有一点仪式感的告别，大大出乎我的意料。我当然也高兴，就餐时我们随便聊了起来，平时在办公室不好聊的话题这时也好聊了。我问他有没有宗教信仰，在这告别前的最后一次见面，我竟然才知道他是犹太人。接下来我就谈到了一些犹太人的著名人物：马克思、爱因斯坦、弗洛伊德……因为我喜欢音乐，所以也提到了喜欢的世界最有名的一些小提琴演奏家：海菲兹、奥伊斯特拉赫、梅纽因、帕尔曼等，他们都是犹太人。他听了很高兴，最后说了一句算是作为总结的话："世界上，获得诺贝尔奖的大概有三分之一是犹太人！"

自美返国

以前来美国的时候，中国与美国之间还没有直达的航班，后来有了。这次从旧金山回北京，就是搭乘中国民航的航班，乘波音747飞机从旧金山直飞北京。往返的航线形成一个闭环，绕了地球一圈。

到北京的时间是1983年初，那时北京天气很冷。一见到四机部对外司的钱平老大姐，她就惊呼起来："你没有衣服吗？怎么穿这么少啊！"因为我刚从加州回来，那边的天气比北京的天气暖和得多，穿得就比较少，大概有点惯性在起作用，并没有感到太冷。

我在北京办完有关手续，托运行李，然后乘火车回到成都。

离家3年，回到家里心里真是激动得很。看到文德和她妈妈身体都很健康，小曦、小蓓都长大很多了，很高兴。我离开成都去美国的时候，小曦还在上小学，回来时已经上初中三年级，小蓓也上初中一年级了。过去的3年除了写信，我们没有一起说过话。因为家里没有电话，连电话也没有打过一次，仅有过的间接"通话"是通过邮局寄过几次录音带。住的地方还是我离开前的17栋，周围的环境没有什么变化。

回来后，首先要将户口簿拿到派出所去办户口。幸好手续简单，很快就办成了。这事为什么要急着办？因为我去美国以后，我的户口就被吊销了，没有户口就没有粮食供应，还有些副食供应也需要"号票"。在美国几年，早就已经没有粮票之类的概念了，也没有什么户口的概念。

回国后发现学英语的条件改善多了，中央电视台有个英文教学节目"Follow me"，完全是拷贝英国办的一个节目，播出的时间刚好是我们吃晚饭的时候，我们全家一边吃晚饭，一边收看这个节目。我们以前学英语，老师教的多半是哑巴英语，听力和口语都不行。现在有条件了，我希望小曦和小蓓从小就要多一些英语口语方面的锻炼。

回国后一时没有适当的工作安排，有位本科84级学生（即1984年毕业的）的班主任老师就来同我商量，希望我去教专业英语课，我同意了。

首先要选教材。我根据经验选了一些英文专业书中的章节，让系里安排打印成册。我想，最好在开始上课之前，摸一下这些学生的底。我采用了一个简单的办法：上第一节课的那天，先把打印的资料发给大家，然后让大家翻译资料上的第一篇文章。这篇文章选自一本书的序言，无论词汇或语法都稍有一些难度。我给大家规定一个时间，到时不管翻译了多少，都要按时交卷。我还宣布，这次测验只是摸底，不做记录，与成绩无关。

摸底测验后，我就大致知道他们的专业英语水平，知道应该如何上课了。

给研究生上课

接下来的几个学年，我给研究生上了好几门课。这些课是：C语言、高级微型计算机系统的体系结构、软件工程、计算机局域网络等。

这些课都是我开的新课，从我开始上。准备工作，尤其是第一次开新课的准备工作相当辛苦，一切都要从头开始。为了尽可能让学生掌握最先进的知识。我选择的教材都是国外最新出版的英文书，而这些书的作者都不是按教科书的方式来写的，为了适合教学，必须要下一番功夫加以编排改造。

把书上的内容变为讲稿是很辛苦的一件事，而另一件工作量很大的事，是把讲稿的内容制作成投影胶片。我记得上中学或大学的时候，常常对那些板书写得好的老师颇为赞赏，觉得他们的字写得好，而且快，板式也好。但当时要学习的内容太多，黑板书写的方式显然跟不上进度。怎么办呢？那时还没有在电脑上做好课件投影到屏幕上的PPT，我必须一个字一个字用手来写。

具体怎么做呢？我用一张白纸，中间垫一张复写纸，下面再用一张透明胶纸夹在一起，然后用圆珠笔一个字一个字地写。因为是要投影出来给学生看的，必须工整。如果是中文那还比较容易，一是用中文写起来总是要流利一些，速度比较快；二是中文也不容易写错。当时要求手写出来的课件全是英文，要做到每个词都拼写正确，一个字母都不差就很费劲。但是不用英文写也不行，因为有两门课，讲课时完全用的英文，有了英文课件，学生一边看课件才比较容易听懂。

这些辛辛苦苦用英文手写下来的课件可能现在是看不到的"古董"了，但我还保留了一些。有一次负责计算机学院同学会工作的小闫在与我谈话时偶然提到，学校图书馆或博物馆有意收集类似的实物存档，或许哪天可以捐献给他们，让后来人知道以前的不易。

因为才从美国回来不久,讲英语还可以,但我知道时间一长,没有讲英语的环境,天天说的都是中文,英文口语能力就一定会退化,以后再想讲就困难了。我当时的想法是,趁我还有能力用英语给学生讲课,虽然要比用中文讲辛苦得多,但可以帮助提高学生的英语听力,对学生有好处。而这一点却是我们以前想有但又实现不了的梦。虽然辛苦一点,多付出一点,只要对学生有好处,我觉得还是很有价值的。

那段时间,还有科研项目等其他事情要做,可以说忙得不得了。我每天不得不废寝忘食地工作,从来没有晚上12点以前睡过觉,而且早上还要很早起来。

过了一段时间之后,问题来了:我感到精力有些不济。我莫名其妙地发现我的两个脚后跟都很疼,但没有碰撞过,不应该有什么机械性的损伤。但每天都疼,很难受,有时甚至连走路都有些困难。到校医院去看,我们校医院不论是内科还是外科的医生都没有找到问题的所在,始终不见好。后来有人建议我不妨去看看中医,校医院的一位中医生看过后,判断这脚后跟疼是体虚造成的,开了几服药,增加了一点休息时间后来就慢慢好了。至此,我才知道干工作还是要尽量避免体力过分透支。

在教授C语言课程时,国内还没有一本C语言的中文书,我就想有必要把选定作为教材的英文书编译成一本中文书以利于在国内推广C语言。于是我就开始编译中文稿。这时我产生了另外一个想法,既然给学生上这门课,何不让几个学生参加进来做这个工作,这对他们是一种锻炼,对学习C语言也会有好处。前面提到过,我以前当学生时,就想翻译一本俄文书,但没有这样的条件,主要是没有人来把关。现在有条件了,我自己就可以来把这个关了,于是找了几个学生分给他们一些章节让他们去练习翻译,看看他们翻译出来的效果如何。结果发现效果很不理想,因为作为书稿就一定要语句通顺,用词准确,不是大概知道意思就行,容不得一点马虎。修改时我费了很大的劲。当时一边修改,一边就想,如果完全由我来翻译,可能还要省事一些。为什么呢?因为我对C语言的内容已经比较熟,除了少数难点,一边看英文一边就可以像"抄写"一样写出中文稿。这几个学生翻译的主要问题在哪里呢?大致有三点:其一,内容没有看懂,当然意思就差了(因刚学,这可理解）；其二，英文的水平还差了一些，当然就容易出错；其三，中文的表达能力还不大够，中文水平对翻译太重要了。如果中文表达不清楚，千万不要去做翻译。我相信，如果他们认真看了修改稿以后，应该大有帮助。这些用红笔改得乱七八糟的纸稿，我保存了下来，想将其中存在的许多具体问题作为以后教学生翻译文章时的参考案例。

开始以编译的形式内部出版了第一版。后来因为本书出版后受到大家的欢迎，国内一些大学为了开C语言课，也选它作为教材。另外，国内计算机界的许多人开始了解到C语言的威力，尝到了C语言的甜头。该书的需求量越来越大了，我就重新搞了一个修订版，在电子科技大学出版社正式出版。后来经过教学实践，发现还有可进一步改进的地方，又以自编的形式出版了新版。因为这本书是国内正式出版的第一本关于C语言的书，所以对C语言引入国内并进一步推广起了较大的作用。

幸好我们那时已经有了一台Dual-68000可用（就是经我手在美国买的那一台），它可以带好几个终端，学生编的C语言练习程序也比较简单，在该机上运行没有碰到过什么大的困难。如果没有上机的条件，学习的效果就要大打折扣了。

记得"高级微型计算机系统的体系结构"课考试时，题目是用英文写的。我校计算机专业的几个研究生吉鸿宾、胡健、刘建军等都考得很好。有一位其他系转来的研究生，考得不够理想。大概他平时成绩都不错，觉得这次考得不好很没面子，就来对我说，希望不要把他的成绩报到研究生部备案，就当他没有上过这门课。我说，这可是个原则问题，你既然选了这门课，就要有考试成绩，不报就是做假，不可以这样做。

科研与带研究生

除了上课，我还要搞项目。因为从搞微型机开始，我们就与四机部的有关领导部门打交道，部领导对我们比较了解，知道成电这些人是做实事的，所以我们申报的项目也能够得到他们的支持。我申报的UNIX项目得到了批准，大概给了我们10万元甚至更多一点的科研经费，当时这笔费用不算少。

这时又出现了另外一个情况。因为有联合国工业发展组织的援助，我们从八系独立出来，单独成立了微型机研究所。我被任命为第二研究室的主任。作为研究所，就得要有足够的科研项目，要有米下锅。所长刘锦德老师同我商量，希望我们走出去多争取到一些外协项目，让大家都有事情做，最好让大家经常都处于"忙"的状态，要让整个微机所一开始就要营造出一种多干事、干大事的气势。另外通过多搞项目，也可以增加一些收入，能给大家一些生活上的补贴。

刚好，有一次民航科研所召开专家论证会，把我也请去了。在会上知道中国民航局打算在广州白云机场搞一个科研项目，我觉得刚好是一个争取项目的机会。在论证会上，我的发言就比较多，因为刚从美国回来不久，和他们相比也的确有一些新思想，也多了解了一些新技术，这就引起了他们的注意。因为论证会安排的会议时间是两天，那天晚上我们都住在民航科研所的招待所，我就有机会和北京来的民航局科研处陈处长进行了一次比较深入细致的交谈。陈处长表示，他对我提出的一些技术方案和具体建议颇为赞赏，希望我们能够合作把这个项目搞好。而且他还表示，到目前为止，民航科研所连计算机都搞得很少，在这方面没有什么经验，对让他们来搞这个项目还令人不大放心。他很希望我们成电能够参加，把民航科研所搞计算机系统方面的工作带动起来。他们也可能联系过其他单位，但比较起来我们的优势还是要大一些。一个比较明显的例子就是，在论证中的这个系统一定要建立在网络的基础上，当时成都的各个单位既没有搞过网络，也缺乏这方面的概念。而我在国外是搞过网络的，提出来的意见就具体得多，从竞争的角度，显然我们处于比较有利的地位。

经过反复交流，他们决定找我们合作。我从陈处长那里了解到的情况是这个科研项目的总预算是60万元。他们来和我商谈合作的时候其他都好谈，就经费卡得很紧。我经过反复考虑，提出我们需要得到净收入8万元，为总预算的七分之一多。这个"净"的含义就是，我们净收8万元，其他一切费用如设备、办公、出差等费用一概由民航科研所负责。把经费的"界面"划清楚了，以后就可减少产生矛盾的机会，因为我想到项目是要落实到广州白云机场，仅出差的经费就不少，而且很难准确估算。在当时月工资还不到

100元的情况下，这个8万元的净收入是一个比较大的数字。

民航科研所在经费问题上犹豫不定，我也不着急。反正我表明了态度，经费低于这个数目我们就不准备参加。其实我心里也有数。根据我的了解，没有我们的参与，这个项目也很难落实。因为当时我们在这方面是比较领先的，成都的大学和研究所搞计算机都还处于搞单机的状态，还没有网络和数据库的概念。另外，关键是我手里已经拿到了一个UNIX项目，不怕没事情做，如果这个项目谈不成，我就专心去做UNIX项目。僵持了很久，他们终于让步了，同意了我的意见。一天，民航局科研所二室一个年纪较大的王主任来我校，因我在家里备课，他就径直找到我的家里来了。那天，就在我的家里把经费和合同的主要内容敲定了，不久就签了合同。

虽然和民航局科研处签了合同，但我的UNIX项目还是要继续做的，如果人员不够，我们还可以增加人。这时卢显良来微机所参加工作了。他从美国回来比我稍晚，因为我们准备出国的时候在一起，相互比较熟悉，他曾与我商量回来后做什么工作好。我就对他说来搞计算机，到我们微机所来。他出去以前在学校的电教室工作，再回到那里，显然意义不大。后来这个意见我同刘锦德老师谈了，刘老师也很赞同。我们当时有个简单的想法是，如果能多聚集一些从国外留学归来的人，我们一定能够多搞出一些高水平的科研成果。

卢显良来微机所以后，刘老师就同我商量是否可以让他来参加我负责的UNIX项目，我马上就同意了。卢显良的工作能力很强，与我又比较熟，他来参加当然是重要的生力军，我很高兴。因为项目和经费都已落实，不需要再为跑项目操心，直接参加工作就行了，他来了也完全没有必要担心其他事项。卢显良的个人品性很好，说话直来直去，虽然有时会有点"刺"人的感觉，但很实在。我喜欢他的这种性格。他来后，可能怕我担心，一开始就向我表明他自己的态度。他主动并且很诚恳地对我说："李老师，这个UNIX项目还是你的项目，我只是来参加，请你放心。"他的这一番坦诚的话使我很感动。我回答说："我没有什么不放心的，我们一起来把这个项目做好就是了。"后来，因为白云机场的项目忙了起来，我还要给研究生上课，带研究生做论文，后来又有了新疆石油工业局的项目，事情就越来越多了。我负责的这个UNIX项目就慢慢由他干起来,后来就由他主要负责了。他在这个项目中费了一番心血,出了大力,成绩很不错,后来成了这方面重要的专家。

那段时间学校招收的研究生还不多,我每年带两三个硕士研究生,除了前期帮刘锦德老师带的研究生吉鸿宾、刘建军、胡健,后来又先后带了谢权、林化、赖跃等多人。有件事值得一提,一次四川大学计算机系的系主任张陞楷教授来同我商量,她说:"我们想推荐我系学习成绩优良的本科毕业生,不经考试直接到你门下做研究生,你看可不可以?"我略微思索了一下,答应可以。初步决定每年保送一名,但我很直率地向她表示,希望他们推荐来的一定要是前三名的学生,如果我发现保送来的学生质量不好,这个计划就终止。刘锦德老师知道以后也觉得这个办法好,后来,我和我校研究生部商量了一下,这件事情就顺利办成了。以后,经川大推荐的几个优秀毕业生练兵、张锐(女)、王海航就通过这个渠道,不参加研究生考试相继成了我名下的研究生,算是在这方面开了一个先例。深以为憾的是,我那时的事情太忙,对他们关心不够,帮助不多,后来省里和学校又派我到深圳去创办新欣软件公司,离开了成都,对他们的帮助就更少了。我是1988年提升为正教授的,1989年受派遣到深圳工作。1992年电子科技大学的《招生简章和招生专业目录》第12页,列出我招收博士生的细则。但因为我不在学校,就只好暂停招收。后来,因为几位清华大学的教授朋友希望我帮忙,还帮他们带过几个研究生,其中一个名叫甘玉玺的研究生后来在中兴通讯公司工作,干得相当出色。在深圳时期,我已经是国家"863计划"专家组的成员,全国多媒体技术标准化委员会的主任委员。清华大学的一位博士和国防科大的一位博士受他们的指导教授推荐,很想到我门下来做博士后。他们与我联系多次,国防科大的这位博士甚至直接到深圳来见我,我考虑很久还是没有答应他们,主要是我担心工作太忙,没有时间给予他们足够的指导,辜负他们。

民航局的项目名称定为"广州白云机场航班信息管理系统"。我们成电微机所参加的人员除了我,还有罗宗粉、从刚、杜宣,他们都很能干,各有各的长处,在工作中做出了成绩,发挥了很大的作用。其间,有几个在读研究生也参加做过一些工作。民航科研所有副所长席伟德及老曾、小唐等几个人参加，工作也很努力，尽管他们在这方面的工作才刚刚起步。一开始，我们就要去广州白云机场调研，了解用户的需求，做需求分析。我们顺便一起去了一次深圳。那是1984年，深圳特区刚开始建设不久，我们去深圳想和香港的一个公司联系进口设备，主要是进口个人计算机和配套的网络。没有为什么要进口呢？因为当时国内还没有很正规的计算机市场，一些有"办法"的单位拿到进口"批件"就可以低价进口高价卖出。如果以正规的科研项目直接进口，价钱就要便宜很多。

其实，我对微型机还是有些不放心，因为那时我了解到国外用在民航系统上的都是比较大型的计算机，如美国SPERRY2200/200系列机等。从逻辑上来讲，他们采用大型计算机一定有他们的道理。但我们的条件和经费都很有限，就那么一点钱，全部拿来买一台大型计算机都不够，所以只好如此。作为一个科研项目，我估计能够建成一个实验系统就很不错了。通过开发这个系统可以带出一批专业开发人员，在航班信息管理方面可以把业务流程梳理得比较清楚，利于以后开展工作。

设备问题我们只是提出建议和民航科研所一起进行讨论，由他们全权决定并采购。我们不参加商务谈判或采购方面的工作，与采购经费等完全不相干。后来回想，幸好签订合同前有一点预感，所以我决定我们只要一部分"净"的科研经费，只负责技术工作，不参加采购之类的事，从而避免了经费问题引起的麻烦。果然不出所料，后来因为民航科研所内部有些矛盾，他们在机器选型和采购方面意见不一致。

在这个项目的开发上我们还很费了一点劲。从需求分析开始都基本上按照软件工程的一套办法来做，有时我们到双流附近的民航科研所集中，在那里一起工作几天，有时又回到学校开发。为了到现场调试，还去了广州白云机场好几次，双方的人员都很辛苦。一次在白云机场进行集中调试，白云机场还为我们专门安排了一个很大的平房工作间，大家一起在那里工作了很长时间。

经过大家的努力，这个项目做了科技成果鉴定，项目结束。

由于存在一些先天性的不足，这个系统离实用还有一定的距离，主要表现在：那时的微机处理速度比较慢，网络的传输速度也比较慢，对有些业务的处理还满足不了实际要求；所用的数据库软件d-BaseⅢ，还不适合于网上使用，如果仅从应用级编一些程序来改善，难以保证数据的稳定和可靠性要求。

1984年以成都电子研究所为主成立了中国软件公司成都分公司，电子所所长汪明发请我去担任总工程师。刘锦德老师当时想和社会上的单位搞些合作，探索一些新的路子，也支持我去担任这个职务，但只是兼职性质，并不去那里上班，只是隔些天去一下。汪明发所长是个勤于思考、主意很多的能干人，做事也很有魄力。他想把场面搞得大一些，干点大事。他与川大、成都科技大学联系，请了川大的唐先余、成都科技大学的龚云武两位老师来担任副总工程师。工作人员基本上就是电子所的人，属于一个单位两个牌子。我们一起合作做过一些事，但并不是很多。

我们一起做的比较有意思的一件事是办了一份《软件报》。一天，汪明发所长同我交谈，说他所里办的《电子报》办得很成功，发行量很大，在全国有很大影响，甚至成为他们所的一个重要的经济来源。他问我可不可以办一个《软件报》，我说完全可以。后来经过一番筹备，很快就办起来了。记得在1984年下半年某月出版了创刊号。正式出版以前还在中央电视台打了广告。这个报纸与我个人的关系密切，我从创刊号开始为它写过许多文稿。在20世纪90年代，该报特地为我开辟了一个专栏《李教授月谈》。每月一期，每次都在头版头条刊出，一般在三四千字。该栏目成了该报最受欢迎、最有影响的专栏。

新疆石油工业信息系统

1987年12月，新疆石油工业管理局一行人来成都，他们想请四川有技术实力的单位帮他们搞一个新疆石油工业的综合信息系统。其中的一位资深人士叫秦强，印象中他有个弟弟在四川省电子工业厅工作，也可能就是他弟弟牵线联系的。考虑到新疆石油工业管理局是一个很大的单位，估计项目也很大，四川电子工业厅就出面来组织几个单位合作，共同来承担这个项目。

参加这个项目的单位有电子科技大学、电子部30所、成都电子研究所、新潮计算机集团公司、华西计算机公司等5个单位。

为了落实这个项目，四川方面我们专门派出了几个人，到新疆克拉玛依去和他们商谈。成电派了两个人，也就是刘锦德老师和我。为了抓紧时间落实，我们年底就去新疆联系。我们乘飞机到达乌鲁木齐那天，温度竟然低到零下28摄氏度，市区街道的积雪很深，车辆都很难通行。因为第二天就要去克拉玛依，为了抓紧时间，我们在新疆石油工业管理局的一个招待所住下来以后，就马上出发去新疆维吾尔自治区的计划局联系。我和刘老师一起去计划局，没有交通车不说，地上积雪很深，行走都非常困难，路又远，而最难的是天气太冷，我们带的冬装也不够。我虽然有在北方待过的经验，但从来没有碰到过零下28摄氏度的天气。我特别佩服的是刘老师，他大概也没有经验，连帽子也没有戴。我们两人在积雪的路上艰难地行走。天气太冷了，寒风刺骨，我们不得不用戴着手套的两只手把耳朵蒙住，生怕耳朵被冻掉了。这么冷的天气，本来不去似乎也可以，但刘老师做事细致，觉得这个项目大，最好还是给新疆计划局预先介绍一些情况，做点工作为好。刘老师这种认真负责的精神使我大为感动，连我都觉得冻得很恼火，而刘老师却不怕困难勇往直前，值得学习。此事至今难忘。

第二天，石油工业管理局就派车送我们到克拉玛依。新疆这个地方太大，乌鲁木齐离克拉玛依有800多公里，一辆越野车带着我们差不多走了一天才到达。通过交流，双方达成了共识，基本上就定下来了。

第二年开春，新疆方面又派人到成都，我们就一起把合作协议签订了。

接下来就是组织落实。首先将这个由各单位联合组织起来的队伍定名为"四川省电子工业联合体"，电子工业厅决定由我来担任负责人。为了简化，就叫"工作组"，我任组长，电子部30所的一位高工张亚西任副组长。因为这次参加工作的单位比较多，为了保证指挥顺畅，电子工业厅特地派了一位资深干部李志贤参加我们的工作组，协助工作。李志贤人很好，后来成了我可以比较深入交流的好朋友。他一来就给大家发话说："厅长指示，为了顺利开展工作，在这个工作组中一切都听李老师的指挥。"

1988年春天，我们工作组的部分人员先去了一次克拉玛依，对石油工业管理局的情况做了初步了解。回来后就组织队伍，并制定开展工作的初步方案。

下一步就是组织由各成员单位派出的人员开赴新疆。首先开展的工作是系统调研新疆石油工业管理局的情况，以便做需求分析。

成电派出的主要由微机所的人员组成，除了我，还有杜宣、刘健、潘琦（刘、潘二人是在读的研究生）和一系的雷维礼，还有一位学管理的研究生毕业的年轻女老师，以及另外一个系的研究生，可惜这两人的名字记不清了。

到了新疆以后，分了一些小组。经过考虑，我安排杜宣担任数据库组的组长，有意给他一个锻炼的机会。因为他1984年本科毕业以来一直同我一起工作，聪明能干，特别是能够顾全大局，有大局观，遇事能牺牲自己的利益，能团结人，表现出了可以做大事的素质。我很喜欢他，对他非常放心。不过，当他听到我说拟任命他为数据库组的组长时，他差不多惊呼起来："我不行！我不行！"我给他打气说："你怎么知道你不行呢？不要怕，万一你不行还有我嘛！"在安排他当数据库组长以前，我已经心中有数。自广州白云机场项目开始以后，我已经阅读过不少国外的资料，研究过可能采用的数据库管理软件，基本上倾向于选用Oracle（Oracle Database）关系数据库管理系统。它是美国Oracle（甲骨文）公司的一款优秀的关系数据库管理系统。后来的实践证明，该系统可移植性好、使用方便、功能强，适用于各类大、中、小微机环境，是一种高效率、可靠性好的适应高吞吐量的数据库解决方案。后来Oracle数据库系统成为世界上最流行的关系数据库管理系统，在数据库领域一直处于领先地位。

我校的雷维礼老师很聪明能干，他思路敏捷，主意很多，特别是在通信网络的建设方案上出了很多好主意。刘健、潘琦虽然是在读研究生，但都表现出较高的素质。

我和副组长张亚西高工的配合也很好，工作中的大事我虽然都有一定的想法和解决方案，但基本上什么事情都要和他商量。30所来参加工作的高工张忍宁也是一位工作认真负责、很好合作的人，大家相处得很好。我们成电的毕业生，成都电子研究所的陈乃勤经常提出很多好主意，他后来任成都电子研究所所长。新潮集团来参加工作的牛新中副经理也是成电毕业的,他尽力参加了许多工作,为工作组的后勤保障也出了很大的力。

总之,在新疆的整个工作期间,这个队伍真是一个团结友爱的集体。因为这次调研工作的时间比较长,为了加强管理,我想到要发挥党员的模范带头作用。我一了解,工作组有不少党员,就和李志贤商量成立一个临时党支部。结果这个临时党支部成立起来后,发挥了很好的作用。一个周六的傍晚,我和杜宣等几个人出去散步,在克拉玛依市区的街上碰到另几位也出来散步的年轻人。他们就问我:"李老师,你们今天不是过组织生活吗?"原来他们看见我在积极组织党支部,相信我一定也是党员,其实我不是。

2017年11月,我在"成电讲坛"上给600个听众做过一次演讲,历时3个小时,很受大家欢迎。自始至终,听众都全神贯注,没有交头接耳和看手机的,甚至连出去上洗手间的也没有。我们学校的《电子科大报》还做了专题报道。大概因为我讲演中的"正能量"比较多,我校的信息软件学院也请我去讲了一次,还派了一位党委副书记主持会议。那天是信息软件学院党委和成华区一个单位党委联合举办的"党建活动",我讲了约一个半小时。我讲的内容充满了"正能量",而且我的讲演还有一些特点,讲的完全是自己深有体会的实话,绝对不讲套话、官话、空话,颇受听众的欢迎。

1958年建市的克拉玛依是以石油命名的城市。"克拉玛依"在维吾尔语中意为"黑油",得名于市区东北角一群天然石油沥青丘——黑油山。我们去那里看过,呈半流体状的沥青仍不断在冒气泡。克拉玛依油田是新中国成立后勘探开发的第一个大油田。2002年,其原油产量突破1000万吨,成为中国西部第一个原油产量上千万吨的大油田。我们去的时候,克拉玛依市与新疆石油工业管理局由同一个党委领导(简称市、局党委,即一套班子,同时行使克拉玛依市委和新疆石油工业管理局党委两种职权),而市人民政府与石油工业管理局政企机构分设。

这里地处一片戈壁之中,气候干燥。据当地人介绍,当天气很干燥时,如果手洗两床被套,第一床洗好拿到外面去晾,回来洗第二床再拿出去晾时,第一床已经干了。石油工业管理局的人给我介绍在沙漠戈壁中勘探石油的情况时,常提到因缺水而带来的生命危险。去了新疆,才知道戈壁和沙漠的区别。戈壁是粗砂、砾石覆盖在硬土层上的荒漠地形。按成因，砾质戈壁可分为风化的、水成的和风成的三种。而沙漠则是指沙质荒漠，整个地面覆盖大片流沙，广泛分布着各种沙丘。新疆地域广大，占中国陆地面积的六分之一，可惜就是太缺水，如果有水可以开垦的地方相当多。

克拉玛依与北京大概要差两个时区，因使用北京时间，天亮的时间就晚了，常常到了上午10点，广播里还在放广播体操的音乐。

新疆石油工业管理局的机构比较大，我们把人员分成若干个小组，拿着事先拟好的调研提纲分头下去调研，回来后又整理材料。天天如是，相当辛苦。调研人员要跑石油工业管理局内的各个单位。这些地方抽烟的人多，一见面大家你递我一支，我递你一支，气氛才活跃得起来。调研的人员提出给每个小组每天配发两包香烟，我同意了。结果这一决定，以后在大家开玩笑时还变成了我的一条"罪状"。比如，杜宣就说过多次。他本来是不抽烟的，每次回来剩余的烟放在抽屉里，越积越多了，怎么办呢？他说怕浪费了，学起抽烟来，最后还竟然发展成为一个非好烟不抽的老烟民。每次到我家，一来就急着先找烟缸。我说少抽点嘛，他老是笑着对我说："我抽烟的习惯就是你带出来的！"听起来好像是我把他带坏了似的。从哲学上讲，其实外因只是条件，内因才是决定因素。

人多，时间一长，就想家，伙食吃不惯这些问题就出来了。其实，石油工业管理局对我们的伙食安排还是比较好的。我们一般就餐有两大桌，菜品也比较丰富，只不过这里地处西部边陲，只有这样的条件，难以完全满足大家的要求。比如，我们这批成都去的人就很希望吃一些新鲜的肉类和蔬菜，但在当地要做到就有一定的困难。肉类也常常是冰冻过很久的，新鲜蔬菜比较少。当地的羊肉多，工作组很多人吃不惯。新鲜蔬菜的供应在成都根本不是问题，但在克拉玛依就不大容易。其实，对我个人来说，新疆有一些我很喜欢的食物，如新疆羊肉就非常好吃，四川的羊肉完全不能比，羊肉抓饭也很好吃。一种在特制的烤炉中烤出来的叫馕的大面饼，味道也很特别。后来我们去国外旅游时，在西亚和非洲都看到过馕这种食品，吃到嘴里，我就想到那一段时间在新疆的生活。

对我自己来讲，吃饭的问题不大。我们过去吃过不少苦，在国内国外的各种环境下受过锻炼,比较好办,不过时间久了还是感觉胃口不大好。大家吃不好,或者吃得太少,时间长了也不行,既影响身体,也影响工作。在这种情况下,我必须带头,从不显露出对伙食有什么厌烦的情绪,而且还要带头吃,号召大家多吃,改变饮食习惯,适应这里的情况。如果在克拉玛依工作一段时间就能安排回成都调整一下当然最好,但这样做不但影响工作进度,而且因为人多,来去的经费也是一笔很大的开销。第一个阶段的任务,费时最长的调研阶段一定需要大家克服困难坚持下来。因为分析设计都可以回到成都后再做,但调研却只能在新疆这里进行。后来经过大家的团结奋战,坚持了4个月左右,我们顺利完成了第一阶段的任务。

说到我在饮食上的适应能力强,还有一个小故事。一次,刘锦德老师到了新疆,在石油工业管理局方面一次宴请的餐桌上,大家都夸刘老师的胃口好,不忌口,什么都能吃。这时刘老师说了:"如果说什么都能吃,在这一点上我还比不过李教授。"他说的"李教授",就是指在场的我。大家问为什么呢。他就解释道:"我刚到美国时,李教授就推荐我吃一种叫作Avocado的东西。我一咬,哎呀,完全不能接受,马上就吐了出来。"大家马上追问:"到底是什么味道呢?"刘老师含笑回答:"就像咬到了肥皂一样。"这种营养丰富的水果,中国不产,美国加州和南美一些地方比较多,后来Avocado被翻译成"牛油果",国内也开始进口了。

为什么我在食物上有适应力强的"广谱"能力呢?我想,一是以前在许多吃苦的条件下受过锻炼。前面已经说过,我1966年下农村参加"四清"时,连野菜、树皮、草根都吃过。与那个时候相比,眼下的条件就太好了。为什么非要吃细粮,不能吃粗粮呢?为什么只能吃中餐,不能吃西餐呢?为什么只能吃四川菜,不能吃新疆菜呢?回想起来,有受过苦的经历也有它的好处,这或许就是一种坏事变好事的辩证法。但是,我认为我能够做到"广谱"最重要的一点还是思想上的开放,对新的事物充满好奇心,乐于接受各种新的事物。比如,在吃的问题上,既然人家都能吃,为什么我不能吃?我到了埃及、南非、以色列、土耳其等国家时,对于他们的特色食物我都很愿意"领教一下",结果一点儿问题都没有。当有些年轻人不喜欢吃一种东西的时候,常常用"我小时候没有吃过"为借口。我就开导他们说:"你小时候吃过什么东西呢？你只吃过妈妈的奶，后来吃的都是以前没有吃过的新东西。"当然每个人都有自己的个性，吃了习不习惯，吃多吃少都可以自己决定，但在面对新的食物品种时有没有敢于尝试的精神也很重要。

在科学上也是如此，对新生的事物要持开放的态度，要永远充满好奇心，才能促使我们不断去探索未知，有所发明，有所创造。

工作组基本上每天都要和石油工业管理局负责与我们联络的秦强工程师碰头，讨论项目进展情况和存在的问题，提出解决办法。我们叫他"秦工"。秦工其实是一个老资历的文化程度很高的人，英文也很好。记得他讲过他年轻时在重庆上学时，因通货膨胀厉害，每个月的伙食标准是按吃"几斗米"的实物标准来计算的，数字高的伙食就开得好一点，这事以前我们也听说过。他思维敏捷，要求严格。因我做事认真，很喜欢他的这种风格，对他存有敬意，认为他是一个工作认真负责、有水平的人。在相处过程中，我从他那里了解到了许多勘探和开采石油方面的知识。有一次一起聊天，他还跟我提到过以前，即抗战时期的"高干"王世杰，说他家与王世杰的住处离得很近。王世杰非常平易近人。王世杰是谁呢？他就是参加1945年国共重庆谈判的国民党方面的代表。在签订《双十协定》的签名人中，国民党方面的代表是王世杰、张群、张治中、邵力子，而共产党方面的代表是周恩来、王若飞。王世杰出任过国民党政府的外交部部长，是一个头面人物。

在新疆的那段时间虽然辛苦，但石油工业管理局还是安排了一些周末活动，让大家轻松轻松。一次回成都时乘飞机到了乌鲁木齐，因为乌鲁木齐离吐鲁番的距离不算太远，事先安排了一点时间去了一趟吐鲁番。

印象比较深的是去过一次魔鬼城，我非常喜欢魔鬼城这个地方。当我第一次看到它时，就为大自然的鬼斧神工大为惊叹。魔鬼城又叫风城，距克拉玛依市约100公里，面积约10平方公里，海拔350米左右。因为地处风口，魔鬼城四季狂风不断，最大风力可达12级。强劲的西北风既给了魔鬼城"名"，也让它有了魔鬼的"形"。远眺风城，就像中世纪欧洲的一座座城堡。大大小小的城堡林立，高高低低参差错落。千万年来，由于风雨的剥蚀，地面形成了深浅不一的沟壑，裸露的石层被狂风雕琢得奇形怪状：有的状如怪兽，有的危台高耸，有的形似古堡；这里似亭台楼阁，檐顶宛然；那里像宏伟宫殿，傲然挺立。真是千姿百态，令人浮想联翩。在起伏的坡地上，布满了血红、湛蓝、洁白、橙黄的各色石子，宛如魔女遗珠，更增添了几分神秘色彩。

吐鲁番市位于新疆维吾尔自治区中部，属于典型的大陆性暖温带荒漠气候，是全国著名的干热区。因地处盆地之中，四周高山环抱，增热迅速、散热慢，形成了日照长、气温高、昼夜温差大、降水少、风力强五大特点。在吐鲁番我们去了当地的几个著名景点：葡萄沟、交河故城、火焰山、艾丁湖等。

我上小学的时候，从地理书中得知吐鲁番的葡萄格外甜香。这次饱尝了当地的各种优质葡萄，实地了解维吾尔族的同胞如何用天山上流下来的水灌溉干旱的葡萄园的想法。我们到了那里，开始还不清楚怎么可以买到葡萄，就去一户维吾尔族同胞家问。他们家的周围有许多葡萄架，结满了葡萄，甚是可爱。主人是几个漂亮的维吾尔族姑娘，基本上不懂汉语。交流了一阵，才知道他们家周围的葡萄是不卖的，要留作庭院的装饰。后来，一位维吾尔族同胞把我们带到他的地里，随便采摘，按6角钱一公斤计价。葡萄沟是一条南北长约8公里、东西宽约2公里的峡谷。葡萄沟以盛产优质葡萄而闻名中外。这里主要种植无核白葡萄，还有马奶子、红葡萄、喀什哈尔、日加干、琐琐等近百个品种。

交河故城位于吐鲁番市以西约13公里的亚尔乡。西汉时，是"车师前国"的都城。唐代为西州所辖之交河县。看到逝去的古城很规整的结构，那些小小的神庙，结实的墙壁，一个个的房间，除了屋顶似乎什么都有。这个城市是由于什么原因消失的。是因为瘟疫？还是因为气候变化完全失去了水源？似乎是一个很大而又解不开的谜团，引起我的联想。

火焰山位于吐鲁番市东北10公里处，东西走向，长98公里，宽9公里，主峰海拔831.7米。《西游记》里有孙悟空三借芭蕉扇扑灭火焰山烈火的故事，使得火焰山闻名天下。火焰山由于地壳运动断裂与河水切割，山腹中留下许多沟谷。我们到了那里，正当夏季，感到温度相当高，幸好空气十分干燥，还不算太难受。

艾丁湖为吐鲁番盆地的"盆底"，南距吐鲁番市约40公里。湖盆东西长约40公里，南北宽约8公里，面积约152平方公里。湖面低于海平面，为

−154.43米，仅次于约旦和以色列之间的死海（湖面海拔−430.5米），被称为"世界第二陆上低地"。但是艾丁湖与死海不同，我们去以色列旅游时，看到的死海的海水虽然含盐量极大（为一般海水含盐浓度的8.6倍），但可能因为有约旦河河水流入不断补充之故，死海的水面宽广，波涛汹涌。而艾丁湖的水却少得可怜，几近干涸了。在岸边游览时大家谈笑风生，雷维礼一不小心，踩到湖边表面结了含盐硬壳的稀泥里，引得大家哈哈大笑，杜宣反应快，马上开玩笑说："雷老师，我们最多只达到−154.43米，而你到达的地方又要比我们深10多厘米了！"

回到成都后，我们集中在三十所整理调研报告，编写系统分析报告和系统初步设计报告。初稿完成后，部分人员又于1988年9月初去克拉玛依与新疆石油工业管理局的有关人员交流，征求他们的意见，以便编写正稿。

这次从新疆返回成都在乌鲁木齐停留时，石油工业管理局方面还特地安排我们去了他们在天山上的一个职工疗养所住了一个晚上，主要想让我们领略一下天山的风光。天山我小时候就知道，那里令人神往。我们一行乘一辆面包车上山，时值9月中旬，山下面的天气比较热，可到了山上一定高度就看到路边有很多积雪。秋天见到雪，大家很兴奋。穿着夏装的我们还特意下车来，站在路边的积雪边上拍了一张集体照。

石油工业管理局职工疗养所接待我们非常热情，晚餐丰盛，其中最让我喜欢的一道菜是野生蘑菇。大家盛赞这份蘑菇太好吃了。主人表示："如果早知道大家这么喜欢，可以多摘一些，因为这些蘑菇就长在附近的山林里，很多，而且不难采摘。可惜你们明天一早就要离开，没有时间去采摘了。"因为山上的天气渐冷，几天以后就要封山了，他们除留几个人照管之外，其他人都准备撤退下山，要到来年冰雪融化以后再上山。我们去的时候，他们已经在忙于收拾，做撤退下山的准备，忙得很。出乎意料的是，第二天早餐时，餐桌又摆上了一大盘野生蘑菇。一问方知，他们前一天晚餐时听了我们赞美这道菜以后，为了满足我们这些远方来的客人的口福，一大早，天还没有亮，就打着电筒去采摘蘑菇了。他们这种真诚、热心的待客之道，令我深为感动。

天山上的空气好得很。早上起来，我们几个人就约好出去看看，想在这天然环境中洗漱一番。我们站在一条天山上流下来的溪流边洗脸，水流不小，深且湍急，清澈见底。用来洗脸还勉强可以，但漱口就太凉了，简直不敢入口。

此前，我常听说"用雪山的水来灌溉"这样的说法，比如说吐鲁番的葡萄沟就是用雪山的水来灌溉的。因我缺乏气象学之类的知识，长期以来就存在一个疑虑：这雪山上的水为什么老是流不完呢？山上的积雪总有融化完的时候呀。到了这里，听疗养所的人介绍，就基本明白了。他们说，因为山很高，傍晚水汽被风往上吹，当上升到某一高度，水汽遇冷就凝结形成雨或雪降落，这里几乎每天晚上都要下雨，在山顶上则形成积雪或结冰，补充了山上的水资源。

回到成都后，我们工作组又借了学校二系系楼的一个教室继续工作，完善最后的文本。这段时间我要从内容到文字审定全部文稿，搞得非常辛苦。总之，经过大家的共同努力，《新疆石油工业综合信息管理系统系统分析和初步设计报告》（上下册）圆满完稿了。

1989年春的一天下午，我在二系系楼的一间教室对文本进行最后修订时，突然有人来敲门。开门后，出现了一个带着微笑的年轻人，说是要找李老师。我问他有什么事，他说："我来找李老师报到。"这个人就是后来大名鼎鼎的李结义，现在是上市公司深圳市金证科技股份有限公司的董事长。1988年第四季度，根据四川省电子工业厅和我们学校商量做出的安排，我就到深圳去筹建后来的新欣软件。不过当时没有向外透露，以免受到不必要的干扰。李结义这次来，算是第一个向我报到的新欣软件员工。关于新欣软件，后文将详述。

1989年5月初，在克拉玛依召开了《新疆石油工业综合信息管理系统系统分析和初步设计报告》的专家评审会。参加评审的专家很多，从北京请来的专家有周锡龄、吴克忠、于万源等。因为这个项目涉及所有部门，石油工业管理局特意召开了一个有两三百人参加的大会，会上由我做了一个介绍整个系统的报告。然后进行专家评审。大家评价很好，觉得方案可行，评审顺利通过。下面就可以进行进一步的开发了。遗憾的是，后来新疆方面因资金等方面的原因，推迟了项目进度。我们由这么多单位、这么多人组成的队伍也不能再等，不得不转去做其他工作了。

在评审会之前，工作组中的好几位成员向我提出，这一年多来为新疆石油工业管理局这个项目搞得太辛苦了，希望评审结束以后安排一次旅游，慰劳一下大家。我觉得这个要求很合理，完全支持，就让大家提方案。大家的意见是回程时乘火车，途中转去敦煌游览一下，这样可以节省一些费用。哪知到了要订火车票的时候，几个想去敦煌的积极分子又说有事情不准备去了，要去的人一下子就减少了好几个。我本来因为那段时间工作很多很忙而不准备去的，我反而改变主意了，临时决定参加。记得参加的人除我还有李志贤、雷维礼、牛新中、杜宣、潘琦。

我们乘火车在甘肃一个叫作"柳园"的小站下车，那里并没有固定开行的公交大巴车，但刚好有一辆汽车停在站外，等待拉客。我们就搭乘这辆车到了敦煌。在旅店住下之后，我们先出去了解了一下情况，准备第二天正式游览。因为没有旅游的准备，大家都没有带相机。看到鸣沙山难得一见的美景，觉得有台照相机很有必要，正好潘琦想买一台相机，就花了很少的钱买了一台简单的小相机。

第二天，我们首先去爬鸣沙山。敦煌这个地方很小，鸣沙山就在离敦煌市区不远处，步行过去也不算很远。那时旅游者还很少，各个景点都任由参观，不收门票，不过交通工具也很少，我们在那里基本上都是步行。我从来没有见到过沙漠，而鸣沙山周围就是一片沙漠，对我很有吸引力。鸣沙山地处巴丹吉林沙漠和塔克拉玛干沙漠的过渡地带，面积约200平方公里。鸣沙山有两个奇特之处：人若从山顶下滑，脚下的沙子会呜呜作响；白天人们爬沙山留下的脚印，第二天竟会痕迹全无。鸣沙山沙峰蜿蜒起伏，金光灿灿，形成了一道道非常美丽的曲线。

我们到了那个地方，看到前面一座沙山，这一大群人"群龙无首"，既没有导游，也没有任何游览信息，见到前面的人往沙山上爬，我们也就跟着往上爬。爬这座沙山可吃力了，几乎是爬一步，沙粒下滑又退半步，但已经爬到了一半，不继续爬退回去也困难，只好坚持，最后终于爬上了山顶。往下一望，下面就是鼎鼎大名的月牙泉。在完全干燥的沙漠中突然出现一汪像月牙似的湖水，真令人称奇。

后来才知道，领头往鸣沙山上爬的人也是初次来，完全是凭一时的感觉。他在前面爬，大家误以为他是带头的，像一群羊似的跟了上去。所以，从这里我们可以总结一点经验教训：不要认为在前面走的人就是领路的，如果没有搞清楚就跟着走，很可能走错路！

敦煌鸣沙山全由细沙聚积而成。我仔细看了一下，沙粒比较粗，呈圆形。沙粒有红、黄、蓝、白、黑五种颜色，晶莹透亮，一尘不染。沙山形态各异：有的像月牙儿，弯弯相连，组成沙链；有的像金字塔，有棱有角，高高耸起；有的像金龙，蜿蜒起伏，伸向天边。

敦煌鸣沙山和月牙泉是大漠戈壁中的一对孪生姐妹，人称"山以灵而故鸣，水以神而益秀"。为了和月牙泉有个亲密接触，我从山顶走下来之后，来到了月牙泉边。细看，水不是很深，但很清澈，水中还有一些小鱼在游动。想起多年前在美国圣路易斯的密西西比河边没有走下去触摸一下密西西比河河水的遗憾，今天到了难得一见的月牙泉，不应错过这样亲密接触的机会。我想，既然水中有游鱼，水质应该差不到哪里去，至少不会有毒。一不做二不休，我突然产生了一点激情，大声对几位同伴们说："谁敢来和我一起喝几口月牙泉的泉水？"一时竟无人响应，我走过去蹲在泉水边。这时只有杜宣还算不怕事，跟了过来，我们两人各自用双手捧起水来喝了几口，味道不差。喝过了月牙泉的水后，我对杜宣说："如果以后你哪一天发达了，有人问你是什么原因，你就告诉他：因为我1989年某月某日曾经和李老师一起喝过敦煌月牙泉的水。"

在敦煌，最著名的景点是莫高窟，我们去的时候，游人极少。由于时间有限，又没人讲解，洞窟太多，洞窟内照明也比较差，除了几个重点洞窟，其他的印象并不深。莫高窟俗称"千佛洞"，始建于前秦建元二年（366），历经隋、唐以至元代，均有修建，规模巨大。1961年，莫高窟被国务院公布为第一批全国重点文物保护单位。1987年，莫高窟被列为世界文化遗产。莫高窟与山西大同云冈石窟、河南洛阳龙门石窟、甘肃天水麦积山石窟并称为中国"四大石窟"。

离开敦煌乘坐的是苏联伊尔-14小飞机，只能乘坐32个人，还在嘉峪关机场经停，然后再飞往兰州。在嘉峪关上来了一大帮美国人，一位美国女士坐在我的旁边。我和她交谈后，知道她是明尼苏达大学的教授。我问她这次是不是到敦煌来旅游。她说不是，他们这十来个人是一个代表团，受美国某单位的委托，前来考察如何帮助保护敦煌的文化遗产。哪知飞机起飞后不久就遇到了暴风雪，因为这种老式的螺旋桨小飞机只能飞几千米高，在云层中颠簸得很厉害，有几个美国人就呕吐了起来。其中一位女士呕吐得特别厉害，竟然难过得哭了起来。机长通知说，不能飞兰州了，不得不中途降落。夜色中，飞机在一个机场降落了，降落后才知道这里是宁夏回族自治区首府银川市的一个军用机场。因为是军用机场，不允许乘客下飞机，只能在机上坐着等候天气好转。和机场联系以后，机场答应派医生来机上救助。不一会儿，一个背着药箱的军医上来了。大概这个医生太过匆忙，上来一不小心，额头碰在了机舱门上，搞得一脸的鲜血，救助只好作罢。经机场同意，让那位呕吐得最厉害的美国女士下去，并安排送她去医院治疗。她一个人下去显然是不行的，需要有人陪护。大概是他们代表团团长的人就征求大家的意见，看谁去陪护。我旁边坐的这位明尼苏达大学女教授立即就举手，说她愿意去陪护。我问她："她是你的亲戚或朋友吗？"她回答说："不是，但她需要我的帮助。"于是，她就扶着病人一起下飞机。她们下去后我想，这个女教授热心助人的品格真是太好了，她既不熟悉中国的情况，也不会说中文，下去以后到医院如何办？他们团的其他人马上就要前往兰州，她又如何与他们联系，乘什么交通工具回到团里和他们团聚？面对很多不确定的问题，她毫不犹豫就决定去帮助别人，真是令人钦佩，值得尊敬。

后来我从网上查到，1988年，国家文物局、敦煌研究院、美国盖蒂保护所签订了一个保护敦煌莫高窟的国际合作项目。我猜想，很可能这个来访的代表团就与这个项目有关。

在兰州，我们住在民航招待所，还要等一天飞机。我是第一次到兰州，空出的这一天，我就去兰州市里看了看，来到了黄河边。站在黄河大桥边，看着东去的黄河水浮想联翩。我在黄河下游看到过的黄河水都十分浑浊，而这里的黄河水竟然是清澈的。在兰州，吃一碗牛肉拉面是必须的。大概花了4角钱，我就享受了很大一碗美味的兰州牛肉拉面。

回到成都后，我不得不去自贡市参加一个鉴定会。这是四川省电子工业厅早就给我安排的一个任务,让我去主持一个鉴定会,当鉴定委员会的主任。这个鉴定项目的单位是自贡市的"长征机床厂"。我们去自贡是四川省电子工业厅安排一辆车送去的,下午出发。本来以为开专车去可以节省时间,哪知路上遇到一辆装满食用菜油的油罐车翻车了,菜油倾覆流了满地。那时还是普通的公路,倒了一地的菜油妨碍了通行,堵车严重,我们到达自贡时已经是凌晨4点左右了,疲惫不堪。会议时间是早就定好了的,于是赶快抓紧时间休息了一下,强打起精神开会,幸好会议还开得比较顺利。

  鉴定会结束后,主办方安排我们去参观了当地一个古老的盐井,还去附近大山子的恐龙博物馆看了看。这个恐龙博物馆建在发掘出许多恐龙化石的遗址上,现场保护得很好,非常有特色。后来长征机床厂因运转不佳,被四川托普软件投资股份有限公司兼并后上市。再后来该公司也因经营不当陷入了资金链断裂的危机,最终倒闭退出了历史舞台,颇为可惜。

  几天之后,我就带着几个年轻人离开成都乘机飞往广州再转深圳,去创办新欣软件。那时深圳还没有机场,必须先飞到广州再转车去深圳。

  我的深圳岁月就此开始了。

第七章

深圳岁月

到深圳

我是1989年5月21日正式到深圳蛇口参加新欣软件工作的。

这一天我带领研究室的3个毕业不久的研究生李杰、刘健、潘琦从成都乘飞机先到广州，然后搭乘长途大巴从广州直达蛇口，李波负责接待我们。我被安排住在蛇口紫竹园17栋501的一个三房一厅的套间里。

我带来的3个年轻人从来没有到过深圳，对眼前看到的许多东西都感到新奇。善于思考的李杰，看到一辆辆拉着大型集装箱的拖车轰轰驶过，马上就发表评论："深圳的车都要大一些，是个干事的样子！"几个年轻人对在深圳大干一场充满了期待。

为了说明深圳的办事效率高，有一件事值得一提。我们离开成都前，成都正在修建市区到机场的机场高速，而深圳当时仅仅在讨论修建机场的事。可是两年后的1991年10月12日，深圳宝安机场就正式营运了。不久后，我从深圳机场乘机返回成都，发现成都的机场高速仍然处于施工状态。相比之下，两地的办事效率差别太大了：成都的机场高速已经开始施工，深圳的机场还没有开工，而当深圳的机场都建成并开通运营，成都这条仅10多公里的机场高速却仍在修建中。

在蛇口的入口处，立有两个很大的标语牌，一个是"时间就是金钱，效率就是生命"，另一个是"空谈误国，实干兴邦"，很有气势！不过，当时在国内许多地方，不少人对这种提法还是心存疑虑，总觉得有什么问题。后来我和蛇口工业区的领导袁庚董事长见面以后，听了他的介绍，对他提出的这两句口号大为叹服。

新欣软件是深圳蛇口新欣软件产业有限公司的简称。公司于1988年开始筹备，1989年4月17日开始试营业。本来，按照计划我准备1989年4月到深圳参与其事。可是，我所承担的新疆项目的第一期工程预定在5月上旬验收，作为项目主要负责人的我显然非参加不可，所以到深圳的时间只好推迟到5月。在试营业期间，公司还没有正式注册、命名，暂时挂靠在四川新潮集团下属的华德电子公司开展工作。华德电子公司主要生产与个人计算机配套的电源，成电毕业的能干女将方总在那里主持工作，公司经营得有声有色。尽管产品的技术层次还不是那么高，但在发展初期能够经营成这样已经非常不错了。新欣软件名义上"挂靠"在华德电子公司，但实际业务与其无关，完全独立操作。正式注册后的公司于1990年9月18日正式开业。

实际上，从新欣软件开始试营业的前一年，即1988年，我就参加新欣软件的筹备工作了。

一天，四川省电子工业厅的蒋臣琦厅长请我去谈话。蒋厅长说："省里打算与外方合作，在深圳办一个外向型的软件企业，你觉得怎么样？"我说："这很好嘛！如果搞得好，就可把四川的高科技带起来，也可大大改变四川仅仅是一个劳务输出大省的形象。"他接着说："现在主要的问题是缺一个人，想和你商量一下。"我说："缺什么人呢？"他说："主要缺一个带头人。"我说："省里人才众多，不应该有什么困难。"蒋厅长进而说："我们一直想解决这个问题，但没有找到合适的人选。经过省里反复考虑，觉得请你去当这个负责人比较合适。"因为此前毫无思想准备，听了他的话我大为吃惊。心想，这件事太重大，必须认真考虑，还需要听取有关人士的意见后再做决定。我当即回答说："此事关系重大，我自己不能做主，请你先与我们的刘校长谈一谈。要是刘校长同意了再通知我，我才能对这件事进行认真的考虑。而且现在涉及我的工作不少，还不知道能否走得开，能不能去。"那时我已经升为正教授，教学、科研各方面的工作安排都比较顺当，在省市的计算机和软件界能发挥一定的作用，全省评审优秀软件之类的事情也已经请我来主持，凭直觉就没有必要去参与那些未知数很多的事情。而且到深圳还容易给人以"下海"赚钱的印象，这是我很不喜欢听到的事。

蒋厅长做事认真，对此事非常积极，很快就去找了刘盛纲校长。刘校长是一位资深的中国科学院院士。通过与他的接触，我知道他是打算留我在学校工作的。为什么这么说呢？因为几年之前，我已经被延聘为学校院务委员会的委员，当时学校还没有改名称，还是"成都电讯工程学院"，所以叫"院务委员会"。我是新加入院务委员会里的3位最年轻的成员之一，这3位成员是吴正德、赵善中和我，估计是想给我们几个年轻人提供了解学校情况和学习锻炼的机会。吴正德后来当了副校长，还成了全国人大常委会的委员，而赵善中则当了常务副校长。那时，院务委员会的其他成员全是我们的前辈，如林为干、顾德仁、毛钧业、黄香馥、张志浩等创办我校的元老级人物。记得全国许多"学院"都在纷纷改校名为"大学"时，在一次院务委员会的会议上，一个议题是讨论校名的更改。在大家议论了几种方案后，林为干院士就说："我们就用电子科技大学这个名字，如果一定要在校名前面给我们加上'成都'二字，我个人的意见就是不改校名，还是用我们的老名字'成都电讯工程学院'，只要水平高，叫'学院'有什么关系。美国的MIT（麻省理工学院）就没有把学院改成大学，不还是世界一流吗？"幸好后来使用"电子科技大学"这个名称没有遇到什么麻烦，顺利得到批准。

经过蒋厅长做工作，刘校长最终还是同意我去深圳。他找我去谈话时，我就表明了态度。我说就我个人而言，我是不想去深圳的。刘校长说："既然蒋厅长都亲自来了，说明省里的领导对你很器重，我们还是尊重省领导的意见为好，你还是答应去吧。"我说，我目前在学校的工作顺当，各方面情况都很好，但如果去深圳就有一些风险，可能产生的问题还很多，而且说不定还会出现一些流言蜚语。刘校长就说："你就不要考虑那么多了，如有什么问题由我负责。"我看没有办法再推了，就笑着说："刘校长，那就好。如果出了什么问题，那你就要帮我负责哟。"他点头。结果，我只好同意了。

不过，对我到深圳工作的事，刘校长始终坚持临时性的处理办法，是"借"而不是"调"。按他的说法，如果我调走了，别人就要来找他谈调动工作的问题，说："李某都可以调，为什么我就不能调？"他就不大好办了。而且，这个"借"的方式，就存在比较大的灵活性，再回学校工作就比较容易。实际上在新欣软件工作期间，就有几次要我回校工作的表示。

离开成电到深圳以后，虽然一切关系都仍然在成电，但因为回学校的时间较少，时间一长，后来参加工作的年轻人都不大认得我了。在深圳工作期间，由于得到刘校长的关心与支持，基本上无后顾之忧。这里顺便向刘校长深表感谢。不过，由于学校坚持不放，虽然我在深圳连续工作多年，还担任深圳市信息化建设专家委员会唯一的副主任、深圳软件行业协会的秘书长，也是深圳市当时唯一进入国家"863计划"专家组的成员，但我不能算是深圳人，仍属深圳的"暂住人口"之列，有诸多不便。

我第一次到深圳参与筹备工作之行，还颇带有一点神秘的色彩，只有安排我前往的刘锦德教授知道。他对这件事是十分支持的，他认为，我们搞科研不能封闭在学校搞，要开放，除了在科技、学术方面多交流，还要将社会需要与产业的发展联系起来，在实践中探索发展的新路。之所以要保密，是想在事情谈成之前，尽量避免不必要的干扰。

筹建新欣软件的重要思路

在深圳蛇口参加第一次筹备磋商的有三个方面的代表，主要人员有四川新潮计算机集团的总经理吕金才、香港CIM公司的严秉熙总裁和代表学校的我。经过两三次磋商，如何建新欣软件的大致构想就有了。

筹办新欣软件的三方大致分工如下：我作为电子科技大学的代表，主要考虑技术方面的问题和技术队伍的组建；四川新潮计算机集团的吕金才总经理主要考虑资金和场地准备；香港CIM公司的严总裁主要考虑资金和国外市场。严总是一个温文尔雅的人，不像商人而更像一个知识分子，给我的印象不错。后来，公司聘用了港方的代表，香港出生的美籍华人应云铭博士任总经理。应博士是学数学的，其时正在美国纽约的一个血库信息中心工作。据他说已经在美国待了12年，对国外的情况和需求有较全面的了解。

鉴于我本人有在美国加州大学伯克利几年的经验，以及对附近硅谷地区IT和软件产业的了解，结合我国20世纪80年代软件产业发展的经验和教训，我在筹备会上提出："要搞，我们就搞产业型的公司，不要搞那种主要贸易赚钱的公司。"我建议一定要把"产业"两个字放到公司的名称里去。产业的英文是Industry，是工业的意思。在我的心目中，就要强调干实事。我觉得，如果真正能够办成一个优秀的软件产业公司，对我个人来讲算是做了一件很有意义的工作，是一种很值得的挑战。后来公司的正式名称就定为深圳蛇口新欣软件产业有限公司。

那时，敢于大胆直率表达自己意见的一个原因是，我并不有求于人，只想把事情办好。我既不想要钱，又不想当官，如果和别人想法上的差距太大，谈不到一起，我就可以不参加，回学校去做教授的工作。我们从学生时代就熟悉的一句名言"无私才能无畏"是很有道理的，用老话来说就是"无欲则刚"。后来在新欣软件的实际运作中，我秉承了这种底气，既然暂时离开了教授的岗位到这里来了，就一定要把事情做好，一定要争取办成一个高水平的软件企业，不能仅以公司能赚钱为目的，当然更不做无原则甚至违法的事情。多年来，我深知一个单位搞得好不好与领导层是否能起表率作用的关系很大。在筹备会上我就高姿态表态：在公司内要领导带头，不谋私利，要把个人的利益放到次要地位，争取把公司办成国内高水平的软件企业，为发展我国的软件产业尽力。我怀着理想的发言，当然没人反对，但与会的人听了会怎么想，就难说了。

经过几次磋商，筹备会人员达成了基本的共识。为了求得更大的发展空间，我们提出以外向型为主，即主要面向国外市场。如果我们把市场局限在国内，不但市场受到限制，水平难以提高，在国内市场上也难以与外国商家竞争。在市场导向方面，先规划几个业务发展方向，能够抓住市场并产生效益的业务就优先发展，力争先取得一定的实绩，打开局面。

新欣软件发展初期概览

新欣软件是一家有限责任公司，注册资金为40万美元，主要由四川新潮计算机集团和香港CIM公司出资。技术队伍主要由电子科技大学微型计算机研究所负责组织招聘，因此电子科技大学占有5%的股份。因其他合资方都来自外地，筹备时出资方提出希望能找一个在深圳有影响的单位参加，尽量发挥一些"本地人好办事"的长处，以备不时之需。结果找到的是深圳大学，因此他们也占有5%的股份。另外，作为出资方四川新潮计算机集团的总经理吕金才可能觉得自己的资历不够，请来了原中国计算机公司已经退休的总经理欧阳轵能挂名董事长。

初期，公司的实际投入有20多万美元。其中，港方的大部分资金都是由他们购进的设备来充抵的，但由于采购设备的品种和价格都由港方决定，对公司不透明，这一部分"投资"的水分较大。

新欣软件最先选址在蛇口工业六路沿山道的一个院落，位置相当偏僻，院内仅有一座非常不起眼且破旧的四层小楼。开办初期，公司先租下了这座小楼的二楼全层和三楼的一部分房间（每层8个房间），每个房间可容纳4～6个工作人员，相当拥挤。后来随着公司的发展，租下了整座小楼。这座小楼的位置虽然偏僻，但外面有一大块空地，可作为员工的活动场所。而且，我们还先后在这块场地上建了两个食堂。

我到公司的时候，公司刚开始试营业一个月，连行政工作人员在内，总共只有10几个人。吕金才通过他们原来计算机公司的关系，从内蒙古计算机公司请来了一位李宁国担任副总经理。到了蛇口以后，我就把开发部门接管了过来，行政事务留给李宁国去做。作为总经理的应云铭在香港，每星期来蛇口一次或两次，每次是上午来，下午走。他主要负责国外部分的市场，对具体的项目如何进行并不多管，公司的大多数员工他也不大认识。

开始要做的急务一是调整机构，二是招聘人才，扩大做具体业务的工作团队。

根据过去工作的经验，我将开发部门按编号来进行划分，分成开发一到四部。部门工作的专业性质并不严格区分，主要以项目来驱动，各部门的工作可以重叠，以利于业务的动态调整和培养复合型的人才，也利于各个部门之间的互相竞争。由于公司刚开始运作，对人员的情况还不够了解，新成立的部门一般只任命部门副经理主持工作，保留一个观察期，然后根据其工作的实际成绩和该部门其他开发人员对其的认可程度再决定转正与否。部门经理任命的唯一例外是，人员最多的开发二部经理这个职位留给了经过我好几年考验的杜宣。杜宣1984年在成电毕业后开始在我的研究室工作，他给我的印象是聪明能干，顾全大局，为了工作需要可以牺牲个人的利益，富有团队精神。我相信像他这样的人可以做大事，是一个信得过的理想人选，把部门经理的职位留给他，对公司发展有利。后来实践证明这个决定是很正确的。本来杜宣应该和我一起来深圳的，因为他手里有一个小的开发项目还需要收尾，也有一些私事需要及时处理，我就同意他过一段时间再来。

另外就是急需招聘人才。除了在深圳招聘，我想到和我校的计算机系联系，看可否招到一些人。当然我也知道毕业生分配早已进行，时间已经有点晚了。我联系到负责分配的待人亲切友好的艾老师。他对我说："今年的毕业生大部分人都分配完了，还剩下一部分，不过他们的学习成绩不一定都很好，你可以来选。"我一听，既然可以选，那就好办。凭我多年工作的经验，我选人的标准并不只看学习成绩，因为成绩好不一定工作能力就强。我需要考察个人的综合素质。不仅要考察业务能力、外语水平，还要考察他们的事业心和合作精神。为了招收毕业学生，我专程回到学校。

我让参加招聘的学生先参加一个简单的摸底笔试，然后对合格者再进行口试。由我一个一个地进行口试。在这方面我的经验还比较丰富，除了一些基本的问题，还可以根据应试人回答问题的情况，随机提出各种问题，看看他的基本功、外语水平，对问题的反应所表现出来的智商。这种面对面的口试是做不了假的，基本上就可以决定这个人是否有培养的价值，是否可以录用。这次共录用了张文彤、赵剑、陈伟、朱楚明、孙雅章、聂峰、黄智、罗琦、杨双全、姜蓉、宦渝平、李斌、曾令强、邝简如、曾伟、李向民等16人，是我单次招收人员最多的一次，印象特别深。他们很快就办好了离校手续到蛇口报到。加上从深圳招的一些人，开发部门的队伍就大为增强，公司也更有人气了。多年后回顾，这批从成电招来的员工基本上发展得不错，其中不少人都成了公司老总或技术专家。赵剑后来成了上市公司深圳金证科技股份有限公司的董事长。

除了在深圳、成都招人，通过介绍我们也到北京、上海去招聘过，但情况都不理想。因为对当地的很多情况不了解，来应聘的人员素质参差不齐，而且要求还颇高。我们还要向当地帮我们招人的单位支付一定的费用。

在成电招聘的人多是因为我对成电的情况比较了解，容易取得校方的支持，有比较多的学生可供选择。实际上我对所有的员工一视同仁，把他们都当成我要培养的学生来看待。因为我的目标是把公司办成一个高水平的软件企业，并不是为了谋取个人利益培养自己的队伍。任何人做出了成绩，我都很高兴，真正做到了"英雄不问出处"。在公司里，我有机会就对大家讲："你们大多都是刚毕业出来工作的学生，在我的心目中你们都是我的学生，没有哪个老师希望自己的学生不好。不管你来自何处，只要能把工作做好，做出了成绩，我也会看作有我的一份。当然具体工作是你们做的，成绩大部分是归你们的，但既然这些工作都归我负责，也算有我的一小份。"后来，连续两三年，我都用同样的方法招收了不少刚毕业的学生。从整体上讲，以电子科技大学、四川大学、成都科技大学的为多。一是因为这几个学校毕业的学生专业对口，质量不错，而且我与这几个学校的有关人士也比较熟悉，他们都很信任我。除了办理手续简便，学校还很积极地向我推荐学生，希望让他们的学生能够到改革开放的前沿深圳发挥作用，一展宏图。

我们之所以能一下子，特别是从外地招聘不少人才，还得力于蛇口工业区董事长袁庚先生的关心和帮助。当时深圳的落户指标控制得相当紧，如果在深圳的户口问题不解决，员工得到的实际利益会相差很多，队伍就不容易稳定。我到了深圳以后，因为考虑到要让新欣软件在蛇口落地生根，必须先办的一件大事，就是要争取得到当地领导的了解与支持。到了不久，我就去拜会袁庚先生。我先托人预约好。到达后，他立即出来见我。我见到他的第一印象就非常好。他很实在，完全没有什么架子。我赞扬蛇口工业区搞得好，说我们来了以后看到蛇口的发展日新月异，眼睛一亮，感受良多。他听了也很高兴。不过他马上表现出实干精神，说："我们是取得了一些成绩，但还是做得很不够，请问李教授对改进我们蛇口工业区的工作有什么高见？"看他态度这么好，我就很直率地对他说："我谈不上有什么高见，不过从长远来讲，蛇口搞'三来一补'，办一些技术含量不高的企业是不够的，一定要往高科技方向发展，才能把蛇口的发展水平提高到一个新的高度。"他笑着说："愿闻其详！"我就对他说："我现在来蛇口创办的这个新欣软件就可以帮助蛇口工业区改变面貌，通过搞高科技来提升蛇口工业区的发展水平。"接着我就比较详细地向他介绍了计算机软件的作用和发展软件产业的重要性。然后我进一步点出当天来的主题，说："软件只有实现产业化以后，才能更好地体现出它的价值。我们新欣软件要在蛇口落地生根，通过发展软件产业来促进蛇口高科技产业的发展。现在面临的最重要问题是引进高素质的人才。今天我来，就是要请您帮助解决这些人才落户深圳的户口问题。"他听了笑了起来，说："看来，你还是无事不登三宝殿啊！"我也笑了起来，说："我这是来向您学习，实干兴邦嘛。"经过后来几次和他单独谈话，总共解决了70几个人才引进指标，为新欣软件的发展打下了良好的基础。在我的心目中，袁庚是不说空话一心为人民服务的好干部，一心为人民做实事的模范。他提出的口号"空谈误国，实干兴邦""时间就是金钱，效率就是生命"展现了他作为中国改革开放先行者的高瞻远瞩。

后来我们新欣软件成了蛇口乃至深圳高科技产业的一面旗帜，袁庚好几次陪同各级领导前来参观指导。他见到新欣软件在蛇口的快速发展很高兴，我也很喜欢和他就近说话，向他学习，并看到他面带高兴和满意的神情。可惜，袁老2016年1月以99岁高龄去世。前两年，深圳湾旁边建了一个人才公园，园内立有他的一尊塑像，我还特地在塑像前合影一张，作为对他永远的怀念。

公司开始承接的是一些国外（美国、新加坡等）的定制软件项目。获得大发展的机会是从开发香港科技博物馆的多媒体展示项目开始的。到1989年底，公司就有60多万美元的境外订单。当时的钱比较"值钱"，对只有几十个人的公司来说，日子相当好过。后来又承接了香港空间博物馆和台湾台中博物馆的多媒体展示项目，其他项目也接踵而来。特别是，后来的业务拓展到飞速发展的证券行业以后，新欣软件成了促进我国证券业实现信息化的"带头人"。公司不仅成了早期国内证券行业计算机有关业务的"霸主"，而且各个方面都得到了飞速的发展。证券业有名的"证券电话委托系统""证券柜台交易系统"就是新欣软件在国内的首创。新欣软件以100多人的规模，通过做软件实业，而不是做贸易，达到了年获利数千万元的业绩，在国内软件界产生了巨大影响。

软件开发需要全身心都投入工作的员工

20世纪90年代初,我在《中国计算机报》《计算机世界》等国内计算机界的主流媒体专栏上发表过不少关于如何发展我国软件产业的文章,主要阐述我在新欣软件工作时的一些具体做法与思考。

人们常说,人的因素是第一位的。对软件产业来说,这一点尤为重要。其原因很简单,软件本身的特性使然。

首先,软件是一种创造性的劳动,项目的提出、可行性分析、系统分析、系统设计、建立原型等各个阶段基本上都是创造性的劳动,重复性的工作少之又少。其次,软件开发的"不可见性"使其难以管理。创造性劳动最大的特点就是其不可见性,难以用量化的方式来进行管理,考核的透明度不高。比如,某程序员今天可以写出100行程序,明天可能1行程序也写不出来,还可以找出种种理由来加以解释。

我多年前读过国外一本讲原子能科学家故事的书《比一千个太阳还要亮》,书中一个德国的诺贝尔奖获得者的妙语给我留下了极为深刻的印象。当有人问及,在第二次世界大战中为什么美国首先发明了原子弹,而德国也有许多出色的核子科学家,为什么他们就没有发明原子弹。这个诺贝尔奖获得者既没有谈技术问题,也没有谈缺乏核原料这样的资源问题,他只是简单地答道:"一个人在任何时候都不能发明他根本不想发明的东西。"

同样,在开发软件这种需要创造性的工作中,如果开发人员没有"创造"的积极性,就难以开发出出色的产品,仅靠一般的管理是解决不了问题的。当然我们可以采用一些办法,将那些开发过程中的"不可见性"尽可能转化成可见的,如在开发的各个阶段写出各种文档,加强阶段评审等。但最重要的是稳定员工队伍,使员工有责任感、事业心、工作热情和创造的冲动。当一个软件企业有热爱自己事业的优秀员工队伍时,就会不断设计和开发出优秀的软件,对客户的服务质量也会在无形中得到很大的改善。一个高科技企业的真正成功取决于全身心都投入工作的员工,软件企业尤其如此。

因此,为了让大家都能全身心投入工作,就一定要解决他们面临的困难，首先要创造条件，让他们感到生活上无后顾之忧，在实践中能够学到东西，在工作中获得成就感。

解决食住问题是最基本的需求，一开始我们就定下来员工的住宿问题由公司租房建集体宿舍解决，使得新员工到岗有落脚之处，不至于"流离失所"。公司地处蛇口南山脚下比较偏僻的工业六路沿山道，员工在吃饭问题上比较麻烦。特别是中午休息时间很短，员工外出解决吃饭问题既费时间，也吃不好。一开始人员不多还稍好一点，后来人员慢慢多了起来，到了中午一大批人都出去到处找饭店，看了就很不是滋味，感到很有必要办一个食堂。如果员工每天都在为吃饭问题发愁，怎么能全身心投入工作呢？办食堂没有合适的场地，我们就想办法先在公司大院里搭了一个能够挡雨的小铁皮棚，作为"食堂"。空调当然是没有的，开始甚至连电扇也没有，夏天在铁皮棚下吃饭，上面是太阳晒得发烫的铁皮，加上地面往上辐射的热气，简直像"铁板烧"。幸好四川来的厨师小唐做的菜很合大家口味，公司又有一定补贴，早餐一元，中、晚餐两元，价廉物美，在当时的条件下大家已相当满意了。在一种共同创业的大家庭氛围下，大家胃口大开，常常一边进餐，一边谈笑风生。后来员工更多了，又在进大门的右边空地上盖了一个更大的铁皮棚。这个铁皮棚虽然简陋，但起过大作用呢。成电毕业的研究生范文伦（他资格稍老，同学们敬称"范大侠"）不嫌简陋，本着人的因素为首要，物质条件是次要的精神，在这铁皮棚顶下的饭堂里举行了新欣人的第一个婚礼，还特别邀请我做他们的主婚人。在这么一个简陋的铁皮棚下举行婚礼，在他们的生活中应该算是一种"美谈"。后来范文伦回到他的老家昆明发展，成为当地软件业界的知名人士。

几个同我一起去的年轻人都没有到过深圳，一到深圳，大家首先感到的是一个"热"字，惊呼："这里的天气怎么这么热啊！"记得有一次和李杰走在蛇口的路上，在路边一小摊上买了7角钱一盒的冷藏菊花茶解渴。李杰在用吸管吸着菊花茶解渴之余，大为感叹道："要是每天都能够喝一盒冷藏的菊花茶那就太幸福了！"他那时的要求就只有这么高，能喝到菊花茶似乎就有了一种比进入"共产主义"还要幸福的感觉。后来他自己当了老板，每当谈起这件小事，大家都觉得非常愉快、好笑。

新欣开办之初，就工作条件来说，是比较艰苦的。试营业不久就遇到非常热的天气，许多房间甚至连空调也没有，由于每人都开着一台计算机，只好暂时买了一些电扇来救急。

除了解决员工工作和生活上的物质困难，还需要创造一个良好的工作环境。

新欣软件有限责任公司被誉为软件界的"黄埔军校"

当年，新欣软件在业界是众目所望，有口皆碑，不少国内外软件界的人士纷纷前来新欣软件参观访问。业界资深的院士陈力为在参观了新欣软件后，曾兴奋地对我说："老李啊，你好好干，你们现在做的事情，就是我们国家想做的事情！"当时国内对印度的软件发展情况颇为赞赏，我成电的同学朱新甫时任十五所的所长，他也来新欣软件参观访问。在说了一番赞扬的话后，他对我说："我们不久前才从印度考察回来，去参观过印度搞软件的中心班加罗尔。我看你们的搞法就跟他们的搞法差不多。"与此同时，中央和省市的不少领导也纷纷前来考察指导工作。此外，新欣软件被国内的许多权威媒体广泛报道，并盛赞新欣软件为软件界的"黄埔军校"，出来的人"个顶个全是正规军"。

我认为，好的软件产品必须通过工业化的生产方式来生产，个人的创造性劳动必须是有组织、有纪律的。因此，我经常向员工灌输"软件产业"和"软件工厂"的意识，软件开发工作不能随随便便，要严格按照一定的规矩来办。

我的一篇两万多字的专栏文章《软件工厂的实践与思考》连续三期在《计算机世界》上刊出后，在软件业界产生了很大的影响。一次，在深圳银湖宾馆召开电子科技大学知名校友会，有100多人参加。该校友会由从成都特地赶来深圳的学校党委胡书记主持，我被邀请出席。会上还邀请了深圳市常务副市长刘应力首先致辞。他在致辞一开始就说："说到你们成电，我首先就想到了在座的李智渊教授，他对我们深圳市的贡献很大。他提出的'软件工厂'的概念就非常先进，在业界领先嘛，对我个人的帮助也很大。他的学生，在座的金证科技的董事长杜宣，也为深圳的IT产业的发展做出了很大的贡献。"刘应力原来是深圳市某研究所的工程师，曾是我发展软件产业理念的粉丝。后来我任深圳市信息化建设专家委员会副主任时，他也是专家委员会的成员。专家委员会开会时，任副市长的他都要赶来参加，而且参会时常说："一般的会我都可以不参加，专家委员会召开的会我一定要来。"

在新欣软件的建设中，我首先想到的是一开始就要形成一种良好的风气。就像种一棵树，还是树苗时，就要让它长直。如果一开始就长歪了，一棵长大了的歪树就难以再长直了。我通常不想对这些年轻人讲"三观"之类的大道理，大道理说多了难以实行，他们也记不住。因此我一般都说得很简单：希望我们新欣人首先"要做一个好人"，然后"要做一个对社会有贡献的人"。多年之后，我对人生的认识有了一些新体会，但仍然保持简单的风格。我在2020年元旦的"新欣软件联谊会"上把这些体会加了进去，做了一点补充。我说：除此之外，大家还要规划过好自己的下半生，做人要有情有义，生活要丰富多彩，要"做一个有趣的人"！

怎样做一个有趣的人呢？我想大致可从两方面来看：首先，从对方的角度来看，你要平易近人，对人真诚并尊重别人，关心并乐于助人，谈吐风趣，远离媚俗，有幽默感，让人觉得和你打交道是一件愉快和有趣的事。其次，注重自己的内在修养，要爱好多样，知识丰富，关心国内外大事，为人大度宽容，谈吐低调不炫耀，有好奇心，虚心好学，不断完善自己，使自己每天的生活都过得很充实，有滋有味。

作为一个人，必要的社会交往是非常重要的。朋友间无拘无束的聊天，可能正是产生一些奇思妙想和好点子的源泉，对工作与生活都非常有益，不可小看。每逢新欣老同事们组织聚会，我总是鼓励新欣人尽可能前来参加，目的不是一起吃个饭，或者玩一玩，主要是想大家聚在一起，通过相互交流，随意聊天，畅叙友情，多半还会带来一些新的启发，对如何工作、如何生活都有积极意义。

一个企业要搞好，一定要有自己的企业文化。企业文化包含精神层面和物质层面的多方面的内容，如基础的物质文化、中层的制度文化、核心层的精神文化等。但其中价值观是企业文化的核心。我觉得如果一个人真正树立了"要做一个对社会有贡献的人"的价值观，其他的就比较好办了。

有一天晚餐后，我在新欣软件的院子里和一些年轻的员工站着聊天。刚参加工作的年轻人稍微有了点钱，又没有什么负担，很喜欢买一些名牌服装穿着。他们互相之间谈着某某穿的衬衫是什么名牌，某某的鞋子是什么名牌，皮带、领带又是什么名牌，等等。有人就问我："李教授，你身上穿的有哪些是名牌呢？"我听后笑了起来，因为我当时的穿戴还算过得去，但一件名牌都没有。这时突然来了个"急中生智"，我回答说："我身上除了人是名牌，其他的都不是名牌。"他们听了都哈哈大笑。我接着补充说："我希望你们每个人以后都成为名牌！"

我和年轻员工们的关系是非常好的，因为我平时就崇尚平等待人，讲求与人为善，从不摆什么架子。在公司，大家都不用深圳的习惯称呼我为李总，而是称我为李老师或李教授。相互之间拉近了距离，充满了亲切感。实际上，我心里很讨厌"李总"这样的称呼，觉得叫"总"多了一股商人的气息。

在一个软件企业中，严格的管理是必不可少的，但是应该建立在尊重人的基础上，简单地使用管、卡、压的方式是不行的，不但不能有效解决问题，反而会引起员工的反感和对立情绪。特别要尊重员工本人以及他们的工作、利益和贡献，因此创造一个自由宽松的环境非常重要。即使有的员工工作做得不好，也要采取一种与人为善的方式进行批评，讲究方式方法，达到帮助的目的，哪怕严厉一点都没有关系。有时用一种轻松幽默的方式也能达到批评的效果。

在我的一生中，我认为"与人为善"这一点十分重要。与人打交道时要多看别人的长处和优点，这样，心地就比较宽广，不会为一些小事而纠结。如果能够对他人有所帮助，就一定要尽力为之，把它当成一种"好事"或"善事"来做，"赠人玫瑰手有余香"，也让自己感到愉快。如果不能帮助别人，也一定不能妨碍别人，更不能整人。不过，也有少数人，稍有不如意就整人，那是一种劣根性。

我们经常强调对"美好性"的追求，即要使员工经常处在一种美好的氛围中，保持愉快的心境，从而树立起敬业精神，守纪律，充满自豪感。员工不仅希望自己的工作能得到他人的尊重与欣赏,也要对公司取得的成绩有自豪感。软件开发主要靠脑力劳动,心情不愉快的人是出不了成果的。

要使大家保持愉快的心境,主要有三点:一是让他们感到事业有成;二是增加他们的收入,物质生活无后顾之忧;三是让他们得到应有的尊重,特别是在工作中要有发挥他们才智的机会,对所负责的事情拥有一定的发言权和决定权。在工作中,只要愉快,即使非常辛苦,大家也觉得"值得",愿意为实现共同的目标而奋斗。

新欣软件当时采用的技术平台在国内属于先进之列,所以新欣的年轻员工在技术上的起点就比较高。例如,我们是国内在软件开发实践中最先采用网络的,当时国内绝大多数软件公司都还在"单机"上做工作。我们公司内部采用国外最新版本的Novell局域网。由于在Novell网上的应用搞得很好,加上国内在这方面基本上还是空白,所以我们成了国内推广Novell网应用的重要基地。

我们在国内最早使用电子邮件,要求每个员工每天都要发电子邮件,用很简要的文字总结汇报一天的工作,而且都用英文书写,这样也逐步提高了员工的英文水平。他们发的电子邮件我每天都可以看到,便于及时了解大家的工作情况。电子邮件的使用方便了同国外联系,便于快速向国外用户提供软件产品信息和调试、修改的进展情况。须知,那是1989年的事情啊!当时国内就是在计算机界,都还对电子邮件缺乏了解,更不用说使用了。我们的多媒体技术开发也在全国领先,在我们开发出了许多多媒体技术项目以后,清华大学在这方面也才刚刚起步。我清华的老朋友钟玉琢教授就在做这方面的事情。因为做了大量工作,电子工业部组建全国信息技术标准化委员会多媒体分委员会时,专门请我去北京商量,授权由我来组织这个分委会,并任命我为首届委员会主任。后来我又成为中国计算机学会多媒体技术专业委员会的常委。

刚毕业的大学生由于刚参加工作,没有实际工作的经验,一般还缺乏足够的自信心。一开始,我们引进了一些国外应用系统的源程序,让刚参加工作的员工通过学习掌握这些已有的程序代码,学习人家的经验,以便能使自己尽快上手。这样既能解决一些问题,也能够帮助他们尽快建立起做好工作的自信。

我们强调技术队伍要精干,讲究方法学和产品质量,项目开发力争又快又好,一开始就要给客户留下"职业选手"的形象,让新欣软件给他们留下优秀品牌的印象。

我们也经常鼓励同事间的互相学习、互相帮助。我常对这些年轻人说:"在技术上要开放,一定不要保守,不要只认为自己聪明。其实聪明的能人很多,天外有天,封锁别人实际上也就封锁了自己。"为了更好地交流,我仿照加州大学伯克利的办法,组织安排每周一次的技术研讨会,一般安排在周四下午,时间为个把小时,鼓励大家报名参加主讲,愿意讲的都可以前来报名。经公司研究决定后提前把3个月的研讨会内容和日程安排公布出来。员工在研讨会上通过交流,达到互相学习、互相启发的效果,营造一种活跃的学术氛围,促进大家思考问题,发现自己的不足。

最近,我还查到自己以前用英文写的在研讨会上用的讲稿,内容是讲软件工程的。实际上我的目的是要向年轻的员工们灌输一套软件开发的方法学。软件产业的发展难在哪里?难在它不只是一个简单的技术问题,难在它是由许多因素所组成的复杂系统,是一个系统工程。用户,特别是有经验的用户,并不是特别重视你能开发出什么软件产品。因为就算你这次开发出了一个优良的软件产品,怎么能保证你以后开发的产品也是优良的呢?他们更关心你是否有一套系统性的方法。这就需要一套方法学来保证软件产品的开发速度与质量。

可能因我来自大学,深受"老师的责任就是培养学生"这一传统的影响,我个人对人才的培养想得比较开。加上对国外的情况比较了解,知道年轻人都有追求实现自我价值最大化的愿望,故不应管得太死,要站在高处从大格局看问题,如果可能,还应提供力所能及的帮助。"一代人有一代人的美",年轻人有自己的美。如果我能支持和帮助他们不断提高自己,也可算是一种"美";如果他们留在新欣工作,自然会对公司的发展带来直接的好处。即使将来他们要出去发展,对社会也是一种贡献。

比如,当时从武汉大学来新欣实习兼打工的邝宁,聪明能干,被同事们戏称为新欣软件的"才子"。他当时研究生还没有毕业,我考虑到他将来还有一个研究生论文要"交差",就特意安排了一些比较灵活的适合他做的工作,为他将来返校提交研究生论文和答辩创造一些条件。对我来说,这只是做了一件"与人为善"的小事而已。后来,邝宁自己创业,成了四川有名的"任我行"公司的创始人兼老板,成为经常被邀请做讲演的青年企业家,取得了出色的成绩。在成就自己的同时,他热心各种社会公益事业,还眼光独到地倡导举办了以提高人们综合素质为目标的读书会和其他活动,而且越办越红火。听到这些,我很为他取得的成就感到高兴,觉得他这样的人生就很有意义。

我们还组织员工组建足球队、举行羽毛球比赛,也适当组织一些文娱活动,以增进大家相互了解,活跃气氛。干巴巴的人、缺少情趣的人是很难有创造性的。

总之,我们在新欣软件创造出了一种既要严格管理,又要让个人心情比较舒畅的宽松局面。年轻人既能在这里学到东西,又能做出相应的成绩。在这种环境中,他们的业务水平和综合能力得到了迅速的提高。即使多年以后,在很多员工,特别是公司开办的头几年参加工作的新欣人心目中,新欣软件更像是一所培养人才的大学校,在追求高标准、严格而又宽松的环境中,年轻的新欣人学会了怎样工作、怎样生活、怎样做人,也学会了怎样在成就自己的同时对社会做出自己的贡献。新欣软件这个优良而又质朴的平台,成了他们走向社会的一个难忘的起点。

证券交易系统与软件定价的思考

作为企业,是要讲效益的。社会效益再好,没有经济效益,一切都会成为空话,所以我们十分注重取得良好的经济效益。

在公司经济效益全面进入良性循环的时候,突然有了一个产生巨大经济效益的机会。我们及时抓住了这个机会,把信息技术引入证券交易市场。早期在全国证券业非常有名的"证券电话委托交易系统""证券柜台交易系统"就是新欣软件的首创。不过这才是走出的第一步,在这个基础上进一步发展,使新欣软件成为早期证券行业中与计算机有关业务的国内领跑者。这些系统建立起来之后，无论你在什么地方，通过联网的电脑便可以像在深圳或者上海的证券公司里一样进行股票交易。

实际上，改革开放以后，就出现了非正规的证券交易，一度有些城市在街头巷尾都出现过热热闹闹的证券交易现象，《参考消息》对此都有过非常生动的报道。直到1990年12月19日和1991年7月3日，上海和深圳两家证券交易所先后正式营业，中国股民才有了进行证券交易的正规渠道。

股票最早出现于17世纪初，随着资本主义工业的发展，企业生产经营规模不断扩大，由此而产生的资本短缺便成为制约企业经营和发展的重要因素。为了筹集更多的资本，便出现了股份公司，即由股东共同出资经营的企业组织，进而又将筹集资本的范围扩展至社会，产生了以股票这种表示投资者投资入股，并按出资额的大小享受一定的权益和承担一定的责任的有价凭证，并向社会公开发行，以吸纳分散在社会上的资金来发展公司的业务。世界上最早的股份有限公司诞生于1602年，即在荷兰成立的荷兰东印度公司。伴随着股份公司的诞生和发展，以股票形式集资入股的方式也得到发展，并且产生了买卖、转让股票的需求。这样，就带动了股票市场的出现，并促使股票市场大发展。早在1611年就有一些商人在荷兰的阿姆斯特丹进行荷兰东印度公司的股票买卖交易，形成了世界上第一个股票市场，即股票交易所。

股票交易在国外发展了几百年，对于中国人来说，完全是一个新的事物，怎么操作，大家都没有底。真正属于摸着石头过河，边发展边解决过程中出现的问题。

在中国证券交易之初，股民可以通过在沪深两地购买新股认购抽签表，获得申购新股的权利。当时股票市场供不应求，股民申购到的新股，等到二级市场挂牌，交易价格都是几十倍甚至几百倍地增长。这种财富增值效应，吸引了国人加入新股申购的大军，以至于当时有"百万雄师"南下购新股之说。在深圳，根据规定，凭身份证可购抽签表，每人限购10张，如中签每张中签表可认购1000股，就意味着有上万元落入腰包。

1990年12月1日，深圳股票交易所率先在全国投入试运行以后，股市的财富效应使得股市的交易量极大增加，进而呈现出巨大的需求。面对这种需求，我意识到机会来了，一定要抓住这个机遇！一时，蛇口入口处不远的大标语"时间就是金钱，效率就是生命"在我的脑海中清晰地浮现了出来。

一天，我特意去蛇口一家证券公司进行考察。一看那个场面真是了不得，简直是人山人海。那时，股票交易完全是人工处理，速度极慢，而且在紧张中还容易出错。想买的买不进，想卖的卖不出，股价又随时都在变化，机会稍纵即逝。因为错过了时间可能就赚不到钱甚至亏本，挤在队伍中的股民们真像热锅上的蚂蚁。深圳的天气又热，排着长队的股民们担心别人插队，简直就是你拉着我，我抱着你那样紧紧地挤着站着。我一边考察，一边就在构思解决这个问题的方案。

当时我们正在做一个与电话通信有关的项目，我想，完全可以把这个项目加以改造，用来解决证券交易问题。于是，我们抓住了这一机遇，从1991年下半年开始，利用在多个技术领域积累的丰富经验，把软件、数据库、计算机网络、通信、多媒体等多种技术有机地结合起来，相继推出了"证券电话委托交易系统""证券柜台交易系统"等，进而通过卫星和多种通信网络实现了全国的大联网，远在西南、西北等地的股民，在家里的电脑上也就可以进行证券交易。这些系统的推出，大大促进了我国证券业的现代化进程，也为公司创造了巨大的经济效益和社会效益。在开发中，多数都是我们已经使用过的成熟技术。这里需要指出，涉及的各种技术虽然是重要的，但更重要的是要在实际生活中发现这种需求，提出解决方案，并在系统设计中把有关技术集成起来解决面临的实际需要。

有了这些系统，买卖股票就简单方便多了。比如说，你要买某只股票，电话接通到证券公司后，按电话的语音提示，依次输入户名代码、密码、证券代码、想买的价格、想买的股数等，经过电脑处理发过来的语音一一被确认之后，这笔交易就完全交给电脑去处理。这样，因为证券交易完全交由电脑处理，不需要人工的干预，处理速度就大大增加了，可靠性也大大提高了。原来人工处理，在忙乱中处理速度就会下降，也容易出错，而股票交易是不容许出错的。

虽然走出的是一小步，却给证券交易带来了革命性的变化。有了这个系统以后，处理过程完全不需要人的参与了。你可能会问："这里面还有语音提示呢？"告诉你，语音并不是真人发出的声音，而是我们用多媒体技术中的语音处理合成的声音。至于处理速度，那就更快了。比如你打算买某只股票一万股，出价10元，卖家报价低于或等于10元的都可以成为买进的对象。这时，计算机就会从低价到高价进行"撮合"，把满足你价格要求的许多卖家的股票，以最合理的价格组合，凑出你需要的一万股。如果要用人工来处理，相当困难，而且容易出错。

最先开始使用这个系统的是深圳的两个证券部，其中一个是中信证券，另一个是罗湖区的深圳农行证券部。一天，我带了几个人去农行证券部，想考察一下系统的使用情况，看看还有没有需要我们改进的地方。农行行长一见到我，非常热情，笑逐颜开，对我们提供的证券电话委托交易系统简直满意得不得了。为什么呢？自从他们使用这个系统以后，需要进行股票交易的柜台人员就完全不需要了（这是一种非常辛苦而又容易遭到股民诟病的工作），而最重要的是，由于证券电话委托交易系统使用方便，不需要到证券部来排队，处理速度又快，每天在该证券部的股票成交量就大大增加了。成交量的增加意味着净利润的增加。不管股民买进卖出，亏本或者赚钱，证券公司对每笔交易都是要收取手续费的，交易越多收入越高。我去的那天，他们这个证券部的成交量就有八九千万，算下来，他们当天的净收入应在50万以上。可以想象，该行行长每天看到巨额利润滚滚而来时的心情该是多么愉快。

顺便提一下，不久前，我接到邹胜打来的一个电话。邹胜是新欣软件的一位老员工，各方面的表现都很出色，后来转到深圳证券交易所工作，成了主管技术的副总经理。打电话是因为有位名叫涂俏的作家去访问他，希望他谈谈深圳证券电子交易系统的发展史。邹胜对她说："要问早期的发展情况，你最好还是去问问李老师，他才了解这方面的历史。"因当时这位作家正在他的旁边，他就问我可不可以和涂俏直接通话，我说当然可以。通话中知道这位作家正在收集我国证券交易的有关历史方面的资料，并正在拍一部我国证券业发展史的纪录片。她还提到她写过一本《袁庚传》，更引起了我的兴趣。我答应帮助她，说只要返回深圳，就会给她提供一些资料并接受她的采访。我认为她做的是一件很有意义的工作，现在很多人都不大愿意做类似的工作，认为是费力不讨好。

当然，我们搞的系统为证券业服务，不能只让证券公司赚钱，我们也要利用这个难得的机会为新欣软件争取到比较理想的收益，促进新欣软件的进一步发展。这就牵涉到这个系统如何定价的问题。

通过分析研究，我估计我们这个产品的市场规模很大，而且那时只有我们才能提供这样的产品，还没有其他的竞争者能够撼动这种"唯一性"，因此定价一定要定得比较高，只要第一个用户接受了这个价格，以后签订合同时就可以"援引"这个价格。所以这个定价有一种战略性。在定价问题上我认真考虑了好几天。不让任何人来干预，必须来一点"霸道"。因为如果定了，就不好改，也不能改。如果定低了，又会错过大好机会。当我在公司内部提出我考虑好的销售价格体系时，其价格之高让大家吃惊，就连一向足智多谋、经常和我保持一致的第二开发部的经理杜宣都马上惊叫，差点就跳了起来，连说："李老师，这个价格太高了！不行，不行！"我坚定地回答说："定价这件事我已经考虑了很久，现在已经想好了。这是我的事，不是你们的事，这个问题你们就不用管了，由我来同客户谈价格，签销售合同！"结果，这个定价系统很成功，成了新欣软件最大的利润来源，也给后来离开新欣软件出去创业的不少年轻人带来了丰厚的利润，给他们带来了"第一桶金"，造就了若干个亿万富翁。后来成为上市公司深圳市金证科技股份有限公司董事长的杜宣还多次在聚会上与我开玩笑，说："是李老师的定价太高，让很多人出去办公司把新欣搞垮了。"这个话我想起来都觉得好笑！不过，值得我欣慰的是，不少新欣软件培养出来的大佬和业界精英在成就他们自己的同时，也在不同程度上对社会做出了他们自己的贡献。其中，杜宣就是他们之中的杰出代表。2017年，杜宣决定给母校电子科技大学捐赠3亿元人民币修建"宣邦楼"，一时传为美谈。杜宣做事谦虚低调，坚持匿名捐赠，他自己不露面，而且一定要请我出面，在隆重的捐赠协议上在捐赠人的"甲方"一栏签上我的名字。当然，他这样做包含了他个人对我表达的感谢之情，我也谢谢他的一番美意。杜宣和我一起工作多年，是一位有社会责任感、敢于担当、有情有义的人，我没有看错。

第一份合同就是由我亲自去中信证券签订的，一位女老总出来和我商谈合同。会上，首先由我介绍采用这个系统的好处和它可能带来的巨大经济效益。她对此是满意的，但还是希望我能够在价格上让一点。我认真且委婉地向她表示："这已经是我们能提供的最优惠的价格了，我们能够构思并开发出这个系统很不容易，相信你们用了以后一定会赚更多的钱！"那时我已经有了"双赢"的概念，要用户和开发方都能赚钱，这样才能实现可持续的发展，软件产业的发展才有希望。商谈的时间不长，合同就顺利签下来了，价格一点都没有降。

系统的销售价格就在那天签订的合同上第一次确定下来了，以后基本上就"照此办理"。价格是怎么定的呢？首先我采用了美元来作为计价的币种，理由是我们是外向型的企业。这样做，同样的价格，在数字上看起来感觉会小一些。是多少呢？我定的价格很简单明确：基本系统2万美元一套，每一线（一个接入计算机的电话口）1000美元。如果按一般50个接入口算，就是5万美元。因为我们有形的成本很低，比如说2万美元一套的"基本系统"，就完全是我们开发的软件的价格，"每一线"1000美元的电话接入口所需的电话接入卡是我们自己开发的，成本很低，所以总的利润就非常高了。如果再加上我们配套打包一起销售的计算机和网络等设备，销售金额和利润就更可观了。从此以后，签订的合同都照此办理，因此为新欣软件带来了丰厚的利润。而且，因为当时证券市场急需，证券公司都争先恐后前来订货，因为他们已经看清楚了，早装系统早得益，从而形成了软件业界难得一见的卖方市场。为了保证尽早供货，不少证券公司甚至愿意先支付货款，这是过去软件界几乎看不到，甚至想都想不到的事。此外，通过这些产品打入了证券业，我们在证券业建立了良好的信誉，在证券业新的应用领域开辟了潜力很大的市场。

现在再来谈谈我为什么要这样定价的一些思考。我没有正规学过经济学，只是因为我的兴趣广泛，喜欢读书学习，读过的书还比较多，从读亚当·斯密的《国富论》开始，自学了一些简单的经济学知识。那时一定要把价格体系定出来，就容不得考虑太多了。

软件定价是一个比较难的问题，首先遇到的一个大问题就是如何计算开发的成本。根据我的研究和我们的实际情况，我考虑把成本分为四个部分：

其一是"基本成本",包括一般可见的开销,如原材料的消耗、机器的折旧、开发产品投入的人工费用等;其二是"研究和技术积累成本",软件开发不是一般的重复性生产,也不是确定工期随便投入几个人就能完成的,它需要高度的创造性、人才储备和技术上的长期积累,这些都是需要成本的;其三是"机会成本",知识、技术的积累还需要有适当的市场机遇,只有善于把握市场机遇才可能产生效益,等待机会也是需要成本的;其四,其他因素对成本的影响也要分别加以考虑,如是不是创新产品、专用还是通用、开发的难度如何、客户要求提供产品时间的紧迫程度、我们过去是否有这方面的开发经验、目前开发的人力资源紧不紧张、推广价值如何、用户使用后可能产生的效益如何、用户的预算和可能接受的心理价格,等等。我在1993年6月29日《中国计算机报》上发表的一篇占两个整版的专栏文章《软件产业发展的思考》,就曾经讨论过关于软件定价的这些思考。我和该报一位副总编小饶在北京讨论这个问题时,为了加深印象,我还给她讲了一个有点意思的比喻。我说,古代小说里有仙人"点石成金"的说法,但只有少数修炼成了仙的人才能点石成金(相当于创造了价值),而我们有很多人在"修仙炼道",但修炼了多年不一定都能成仙。这些成不了仙的人不能点石成金,只能算"人才和技术储备",还不能创造价值,但在他们修炼过程中也需要成本,所以定价时也应该把这种成本考虑进去。

争取国家"八五"重点技术改造项目

从20世纪90年代初开始,新欣软件是在全国得到公认的优秀软件产业公司,在国内软件界产生了很大的影响,就是在国外也有很大的影响,前来参观访问的人士络绎不绝。其时,新欣软件被戴上了许多"第一"的桂冠,被电子工业部列为国家"八五"计划的重点技术改造项目的承担单位。

我根据自己的工作经验知道,新欣软件要进一步发展一定要争取到国家的支持。但新欣软件是中外合资企业,有点不大好办。一次电子工业部的领导来新欣考察指导工作,我就请教我的老朋友,电子工业部计算机司软件处的陈处长。他认为我们新欣软件发展的情况是很好的,中外合资的情况虽然有点特殊，但还是可以向电子工业部提出申请，有可能得到支持。这时国家正在搞第八个五年计划，即国家"八五"计划，电子工业部在这方面有许多工作要做，可以考虑纳入许多项目。

这个时候，另一种不同的声音也在我耳边响了起来。这个声音来自我的另一位老朋友，电子工业部计算机司微机处于万源处长。于处长是我多年的老朋友，清华毕业。自从1975年开始搞微型计算机以来，我和他就打过许多交道。他为人正直，热心助人，毫无官架子，讲话直率，还有东北人特有的幽默感。我很喜欢他，我们之间可以做比较深入的交流。一次，他到新欣软件来参观访问，看过之后他认为新欣软件的确搞得不错，但产权结构和组织架构有问题，前景不容乐观。在告别前，他特地语重心长地告诫我："老李啊，你要注意啊，你的新欣软件已经搞得很好了，名声已经很大了。你现在不需要把它搞得太好了，到了名声太大、效益太好时，别人的手就伸过来了。"

但怀着一种理想，我还是按自己的想法，开始编写"八五"计划的立项报告，争取到电子工业部去立项。我自己设定的主要目标：一是为了改善公司的开发环境和业务扩展，争取建一座新欣软件大厦；二是争取建一批公寓房，分给骨干员工居住，改善员工的住房条件。我当时设想，如果员工连续在公司工作5年以上，就把房屋产权给他。

编写立项报告的事我没有告诉任何人。为什么呢？因为我不知道立项成功的可能性有多大。另外，新欣软件是中外合资企业，能否立项也是一个问题。所以，直到立项成功前，公司里除了我一人，没有任何人知道这件事。

构思编写立项报告很费了一些精力，因为白天的事情较忙，我常常安排晚上在办公室里写。晚上没有其他人，可以安心写作不受干扰。一次写起劲了，怕思路打断，忘了时间已经很晚了，想回去时，竟然发现大楼的门从外面锁上了，出不去了。我又不能像年轻人一样翻窗子跳出去，结果高声呼唤了好久，才把住在院子大门口一间小屋的门房邓大爷叫醒，来给我开了门。

更精彩的是立项报告基本上写完后发生的一件事。那天晚上走得比较早，我把立项报告的稿子装在一个人造革的小黑包里，准备晚上带回家里再仔细检查一下。我骑着一辆自行车回家，绕道去在蛇口比较有名、当时也是蛇口唯一的一家百货商店"上海轻工总汇"买点什么。外面开始下起小雨，黑乎乎的。我正在付款买东西，突然一个全身穿黑色衣服的人抢了我放在玻璃柜上的小黑包，飞快冲出大门往外跑。我稍一迟疑，也跟着追了出去，可已经见不到那人的踪影了。这个小偷以为幸运地很快就抢到了一只胀鼓鼓的包，遗憾的是里面一分钱都没有，全是文稿和资料。可是对我来讲损失就巨大了，我只好重新再写。幸好文稿全是我自己写的，第二次写起来就比较快了。

我专程把立项报告送到北京，在电子工业部计算机司交了报告并做了口头汇报以后，去微机处办公室看望老朋友于处长。他说："你自己来北京，太好了！"他给我介绍经验说，要办事快，就得亲自来。他还指着他桌子上、地下堆放如小山似的文件袋，又拉开抽屉给我看。他说："我们这里现在各地送来的材料多得很。来不及处理，搞不好就把事情给耽误了。"

那时，电子工业部在万寿路的办公楼群已经相当老旧了，家具也很老旧，朴素得很。作为老朋友，他跟我开玩笑说："你看我这把藤椅，这个办公桌，真是老掉牙了。如果你要拍个电影，比如拍个电影《李大钊》什么的，你把这些家具借去当道具刚好合适。如果要制作出成色这样老旧的道具还真不容易。"

因为立项的事情比较大，我想既然来了，又去了一趟国家计委汇报情况。通过我的同学朱新甫的联系，国家计委曾培炎主任在他家里接待了我。曾主任很客气，他开门见山地说："你是软件方面的专家，今天主要听听你的意见。"于是，我就抓紧时间谈了一些如何发展我国软件产业的意见，中间也有一些交流。那天是一位司机开车带着我和老朱一起去的，真要谢谢朱新甫这位老同学热心周到的安排。不过，我对他也有回报，那次在北京，他请我去十五所做了一次软件方面的报告。听众有好几百人，都是十五所的科研人员，其中许多都是认识的老朋友，原来我所在九室的那些老同事全都来参加听讲了。报告结束后，好几位老朋友（李伯英、郑世德、谢紫东等）都走过来，大家把手言欢。

"八五"计划立项报告得到批准以后，因为它被列入了国家"八五"计划，蛇口当地的领导也很重视，把它看成是一件为蛇口争光的大事。当然，在蛇口批地就不成问题了。我们在工业大道旁边选了一块很好的地，自建了一座新欣软件大厦。

为员工建公寓房的事，我也很想一气呵成。我请到了蛇口几位管土地基建的领导一同到新欣软件大厦附近靠南山一侧的一块空地去勘察过。初步估计当时自建一套公寓还不到10万元。如果按我的设想，首期为技术骨干建50套房，需要的资金也就500万元左右。按我们当时的盈利情况，尤其是通过证券电话委托交易系统进入证券行业以后就完全不成问题了。可惜钱一多问题就来了，有人就见钱眼开麻烦就来了，不但我打算为员工建设的公寓房没有建成，后来连已经建成的新欣软件大厦也被败光了。

对来新欣参访者的一些回忆

那些年，新欣软件搞得很红火，来参观访问的人很多，其中名人也不少。

1984年初，全国第一次软件工作会议在北京国务院第一招待所召开，我有幸参加了这次会议。参加的人不多，就一两百人。开幕式的那天，时任电子工业部部长江泽民出席讲话。我刚好坐在第一排的中间，会场并无主席台，所以和他的距离很近。会议把发展软件产业的重要性提高到空前的高度。

那次大会以后几年过去了，软件的确成了一个热门而时髦的词语，不过软件"产业"的发展仍然没有多大的动静，进展不大。20世纪90年代初期，新欣软件在产业化方面取得了不错的成绩以后，来参访的人就越来越多了。访客大致可以分为以下几类：其一是关心我国软件产业发展的领导；其二是软件业内的专家或企业老总；其三是大学研究所的软件同行；其四是从国外来的；其五是各类媒体。篇幅有限，以下谈几个印象比较深的。

好长一段时间，来参访的人实在太多了，而且总是希望我来接待，或者是上级指定要由我来接待，真有应接不暇的感觉。虽然比较辛苦，但收获还是很大。同来访者交流，促进了我们的工作，也给了我不少启发，特别是发现了我们哪些地方还做得不够。此外客观上还为新欣软件打了广告，做了宣传。之前我们从来没有在任何媒体上打过广告。

电子工业部胡启立部长来参访给我留下了很深的印象。事前，深圳市经发局张仁初处长来电话要我安排接待。我问："还需不需要通知公司其他领导参加？"他说："不需要，就你一个人接待，领导只想和你谈话交流。"胡部长在相关领导的陪同下前来，一行10多人。在一楼一间很小的会议室坐下后，先由我做简单汇报，然后由各位来宾提问。胡部长听得非常认真。他一边听，一边提问，一边记笔记。令人敬佩的是，只有胡部长一人在认真记笔记，而其他的随行人员大多只是听听而已，从细微可见胡部长确有过人之处。记得他们提的问题中，最关心的是如何保证软件开发的质量，如何向国外用户提供软件产品以及维护、修改等问题。参观后，我们在新欣的大楼门口拍了一张合照。离开前，胡部长紧握住我的手表示感谢，用老一代知识分子的话语对我说："李教授，今后如有借重之处，还要请你多帮忙。"十分客气，平易近人！

另一位参访领导是张劲夫，陪同他来的有深圳市市长郑良玉和招商局蛇口工业区董事长袁庚。1956年，即我上大学的那一年，张劲夫就担任中国科学院的党组书记兼副院长了，其时郭沫若是院长。张劲夫为我国科学的发展和"两弹一星"的成功都做出了很大的贡献。我在科学院的朋友和同学都觉得他很不错，我对他的印象也很好。那时他年纪已经比较大了，但反应仍然相当灵敏。在参观过程中能不断提出许多比较具体的问题，说明他是在真正关心中国软件产业的发展，而不是来走马观花"视察"一下。好人高寿，2015年他以101岁的高寿去世。与他同来参观的蛇口工业区袁庚董事长对我们新欣软件已经比较熟悉，他是蛇口的最高领导，对能陪同北京来的高层领导到蛇口的企业参观是非常高兴的，始终露出笑容。郑良玉市长给我的印象很好，是一位文化底蕴深厚的领导，给人以很谦和的感觉。

另一位原计划要来参访新欣软件的是广东省委书记谢非。一天市经发局张处长给我来电话，说："谢书记最近要来深圳，准备在深圳期间考察一家高科技企业，而且只考察一家。经市里研究，决定安排到你们公司参观。"这时，公司的内部出现了一些问题，我说明了情况，婉言谢绝并建议安排谢非书记去华为参观。

东北大学李华天教授来访也给我留下了很深的印象。李华天教授同刘锦德老师同是国务院学位委员会的委员,他通过刘锦德老师与我联系要来参观新欣软件。他来新欣软件的时间大概是1991年,那时我们已经搞得很有名气了。老先生是西南联大毕业的,哈佛大学的硕士,新中国成立前夕就回国了。因为是刘老师介绍来的,我以前辈之礼相待。但李教授很客气,他反而把我当成老师看待,非常谦逊。他一来就开门见山地说:"我是来你这里留学的,希望你不吝赐教。"老先生这种谦逊的态度让我非常感动,我连忙说:"说到哪里去了,不敢当,不敢当。"他特别希望我介绍怎么在学校里搞软件,怎么由搞软件转化成搞软件产业的成功经验。我很详细地介绍了新欣软件是怎么发展起来的。他一边听,一边记笔记,不时赞叹说:"好!好!"他还说:"我一定要叫我的学生刘积仁到你这儿来学习。"我们谈了差不多一个上午,因他属于我们的师长辈,我就想请他吃个便饭。但他坚决不从,说:"今天已经花费你太多时间了,不好意思再耽误你了。"过了一段时间,他的学生刘积仁果然从东北专程来了,我们一起交谈了很久。刘积仁年轻有为,后来创办了东大阿尔派和东软,任董事长,事业很成功。刘积仁的成功与他个人的努力分不开,也与李教授和周围的老师们以及东大校领导的支持分不开。我当时就想,如果我们学校的条件能够像他们学校一样,很可能也会搞出一番成就。不过,再进一步思考,教学、科研与搞产业是有矛盾的,长远来看合在一起可能还是不容易搞好。我倾向于分开,学校里不要搞产业。要搞,就干脆分出去。

北大杨芙清教授一行也来新欣参访。她当时是北大计算机系的系主任,我们在1970年代搞200系列机操作系统时就认识了,其时她已经是中科院院士。她参观公司后我们一起座谈,谈到我们推出的一些产品,她突然冒出一句话来:"李老师啊,你们怎么搞得出来,我们怎么就搞不出来呢?"我笑了,说:"杨老师啊,你是院士,学术水平肯定比我们高。你要搞,哪有什么搞不出来的呀?"她又问:"那问题到底出在哪里呢?"我根据在学校和新欣软件工作的经验,坦诚地谈了一下体会。我说:"可能在于,同样是搞软件,学校和公司的想法或者价值观是不一样的。学校大多关心的是出成果,出论文,提职称,比如你们搞了一个'软件开发环境',概念很先进,各种技术指标也很高,确实可以做些演示,鉴定会也能通过,或许还能得到'国内领先水平''填补了国内空白'甚至达到'国际先进水平'之类的评价。对你们来讲,可能写论文、申报科技进步奖就足够了,没有必要去做产业化方面的事情了。关键是可能你那里再也没有人愿意继续深入做下去了,没有人做,当然就'搞不出来'。可是对公司来讲就不一样了。一个软件说得再好,只要不能好好使用,或者不方便使用,使用过程中还经常冒出一些'Bug'而不能得到解决,用户就不能接受,就卖不到钱,产生不了经济效益。对公司来讲,这个'产品'就一点用处都没有。搞一个产品一定不能搞到'基本没有问题'就停下来,而要追求'完全没有问题',并接受市场和用户最终检验,通过了才能算数。"

另外,我心里还想,可能他们一天都在"纯"软件里搞来搞去,太"软"了,缺乏应用系统的概念,不大关心了解社会的实际需要。像我们开发出来的"证券电话委托交易系统"就牵涉到软件、通信、数据库、网络、多媒体等多方面的技术。如果只关心"纯"软件,缺乏其他相应的知识和配套的技术,解决问题的方案都很难构思出来,开发一个产品就无从说起。当然,这个话我只是在心里想,没敢冒昧地说出来。

上述问题的关键,可能还是学校与企业的性质不一样,目标也不一样。学术与产业不是一回事,不应该要求学校做企业做的事情。此事,还值得深入研究。

某天,中国计算机报社的社长周慕昌打电话联系我。因为新欣软件在国内软件界成绩突出,他拟陪同台湾资讯工业大陆考察团来新欣参访,希望我能接待。代表团来后先参观,然后座谈。团长王兴隆是台湾资讯工业协会的会长,对新欣软件的一套做法很感兴趣,提了很多问题,并希望我们以后加强合作。他们回台湾以后,又派人来洽谈。王兴隆还给我写过亲笔信,我也给他回了信。后来我们在台湾拿到了一些订单,台湾就曾因新欣软件夺得台湾一个110多万美元的订单,在《资讯新闻》1992年7月13日总号第103期的头版头条以特大号的标题字惊呼:"台中博物馆多媒体标案,被深圳新欣软体公司借代理商辗转标得,震惊了各界""大陆软体业已跨过海峡直接来承包软体相关生意,而且无论在经验、技术、价格方面均极具竞争力,对现有软体业的生存将构成相当程度的威胁"。

　　不知什么原因，生产电脑在全世界都非常有名气的戴尔公司（Dell）的大老板戴尔也曾来新欣软件公司参观。这个年轻的美国小伙子是一个奇才，他身材魁梧高大，略显肥胖，来访时才28岁。1984年他19岁时，仅以1000美元创立起来的戴尔公司那时已经进入世界企业500强的行列，闻名世界好些年了。

　　时任深圳华达软件公司的邓爱国总经理曾率领他手下的一帮年轻的技术人员来访。邓总一行希望了解一下新欣软件的产品和软件开发环境，也希望我给他们的年轻工程师介绍一些开发软件方面的经验，如介绍软件开发环境和怎样加强软件开发的文档编写和管理等。邓爱国早年也在电子部十五所搞软件工作，他是最早到深圳的一批搞软件的专业人员，对深圳软件业的发展有很大的贡献。我们一起把深圳软件行业协会从很小的规模，发展成为全国最有影响的几个软件行业协会之一。在相当长的时间内，邓爱国任会长，我任副会长兼秘书长（后来又担任专家委员会主任），我们在长期的合作中成了很好的朋友。协会许多年轻的工作人员余江、郑飞、于维国等人工作也非常努力，与我相处得很好。细谈起来故事还很多，因篇幅关系，从略。

　　来新欣参访的媒体记者很多，而且经常来，专业报纸、地方报纸都有。除了一般性的采访报道，还有不少媒体记者希望对我个人做采访报道。当然，多报道一些新欣软件是件好事，因为他们一般能给人以比较客观的印象，可信度高，相当于给公司做宣传，免费打广告。

　　至于报道我个人，我就不那么放心了，主要是担心记者一片好心，报道中偶有什么不妥，而引起不必要的麻烦。幸好没有出现过什么问题。记者报道我个人的文字不少。印象还比较深的有几篇。

　　《计算机世界》的记者刘克丽，是我校计算机专业的毕业生，那时她已是经常发表专栏文章的名记者了。原来我并不认识她。开始，访问就在我的办公室里进行，但干扰很多，一会儿有电话，一会儿又有人来，思路常被打断。我就向她提议，干脆我们到外面找个清静的地方去谈吧。我和她一起步行到不远的一个小公园蛇口锦园，那里是由一片荔枝林改造过来的，环境不错，相当幽静。我们在荔枝林下找到一张石制的圆桌，并在圆桌周围的石头凳子上坐了下来。她希望采访从我小时候到当时的种种经历，谈的时间颇长，但很顺利，一气呵成。刘克丽返回北京后，写成专访。这篇专访在1992年6月3日《计算机世界》的"人物专访"专栏上刊登，题目是《走向世界的领头雁——访新欣软件总工程师李智渊教授》。文章开头写道："态度谦和，表情宁静，天庭饱满，目光炯炯，面架一副眼镜。这是李智渊教授给人留下的最初印象。当与李教授深谈之后，就会发现，他全面、系统的逻辑思维，文雅得体的言谈举止，无愧父辈52年前赐给他的名字：充满智慧，知识渊博。"多年过去，这些文字我不仅记不清了，而且可能那时太忙，她的这段美言也没有给我留下很深的印象。因为我最近要写回忆录才从过去保存的资料里翻了出来。看到这篇文章，重读了一遍才发现这段美言还不错。这里要感谢刘克丽，多年前她不写下这段文字，我都不知道我在记者的眼中还留下了这样的"光辉形象"。随着时间的流逝，人会越来越老，到以后行动不便时，看看这段文字或许对我的身心健康还会有些好处，我的后辈们看了多半也会因之而高兴，故抄录之。当时，我问她这个题目是不是把调子提得太高了，她是一个很有魄力的人，回答很干脆："我完全是实事求是地写，国内能够搞软件出口像新欣软件这样的还没有，说你是'走向世界的领头雁'，当之无愧！"

另一篇访谈是《电脑报》的记者黎和生写的。1995年3月17日的《电脑报》头版头条发表了他采访我后的署名文章《情寄软件产业——著名学者型企业家李智渊教授访谈录》。他在文中的一段评价我觉得还比较符合实际，抄录在此。他说："和纯粹的企业家不一样，李智渊教授可能更多的属于'儒商'这一类。这些年，他在为发展软件产业出力的同时做学问；在做学问、带研究生中搞产业。他是国家'863计划'专家组成员，全国多媒体技术标准化委员会主任委员。报刊上经常可以见到他的文章和报道，特别是他在发展软件产业方面写的论文如《软件工厂的实践与思考》《中国软件产业化之我见》《软件产业发展中的体制和人的因素》《企业是发展软件产业的根本》等，不仅在软件界同行中有很大的影响，还得到了各级领导的高度重视。李教授被遴选为国家科委重大研究课题'我国软件产业发展战略研究'研究组的组长，显然就是对他这方面工作的一种肯定。"

另一个更有意思的访问是《四川日报》记者陈佩珍的来访。软件的专业性很强，没有想到作为中共四川省委机关报的《四川日报》也很重视，专门报道新欣软件。他们认为新欣软件在发展高科技方面的确为四川省争了光，报道以很大的篇幅发表在该报1991年2月22日的头版头条。这位记者很客气，刊登前还拿原稿来给我审阅。我看了以后稍有文字修改，还给他提了一点意见，希望他在文字中再加入一段话。为什么？因为文章中仅仅提到我的名字，我认为不好，应该提一下有关领导的名字。他接受了我的意见，把文章开头部分做了一些修改。与这篇报道相伴，当天的《四川日报》还以"本报评论员"的名义发表了另一篇文章《一件大有可为的事业》，对发展软件产业一事大加赞扬。

新欣软件取得的成绩

从20世纪90年代初开始，新欣软件是得到全国公认的优秀软件产业公司，在国内软件界产生了很大的影响，受人瞩目在于其全面优秀的表现。

新欣软件用出色的成绩证明了软件的价值，也让人们深刻认识到了软件在中国是可以赚钱的，搞软件能产生比较高的经济效益得到了体现；新欣软件用实践证明了国内也可以搞出高水平的软件，而且可以出口到国外，能和国外的产品一争高低；新欣软件用实践证明了技术创新是软件产业发展壮大的重要基础和保证；新欣软件让人们认识到软件开发和生产需要有正确的"产业"观，要有很好的组织和管理及一定的规模。新欣软件所倡导的"软件工厂式"的思想和方法在软件界产生了很大的影响；新欣软件为社会培养了不少软件人才，在新欣软件受到锻炼的许多员工，后来成了许多成功企业的老总、骨干或者技术专家，对软件产业的发展起了一定的积极作用。

概言之，新欣软件以"五个有"（有人才、有技术、有管理、有市场、有效益）的特色为业界所广泛称道。以下详细介绍。

1. 有人才

一个专业软件公司最大的资产是什么？是它的技术实力和技术创新能

力。实际上,是这种技术实力所依附的"载体"——人才。

但是,离散的人才是不能很好地发挥作用的,必须加以很好地组织。公司从一开始就十分重视聚集一批高素质的优秀人才,注意梯队建设,形成了一支本科以上(其中硕士及以上占30%左右)约150个软件人员的开发团队。人员主要来自国内重点大学相关专业的毕业生和一些已经有一定实际工作经验的优秀人才。员工进入公司前,都要经过严格的考核,不仅要考核业务能力、外语水平,还要考察事业心和合作精神。新员工进入公司后,主要由公司组织培养,培养软件产业意识,并要求他们掌握一套比较先进的软件工程方法。加上在工作中的实际锻炼,人才培养取得了显著的成绩。软件业界专家考察我们搞出来的不少产品后评价说:新欣软件的这一培养机制,可以让普通的软件人员通过培养和实际锻炼,开发出水平很高的软件产品。

2. 有技术

公司拥有优良的开发环境。公司所有的计算机设备都连在一个网上,既便于大家共享各种资源、交流信息,也便于公司对开发工作的管理。当时能在国内做到这一点是很罕见的。特别是,新欣在1989年就已广泛使用电子邮件系统和国外联系,传送软件并对软件进行修改和维护,更使国内软件界大为惊奇。

没有市场就没有产业的发展。为了开拓市场,公司十分重视技术创新。这里,仅以有代表性的多媒体技术应用和证券电话委托交易系统及证券柜台交易系统为例来加以说明。

多媒体技术是20世纪80年代才发展起来的,有着广泛的应用前景。但光看到它的重大意义是没有用的,而是要通过开发实际项目来学习掌握多媒体技术,提高自己的水平。公司抓住了做香港科技博物馆多媒体展示项目的机会,从简到难,一口气完成了50多个多媒体项目,积累了丰富的经验,打开了国际国内市场。在80年代末到90年代初期,国内还处于多媒体技术的启蒙阶段,已经取得突出业绩的新欣软件毋庸置疑地处于国内领先地位。

在20世纪90年代初,我国证券市场处于飞速发展时期。但是手工操作的落后状况极大地限制了证券业的发展。在交易高峰时期,想买的买不进,想卖的卖不出,对此大家也无可奈何。新欣软件抓住了这一机遇,从1991年开始,利用自己在多种技术领域的丰富经验,把软件、数据库、计算机网络、通信、多媒体等多种技术有机地结合起来,相继推出了证券业的证券电话委托系统、证券柜台交易系统等,通过卫星和多种通信网络实现了全国的大联网,从而加快推进了我国证券业的现代化,也为公司创造了巨大的经济效益。这种在单项技术上力求精深,能驾驭集成多种技术,从而开发出种种创新性应用系统的能力,使得新欣软件的竞争力远远超过许多同类的企业。

3. 有管理

以规模经济为目标的软件产业,应该有与手工作坊截然不同的正规化生产方式。个人的创造性劳动应该是有纪律和有组织的,否则难以在预定的时间内生产出高质量的软件产品。要做到这一点,就需要良好的管理。但是,软件开发的"不可见性"使得很难对它进行管理。对此,新欣软件首先要求员工用软件工程和软件工厂的思想和方法来武装自己,继而参照国外软件开发的先进管理模式,创造了一套适合自己的管理办法和规范。

1989年公司就已经在广泛使用网络、电子邮件这一事实,从一个侧面充分反映了新欣软件在开发和管理方面在国内的领先地位。

新欣软件除了有一般工作规范,特别值得自豪的是在技术管理上有一套系统性的方法,对开发过程和质量控制实现"文件化"的管理办法。每个项目都有一套比较完整的文档,包括项目的提出、系统分析、系统设计、编程、测试、维护、使用说明等。这对于保证软件的可重用性、提高质量、克服因人员流动带来的问题起到了很大的作用。多年后的今天,许多搞软件的公司都还做不到这一点。

公司成立了专门的质量保证部。产品提交用户之前,都要经过质量保证部的测试和检验,通过后方就能提交用户。若用户反映有质量问题,首先要追究质量保证部的责任。为了解决出口软件的配套文档问题,公司除了要求员工有较高的英语水平,还在软件人员中培养了一批能够编写英文文档的人员,而且还请了两个美国人来公司工作,对英文文档进行把关。

新欣人多数没有工作经验,而公司通过较好的管理把毕业不久的年轻学生凝聚在一起，再加强专业训练，使每个人都充分发挥了较大的作用。

4．有市场

从国内市场来看，如前所述，新欣软件利用自己在多种技术领域的丰富经验，进入了潜力巨大的证券市场，并逐步形成一系列的配套产品，最后发展形成了覆盖全国的证券交易系统。当时新欣软件成为该类产品在全国市场的"霸主"。一时间产品供不应求，甚至很多用户乐意预付项目的全部经费，以争取得到新欣软件优先的服务。用户希望优先安装证券交易系统，及早产生效益，一时出现了买家求卖家的现象，出现了在软件界从未见到过的卖方市场。我们在市场开发初期及时制订产品和服务的"价格体系"，引导市场并得到用户的认可，从而产生了较高的经济效益。

新欣软件一开始就把自己的目标定为外向型，为取得大量的国外订单创造了条件。

5．有效益

公司在仅有150个技术人员的情况下，年纯利润达数千万元。这在当时是很不容易的。如前所述，在某些项目上，收取客户方的开发费达到每人每天250美元，已经向当时的国际水平看齐。

进入国家"863计划"专家组

因在软件、多媒体技术等方面取得了较好的成绩，1993年我进入了国家高技术研究发展计划（"863计划"）专家组。深圳市政府机关报《深圳商报》曾以字号很大的黑体标题"李智渊跨入'863计划'专家组——成为我国第一个加入该组织的高科技企业家"报道了此事。自此，我有幸成为深圳市首个进入国家"863计划"专家组的成员，也是唯一一个。虽然深圳好几家报纸都对此事大加报道，但实际上，我并不是深圳人，因为我的工作关系仍然在电子科技大学，户口还在四川省成都市。

"863计划"是科学家的战略眼光与政治家的高瞻远瞩相结合的产物。

1986年3月3日，王大珩、王淦昌、杨嘉墀、陈芳允4位科学家向国家提出"关于跟踪研究外国战略性高技术发展的建议"。邓小平很快做出"此事宜速作决断，不可拖延"的重要批示。之后中共中央、国务院批准了《高技术研究发展计划（"863"计划）纲要》。"863计划"于1986年11月启动实施，朱光亚是"863计划"的总负责人。这个计划选择对中国未来经济和社会发展有重大影响的生物技术、信息技术等7个领域，确立了15个主题项目作为突破重点，以追踪世界先进水平。

事前，国家科委的一位处长来电话征求我的意见，有两个主题专家组都希望我参加，一个是"智能计算机主题专家组"，一个是"CIMS主题专家组"。我回答说，我服从国家科委的分配，随便安排到哪个专家组都可以，但他们坚持要我自己选定一个。我就说我现在工作比较忙，离开深圳的时间不能太多，希望选一个在深圳工作时间比较多的。在了解了一些情况以后，我就选定参加CIMS主题专家组。国家科委对专家组成员的聘任相当慎重，特意从北京给我送来一本盖了国家科委公章的聘任书。我们这个专家组有10多个成员，大多数成员都有在国外留学的经历，约有一半以上的成员后来成了科学院或工程院院士。按当时整个"863计划"包含的7个领域15个主题计算，全国参加专家组的总人数在150~200人。

CIMS是英文Computer/Contemporary Integrated Manufacturing Systems的简称，中文叫"计算机/现代集成制造系统"。CIMS的基本出发点是：企业的各种生产经营活动是不可分割的，要统一考虑；整个生产制造过程实质上是信息的采集、传递和加工处理的过程。

CIMS是通过计算机硬软件，综合运用现代管理技术、制造技术、信息技术、自动化技术、系统工程技术，将企业生产全部过程中有关的人、技术、经营管理三要素及其信息与物流有机集成并优化运行的十分复杂的大系统。

我们这个CIMS主题专家组由清华的吴澄教授任组长（他后来成为中国工程院院士）。按照"863计划"规定，专家组的主要任务是：组织本领域技术发展战略与预测研究；对本领域的目标和任务提供决策咨询；参与编制项目和专题课题申请指南（标书）；审议专题课题和项目立项建议；参与项目实施方案的论证；参与对项目（课题）执行情况的检查、评估和验收工作；

承担领域重要技术发展问题的咨询工作等。

专家组每过一段时间就集中召开会议，研讨执行上述任务的有关问题。有时组织一些全国性的大型学术交流活动，有时到CIMS推广应用试点单位，有时还要安排去一些地方和单位检查、评估和验收项目执行情况，等等。因为吴澄担任组长，CIMS专家组办事机构就设在清华大学自动化系，办公室主任由一位认真负责、热心助人的李芳芸老师担任。我们专家组安排活动最多的地方就在清华大学，我们去总是住在清华大学的甲所。甲所建于1917—1919年，为西式砖木结构，其间树林成荫，花草拥簇，溪流环绕，环境优雅。著名的清华老校长梅贻琦先生就曾在此居住多年，这里后来改建成清华大学的专家招待所。我在甲所参加过"863计划"专家组的多次会议，那里给我留下了许多美好的回忆。

去清华的时间多了，就认识了更多的清华朋友，多数是计算机系、电子工程系、自动化系的。这些教授对我们都很客气，有时也请我们去他们的实验室参观。我与钟玉琢、徐光佑两位教授因搞多媒体技术的关系最为熟悉，也去参观过他们的实验室。印象很深的一位是吴文虎教授。他那时在搞语音信号的数字处理方面的课题。看完他的语音处理实验后，我饶有兴趣地向他问起国际青少年计算机竞赛方面的问题。从1989年起，他连续15年担任国际信息学奥林匹克中国队总教练，带领中国队获得许多块金牌。他带领参加国际比赛的学生都是国内中学出类拔萃的孩子，与他谈话，深深感受到他对孩子们的拳拳爱心。他带领的中国队在每年的国际比赛中都名列前茅。记得他告诉我，每年为了参赛，先在国内中学选出300名优秀学生，经过大概3个月的培训后留下30名，最后留下12名，再从中选出几位状态最好的去参加正式竞赛。他说，这些孩子太优秀了，因为参赛名额所限，其中没能参加计算机竞赛的后来去参加国际物理竞赛照样获得金牌。

专家组的人员素质都比较高。因为大家经常一起活动，都比较熟悉了，相处很好，年龄也差不多，讨论问题基本上都能畅所欲言。与我交流比较多的除了组长吴澄教授，还有田连会、顾冠群、蒋新松、周济等几位。田连会是电子工业部六所的总工，他喜欢同我讨论软件产业化方面的问题，也希望听取一些我对他们所产业化方面的建议。记得我们当时经常忧心某些打算产业化的项目难以实现，专家组当时很想在产业化方面有所突破，但不大成功，关键在于受学校和研究所纯学术环境的影响，推动的动力不足，也没有合适的机制来加以保证。顾冠群当时是东南大学的副校长，不久后通过选举成为该校的校长，后来成为工程院院士。他擅长计算机网络工程，1980年编著了我国第一本计算机网络统编教材《计算机网络》。我常和他讨论网络方面的问题，他人很随和，常和我说一些心里话。因为已经很久没有和他联系了，写这段文字之前，我想了解一下他现在的情况，网上一查得知他已经在2007年因病去世，非常可惜。蒋新松是沈阳自动化所所长，老一辈的工程院院士、智能机器人方面的权威。那时他正在主持搞6000米水下机器人。他待人友善，还很有幽默感，我一有机会就向他请教，休息时还喜欢和他开玩笑。我和他相识才几年，他因积劳成疾而不幸去世。《人民日报》以很大的篇幅对他做了专题报道。

在专家组里，我和周济打交道最多。一个原因是，他那时正在搞机械CAD（计算机辅助设计）方面的系列软件产品，他对我在软件方面做的工作比较欣赏，我们在软件产业化方面有许多共同语言。另外一个原因是，我们开会或者一起出差时多次同住在一个酒店的标准间，谈话的机会和话题也就多了。他1946年出生，1965年考入清华。那时我已经研究生毕业了，年纪大他好几岁，他很客气，平时就叫我"李老师"。有一年，CIMS专家组在武汉华中理工大学组织大型的学术研讨会，来自全国的好几百人参加。他当时任该校的副校长，特地邀请我在他们学校做了一个学术报告。他和几位教授坐在前排，听众很多，学生教师都有，会场挤得满满的。因为听众太多了，不得不把报告厅的两扇大门打开，在门外走廊上也摆满了座椅。1993年冬天，我们一起去美国芝加哥参加AUTOFACT年会，这个年会是国际上自动化领域最重要的一个学术会议，参加的人很多。会议结束后，我们又去一些大学、研究单位访问，相处时间很长，交流的机会就更多了。他平易近人，思路广阔，爱好也多，我和他很谈得来。一次，我们一起出差，回家前他买了一些东西准备带回家送给太太。我说，这些东西到处都买得到，何必麻烦在这里买。他的回答很精彩，他笑着对我说："李老师啊，这你就不懂了，你买100元的东西带给你太太，比你回去带给她1000元现金的效果都要好得多啊！"多少年过去了，这段话我还记得很清楚，很有趣。后来他成为中国工程院院士、教育部部长、中国工程院院长，做了很多很有意义的工作。

在作为"863计划"专家组的成员期间，我也给我们学校提供了一点儿帮助。事情是这样的，刘锦德老师觉得我们微机所的同事、我的同学小袁老师当时没有合适的科研项目，希望我协助申请一个"863计划"的科研项目。刘老师对下级的关心要落到实处的这个想法很周到，他向我提出，我当然也责无旁贷，就以新欣软件和成电微机所合作的名义共同申请一个多媒体项目。因为当时新欣软件成功做过许多多媒体项目，由我出面来申请比较有利。项目申请的答辩会是在北京举行的，我为此专程去北京出席答辩会。这个共同申请的项目实际上由成电微机所来执行，他们做出了很好的成绩。

参加国家"863计划"专家组的工作帮我拓宽了工作领域，开阔了视野，也学到了不少东西，特别是结识了很多工作在不同领域的高水平的人士，交流很多，获益不少。

组建我国多媒体技术标准化委员会

20世纪90年代初，多媒体技术得到了迅速的发展。多媒体技术是使用计算机综合处理文字、图形、图像、声音、动画、视频等多种不同类型信息的技术。它是一种基于计算机技术的综合技术，包括数字化信息处理技术、多媒体计算机系统技术、多媒体数据库技术、多媒体通信技术和多媒体人机界面技术等。因当时国内与多媒体技术关系密切的VCD、DVD等推向市场，进一步增加了多媒体的热度。

由于新欣软件较早开展多媒体方面的工作，在20世纪90年代初就已经完成了多个多媒体的项目。当时，国内计算机界的多数人都还不知道什么是多媒体，所以好长一段时间，到新欣参观学习的人不少，在国内影响很大。

大概是1992年初，电子工业部计算机司通知我到北京有事相商。我到达后，计算机司的一位处长和我谈话，说部里知道我们在多媒体方面开发了许多项目，成绩显著，而且已经派人到我们那里实地考察过了。当前多媒体技术是一个发展方向，为了适应多媒体技术特别是多媒体技术产业的发展，部里研究准备在全国信息技术标准化委员会下成立一个多媒体技术分委员会。他继续说："经部里研究，准备请你来组建这个多媒体技术分委员会，并由你担任主任委员。"我回答说："我现在很忙，我可以参加这个工作，但可否不担任主任委员？"他坚持说："你们已经在多媒体方面做了很多工作，在全国领先，因此部里认为你是出来组建多媒体分委员会的最佳人选。"最后，我只好答应下来。临走前他还说了一句："李教授，你承担这个工作是对你在国内多媒体领域学术地位的一种肯定，因为你以后就是全国信息技术标准化委员会多媒体分委会的主任委员，在这方面是我们国家的代表。"

多媒体分委会上面是全国信息技术标准化技术委员会，这个委员会挂靠在电子部一所（中国电子技术标准化研究所）。与我对口的联系人是林宁、黄伟敏和王宝艾3位女士，后来王宝艾和黄伟敏直接参加我们分委会的工作。组建多媒体分委会时，因为一时还不知道有多少工作要做、有哪些资源可以利用、活动经费如何筹集，我一开始就设想委员人数不能太多，待工作开展一段时间以后，可根据实际需要增加。首先我发展了几个基本的核心成员：钟玉琢教授、张福炎教授、吴乐南副教授。我邀请此前就熟悉的清华大学钟玉琢教授来担任副主任委员。他们也在搞多媒体方面的研究，而且正在筹组中国计算机学会多媒体专业委员会，后来我也成为该专委会的常委。南京大学的张福炎教授也在进行多媒体技术的研究，后来任南大多媒体技术研究所所长。另一位是东南大学的吴乐南副教授。他要年轻一些，几年后他也成为教授和东南大学多媒体技术研究所所长。

我们首先要做的一个工作是跟踪国际上最重要的多媒体方面的标准，当时多媒体数据压缩技术的研究及其技术标准的制定是国际工业界和学术界普遍关心的热点问题，特别是随着网络和数字媒体产业的迅速发展，统一的技术标准的制定与实施显得尤为迫切。

根据实际需要，我们选了MPEG-2作为多媒体分委会要做的第一个工作（DVD就采用了这个标准），先把工作开展起来。经商量，由清华钟玉琢教授组织人力把它翻译出来，然后由南大张福炎教授负责安排审校，再经分委会组织评审后作为我们中国的标准。

作为主任委员，我考虑的一个主要问题是如何尽快与国际标准化组织的有关机构联系上并与国际接轨。如果我把关心的问题局限在某些具体的多媒体技术问题上,那就是捡了芝麻,丢了西瓜。我想,我们不能被动地接受国际标准化组织制定的标准文本,完全由他们说了算,而是应该主动与国际有关的标准化组织联系,然后让我们中国的学者和专家们走出国门去参加有关的工作,在学习了解国外已做的有关工作基础上逐步为我们国家做出贡献,争取在国际上有我们的一席之地。

国际标准化组织(ISO)下属的机构分多个层次,ISO/IEC/JTC1(国际标准化组织/国际电工委员会/第一联合技术委员会)是制定信息技术标准的专业委员会。JTC1下属若干个分委员会(SC,即Sub-Committee),其中SC29分委员会负责制定多媒体技术标准,它的任务是制定"音频、视频、图像、多媒体和超媒体信息的编码表示以及用于此种信息的压缩和控制功能集的标准"。这个分委员会下设三个工作组(WG,即Working Group),分别是制定JPEG标准的WG1、制定MHEG标准的WG12和制定MPEG标准的WG11。

对于国际标准化组织下的各种标准化组织,我国政府主管部门都设立有与之对应的机构,这些机构代表国家发表意见、行使投票权,并与相应的国际组织发生联系。全国信息技术标准化技术委员会(简称"全国信标委",挂靠中国电子技术标准化研究所)与JTC1对应,全国信标委下属的多媒体技术分委员会则与JTC1/SC29相对应。

搞清楚了这些关系以后,就需要与国际上的相关机构联系,因为以前我国没有人同他们具体联系过,一开始还颇为困难。我想了很多办法才联系上。所有的联系工作都是由我亲自来做的。为什么?因为当时没有合适的人选,如果安排手下的人来做,未知因素太多,他们完全不懂该怎么办,可能效率更低,而且函电往来全都要用英文。

最困难的还是经费问题,而任何活动都需要经费。原本我以为全国信标委多少会提供一些基本的经费,结果完全没有,而且我在全国信标委复印有关多媒体技术标准的大量资料也都需要自己付费,收费标准还颇高。

经费到哪里筹措?我国的多媒体技术才开始起步,有关企业还没有足够的实力,最重要的是还没有认识到搞多媒体标准化对企业的意义。搞标准,他们认为是国家的事情。国内当时搞DVD的公司虽与多媒体有关，但他们多半还没有自己的技术，大多靠搞山寨版赚点快钱，还要给人家付专利费，哪里能赞助你搞什么国家标准呢。一时真想不到什么办法，所以每次开会，都由参加的委员单位各自负担一部分。

后来因为筹集经费问题，我对一件事颇感遗憾，即是，原来请我参加"863计划"专家组时，国家科委可任由我在两个专家组间进行选择，一个是"CIMS主题专家组"，一个是"智能计算机主题专家组"，如果当时我选择后者可能就比较好。因为多媒体技术也是"智能计算机专家组"业务的一部分，完全可以规划出一些多媒体技术标准化方面的研究课题，从"863计划"申请一些经费来支持我国多媒体技术的标准化工作。

我知道，第一次走出去对我们国家的意义十分重大。因为尽管中国是大国，但从来就没有代表参加这些重要的国际会议，中国在这方面也就没有什么影响，更发挥不了什么作用。我经过努力，解决了一部分经费。于是，我先联系请SC29发邀请，然后办签证，一切顺利。于是1995年10月我代表我国去美国达拉斯参加SC29和WG11工作会议。这也就是我国第一次派代表参加该委员会的会议。

此前我多次参加各种国际会议，但这次最为特别，以前都是参加代表团，代表至少有几个，我还担任过几次副团长。这次就只有一个中国代表，团员是我，团长也是我，不过分量比较重，是代表国家机构（National Body）的正式代表。

那时香港还没有回归祖国，国泰航空用的机场还是在维多利亚港湾里的启德机场。我从香港出发，先飞到旧金山然后转机到达拉斯。到了达拉斯已经很晚了，幸好在加州大学伯克利时认识的老朋友日本人和田良一用电话预先在一家汽车旅馆给我订了一个房间，出机场后我直接乘出租车到了那家旅馆。到达时，已经是当地时间晚上12点了，值班的柜台上一位女服务员不知是否出于安全的原因，还多问了我一些问题，然后安排我住下。时差关系，睡不好，一心想着明天参加会议的事情。我想，我是代表中国第一次来参加会议，一定会安排我在会上讲话，睡在床上，心中就在用英文来构思这篇讲演稿。

会议在达拉斯的一个相当漂亮的会议大厦里举行。我到了会场,找到了桌上放有一块三角形标牌上面写有"China"标志的座位。那时SC29的主席是一个日本人,搞多媒体方面的专家,瘦瘦的,不高,年纪可能比我稍大。他先向我点头致意,会议开始不久,他就很客气地提出,请第一次来参加会议的中国代表李教授讲话。在讲话中,我首先对能得到会议的邀请表示感谢,然后简单介绍了中国信息技术标准化技术委员会多媒体分委员会的组成、业务范围和工作情况,并表示我国现在对多媒体技术方面的研究工作很重视,已经做了很多工作,希望在参加该委员会和有关工作组的工作后,在向同行们学习的同时能够做出我们的贡献。最后,我还表示了一个高姿态,说:"希望能有机会尽快安排一次会议在中国举行,由我们中国来当东道主,我很乐意在中国看到大家。"实际上,此事我并未得到授权,我斗胆提出,是想表示一个高姿态,让各国代表对"中国"留下一个深刻的印象。尽管是唱了一出"空城计",但根据经验,我一点都不担心,因为即使能安排,那也一定是几年以后的事了,有足够的时间来处理,回旋余地很大。

因为是第一次参加会议,我国还是"观察员",还没有表决的资格。不过,自此以后,中国就算正式成员,有表决权了。参加会议的人很多,来自公司、大学、研究所等的人员不少,但大多都没有代表"国家机构"的资格,也就没有表决权。

会议期间,表决了起草好的一些决议,会议表决的方式还是比较"民主"的。表决前,会议主席先问:"Objection?"(有反对的吗?)如果有反对意见的,可以做出说明。然后问:"Abstaining?"(有弃权的吗?)如有弃权的,也可做出说明。如果都没有,就进行表决。进行表决的决议中,有的并没有很实质性的内容,比如只是对某些人过去所做工作的肯定和赞扬。

会上也有不少亚洲面孔,后来知道日本人很多,韩国人也不少。因不知道对方是哪一国的人,大家都在用英语交谈,后来一位美国HP公司的男士过来同我用中文交谈,他说他出生在香港。

会上,因那时国内对MPEG标准特别关心,我就特意去找负责MPEG标准的WG11工作组的召集人谈了谈,以便以后有事好联系。此人高大健壮,是一个意大利人,博士,姓Leonardo。他这个意大利姓名我念起来不大顺口,还请他教我念了几遍。

会议的主席还特意过来同我谈话,他说最近两年的会议时间地点都安排好了,如果要想安排会议在中国举行,可以提出申请。他这样一说,我前面提到的担忧就更没有了。

会议日程安排的精细程度给我留下很深的印象。下一年的会议安排在瑞典的斯德哥尔摩举行,而且把1996年7月某日上午9点在某会议大厦某会议厅召开会议这些细节都事先定了下来,印成文件。参加会议的一个金发瑞典女教授还对我说,瑞典这个季节很好,值得一去,并欢迎我去。我说:"有什么好看的呢?"她说:"那个季节你可以看到白夜。"可是第二年我没能够去,不是不想去,而是因经费所限。直到多年以后去北欧旅游,我才到了那里,当我乘游轮从芬兰的赫尔辛基横过波罗的海到达瑞典时,发现斯德哥尔摩的确是一个非常美丽的城市。

参加这次会议使我感到最惊讶的是参加会议的人数之多。如果在我们中国,一般提工作组,通常都很小,就几个或十几个人的规模,哪里知道这个"组"的成员竟然包括近30个国家、200多个公司和组织的400多位专家。在制定MPEG标准的工作组会议上,处于技术前沿的跨国公司纷纷在会议上亮相,力图将他们的研究成果纳入国际标准。从这里可以看出国际上对这个问题十分重视,也能看出技术标准对企业发展的重要性。相比之下,我们国家的实际差距和认识差距都很大,亟须改变。

参加此次会议我算是圆满完成了预定的任务,从此我们全国信标委多媒体分委会的工作就和国际接轨了。而且SC29认定我代表中国,是中国"国家机构"的正式代表,此后与中国有关的事情都要与我联系,经过我的认可。

记得后来高文教授想去参加WG11的会议,WG11不同意,说是要经过李教授的同意才行。高文教授是我在863专家组工作时见过的,比较年轻,非常能干。此时,他已经是"863计划"智能计算机主题专家组的组长了,而且还是中国科学院计算技术研究所的所长,学术地位已经相当高了(后来还成了中国工程院院士)。结果高文只好来找我,我说:"你就来参加我们全国信标委多媒体分委会吧,是我们分委会的成员就好办了。"1996年秋天,南京大学张福炎教授联络好了会议赞助单位,我们在江苏镇江市科委的安排下在镇江开会，高文来参加会议了，成为我们分委会的委员，他去参加WG11的资格问题也就随之解决了。高文曾在一篇专家访谈中提道："目前我国参加国际标准化组织多媒体分委员会会议的主要代表是电子科技大学的李智渊教授，而固定参加MPEG专家组会议的只有我一人。"后来，由于国内许多科研和大学对多媒体技术的日益重视，参加SC29专家组会议的人逐渐有所增加。

标准是国家主权在经济领域中的延伸，也是国家实施非关税贸易壁垒的重要手段。标准的制定和执行与国家、企业的利益密切相关，很多国家、企业和产业联盟都利用标准来获取更多的利益。采用国际标准和国外先进标准是我国的一项重要技术经济政策。由于我国工业水平与发达国家还有一定差距，而国际标准基本上代表了现代工业的技术水平，因此产品符合国际标准是进入国际市场的一个必要条件。

鉴于我国与发达国家的差距颇大，回国以后我在发表的总结文章中建议国家适当加大投入，充分发挥全国信标委多媒体分委会的作用，组织大学、研究所和企业的专家深入开展研究，力争多参加SC29旗下的有关国际会议，提出我们的提案，争取在各项标准中更多地注入我们自己的算法、成果等技术专利，使我国能更加合理合法地免费使用国际标准和其他国家的技术专利。

另外，我们还要逐步改变相关国际会议主要参加者都是来自国内学术界的状况，需要鼓励有关大型企业积极参与MPEG国际标准的跟踪、研究和制订，在某一领域或某一技术难点上提出我国的方案，并力争成为国际标准。如果我们的研究成果能够为国际标准所接受，对于提高我国在高技术领域的国际地位，增强综合国力，保护知识产权和提高企业在国际上的竞争力具有十分重大的意义。

会议结束的当天晚上，会议主办方组织参会的代表乘船在一个湖上游览，也给与会代表们提供一个自由交谈的机会。一支只有几个人组成的小型爵士乐队的表演给我留下了很深的印象。他们以爵士乐的风格演奏流行乐曲，最精彩的是他们可以在没有任何乐谱的情况下即兴演奏，而且几个乐手配合得相当好，非常默契，甚至让我产生了一点神奇的感觉。喜欢音乐的我以前就听说过美国爵士乐队有即兴演奏的特色，但从未见到过，这次是第一次看到，开了一点眼界。

在达拉斯参加会议以后，我此行主要的任务就完成了。会后主办方还安排到一些城市业务对口的单位去参观访问。因为这次代表团只有我一人，所以安排的自由度较大。

我的日本朋友和田良一是得克萨斯农工大学（Texas A & M University）的教授，他热情邀请我去访问，为了表达他的至诚，特地一个人开车到达拉斯来接我。从他所在的地方College Station（大学站）过来，单程就有300多公里，他的热情好客让我大为感动。农工大学这个名字听起来有点"土"，好似我国"文化大革命"时期的工农兵学员上的大学，其实这是一所很有名的大学，只是因为1876年建校时曾经主要以农业、机械为主而得名。该校的捐助金额高达105.2亿美元，为全美公立大学之首，是最有钱的公立大学。我在和田良一家里住了两个晚上，在停留的一个白天中，参观了他们的大学。学校的校园非常大，占地4.2万亩，有学生5万多名。电子科技大学位于清水河的新校区占地约4千亩，我都觉得很大了，因为去得很少，进校园以后常迷路。而他们这所大学的占地面积竟然比电子科技大学的新校区还要大10倍以上！和田良一是研究核物理的科学家，他带我去参观了他的实验室，使我有机会看看难得一见的各种核物理实验设备，算是开了开眼界。离开的前一天晚上，他才告诉我："我明天就不送你回达拉斯了，但我已经给你买好了一张返回达拉斯的机票，明天早上只送你到机场。"他补充说，"你来时曾经想过给你买一张机票，但又担心你不来，所以才专程开车去接你。"我的这个日本朋友想得真是太周到了。后来他来过中国。一次他到成都开会，我还专门请他到乐山一游，一起游览了乐山大佛景区，并在大佛脚下留影。

在达拉斯登机飞丹佛，然后转Eugene去看我两个正在读研究生的女儿。还没有到丹佛，在飞机上我一看时间，就很有一点儿来不及的感觉。一下机我就赶快跑，怕赶不上衔接的航班就糟了。赶到时，发现时间还绰绰有余，原因是没有考虑到丹佛和达拉斯有一个小时的时差，丹佛要晚一个小时。美国本土东西之间的跨度很大，分4个时区：东部时区（代表城市华盛顿）、中部时区（代表城市芝加哥）、山地时区（代表城市盐湖城）、太平洋时区（代表城市旧金山）。每个时区都用自己当地的时间，美国东部要比西部早3个小时。看了女儿以后，又去硅谷地区和洛杉矶参观考察，然后在洛杉矶乘机经香港回国。

写书与写文章

我到深圳以后虽然工作很多，很忙，但无论怎么忙，还是保持每天坚持抽时间读书学习的习惯。知识既需要长期积累，也要不断更新，才能跟上形势的发展。我长期坚持每天读书的习惯，获益不小。

20世纪90年代初，国外的"信息高速公路"热门来了，多媒体也成了热门。所以我读的技术方面的书大多围绕这些内容，多数是最新的英文版期刊和技术书籍。

我在读书的过程中总会有些体会，总想写一点儿东西，时有一些文章发表，后来也产生了写书的念头。通过写作，可以加深对问题的理解，也可以使学到的知识更加系统化，形成比较完整的思路，对自己也很有好处。特别是在写书的过程中会要碰到一些难点，这时就不得不下功夫去研究，把问题搞清楚，至少要做到自圆其说。每当攻克难点，给自己带来的愉悦是难以形容的，是金钱买不来的高级享受。这时，辛苦就体现出它的价值。一天的工作很多，写东西不大容易，要写，就要挤时间，要自己给自己加压，多半是晚上在家里写。因此，我每天总是感到很忙。我到深圳前已出过《C语言》等三本书，到深圳后又出过两本，还审核过两位教授朋友写的书。

我的学生小汤（岳清）研究生毕业后就到新欣软件工作。他的工作能力很强，做事认真，无论做什么速度都很快，是同辈中的高手，如果用C语言编程，他可入"超级程序员"之列。他善于思考，喜欢读书和写东西，对人也很好，着眼于大处不计较小事。我和他合作写书，可以取长补短，一般我先对书的内容和结构大致做出规划，然后一起讨论，分头编写，最后由我统稿审定。小汤多年来与我合作得很好，特别是他处理一些事务性的工作非常利落，如在书稿中绘图之类的事情，我就视为畏途，而他在电脑上处理，不仅速度快，而且质量好。我们合作出了两本书，一本是《多媒体的原理、技术与应用》（电子工业出版社，1995年9月），一本是《高速网络技术及其应用》（电子科技大学出版社，1997年5月）。小汤热爱生活，2009年6月还开车带我们去他的家乡湖南长沙附近地区游览，参观他在农村的旧居，回忆曾经在农村度过的艰苦日子，并不辞辛苦长途开车边走边游，游览了湘西凤凰古城、贵州千户苗寨、黄果树瀑布、遵义会议会址、重庆大足石刻等不少景点后，最后送我们回到成都。

在深圳的这些年，我发表的文章很多，其中专业期刊和专业报纸的约稿就不少。那段时间我写的文章大多集中在软件产业、多媒体技术、信息高速公路、信息化建设、系统集成等方面。

在新欣软件时，一开始我还是用传统的手写方式来写文章，然后交打字员小傅打印出来。她打字的速度很快，质量也很好，打印出来经我校对、修改后，再打印出正稿。

1990年左右当电脑使用Windows操作系统以后，用拼音输入法在Word软件上打字就比较方便了。我慢慢放弃了手写的方式，过渡到完全在电脑上打字。因为多年前在美国时我在英文键盘上用英文打字的手法已经比较好，对我用拼音输入汉字就非常有利。只是因为我们小时候学的都是繁体字，没有学过拼音，开始有些字发音不准，打字速度就慢一些，后来完全靠自己摸索，竟然无师自通，不但打字速度相当快，基本上想到哪里就能打到哪里，而且把过去读不准的很多字的读音也校准了。自己打字写文章的最大好处是使修改、结构调整和编辑等都变得非常容易，效率比传统的手写方式提高了很多。

最先发表的一篇文章是《软件工厂的实践与思考》，写这篇文章我花了很大的功夫，通过调查研究国内外的发展状况并结合我自己在新欣软件的实际经验和体会写成，可以说是我做了许多深入研究后的成果。写好后，发表在哪里最好呢？对此，我做了一番考虑。开始是想发表在计算机专业期刊上，这样做看起来比较"正规"，更有学术性。但一般来说这些期刊发行量都比较少，读者不多，影响力比较小。我觉得当时我国软件界面临的尴尬是"有软件，而无软件产业"的状况，增强软件的"产业意识"和"软件工厂式"等概念并加以传播推广十分必要,因此希望通过这篇文章,能够引起国内计算机和软件界对发展软件产业问题的重视。当时专业媒体《计算机世界》的发行量最大,读者很多,应该是一个比较理想的媒体。

刚好要去北京开会,我就把打印好的原稿带了去。会上,见到了《计算机世界》的副总编赵春燕,因她曾经向我约过稿,但并没有约定特定的内容和题目。这次我亲自将文稿交给她,并对她说:"这是一篇难得的好文章,我费了很大劲才完稿,请你一定要给以足够的重视,早日发表。"不久后,文章就在1992年1月8日的《计算机世界》的《专家论坛》上发表了。一开始可能没有引起报社很大的重视,因为这篇文章文字较多,两万字左右,分成三期在该报连载刊出,该报为周刊。第一期在介绍重要文章的"内页要目"栏中没有采用黑体字做标题,后来大家对这篇文章反应很好,才在后两期的"内页要目"中改用了黑体字做标题。在这篇文章第三部分发表时,该报还加了"编后话":"本报在这一期刊登了李智渊教授《软件工厂的实践与思考》连载文章的最后一部分。本报记者有幸亲自参观了这个工厂,并受到李教授的热情接待。记者将现场采访的记录整理成文,献给读者。"

后来《计算机世界》又派过考察团到新欣软件来访问,来的人很多。在这些记者的面前,我已经有点名气了,除了和他们拍集体照片,他们还要求一个个和我单独合影一张,把简单的事情搞得颇有一点隆重,不过,此后我同他们就更熟悉了。在发表过多篇文章以后,他们对我的文章就更加认可,认为我的文章是"不需要做任何修改就可以直接发表的文章"。一次我到北京,抽空去了计算机世界报社,报社社长、总编都对我非常热情客气,总编刘九如还特地带我到有很多座位的编辑室,向那些编辑介绍,说:"李智渊教授今天来报社看望大家了!"这时编辑们都从座位上站起来鼓掌对我表示欢迎,搞得我都很不好意思,颇为感动。总编请我给编辑们讲讲话,我不得不讲一点。我说:"我不是什么领导,今天也不是一般地来看望大家,而是来'朝圣',看看《计算机世界》这个业界权威媒体的庙堂是什么样子……"说了一些话后,我同他们开玩笑,说:"你们当中有些人今天才和我初次见面,你们看看我是不是你们原来想象中的那个样子?"

给我留下印象比较深的一篇文章是刊登在《计算机世界》上的《中国软

件产业化之我见》。这篇文章源于我在深圳做的一个报告。1992年春天,深圳电子学会召开年会,我成电的研究生同学杨淑雯是深圳大学教授、系主任,深圳电子学会理事长。她向我发邀请,请我去电子学会的年会上做一个专题报告。我用了《从软件到软件产业》来作为讲演的题目,主要讲我怎样从在大学里搞纯粹的软件发展到搞软件产业的思路和历程。报告前仅写了一个详细的讲演提纲,并未成文。那天的讲演受到了大家的热烈欢迎,下来不少人希望得到我的讲话稿。因为我那天做的是只有一个提纲的即兴讲演,没有成文的讲话稿可以提供给他们,于是我就想以后根据这个详细提纲,整理出一篇文章来。

大概1992年8月暑假的时候,中国计算机学会西南分会在云南昆明召开年会,规模很大。会议秘书长提前就邀请我,请我一定要到大会上做一个专题报告。

报告会在云南大学的一个大礼堂里举行,听众很多,有好几百人。大会请了3个专题报告人,除我之外,还有南京大学的徐家福教授、我校的刘锦德教授。记得徐家福教授讲的是关于人工智能的一个题目。

我的报告题目是《中国软件产业化之我见》。我这次准备得比较充分,收集的材料也很丰富,加之几年来积累了许多实际经验,所举的事例多是我亲力亲为,讲起来很有激情,逻辑严密,思若潮涌。会场的气氛非常热烈,而且听众多次热烈鼓掌。报告结束后很多听众围上来和我交谈,问这问那。这时从人群中突然挤出一个人来,一看,是《计算机世界》的副总编杜海萍。他在熙熙攘攘的人群中大声说:"李教授,你这篇文章我们要了!"他快步走过来,把我手中的讲稿拿了过去。

不久后我又到了北京,《中国软件产业化之我见》这篇文章刚在《计算机世界》上刊登(1992年9月23日),国家科委的一位司长看了以后大为赞许,并约我到国家科委一见。一见面,他就说国家科委对发展我国软件产业这件事非常重视,希望听听我的意见。谈话结束前,他说《科技日报》的总编辑对我的文章非常有兴趣,希望约我去他们报社见面一谈。

后来我安排时间去了科技日报社,该报总编辑对我在《计算机世界》上发表的这篇文章大加赞扬,并很认真地对我说,他希望在《科技日报》上发表这篇文章。我回答说："那不行,这篇文章已经在《计算机世界》发表了啊!"他说:我们是中国的四大报纸之一,重要性比《计算机世界》要大得多……你的文章在我们的报上发表,影响要大得多。我说既然已经发表了,根据惯例就不好再发。这位总编也十分"顽强",他说:"你这篇文章无论理论、实践都写得好,行文流畅,一气呵成,是我们难得一遇的好文章。"他稍顿了一下,以有点恳求的语气说,"李教授,这样好不好,你就把文章的题目稍微改一下,给我们发表吧。"鉴于他的诚意和执着,我只得同意了。很快他们就将上面这篇文章的题目改为《计算机软件如何迈向产业化》并在1992年10月12日的《科技日报》上发表了,还给我寄了若干份该期的报纸。

这件事还没有完,有更高层的领导看上了这篇文章。不久以后,国家科委金局长给我来电话,说:"你这篇文章被《新华文摘》全文刊登了,真是太好了!"他还给我寄了一份拷贝的文件。该文刊登在《新华文摘》1992年第12期上。有幸的是,我在这期的封面上的目录中,看到了1997年9月同去英国参加国际会议,时任国务委员李铁映的一篇文章《关于成人教育的改革与发展问题》,紧接我这篇文章的是曾任国务院副总理薄一波的一篇文章《〈邓小平科学技术思想研究〉序》。在深圳的一位新华社记者小魏(曾经提出想帮我写一本传记)知道这件事后也很为我高兴,他说:"我们新华社的记者都以自己能有一篇文章刊登在《新华文摘》为荣,因为《新华文摘》一个月才出一期,能刊登的文章非常有限。我们辛苦一辈子可能一篇文章都上不了《新华文摘》。"后来我不经意间又发现了另一关于《新华文摘》重要性的"佐证",《深圳特区报》2001年7月16日A6版上发表的一篇文章《深圳大学重奖科研精品》。该文指出:凡在《中国科学》和《中国社会科学》等国内著名刊物上发表文章的,奖励作者6000元;凡被《新华文摘》全文收录的,奖励作者5000元。

由这篇文章,又引出了另外一件大事。国家科委邀请我出任"我国软件产业技术创新战略研究"研究组组长。国家科委局局长请我过去,他介绍说:"国家科委拟了一个大研究题目《产业技术创新战略研究》,选了关系国计民生的七个大的产业来进行研究。这七个产业包括:集成电路、移动通信、程控交换机、计算机软件、数控机床、家用轿车、钢铁。拟请你出来担任软件产业研究组的组长。"那时我的工作太忙,怕事情多了做不好,直觉是很想推掉,但想到国家科委领导这么信任我,又不好意思直接拒绝。我就回答说:"我考虑一下再回复。"当时我正在北京,中国计算机报社社长周慕昌知道这件事后,很鼓励我来担纲做这件事。他说,他手下有一个计算机产业的研究团队,可以抽一些研究人员来参加这个工作。还说既然是国家科委直接抓的项目,意义一定重大,应该承接下来,不能推。之后,我又去了国家科委,向金局长表示:"既然科委看得起我,我可以担当一部分工作,但不想当研究组负责人。"金局长听了以后说:"就是因为有你,我们才想把这个研究课题交给你啊。中国计算机报社的那些研究人员都是才子,但他们缺乏实际经验啊。"进而他还强调说,"如果你不来,你的思想就带不来,所以你非来当这个研究组的领导人不可。"事后我和周慕昌社长商量,他说:"研究组一定由你来担纲任组长,由我来提供研究班子的工作人员,事务方面的事情也由我们来干。"这件事就这样定下来了,后来请了中国计算机报社的一位副主任许广懋来任副组长。

经过大概两年的努力,这个工作顺利完成了。研究报告的初稿完成后,还在北京召开过一次专家评审会,会议由我主持。那天请来了北京软件方面的许多重要的专家。记得出席的专家有杨芙清、王选、周锡龄、曹东启、于万源、吴克忠、张学孝等10多人。后来这个项目获得了国家科委颁发的科技进步二等奖。

我在《中国计算机报》上发表的文章也不少。其中1993年6月29日发表的一篇《软件产业发展的思考》占了两个整版。该文提出了"面向市场经济,以开发、生产为主导,向社会提供有竞争力的产品和服务的模式",并讨论了"软件企业中最容易出现的若干问题及其对策""软件企业应当有什么样的体制"等问题。

周慕昌那时搞得很红火,他思路开阔,主意很多。一天,在北京,他和《中国计算机报》的副总编饶春英一起来看我,说是有事要认真地同我谈一谈。还没有谈上几句,他就单刀直入地对我说:"我们这次是真心诚意来,想请你来任我们《中国计算机报》的总编。"我听了大吃一惊,不知道他们竟然还有这样的想法。我立即回答说："我不行啊,我怎么能当你们的总编呢?"他接着头头是道地给我分析,说:"首先,你的文章写得好是没得说的,你已经在我们的报上发表过好多篇文章了,文章结构严谨,内容充实,文笔流畅,我们报社大大小小的编辑都非常喜欢你的文章。"稍顿一下,他又说,"你在学术界和企业界做的工作都很出色,既有大学和研究所的经验,也有企业的经验,又有国外留学的经历,对国内、国际计算机和软件的情况都很了解,经验丰富,视野广阔,我们认为你是难得的最理想的人选,大家也都很服你。"我说:"我哪里有你说的那么好啊。"我心里也暗想,他们一起来邀请我,态度的确是真诚的,去当《中国计算机报》的总编应当能够胜任,但我不能搞性质不同的两线作战啊,事情管多了反而费力不讨好。为了促进我下决心,他又补充说:"至于待遇、生活、住房、调往北京之类的手续等都请你不要担心,我们负责全面解决好。"最终,我还是没有答应他们的请求。我还半开玩笑地对他们说:"既然你们把我说得这么好,我当总编辑是不是有点可惜啊?"我没同意去,周慕昌为此还深表遗憾。

我也为《软件报》写过不少文章。我的专栏文章《李教授月谈》,每月一期,每期三四千字,都刊登在头版头条,成为该报最受欢迎的金牌专栏文章。

我还为《电脑报》写过不少文章,通常也都刊登在头版头条。发表的其他文章也很多,就不再提了。

新欣软件存在问题的反思

新欣软件刚开始营运时,我管技术业务。不久,作为副总经理兼总工程师的我把行政和财务也管了起来,人员不是很多,这方面的工作也不是很费力。

那时公司的收入并不多,对收入支出我都控制得比较严。最重要的是我希望做到,对公司的高层领导来说,财务是透明的,来龙去脉要清楚。但想干坏事从中牟利的人,最怕的就是"清楚",浑水才好摸鱼。

我最早发现的一个比较大的问题是公司要买进若干台计算机。因为员工越来越多了，缺少计算机用，亟待解决。一天突然从香港运来了一批计算机，打开一看，坏了！竟然都是286的个人计算机，那时都已经进入386个人计算机时代，286明显是过时淘汰的机型了。人家不要的机型卖到我们这里，而且价格还不低，怎么向大家解释？像这种事，本来应该预先做出计划：购买什么型号的计算机，购买多少台，单价多少，等等，然后投标采购。这时，我才发现公司的管理机制存在明显的漏洞。

公司开办之初，困难很多，要找到副董事长吕金才很难，对出现的问题他也常常采取回避或者拖延的办法。有时，我们开发出了新的软件产品，希望展示一下，我请他来看，他总是说："软件这些东西我不懂，我就不看了。"

到了公司名声大振，特别是经济效益快速提高时，他积极登场了。但是因为我在兼管财务，提的意见又完全是合情合理合法的，所以他完全没法反对。我表明了意见：公司的账目一定要清楚，大笔资金调动和使用我可以没有决定权，但对领导层一定要透明，使用要合乎规矩，以防止出现漏洞。比如，我们搞的多个国外项目的合同副本一定要有（以前没有，我们根本不知道每个项目的实际收入是多少），所有项目的实际收入一定要入我们公司的账，大笔资金调动要通报，明细要清楚。这当然引起了吕金才的不满。老谋深算的他，开始想办法了。

某天，在蛇口华德电子工作的杨某突然到我在紫竹园的家里来看我。他第一次来，没有预约，不知怎么就找上门来了。因为他是成电1968年毕业的，算是我的学生。其时他在华德电子当一个车间的工段长。华德电子那时主要是为台式个人计算机生产配套的电源，但我知道公司的方总对他有些看法，不大喜欢他。他来后说了一些无关紧要的话后，表明了来意。他说："我想到李老师您手下来做点事，给您帮忙。这个想法我已经和吕总谈过了，吕总说让我来征求一下您的意见，看您同不同意。"我表示："我现在的事情比较多，你能来帮忙是好事，你可以来。"他就说："我来新欣，绝对服从您的领导，您是我的老师，我一切都听您的，保证给您当好助手，请您放心。"之后我就此事与吕金才通了气，就让他过来了，让他当一个管行政事务的副总经理。不久以后，吕金才来找我谈，说："李教授，你的工作太忙了，你看可不可以把财务这一摊子事让杨某去管？"我说："可以的，杨某这个人工作能力还是有的，就是有点浮，不够踏实。"吕金才说："以后你和我把他管紧点就是了。"

没有想到以后杨某变成了吕金才唯命是从的帮手，吕金才要想干什么他都不折不扣地执行，通过杨某这个渠道，新欣软件成了吕金才的提款机。

当然，作为新欣软件的副总经理兼总工程师，并在实际执行公司运作的我也早有察觉，不过对其严重性还是认识得不够，总希望通过努力可以得以纠正。但没有想到公司的盈利丰厚以后，吕金才大权在握，更是肆无忌惮为所欲为。对提出的意见，他可以全然不顾。你要提得多了，他就先剥夺你的决定权，然后逐步剥夺你的参与权、知情权。

貌似聪明的吕金才也犯了一个严重的错误，他不知道"水可以载舟，也可以覆舟"的道理，没有搞清楚"饭"和"碗"的关系。他不知道高科技最重要的因素是人才。在得意之时，他以为他是老板，大家都是在吃他的饭，并没有意识到自己反而是在吃大家的饭，是大家创造了财富，才让他有饭吃。

吕金才都这样干，公司的领导核心完全被搞乱了，最后发展到公司在职的总经理、副总经理竟然可以堂而皇之地在蛇口分别开办自己的公司，利用新欣软件的名声打开市场，拿订单，利用新欣软件的资源和开发人员，做的是他们私人公司的事。

原来，新欣的人才外流是很少的，不少员工都为自己是"新欣人"自豪。现在，看到公司领导都这样搞，员工开始对公司失去信心，感到没有希望了，人才就开始大量外流。

后来吕金才竟然失踪了。

再后来，新欣软件的人才大量流失。我也觉得在新欣工作下去已经没有意义了，也应该撤出。1994年，我受邀转到国防科工委的直属企业深圳远望城多媒体电脑有限公司任常务副总经理兼总工程师。

因为没有一定权威的人来主持工作，新欣软件已陷入群龙无首、一片混乱的困境。

1994年的一天，那时已经是新欣软件主要负责人的林某（以前只是一个管后勤的助理）到远望城来，到我的办公室造访。一见面他就说："好久没有和老领导见面了，今天特来看望您。"他先支吾了一阵，似乎还有话说，然后嗫嚅着说："我还带了一个人来，不知道你想不想见他？"我说："是谁？"他说："是杨某，他自己觉得做了一些对不起你的事，不知道你愿不愿意见他。他不敢上来，现在就在你们的楼下。"我说："既然人都来了，就叫他上来吧。"后来杨某就上来了。一来，我让他坐下。他对我说："李老师，你走了以后一两个月我们就发现，你在新欣的作用和号召力是无人可以替代的，我们代替不了，应博士也代替不了，现在大家都不听指挥，公司简直乱了。"继而他和林某两人又你一言我一语，认真提出请我回新欣软件去主持工作"重新创造历史的辉煌"，并承诺："我们都一定听你的指挥。"他们的请求被我拒绝了。

　　回想起来，新欣软件如果不是被像吕金才这样的人乱搞的话，一定可以成为一个很早就可以上市的软件企业。当时新欣软件兵强马壮，公司的经济效益和在软件界的名声和品牌是多么好啊！实在太可惜了！

　　回顾新欣软件的发展历程，新欣软件在1993年达到高峰，1994年开始衰落，1996基本停业。

　　有人认为人才流失，造成了新欣软件的最终解体，但这只是表面现象。深层次的原因是体制问题，包括组织、管理和公司结构。简单地说，在新欣软件公司的所有制结构下，不可能建立有效的监督和制约机制，大权一人在握，不但不能制约而且助长了某些关键人物财欲和权欲的恶性膨胀。其结果是，破坏了公司建设的根本，在价值观上引起了混乱，导致大好的局面最终丧失。

　　人才流动是正常的，人才多半是在寻求一种适合自己发展的机制。如果一个人想换一个环境，想往其他方面发展，甚至想开公司当老板，是难以阻止的。但如果公司的机制好，就可以根据出现的问题动态地进行调整，创建一种新的平衡，产生新的凝聚力。即使走掉很多人，只要能保留住坚强的核心，还可以通过引进培养新人，壮大队伍。加上新欣软件的品牌效应绝非一般新公司可比，绝不至于走到垮掉的地步。新欣软件开办之初不就是靠十几个人起家的吗？但如果核心都不存在，没有一点凝聚力，还能谈什么发展？

一个好的体制和公司结构，应该像法律一样，能够把企业管得起来，既要能管住好人，也要能管住可能出现的坏人，能让广大员工在一种良好的环境中和企业一同发展，让大家感到事业有成，物质利益能得到合理的保证，工作中能得到应有的尊重。在这种情况下，企业的发展才有希望，要做到这一点，就应该将保护员工利益的办法落到实处。在高科技企业中实行股份制，让员工持股，让他们的利益能得到保证，拥有真正的发言权，应该是一个好的办法。

新欣软件实际上存在的时间并不长，但给员工们留下了难忘的回忆。30年来，除了平时老同事之间的小聚，每过10年，新欣软件的老同事们还举行一次规模较大的聚会。2020年1月1日和2日两天，在深圳青青世界度假村举行了新欣软件三十周年聚会。事过30年了，这个早已不存在的"新欣软件"仍然能够把大家的心连接在一起，让大家有着共同的语言，实在不易！聚会之后，还由初期参加新欣软件的老同事，现在深圳盛博科技的老总陈伟编辑出版了一本《新欣软件纪念册》，其中汇集了不少珍贵的照片资料，并请我为该纪念册写了序言。录如下：

《新欣软件纪念册》序

2020年2月28日

1989年开业的"新欣软件"是"蛇口新欣软件产业有限公司"的简称。在当年我国软件界面临"有软件而无软件产业"的尴尬情况下，新欣软件异军突起，一炮而红，以其强烈的"产业意识"和"软件工厂式"的概念和运作方法令业界印象深刻，成为当时国内屈指可数的一家"有人才、有技术、有产品、有市场、有效益"的全面优秀的软件企业，并被列为国家"八五"计划的重点技术改造项目，深圳市首批三家高科技企业之一。

新欣软件是一个企业，但在许多，特别是开办头几年参加工作的"新欣人"心目中，她更像是一所培养人才的大学校，在追求高标准、严格而又宽松的环境中，年轻的新欣人学会了怎样工作、怎样生活、怎样做人以及怎样在将来成就自己的同时对社会做出自己的贡献。当年，新欣软件在业界的确是众目所望，有口皆碑，不少国内外软件界的人士都纷纷前来新欣软件参观访问。一位业界的资深院士曾兴奋地对笔者说："你们现在做的事情，就是我们国家想做的事情！"与此同时，国家和省市的不少高层领导也纷纷前来考察指导工作。此外，新欣软件更被国内的许多权威媒体广泛称道，并盛赞新欣软件为软件界的"黄埔军校"，出来的人"个顶个全是正规军"。

三十年过去了，实践证明，这批"正规军"的大多数成员都做得很出色，他们在各个不同的领域，特别是在软件和内容十分丰富的信息技术产业领域做出了很大，甚至突出的贡献，不少人成了顶尖的技术专家、优秀的企业家，或者上市公司的老总，而且生活过得非常丰富多彩。每当提到新欣软件，他们都充满了深深的怀念之情。

我们希望，"新欣人"除了"要做一个好人""要做一个对社会有贡献的人"，还要规划过好自己的下半生，"做一个有趣的人"！

新欣软件三十年聚会的一条口号鼓舞大家："回望青春，生命向前！"

参与深圳市的信息化建设

1995年3月31日《深圳商报》头版头条刊登了一条关于深圳市信息化建设的消息："抢占制高点，当好排头兵。"文中说："市委书记、市长厉有为昨天上午在深圳信息化建设委员会工作会议上提出要求：深圳一定要抢占信息化建设这个制高点，当好信息产业发展的排头兵。""我市成立了以市委书记厉有为任主任，市委副书记、市长李子彬，副市长李德成等为副主任的深圳信息化建设委员会……李智渊、杨淑雯等五位专家学者被聘为委员会成员……该委员会旨在制定我市信息产业发展的规划、政策和法规，审定协调有关重大问题，管理与协调我市信息资源，推进我市信息化建设。"

自此，我参加了深圳市的信息化建设工作。后来又成立了"深圳市信息化建设专家委员会"，我有幸成为该专家委员会仅有的一位副主任。专家委员会主任由我1977年9月去英国参加"分布式计算机系统会议"时认识的老朋友林勋准担任。他在1983年就调到深圳工作了，属于深圳最早一批开拓者。他开始任深圳爱华电子集团公司的总工，后来当过深圳市信息中心主任。我和他工作配合默契，关系也很好，是可以深入交流的朋友。他曾经多次对我说，他最想做的工作是在大学里当一名教授。我和深圳本地专家们一起共事的时间最多，在工作中建立了良好的工作关系与深厚的友谊，其中韩继鸿、黄端旭、李达全、傅昭阳等人成了多年来经常一起交流的朋友。专家委员会成员大多是国内有关方面的重要专家。最近我查了一下《深圳市志·信息志（1984~2000）》，在第112~113页上列有"深圳市信息化建设首届专家委员会名单"，其中本地委员有17名，外地委员23名，外地专家中有好几位著名的院士。"专家委员会的宗旨是组织社会各界有关专家和学者，为我市信息化建设提供战略性、技术性咨询和建议，群策群力，共同推进深圳市信息化建设。"

我们称呼的"信息化建设"，实际上与1993年9月美国政府宣布实施的一项新的高科技计划"国家信息基础设施"（National Information Infrastructure，简称NII）有大致相同的含义。NII旨在以因特网为雏形，兴建信息时代的高速公路，即所谓"信息高速公路"，来作为产业发展的基础设施。它的出现将会彻底改变人们的生活、工作和相互沟通的方式，产生比工业革命更为深刻的影响，具有极大的战略意义。后来，我们采用了"信息化建设"这一称呼，而且创造了一个英文名词Informationization来与之相对应。从字义上来看，它比"信息高速公路"的含义更为丰富，而且这个叫法不像信息高速公路那样有点拗口。

专家委员会成立以后，对我个人来说，经常要参加深圳市内许多单位的各种信息化建设项目的咨询和评审，而且常常在各种信息化建设项目评审会中担任专家组的组长。我通过研究讨论各种信息化的建设项目，做了一些工作，也从中学到了许多东西。

专家委员会成立后做的最重要的一件工作是制定《深圳市信息化建设发展规划》。这个工作花费了专家委员会成员及深圳市统计信息局有关领导和工作人员大量的时间和精力。该规划是国内制定出来的第一个"信息化建设发展规划"。因为这个工作走到了全国的前面，规划完成不久后，深圳市政府向国务院提交了一个报告，希望在深圳召开一次全国性的信息化工作会议，并列举了在深圳市召开这个会议的各种有利条件。作为深圳市信息化专家委员会的副主任，我也希望这次会议能在深圳召开。如果能召开，实际上就是对我们所做工作的一种肯定。

经国务院批准，1997年4月18日至21日，国务院在深圳组织召开了"全国信息化工作会议"，邹家华副总理和电子工业部部长胡启立出席了这次会议。会议在深圳市银湖宾馆举行，这里环境幽美。全国来参加这次会议的代表有100多人，我也有幸成为深圳市仅有的两名代表之一。我很喜欢发给我的代表证编号：099，觉得它有一种"久久"为我国信息化建设服务之寓意。我们编写的厚厚两大本《深圳市信息化建设发展规划》成为提交大会的主要文件，由于我们做的工作走在全国绝大多数省市的前面，《深圳市信息化建设发展规划》就成了其他省市制定"信息化建设发展规划"的样板，发挥了较大的作用。

大会除了全体会议，还安排了小组讨论。分小组时，我有幸和电子工业部胡启立部长分在一个小组。他在小组会上很专注地听大家讲，并不发言。由于他过去到新欣软件参访过，我们一起谈过话，会间休息时，我就走过去想和他单独谈谈。我问他怎么不讲讲呢，他说："我这次主要是想来听听大家的意见。"

会议结束时拍集体合影，我作为深圳市的代表，算是东道主，只能让其他代表站好了位置以后再入场。这时留给我们的只能是最远端的位置了。这张照片很大，参加会议的代表每人发了一张。人虽多，看起来还相当清楚。

与深圳市信息化建设有关的另一件事也值得一提。大概是1998年，我校刘盛纲校长到深圳，他和我讨论由成电出面联合国外的有关大学，在深圳合办一所以电子信息技术为主的研究型大学的可行性。我觉得此意见很好，且也有同感。因为深圳当时只有一所大学，太少，与深圳当时的社会、经济、文化和科技的发展现实很不匹配。和深圳市有关部门联系好以后，一天上午，我陪同刘校长去深圳市迎宾馆。深圳市市长李子彬、常务副市长李德成和有关局长多人会见了我们，并进行了大约两个小时的会谈。会谈后我还代学校起草了一份《深圳市政府和电子科技大学关于合作建立一所研究型大学的会谈纪要》文稿，发成电有关部门审查修改盖章后再发给深圳市政府。可能当时条件还不够成熟，特别是有关部门在认识上还有些差距，有的人认为深圳的条件好，吸引优秀人才没有问题，不一定要办大学。后来这个工作就没能继续推进下去。实际上，吸引人才和办大学是性质不同的两回事。多年以后，有关方面终于认识到办大学的重要性，陆续和国内外的大学合作在深圳办了好几所大学。回想起来，刘校长当年提出与深圳市合办大学这一构想有先见之明。如果当年早办，岂不更好。

故事还有，如有可能，我们出新版时再见。谢谢各位读者。

作者简介

李智渊，电子科技大学教授，1939年6月生于四川乐山。

1950—1953年乐山三中上初中。1953—1956年乐山一中上高中。1956年考入成都电讯工程学院，1961年计算机专业本科毕业，1964年研究生毕业。1965年调往北京十五所从事计算机技术研究工作。1973年调回成电任教。1980—1983年美国伯克利加州大学（University of California, Berkeley）访问学者。1988年晋升正教授。1989年受四川省电子厅和学校领导委派，去深圳创办外向型的软件企业"新欣软件"，取得了良好的经济和社会效益，并培养了一大批优秀的专业人才，为发展深圳及我国的软件产业做出了贡献。

历任国家高技术研究发展计划（"863计划"）第三、第四届专家组成员，全国信息技术标准化委员会多媒体分委会主任委员，四川省计算机学会多媒体技术专委会主任委员，中国计算机学会多媒体技术专业委员会常委，深圳市信息化建设专家委员会副主任，深圳市软件行业协会秘书长、专家委员会主任等。

长期从事计算机及软件的教学、科研和软件产业方面的工作。在软件、网络、多媒体技术、发展软件产业等方面有较深入的研究。曾获四川省科技进步一等奖、国家科委科技进步奖二等奖等多个奖项。有《C语言》《多媒体的原理、技术与应用》《高速网络技术及其应用》等著作5部，发表文章100多篇。

热爱生活，积极进取，业余爱好广泛。

本人电子邮箱：lizy3906@126.com